3ds Max 2009从入门到精通

苗玉敏　杨少永　编著

電子工業出版社
Publishing House of Electronics Industry
北京・BEIJING

内 容 简 介

3ds Max 2009是全球著名的三维动画创作软件，使用它不仅可以制作各种三维动画、电影特效，还可以进行建筑设计和工业设计等。本书详细地讲解了3ds Max 2009的命令及各种操作工具的使用，以及基本技巧和方法等基础知识。在讲解完每一种工具或者知识点之后，一般都针对性地附加了一个或者多个操作实例来帮助读者熟悉并巩固所学的知识。另外，在本书的最后还设计了一个综合性实例，能够起到触类旁通的作用，以帮助读者更好地掌握所学的知识。本书采用分步教学及循序渐进的讲解方式，结合讲解详细的操作实例，可以使读者很轻松地掌握3ds Max 2009的各方面的知识，包括建模、赋予材质、设置灯光及渲染等，并能够为顺利地进入到相关专业领域打下良好的基础，比如建筑效果图的设计、动画制作及影视片头的制作等。

本书适合于打算学习3ds Max 2009的初、中级读者阅读和使用，以及可作为美术学院等相关院校和电脑培训班的培训用书，也可以作为各类3ds Max爱好者的参考用书。

图书在版编目（CIP）数据

3ds Max 2009从入门到精通/苗玉敏，杨少永编著.—北京：电子工业出版社，2009.6
ISBN 978-7-121-08665-6

Ⅰ.3… Ⅱ.①苗…②杨… Ⅲ.三维—动画—图形软件，3ds Max 2009 Ⅳ.TP391.41

中国版本图书馆CIP数据核字（2009）第059869号

责任编辑：易 昆 wuyuan@phei.com.cn
印 刷：北京天竺颖华印刷厂
装 订：三河市鑫金马印装有限公司
出版发行：电子工业出版社
北京市海淀区万寿路173信箱 邮编：100036
北京市海淀区翠微东里甲2号 邮编：100036
开 本：787×1092 1/16 印张：26 字数：660千字
印 次：2009年6月第1次印刷
定 价：46.00元

凡所购买电子工业出版社图书有缺损问题，请向购买书店调换。若书店售缺，请与本社发行部联系，联系及邮购电话：（010）88254888。
质量投诉请发邮件至zlts@phei.com.cn，盗版侵权举报请发邮件至dbqq@phei.com.cn。
服务热线：（010）88258888。

前　言

3ds Max 2009软件是欧特克（Autodesk）公司在2008年发布的最新版本，它集建模、动画、材质设置和渲染方案为一体，具有很好的人机交互功能和适用性，被全球很多的客户所使用，并获得过很多的国际大奖。

新版软件能够有效解决由于不断增长的3D工作流程的复杂性对数据管理、角色动画及其速度/性能提升的要求，是目前业界帮助客户实现游戏开发、电影和视频制作以及可视化设计中3D创意的最受欢迎的解决方案之一，同时它也被国内越来越多的爱好者所接受和使用。

比如，制作UE3（虚幻引擎3）的世界著名的游戏设计公司Epic，就是3ds Max软件的签约客户，最近其游戏引擎被索尼电脑娱乐公司选用为新版PLAYSTATION 3的软件开发工具包。它就得益于3ds Max在其项目管理上的优越性，像我们在电影《木乃伊》系列和《金刚》中的很多镜头就是使用3ds Max制作的，由此可见它的重要性。

新版本3ds Max 2009的所有新增特性和性能，能够满足动画师处理更为复杂的特效项目、下一代游戏机游戏和照片质量可视化设计的需求。新的角色开发功能包括：先进的角色设定工具、运动混合功能和运动重定目标功能（非线性动画）。其优点包括：首先是执行效率的提高，其次是核心编码的改进，从而使3ds Max运行得更快，另外还增加了点缓冲，而且在其他模块中都进行了优化和改进。复杂数据和资源管理的新增性能继续支持与第三方资源管理系统互连。

在新版本中，Autodesk又推出了业界首款针对3ds Max的可扩展的mental ray 3.5网络渲染解算选项。这项基于自有技术的新增性能为使用3ds Max软件的用户带来了极大的渲染便利。3D设计师可以在不增加费用的情况下采用集成的mental ray渲染器在网络上分发3ds Max渲染任务（通过Backburner），从而能够根据网络限制或渲染服务器能力来有效地分配mental ray 3.5的渲染资源。3ds Max软件的发布极大提高了客户的制作效率。它能为客户提供更灵活的mental ray 3.5网络渲染构架，能够自由配置其渲染服务器从而获得更大的成本优势。

根据3ds Max 2009的功能，本书共分6篇。

本书具有以下四大特点。

（一）内容全面：基本包含3ds Max 2009所有的功能。

（二）技术实用：本书既有基础知识介绍，也有相关领域的应用介绍。

（三）案例实用：本书所选案例都具有一定的针对性，比如在广告设计领域和影视制作领域等。

（四）资源丰富：本书附带有随书配套资料，在配套资料中不仅包含有本书范例的场景文件（也叫线架文件）、贴图文件，还附带了大量的实用贴图和光域网文件，以供读者学习和使用。并且为了便于使用中文版软件的读者学习，在配套资料中还提供了最新的中文版的菜单命令对照图。

给读者的一点学习建议

根据很多人的学习经验，要学好3ds Max，必须要熟练掌握它的工具和基本操作。根据这一体会，本书介绍的基础知识比较多，为的是让读者掌握好这些基本功，为以后的制作打下良好的基础。3ds Max涉及的领域比较多，本书的内容介绍比较全面。希望读者耐心阅读和学习，多操作、多练习、多尝试，不要怕出错误，更不要因为出现一些解决不了的问题就气馁。一时出现解决不了的问题或者不明白的问题都是很正常的，通过多练习、多操作就可以解决碰到的问题。

虽然本书的内容全面，但是只学习本书中的知识还是不够的，读者还需要多进行学习和实践才能真正地精通3ds Max 2009。

关于计算机的配置问题

3ds Max 2009所要求的系统配置并不太高，但制作大型的建筑场景甚至动画则需要较专业的配置。在此给出两套配置建议，一般家用配置可以满足一般性的学习需要。如果条件允许，可以配置一台性能稍高的机器。至于专业设计人员，则需要一些好的工作站配置，如果经济条件允许，那么不妨找一些顶级的配件组装起来，打造一个“梦工厂”三维动画工作站。

1. 一般家用配置

（1）操作系统。一般的家用电脑配上Windows XP SP2、Windows XP SP3或Windows Vista操作系统就可以运行。

（2）CPU。双核CPU及以上，CPU的主频越高越好，它是影响软件运行速度的最重要因素。

（3）内存。DDR，512MB及以上，最好1GB。如果机器已经购买，可以对现有内存进行升级以提高性能。如果内存不足将使处理大场景变得非常困难。

（4）显卡。要求显卡至少支持分辨率1024×768×16位色。如果想使画面显示流畅，那么在显卡上多花点钱是值得的。推荐使用ATI公司的Radeon系列显卡，与其他显卡相比，除显示速度得到极大提高外，画面质量非常出众，颜色鲜艳柔和。即使是较大场景，显示也较为流畅。

（5）显示器。用14英寸的显示器搞三维创作是非常吃力的。长期盯着小屏幕的显示器对眼睛也非常不利。建议使用17英寸或者19英寸的显示器。

（6）硬盘。现在小容量的硬盘想买上也大不容易，即使买上也至少是40GB的。最好选用质量更好的高速硬盘（7200转/分）。

2. 专业工作站配置

（1）操作系统。Windows 2000 SP4、Windows XP或Windows Vista操作系统。

（2）双CPU。双CPU可大幅度提高系统性能，需要配置支持双CPU的主板。

（3）内存。至少1GB DDR内存。最好配备2GB以上。高质量的内存吞吐速度快且在进行大量数据运算时具有极高的稳定性，是三维工作者的首选。双核CPU在DDR内存的“护航”下才能较好地发挥其性能。

（4）显卡。专业的图形工作站与普通工作站的最大区别就在于专业的图形显卡，这也是其价格昂贵的主要原因。

所谓专业显卡，也就是对于那些专门用于制作三维动画的软件有特殊用处的显卡了。

当然，这些都要根据自己的实际情况来配置。

特别感谢

在此，特别感谢电子工业出版社和美迪亚电子信息有限公司的领导和编辑，在他们的大力支持与帮助之下，本书才得以出版。

特别提示

我们是以3ds Max 2009英文版为基础编写的本书。同时，为了便于读者的阅读和使用，我们还提供了对应的中文版的命令，因此，使用中文版的读者以及使用3ds Max Design的读者也可以参考本书进行学习。

关于作者

本书由郭圣路统筹，由苗玉敏、杨少永编著，参加编写工作的还有芮鸿、刘国力、白慧双、宋怀营、杨岐朋、王广兴、吴战、尚恒勇、张荣圣、仝红新、杨红霞、孙静静、杨凯芳和袁海军等。

由于作者水平有限，编写时间仓促，书中难免有疏漏之处，还望广大读者朋友和同行批评和指正。

为方便读者阅读，若需要本书配套资料，请登录“华信教育资源网”（http://www.hxedu.com.cn），在“下载”频道的“图书资料”栏目下载。

目　录

第1篇　初识3ds Max 2009

第2篇　建　　模

第3篇 材质与灯光

第4篇 摄影机、渲染与特效

第5篇 动 画

第6篇 综合应用篇

第1篇 初识3ds Max 2009

在这一部分内容中，主要介绍3ds Max 2009的基本知识，包括3ds Max 2009的使用要求、用途、界面、命令、概念及一些基本的操作和工作流程，让读者对3ds Max 2009有一个初步的了解，为以后深入学习3ds Max 2009打下牢固的基础。

本篇包括下列内容：

- 第1章 初识3ds Max 2009
- 第2章 基本操作

第1章　初识3ds Max 2009

在这一章的内容中，主要是让读者了解3ds Max 2009的基本知识，包括3ds Max 2009的使用要求、用途及其基本的工作流程。由于3ds Max 2009功能比较强大，涉及的内容也比较多，在初次接触3ds Max 2009时，读者可能不知道从何处着手，因此必须首先对它有一个概括的了解，才能在以后深入地学习3ds Max 2009。

1.1　3ds Max 2009简介

3ds Max 2009是Autodesk公司开发的升级版产品，使用该软件可以在虚拟的三维场景中创建出精美的模型，并能输出精美的图像和视频动画文件，目前已被广泛地应用到很多领域中，比如建筑效果图制作、动画制作、电影特效和游戏开发领域等。自3ds Max软件问世以来，已经获得了很多的国际大奖。国内外有非常多的设计师都在使用3ds Max。

1.2　3ds Max 2009的功能及用途

目前，还有其他几家公司开发的几种同类的软件，比如Maya、Softimage|XSI、LightWave 3D和Cinema4D等，这几款软件也非常出色，功能也非常强大。但是同其他软件相比，3ds Max具有全球最多的用户群。据统计，在过去10年里，全球有80%的游戏开发公司和出版公司的产品都是使用3ds Max开发的，而在建筑装饰方面，大部分的公司都采用3ds Max进行设计。这么多的用户都在使用3ds Max，必有其原因。

首先这要归功于3ds Max 2009的强大功能及其易用性。另外，在3ds Max中还可以插入应用程序模块，扩展它的功能。用户可以根据需要制作出任意的模型，然后可以为制作出的模型设置材质和灯光，再进行动画设置和渲染。因此由于其强大的制作和渲染功能，3ds Max被广泛应用于很多的领域，应用效果如图1-1到图1-9所示。

图1-1　工业产品造型设计

图1-2　室内效果图设计

图1-3　室外效果图设计

图1-4　广告设计

图1-5　影视片头和片花设计

图1-6　影视特效设计

图1-7　三维卡通动画设计

图1-8　二维卡通动画设计

3ds Max 2009除了上述几个领域的应用之外，还在军事模拟、气候模拟、环境模拟、辅助教学和产品展示等方面有着广泛的应用。

3ds Max 2009以其高级的建模工具、丰富的材质、完美的灯光模拟和动画控制功能及逼真的渲染功能，吸引越来越多的用户开始学习和使用它。

图1-9　游戏开发

1.3　3ds Max 2009的新增功能简介

在现代社会中，各方面都存在着竞争。优胜劣汰，所以Autodesk公司也在不断地改进3ds Max，以使它的功能不断增强。3ds Max在每一次版本升级中，都有新的功能补充进来，尤其是在3ds Max 2009这一版本中。

（1）新增Reveal渲染

Reveal渲染系统是3ds Max 2009的一项新功能，为我们快速精确渲染提供了所需的精确控制。我们可以渲染减去某个特定物体的整个场景，或渲染单个物体甚至帧缓冲区的特定区域。渲染图像帧缓冲区现在包含一套简化的工具，通过随意过滤物体、区域和进程、平衡质量、速度和完整性，可以快速有效地看到渲染设置中的变化。

（2）改进的OBJ和FBX支持

更高的OBJ转换保真度以及更多的导出选项使得在3ds Max和Mudbox以及其他数字雕刻软件之间传递数据更加容易。游戏制作人员可以体验到增强的纹理贴图处理以及在物体面数方面得到改进的Mudbox导入信息。3ds Max还提供改进的FBX内存管理，并附有与其他产品（例如Maya和MotionBuilder）协同工作的新导入选项。

（3）Biped的改进

新增的Biped工作流程可以让我们处理的Biped角色的手部动作与地面的关系像足部动作与地面一样。这个新功能大大减少了制作四足动画所需的步骤。3ds Max 2009还支持Biped物体以工作轴心点和选取轴心点为轴心进行旋转，这加速了戏剧化的角色动作的创建，比如一个角色摔在地面上。

（4）改进的UV纹理编辑

3ds Max 2009在智能、易用的贴图工具方面继续引领着业界潮流。我们可以使用新的样条贴图功能来对管状和样条状物体进行贴图，例如可以把道路贴图到一个区域中。此外，改进的Relax和Pelt工作流程也简化了UVW的展开，使我们能够以更少的步骤创作出想要的作品。

（5）SDK中的.NET支持

现在，它支持.NET，可通过使用Microsoft的高级应用程序编程接口扩展我们的软件。3ds Max软件开发工具包配有.NET示例代码和文档，可帮助开发人员使用这个强大的工具包。

（6）新增加的ProMaterials材质

3ds Max 2009增加了新的材质库，提供易用、基于实物的mental ray材质，使我们能够快速创建常用的建筑和设计表面，例如固态玻璃、混凝土或专业的有光或无光墙壁涂料。

（7）光度学灯光改进

3ds Max 2009现在支持新型的区域灯光（圆形、圆柱形）、浏览对话框、灯光用户界面中的光度学网络预览以及改进的近距离光度学质量计算和光斑分布。另外，分布类型现在能够支持任何发光形状，而且我们可以将灯光形状显示的和渲染图像中的物体一致。

（8）新增加的视图操作器

在这一版本的3ds Max中，新增加了视图操作器，使用该操作器可以很方便地更改视图、恢复视图等。下面是各视图操作器，效果如图1-10所示。

顶视图

前视图

左视图

透视图

图1-10　视图操作器

以上新增及改进的工具和功能，都为我们的制作、设计、开发以及创作提供了极大的方便。

1.4　安装、启动与退出3ds Max 2009

1.4.1　3ds Max 2009的安装

和其他软件一样，如果要使用3ds Max 2009，必须首先把它安装到自己的计算机上。它的安装非常简单，只要打开计算机，把安装盘放进光驱中，然后按照下列步骤进行安装即可。

（1）找到3ds Max 2009的安装执行文件，如图1-11所示。

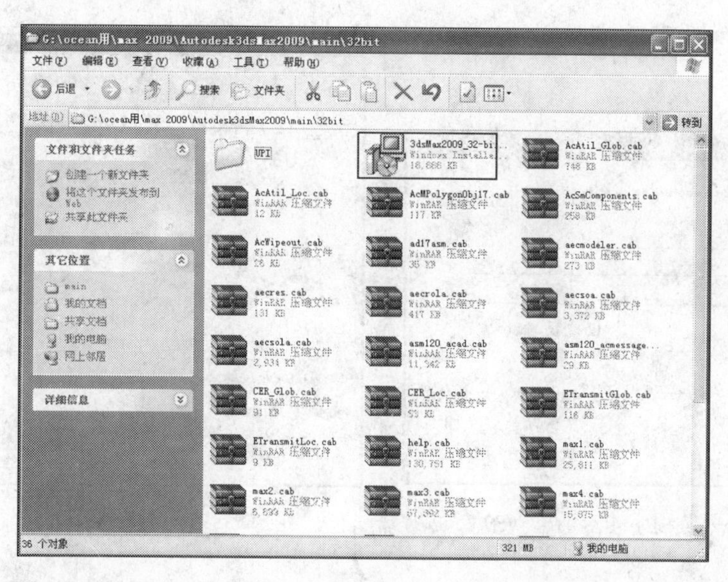

图1-11　安装执行文件

这里介绍的是32位3ds Max 2009的安装过程，64位3ds Max 2009的安装过程与之相同，不再赘述。

（2）使用鼠标左键双击该图标，则会打开如图1-12所示的对话框。

（3）单击“Next（下一步）”后，打开如图1-13所示的对话框。

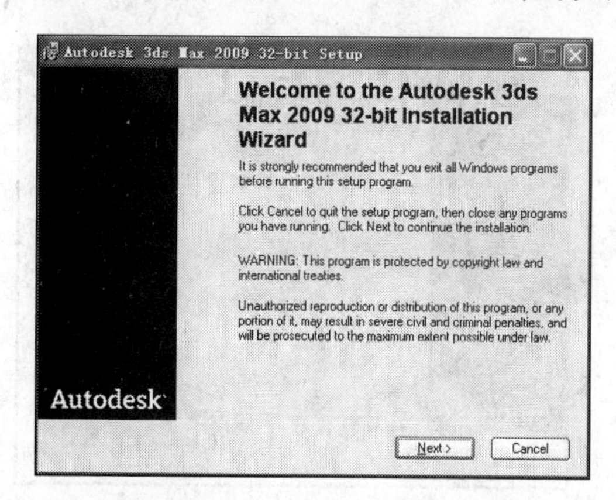

图1-12　安装程序的对话框（1）

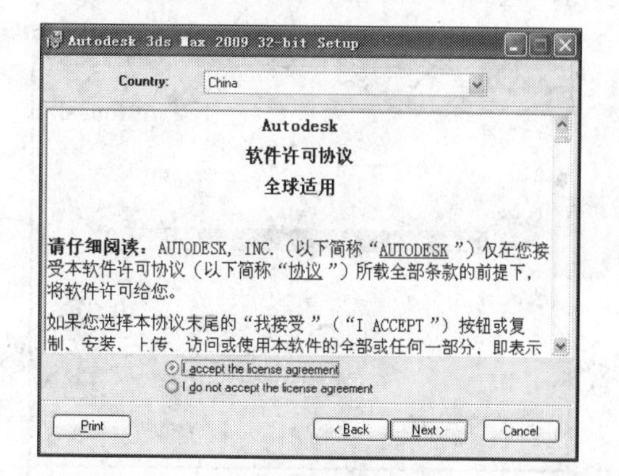

图1-13　安装程序的对话框（2）

（4）选择“I accept the license agreement（我接受许可协议）”选项，然后单击“Next（下一步）”，打开如图1-14所示的对话框。

一定要检查一下自己的计算机配置是否符合要求，否则将不能把3ds Max 2009安装到你的计算机上。

（5）输入自己的姓名及单位，确定选中“Stand Alone（单机）”选项，因为这是在单台计算机上进行安装。然后单击“Next（下一步）”按钮，打开如图1-15所示的对话框，在该对话框中可以通过单击“Browse（浏览）”按钮来更改安装路径，一般使用默认的安装路径即可，建议安装在C盘中。

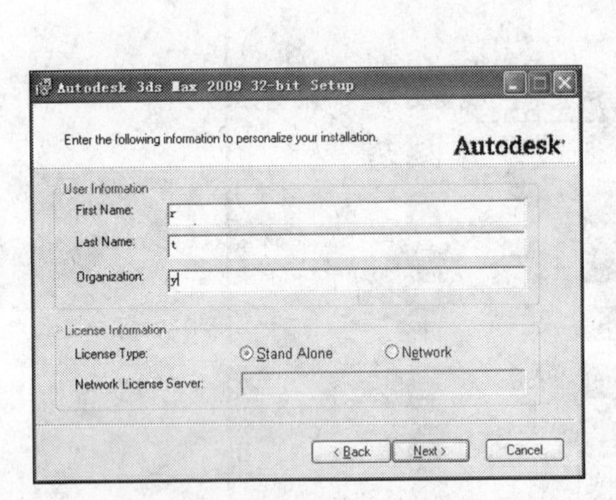

图1-14 安装程序的对话框（3）

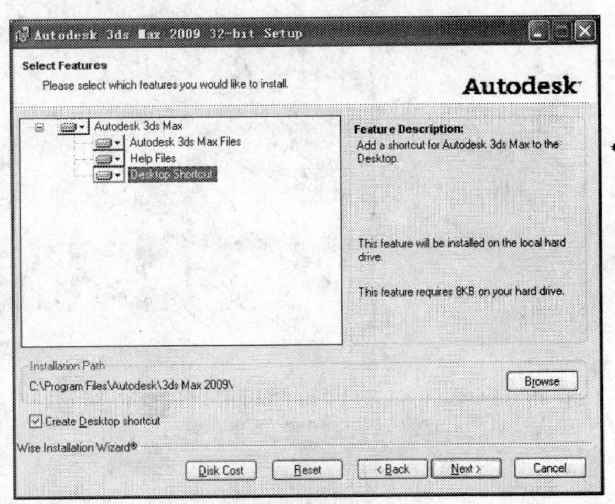

图1-15 安装程序的对话框（4）

根据读者获得的安装程序的不同，安装过程可能也稍有不同，比如下载版的安装程序和光盘版的安装程序就是有区别的。

（6）根据屏幕提示，依次单击“Next（下一步）”按钮，直到打开如图1-16所示的对话框。

（7）继续安装，还会打开几个安装对话框，不必设置选项，直接单击“Next（下一步）”按钮，直到打开如图1-17所示的对话框。

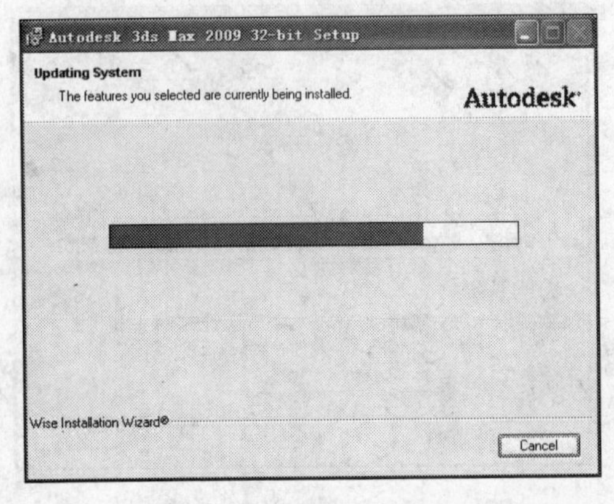

图1-16 安装程序的对话框（5）

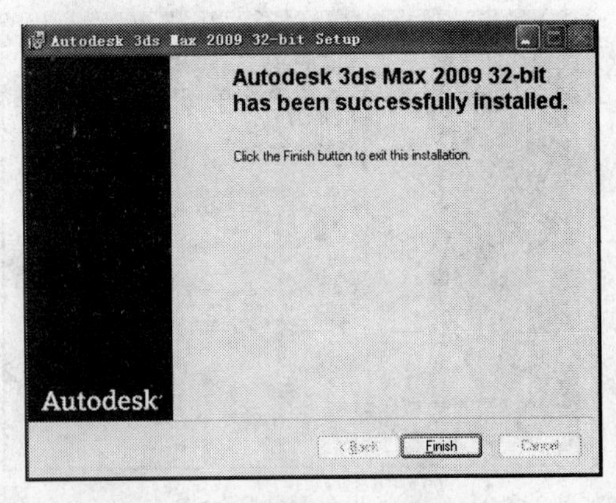

图1-17 安装程序的对话框（6）

（8）最后单击“Finish（完成）”按钮，将会在桌面上生成一个蛇状的图标，如图1-18所示。

如果安装的是64位的3ds Max 2009，那么将会显示出Autodesk 3ds Max 2009 64位的图标。

（9）通过双击桌面上的安装图标即可打开3ds Max 2009。此时，需要先激活软件后才能使用。打开注册机输入激活码，如图1-19所示。

图1-18　3ds Max 2009的启动图标

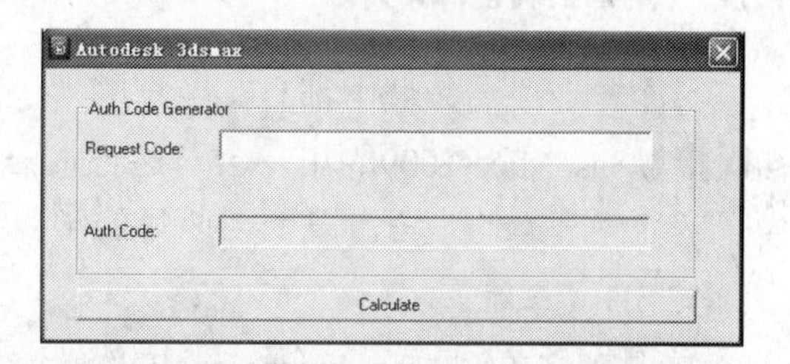

图1-19　注册机

（10）再把生成的激活码输入到注册窗口中，即可注册成功。然后3ds Max 2009就可以使用了，它的启动界面如图1-20所示。

图1-20　3ds Max 2009的启动界面

1.4.2　3ds Max 2009的启动

3ds Max 2009的启动非常简单，只要在计算机桌面上找到3ds Max 2009的启动图标，然后使用鼠标左键双击即可。还有一种比较烦琐的方法，就是使用计算机窗口左下角的“开始”命令，然后依次使用鼠标左键找到“所有程序→Autodesk→3ds Max 2009→3ds Max 2009”，然后单击即可打开3ds Max 2009的工作界面，如图1-21所示。

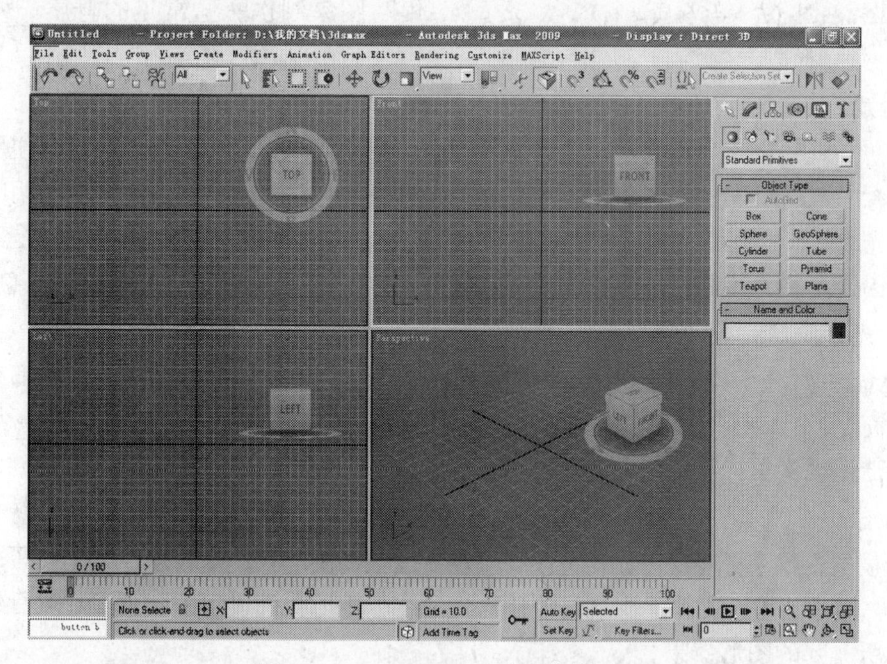

图1-21　3ds Max 2009的工作界面

1.4.3 3ds Max 2009的退出

当不需要运行3ds Max 2009或者在制作完一个项目后，需要退出3ds Max 2009，此时只需保存你制作完成的项目，然后单击3ds Max 2009工具界面右上角的关闭图标（含有×的方框）即可。

1.5 常用概念简介

每个专业或者领域中都有其专用的术语，3ds Max 2009也是这样，有一些专有的术语。初次接触3ds Max 2009的用户会对这些术语感到困惑，因此在学习3ds Max 2009之前，最好先了解这些基本的术语，以便为以后的学习打下基础。

1. 3D（三维）

3D是英文单词three-dimensional的缩写，直译就是三维的意思，在3ds Max中指的是3D图形或者立体图形。这与在其他一些软件中，比如Photoshop中，看到的图形是相对而言的。3D图形具有纵深度。3ds Max就是模拟现实世界的立体空间，因此在3ds Max中制作出的图形具有立体感，与在现实世界中看到的图形基本相同。

2. 建模

即创建模型的简称，也就是创建三维模型。比如创建球体、立方体、生物体、建筑物等。这是创建三维作品的基础，或者第一步。只有创建完模型之后，才能进行以后的工作。

图1-22 贴图（左）与材质（右）

3. 贴图

即模型或者物体表面的图案或者图形。一般分为2D贴图和3D贴图，而且我们可以通过应用贴图来制作一些常见的材质，如图1-22所示。

4. 材质

顾名思义就是物体的构成材料或者元素的表面特征，比如，办公桌，一般是使用木头制作的，它具有一定的颜色、反光度和图案；再比如窗户上的玻璃，它具有一定的透明度，一定的颜色和反光度等。这些特征就是物体的材质，制作完的模型没有被赋予材质时，是不会有这些特征的，因此，在建模之后，要为它们赋予材质。

5. 灯光

3ds Max的灯光是模拟现实世界中的灯光的，比如，在我们的客厅中，一般都有一盏吸顶灯和多盏筒灯，有的还有落地灯和壁灯。而在3ds Max中，就有不同类型的灯光，可以使用这些灯光创造出现实世界中的各种灯光效果。

6. 渲染

在为模型设置好材质和灯光后，如果不需要设置动画的话，就可以渲染出图了，这样渲染出的图片一般称为静态图片。也就是说计算机通过运算把我们设置的各种参数进行处理，为你提交出你所需要的图形效果。

7. 动画

就是物体运动的视频文件，或者动态图片，比如一个篮球的跳动，或者人的行走，这都是动画。在3ds Max中，可以设置物体做任意运动，也就是任意设置物体的动画。

8. 帧

动画的原理与电影的原理相同，是由一些连续的静态图片构成的，这些图片以一定的速度连续播放，根据人眼具有视觉暂留的特性，就会认为画面是连续运动的。这些静态图片就是帧，每一幅静态画面就是一帧。

9. 关键帧

它是相对帧而言的，在制作动画的过程中，需要设置几个主要帧的运动来控制物体的运行形式，比如一个人从跑到跳的运动过程中，就需要分别设置跑和跳的关键帧才能获得我们需要的运动形式。

10. alpha通道

与平面图像中的alpha通道相同，在3ds Max中可以指定图片带有alpha通道信息，从而为它指定透明度和不透明度。在alpha通道中，黑色为图像的不透明区域，白色为图像的透明区域，介于其间的灰色为图像的半透明区域。

它是出现在32位位图文件中的一类数据，用于为图像中的像素指定透明度。24位真彩色文件包含三种颜色信息通道：红、绿和蓝或RGB。每个通道在各个像素上都拥有具体的强度或值。每个通道的强度决定图像中像素的颜色。通过添加第四种通道，alpha通道，文件可以指定每个像素的透明度或不透明度。alpha的值为0表示透明，alpha的值为255则表示不透明，在此范围之间的值表示半透明。透明度对于合成操作是至关重要的，如在Video Post中，位于各个层中的几个图像需要混合在一起，如图1-23所示。

11. B样条线

B样条线（基础样条线）是一种由所谓的基础函数生成的样条线。在Bezier曲线上，B样条线的优点在于可以控制它的顶点（CV）只影响曲线或曲面的局部区域。B样条线的计算速度也比Bezier曲线要快。

12. Bezier曲线

是使用参数多项式技术建模的曲线。Bezier曲线可以由很多顶点进行定义。每个顶点由另外两个控制端点切向矢量的点控制。Bezier曲线由P. Bezier开发而来，用于在汽车设计中进行计算机建模，如图1-24所示。

图1-23 在右图中alpha通道以黑色显示，从而显示出椅子的轮廓

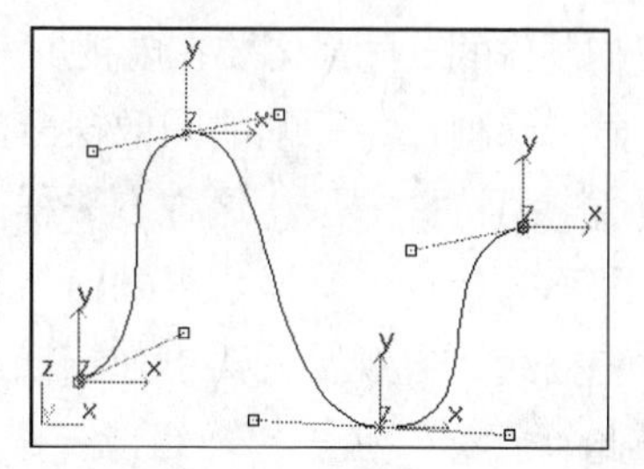

图1-24 Bezier曲线

13. 快捷键

这是一些键盘上的功能键，使用它们可以完成我们使用鼠标所能完成的一些工作任务。比如按键盘上Alt+W组合键可以使某个视图最大化显示。

14. 法线

和我们在几何中学习的垂线相同，它垂直于多边形物体的表面，用于定义物体的内表面和内容表面，以及表面的可见性。如果法线的方向设置错了，那么表面的材质将不可见，一般情况下，所制作的模型表面的法线方向都是正确的。法线效果如图1-25所示。

15. 全局坐标系

有人称之为世界坐标。在3ds Max中，有一个通用的坐标系，这个坐标系及它所定义的空间是不变的。在全局坐标系中，*X*轴指向右侧，*Y*轴指向观察者的前方，*Z*轴指向上方。

16. 局部坐标

局部坐标是和全局坐标相对而言的，它指的是物体自身的坐标。有时在制作过程中可能需要改换成局部坐标来调整物体的方位。

17. 插件

插件是由独立的程序或组件所支持的一种功能。插件可以由第三方厂商或是独立软件开发商提供。例如，3ds Max附带了几个Video Post过滤器和分层插件。

18. 插值

插值是中间值的计算。例如，当我们为运动着的对象设置两个关键帧时，那么中间帧上的对象位置就由插值决定，如图1-26所示。

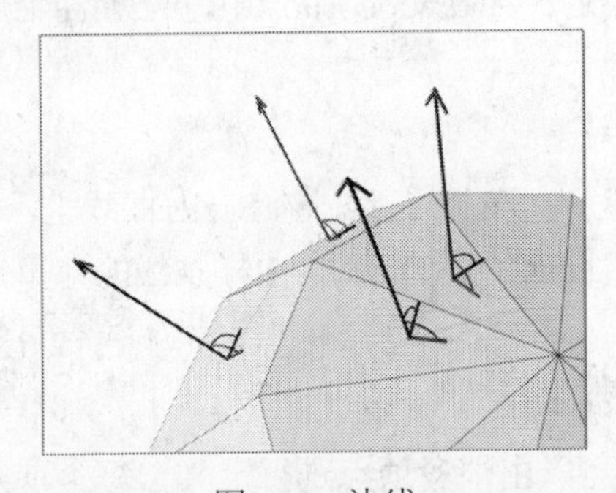

图1-25　法线

图1-26　插值

19. 场

我们制作的动画最终要在电视屏幕上观看。标准的视频信号通过将动画分割为时间段（帧）画面来显示动画。每一帧的图像被分割为水平线（扫描线）。已经开发出一种用于视频信号中表达帧信息的特殊方法。这种方法称之为“场交替”。电视监视器通过单独扫描每一帧的两个部分（即称为“场”）显示视频信号。其中，一个场包含一帧中的奇数扫描线，另一个场则包含偶数扫描线。电视监视器单独扫描并显示每一帧的两个场。场在屏幕上隔一条水平线交替显示，以此“层叠”在一起，组成一幅交替图像，如图1-27所示。

20. 冻结/解冻

可以冻结选择场景中的任一对象。默认情况下，无论是线框模式还是渲染模式，冻结对象都会变成深灰色。这些对象仍然保留在屏幕上，但无法选择，因此不能直接进行变换或修改。

冻结功能可以防止对象被意外编辑，并可以加速重画。冻结对象与隐藏对象相似。冻结时，链接对象、实例对象和参考对象会如同其解冻时一样工作。冻结的灯光和摄影机以及所有相关联视图如正常状态一般继续工作。

图1-27　两个场相结合生成一个画面

21. 光通量

光通量是每单位时间到达、离开或通过曲面的光能数量。流明（lm）是国际单位体系（SI）和美国单位体系（AS）的光通量单位。如果我们想将光作为穿越空间的粒子（光子），那么到达曲面的光束的光通量与1秒钟时间间隔内撞击曲面的粒子数成一定比例。

22. 节点

3ds Max场景中的每一个实体在“轨迹视图”和“图解视图”中都表示为节点。节点轨迹充当了对象几何体、指定的材质和修改器等对象的容器。“轨迹视图”中的节点轨迹能够被折叠，所有相关的组件都可隐藏。从而可以加速“轨迹视图”层次列表的导航速度。节点也提供了层次的构建块。用节点到节点的方式链接对象可以创建父/子关系。

“节点”与术语“对象”不同，因为“对象”指的是更为狭义的几何体：网格、NURBS曲面、样条线、切片等。对象（网格）的同一实例可以被多个节点共享，但是场景中的每个节点都是唯一的。

23. 熔合

在NURBS曲线和曲面上，熔合是将点与点或CV与CV连接在一起。（不可以将CV熔合到点上，反之亦然。）这是连接两条曲线或曲面的一种方法，也是改变曲线和曲面形状的一种方法。熔合的点如同一个单独的点或CV，直到取消熔合。熔合点不会将两个点对象或CV子对象合并在一起。它们虽然被连接在一起，但是保留截然不同的子对象，可以随后取消熔合。

24. 实例

实例是可以与原始对象交互的克隆体。修改实例对象与修改原始对象的效果完全相同。实例不仅在与原始对象在几何体上相同，同时还共享修改器、材质和贴图以及动画控制器。例如，应用修改器更改一个实例时，所有其他实例也会随之更改。

25. 矢量场

在群组动画中，矢量场是一种特殊类型的空间扭曲，群组成员可以使用它来移动不规则的对象，如曲面、凹面。矢量场这个小插件是个方框形的格子，其位置和尺寸可以改变。通过格子交叉可生成矢量。默认情况下，这些矢量垂直于已应用场的对象的表面；假如有必要，你可以采用混和功能使其平滑。群组成员通过以垂直于矢量的方式而围绕对象移动。

26. 视野

视野将宽度定义为一个角，角的顶点位于视平线上，末端位于视图两侧。更改视野与更改摄影机上的镜头的效果相似。视野越大，场景中可看到的部分越多且透视图会越扭曲，这与使用广角镜头相似。视野越小，场景中可看到的部分越少且透视图会越平展，这与使用长焦镜头类似，如图1-28所示。

图1-28　摄影机（左）、窄视野（中）、宽视野（右）

27. 衰减

在现实世界中，灯光的强度将随着距离的变化而减弱。远离光源的对象比距离光源较近的对象要暗，这种效果称为衰减，如图1-29所示。在自然情况下，灯光以平方反比速率衰减；也就是说，其强度的减弱与光源之间距离的平方成一定的比例。当大气中的小粒子阻挡光线时，衰减幅度通常更大，特别是当有云或雾时。

图1-29　在右图中使用了衰减，左图无衰减

28. 四元树

四元树是一种用于计算光线跟踪阴影的数据结构。四元树用于从灯光的角度表现场景。四元树的根节点列出了在视图中可见的所有对象。如果可视对象过多，节点会生成另外四个节点，均代表视图的四分之一，并分别列出所在部分的对象。该过程以自适应方式持续进行，直到每个节点都只有少量对象，或者四元树达到其深度限制（可以为每个灯光分别设置）。

29. 拓扑

创建对象和图形后，将会为每个顶点和/或面指定一个编号。通常，这些编号是内部使用的，它们可以确定指定时间选择的顶点或面。这种数值型的结构称做拓扑。拓扑不同，变形效果也可能会不同，如图1-30所示。

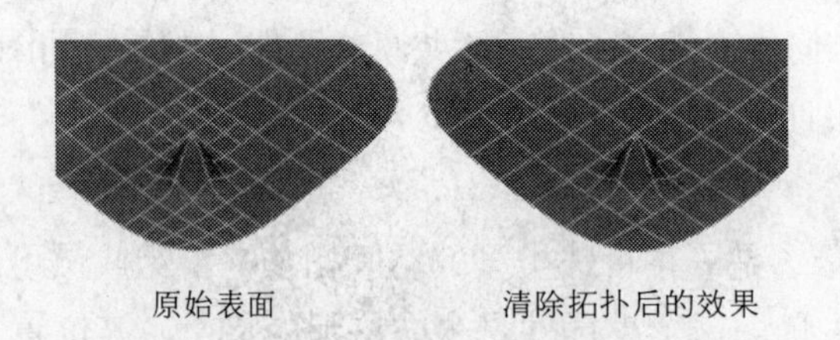

图1-30　对比效果

30. 像素

像素（Picture Element的简称）是图像上一个单独的点。图形显示器通过将屏幕划分为数千个（或数百万个）像素来显示图片，这些像素按行和列排列。

31. 荧光

荧光是一个物体在吸收了另一个光源的辐射（如紫外线）后发出的光线。光线跟踪材质具有模拟荧光的能力。

32. 栅格对象

图1-31 使用栅格控制小船和大船的倾斜

栅格对象是一种辅助对象，当需要建立局部参考栅格或是在主栅格之外的区域构造平面时可以创建它，如图1-31所示。我们可以在场景中创建任意数量的栅格对象，但是在同一时刻只能有一个处于活动状态。处于活动状态时，栅格对象将在所有的视口中取代主栅格。可以自由地移动和旋转栅格对象，将它们放在空间中的任何角度，或是粘贴到对象和曲面上。也可以改变视口呈现出的活动栅格对象的平面视图或顶部视图。栅格对象如同其他对象一样，可以进行命名和保存，或是使用一次后将其删除。

看了这么多的术语后，读者可能会对3ds Max产生一种恐惧感，怎么会有这么多的术语？实际上还有很多的术语在这里没有介绍，我们会在后面的正文里结合相关的知识点进行介绍。其实，如果对一些术语不了解或者不清楚也不必担心，等学习完后面的内容后再回过头来了解这些术语就非常容易了，在这里读者可以只做了解。包括在后面的内容中介绍的文件格式也是如此。

1.6 可支持的文件格式

我们知道在任何一个行业中都有自己的标准，符合标准的就可以应用，否则就不能被应用。文件格式就像是这种标准。在3ds Max 2009中有的文件格式是被支持的，也就能够被使用，有些文件格式是不被支持的，也就是说不能被应用。在这里我们专门来介绍一下在3ds Max 2009中可以应用的文件格式。

1. 3DS和PRJ格式

3DS是3D Studio R4网格文件格式，PRJ是3D Studio R4（适用于DOS）项目文件格式。我们可以将这些类型的文件导入到软件中，以及DXF和SHP文件中。我们也可以导出3DS文件和PRJ格式的文件。

2. BIP格式

BIP文件包含两足动物的骨骼大小和肢体旋转数据。它们采用的是原有的character studio运动文件格式。

3. BVH格式

BVH是BioVision运动捕获文件格式的文件扩展名。BVH文件包含“角色的”骨骼和肢体/关节旋转数据。

4. PSD格式

PSD格式是Adobe Photoshop固有图形文件的文件扩展名。此图像格式支持将图像的多个层叠加起来，以获得最终的图像。每层都可以拥有任意数量的通道（R、G、B、遮罩等）。由于使用多个层可以生成各种特殊的效果，因此这是一种功能强大的文件格式。

5. CPY格式

CPY格式文件包含了使用“复制/粘贴”面板复制并保存的姿势、姿态和轨迹信息。可以加载一个CPY文件，使用一个两足动物创建另一个两足动物。

6. CSM格式

CSM文件格式存储运动捕获数据。它是使用位置标记而不是肢体旋转数据的ASCII（文本）文件。导入原始标记文件时，只在运动捕获缓冲区中存储标记位置数据。3ds Max使用标记数据提取要定位两足动物的肢体旋转数据。

7. DWG格式

DWG文件格式是由AutoCAD、Autodesk Architectural Desktop和Autodesk Mechanical Desktop创建的绘图文件的主要原生文件格式。这是用于导入和导出AutoCAD绘图文件的二进制格式。

8. DXF格式

DXF文件格式用于从AutoCAD（及其他支持该文件格式的程序）导入和导出对象。

9. DDS格式

DDS（DirectDraw Surface）文件格式用于存储具有和不具有mipmap级别的纹理和立方体的环境贴图。此格式可以存储未压缩的像素格式和压缩的像素格式，并且是存储DXTn压缩数据的首选文件格式。此文件格式的开发商是微软公司。

10. AVI格式

这是一种视频文件格式或者动画文件格式，该文件格式是由微软公司开发的。目前，它是一种被广泛运用的主要文件格式。

11. JPEG文件格式

这是一种常用的静态图像的文件格式。它是Graphics Interchange Format（可交换的图像文件格式）的缩写。贴图图像一般采用这种文件格式，因为它所占用的空间比较小，而且能够保留原有图像的色彩及亮度信息。

AVI和JPEG文件格式都属于位图格式，另外还有其他一些3ds Max 2009可支持的位图格式，包括：bmp格式、cin格式、cws格式、dds格式、gif格式、ifl格式、mov格式、psd格式、rgb格式、tga格式、tif格式和yuv格式等。

12. HDRI格式

HDRI是用于高动态范围图像的文件格式。大部分摄影机不具有捕获真实世界所表现的动态范围（暗区域和亮区域之间的亮度范围）的能力。但是，可以通过使用不同的曝光设置获取同一物体的一系列照片，然后将这些照片合并到一个图像文件中来恢复这一范围。

13. MOV格式

QuickTime 是由苹果公司创建的标准文件格式，用于存储常用的数字媒体类型，如音频和视频。当选择QuickTime（*.mov）作为“保存类型”时，动画将保存为.mov文件。

14. MPEG格式

MPEG格式是用于电影文件的标准格式。MPEG代表Moving Picture Experts Group（运动图像专家小组）。MPEG文件可以带有.mpg或.mpeg文件扩展名。

15. RLA格式

RLA格式是一种流行的SGI格式，它具有支持包含任意图像通道的能力。设置用于输出的文件时，如果从列表中选择“RLA图像文件”并单击“设置”按钮，那么会进入RLA设置对话框。可以在该对话框中指定所使用的通道类型。

16. PASS格式

PASS（.pass）文件保存单个mental ray渲染通道的结果。可以通过合并多个通道创建最终的渲染。PASS文件格式包括Z缓冲区信息，有助于进行通道合并。

17. RPF格式

RPF（Rich Pixel格式）是一种支持包含任意图像通道能力的格式。设置用于输出的文件时，如果从列表中选择“RPF图像文件”，那么会进入RPF设置对话框。可以在该对话框中指定写出到文件中所使用的通道类型。

18. VUE格式

VUE（.vue）文件是一种可编辑的ASCII文件。VUE文件可以使用VUE文件渲染器而不是默认的扫描线渲染器来创建。

19. Targa格式

Targa（TGA）格式是Truevision为其视频板而开发的。该格式支持32位真彩色；即24位彩色和一个alpha通道，通常用做真彩色格式。

20. YUV格式

YUV文件格式采用Abekas数字磁盘格式的静态图像图形文件。

21. PNG格式

PNG（可移植网络图形）是针对Internet和万维网开发的静态图像格式。

1.7 工作流程简介

为了更好、更快地学习和使用3ds Max 2009，用户应该了解这些项目的制作流程。在我们拿到设计方案之后，应该首先设置场景，一般使用该程序的默认视图排列模式即可，也就是四视图排列模式。然后根据需要设置系统的显示单位，在“Customize（自定义）”命令栏中选择“Units Setup（单位设置）”项。然后选择使用“Metric（公制）”、“US Standard（美国标准）”、“Custom（自定义）”和“Generic Units（通用单位）”。一般选择使用“通用单位”即可。然后可以按如图1-32所示的工作流程进行创建工作即可。

根据流程图最后将渲染出的图片和动画文件进行后期的处理就可以了。注意，根据不同的项目要求，制作流程也稍有不同。

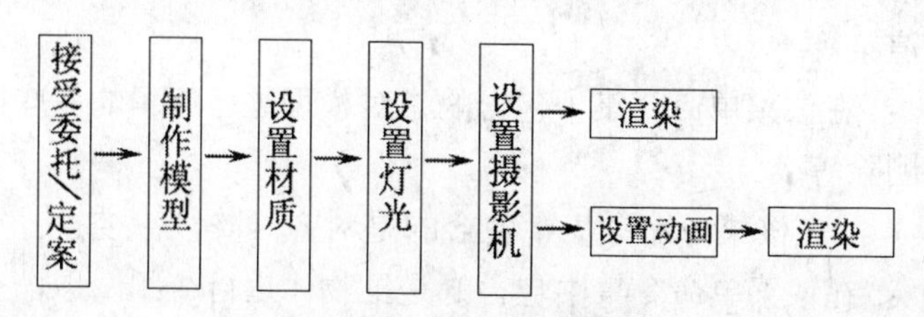

图1-32 工作流程图

1.8 界面构成

在下面的内容中，将向读者介绍3ds Max 2009的工作界面。因为3ds Max的界面构成比较复杂，所以有必要专门来介绍它。按前面讲解的内容，在计算机桌面上双击3ds Max 2009的启动图标，就会打开它的工作界面，如图1-33所示。

标题栏
菜单栏
工具栏
命令面板
视图区
状态栏
时间标尺
动画控制区
视图控制区

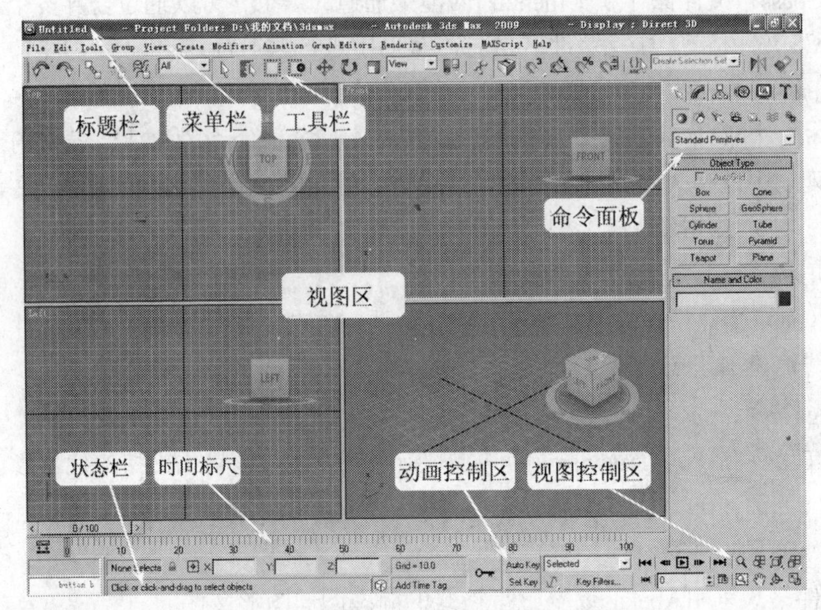

图1-33 3ds Max 2009的工作界面

这是默认设置下3ds Max 2009的工作界面。从图中，可以看到其界面的构成部分。中间是四个视图，分别是顶视图、前视图、左视图和透视图。在进行建模、设置材质、创建灯光和设置动画时，就要从这几个视图中以可视化方式进行。

1.8.1 菜单栏

在菜单栏中共包含14个不同的菜单命令集，如图1-34所示。它们是按不同的功能进行分类的，在每个菜单命令集中又包含有更多的子命令，使用这些命令可以完成不同的操作和任务，下面就简要介绍一下它们的作用。

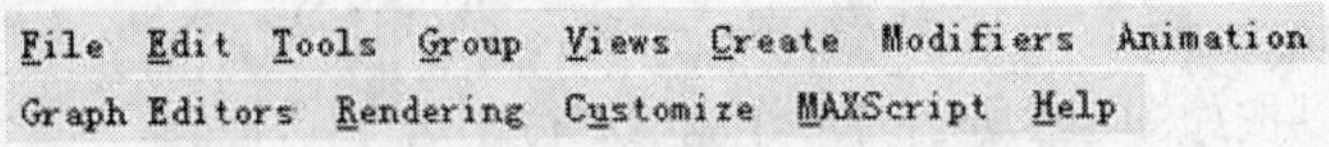

File Edit Tools Group Views Create Modifiers Animation
Graph Editors Rendering Customize MAXScript Help

图1-34 菜单栏

· File（文件）：在该菜单命令集中包含的是与文件相关的命令，比如打开文件、保存文件、输出、合并及渲染等。

· Edit（编辑）：在该菜单命令集中包含的是对模型进行编辑的一些操作命令，比如，复制、粘贴、选择、删除等。

· Tools（工具）：在该菜单命令集中包含的是对齐、阵列、变换、镜像等操作命令。

· Group（组）：在该菜单命令集中包含的是把物体进行分组、取消分组、打开组的命令等。

· Views（视图）：在该菜单命令集中包含的是用于设置和控制3ds Max视图的相关命令，比如重画视图、引入背景等。

· Create（创建）：在该菜单命令集中包含的是用于创建几何体的命令等。

· Modifiers（修改器）：在该菜单命令集中包含的是用于为所创建的几何体实施各种变形的命令等。

· Animation（动画）：在该菜单命令集中包含的是设置骨骼、反向动力学和正向动力学、约束等的命令等。

· Graph Editors（图表编辑器）：在该菜单命令集中包含的是用于打开和设置曲线图编辑器和清单列表等的对话框。

· Rendering（渲染）：在该菜单命令集中包含的是用于设置渲染和进行后期合成处理的命令等。

· Customize（自定义）：在该菜单命令集中包含的是用于自定制使用界面、菜单和快捷键的命令等。

· MAX Script：在该菜单命令集中包含的是新建、打开、运行Max内置脚本的命令等。

MAX Script一词没有被翻译过来，它是Max脚本的意思。我们可以通过使用脚本来执行一定的任务。

· Help（帮助）：在该菜单命令集中包含的是用于打开3ds Max 2009联机帮助的命令等。

以上是菜单栏的介绍，与它们对应的快捷键有很多，可以参看本书后面的附录。使用快捷键可以提高我们的工作效率。

1.8.2　工具栏

工具栏位于菜单栏和视图之间，其中包含的都是按钮图标，比如选择按钮、旋转按钮和移动按钮等，使用鼠标左键单击这些图标即可激活它们，如图1-35所示。由于按钮图标太多，不能在屏幕上全部显示出来，但是可以把鼠标指针放置在工具栏上，此时，鼠标指针将会变成一个手形形状，通过左右拖曳即可把隐藏的按钮图标显示出来。另外，把鼠标指针放在这些图标上，就会显示该图标的释意。下面简要地介绍一下这些按钮的功能。

图1-35　工具栏

· （撤销）：单击该按钮，可以撤销上一次的操作。

· （重做）：单击该按钮可以恢复上一次撤销的操作。

· （选择并链接）：使用该按钮可以把两个物体链接，使它们产生父子层关系。

· （断开当前选择链接）：使用该按钮可以把两个有父子关系的物体断开联系，使它们都成为独立的物体。

· （绑定到空间扭曲）：使用该按钮可以把选择的物体绑定到空间扭曲物体上，使它们受空间扭曲物体的影响。

· All（选择过滤器）：单击这里的下拉按钮可以按照3ds Max 2009提供的选择方式选择场景中的物体，默认设置为All。

• （选择对象）：使用该按钮可以在场景中选择物体，被选中的物体会以白色模式显示。

• （按名称选择）：单击该按钮后，将会打开“Select Object（选中物体）”对话框，在该对话框中可以按物体的名称选择它们，该按钮对于在比较复杂的场景中选择物体有很大的帮助。

• （矩形选择区域）：使用鼠标指针按住该按钮可以打开一个下拉按钮列表，它们分别是、、、。系统默认设置是按钮，这样，当在场景中拖动鼠标时，会以矩形框方式选择物体。当选择按钮时，在场景中拖动鼠标，会以圆形框方式选择物体。当设置为按钮时，在场景中拖动鼠标，会以多边形方式选择物体。当设置为按钮时，在场景中拖动鼠标，会以自由形状框选物体。

• （窗口/交叉）：激活该按钮后，只有当一个物体全部位于选择框内时它才能够被选择。

• （选择并移动）：使用该工具可以按一定的方向（按轴向）移动选择的物体。

• （选择并旋转）：使用该工具可以按一定的方向（按轴向）旋转选择的物体。

• （选择并均匀缩放）：使用该工具，可以把选择好的物体按总体等比例进行缩放。如果把鼠标指针放在该按钮上并按住不动，那么将会打开两个新的缩放按钮，它们是和。使用工具可以把物体按非等比例进行缩放，而使用工具可以把物体按等比例进行缩放。

• View（参考坐标系）：单击这里面的下拉按钮，将会打开一个下拉菜单，在该菜单中可以选择不同的坐标系统。共包含有7种选项，一般使用View（视图）即可。

• （使用轴点中心）：选择该按钮时，将使用物体自身的轴心作为操作中心。如果把鼠标指针放在该按钮上并按住不动，那么将会打开两个新的按钮，它们是和。选择按钮时，将使用物体自身的轴心作为操作中心。选择按钮时，将使用当前坐标系的轴心作为操作中心。

• （选择并操作）按钮：使用该工具可以选择和改变物体的大小。

• （捕捉开关）按钮：激活该按钮可以锁定3维捕捉开关。如果把鼠标指针放在该按钮上并按住不动，那么将会打开两个新的按钮，它们是和。激活按钮时可以锁定2维捕捉开关。激活按钮时可以锁定2.5维捕捉开关。

• （角度捕捉切换）按钮：激活该按钮可以锁定角度捕捉开关，此时，在执行旋转操作时，将会把物体按固定的角度进行旋转。

• （百分比捕捉切换）：激活该按钮后，就会打开百分比捕捉开关。

• （微调器捕捉切换）：单击该按钮上的上下箭头按钮，可以设置捕捉的数值。

• （编辑命名选择集）：激活该按钮后，可以对场景中的物体以集合的形式进行编辑和修改。

• （命名选择集）：它的功能是为一个选择集进行命名。

• （镜像）：使用它可以按指定的坐标轴把一个物体以相对方式复制到另外一个方向上。我们在制作效果图时经常会使用到该按钮。

·（对齐）：使用该按钮可以使一个物体与另外一个物体在方位上对齐。如果把鼠标指针放在该按钮上并按住不动，那么将会打开5个新的按钮，它们是、、、、。按钮用于快速对齐物体，按钮用于对齐两个物体的法线，按钮用于根据高光位置把物体重新定位，按钮用于把摄影机和物体表面的法线对齐，按钮用于把选择物体的坐标轴和当前的视图对齐。

·（层管理）：使用该按钮可以打开“图层（Layer）”对话框来管理图层。

·（曲线编辑器）：使用该按钮可以打开“轨迹视图（Track View）”对话框，该对话框主要用于制作和设置动画。

·（图解视图）：使用该按钮可以打开“图解视图”。

·（材质编辑器）：使用该按钮可以打开“材质编辑器”窗口，“材质编辑器”窗口是一个非常重要的窗口，它用于设置物体的材质。

·（渲染场景对话框）：使用该按钮可以对当前的场景进行渲染。

·（快速渲染）：单击该按钮可以对当前视图进行快速渲染。如果把鼠标指针放在该按钮上按住不动，那么将会打开1个新的按钮，它是，使用它可以快速地渲染当前视图，但是，当场景中的材质和灯光发生改变时，系统都会自动进行渲染。

与这些按钮对应的快捷键有很多，熟练使用这些快捷键可以提高我们的工作效率。

1.8.3 视图区

在系统默认设置下，视图区共有4个视图，它们分别是Top（顶视图）、Front（前视图）、Left（左视图）和Perspective（透视图），如图1-36所示。它们是按视觉角度进行划分的，在顶视图中，表示我们是在物体的顶部进行观看；前视图表示我们是在物体的正前方进行观看；左视图表示我们是在物体的左侧面进行观看；透视图表示我们是在一个特定的角度观看物体，从这里可以看到物体的前面、侧面和顶面。

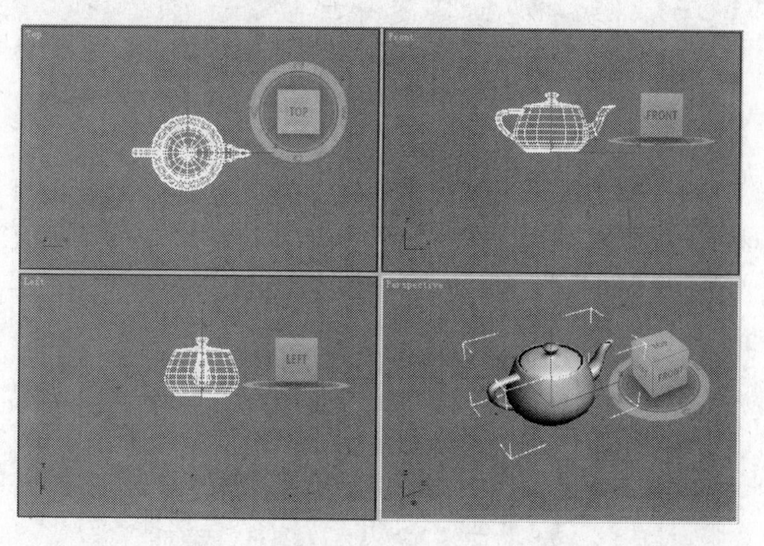

图1-36 4个视图

一般，在制作效果图时，使用这4个视图就足够了。在有些特殊情况下，我们需要从不同的角度来观看物体。比如从物体的底部，那么可以把一个视图改变成底视图。我们可以把顶视图改变成前视图，在顶视图处于激活状态的情况下只要按键盘上的F键即可。或者通过“Views”菜单选择Front（前视图）也可以，如图1-37所示。

这4个视图都可以进行这样的设置，建议读者记住切换这些视图的快捷键，在工作的时候，只需点按这些快捷键就可以快速地切换到自己需要的视图中去。

另外，在每个视图中都带有栅格，这是为了帮助用户确定位置和坐标。但是，有时我们不需要使用它们进行确定，因此可以把栅格去掉。比如，我们想把左视图中的栅格去掉，那么在左视图处于激活的状态下通过按键盘上的G键就可以把栅格去掉了，如果想再恢复成带有栅格的状态，那么再次按键盘上的G键就可以了。栅格消失后的效果如图1-38所示。

图1-37　改变成前视图

图1-38　去掉栅格的左视图

另外，还可以设置视图中物体的显示方式。默认设置下，在Top（顶视图）、Front（前视图）和Left（左视图）中的物体都是以线框方式显示的，而在透视图中的物体则是以实体方式显示的，如图1-39所示。

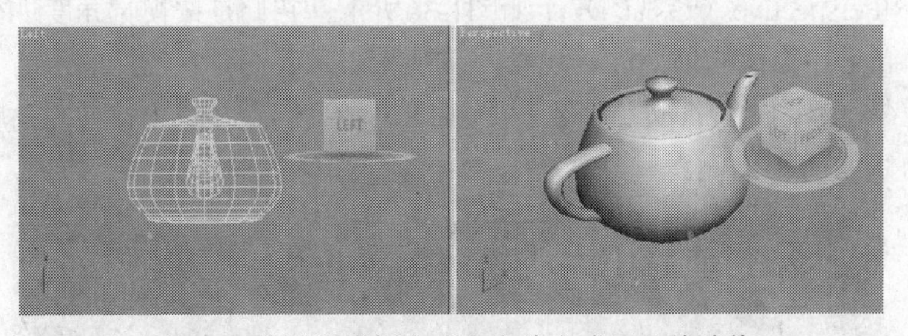

图1-39　分别以线框方式和实体方式显示的球体

我们也可以改变它们的显示方式。比如，把在左视图中的球体改变成实体显示方式，只要在视图中的“Left（左）”上右击，就会弹出一个菜单，在弹出的菜单中选择“Smooth+ Highlights（平滑+高光）”就可以把左视图中的球体改变成实体显示了。同样，也可以使用该方法把Perspective（透视图）中的茶壶改变成以线框方式显示，如图1-40所示。

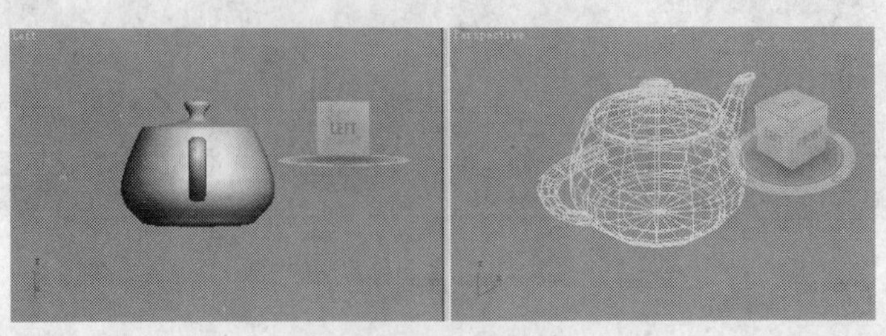

图1-40　改变显示方式

这几个视图都可以进行这样的设置，另外还可以设置成其他的显示模式，比如面片等，但是这要根据需要进行设置。

1.8.4　命令面板

在3ds Max 2009默认设置下，窗口的最右侧是命令面板，如图1-41所示。使用这些命令面板可以创建出我们需要的模型或者物体，并可以对它们进行修改。下面就简要地介绍一下命令面板。

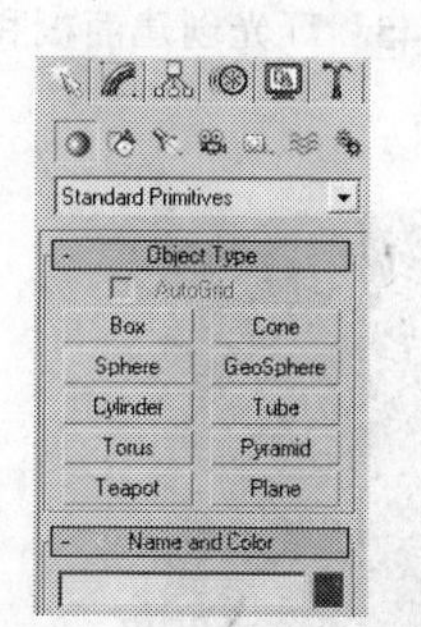

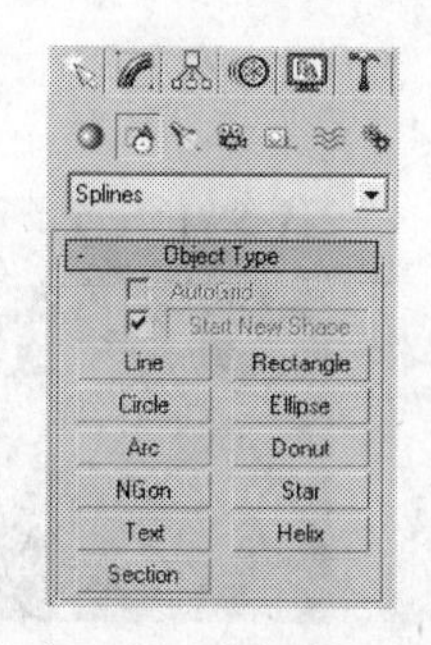

图1-41　几何体创建命令面板、图形创建面板和灯光创建面板

在创建模型时，我们需要为它进行命名，在创建面板的底部命名输入框中就可以为模型设置名称。另外，在命名输入框右侧有一个颜色框，单击这个颜色框将会打开一个颜色设置对话框，使用它可以为我们所创建的模型设置和改变颜色。

使用该面板可以创建我们需要的模型，比如通过单击 Box （长方体）按钮，并在一个视图中单击并拖曳就可创建出一个长方体，如图1-42所示。

使用其他按钮可以创建球体、圆柱体、锥体、面等。下面就介绍一下这些按钮。

• （几何体）：单击该按钮即可进入到三维物体的创建命令面板中，使用该创建面板中的按钮，可以创建各种标准的三维物体，比如方体圆柱体、锥体、面等，如图1-43所示。

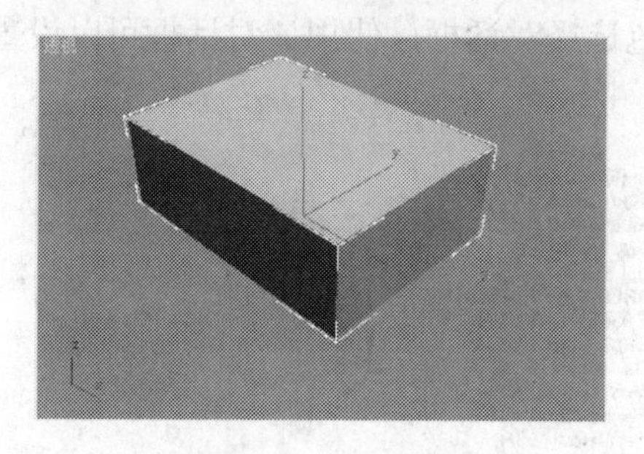

图1-42　长方体

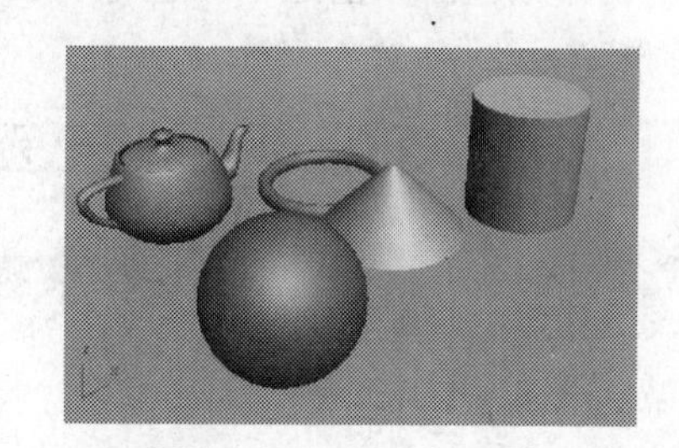

图1-43　其他几何体

• （二维图形）：单击该按钮即可进入到二维物体的创建命令面板中，使用该创建面板中的按钮，可以创建各种线段、矩形等，如图1-44所示。

• （灯光）：单击该按钮即可进入到灯光的创建命令面板中，用以创建各种灯光。灯光创建面板如图1-45所示。

• （摄影机）：单击该按钮即可进入到摄影机的创建命令面板中，用以创建摄影机。摄影机创建面板如图1-46所示。

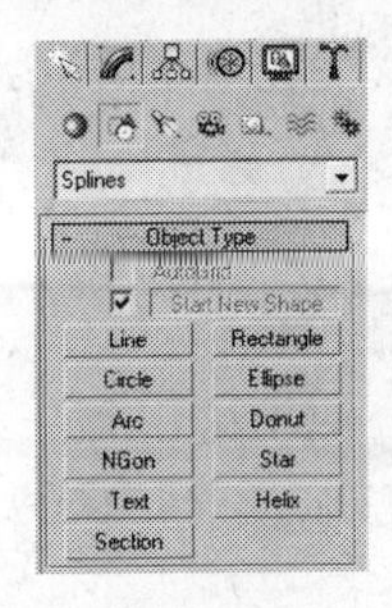

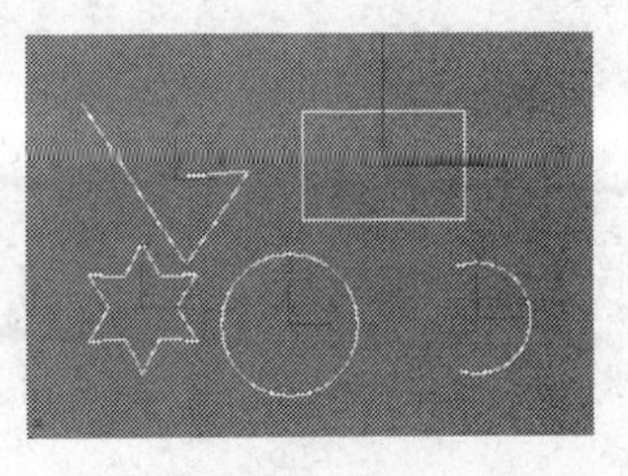

图1-44　二维图形创建面板和创建的部分二维物体

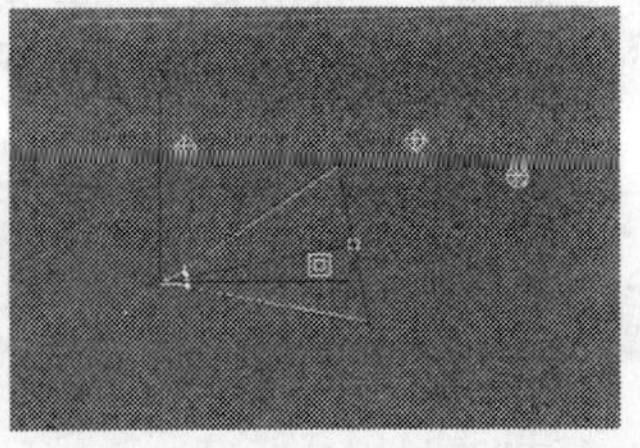

图1-45　灯光创建面板和创建的部分灯光

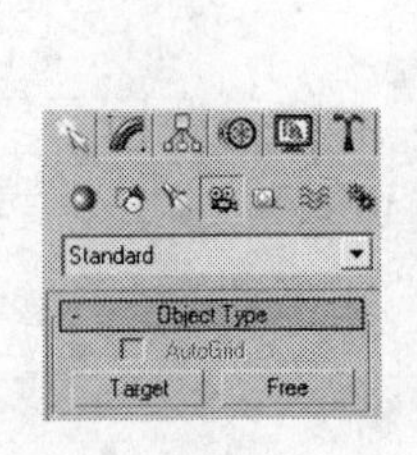

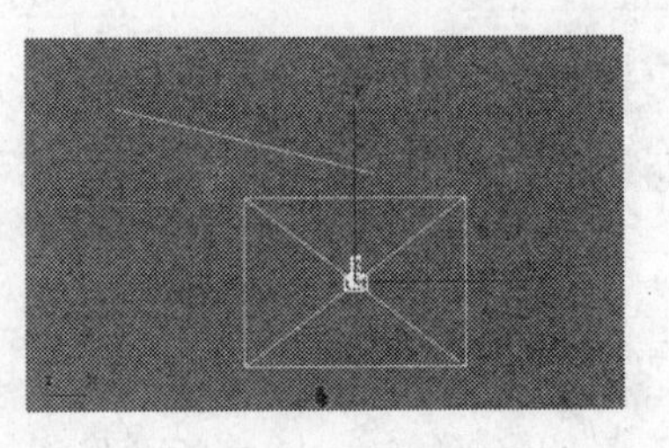

图1-46　摄影机创建面板和创建的摄影机

1.8.5　修改命令面板

修改命令面板用于对我们制作的模型进行修改，在这里面包含了80多条修改命令。在修改命令面板中的修改器列表右侧有一个下拉按钮，单击该按钮就会打开一个修改命令菜单。注意，只有在场景列表器中创建了物体之后，该下拉菜单才可用，否则在该菜单命令中将不显示任何内容。

当对我们在场景中制作的物体实施了修改命令之后，这些修改操作将被记录到修改器命令面板的一个区域中，并显示在该区域中，业内人士一般把它称为修改器堆栈，如图1-47所示。

• 物体名称：在这个框中显示的是选择物体的名称，在这里也可以修改物体的名称。

• 物体颜色：单击这个颜色框将会打开一个颜色选择对话框，使用该对话框可以设置所选物体的颜色。

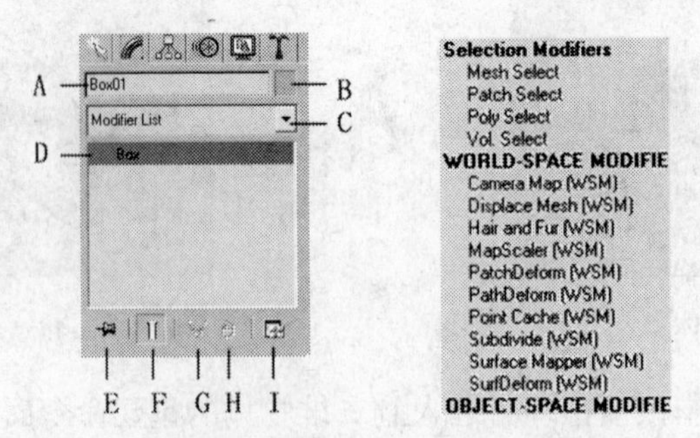

A. 物体名称；B. 物体颜色；C. 修改命令列表；D. 修改堆栈；E. 锁定堆栈；F. 显示最终结果开/关切换；G. 使唯一；H. 从堆栈中移除修改器；I. 配置修改器集。

图1-47　修改器面板和修改器列表

• 修改命令列表：单击该按钮就会打开一个修改器菜单，选择一种修改器后就可以为选择的物体应用该修改器。

• 修改堆栈：在这里记录的是所有添加的修改器信息，并按先后顺序组成一个列表，最先添加的修改器在底层，最后添加的在上层。

• 锁定堆栈：在视图中选择一个物体后，单击该按钮，它会改变形状，此时修改堆栈就会锁定到该物体上，此时，即使在视图中选择了其他的物体，在修改堆栈中也会显示锁定物体的修改命令。

• 显示最终结果开/关切换：默认处于打开状态，当选择了修改堆栈中的某一层时，在视图中显示的是当前所在层之前的修改结果，按下该按钮则会切换为显示，并可以观察到修改该层参数后的最终结果。

• 使唯一：当选择一组物体并添加相同的修改器之后，只有选择其中的一个物体，该按钮才有效。此时，如果改变修改器中的参数，会同时对该组中的所有物体产生影响。

• 从堆栈中移除修改器：如果选择修改器堆栈中的一个修改器名称，然后单击该按钮，就会把该修改器从堆栈中删除掉。

• 配置修改器集：单击该按钮后，如果选择下拉菜单选项，则可以让面板显示修改器的按钮，并可以把这些按钮组成一个显示集合，或者使按钮按类别显示。

1.8.6　层次面板

该面板用于调节各相互关联的物体之间的层次关系，比如在创建反向运动过程中的层次结构等。层次面板如图1-48所示。

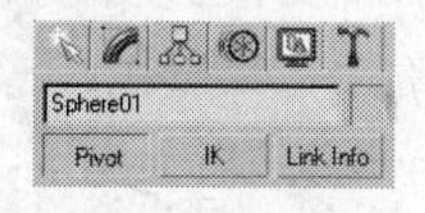

图1-48　层次面板

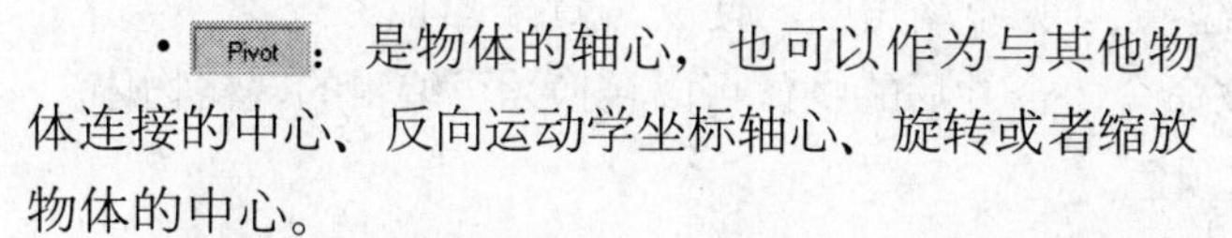

• Pivot：是物体的轴心，也可以作为与其他物体连接的中心、反向运动学坐标轴心、旋转或者缩放物体的中心。

• IK：反向运动学，它与正向运动学是相对的。运用这一运动系统可以通过移动物体层次中的一个物体来使其他物体非常自然地运动起来。常见于骨骼的运动。

• Link Info：用于控制物体运动时在3个轴向上的锁定和继承情况。

1.8.7　运动面板

运动面板主要用于为物体设置动画、控制物体的运动轨迹，还可以把物体的运动轨迹转换成样条曲线，也可以把样条曲线转换成运动轨迹。运动面板如图1-49所示。

• Parameters：使用它可以指定动画控制器，也可以添加和删除关键帧。

• Trajectories：它用于显示物体的运动轨迹。

在运动面板里面包含几个面板，分别用于指定控制器的类型、设置PRS参数、设置XYZ参数和关键点的基本信息。

1.8.8　显示面板

该面板主要用于控制物体在视图中的冻结、显示和隐藏属性，从而可以更好地完成场景制作，加快画面的显示速度。显示面板如图1-50所示。

隐藏就是让选择的物体在视图中不显示出来，但是它们依然存在。在渲染时隐藏的物体不被渲染。将当前不需要的物体隐藏起来是为了加快视图的显示速度。

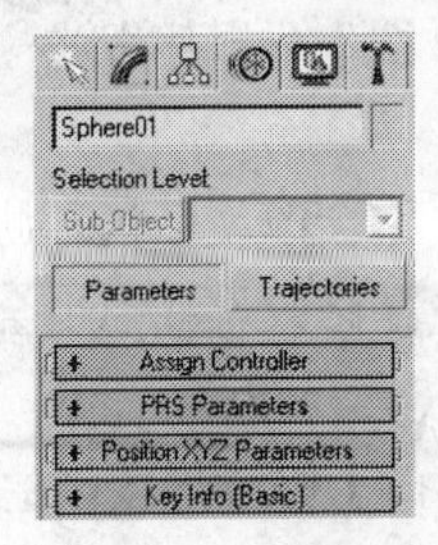

图1-49 运动面板

图1-50 显示面板

冻结是把视图中的物体像冰冻物体那样冻结起来，冻结后的物体不能被选择，也不能被进程操作，而且再占用系统的显示资源，从而能够提高视图的显示速度。

一般在制作大的场景时，会使用到这两种操作。

1.8.9 工具面板

该面板主要用于访问已安装的外挂插件或者应用程序。在默认状态下，该面板只显示9个应用程序或者工具。单击“更多”按钮则会打开“工具”对话框。在该对话框中选择了相应的工具后，就会在该面板中显示出来。工具面板如图1-51所示。

- Sets：用于打开已经保存的所有设置列表，从中选择一种程序项目布局。
- （配置按钮集按钮）：该按钮用于设置面板中显示的程序数目和种类。
- AssetBrowser：用于浏览各种图像和动画文件。
- CameraMatch：用于调整摄影机的位置、视野及角度，使之与背景图相一致。
- Collapse：用于合并所有添加的修改命令，合并后的物体可以转换为可编辑的网格物体。
- Color Clipboard：用于存储和复制颜色。
- Measure：用于测量所选物体的表面积、体积和空间坐标。
- Motion Capture：用于记录三维物体的运动。
- Reset XForm：用于把对物体的旋转和缩放变换成XForm的形式加入到修改堆栈中。
- MAXScript：可使用户通过MAX脚本直接控制三维图形及动画的制作。
- reactor：可辅助用户创建动画。

以上这些概念或者词语，对于初学者而言可能理解起来比较困难，但可以在后面的实例制作中更好地理解它们。

1.8.10 视图控制区

视图控制区位于整个3ds Max 2009界面的右下方，是由很多按钮组成的，使用这些按钮可以对视图进行放大或者缩小控制。另外，还有几个右下方带有小三角形的按钮，如果把鼠标光标放到这些按钮上，并按下鼠标左键，那么就会弹出一个或多个小按钮。这些按钮具有不同的作用，而且还会经常使用到。视图控制区如图1-52所示。

- 缩放：将鼠标指针移动到任意视图，然后按住鼠标左键上下拖动即可放大或者缩小视图中的物体。

- 缩放所有视图：将鼠标指针移动到任意视图，然后按住鼠标左键上下拖动即可同时放大或者缩小所有的视图。

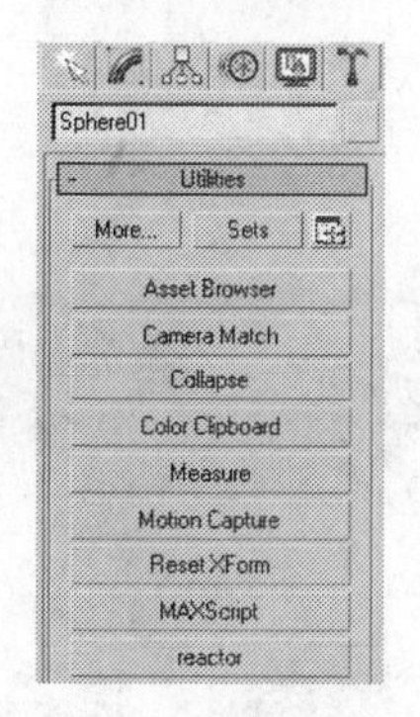

图1-51　工具面板

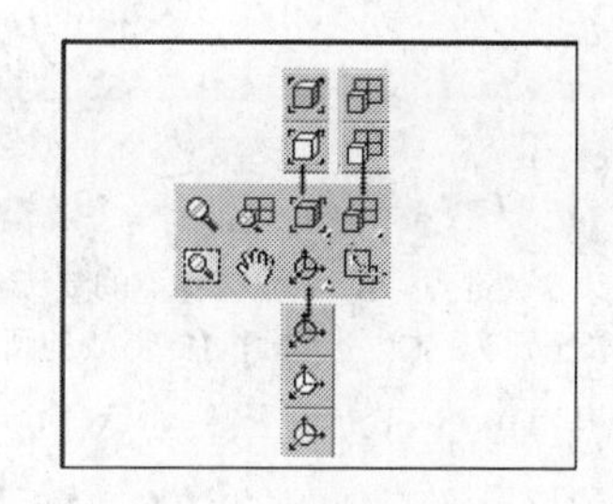

图1-52　视图控制区

- 最大化显示：将鼠标指针移动到任意视图，然后单击该按钮就可以使该视图最大化显示。

- 最大化显示选定对象：将鼠标指针移动到任意视图，然后单击该按钮就可以使该视图中的物体最大化显示。

- 所有视图最大化显示：将鼠标指针移动到任意视图，然后单击该按钮就可以使所有视图同时最大化显示。

- 所有视图最大化显示选定对象：将鼠标指针移动到任意视图，然后单击该按钮就可以使所有视图中的物体同时最大化显示。

- 缩放区域：使用该按钮可以在任意视图中局部缩放物体。

- 平移视图：将鼠标指针移动到任意视图中，然后通过拖动即可以水平方式或者垂直方式移动整个视图，这样可便于我们观察视图。

- 弧形旋转：单击该按钮后，当前处于激活状态的视图中就会显示出一个黄色的指示圈，并带有4个手柄，用户可以通过把鼠标指针移动到这个圈内或者圈外，或者四个手柄上，然后按住鼠标左键拖动，使视图以弧形方式进行移动。

- 弧形旋转选定对象：单击该按钮后，按住鼠标左键拖动，这样可以使视图中的物体以弧形方式进行移动。

- 弧形旋转子对象：单击该按钮后，将会在所选定的物体内部出现一个黄色的圆圈，按住鼠标左键拖动，将以视图选定物体的子物体为轴心进行旋转。

- 最大化视口切换：单击该按钮后，当前处于激活状态的视图将以最大化模式显示，再次单击该按钮，那么视图将恢复到原来的大小。

1.8.11　动画控制区

动画控制区位于界面的下方，主要用于控制动画的设置及播放、记录动画、动画帧及时间的选择，动画控制区如图1-53所示。

- 设置关键点：用于设置关键帧。注意，也有人把关键点称为关键帧。

- Auto Key：按下该按钮，可自动记录关键帧的全部信息。

- Set Key：与配合使用，用于设置关键帧。

- Selected：显示选择集合的名称，可以快速地从一个选择集合转换到另外一个选择集合。

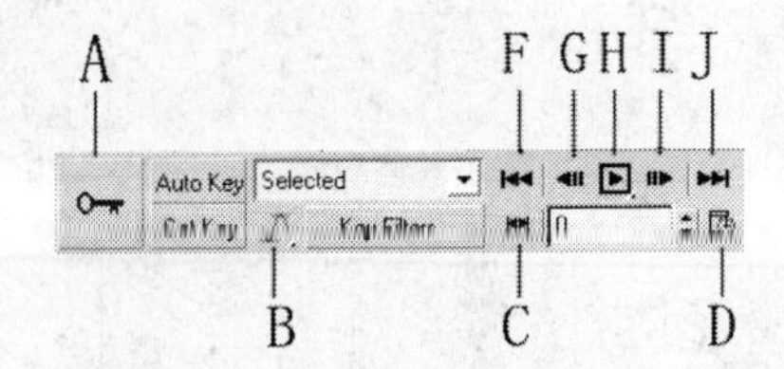

A. 设置关键点；B. 新建关键点的默认入/出切线；C.关键点模式切换；D. 选择列表；E. 时间配置；
F. 转至开头；G. 上一帧；H. 播放动画；I. 下一帧；J. 转至结尾

图1-53　动画控制区

• ：使用该按钮可以对新建的关键点设置入切线和出切线，从而改变关键点之间的形状。

• Key Filters... ：激活该按钮后，将会打开“关键点过滤器”窗口，在该窗口中可以设置不被录制的物体属性。

• 转至开头：激活该按钮后，动画记录将返回到第一帧。

• 关键点模式切换：激活该按钮后，和按钮将分别变为和，单击它们，动画画面将在关键帧之间进行跳转。

• 上一帧：激活该按钮后，将会把动画画面切换到前一帧的画面中。

• 播放动画：激活该按钮后，动画就会播放。在该按钮中还隐藏有一个按钮，按下该按钮时，在视图中将只播放被选中物体的动画。

• 下一帧：激活该按钮后，将会把动画画面切换到下一帧的画面中。

• 0 时间控制器：显示当前帧所在的位置。可手动输入数值来控制当前帧的位置。在它右侧的两个小三角形按钮是微调按钮。

• 转至结尾：激活该按钮后，动画记录将返回到最后一帧。

• 时间配置：激活该按钮后，将会打开“时间配置”窗口，在该窗口中可以设置动画的模式和总帧数。

1.8.12　状态栏

在3ds Max 2009的左下区域就是状态栏，它的作用主要是显示一些信息和操作提示。另外它还可以锁定物体，防止发生一些错误操作。状态栏如图1-54所示。

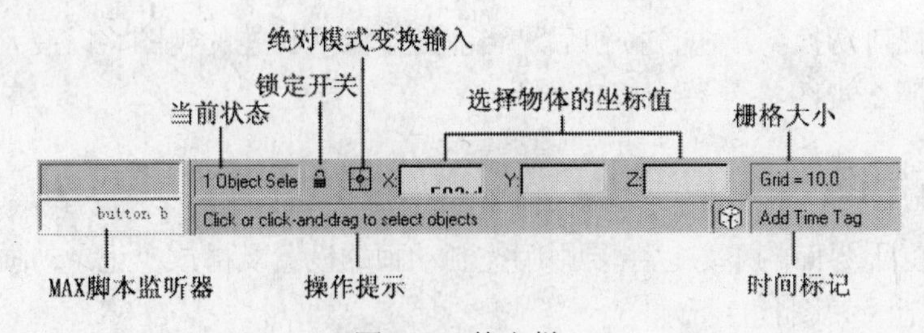

图1-54　状态栏

• 当前状态：显示当前选定物体的数量和类型。

• 锁定开关：默认状态下，它是关闭的。按下该按钮，它将以黄色显示，即将把选定的物体锁定。此时，切换视图或者调整工具时，都不会改变当前操作的物体。也可以对此物体进行锁定。

· 绝对模式变换输入：这是一个按钮，单击该按钮后，可以切换到“偏移模式变换输入”按钮。

· 选择物体的坐标值：在这3个框中分别显示选定物体的世界坐标值。

· 栅格大小：显示当前视图中一个方格的尺寸。

· MAX脚本监听器：分为粉红色和白色两层，粉红色区域是宏记录区，用于显示记录到宏中的信息。白色为脚本编写区域，用于显示最后编写的脚本，3ds Max 2009会自动执行直接输入的脚本语言。

· 操作提示：根据用户选定的工具和程序，自动提示下一步的操作。

· 时间标记：用于添加或者编辑时间标记。

以上内容简要介绍了3ds Max 2009的界面构成，有了这些基本的知识之后，在以后的实例操作中就不会迷惑了。另外，对于在这部分内容中出现的一些概念或者词语，如果感到迷惑，这是很正常的，读者也可以先有个概念，等学习完后面的内容后，再回过头来阅读这些概念就很容易理解了。3ds Max 2009是一个功能非常强大的软件，读者可以结合后面的内容慢慢地理解这些概念。

在下一章的内容中，我们将介绍有关3ds Max 2009中的一些基本操作的内容，比如，怎样管理文件、怎样进行选择等方面的内容。

第2章 基 本 操 作

在这一章的内容中，读者将学习如何在3ds Max 2009中操作文件及其一些操作文件的基本方法。学会如何处理文件是非常重要的，因此需要认真阅读本章节的内容。

2.1 自定制3ds Max 2009的工作界面

熟悉工作界面是非常重要的，在这一部分内容中，先介绍有关自定制3ds Max 2009界面的知识。

2.1.1 自定制键盘快捷键、工具栏、菜单和颜色

在3ds Max 2009中，我们可以根据自己的喜好来改变默认的界面组成部分，包括键盘快捷键、工具栏、菜单和颜色。比如把默认的键盘快捷键改变成适合自己使用的键盘快捷键，把默认的灰色背景颜色设置为自己喜欢的其他颜色，比如淡蓝色或者淡绿色。上面列举的这些可以改变的界面组成部分都是在一个对话框中进行设置的。下面简单地介绍一下如何改变这些界面组成部分。

一、自定义键盘快捷键

（1）选择“Customize（自定义）→Customize User Interface（自定义用户界面）”命令打开“Customize User Interface”对话框，如图2-1所示。

（2）如果要改变键盘快捷键，那么单击“自定义用户界面”对话框中的“Keyboard（键盘）”选项卡，那么就会进入到设置键盘快捷键的选项卡中。比如要为“File（文件）”菜单命令中的“Save File As（保存文件为）”命令指定键盘快捷键，那么在“Categary（类别）”栏中选择“File”菜单命令，并选择“Save File As（保存文件为）”命令，如图2-2所示。

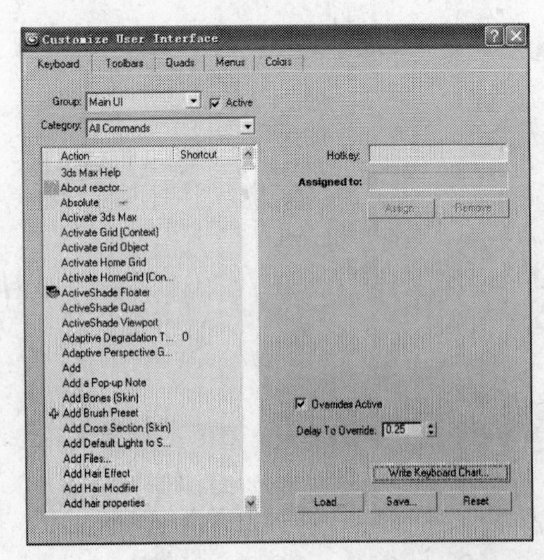

图2-1 “Customize User Interface”对话框

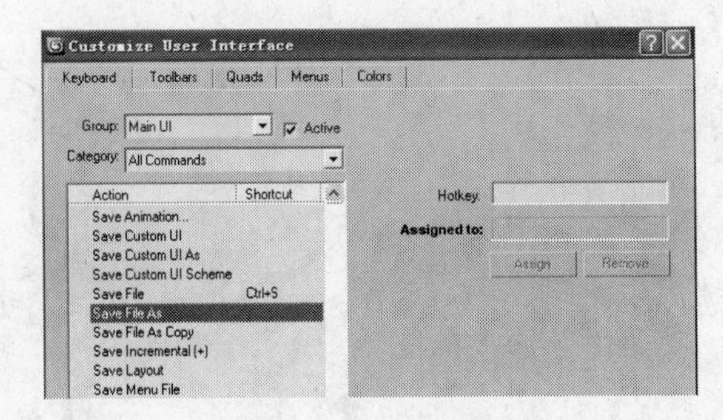

图2-2 选择的命令项

（3）在“Hotkey（热键）”栏中单击，然后按下键盘上的一个未使用的键，比如“左向箭头”键，然后单击下面的“Assign（指定）”按钮即可把“左向箭头”键指定给“保存文件为”命令。因此，以后我们在使用该命令时，只要按“左向箭头”键就可以了，如图2-3所示。

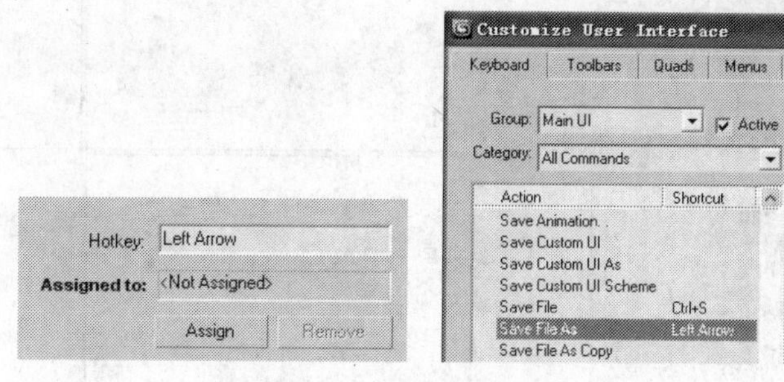

图2-3　指定快捷键的操作

其他命令的快捷键设置方式及改变方式也按这样的操作方法进行。

二、自定义背景颜色

在默认设置下，背景颜色是灰色，如果我们不喜欢使用这种颜色，那么可以把它改变成自己喜欢的颜色。下面介绍一下改变背景颜色的操作方法。

（1）选择“Customize（自定义）→Customize User Interface（自定义用户界面）”命令打开“自定义用户界面”对话框。然后单击“Colors（颜色）”选项卡，进入到设置颜色的选项卡中，如图2-4所示。

（2）在“Elements（元素）”栏中选择“Viewport Background（视口背景）”项，如图2-5所示。

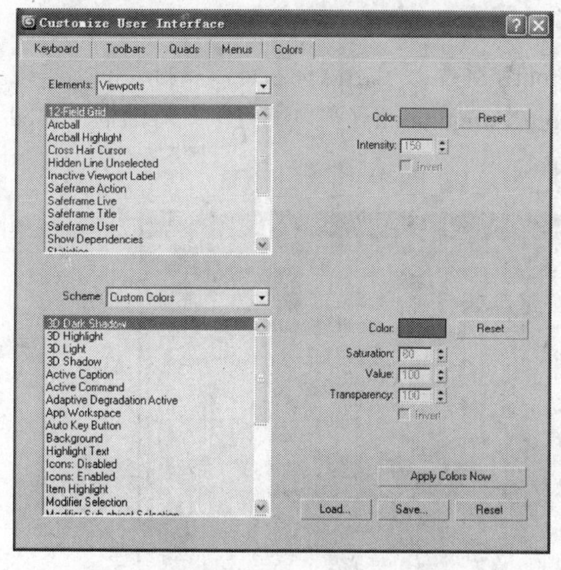

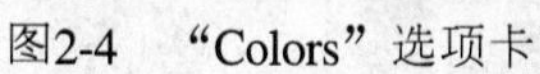

图2-4　“Colors”选项卡

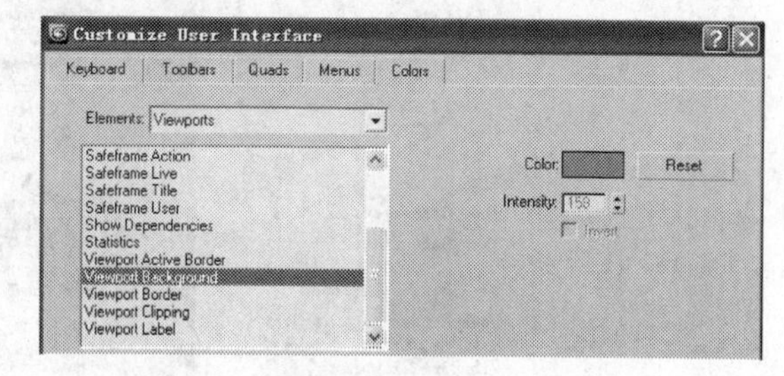

图2-5　选择的选项

（3）单击“Color（颜色）”右侧的颜色框，打开“Color Selector（颜色选择器）：”对话框，如图2-6所示。

（4）关闭“自定义用户界面”窗口后，即可把视图背景色设置为白色，其效果如图2-7所示。

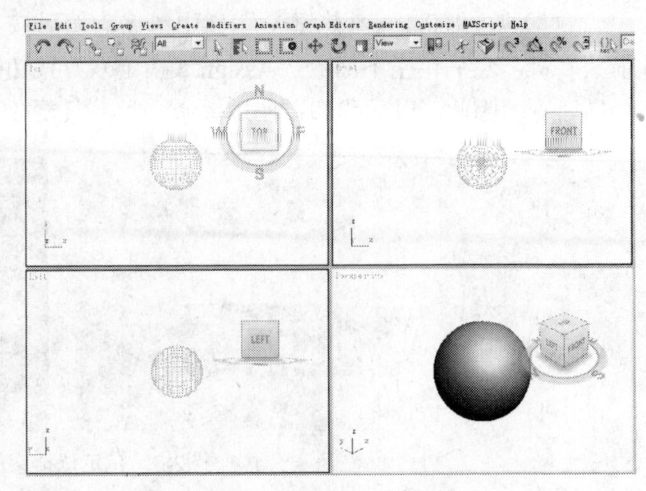

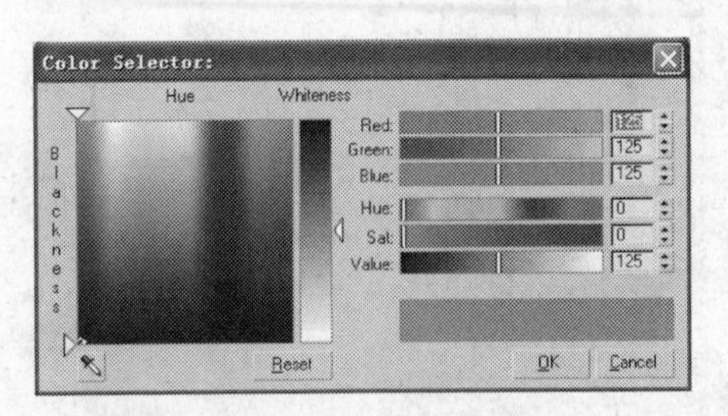

图2-6 “颜色选择器”对话框

图2-7 白色背景效果

我们还可以使用这种方法来设置视图中的边框颜色、标签颜色、安全框颜色等。在此不再赘述。

上面设置的这些内容，我们可以将其保存起来以备后用，另外，还可以调入其他的自己喜欢的布局。

2.1.2 改变工作界面的视图布局

3ds Max 2009默认的界面布局为4视图布局，即Top（顶视图）、Front（前视图）、Left（左视图）和Perspective（透视图）。有时根据需要，或者有时我们不需使用4视图布局的工作界面，可以把它改变成3视图布局或者2视图布局的工作界面。下面就介绍如何把它改变成3视图的工作界面。

（1）在一个视图的图题上（比如Top或者Front字体上）单击鼠标右键，从打开的菜单中选择“Configure（配置）”命令，打开“ViewportConfiguration（视口配置）”对话框，如图2-8所示。

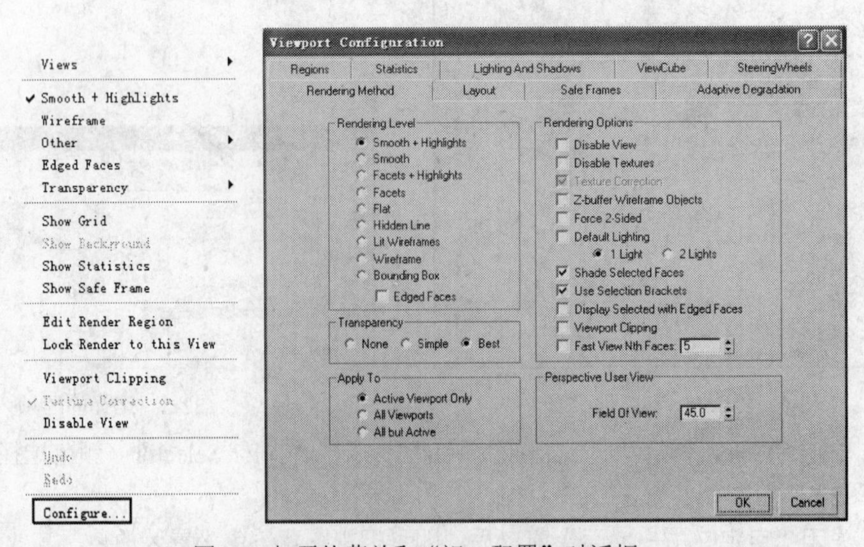

图2-8 打开的菜单和“视口配置”对话框

（2）单击“视口配置”对话框中的“Layout（布局）”选项卡，窗口将会发生改变，如图2-9所示。

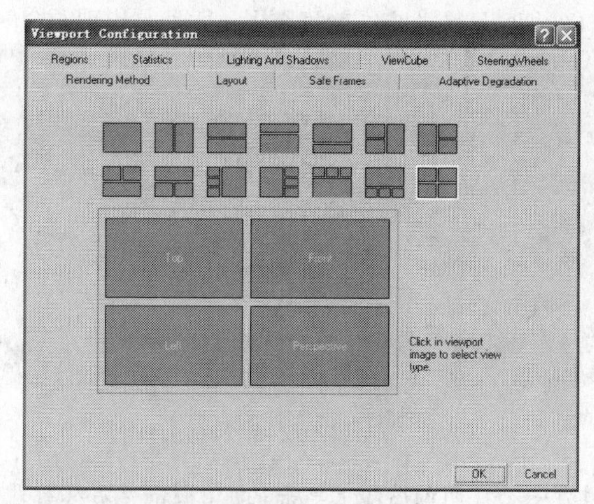

图2-9　“视口配置”窗口中的“布局”选项卡

（3）单击带有边框的图形，比如单击后，再单击窗口底部的“OK”按钮，那么界面布局将会改变成如图2-10所示的样子。

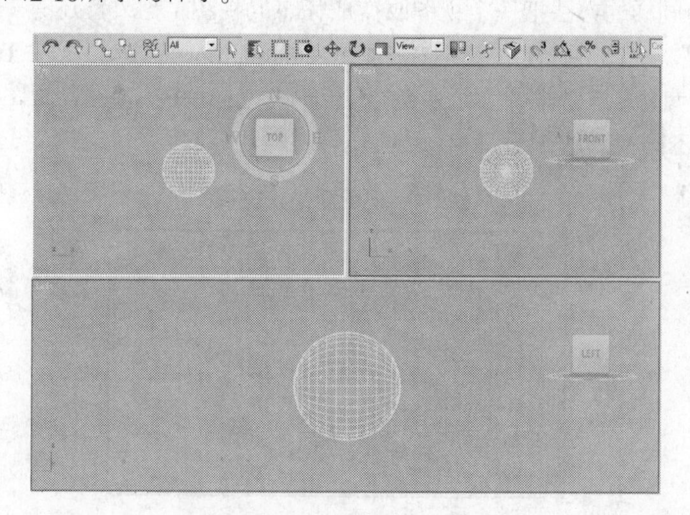

图2-10　改变了的界面布局

使用同样的方法可以把界面布局改变成2视图的，也可以改变成其他样式的界面布局。一共有14种布局模式。

另外，用户还可以把鼠标指针放在两个界面之间，当光标变成双向箭头的时候，拖动鼠标就可以任意改变视图比例的大小。

如果在改变布局结构之后，想返回到4视图模式下，那么就可以单击左下角的4视图按钮，然后再单击窗口底部的“OK”按钮，那么界面布局就会变成原来的样子。

2.1.3　改变视图的类型

有时，我们需要把顶视图改变成前视图，而把前视图改变成顶视图或者其他的视图，以便于我们更好地观察场景。下面就介绍如何把顶视图改变成前视图。

（1）使用鼠标左键在顶视图中单击，把顶视图激活。

（2）在“顶视图”上使用鼠标右键单击。在弹出的关联菜单中依次选择“View（视图）→Front（前）”命令，这样就把顶视图改变成前视图了。下面是出现两个前视图的效果，如图2-11所示。

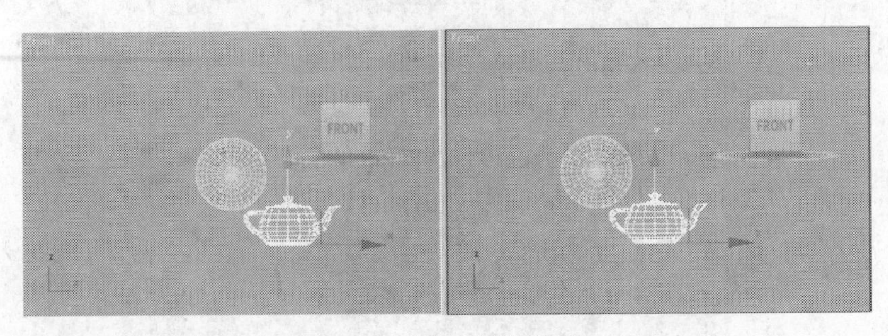

图2-11 改变视图的类型

读者也可以通过在一个视图的图题上单击鼠标右键，然后从打开的菜单中选择“View（视图）→Front（前）/Back（后）/Left（左）/Bottom（底）/”命令来改变视图。菜单命令如图2-12所示。

我们可以使用同样的方法把一个视图改变成任意的视图。另外，还有一种比较简单的变换方式，就是使用键盘快捷键。比如要把Top视图变换为Front视图，那么在Top视图处于激活状态的情况下，按键盘上的F键即可。如果要把Left视图变换为Perspective视图，那么按键盘上的P键。下面是变换不同视图的部分键盘快捷键，如表2-1所示。

表2-1 视图变换快捷键

视图	键盘快捷键
Top	T
Front	F
Left	L
Perpective	P
Right	R
Bottom	B

还有一种改变视图类型的方法，就是使用在3ds Max 2009中新增加的视图操作器。比如，要把Perspective视图改变为Top视图，那么在视图操作器顶部单击Top即可，如图2-13所示。如果要把其他视图变换为Perspective视图，那么单击“小屋图标”即可。

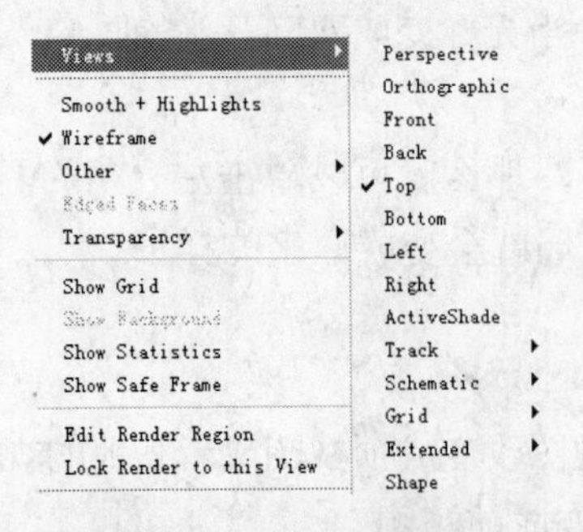

图2-12 视图类型菜单命令

图2-13 改变视图

如果要把Top视图改变为其他的视图，那么单击Top视图操作器周边的三角形，直到切换到自己需要的视图即可。注意，如果单击操作器周边的字母那么会旋转视图并切换视图，如果单击旋转箭头，那么只会旋转视图，而不会变换视图。

2.1.4 改变视图中物体的显示模式

当场景很大的时候，我们需要改变视图中物体的显示模式，以便于提高视图的刷新速度便于我们的观察。下面就介绍如何改变视图中物体的显示模式。

（1）在创建命令面板中单击 Teapot 按钮，然后在任意一个视图中单击并拖动鼠标，即可在视图中创建一个茶壶，如图2-14所示。

（2）在透视图中的图题Perspective上使用鼠标右键单击。在弹出的关联菜单中选择“Wireframe（线框）”命令，这样就把视图中的物体改变成线框模式了，如图2-15所示。

图2-14　创建一个茶壶

图2-15　茶壶以线框模式显示

也可以使用同样的方法把视图中的物体改变其他显示模式。

2.1.5 去掉视图中的网格

有时，我们为了便于观察场景，可能不需要使用视图中的网格作为参考，可以通过一个键盘快捷键把它隐藏起来。比如把顶视图中的网格去掉，那么只需通过在一个视图中单击把它激活，然后按键盘上的G键就可以了。去掉网格后的效果如图2-16所示。

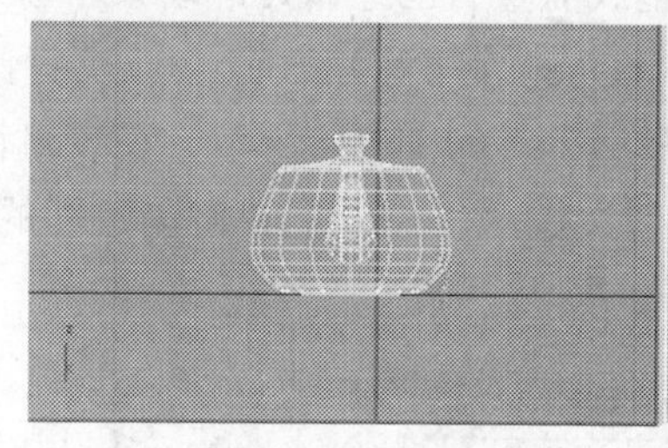

图2-16　去掉网格后的效果（右图）

提示

如果想把隐藏的网格线重新显示出来，那么再次按键盘上的G键就可以了。

2.2 文件操作

在3ds Max 2009中，文件操作包括新建场景文件、保存场景文件、打开已有的文件、合并场景文件等。

2.2.1 新建与保存一个3ds Max场景

当我们开始创建一个项目时，就需要创建一个新的场景。如果是刚打开3ds Max 2009，那么直接创建物体就可以了。如果当前正在制作其他的模型或者项目，而此时需要重新创建一个场景，那么就需要执行“File（文件）→New（新建）”命令来创建一个新的场景，也可以使用键盘快捷键Ctrl+N。

当我们创建完一个场景或者暂时中断创建该场景时，就需要把创建的场景保存起来。有两种方法可以保存3ds Max文件，一种方法是执行“File（文件）→Save（保存）”命令。另一种方法是使用键盘快捷键Ctrl+S。然后会打开“Save File As（文件另存为）”对话框，如图2-17所示。在该对话框中设置保存的路径，也就是保存在哪个磁盘的文件夹中。并设置好保存的文件名称，然后单击“Save（保存）”按钮，这样就可以把我们创建的场景保存起来了。

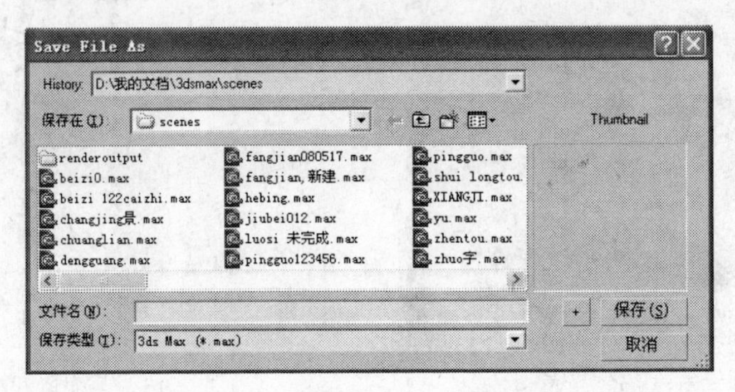

图2-17 “文件另存为”对话框

如果需要把一个场景另外保存一份，那么可以执行“File（文件）→Save As（另存为）”命令，同样会打开“Save File As（文件另存为）”对话框，然后设置好保存的路径和文件名称就可以了。

2.2.2 打开3ds Max 2009文件

如果一个场景只创建了一部分，但需要调整或者查看已经做好的场景，那么我们就需要把它再次打开。那么只需要执行“File（文件）→Open（打开）”命令，或者使用键盘快捷键Ctrl+O，就会打开“Open File（打开文件）”对话框，如图2-18所示。在该对话框中找到并选定需要打开的文件，然后单击“Open（打开）”按钮，就可以把我们创建好的场景在3ds Max中重新打开了。

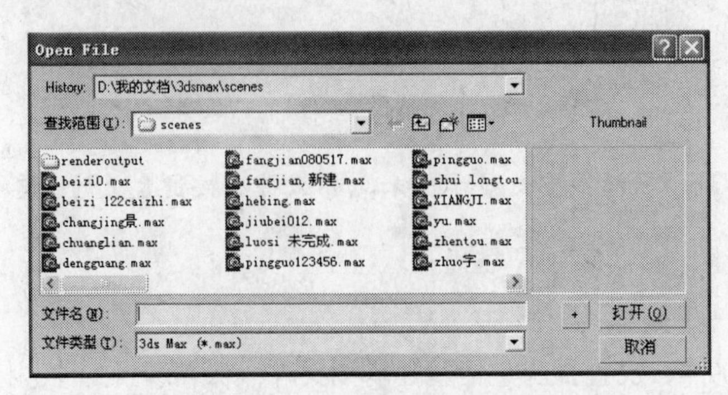

图2-18 “打开文件”对话框

也可以在菜单栏中选择“File（文件）→Open Recent（打开最近）”命令，然后选定好需要的场景名称即可把它打开。

2.2.3 合并场景

在我们以后的创建工作中，会经常需要把多个已经创建好的场景合并到一起，这一操作对于制作复杂场景是非常有用的，如图2-19所示。

我们可以这样进行合并场景：首先打开一个场景，然后执行“File（文件）→Merge（合并）”命令，则会打开“Merge File（合并文件）”对话框，如图2-20所示。然后选定好需要的场景名称，再单击“打开”按钮即可把两个场景文件合并在一起。

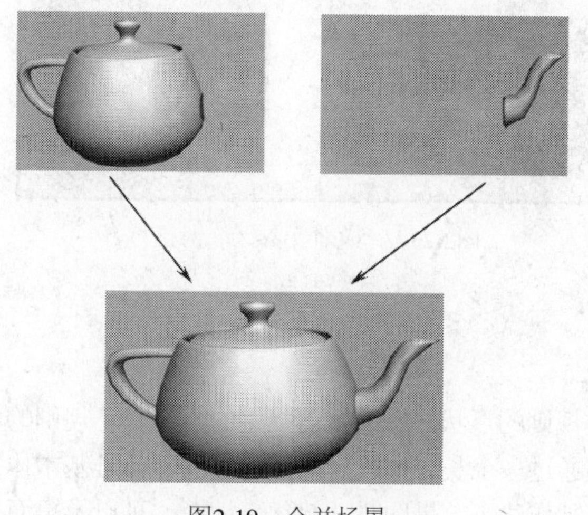

图2-19 合并场景

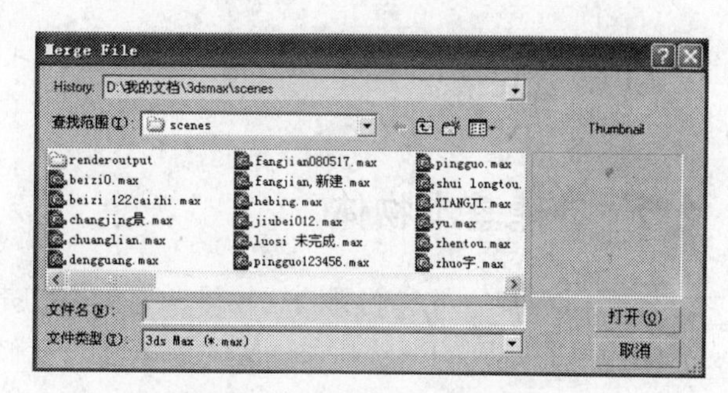

图2-20 “合并文件”对话框

当两个场景中的物体名称或者材质名称相同时，会弹出一个对话框，提示你重新命名物体的名称或者材质的名称。

2.2.4 重置3ds Max 2009系统

当我们操作有误或者出现错误时，可以重新返回到3ds Max的初始状态重新开始我们的创作。这样进行恢复：执行“File（文件）→Reset（重置）”命令，此时会打开一个对话框提示你“场景已修改，是否保存更改”，如图2-21所示。你可以根据自己的实际情况单击“是”按钮或者“否”按钮进行确定，如果单击“是”按钮，就会打开一个进行保存的对话框，保存的对话框和前面介绍的相同。如果单击“否”按钮，还会打开一个对话框询问你是否真的要进行重置。

图2-21 打开的对话框

2.2.5 改变文件的打开路径和保存路径

当我们安装好3ds Max 2009后，在打开或者保存需要的文件时，一般都是在一个特定的路径下。但是，有时我们需要在指定的路径下打开和保存文件。可以按下列操作来指定路径。

（1）选择“File（文件）→Set Project Folder（设置项目文件夹）”命令，打开“浏览文件夹”对话框，如图2-22所示。

（2）在“浏览文件夹”对话框中可以指定我们需要打开和保存文件的文件夹，也可以单击“新建文件夹”按钮创建一个新的文件夹。

（3）设置完文件夹后，单击“确定”按钮即可。

这样，当我们打开或者保存文件时，就可以在指定的路径下打开或者保存文件了。比如，在保存文件时，在打开的“Save File As（文件另存为）”对话框中就会显示我们指定的路径。如图2-23所示。

图2-22 “浏览文件夹”对话框

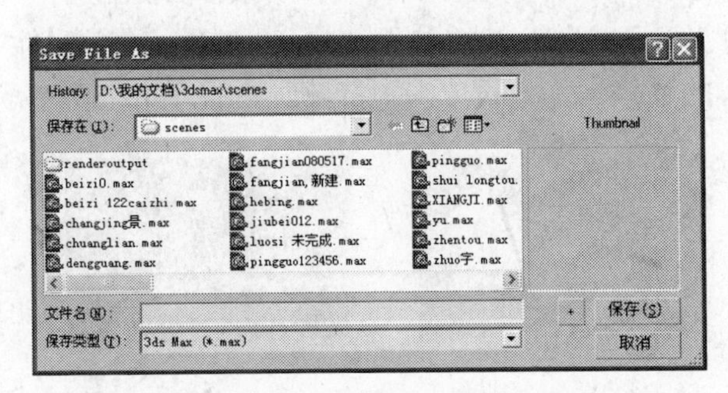

图2-23 “文件另存为”对话框

2.3 创建基本物体

可以观察一下我们周围的物体，它们有的是规则的形状，有的是不规则的形状。不规则的形状也是有规则的形状演变而来的。下面，我们通过一个长方体的创建过程来演示标准基本体的创建。使用长方体创建的模型比较多，比如在制作建筑效果图时，墙体、地面、顶以及桌面等，一般都会使用到长方体。长方体的创建过程如下：

（1）首先在创建命令面板中依次单击 → → Box 按钮，然后在顶视图中，使用鼠标左键单击并拖动，这样将定义出长方体的长度和宽度。再松开鼠标左键，向上或者向下移动，然后单击鼠标左键。这样就创建出了一个长方体，另外，在界面左下侧会显示出所创建的长方体的各项参数，比如长度和宽度等，如图2-24所示。

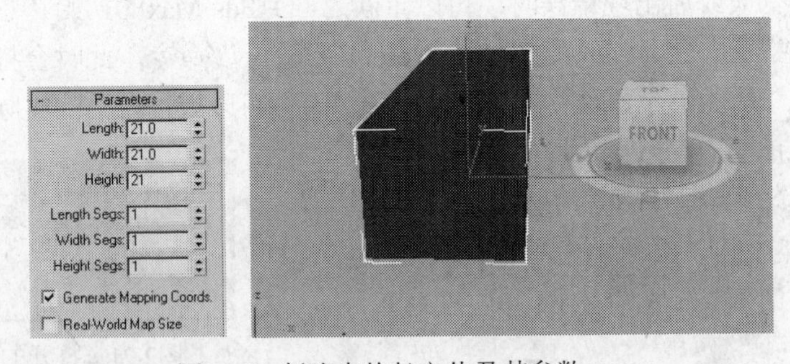

图2-24 创建出的长方体及其参数

（2）修改长方体的大小。在创建命令面板中单击按钮，可以看到它的参数面板，如图2-25所示。

也有人把参数面板称为卷展栏，为了便于叙述，在本书中我们把它称为参数面板。

（3）分别把它们的长度参数、宽度参数和高度参数改成20、20和110，这时的长方体将改变成如图2-25所示的形状。

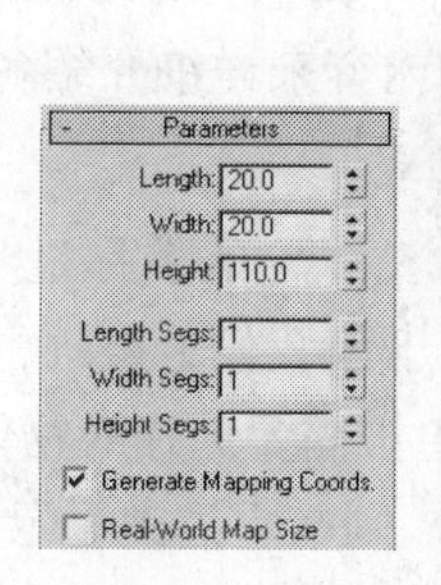

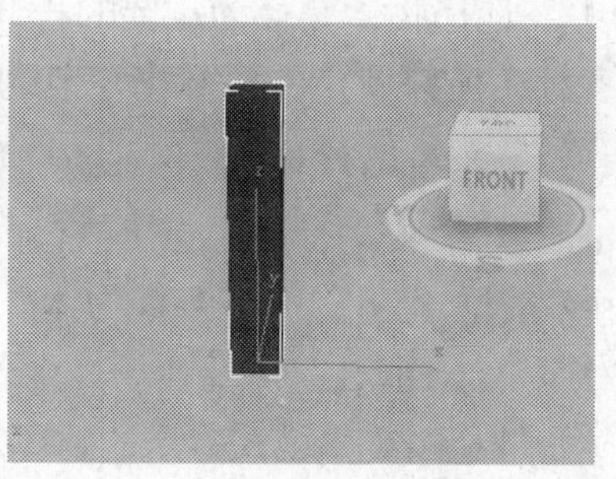

图2-25 参数面板（左），改变了的长方体（右）

当我们创建的模型大小不合适或者不正确时，我们就可以采用这样的方法来修改模型的大小。

在上面的参数面板中，还有长度分段、宽度分段和高度分段三个参数。它们的默认值都是1，如果我们需要把长方体进行弯曲的话，为了得到自然的弯曲效果，我们就需要把它们的参数改变成6、8等比较大的数值。但是，如果不需要这样改变的话，那么需要把这些数值设置的尽量低一些，这样是为了使模型的面数保持尽量少。比如，这个长方体现在的面数是6个，也就是说它是由6个面构成的，如果把它们的长、宽和高的分段数都改成2的话，那么它的面数将增加到24个，这样会降低系统的运行速度。这一点在游戏开发过程中尤为重要。

其他标准基本体的创建方法与长方体的创建方法是相同的。比如可以创建下面的这些几何体模型，如图2-26所示。

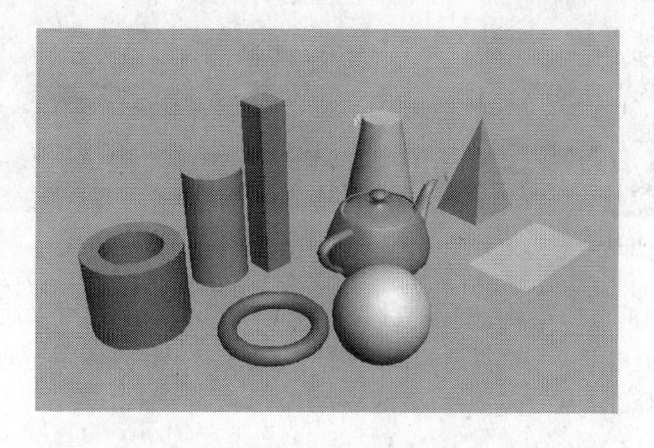

图2-26 可以创建的几何体

2.4 对场景中物体的基本操作

在本节内容中，将介绍如何在场景中操作我们所创建的模型，比如物体的选择、移动、缩放、复制、组合及对齐操作，这些操作知识是非常重要的，必须要掌握这些基本操作技能，因为这些技能在以后的制作中是经常使用的。

2.4.1 选择物体

在3ds Max 2009中，选择物体是最为重要的一环，几乎所有的操作都离不开这一操作。而且选择的方法也有多种，所以我们专门拿出一节的内容来详细介绍各种选择物体的方法。

1. 使用“选择对象”工具进行选择

在3ds Max 2009的工具栏中，有这么一个按钮，，它的名称是“选择对象”工具。使用该工具可以选择一个物体，也可以选择多个物体。下面我们分类进行讲解。

（1）如果选择一个物体，那么只需要在场景中单击需要选择的物体即可，选中后的物体以白色线框模式显示。如果是以实体模式显示的物体，则在它周围显示一个范围框，如图2-27所示。

（2）如果想取消选择该物体，那么在其外侧单击即可。或者按住键盘上的Alt键单击该物体。

（3）如果是选中多个物体，可以按住键盘上的Ctrl键依次单击需要选择的物体，也可以按住鼠标左键拖动出一个框选择多个物体，也就是人们常说的框选。

（4）如果想同时取消对多个物体的选择，那么可以在视图的空白处单击即可。这种方法是最常使用的一种方法。

2. 使用范围框选择

如果想在一个场景中同时选择多个物体，那么就可以使用范围框进行选择。并可以根据不同的情况选择不同的范围框来选择物体。首先看一下各种范围框选择工具，把鼠标指针放在矩形选择按钮上不放，就会打开一列选择工具按钮，如图2-28所示。

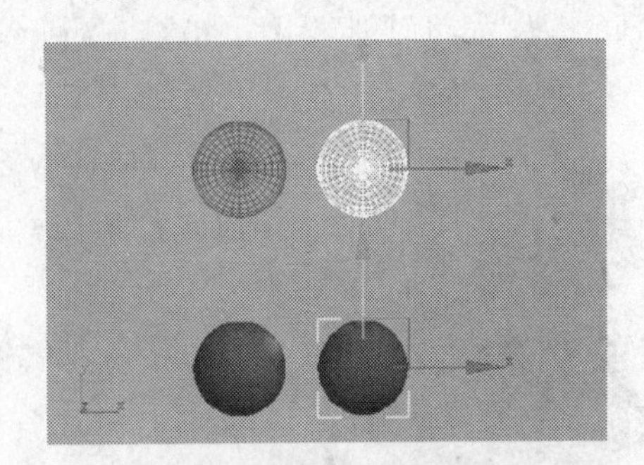

图2-27 选中后的物体（右）

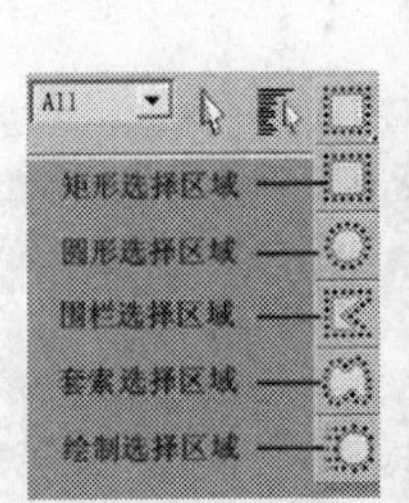

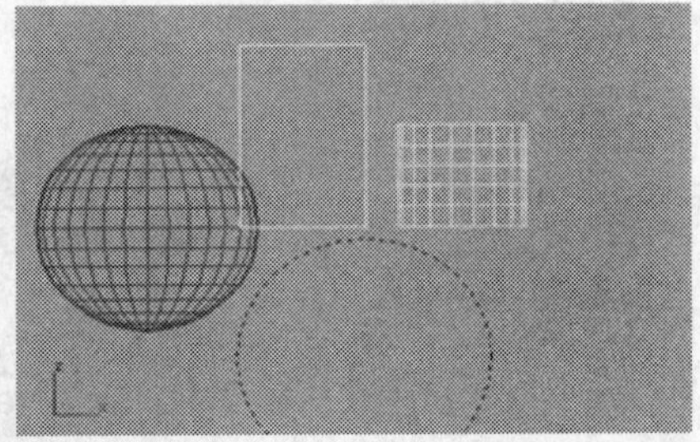

图2-28 各种范围框选择工具（左）及框选物体（右）

一共有5种范围框选择工具，根据它们的名称和外形，就知道可以通过绘制各种形状来框选场景中的物体。用户可以根据需要选择任意的工具，然后在视图中拖动，就会形成一个虚线框，线框之内的物体即可被选定。

3. 使用编辑菜单命令选择

我们还可以使用“编辑”菜单命令来选择物体，不过使用起来有一定的局限性。下面我们分类进行介绍。

（1）执行“Edit（编辑）→Select All（全选）”命令可以选中场景中的所有物体，快捷键是Ctrl+A。

（2）执行“Edit（编辑）→Select None（全部不选）”命令可以取消选中场景中的所有物体，快捷键是Ctrl+D。

(3) 执行"Edit（编辑）→Select Invert（反选）"命令可以将场景中未被选中的物体选中，快捷键是Ctrl+I。

(4) 执行"Edit（编辑）→Select By（选择方式）→Color（颜色）"命令可以按颜色选中场景中的同色物体。

4. 按名称选择

如果一个物体是由多个物体组合而成的，那么很难选择某个物体，不过，可以按名称进行选择。前提是确定所要选择的物体的名称是什么，操作步骤如下：

(1) 单击工具栏中的"Select by Name（按名称选择）"按钮，打开"Select Objects（选择对象）"对话框，如图2-29所示。

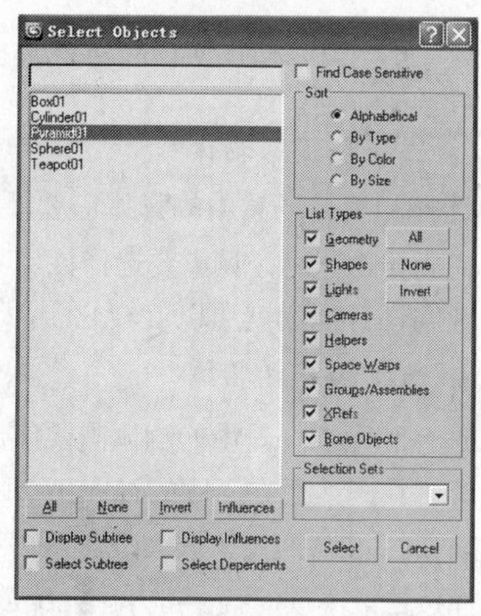

图2-29 "选择对象"对话框

(2) 在"选择对象"对话框中使用鼠标左键单击选中需要选择的物体名称，比如，Box01，然后单击"Select（选择）"按钮即可选中该物体了。

如果场景过于复杂，那么可以通过在该对话框中设置一些选项来选择我们需要的物体。这种选择中方法也是比较常用的。

打开"选择对象"对话框的快捷方式是按键盘上的H键。

在以后的创建工作中，建议养成为物体命名的习惯，而且最好起一个比较有意义的名称，比如，在制作建筑效果图的过程中或者游戏开发中，这一点是非常重要的。

另外，我们还可以使用移动、旋转和缩放工具进行选择，也可以使用过滤器、图解视图和轨迹视图进行选择，但是不很常用，所以在此不再赘述了。

2.4.2 移动、旋转和缩放物体

移动、旋转和缩放场景中的物体也是非常重要的操作，这些操作都有专门的工具。

1. 选择并移动物体

选择和移动场景中的物体需要使用工具栏中的"Select and Move（选择和移动）"工具。在移动物体时，只需要选择该工具，然后在不同的视图中单击选择该物体，然后按需要沿一定的轴向进行拖动就可以了，如图2-30所示。

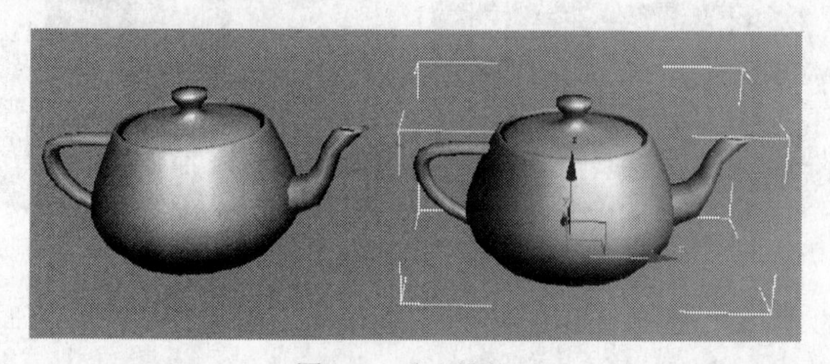

图2-30 移动物体

用户可以把物体移动到场景中的任意位置处。

2. 选择和旋转物体

选择和旋转场景中的物体需要使用工具栏中的“Select and Rotate（选择和旋转）”工具。在旋转物体时，只需要选择该工具，然后在不同的视图中单击选择该物体，再按需要沿一定的轴向进行拖动就可以旋转它了，如图2-31所示。

3. 选择和缩放物体

选择和缩放场景中的物体需要使用工具栏中的选择和缩放工具。在缩放物体时，只需要选择该工具，然后在不同的视图中单击选择该物体，然后按需要沿一定的轴向进行拖动就可以缩放它了。可以把物体放大，也可以把物体缩小。另外，缩放工具有3种，把鼠标指针放在矩形选择按钮上不放，就会打开一列缩放工具按钮，如图2-32所示。使用均匀缩放工具后的椅子，如图2-31所示。

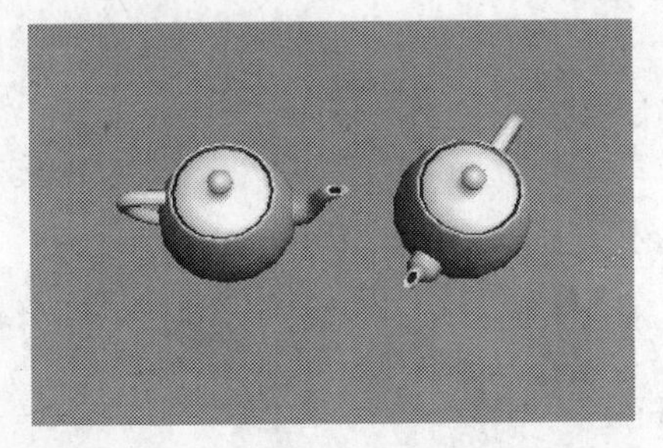

图2-31 旋转前和旋转后的茶壶

图2-32 缩放工具（左），使用均匀缩放工具后的椅子（右）

2.4.3 复制物体

3ds Max 2009有一个非常重要的功能，那就是复制，有了这一功能，可以使我们的工作量大大减少。比如，在制作室外高层楼房效果图时，只需要制作出一层，然后通过复制把其他的楼层复制出来就可以了。或者制作出一栋楼房之后，复制出另外一栋。再比如在制作室内场景或者室外场景时，一些家具、大理石柱或者门窗，只需要制作出一个来，然后复制出其他的就可以了，如图2-33所示。

图2-33 使用复制功能复制物体

有3种复制的方法，分别是使用菜单命令、使用Shift键和镜像复制，下面分别进行介绍。

使用菜单命令复制

我们可以使用菜单栏中的“Clone（克隆）”命令进行复制。

图2-34　创建一个圆锥体

（1）单击“Cone（圆锥）”按钮 Cone ，在视图中创建一个圆锥体，如图2-34所示。

（2）执行“编辑→克隆”命令，将会打开一个“Clone Options（克隆选项）”对话框。然后单击“OK（确定）”按钮。再使用✥工具移动复制的圆锥体，如图2-35所示。

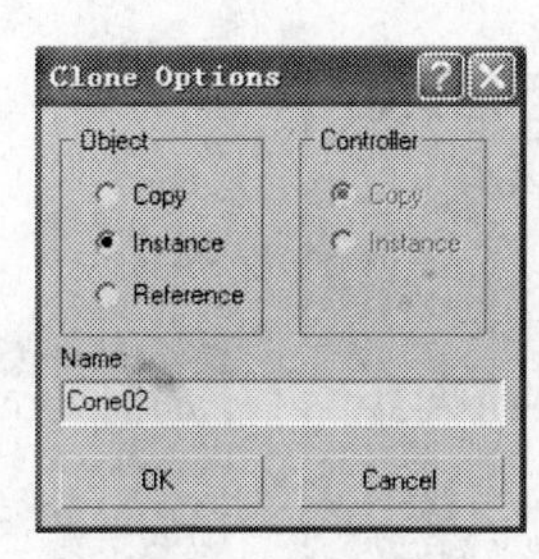

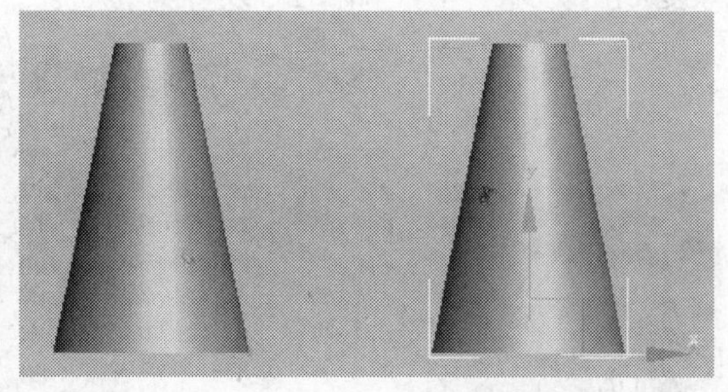

图2-35　“克隆选项”对话框（左）及复制圆锥体

如果想复制多个物体，那么再次执行“Edit（编辑）→Clone（克隆）”命令即可。使用该命令每次只能复制一次。如果想同时复制出多个，那么最好还是使用Shift键。

使用Shift键复制

这种复制方法是最常用的，比如在我们制作样式相同，而且数量很多的模型时，就可以使用这种方法进行复制。下面是复制5个长方体后的效果，如图2-36所示。

下面介绍一下使用Shift键进行复制的操作步骤。

（1）在视图中创建出物体后，使用鼠标左键单击选定物体，并激活✥工具。

（2）按住键盘上的Shift键，沿选定物体上的轴向，向左或者向上拖动，此时会打开“Clone Options（克隆选项）”对话框，如图2-37所示。

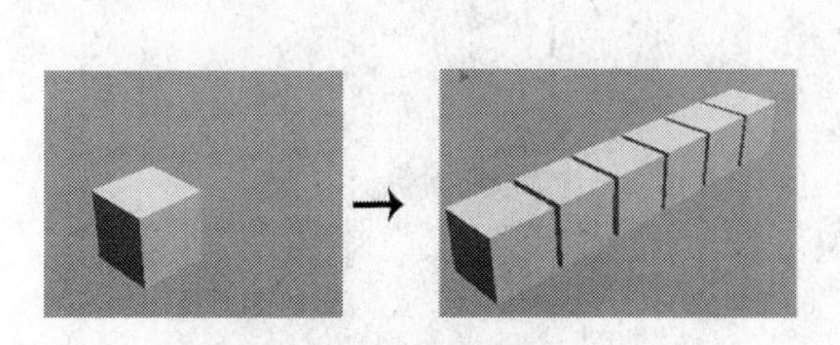

图2-36　按指定的数量复制模型

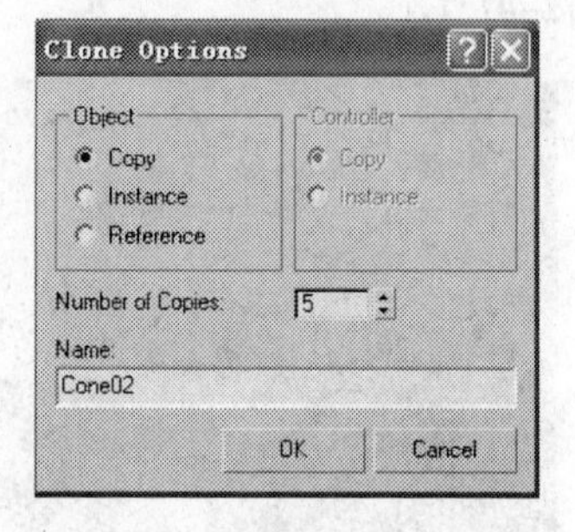

图2-37　“克隆选项”对话框

（3）在“克隆选项”对话框中有一个“Number of Copies（副本数）”选项，在这个输入框中输入需要的数量，可以是任意数量，然后单击“OK”按钮即可按我们设置的复制数量进行复制，而且复制出的物体间距是相同的。

镜像复制

当我们创建对称的规则模型时，就需要使用镜像复制方法，这种复制方法也是比较方便的。其操作步骤如下：

（1）我们制作出一个模型的一半，如图2-38所示。

这种模型的制作比较烦琐一些，用户需要很大的耐心才能够制作出来，在此只是演示。

（2）执行“Tools（工具）→Mirror（镜像）”命令或者单击工具栏中的“Mirror”按钮，打开一个“Mirror（镜像）”对话框，设置好镜像轴、偏移量和复制选项后，单击“OK”按钮，就会镜像复制出另外一半，如图2-39所示。

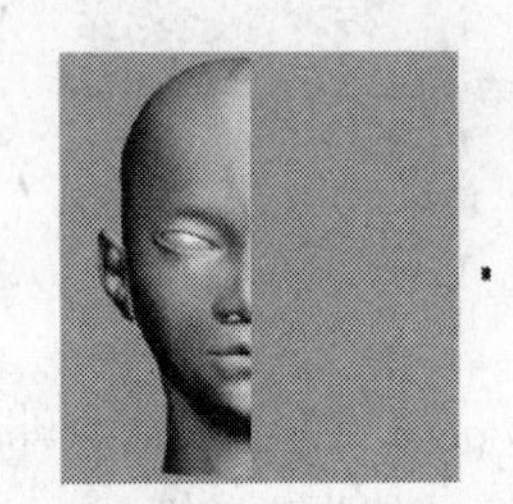

图2-38　制作出模型的一半

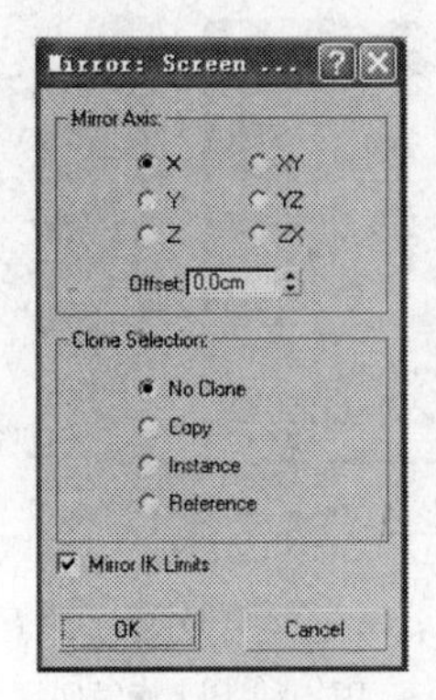

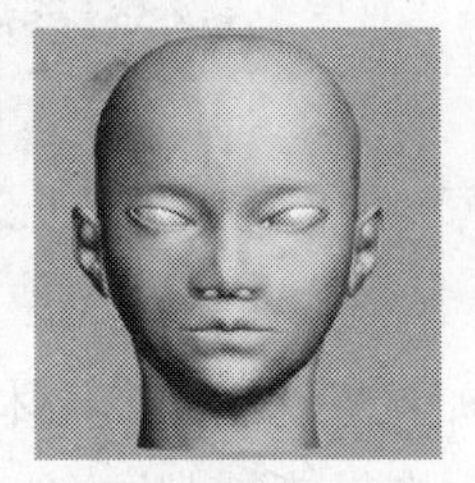

图2-39　“镜像”对话框（左）和镜像后的结果

一般像这样的对称的物体，都可以使用镜像复制的方法进行制作。

2.4.4　组合物体

我们创建出的物体都具有独立的编辑属性，如果我们需要同时编辑多个物体，那应该怎么办呢？比如，一张桌子的4条腿。不要担心，3ds Max 2009还有一个非常好功能，就是成组功能，如图2-40所示。

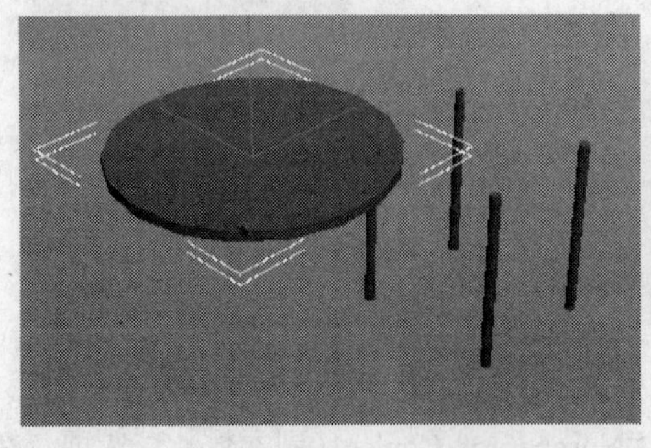

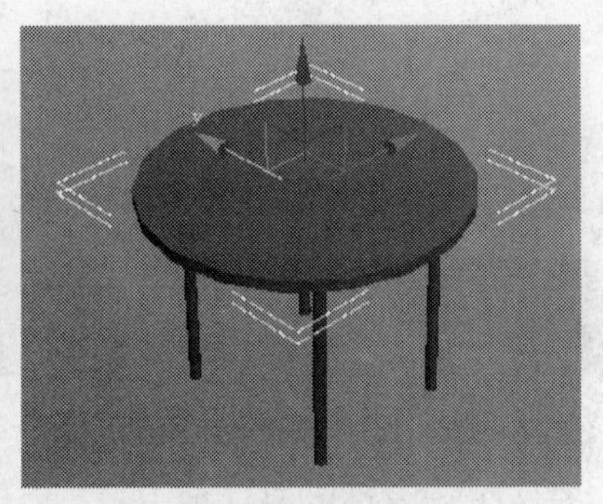

图2-40　桌子的4条腿（左）与调整好的桌子腿（右）

我们只需要选中4条桌子腿，然后执行“Group（组）→Group（成组）”命令就可以把它们组成一组了。这样只要移动或者旋转一条桌子腿，那么其他两条桌子腿也会跟随其一起移动或者旋转。

如果成组之后，再分开它们，那么只需要执行“组→解组”命令就可以把它们解开了。

2.4.5 排列物体

3ds Max 2009还有一个非常好的功能，那就是按一定的路径排列物体的功能，这一功能也具有复制的特性。下面介绍这一功能的应用。

（1）创建一个长方体和一个圆圈，并使长方体处于选中状态，如图2-41所示。

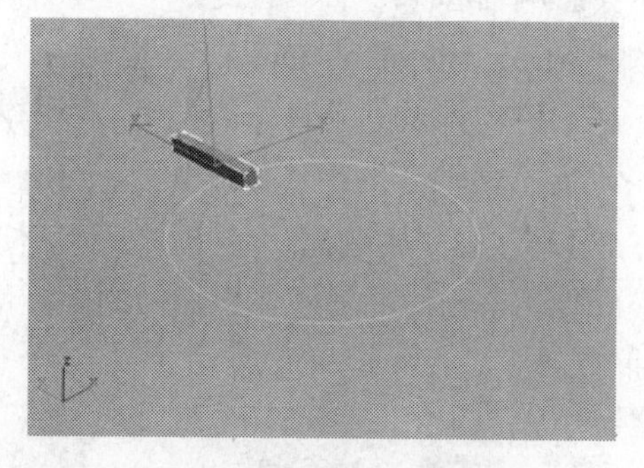

图2-41 创建长方体及圆圈

（2）执行“Tools（工具）→Align（对齐）→（间隔工具）”命令，打开“Spacing Tool（间隔工具）”对话框，如图2-42所示。

（3）如图2-42所示分别设置各个选项。然后单击“Pick Path（拾取路径）”按钮，再单击视图中的圆圈，长方体就会排列成一圈，如图2-43所示。

这一功能也是非常有用的，比如在一些建筑效果图和动画片中会经常使用到。

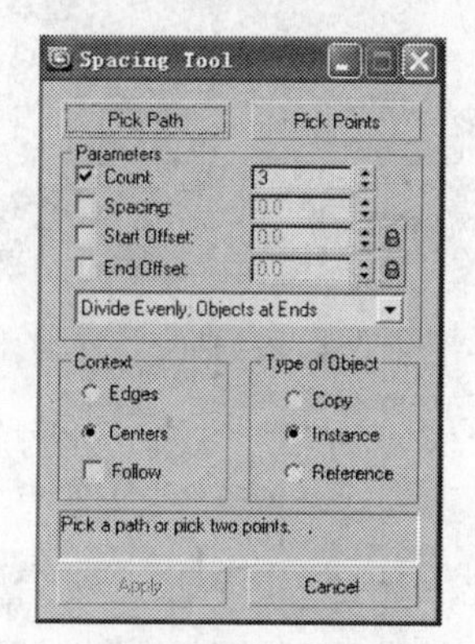

图2-42 “间隔工具”对话框（左）与排列效果（右）

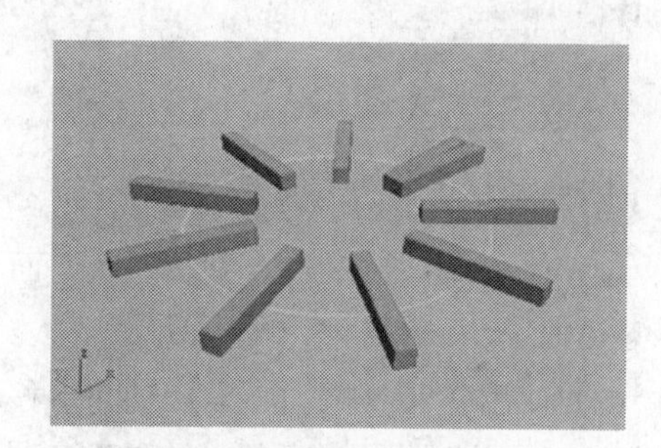

图2-43 排列效果

2.4.6 删除物体

有时，我们需要删除场景中的一个或者多个物体，那该怎么办呢？我们有两种比较方便的方法来删除不需要的物体。

第一种方法是：在视图中选中不需要的物体，然后按键盘上的Delete（删除）键就可以删除了。

第二种方法是：在视图中选中不需要的物体，然后执行“编辑→删除”命令就可以了。

2.4.7 改变物体的轴心

在3ds Max 2009中，物体的轴心就是该物体的旋转轴，一般位于物体的中心位置，在创建物体时，系统会自动生成。对于相同的物体，如果轴心不同，那么对它们的操作结果也会不同。在创建过程中，我们有时会需要改变物体的轴心。

如果要改变物体的轴心，则需要使用“层次”命令面板，在这里简要介绍一下该面板中的几个按钮，层次面板如图2-44所示。

· Affect Pivot Only（仅影响轴）：激活该按钮后，可以使用“选择并移动”和“选择并旋转”工具对选定物体的轴心进行变换。

· Affect Object Only（仅影响对象）：激活该按钮后，可以对选定物体进行单独变换，而不会影响轴心。

· Affect Hierarchy Only（仅影响层次）：激活该按钮后，只影响它下一级物体的偏移，而不影响该物体及其子物体的几何形状。

改变物体轴心的操作步骤如下所示：

（1）在视图中创建一个物体，然后使用工具选中创建的物体，此时，可以看到该物体的坐标轴，该物体的轴心在坐标轴的中心位置，如图2-45（左）所示。注意，此时还看不到坐标轴。

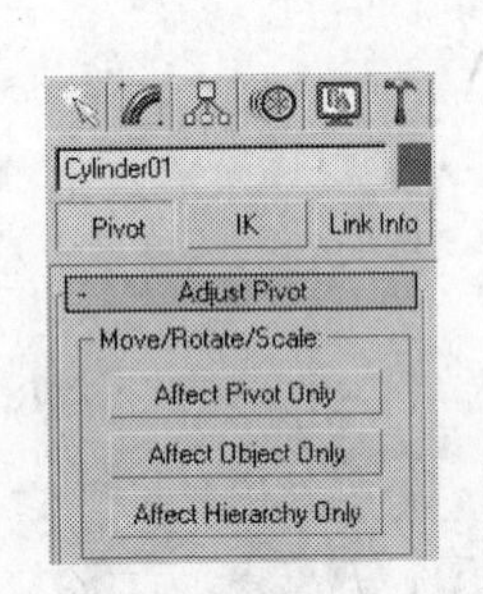

图2-44 “层次”面板

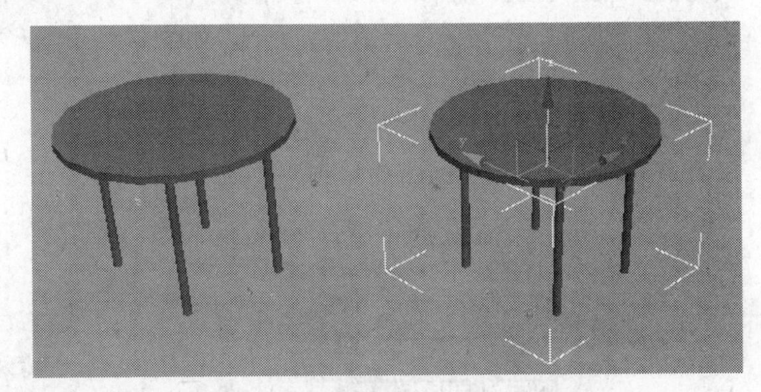

图2-45 物体的坐标轴（左）及轴心坐标轴（右）

（2）单击按钮，进入到“层次”面板中，再单击“仅影响轴”按钮。此时就会显示出轴心坐标轴了，如图2-45（右）所示。

（3）使用工具把轴心坐标轴向下移动到模型的底部，如图2-45所示。然后单击“仅影响轴”按钮，此时使用“选择并旋转”工具旋转模型的话，就会看到模型的旋转轴心改变了，如图2-46所示。

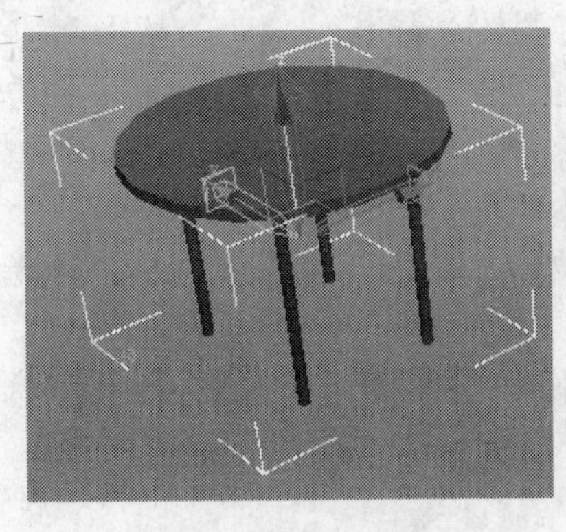

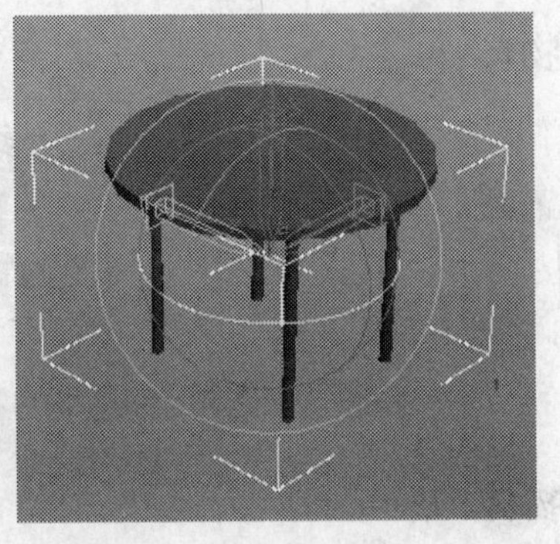

图2-46 改变物体的轴心（左）及旋转轴心发生改变（右）

在图中可能看的不是很清楚，可以在实践操作软件中观察，在那里看得比较清楚一些。

读到这里，是不是感觉3ds Max 2009的功能很强大呢？其实这里有很多的功能还没有介绍。3ds Max 2009的功能非常多，由于本书篇幅有限，我们只能选择一些常用而且重要的功能进行介绍。在后面的内容中，我们还会结合一些实例介绍一些其他功能。

在下一章的内容中，我们将介绍非常重要的操作环节——建模，也就是我们准备开始制作模型了。

第2篇 建　　模

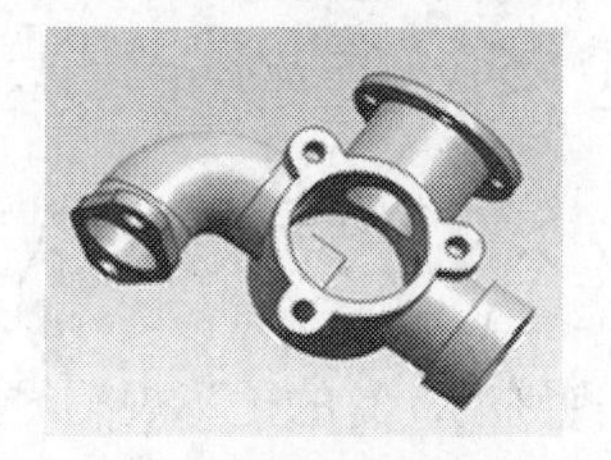

在本篇的内容中，将介绍如何在3ds Max 2009中进行建模，也就是如何创建模型。也有人把建模称为制作造型，意义都是一样的，大部分人都习惯于使用“建模”这个词。我们在前面的内容中提到过，建模是非常基础的一步，没有模型，我们就不能进行以后的工作。在这部分内容中，我们不光要介绍建模的工具，还将介绍一些建模的方法和技巧。希望读者认真阅读这一部分的内容。

本篇包括下列内容：

- 第3章 基础建模
- 第4章 创建复合物体
- 第5章 创建建筑模型
- 第6章 3ds Max 2009中的修改器
- 第7章 曲面建模

第3章　基 础 建 模

在我们生活的自然界中，物体的形状是各种各样的，但是它们都可以使用3ds Max创建出来，不管是简单的、复杂的，还是规则的、扭曲的物体。通过这一章的学习，可以使读者掌握一些基本模型的制作方法和技巧，为以后的学习打下良好的基础。

3.1　创建标准基本体

可以观察一下我们周围的物体，它们有的是规则的，有的是不规则的。实际上，不规则的形状也是由规则的形状演变而来的。通过编辑和调整，我们就可以把规则的基本体改变成不规则的形状。因此，我们先来介绍一些标准基本体的创建。

基本体就是基本的物体形状。之前版本的软件中，很多人把基本体称为几何体，也就是基本的几何形状体。包括以前国人自己汉化的一些3ds Max软件中和目前的一些有关于3ds Max的书籍中也是这样叫的，希望读者要注意这两个概念。

3.1.1　标准基本体的种类

从3ds Max 2009右上角的“对象类型”面板中，可以看到一共有10个按钮，如图3-1所示。

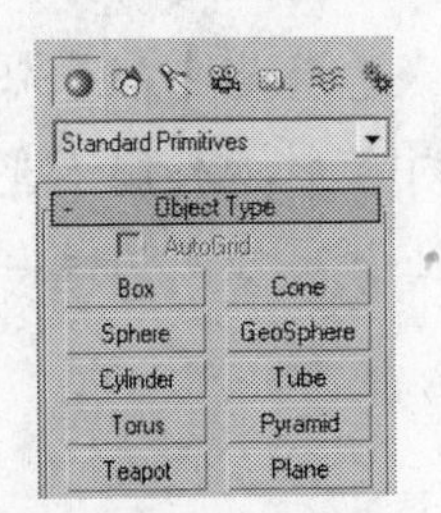

图3-1　“对象类型”面板

从图3-1中，可以看到标准基本体共有10个类型，它们分别是长方体、圆锥体、球体、几何球体、圆柱体、管状体、圆环体、四棱体、茶壶和平面体。使用这些基本体就可以创建出很多常见的物体形状。比如长方体，在制作建筑效果图和游戏场景时，可以使用它来创建建筑物的墙体、地面、顶等。圆柱体可以用来创建圆形的大理石柱、桌面、桌腿、路灯杆等。

使用“球体”和“几何球体”按钮工具都会创建出一个球体模型，虽然它们在结构上有一定的区别，但是在“实体”模式下的表现是相同的，如图3-2所示。

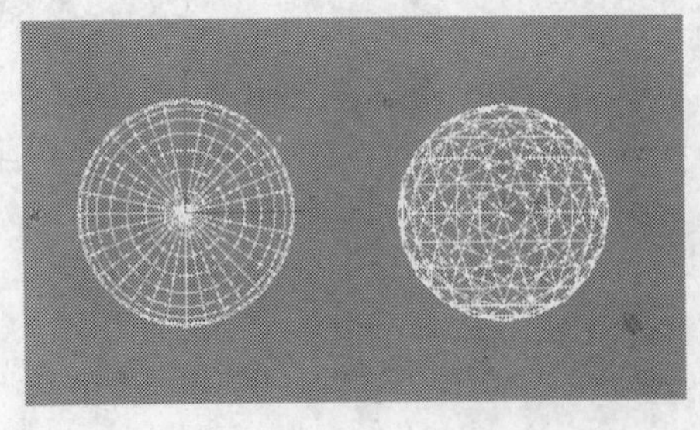

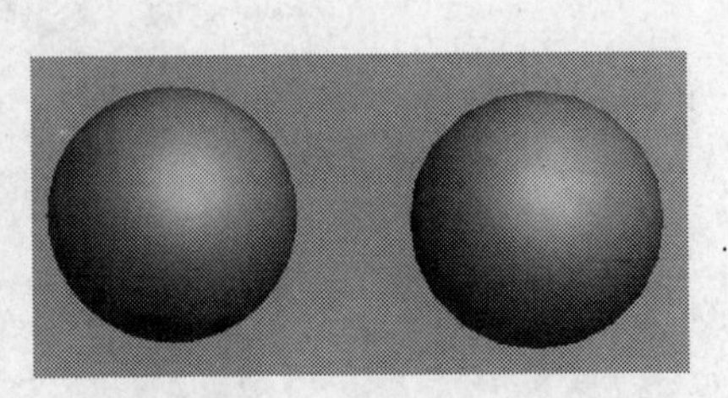

球体　　几何球体

图3-2　球体与几何球体

3.1.2　标准几何体的创建

下面，我们通过一个圆柱体的创建过程来演示标准基本体的创建。圆柱体的创建过程如下。

（1）首先在创建命令面板中依次单击 → → Cylinder 按钮，然后在顶视图中，使用鼠标左键单击并拖动，这样将定义出圆柱体的直径。再松开鼠标左键，向上或者向下移动定义出圆柱体的高度，然后单击鼠标左键，这样就创建出了一个圆柱体，如图3-3所示。

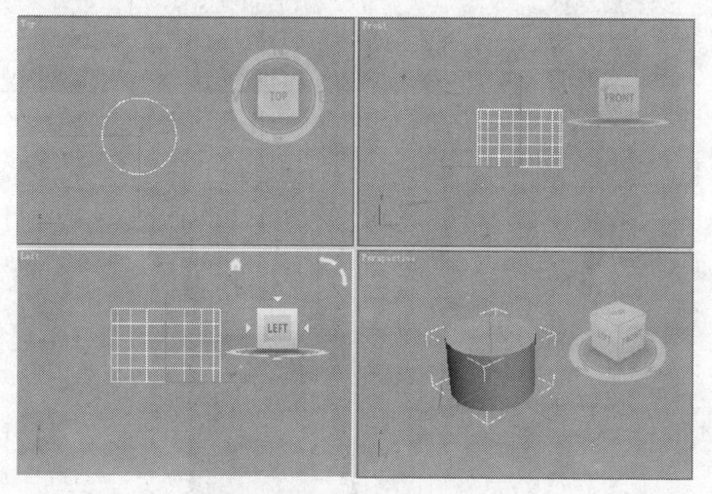

图3-3　创建出的圆柱体

如果是从前视图中开始创建圆柱体，那么圆柱体的方位会有一定的区别，如图3-4所示。我们可以使用“选择并旋转”工具进行旋转。

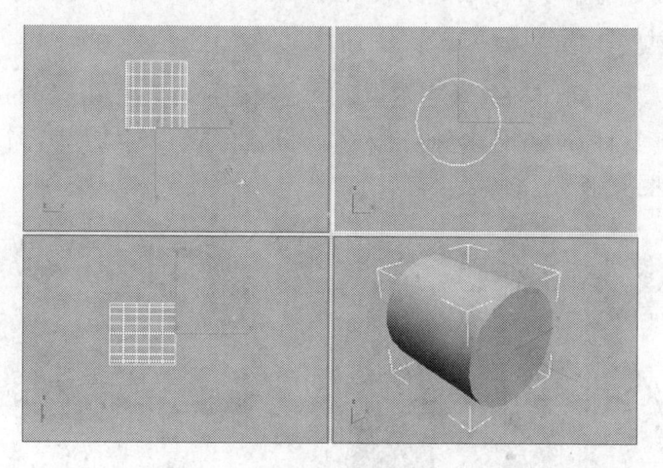

图3-4　从前视图中创建的圆柱体

（2）调整圆柱体的大小。在创建命令面板中单击按钮，可以看到它的参数面板，如图3-5（左）所示。

（3）分别把它们的半径参数和高度参数改成5和80，这时的圆柱体将改变成如图3-5（右）所示的形状。

另外，在创建出基本体之后，还可以根据自己的需要在“Modify（修改）”面板中来修改它的直径、高度、边数和分段数，效果如图3-6所示。

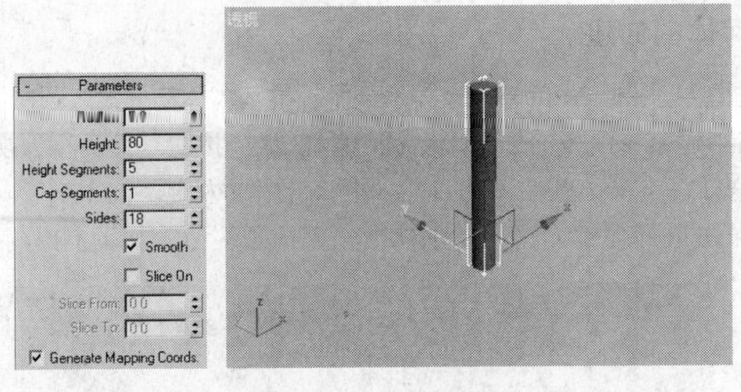

图3-5 参数面板（左），改变圆柱体大小（右）

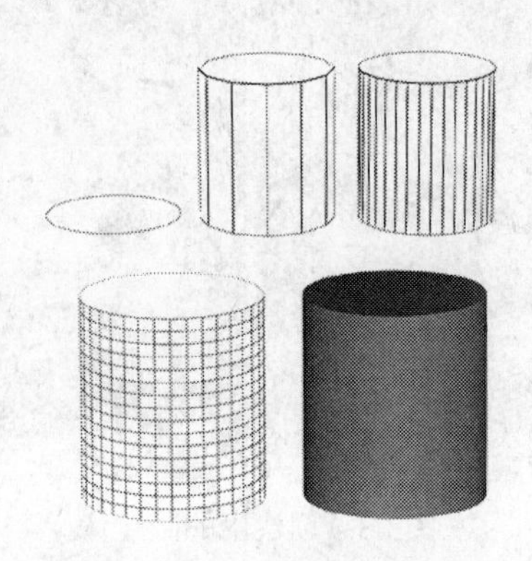

图3-6 其他类型的圆柱体

圆柱体的创建与长方体的创建方式相同。球体的创建方式更加简单，只需要通过单击并拖动鼠标即可创建。

当我们创建的模型大小不合适或者不正确时，我们就可以采用这样的方法来修改模型的大小。我们还可以按照这种方法创建各种圆锥模型、圆管模型、球体模型、环形模型、平面模型、四棱锥模型等，如图3-7所示。

图3-7 圆锥模型（左）及圆管模型（右）

其他标准基本体的创建方法与圆柱体的创建方法是相同的，读者可以自己尝试创建这些模型，在此不再赘述。使用标准基本体工具可以创建一些形状比较规则的模型，如建筑墙体、地面、大理石柱、桌面、桌腿等，如图3-8所示。

图3-8 使用标准基本体创建的建筑模型

3.2 创建扩展基本体

扩展基本体是标准基本体的外延或者扩展，所以我们称它为扩展基本体，它相比标准基本体要稍微复杂一些。

3.2.1 扩展基本体的种类

首先观察创建命令面板，在“Standard Primitives（标准基本体）”命令的右侧有一个小三角形按钮，单击该按钮，将会打开一个下拉菜单，从中选择“Extended Primitives（扩展基本体）”项，面板就会改变成扩展基本体面板了，如图3-9所示。

从图中可以看出，扩展基本体总共有13种类型，它们分别是异面体、环形体、切角长方体、切角圆柱体、油罐、胶囊、纺锤、球棱体、环形波、棱柱、软管、L-Ext和C-Ext。

3.2.2 扩展基本体的创建

下面，我们通过一个切角长方体的创建过程来演示扩展基本体的创建。使用切角长方体创建的模型比较多，比如沙发坐垫、靠背、桌面、枕头和墙角基线等，一般都会使用到切角长方体。一些使用扩展基本题制作的模型，如图3-10所示。

图3-9 扩展基本体创建命令面板

图3-10 可以使用切角长方体制作的模型

切角长方体的创建过程如下：

（1）在创建命令面板中单击“切角长方体”按钮ChamferBox，然后在Top（顶）视图中，使用鼠标左键单击并拖动，这样将定义出长方体的长度和宽度。再松开鼠标左键，向上或者向下移动鼠标指针，然后再单击一次，这样就创建出了一个长方体。不过现在还没有创建完成，还需要单击鼠标左键并稍微拖动一下，才能完成一个切角长方体的创建，效果如图3-11所示。

很多人把切角长方体也称为倒角方体，要注意这些概念。

（2）修改切角长方体的大小与修改标准长方体的操作一样，不过在其参数面板中切角长方体多了两个选项，一个是Fillet（圆角），另外一个是Fillet Segs（圆角分段）。使用这两个选项可以调节长方体圆角的圆滑度。其参数面板如图3-12所示。

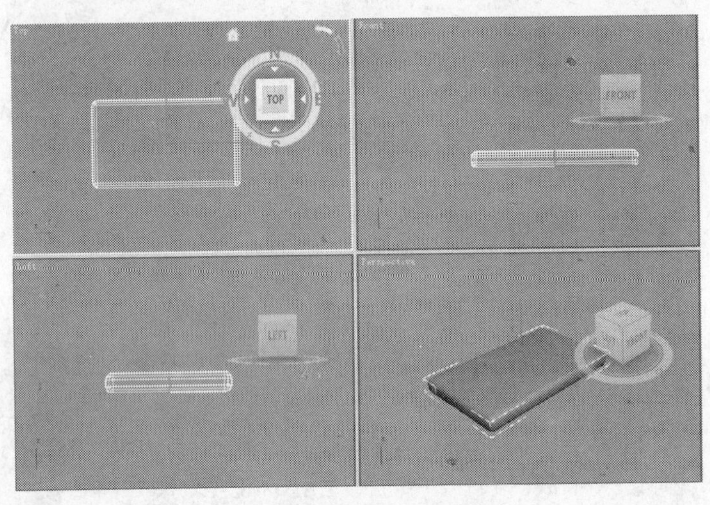

图3-11 创建出的切角长方体

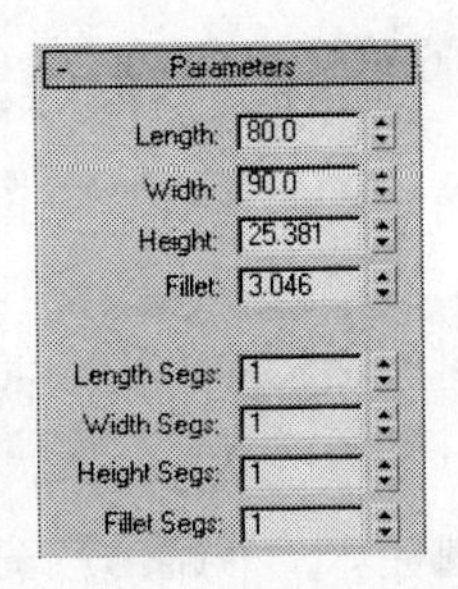

图3-12 参数面板

设置不同的圆角值，获得的圆角效果也是不同的，下面是把Fillet（圆角）值分别设置为1和6后的效果对比，如图3-13所示。

Fillet=1

Fillet=6

图3-13 对比效果

其他标准基本体的创建方法与长方体的创建方法基本相同。比如可以创建下面的这些扩展基本体模型，如图3-14所示。

使用扩展基本体工具可以创建一些形状比较规则的模型，如建筑体、家具、瓷器、机械构造模型等，如图3-15所示。

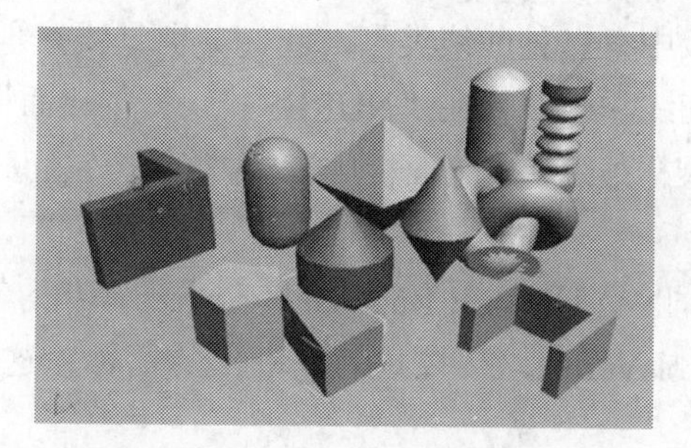

图3-14　可以创建的其他扩展基本体

图3-15　使用切角长方体创建的沙发

通过对这些基本体进行一些修改，可以把它们编辑成我们需要的一些形状，具体的操作，可以参阅后面章节中的一些内容。

3.3　使用二维图形创建模型

在上一部分内容中，我们介绍了一些基本体的创建。但是对于一些复杂的物体，则很难使用这些建模方法来创建，不过可以借用二维图形来创建。另外，使用二维图形也可以创建出使用基本体能够创建的模型。

3.3.1　二维图形的种类

在3ds Max 2009工作界面右上角的创建命令面板中，单击按钮，即可打开二维图形创建面板，如图3-16所示。共有3种类型的二维图形创建方式，分别是Splines（样条线）、NURBS Curves（NURBS曲线）和Extended Splines（扩展样条线）。默认设置为“（样条线）”创建面板，单击“Splines（样条线）”右侧的小三角形按钮，并选择“NURBS Curves”项，即可打开“NURBS Curves（NURBS曲线）”创建面板，如图3-16所示。

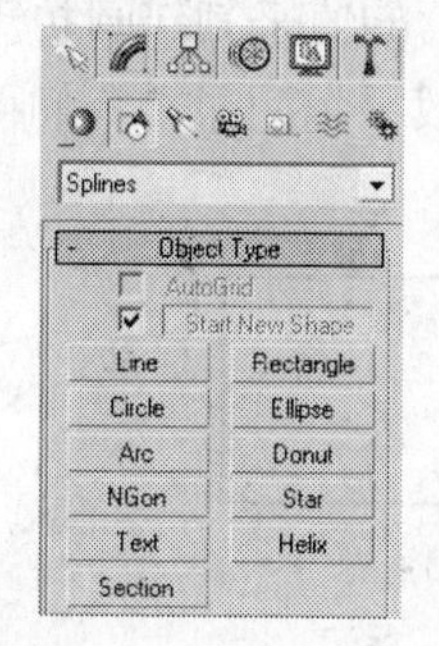

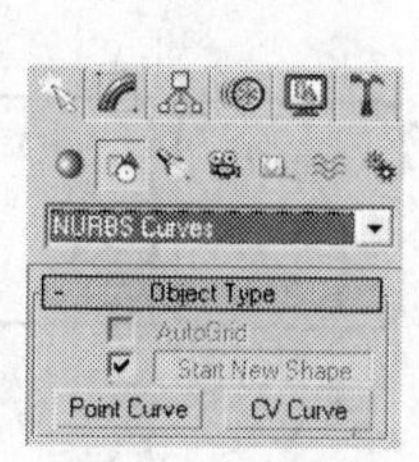

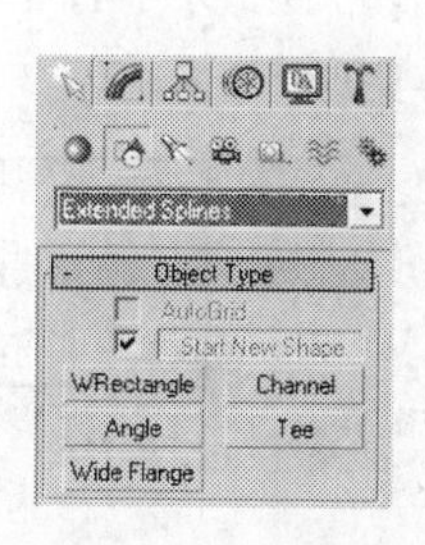

图3-16　“样条线”创建面板（左）、“NURBS曲线”创建面板（中）、“扩展样条线”面板（右）

在“样条线”创建面板中有11种曲线类型，它们分别是线、矩形、圆、椭圆、弧、圆环、多边形、星形、文本、螺旋线和截面。在“NURBS曲线”创建面板中有2种类型，它们分别是点曲线和CV曲线。在“扩展样条线”创建面板中有5种类型，它们分别是墙矩形、通道、角度、T形和宽法兰。

NURBS曲线是英文单词Non-Uniform Rational B-Splines（非均匀有理B样条曲线）的简称。而CV曲线是英文单词Control Vertex（可控顶点）曲线的简称。这些类型的建模方法都各有自己的优势。

我们会经常使用这些工具来创建我们需要的模型，比如可以通过把一些简单的图形组合成复杂的图形，然后使用它来创建复杂的模型。在3ds Max 2009中，可以把它们用于下列创建目的：

1. 创建面片和薄的曲面。
2. 作为放样的路径和截面。
3. 创建旋转曲面。
4. 在制作动画时，作为动画的路径。
5. 创建挤压物体的基本形状。

在下面的内容中，将详细介绍它们的制作方法。

3.3.2 二维物体的创建

二维物体的创建非常简单，只要点选该工具按钮，然后在视图中单击并拖动鼠标，再松开鼠标键就可以了。比如，创建的矩形效果如图3-17所示。

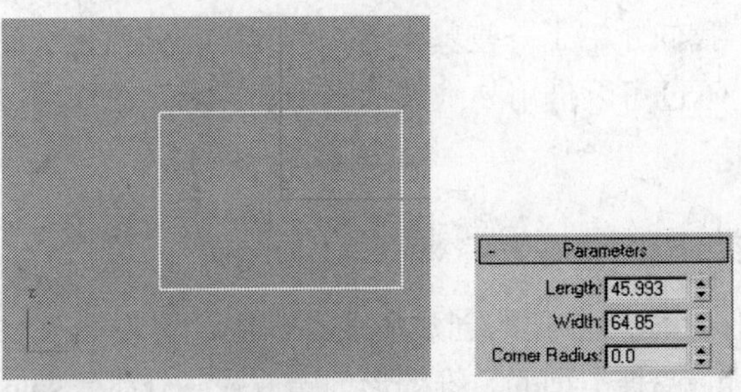

图3-17 创建的矩形（左）及“参数”面板（右）

创建过程中也有“Parameters（参数）”面板，在该面板中可以设置矩形的长度和宽度。可以在输入框中直接输入数值，也可以单击输入框右侧的两个小三角形按钮来增加或者减小它们的数值。还可以通过设置“Corner Radius（角半径）”的值来制作圆角矩形，矩形的角半径值一般是0，圆角矩形的值要大于1，一般值越大，圆角效果越明显。我们可以绘制出下列三种类型的矩形，如图3-18所示。

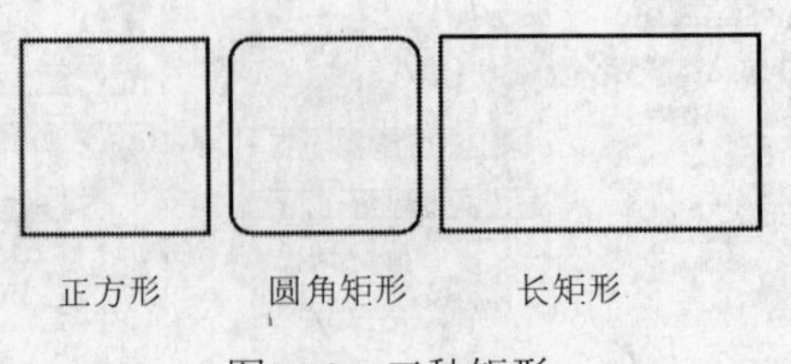

图3-18 三种矩形

不过这些工具的使用也有一些不同之处，下面我们以“Line（线）”工具为例介绍一下。如果在点选“线”工具之后，在视图中依次单击，也就是说单击鼠标左键之后，不再按住鼠标键，而是依次单击，那么创建出的形状的拐角是直角的。如果在点选“线”工具之后，在视图中单击后，按住鼠标键不放，然后依次单击，那么创建出的形状的拐角是圆滑的，如图3-19所示。

在使用“线”工具创建完需要的图形之后，如果需要结束创建过程，单击鼠标右键即可。

我们还可以按照这种方法创建各种Circle（圆）、NGon（多边形）、Star（星形样条线）、Arc（弧形样条线）、Section（截面样条线）和Helix（螺旋线）等，下面是几种图形效果，如图3-20所示。

图3-19　两种线图形对比

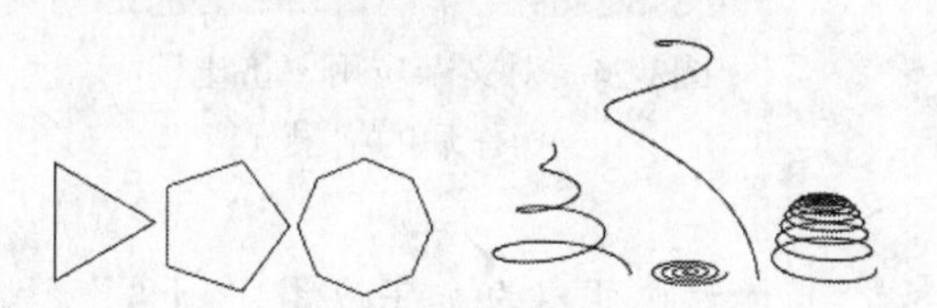

图3-20　多边形样条线及螺旋线样条线

3.3.3　“文本”工具

下面介绍一下“Text（文本）”工具，使用该工具可以创建各种文本效果。该工具在影视制作、片头制作、动画制作和广告制作中非常有用，那些在影视作品中常见的文字效果基本上都是使用该工具创建的，如图3-21所示。

图3-21　影视片头的文字效果

下面举例说明“文本”工具的使用方法。

（1）首先单击“Text（文本）”按钮 Text，然后在它的“Parameters（参数）”面板的“Text（文本）”输入框中输入“影视剧场”4个字，如图3-22所示。

在“文本”输入框中可以输入中文字和英文字，这些字的编辑和我们在Word中的编辑相同，可以编辑它们的字号、字型、字体、间距和行距等，这也都和Word中的文字编辑类似。读者可以自己尝试。

（2）输入文本后，在前视图中单击鼠标左键即可把文本输入到视图中了，如图3-23所示。

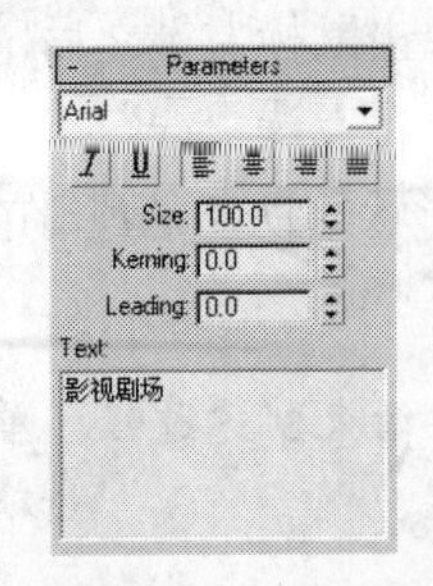

图3-22 输入的文字

图3-23 在视图中创建的文字

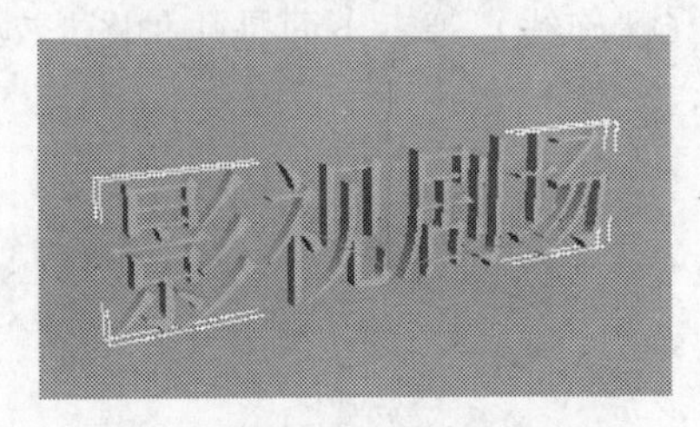

图3-24 对文字应用“挤出”操作后的结果

（3）单击按钮，进入到修改命令面板中。然后单击修改器列表右侧的三角形小按钮，从打开的列表中选择“挤出”修改器，对文字进行挤出操作。可自己设置几种挤出参数，这里操作后的结果如图3-24所示。

读者也可以为文字应用“倒角”修改器来制作出文字上的倒角效果。

3.3.4 其他样条线工具

使用“样条线”创建面板中的工具，我们还可以创建下列形状，如图3-25所示。这些工具都有其自己特有的参数面板，它们的形状都可以被编辑。

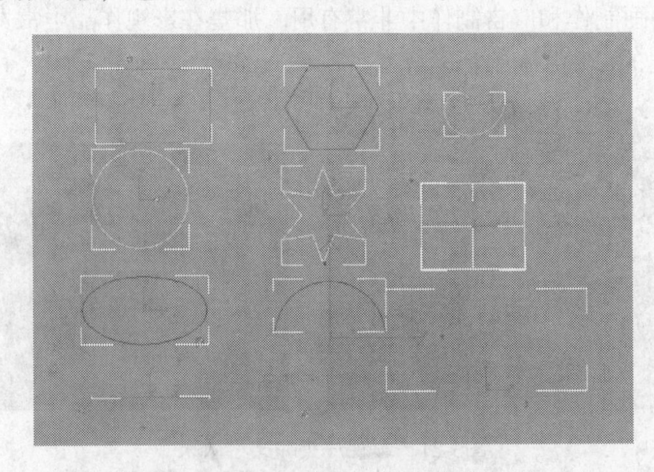

图3-25 其他二维图形

3.3.5 扩展样条线

在“扩展样条线”创建面板中有5种创建工具，分别是WRectangle（墙矩形）、Channel（通道）、Angle（角度）、Tee（T形）和Wide Flange（宽法兰）创建工具。这些工具的使用很简单，激活一个工具后，在一个视图中单击、拖动、再次单击即可创建出需要的图形。然后在

“Parameters（参数）”卷展栏中设置相应的参数即可对图形进行编辑。下面是使用扩展样条线工具创建的各种图形，如图3-26所示。

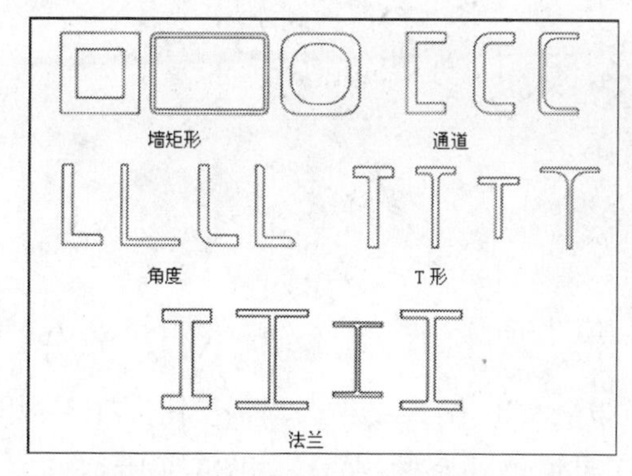

图3-26　使用扩展样条线工具创建的各种图形

3.4　实例：制作书柜

在这个实例中，将使用标准基本体中的长方体创建一个简单的书柜，以巩固我们所学的知识，效果如图3-27所示。我们在制作书柜模型的时候，可以首先找一个书柜的实物或者图片，然后有根据地去制作模型。在本例中主要练习“长方体”工具的使用。

图3-27　书柜的效果

在制作模型的时候，我们可以想像一下木工或者木匠制作家具的时候，把木材制作成各种木板和木条，然后把它们组装成桌子、椅子、床、凳子、柜子等各种各样的家具。其实，我们在3ds Max中制作家具模型的时候，与木工师傅制作家具的原理是相同的，也是把不同的小模型组装成我们要制作的物体，但是这比木工师傅做家具要简单多了。

（1）在创建命令面板中依次单击 → → Box 按钮，在顶视图中创建一个长方体，作为书柜的后壁板，如图3-28所示。

（2）进入“Modify（修改）”面板，在其“Parameters（参数）”面板中设置参数，如图3-29所示。

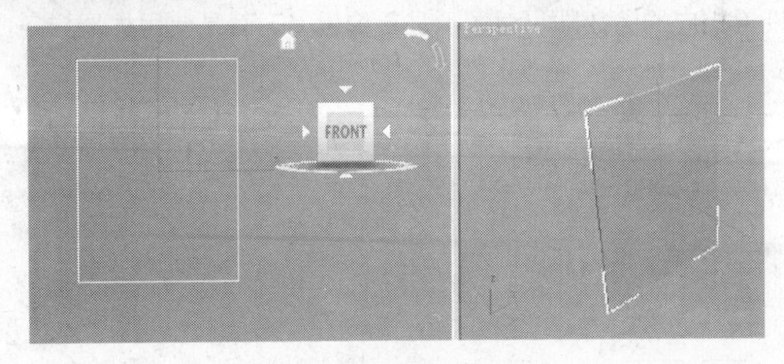

图3-28 创建出的长方体

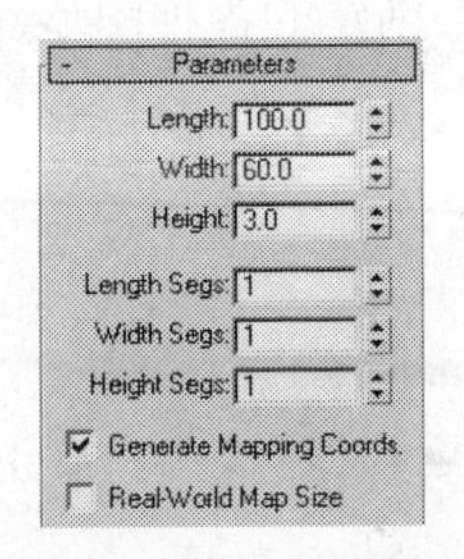

图3-29 长方体的参数设置

（3）在创建命令面板中依次单击→→Box按钮，在左视图中创建一个长方体，作为书柜的左壁板，并使用工具调整好它的位置，如图3-30所示。

（4）进入“修改”面板，在其“参数”面板中设置参数，如图3-31所示。

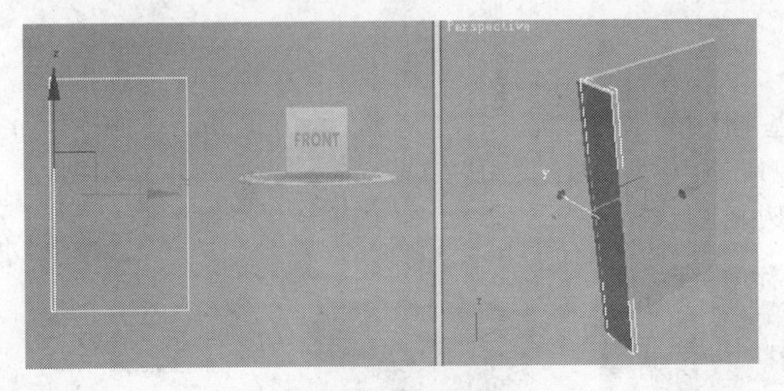

图3-30 创建左壁板

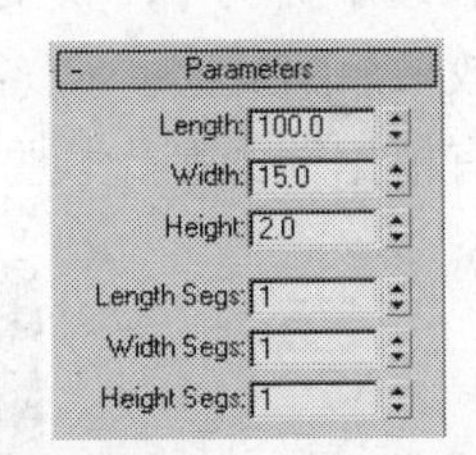

图3-31 左壁板长方体的参数设置

（5）按住键盘上的Shift键，在左视图中向右拖动左壁板复制出一个右壁板，如图3-32所示。

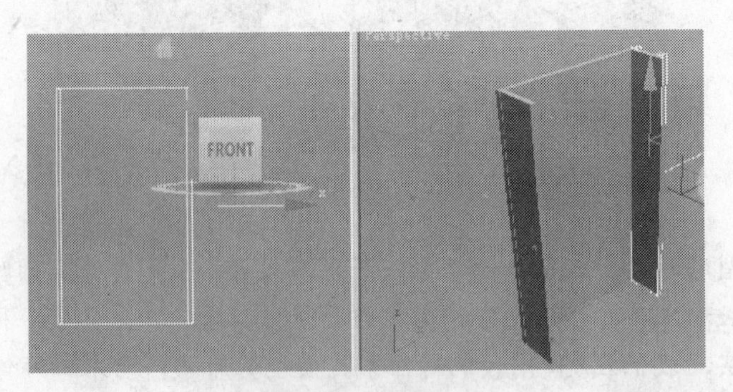

图3-32 复制的长方体

（6）使用相同的方法，制作出书柜中的隔板长方体，如图3-33所示。

（7）按住键盘上的Shift键，在左视图中向下拖动隔板，复制出几个隔板，如图3-34所示。

提示 复制长方体时，在打开的“Clone Option（克隆选项）”对话框中最好选中“Copy（复制）”项，否则会影响后面的编辑，如图3-35所示。

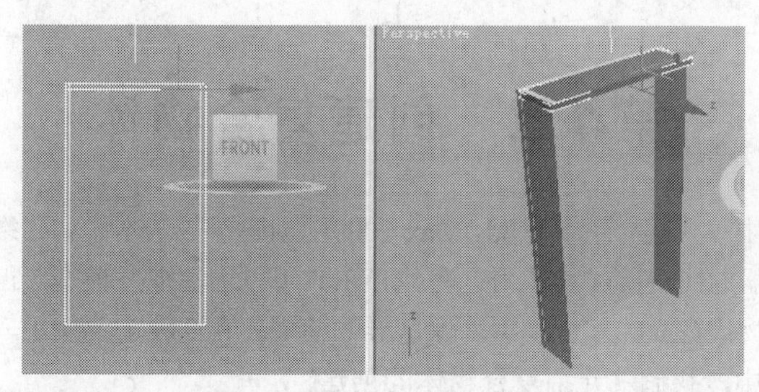

图3-33 创建出的隔板长方体

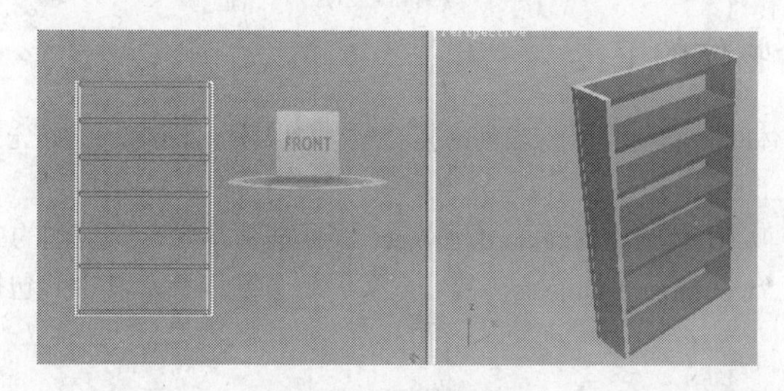

图3-34 复制的长方体

（8）如果大小不合适，可以分别选中它们，然后进入到“修改”面板中设置其参数，从而使它们对齐，效果如图3-36所示。

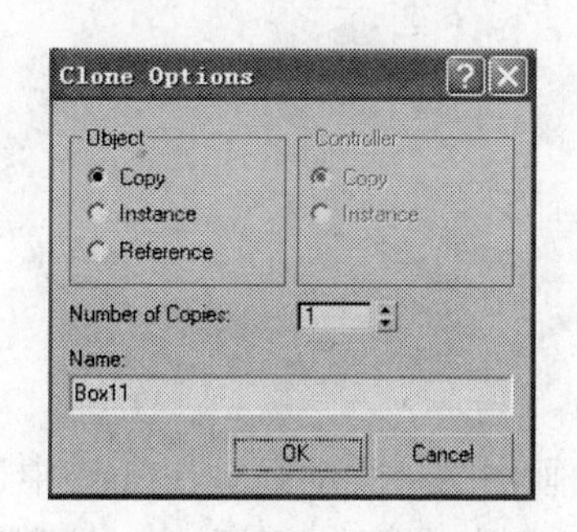

图3-35 “克隆选项”对话框

图3-36 调整效果

（9）最后为它们分别赋予一幅木纹贴图，渲染出来的效果就非常漂亮了。木纹贴图和渲染的效果如图3-37所示。

关于材质和渲染的知识，将在后面的内容中进行介绍，在这里只需要知道怎样制作这个模型就可以了。在下一章的内容中，将介绍复合模型的创建。

图3-37 木纹贴图和书柜表面的木纹效果

第4章 创建复合物体

在前面的内容中，我们介绍了在3ds Max 2009中创建一些基本体和二维图形的操作方法，还介绍了一些修改器的使用。虽然使用这些建模工具可以创建很多模型，但是在我们的自然界中还有很多由多个物体构成的复合模型，像这样的模型，我们就需要使用一些特殊的方法来创建，在本章的内容中，我们就介绍复合物体的创建。

4.1 创建复合物体的工具

在创建复合物体时，需要使用一些创建复合物体的工具，因此，我们先来看一下创建复合物体需要使用哪些工具。

在创建命令面板中，单击“Standard Objects（标准基本体）”右侧的三角形小按钮。把创建面板改设置为“Compound Objects（复合对象）”创建面板，其中共包括12种工具，如图4-1所示。

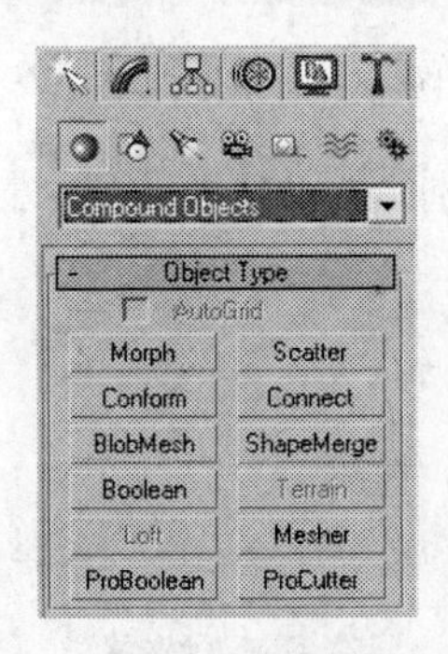

图4-1 “复合对象”创建面板

4.2 变形工具

变形是一种非常重要的动画制作技术，类似于2D动画中的补间动画，在Flash中也有该术语。当两个或多个物体的顶点位置相互匹配时，可以通过插补运算从一个形状过渡到另外一个形状。在动画制作中，可以使用它来制作角色面部的动画，如图4-2所示。

变形工具有两个参数面板，分别是“Pick Targets（拾取目标）”参数面板和“Current Targets（当前对象）”参数面板，如图4-3所示。在这两个参数面板中包含着变形工具的所有选项设置。

拾取目标对象时，可以将每个目标指定为“Reference（参考）”、“Move（移动）”、“Copy（副本）”或“Instance（实例）”。可根据创建变形之后场景几何体的使用方式进行选择。

· Pick Target（拾取目标）——使用该按钮，可以指定目标对象或所需的对象。

· Reference/Copy/Move/Instance（参考/复制/移动/实例）——用于指定目标对象传输至复合

对象的方式。它可以作为参考、副本或实例进行传输，也可以进行移动。对于后面这种情况，不会留下原始图形。

图4-2　制作角色面部的动画

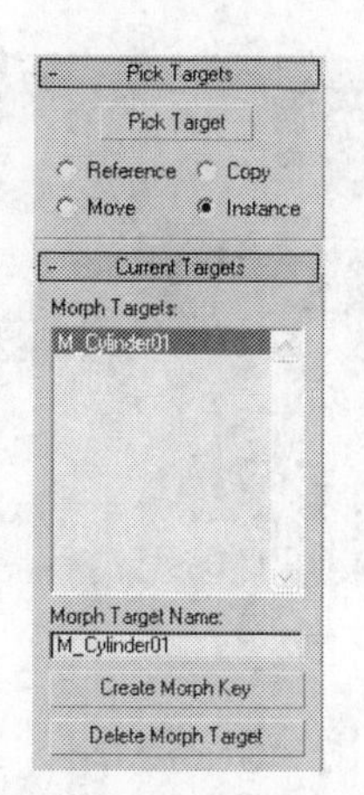

图4-3　参数面板

· Morph Targets（变形目标）——显示一组当前的变形目标。

· Morph Target Name（变形目标名称）——使用该字段，可以在“变形目标”列表中更改选定变形目标的名称。

· Create Morph Key（创建变形关键点）——在当前帧处添加选定目标的变形关键点。

· Delete Morph Target（删除变形目标）——删除当前高亮显示的变形目标。如果变形关键点参考的是删除的目标，也会删除这些关键点。

4.3　散布工具

“散布”工具也是一种非常重要的工具，使用该工具可以将一个物体随机地分布于另外一个物体的表面或者内部。适合于制作散乱的石头、树木等随机散布的物体，如图4-4所示。

4.3.1　Scatter（散布）工具的操作过程

下面，简单地介绍一下“散布”工具的基本使用。

（1）在“Standard Primitives（标准基本体）”创建面板中单击 Sphere 按钮，在视图中创建一个球体，如图4-5所示。

图4-4　在球体表面上的散布效果

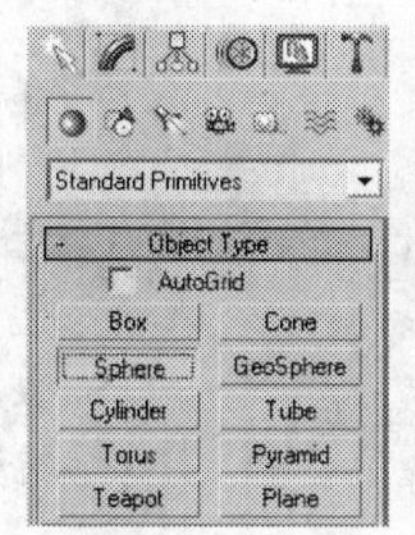

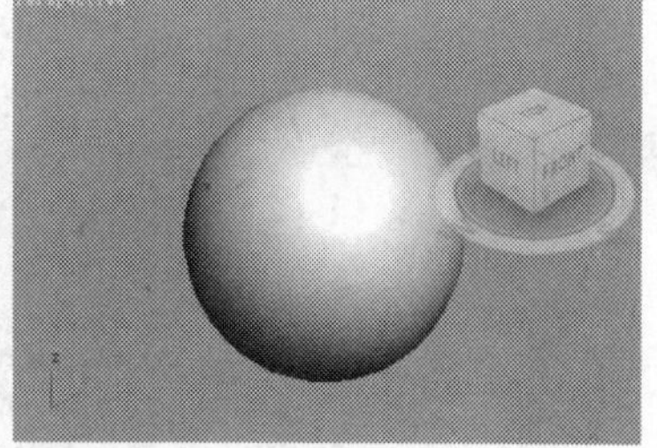

图4-5　创建的球体

（2）在“Standard Primitives（标准基本体）”创建面板中单击 Teapot 按钮，在视图中创建一个茶壶，如图4-6所示。

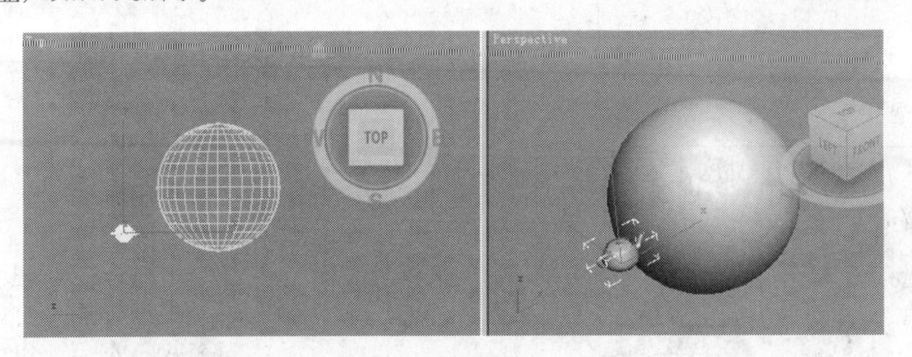

图4-6　创建的茶壶

（3）单击“Standard　Primitives（标准基本体）”右侧的三角形小按钮，并选择“Compound Objects（复合对象）”进入到“复合对象”面板中，然后单击“Scatter（散布）”工具，如图4-7所示。

（4）在面板的下面单击“拾取分布对象”按钮 Pick Distribution Object ，并在视图中单击球体，这样茶壶物体就会移动到球体上了，效果如图4-8所示。

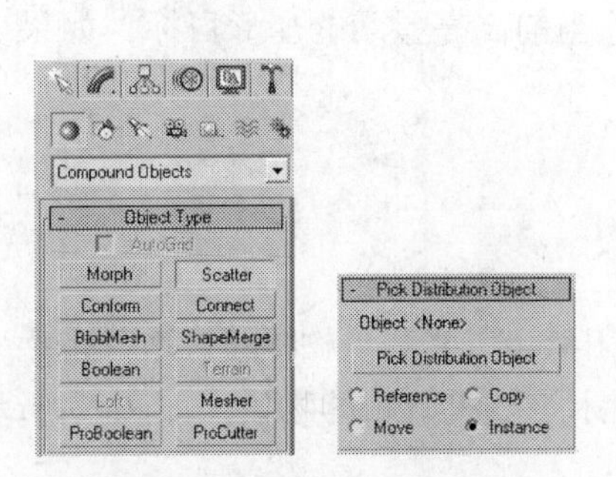

图4-7　“复合对象”面板

图4-8　茶壶移动到球体上的效果

（5）在下面的“Duplicates（源对象参数）”面板中，把“Duplicates（重复数）”设置为20后的效果如图4-9所示。

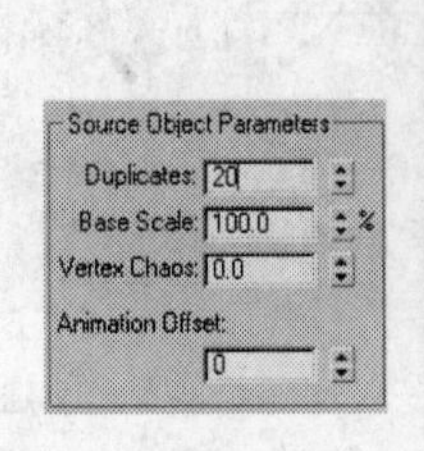

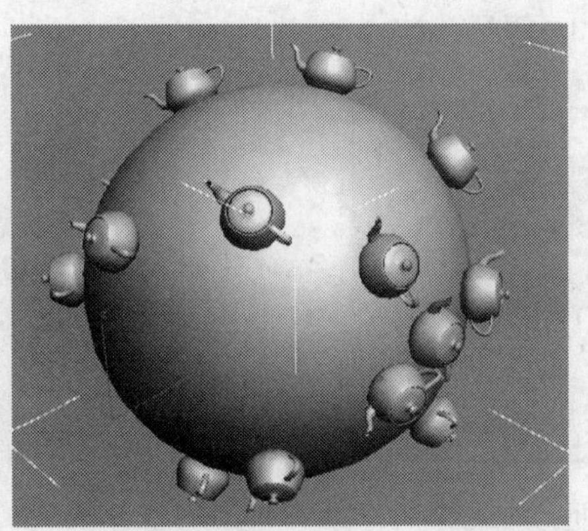

图4-9　茶壶被散布在面上

我们还可以创建出地面，然后创建出植物使它们分布在地面上。还可以在其他物体的表面添加乱石、杂草等物体，从而创建出比较真实的自然环境效果，如图4-10所示。

使用3ds Max 2009创建模型，就是模拟我们在自然界中看到的这些模型，模拟得越真实越好。

4.3.2 ProCutter（预散布）工具

ProCutter复合对象能够执行特殊的布尔运算，主要目的是分裂或细分体积。ProCutter运算的结果尤其适合在动态模拟中使用。例如，在动态模拟中，对象炸开，或由于外力使对象破碎。该工具是一个用于爆炸、断开、装配、建立截面或将对象（如3D拼图）拟合在一起的出色工具，破碎效果如图4-11所示。

图4-10 复杂的效果

图4-11 破碎效果

4.3.3 参数面板介绍

在这部分内容中介绍一下“散布”工具的参数面板，我们将分几部分进行介绍，如图4-12所示。

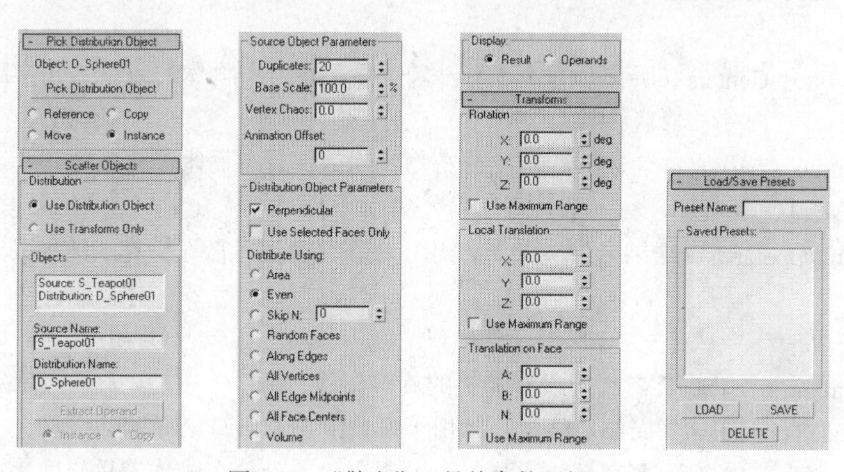

图4-12 “散布”工具的参数面板

拾取分布对象面板：

- Pick Distribution Objects（拾取分布对象）按钮：用于在视图中选择作为散布的地面。
- Reference/Copy/Move/Instance（参考/复制/移动/实例）：分别用于指定散布物体的散布方式。

散布对象面板：

· Use Distribution Object（使用分布对象）：勾选该项后，只散布作为散布物体的源物体。

· Use Transforms Only（仅使用变换）：勾选该项后，将不会散布物体。

· Source Name（源名）：在这里可以重新命名散布的源物体。

· Distribution Name（分布名）：在这里可以重新命名分配的物体。

· Extract Operand（提取操作对象）按钮：用于提取选择散布物体的副本或者实例。

· Instance/Copy（实例/复制）：用于设置提取操作的方式。

源对象参数面板：

· Duplicates（重复数）：用于设置散布物体的复制数量。

· Base Scale（基础比例）：用于改变源物体的比例，也会同时影响每个复制的物体。

· Vertex Chaos（顶点混乱度）：用于为源物体的顶点应用随机的混乱性。

· Animation Offset（动画偏移）：可以设置动画的帧数，可以使每个源物体的复制物体都偏离于前一复制物体。

分布对象参数面板：

· Perpendicular（垂直）：勾选后，使每个复制的物体都垂直于相应的面。

· Use Selected Faces Only（仅使用选定面）：勾选后，使散布物体只分配给选择的面。

· Area（区域）：勾选后，在物体表面均匀地散布物体。

· Even（偶校验）：勾选后，分布物体的面数除以重复数，并跳过相应的面数进行分布。

· Skip N（跳过N个）：勾选后，在散布物体时，将会跳过几个面进行散布。

· Random Faces（随机面）：勾选后，在分布物体表面随机散布物体。

· Along Edges（沿边）：勾选后，沿着分布物体的边缘散布物体。

· All Vertices（所有顶点）：勾选后，在分布物体表面的每个顶点上散布物体。

· All Edge Midpoints（所有边的中点）：勾选后，在分布物体的每个分段边的中心处散布物体。

· All Face Centers（所有面的中点）：勾选后，在分布物体的每个三角形面的中心处散布物体。

· Volume（体积）：勾选后，遍及分布物体的体积散布物体。

显示面板（一）：

· Result/Operands（结果/操作对象）：用于设置是否显示散布操作的结果或者散布之前的操作对象。

变换面板：

· Rotation（旋转栏）：用于设置随机的旋转偏移。

· Local Translation（局部平移栏）：用于设置沿它们自身坐标轴的平移。

· Translation on Face（在面上平移栏）：用于设置沿分布物体的重心面坐标的平移。

· Scaling（比例栏）：用于设置物体沿其自身坐标轴的大小。

显示面板（二）：

· Proxy（代理）：勾选后，将复制物体显示为简单的物体，这样可以在处理复杂的散布物体时加快视图的刷新速度。

· Mesh（网格）：勾选后，可以网格体显示散布物体。

· Display（显示）：用于设置视图中复制物体的显示百分比。

· Hide Distribution Object（隐藏分布对象）：勾选后，隐藏分布物体。

· New（新建按钮）：生成一个新的随机种子数。

· Seed（种子）：用于设置种子数。

重载/保存预设面板：

· Preset Name（预设名）：用于指定设置的名称。

· LOAD（加载）：在保存预设列表中加载当前的预设。

· SAVE（保存）：保存预设名栏中的名称，并把它放置在保存预设的对话框中。

· DELETE（删除）：　在保存预设的对话框中删除选择的项目。

散布工具的参数选项比较多，但是都非常简单，而且易于操作，只要认真实践和练习，就能理解和掌握它们。

4.4　使用Boolean（布尔）工具创建物体

首先让我们来看一个模型，如图4-13所示。对于这样的形状，我们很难使用前面介绍的建模方法来创建，但是可以使用布尔工具来创建。

图4-13　复合体效果

在下面的内容中，我们通过使用Boolean（布尔）工具创建一个模型来演示复合体的创建，操作过程如下所示。

（1）根据前面所学的知识，在视图中分别创建一个茶壶体和一个圆柱体，并调整好它们的位置，效果如图4-14所示。

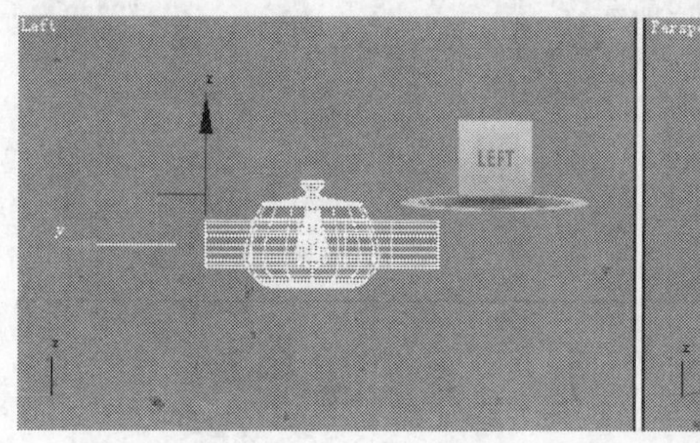

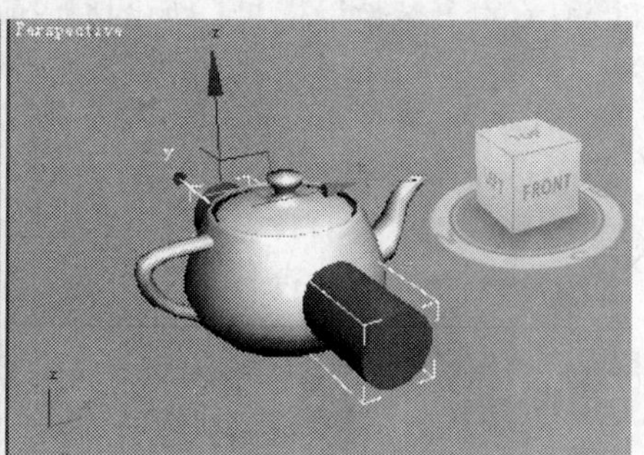

图4-14　创建出的茶壶体和圆柱体

（2）按照前面介绍的方法，把创建面板改变成“Compound Objects（复合对象）”创建面板，如图4-15所示。

图4-15　“复合对象”创建面板

（3）在工具栏中单击按钮，然后在透视图中单击圆柱体，在创建命令面板中单击Boolean按钮，再单击面板下面的Pick Operand B按钮，返回到透视图中单击球体。此时透视图中的模型就改变成了如图4-16所示的形状。

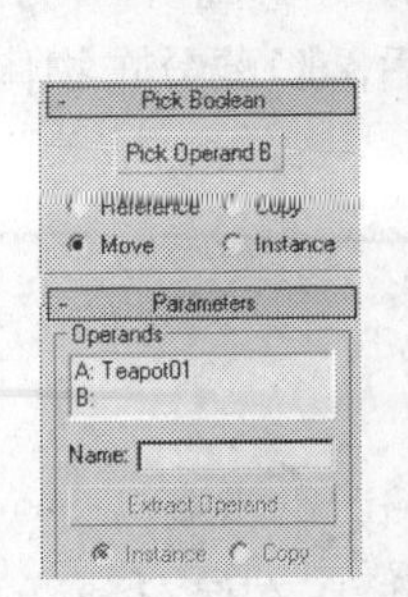

图4-16　执行布尔运算后的模型效果

注意　有人把布尔工具的操作称为布尔运算，这样也是可以的。因为布尔这个词语就源自于数学领域，它的操作原理与数学中的布尔运算也是相同的。

从上面的创建过程看，在使用布尔工具创建模型时，必须要有两个物体，一个是运算物体A，另外一个是运算物体B，而且可以在“Pick Boolean（拾取布尔）”面板中设置运算物体，如图4-17所示。

· Reference（参考）：勾选该项后，将原物体的参考复制品作为运算物体B。

· Copy（复制）：勾选该项后，将原物体进行复制作为运算物体B，且不会破坏原物体。

· Move（移动）：勾选该项后，将原物体直接作为运算物体B，运算后原物体消失。

· Instance（实例）：勾选该项后，将原物体的实例复制品作为运算物体B，运算一个物体时，另外一个物体也受影响。

另外，还可以设置布尔操作方式，其操作分为并集、交集、差集和切割，其中差集又细分为差集（A－B）和差集（B－A）。这几个概念分别来自于数学中的并集、交集和差集的概念，下面介绍其相关的“参数”面板，如图4-18所示。

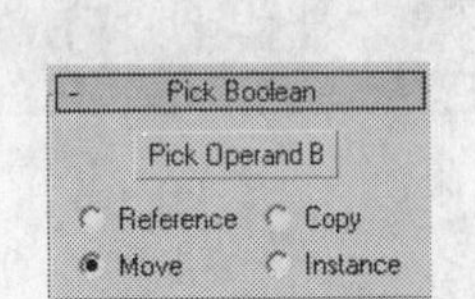

图4-17　“拾取布尔”面板

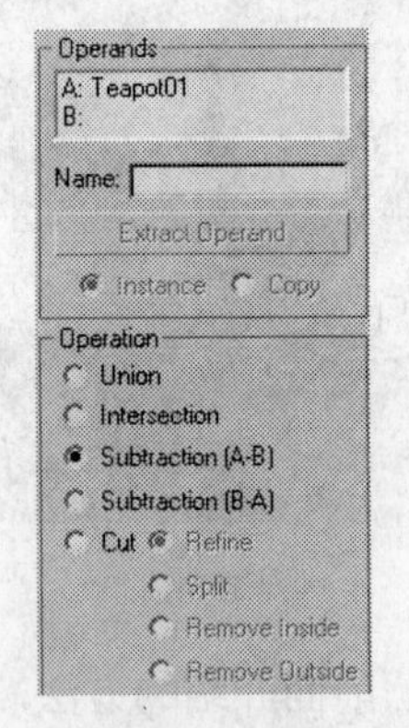

图4-18　相关“参数”面板

· Union（并集）：勾选该项后，会将两个物体合并为一个新物体。

· Intersection（交集）：勾选该项后，会将两个物体的相交部分合并为一个新物体。

· Subtraction（A－B）（差集（A－B））：勾选该项后，如果两个物体是重叠在一起的，那么从A物体中减去B物体的体积。

· Subtraction（B－A）（差集（B－A））：勾选该项后，如果两个物体是重叠在一起的，那么从B物体中减去A物体的体积。

· Cut（切割）：勾选该项后，将把两个物体的形状作为辅助面进行剪切，但不给B物体添加任何内容，切割后的物体是非封闭的实体，如图4-19所示。它有4种类型：

①Refine（优化）：勾选该项后，在两物体相交的物体A上添加新的顶点和边。

②Split（分割）：勾选该项后，沿着物体B减去物体A的边界添加第2组顶点和边。

③Remove Inside（移除内部）：勾选该项后，移除物体B内部关于操作物体A的所有面。

④Remove Outside（移除外部）：勾选该项后，移除物体B外部关于操作物体A的所有面。

下面介绍“显示/更新”面板，如图4-20所示。

图4-19　非封闭实体

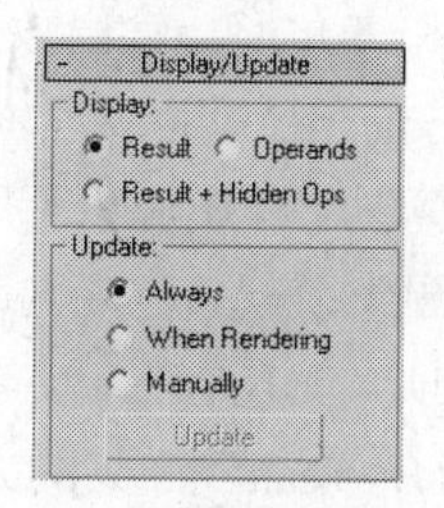

图4-20　“显示/更新”面板

· Result（结果）：勾选该项后，只显示最后的运算结果。

· Operands（操作对象）：勾选该项后，将显示出所有的运算物体。

· Result+Hidden Ops（结果+隐藏的操作对象）：勾选该项后，将在视图中以线框模式显示出隐藏的运算物体。

· Always（始终）：勾选该项后，会在进行布尔运算后显示出操作结果。

· When Rendering（渲染时）：勾选该项后，只有在进行渲染时才显示布尔操作的结果。

· Manually（手动）：勾选该项后，下面的“更新”按钮将变为可用，可提供手动的更新控制。

根据不同的选项设置，可以制作各种各样的复合模型。在图4-21中显示的马桶和浴盆模型也是使用布尔运算制作出来的。

图4-21　使用布尔运算创建的物体

当对同一物体执行多次布尔运算时，需要重新选择场景中的复合物体，并再次单击“布尔”按钮，重新进行布尔操作。

另外我们还可以使用其他创建复合体的方法创建物体，具体方法可以参阅后面章节中的内容。

4.5 ProBoolean（预布尔）工具

布尔对象通过对两个或多个其他对象执行布尔运算将它们组合起来。ProBoolean将大量功能添加到了传统的3ds Max布尔对象中，如每次使用不同的布尔运算，可立刻组合多个对象的能力。ProBoolean 还可以自动将布尔结果细分为四边形面，这有助于将网格平滑和涡轮平滑。

在执行预布尔运算之前，它采用了3ds Max网格并增加了额外的智能。首先它组合了拓扑，并确定共面三角形并移除附带的边，然后不是在这些三角形上而是在N边形上执行布尔运算。完成布尔运算之后，对结果执行重复三角算法，然后在隐藏共面的边的情况下将结果发送回3ds Max中。这样额外工作的结果有双重意义：布尔对象的可靠性非常高，结果输出更清晰，因为有更少的小边和三角形，输出效果如图4-22所示。

使用ProBoolean可以将纹理坐标、顶点颜色、可选材质和贴图从运算对象传输到最终结果。可以选择将运算对象材质应用于所得到的面，也可以保留原始材质。如果其中一个原始运算对象具有材质贴图或顶点颜色，则所得到的面是由于运算对象保持这些图形属性获得的。但是，当纹理坐标或顶点颜色存在时，不能移除共面的面，因此所得到的网格质量会降低。

使用“ProBoolean”工具的方法与使用“布尔”工具的方法相同，选项也基本相同。不过使用“ProBoolean”工具可以一次性执行多个布尔操作。比如创建一个球体和5个圆柱体后，如果要在一个球体上执行4次布尔运算，那么激活“ProBoolean”工具后（按照布尔运算的操作执行），依次单击长方体即可完成，效果如图4-23所示。

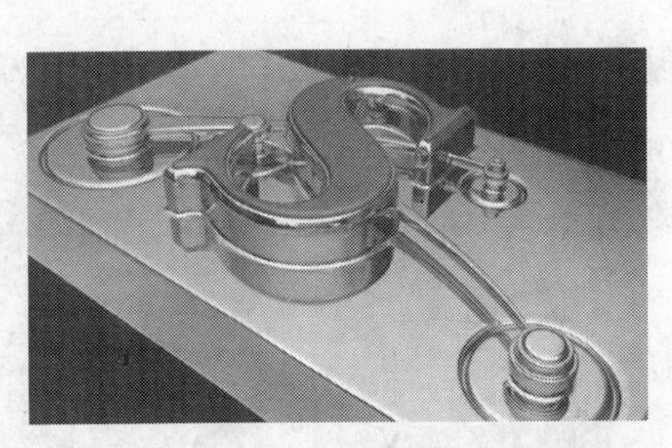

图4-22 输出效果

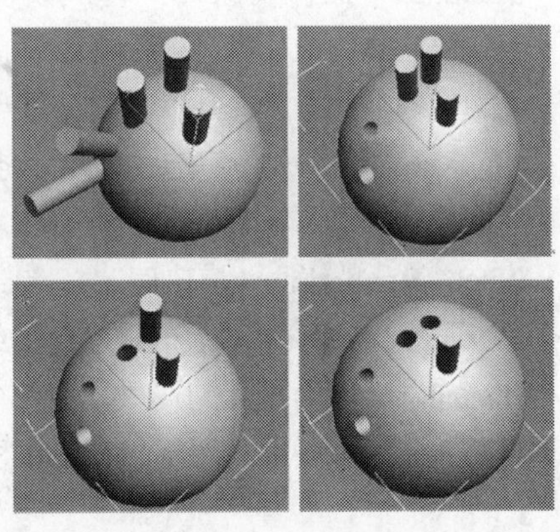

图4-23 预布尔运算效果

4.6 创建Loft（放样）物体

Loft（放样）是把一个二维图形作为剖面，另外一条曲线作为放样路径而形成的三维物体。另外在路径上还可以有不同的剖面形状，可以利用该工具创建出一些非常复杂的物体模型。

4.6.1 放样的基本操作

下面，我们来介绍一下具体操作步骤。

（1）进入到二维图形创建面板中，如图4-24所示。

（2）使用创建二维图形的 Line 工具在前视图中创建一个形状，作为轮廓线，如图4-25（左）所示。

（3）再使用 Line 工具在顶视图中创建一个形状，作为路径，如图4-25（右）所示。

（4）单击标准基本体右边的小三角形按钮，选择“Compound Objects（复合对象）”，进入到复合对象创建面板中，如图4-26所示。

（5）单击 Loft 按钮，再从下面的面板中单击 Get Path 按钮，在视图中单击作为路径的曲线。此时就会生成铁轨的形状，如图4-27所示。

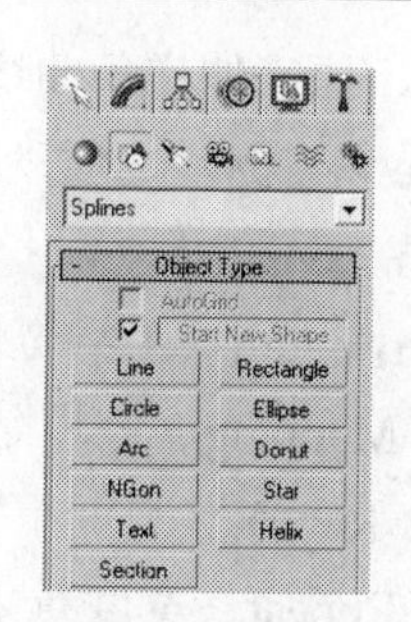

图4-24 二维图形创建面板

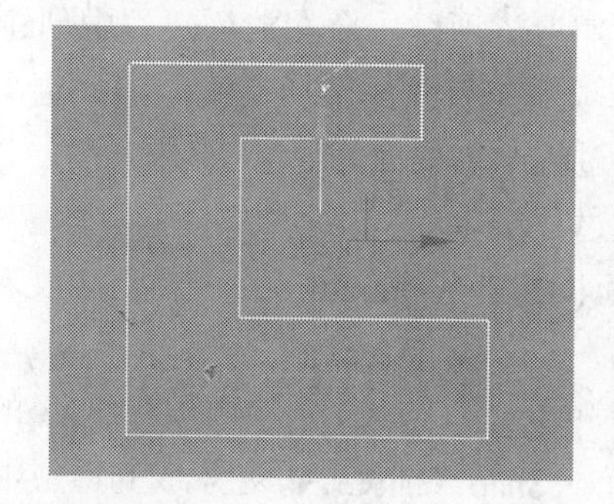

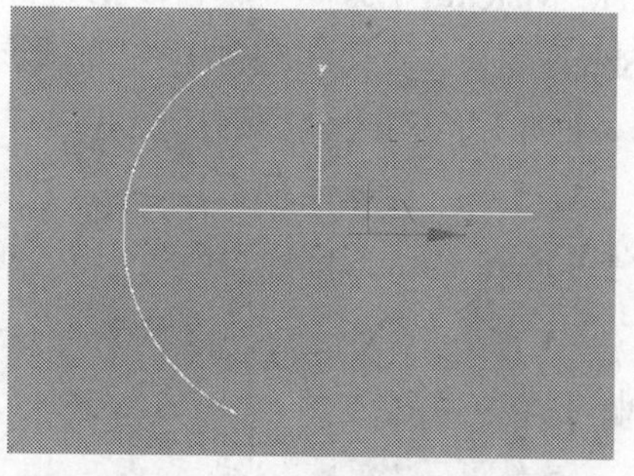

图4-25 轮廓线 （左）及路径（右）

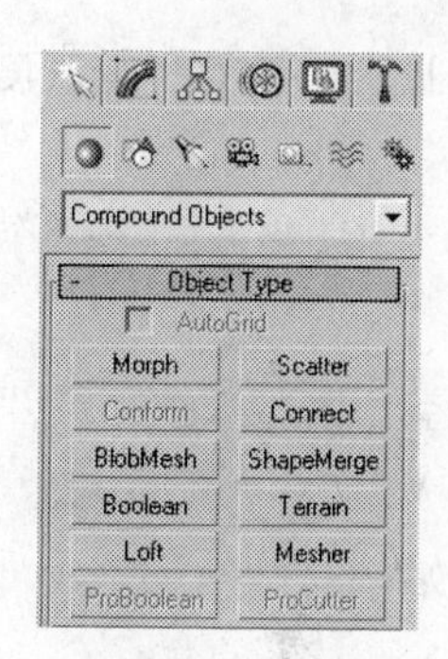

图4-26 “复合对象”创建面板

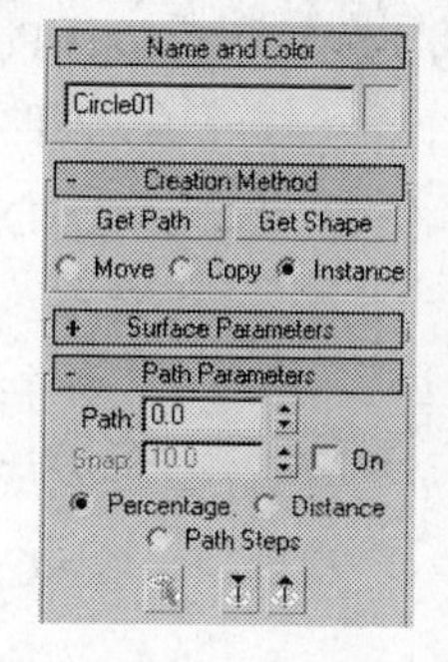

图4-27 生成的铁轨形状

使用该工具时，首先要把作为放样轮廓和路径的曲线绘制好，否则生成的模型可能不是很合适。下面介绍一下它的参数面板。

4.6.2 参数面板

由于该面板太长，我们把它分成两部分进行介绍，第一部分是Creation Method（创建方式）面板，如图4-28所示。

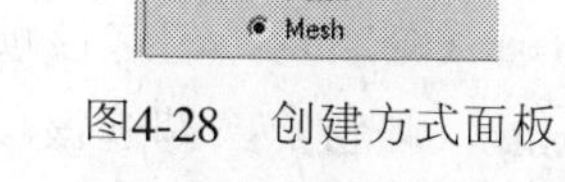

图4-28 创建方式面板

- Get Path（获取路径）按钮：该按钮用于在视图中选择作为放样路径的曲线。
- Get Shape（获取图形）按钮：该按钮用于在视图中选择作为放样轮廓的曲线。
- Move/Copy/Instance（移动/复制/实例）：这3个选项用于设置图形的属性。勾选“Move

（移动）”后，原来的样条曲线消失。勾选“Copy（复制）”后，原来的样条曲线不被移动。勾选“Instance（实例）”后，原来的样条曲线将被移动。

- Smooth Length（平滑长度）：勾选该项后，会沿着路径的长度平滑物体的表面。
- Smooth Width（平滑宽度）：勾选该项后，会沿着物体的剖面平滑物体的表面。
- Apply Mapping（应用贴图）：该项用于打开和关闭放样物体的贴图坐标。
- Length Repeat（长度重复）：该项用于设置沿路径长度重复贴图的次数。
- Width Repeat（宽度重复）：该项用于设置沿物体剖面重复贴图的次数。
- Normalize（规格化）：该项决定路径顶点间隔对贴图的平铺影响。
- Generate Material IDs（生成材质ID）：勾选该项后，会在放样过程中创建材质ID。
- Use Shape IDs（使用贴图ID）：勾选该项后，可以使用样条线的ID来定义材质ID。
- Patch（面片）：勾选该项后，会在放样过程中生成面片物体。
- Mesh（网格）：勾选该项后，会在放样过程中生成网格物体。

第二部分是Path Parameters（路径参数）面板和Skin Parameters（表皮参数），如图4-29所示。

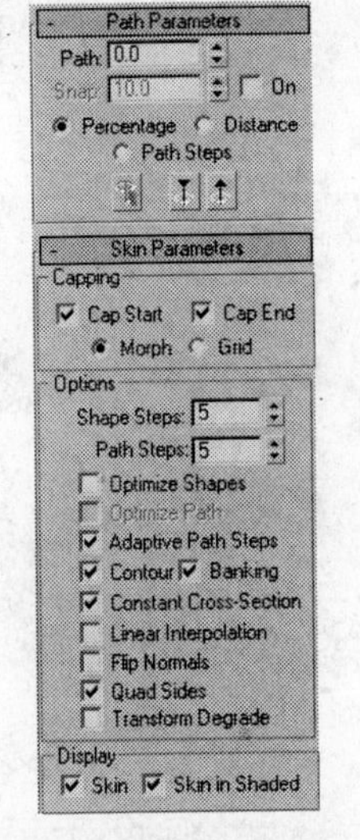

图4-29 路径参数面板及表皮参数面板

- Path（路径）：用于设置路径的级别。
- Snap（捕捉）：在生成的造型中生成一致的距离。
- Percentage（百分比）：按路径总长度的百分比设置路径级别。
- Distance（距离）：从路径的第一个顶点开始设置路径级别。
- Path Steps（路径步数）：按路径步数和顶点来生成三维造型。
- Cap Start（封口始端）：勾选该项后，会在放样物体的始端封口。
- Cap End（封口末端）：勾选该项后，会在放样物体的末端封口。
- Morph（变形）：根据变形目标所需要的可预见而且可重复的模式排列封口面。
- Grid（栅格）：在图形边界处修剪的矩形中排列封口面。
- Shape Steps（图形步数）：用于设置造型的平滑度，值越大，造型也越平滑。
- Path Steps（路径步数）：其值越大，弯曲的造型也越平滑。
- Optimize Shapes（优化图形）：勾选该项后，将会减少图形的复杂程度。
- Optimize Path（优化路径）：勾选该项后，将会自动设定路径的复杂程度。
- Adaptive Path Steps（自适应路径步数）：勾选该项后，会使路径更加平滑。
- Contour（轮廓）：勾选该项后，放样的剖面图形将自动与路径垂直。
- Banking（倾斜）：勾选该项后，放样的剖面图形会跟随路径曲线的弯曲变化，与切点始终保持平衡。
- Constant Cross-Section（恒定横截面）：勾选该项后，放样剖面在路径上自动进行缩放，从而保证整个剖面都有恒定的大小。否则，剖面将保持初始的尺寸，不产生任何变化。

· Linear Interpolation（线形插值）：勾选该项后，将在每个剖面图形之间使用直线形式生成表皮。否则将会使用光滑的曲线制作表皮。

· Flip Normals（翻转法线）：勾选该项后，将把法线翻转180°。

· Quad Sides（四边形的边）：勾选该项后，如果放样物体各剖面边数相同，则用四边形面连接；如果不同，则用三边形面连接。

· Transform Degrade（变换降级）：勾选该项后，在调节放样物体时，不显示放样物体。

· Skin（表皮）：勾选该项后，在视图中以网格模式显示表皮造型。

· Skin in Shaded（表皮于着色视图）：在视图中以实体模式显示表皮造型。

另外，使用放样建模方法还能够创建带有多个剖面的模型，也可以创建带有开口的模型。其制作过程和上面介绍的创建过程基本相同，具体过程可以参阅后面的实例部分。

4.6.3 放样物体的变形

在创建完放样物体之后，我们还可以对它进行变形操作来产生更为复杂的形状。那么可以执行哪些变形操作呢？让我们来看一下。

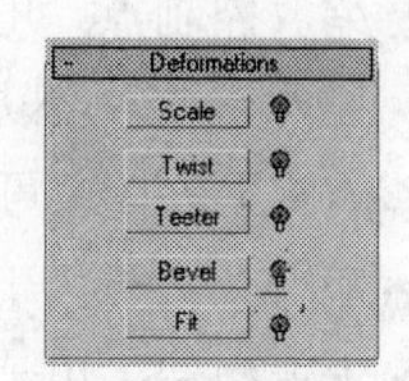

图4-30 变形面板

确定放样物体处于选择状态，然后单击按钮进入到修改命令面板中。在最下面的Modify（修改）面板中有一个Deformation（变形）面板，如图4-30所示。单击这些按钮可以分别打开一个对应的对话框，在打开的对话框中可以进行一些变形设置。

如果变形面板没有打开的话，可以单击 + Deformations 按钮将其展开。

· Scale（缩放）：使用放样截面在*X*、*Y*轴上进行缩放，通过在这两个轴向上进行缩放可以使放样物体进行一定的变形。

· Twist（扭曲）：使用放样截面在*X*、*Y*轴上进行旋转，通过在这两个轴向上进行旋转可以使放样物体进行旋转变形。

· Teeter（倾斜）：使用放样截面在*Z*轴上进行旋转，通过在这个轴向上进行旋转可以使放样物体进行倾斜性变形。

· Bevel（倒角）：使放样物体进行倒角变形。

· Fit（拟合）：可以使用两条拟合曲线来定义物体的顶部和侧面轮廓。

4.6.4 放样物体的缩放变形

通过使用缩放变形可以使放样截面在*X*、*Y*轴上进行缩放，这样就可以在放样路径的不同区域改变造型的大小，从而生成一定的变形，因为该对话框是控制变形的重要工具，因此需要详细了解它。首先看一下“缩放变形”对话框，单击“Scale（缩放）”按钮就会打开“Scale Deformation（缩放变形）”对话框，如图4-31所示。

· 均衡：锁定*X*、*Y*轴，同时编辑两个轴向的截面图形。

· 显示*X*轴：激活该按钮后，显示*X*轴控制线，此时只能编辑*X*轴上的截面。

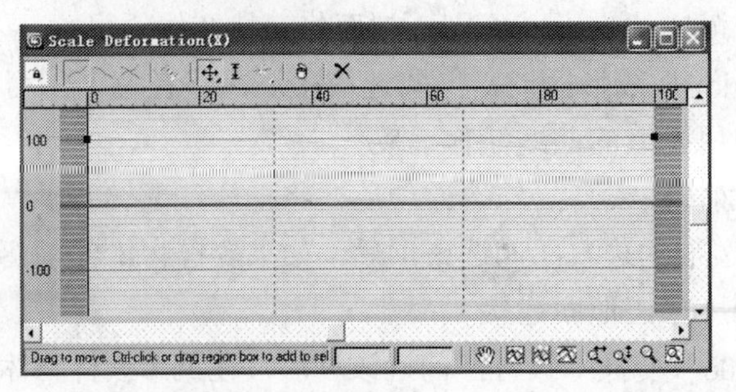

图4-31 “缩放变形”对话框

- 显示*Y*轴：激活该按钮后，显示*Y*轴控制线，此时只能编辑*Y*轴上的截面。
- 显示*XY*轴：激活该按钮后，可以同时编辑*X*、*Y*轴上的截面。
- 交换变形曲线：将*X*、*Y*轴上的控制线进行交换，这样会使截面图形交换。
- 移动控制点：使用该工具可以移动控制点的位置，从而改变控制线的形状。
- 缩放控制点：用于垂直移动控制点的位置。
- 插入角点：可以插入新的角点，用于变形物体的形状。它下面还包含一个插入Bezier点按钮，使用该按钮可以插入Bezier点。
- 删除角点：用于删除当前选择的控制点。
- 重置曲线：用于将变形的控制曲线恢复为原来的状态。

其中，视图区用于显示控制线和控制点，调节的控制线形状就显示在该视图区中。在坐标输入栏中可以输入坐标值来改变控制点的位置。在显示控制区中包含有多个按钮，这些按钮用于平移、最大化显示、左右缩放显示、上下缩放显示及框取缩放显示等操作。

下面介绍缩放变形的具体操作：

（1）使用创建二维图形的 Line 工具在Front（前）视图中创建一个形状，作为轮廓线，如图4-32（左）所示。

（2）再使用 Line 工具在顶视图中创建一个形状，作为路径，如图4-32（右）所示。

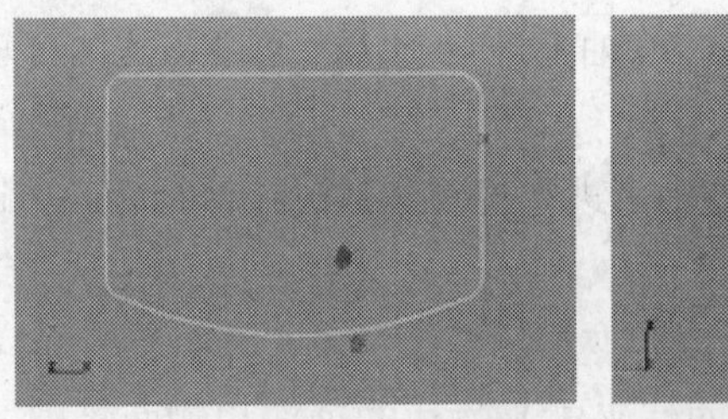

图4-32 轮廓线（左）及路径（右）

（3）单击标准基本体右边的小三角形按钮，选择“复合对象”，进入到复合对象创建面板中。

（4）单击 Loft 按钮，再从下面的面板中单击 Get Path 按钮，在视图中单击作为路径的曲线。此时就会生成一个形状，如图4-33所示。

（5）在修改命令面板中，展开变形面板，并单击“Scale（缩放）”按钮，打开“缩放变形”对话框。然后使用按钮分别插入3个点，并使用工具移动它们的位置，如图4-34所示。

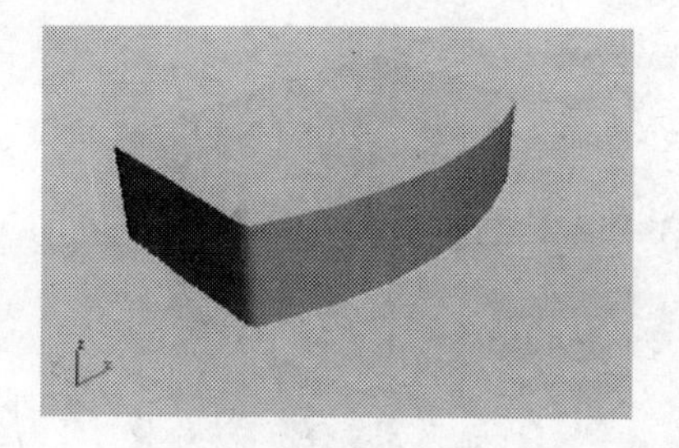

图4-33　生成的形状

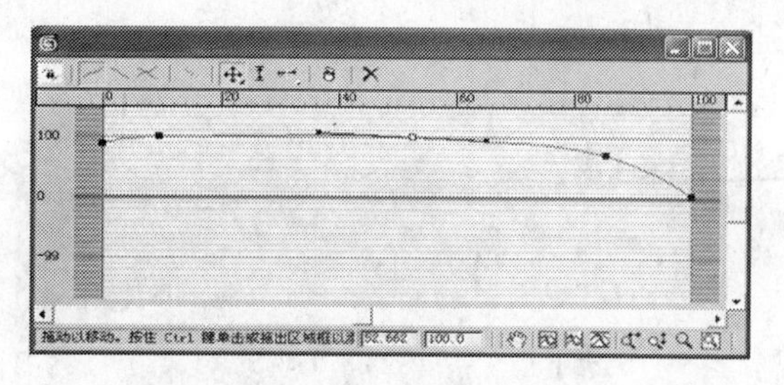

图4-34　“缩放变形”对话框

（6）然后视图中的模型将会改变成如图4-35所示的形状。

这里还需要使用工具栏中的“选择并旋转”工具进行旋转后，才能出现这样的形状。有些异形的造型，比如洗手盆的内侧就可以使用这种形状通过布尔运算来制作，洗手盆造型的效果如图4-36所示。

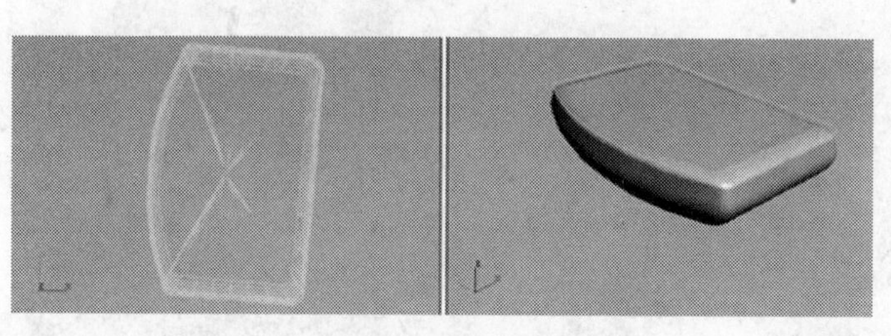

图4-35　形状改变

图4-36　洗手盆造型

其他几个变形对话框的使用与“缩放变形”对话框的使用基本相同，由于本书篇幅所限，我们就不再介绍其具体操作了。关于这些对话框的使用，需要读者多进行练习和操作，找到它们的应用规律，才能熟练使用它们创建出自己需要的形状。

4.7　创建Terrain（地形）模型

可以创建带有起伏地形的模型，但是使用它创建的起伏地形不能手动进行控制，也就是说不是很精确。如果使用地形工具来创建的话，我们就能够有更大的主动性了。下面先看一个简单的实例。

4.7.1　地形工具的操作

（1）依次单击→ Line 按钮在前视图中创建如图4-37（左）所示的封闭轮廓线。

（2）使用“选择并移动”工具在左视图中移动这几条封闭曲线的位置，如图4-37（右）所示。最小的封闭曲线在最上面，最大的封闭曲线在最下面，依次类推。

如果是在前视图中创建封闭曲线，那么需要在顶视图中调整曲线的位置。

（3）单击“Standard Objects（标准基本体）”右侧的小按钮，并选择“Compound Objects（复合对象）”进入到“Compound Objects”面板中。

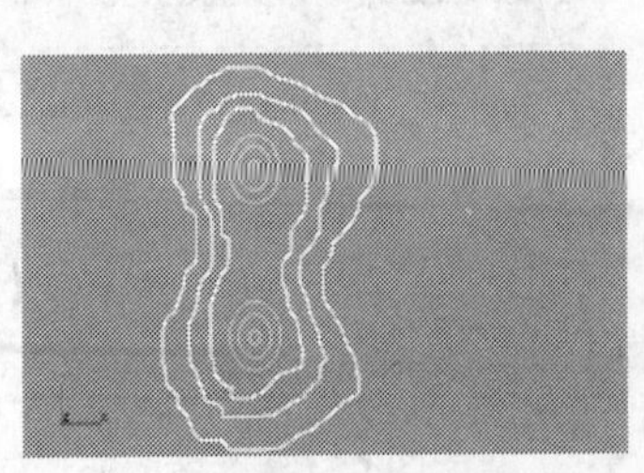

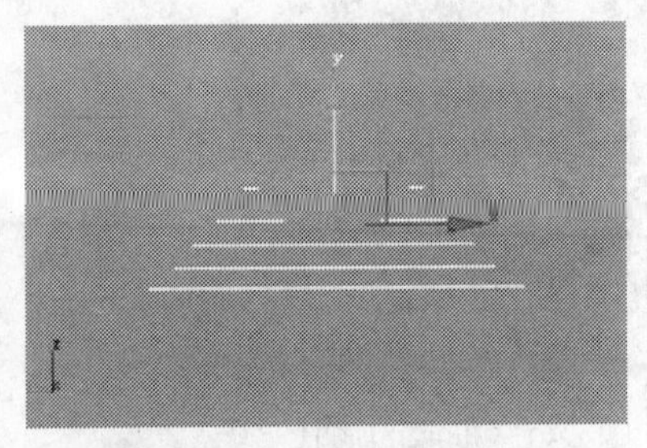

图4-37 创建轮廓线（左）调整轮廓线的位置（右）

（4）选择最下面的一条曲线，然后单击 Terrain 工具，这时就会创建一个平面的地形，如图4-38（左）所示。

（5）在参数面板中单击 Pick Operand 按钮，如图4-39所示，并在左视图中从低到高依次单击封闭曲线。此时，就会形成起伏地形的造型，如图4-38（右）所示。

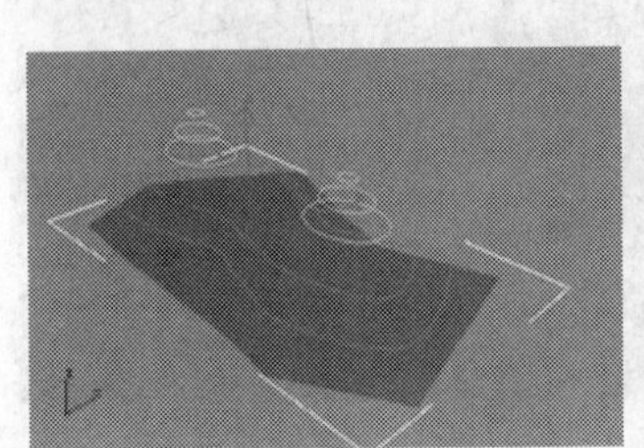

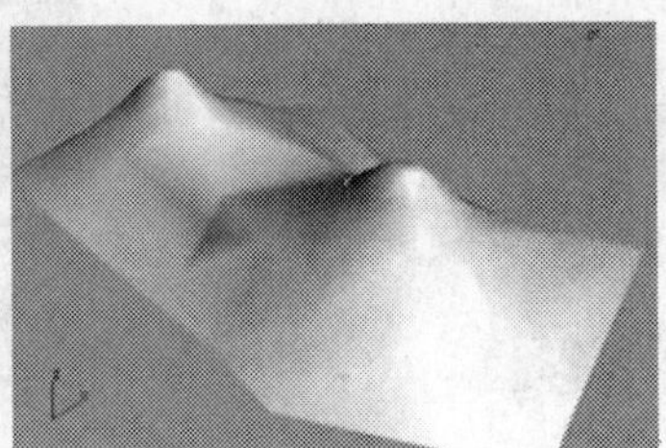

图4-38 平面地形（左）和地形造型（右）

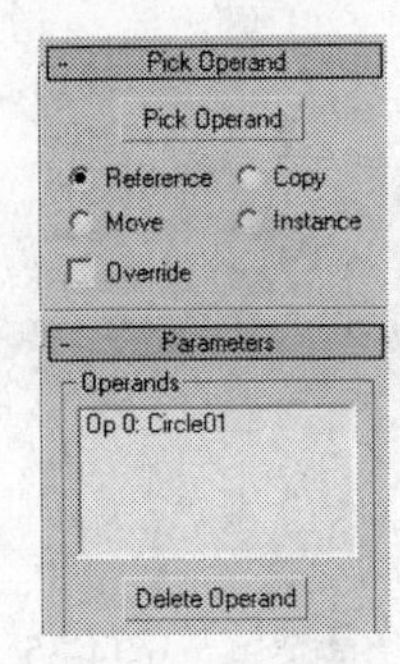

图4-39 参数面板

（6）如果此时感觉地形的形状不妥，那么可以进入到Modify（修改）面板中。在“参数”面板中分别选中那些封闭曲线的名称时，同时会选中这些曲线，然后可以调整它们的位置、大小及形状。

图4-40 地形效果

（7）我们还可以为地形物体应用修改器，比如为它应用“TurboSmooth（涡轮平滑）”修改器。如果为它赋予材质，或者进行更多的编辑，就能形成如图4-40所示的地形。

在绘制制作地形的轮廓线时，需要把它们绘制得平缓一些，另外还需要精确一些，否则形成的地形不是很好看。

4.7.2 参数面板介绍

在这部分内容中介绍地形工具的参数面板，它分为3部分，如图4-41所示。

拾取操作对象面板：

- Pick Operand（拾取操作对象）按钮：用于在视图中选择创建地形的曲线。
- Reference/Copy/Move/Instance（参考/复制/移动/实例）：分别用于指定创建地形的操作方式。类似于布尔运算中的那些选项。
- Override（覆盖）：用于选择覆盖其内部其他操作对象数据的封闭曲线。

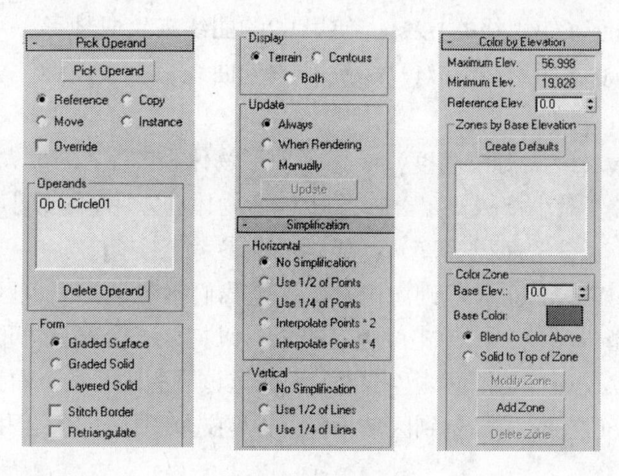

图4-41 参数面板

参数面板：

在该面板中显示形成地形的曲线名称，选中一条曲线的名称后，单击“Delete Operand（删除操作对象）”按钮即可将其删除。

分形面板：

· Graded Surface（分级曲面）：勾选该项后，依据轮廓线创建分级的地形曲面。

· Graded Solid（分级实体）：勾选该项后，以环绕方式创建分级的地形曲面。

· Layered Solid（分层实体）：勾选该项后，以层的方式创建分级的地形曲面。

· Stitch Border（缝合边界）：勾选该项后，在地形的边缘处不会生成新的三角形面。

· Retriangulate（重复三角算法）：勾选该项后，可以更精确地控制地形的形状。

显示面板：

· Terrain（地形）：勾选该项后，只显示三角形的网格。

· Contours（轮廓）：勾选该项后，只显示地形物体的轮廓线。

· Both（二者）：勾选该项后，同时显示三角形网格和地形轮廓线。

更新面板：

· Always（总是）：勾选该项后，立即显示操作结果。

· When Rendering（渲染时）：勾选该项后，只在渲染时显示操作结果。

· Manually（手动）：勾选该项后，“更新”按钮可用，可手动设置显示操作的结果。

简化面板（水平）：

· No Simplification（不简化）：使用所有的顶点来生成地形。这样会生成很多的细节，但是生成的文件也很大。

· Use1/2 of Points（使用点的1/2）：使用1/2的顶点来生成地形。

· Use1/4 of Points（使用点的1/4）：使用1/4的顶点来生成地形。

· Interpolate Pionts*2（插入内推点*2）：使用2倍的顶点来生成细节更多的地形。

· Interpolate Pionts*4（插入内推点*4）：使用4倍的顶点来生成细节更多的地形。

简化面板（垂直）：

· No Simplification（不简化）：使用所有的曲线来生成地形。这样会生成很多的细节，但是生成的文件也很大。

- Use1/2 of Points（使用线的1/2）：使用1/2的曲线来生成地形。
- Use1/4 of Points（使用线的1/4）：使用1/4的曲线来生成地形。

按海拔上色面板：

- Maximum Elev（最大海拔高度）：显示地形物体在Z轴上的最大高度。
- Minimum Elev（最小海拔高度）：显示地形物体在Z轴上的最小高度。
- Reference Elev（参考海拔高度）：显示一个参考高度。
- Zones by base Elevation（基础海拔）：这是我们指定地形颜色区域的基本海拔高度。
- Base Color（基础颜色）：单击颜色选择框可以打开一个颜色拾取器，用于改变颜色。
- Blend to Color Above（与上面颜色混合）：勾选该项后，将和上面区域的颜色进行混合。
- Solid to Top of Zone（填充到区域顶部）：勾选该项后，不会和上面区域的颜色进行混合。
- Modify Zone（修改区域）：用于修改选择的区域。
- Add Zone（添加区域）：为新的区域添加值和选择项。
- Delete Zone（删除区域）：删除选择的区域。

虽然该工具的操作选项比较多，但是不要畏惧，只要多运用一下它们，就可以掌握这些操作了。

4.8 创建图形合并物体

使用图形合并工具可以将一个或者多个样条曲线合并到网格物体中，也可以从网格物体中去掉合并的物体。使用该工具创建的是多个图形的复合体，主要用于制作物体表面上的图案、花纹和文字等，也可以用于创建浮雕或者镂空的效果。下面介绍该工具的操作方法。

（1）依次单击◉→Cylinder按钮在前视图中创建一个圆柱体，如图4-42（左）所示。

（2）再单击◉→Text按钮，在前视图中创建出文本“max”，如图4-42（右）所示。

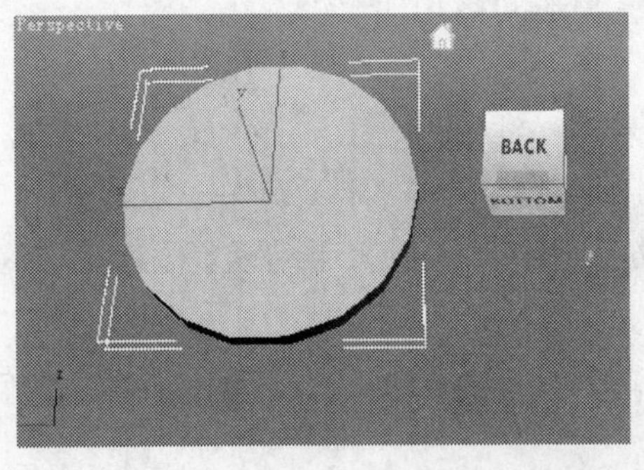

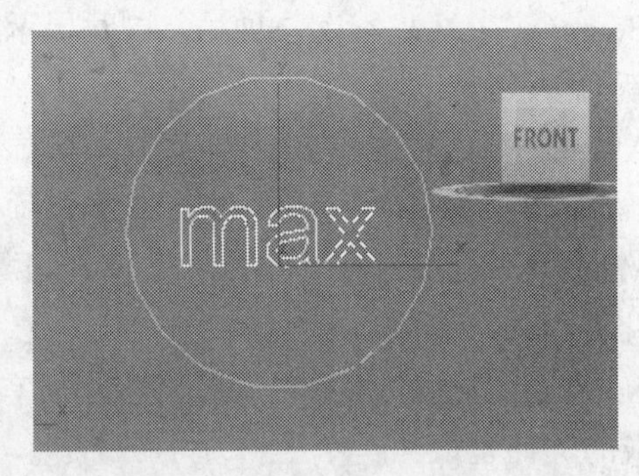

图4-42 生成的圆柱体造型（左）及创建的文本（右）

（3）使用“选择并缩放”工具调整文本的大小，然后使用“选择并移动”工具把文本移动到长方体的前方。

（4）单击“标准基本体”右侧的小按钮，并选择“Compound Objects（复合对象）”项进入到“复合对象”面板中，然后单击ShapeMerge工具，再单击“拾取图形”按钮，并在视图中单击文本，相关参数面板如图4-43所示。这时文字就会被投射到长方体上。不过暂时还看不到效果，还需要设置一个选项。

（5）在参数面板中选中“Cookie（饼切）”项，这样可以在长方体上切去文字图形的曲面，成为镂空的文字效果。

（6）设置好背景图片后，单击工具栏中的Render Production（渲染产品）按钮，渲染出的效果如图4-44所示。如果看不到合并效果，那么它可能显示在圆柱体的背面，使用“选择并旋转”工具旋转一下即可看到合并效果。

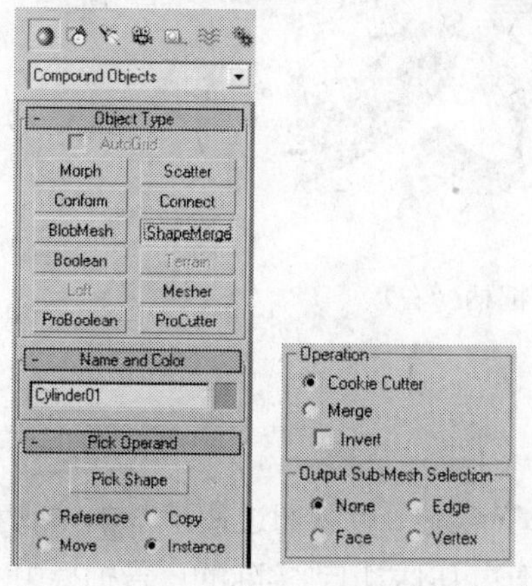

图4-43 参数面板

图4-44 渲染效果

镂空文本的颜色与背景色是相同的，我们可以通过使用背景色来控制文本的颜色。

我们也可以使用布尔运算来制作这种镂空效果。

4.9 Conform（一致）工具

使用该工具可以将一个物体放置在另外一个物体的表面上，并可以产生变形。比如，使用该工具适合于制作在物体表面有变形的物体，例如山地中的道路等，如图4-45所示。

图4-45 制作山地中的道路

4.10 Connect（连接）工具

使用该工具可以将两个网格物体的断面自然地连接在一起，形成一个整体。可以先使用在修改器列表中的“DeleteMesh（删除网格）”修改器根据需要删除网格物体表面上的部分面，创建一个或多个洞，然后通过移动或者旋转将两个物体的洞对应起来，再使用连接工具进行连接即可，效果如图4-46所示。比如，在创建动画或者游戏中的角色时，可以分别制作出角色的头部和耳朵，然后使用该工具把它们连接在一起。

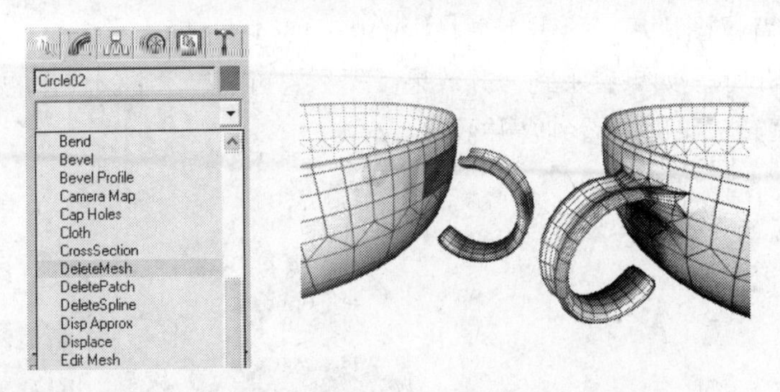

图4-46　修改器列表（左）及连接杯子和把柄（右）

4.11　BlobMesh（水滴网格）工具

使用该工具可以创建类似于水滴的各种效果，适用于粒子系统。可以通过使用基本体或者粒子创建一簇球体，并将它们连接起来创建水滴簇的效果，而且可以应用到实际的广告拍摄中，效果如图4-47所示。

图4-47　水滴簇效果（左）和实际应用（右）

关于这些工具的应用，需要多进行练习，只要找出它们的使用规律，我们就可以很熟练地操作这些工具了。在后面的内容中，将详细介绍几种常用工具的操作。

4.12　实例——仿古凳

在该实例中，我们将制作一个仿古凳的模型，主要练习一些复杂模型的制作。仿古凳的制作主要运用了复合对象中的布尔工具，以及修改器列表中的倒角剖面、网格平滑、FFD4×4×4等修改器。仿古凳的最终效果如图4-48所示。

制作过程

（1）选择“文件→重置”命令，重新设置系统。

（2）制作仿古凳的凳腿部分。依次单击→→Box（长方体）按钮，在顶视图中创建一个长方体，在其参数面板中设置它的参数，并命名为“长方体01”，如图4-49所示。

图4-48 仿古凳的效果

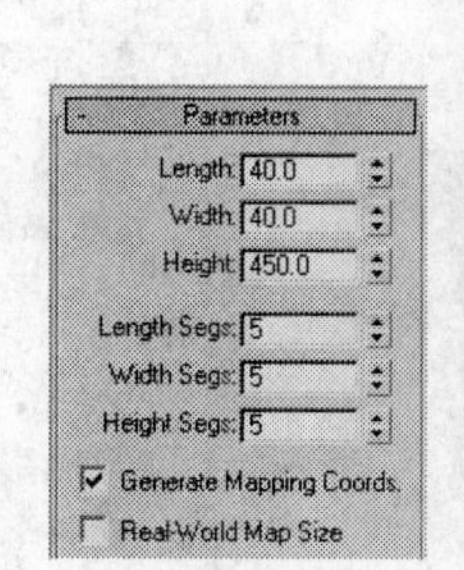

图4-49 参数面板和创建出的长方体01

（3）选中“长方体01”，在修改面板中打开修改器列表，选择“FFD4×4×4”修改器，在修改器堆栈中单击FFD4×4×4左边的⊞图标，如图4-50所示。

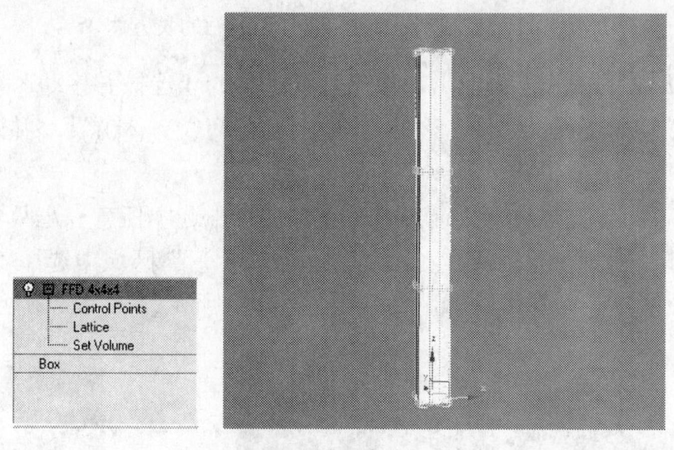

图4-50 次级对象

（4）使用鼠标左键单击“Control Points（控制点）”，调整控制点位置，效果如图4-51所示。

（5）选中调整后的“长方体01”，在修改器列表中选择“网格平滑”修改器，如图4-52所示。

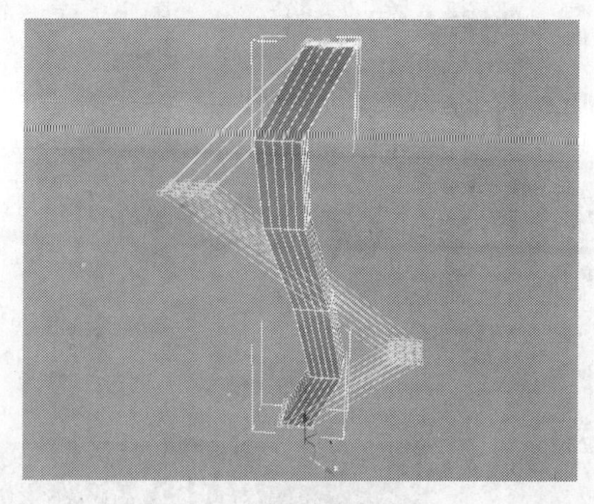

图4-51 调整后的长方体

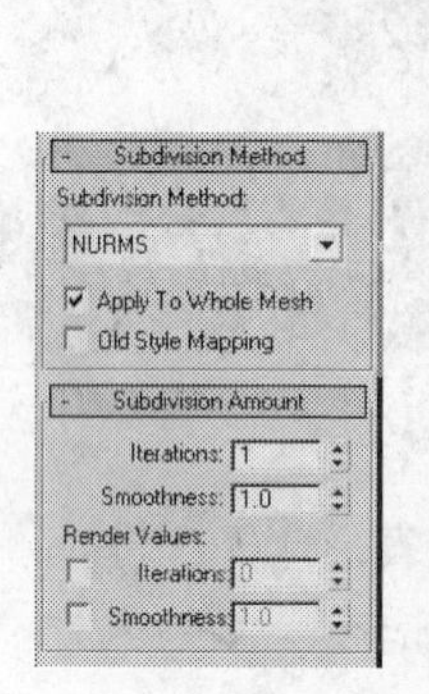

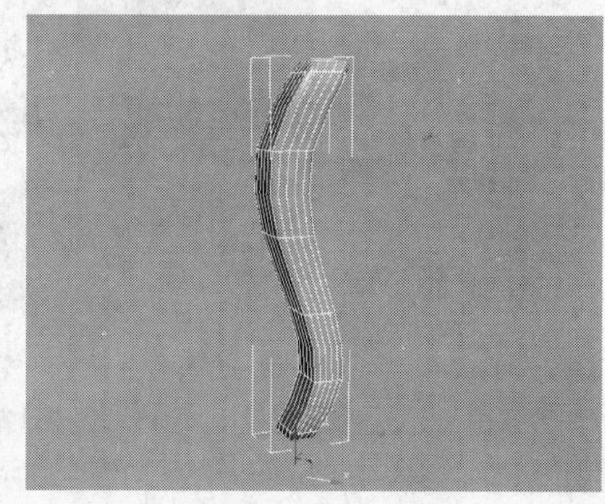

图4-52 参数面板和网格平滑后的长方体

（6）选择变形后的“长方体01”，单击工具栏中的“选择并移动”按钮，按住键盘上的Shift键，将其以“Instance（实例）”的方式复制3个“长方体01”，并调整其位置，效果如图4-53所示。

（7）制作仿古凳凳腿中间的装饰部分。在顶视图中选中任意一边两个“长方体01”，右击该选择对象，打开一个四元菜单，在“Display（显示）”区域中选择“Hide Selection（隐藏当前选择）”命令，隐藏选中的凳腿，效果如图4-54所示。

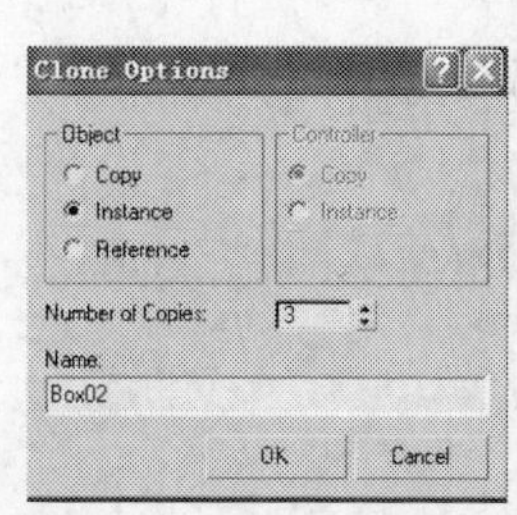

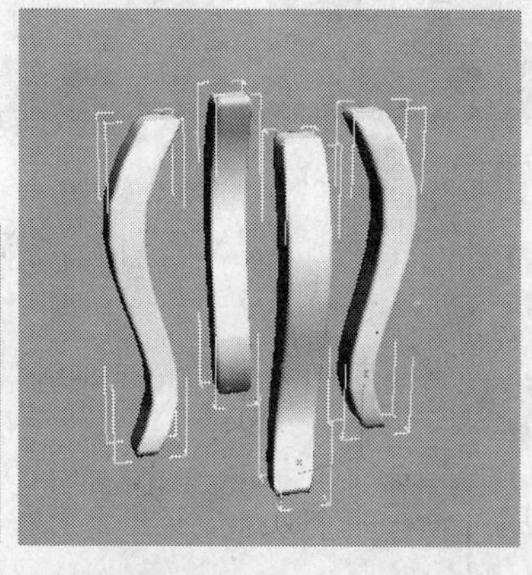

图4-53 复制及调整后的效果

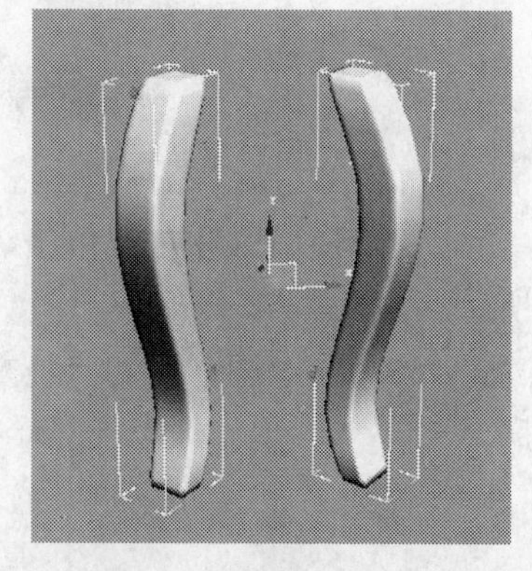

图4-54 隐藏后的效果

（8）依次单击 → → Box （长方体）按钮，在前视图中创建一个长方体，在参数面板中设置其参数，并命名为“长方体02”，如图4-55所示。

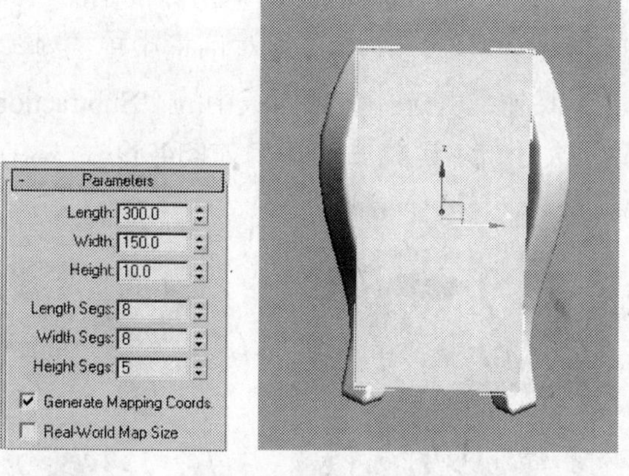

图4-55 参数面板和创建的长方体02

（9）选中“长方体02”，在修改面板中打开修改器列表，选择“FFD4×4×4”修改器，使用鼠标左键单击“Control Points（控制点）”，调整控制点位置，效果如图4-56所示。

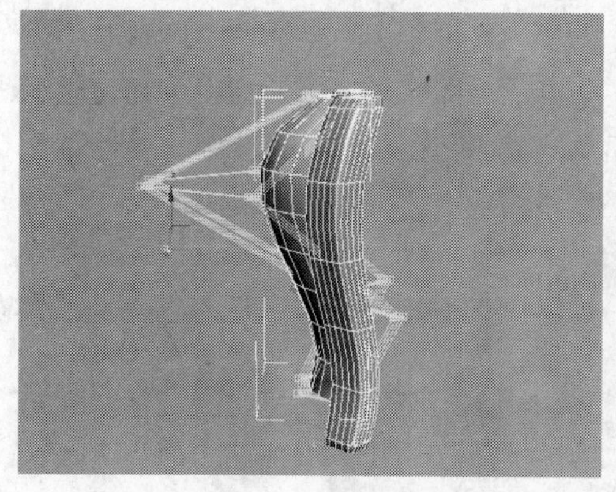
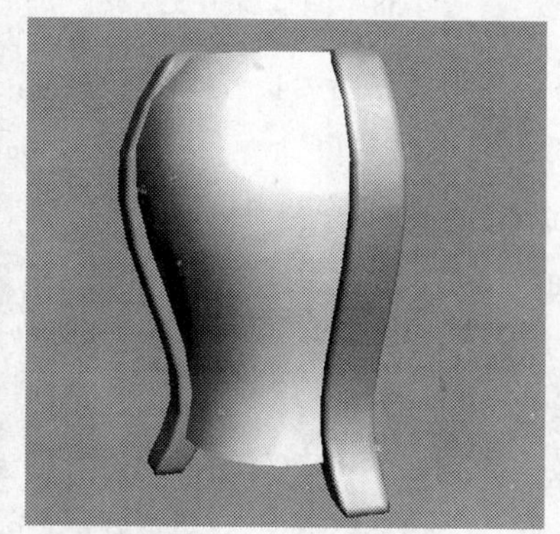

图4-56 调整后的效果

（10）依次单击 → → Cylinder （圆柱体）按钮，在前视图中创建一个圆柱体，在参数面板中设置其参数，如图4-57所示。

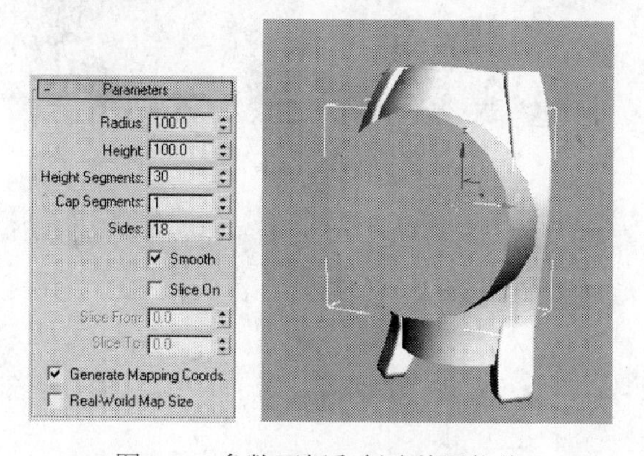

图4-57 参数面板和创建的圆柱体

（11）选中圆柱体，单击工具栏中的“选择并均匀缩放”工具，调整圆柱体形状，并调整其位置，效果如图4-58所示。

（12）确定“长方体02”造型处于选中状态，单击按钮，在标准基本体下拉列表中选择“Compound Objects（复合对象）”，在打开的对话框中单击Boolean（布尔）按钮，再单击Pick Operand B（拾取操作对象B）按钮，并选择参数面板中的“Subtraction（差集）”选项，再在视图中拾取“圆柱体”造型。执行布尔运算后的结果如图4-59所示。

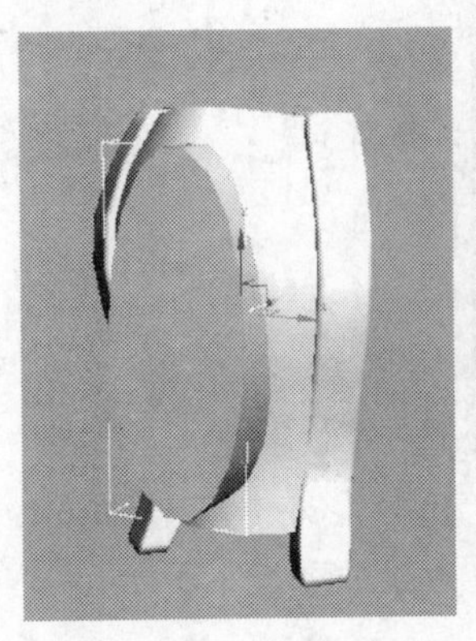

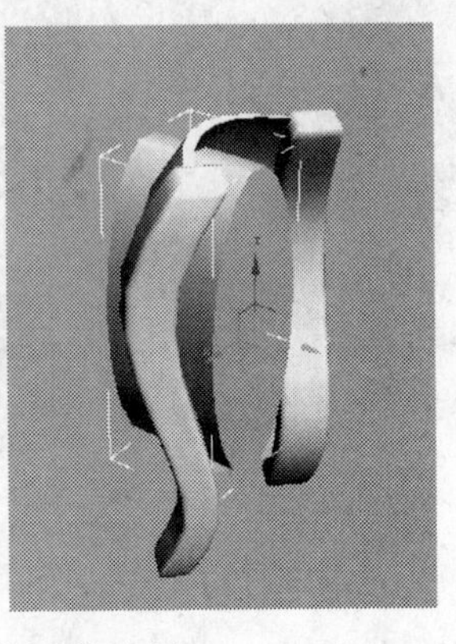

图4-58 调整后的效果

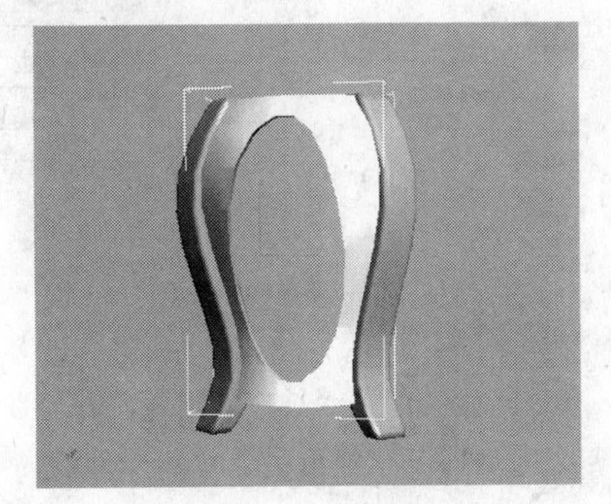

图4-59 布尔运算后的结果

（13）选中并右击“长方体02”对象，打开一个四元菜单，在“显示”区域中选择“Unhide All（全部取消隐藏）”命令。选择变形后的“长方体02”，选择工具栏中的按钮，按住键盘上的Shift键，将其以“实例”方式复制3个，并调整其位置，效果如图4-60所示。

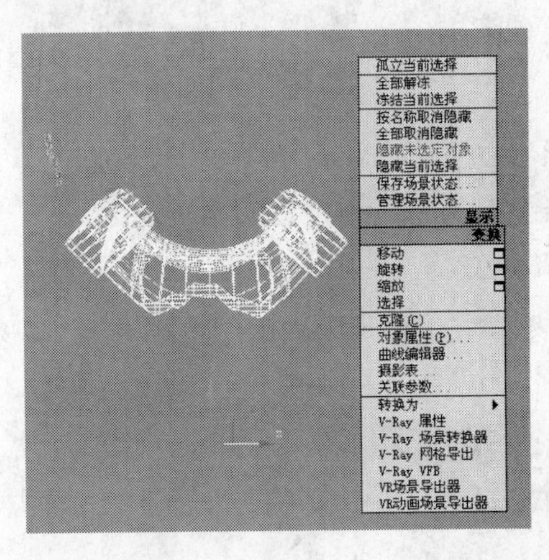

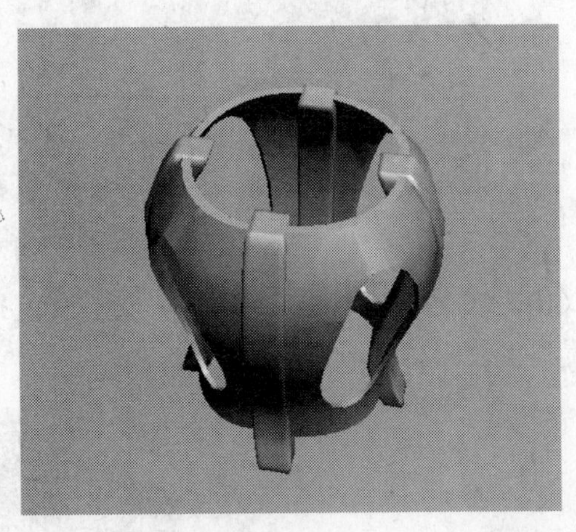

图4-60 调整后的效果

（14）制作仿古凳凳面。单击按钮，在“样条线”下拉列表中选择“NURBS曲线”，在打开的对话框中单击Point Curve（点曲线）按钮，在前视图中绘制出凳面的截面轮廓，调整其形状，如图4-61所示。

（15）依次单击→→Circle（圆）按钮，在顶视图中绘制一个圆，在参数面板中设置其参数，如图4-62所示。

（16）在顶视图中选择绘制的圆，在修改面板中，打开修改器列表，选择“Bevel Profile（倒角剖面）”修改器，效果如图4-63所示。

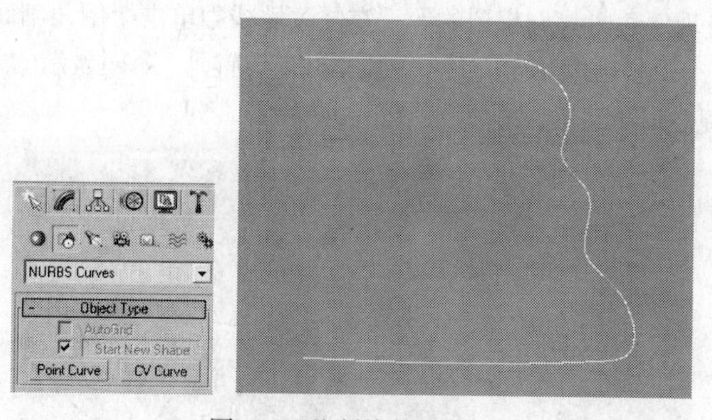

图4-61　绘制的截面图形

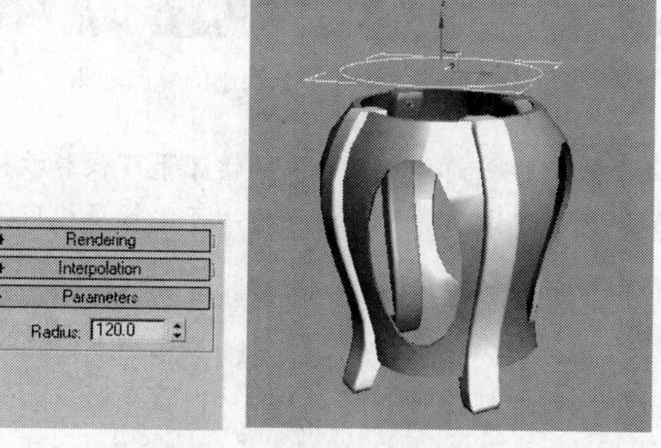

图4-62　参数面板和绘制的圆

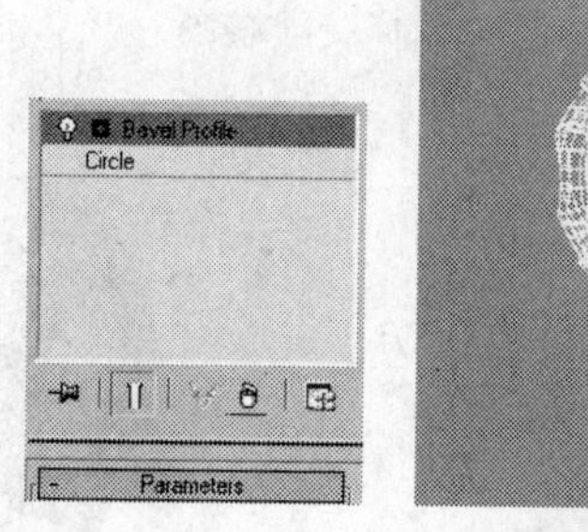

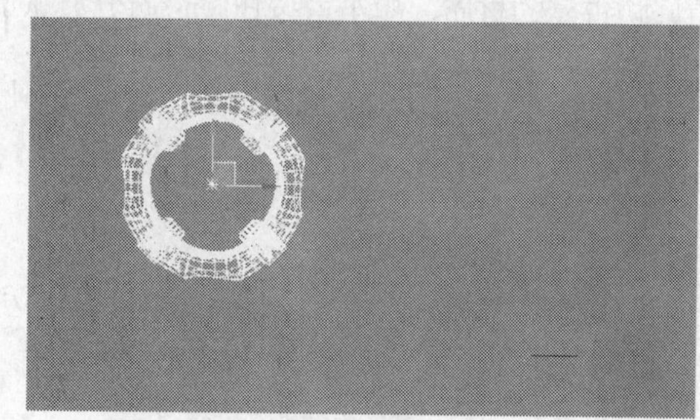

图4-63　倒角剖面

（17）在“倒角剖面”的参数面板中，单击Pick Profile（拾取剖面）命令，再单击截面图形，效果如图4-64所示。

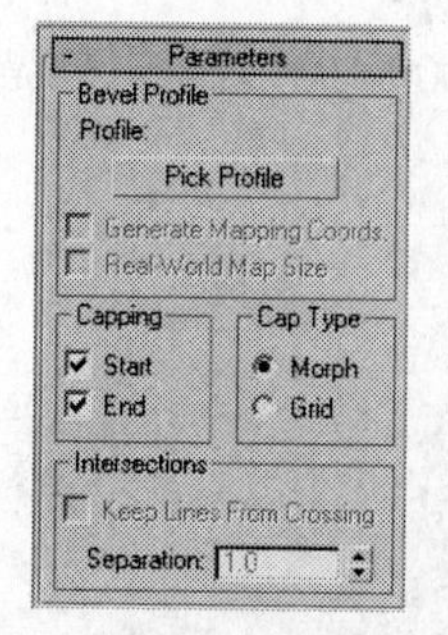

图4-64　参数面板和剖面后的效果

（18）经观察发现倒角比我们想要的大，在修改堆栈中单击“倒角剖面”左侧的⊞，展开它的次级对象后单击“Profile Gizmo（剖面Gizmo）”选项，选择显示的黄色截面图形，沿X轴向左移动，将其调整到合适的大小。如图4-65所示。

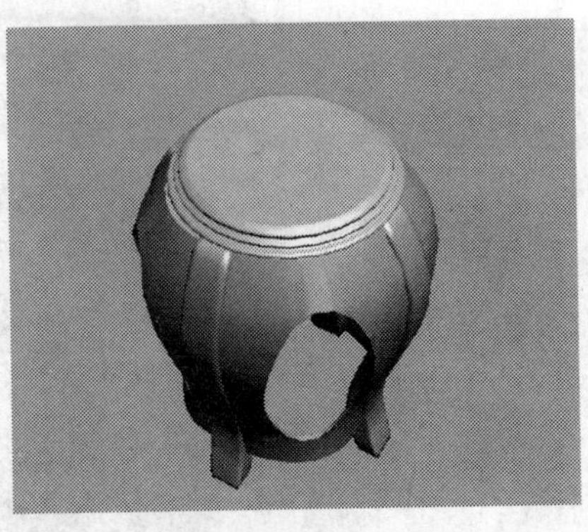

图4-65 次级对象和调整大小的凳面效果

“倒角剖面”命令比放样更简单，在大多数情况下可代替放样。截面不封闭，生成的模型为实心体。调整完成后将模型转化为“可编辑多边形”，这样就可以删除二维截面线。

（19）下面制作仿古凳凳面部分的装饰铜圈。首先制作凳面部分的铜圈，依次单击 → → Torus（圆环）按钮，在顶视图中创建一个圆环，在参数面板设置其参数，并调整圆环到相应位置。如图4-66所示。

（20）设置好仿古凳的材质，单击按钮将材质分别赋予相应的物体，然后按键盘上的F9键渲染透视图。最终效果如图4-67所示。

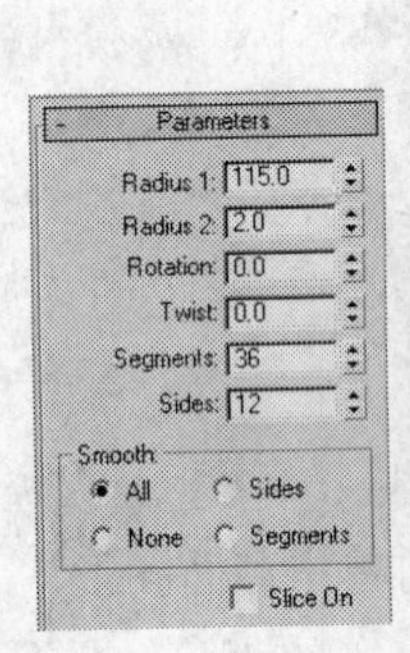

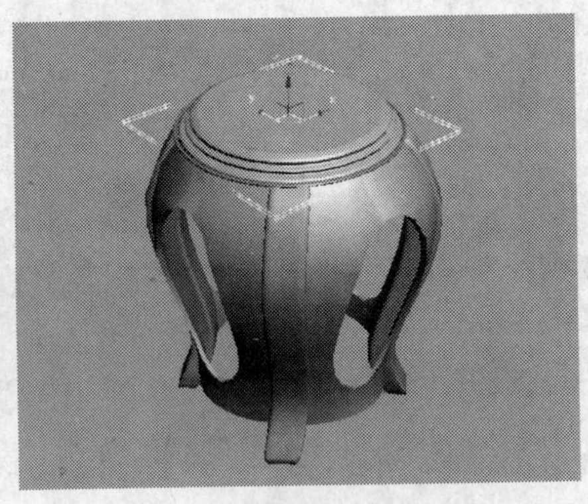

图4-66 圆环的参数面板和调整后的效果

图4-67 仿古凳最终完成效果

在下一章的内容中，我们将介绍有关在3ds Max 2009中创建建筑模型方面的内容，比如楼梯和窗户等模型。

第5章　创建建筑模型

在3ds Max 2009中也引入了Autodesk VIZ的建模功能，因此可以在3ds Max 2009中直接创建一些建筑方面的模型。在本章的内容中，我们就介绍这些模型的创建及一些相应工具的使用。这些工具主要应用于游戏场景创建和建筑效果图的创建。

5.1　创建AEC扩展体

3ds Max 2009具有Autodesk VIZ的建模功能，从而为我们带来了很大的便利性，因为有些特定的模型，比如植物、门和窗户，我们都可以使用相应的创建工具快速地创建它们，尤其在制作建筑效果图的时候，更是方便之极。比如，在创建门窗的时候，以前我们需要操作多步才能创建出这些模型，而现在只需要一步就可以创建它们。

依次单击→按钮，再单击“Standard Primitives（标准基本体）”旁边的小三角形按钮，从打开的列表中选择“AEC Extended（AEC扩展）”项，进入到“AEC扩展”创建面板中，如图5-1所示。

从“AEC Extended（AEC扩展）”创建面板中可以看到，这里有3个按钮，它们分别用于创建Foliage（植物）、Railing（栏杆）和Wall（墙）。还可以使用“Creat（创建）”菜单命令中的“AEC对象”子菜单命令来创建AEC扩展体，如图5-2所示。

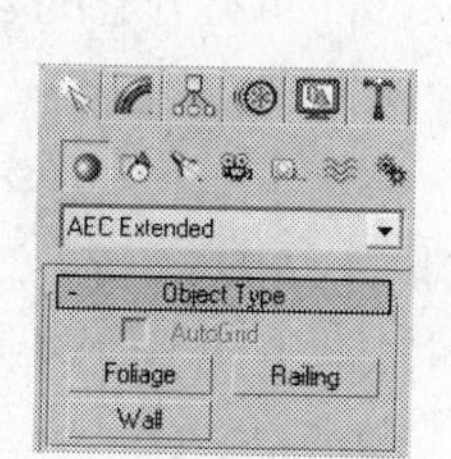

图5-1　“AEC扩展”创建面板

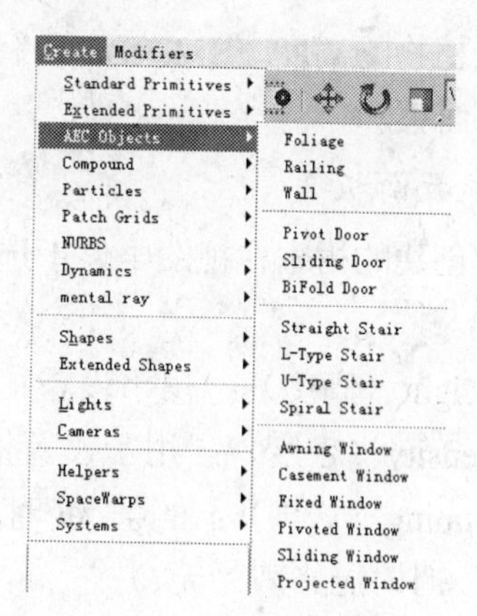

图5-2　“AEC对象”子菜单

5.1.1　创建Foliage（植物）

使用3ds Max 2009内置的植物工具可以创建多种植物模型，并可以调节植物的高度、大小、密度、树冠及很多的外部细节特征。首先让我们来看一下它的操作步骤。

1. 操作步骤

（1）进入到“AEC Extended（AEC扩展）”创建面板中，并单击“植物”按钮，此时在工作界面的右侧会显示出一列植物的图标，如图5-3所示。

（2）使用鼠标左键单击一种图标，比如“Weeping Willow（垂柳）”图标，然后在顶视图中单击，即可创建出如图5-4所示的效果。

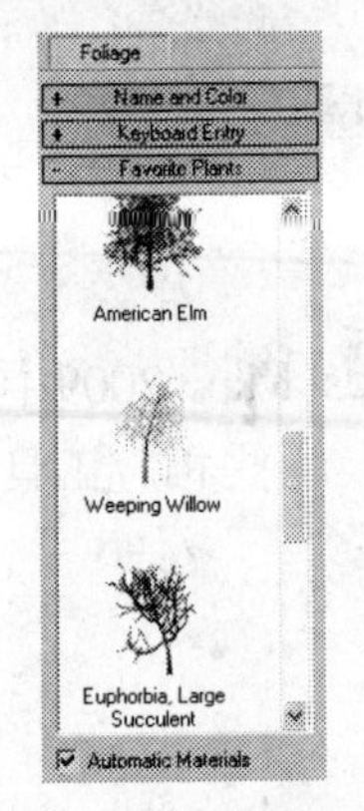

图5-3 植物列表

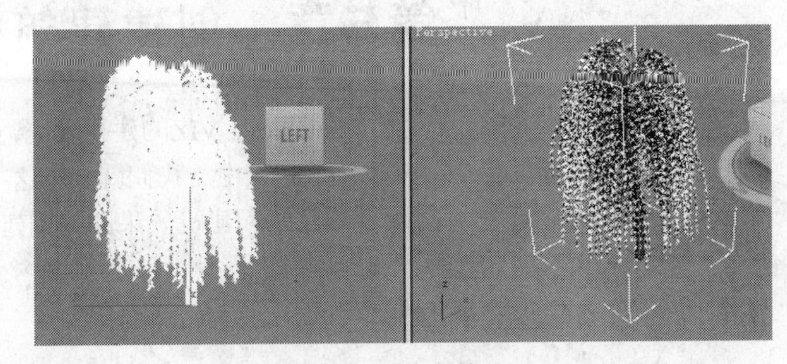

图5-4 创建的植物

当创建完植物时，有的体积比较大，不能从视图中完全显示出来，需要使用工作界面左下角的“缩放”工具缩小视图的显示，才能完全显示出所创建的植物。

只有当植物处于选中状态时，才能从透视图中看到树木的特征。

另外，使用3ds Max 2009内置的植物系统，我们还可以创建出如图5-5所示的植物，软件中一共内置了12种树。这些植物我们完全可以用到我们创建的场景中去。

有兴趣的读者，可以去网站上搜索并下载一个有关树木的第三方插件来丰富可建树木的数量。

这些植物的高度、密度等，我们都可以在它们的“参数”面板中进行修改，下面介绍一下它的参数面板。

2. 参数面板

确定创建的树木在视图中处于选定状态，然后单击按钮，即可打开它的参数面板，如图5-6所示。

- Height（高度）：用于设置植物的高度。
- Density（密度）：用于设置植物上的树叶及花朵的数量，如图5-7所示。
- Pruning（修剪）：当值为0时，没有修剪。当值为0.5时，从下向上修剪一半的树冠。当值为1时，把树冠修剪为无。

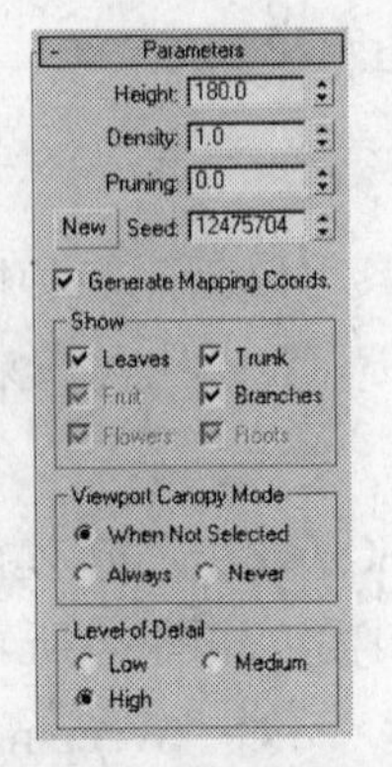

图5-5 可创建的植物

图5-6 “参数”面板

图5-7 具有不同密度枝叶的树木

· New（新建）：单击该按钮后，植物将改变成另外一种状态。

· Seed（种子）：通过设置不同的数值，可以使植物显示为不同的形态。

、 显示面板：

在该面板中的选项用于设置是否显示植物的构成部分，默认设置下树干和数枝处于选中状态。一般情况下，我们只需要显示植物的这两部分，如果勾选其他选项的话，将会显示出相应的部分，不过，这样会增加植物体的点面数，从而使系统的运行速度降低。

视口树冠显示模式面板：

· When Not Selected（未选择对象时）：勾选该项时，视图中的植物除当前处于选中状态的植物外，其他都以冠状模式显示。

· Always（始终）：勾选该项时，视图中的植物总是以冠状模式显示。

· Never（从不）：勾选该项时，视图中的植物都不以冠状模式显示。

详细程度等级面板：

· Low（低）：勾选该项后，视图中的植物以冠状模式进行渲染。

· Medium（中）：勾选该项后，渲染植物的一部分面。

· High（高）：勾选该项后，渲染植物的所有面。

可以练习搭配使用这些选项，创建出很多的植物效果。一般我们在室外建筑效果图、游戏场景和动画场景中需要用到植物，如图5-8所示。

图5-8 植物在建筑效果图中的应用

3. 创建Railing（栏杆）

使用3ds Max 2009内置的栏杆工具可以创建多种栏杆模型，并可以调节栏杆的高度、大小、密度等特征。比如，可以用于创建户外的围栏、楼梯扶手等，如图5-9所示。

图5-9 栏杆效果

4. 创建栏杆的操作

（1）进入到“AEC Extended（AEC扩展）”创建面板中，并单击“Railing（栏杆）”按钮。

（2）在Top（顶）视图中使用鼠标左键单击并拖动，这样可以定义出栏杆的长度；然后垂直拖动并单击就可以定义出栏杆的高度，效果如图5-10所示。

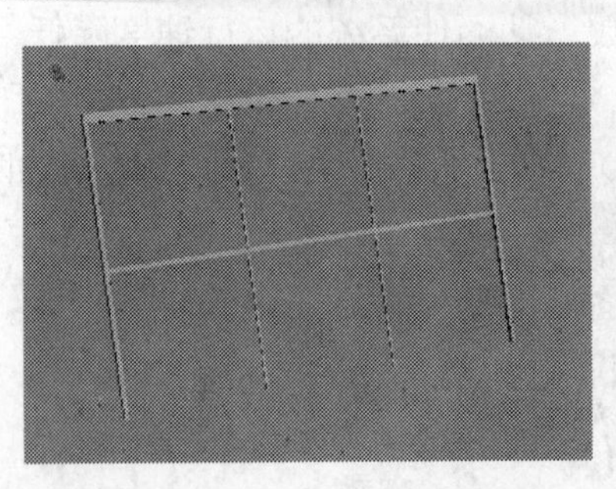
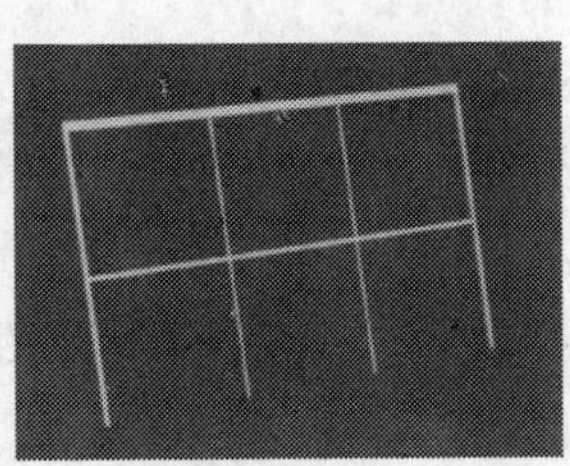

图5-10　创建栏杆

读者可能需要多尝试几次才能绘制好栏杆。

（3）可以通过在该工具的“参数”面板中设置相关的参数来改变栏杆的外形。

参数面板

确定创建的栏杆模型在视图中处于选定状态，然后单击按钮，即可打开它的参数面板，如图5-11所示。

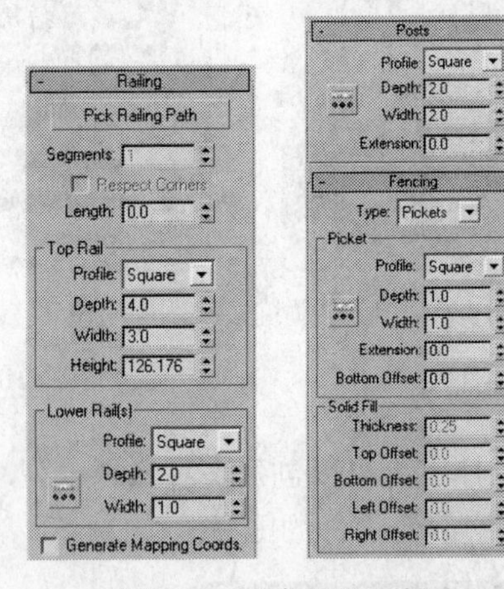

图5-11　“参数”面板

· Pick Railing Path（拾取栏杆路径）按钮：在创建栏杆时，可以先在视图中绘制一条曲线作为创建路径，然后单击该按钮，再到视图中选择曲线来创建栏杆，这样就可以自动地在路径上生成栏杆。

· Segments（分段）：如果栏杆是弯曲的，那么增加分段的值会使栏杆更加平滑。

· Respect Corners（匹配拐角）：勾选该项，栏杆的拐角与路径拐角将会匹配。

· Length（长度）：用于设置栏杆的长度。

上围栏：

· Profile（剖面）：通过单击旁边的小按钮可以设置栏杆的剖面形状。有两种形状，一种是矩形的，另外一种是圆形的。

· Depth/Width/Height（深度/宽度/高度）：分别用于设置栏杆的深度、宽度和高度。

下围栏、立柱面板和栅栏面板中的选项与这里的选项基本相同，不再介绍。

可以练习混合使用这些选项，创建出各种形状的栏杆效果。

5.1.2　创建Wall（墙）模型

使用3ds Max 2009内置的墙工具可以创建多种墙模型，并可以调节墙的高度和厚度等特征。墙工具可以用于创建室外的墙壁，也可以用于创建室内的墙壁等。首先让我们来看一下它的操作步骤。

操作步骤

（1）打开“AEC Extended（AEC扩展）”创建面板，并单击“墙”按钮。

（2）在顶视图中使用鼠标左键单击并拖动，这样可以定义出墙的长度，然后再次单击，可以创建出一面墙。如果继续拖动并单击，可以创建出第2面墙，用这种方法可以创建出很多面墙，如图5-12所示。如果继续拖动并单击，那么可以创建多面连接在一起的墙。

（3）可以通过该工具的参数来设置墙的外形。

在创建墙时，它会使用系统默认设置的高度。

在3ds Max中，对于垂直物体的创建，最好都在Top（顶）视图中进行创建。

参数面板

确定创建的墙模型在视图中处于选定状态，然后单击按钮，即可打开“Edit Object（编辑对象）”参数面板，如图5-13所示。

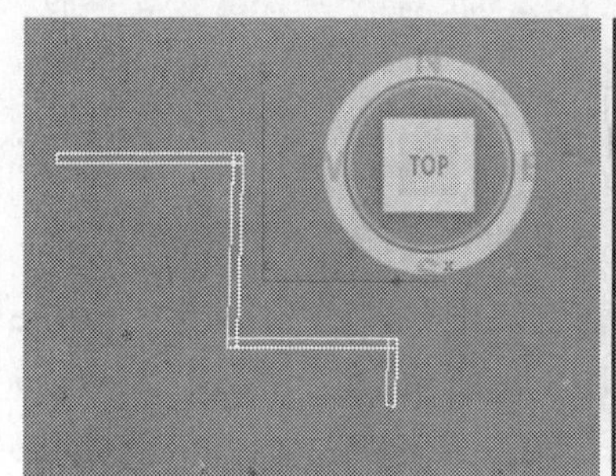

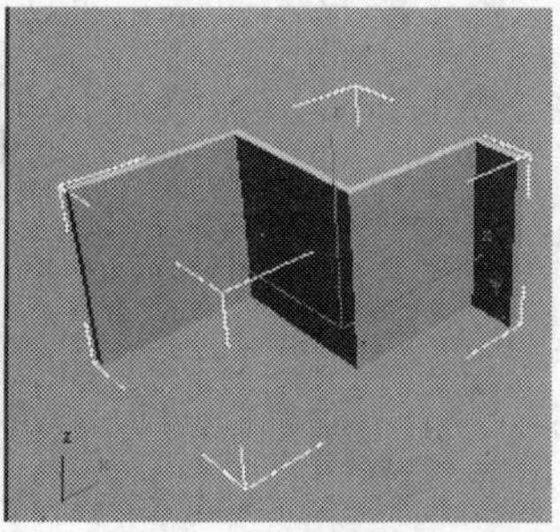

图5-12　创建墙

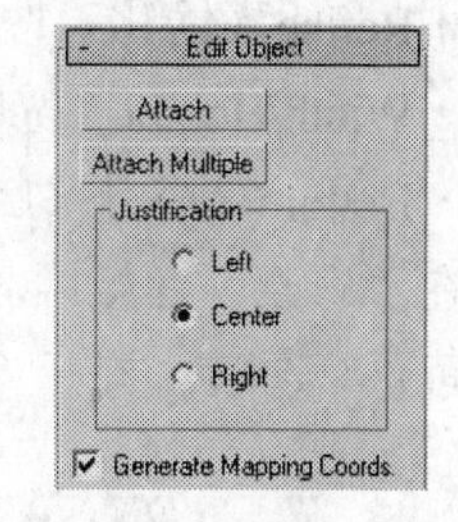

图5-13　“编辑对象”参数面板

· Attach（附加）按钮：可以把在视图中选择的两面墙附加在一起。

· Attach Multiple（附加多个）按钮：可以把在视图中选择的多面墙附加在一起。

对其中的几个选项用于设置墙的对齐方式，也就是说设置它是左对齐、右对齐还是居中放置。

另外，我们还可以通过其他几个面板来修改制作的墙体，它们分别是“编辑顶点”面板、“编辑分段”面板和“编辑剖面”面板。首先看一下它的顶点编辑面板。在“修改”面板中，单击Wall旁边的“+”，就会展开它的次级选项，如图5-14（左）所示。然后单击“顶点”选项，打开“编辑顶点”面板，如图5-14（右）所示。

- Connect（连接）按钮：用于连接两个顶点，在顶点之间创建一条新的线段。
- Break（断开）按钮：用于断开共享两个顶点的线段。
- Refine（优化）按钮：用于添加新的顶点。
- Insert（插入）按钮：用于插入一个或多个顶点来创建新的部分。
- Delete（删除）按钮：用于删除选择的顶点。

在“修改”面板中，单击Wall旁边的“+”，就会展开它的次级选项，然后单击“Segment（分段）”选项，打开“Edit Segment（编辑分段）”面板，如图5-15所示。

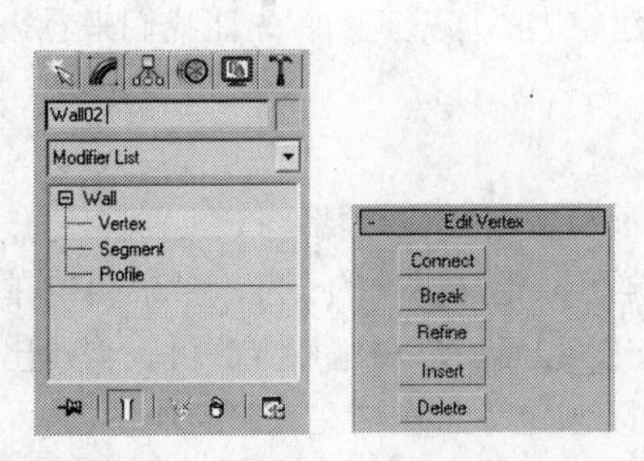

图5-14 次级选项（左）及“编辑顶点”面板（右）

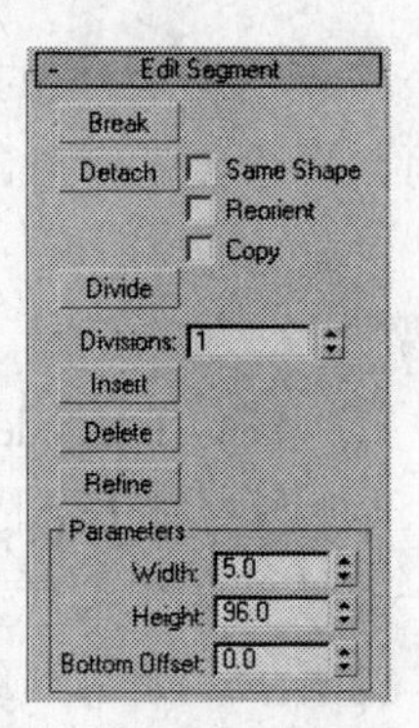

图5-15 “编辑分段”面板

- Break（断开）按钮：将选择的段分成两部分。
- Detach（分离）按钮：将选择的一段墙分离成独立的部分。
- Same Shape（相同图形）：勾选后，将选择的一段墙分离开。
- Reorient（重新定位）：勾选后，将选择的一段墙分离出去，并形成独立的墙体。
- Copy（复制）：勾选后，复制分离的墙段，但不会移动它。
- Divide（拆分）按钮：用于设置墙的段数。
- Insert（插入）按钮：用于插入新的顶点。
- Delete（删除）按钮：用于删除选择的墙体。
- Refine（优化）按钮：用于添加新的顶点，把墙体分成两部分。
- Width/Height（宽度/高度）：用于改变选择墙体的宽度/高度。
- Bottom Offset（底偏移）：用于升高或者降低墙体与地面的垂直距离。

在“修改”面板中，单击Wall旁边的“+”，就会展开它的次级选项，然后单击“Profile（剖面）”选项，打开“Edit Profile（编辑剖面）”面板，如图5-16所示。

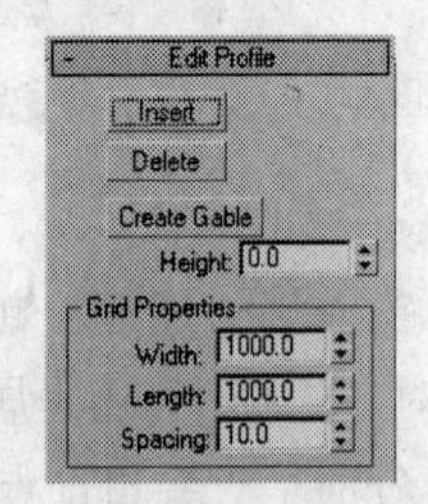

图5-16 “编辑剖面”面板

- Insert（插入）按钮：用于插入顶点来调整墙体的轮廓。
- Delete（删除）按钮：用于删除在墙体上选择的顶点。
- Create Gable（创建山墙）按钮：通过选择并移动轮廓面顶部的点来创建山墙。
- 高度：用于设置山墙的高度。

栅格属性：

- Width（宽度）：用于设置栅格的宽度。

- Length（长度）：用于设置栅格的长度。
- Spacing（间距）：用于设置栅格的间距。

5.2　创建Stairs（楼梯）

以前，创建一个完整的楼梯是非常麻烦的，而在3ds Max 2009中，可以非常简单地创建出很多种类型的楼梯，这是因为它为我们提供了简捷的创建工具。有了这些工具，可以快速地创建出L型、U型、直角型和旋转型的楼梯。用于创建楼梯的面板如图5-17所示。

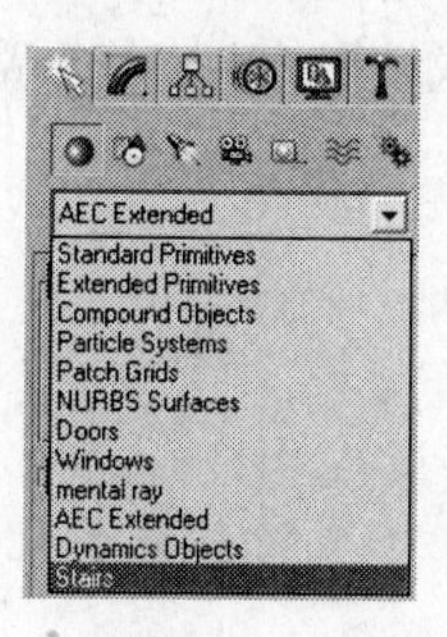

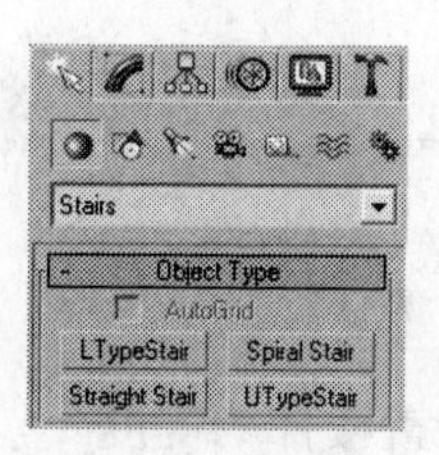

图5-17　用于创建楼梯的面板

5.2.1　创建L型楼梯

首先让我们来看一下几种L型楼梯的效果图，如图5-18所示。下面看一下它的创建过程。

（1）在“Standard Primitives（标准基本体）”创建面板中，单击“标准基本体”旁边的小三角形按钮▾，在打开列表中选择“Stars（楼梯）”项，进入到“楼梯”创建面板中，并单击“直线楼梯”按钮Straight Stair。

（2）在顶视图中使用鼠标左键单击并拖动，这样可以定义出直线楼梯的长度，然后再次单击并拖动，可以创建出直线楼梯，如图5-19所示。

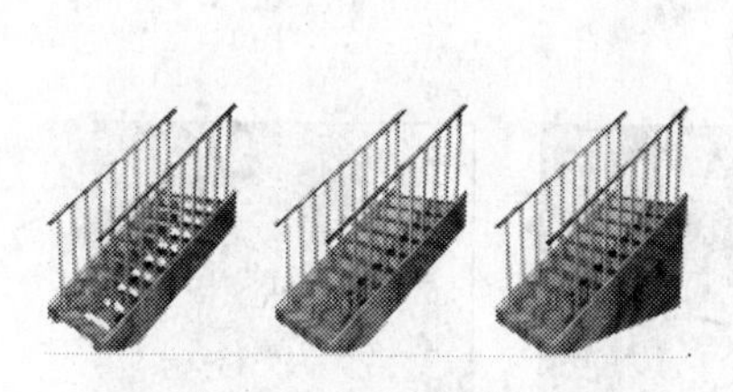

图5-18　L型楼梯

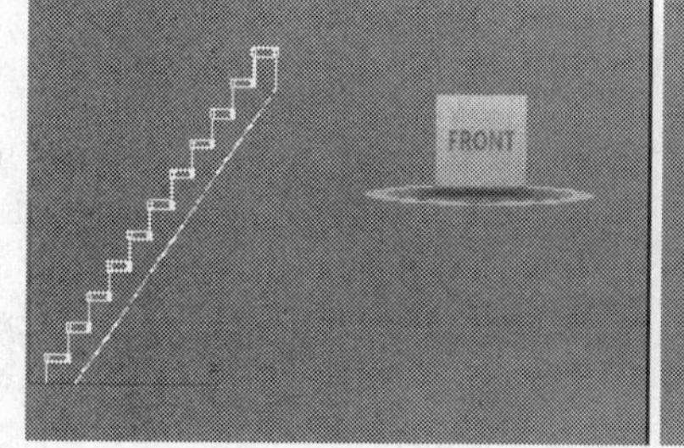

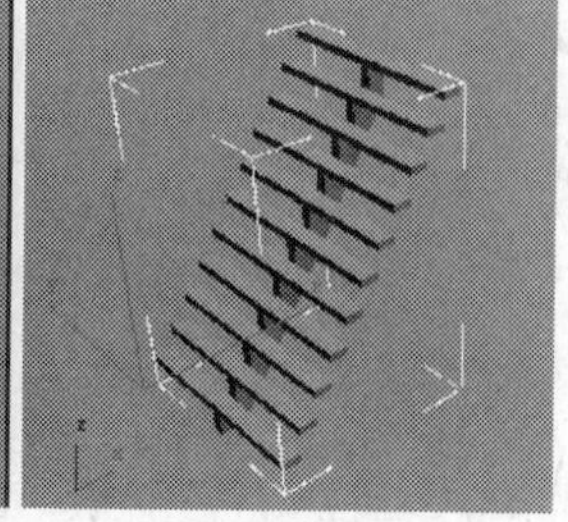

图5-19　直线楼梯

（3）可以通过该工具的参数来设置直线楼梯的外形。

在创建L型楼梯时，它的扶手可通过参数面板中的选项来设置，栏杆需要使用前面介绍的“Railing（栏杆）”创建工具单独制作。

5.2.2　参数面板

确定创建的直线楼梯模型在视图中处于选定状态，然后单击按钮，即可打开它的参数面板，如图5-20所示。

类型：

• Open（开放式）：勾选后，生成开放式的楼梯。

• Closed（封闭式）：勾选后，生成封闭式的楼梯。

• Box（落地式）：勾选后，生成落地式的楼梯。

生成几何体：

• Stringers（侧弦）：勾选后，会生成楼梯的侧弦。

• Carriages（支撑梁）：勾选后，会生成楼梯的支撑梁。

• Handrail（扶手）：勾选后，会生成楼梯的左右扶手，也可以只选择生成一侧的扶手。

• Railpath（扶手路径）：勾选后，会生成楼梯的左右扶手路径，也可以只选择生成一侧的扶手路径。

布局：

• Length（宽度）：设置楼梯的宽度。

• Width（角度）：设置楼梯的长度。

梯级：

• Overall（高度）：设置楼梯的高度。

• Riser Ht（竖板高）：设置每级台阶的高度。

• Riser Ct（竖板数）：设置楼梯台阶的总数量，如图5-21所示。

台阶：

• Thickness（厚度）：设置每级台阶的厚度，如图5-22所示。

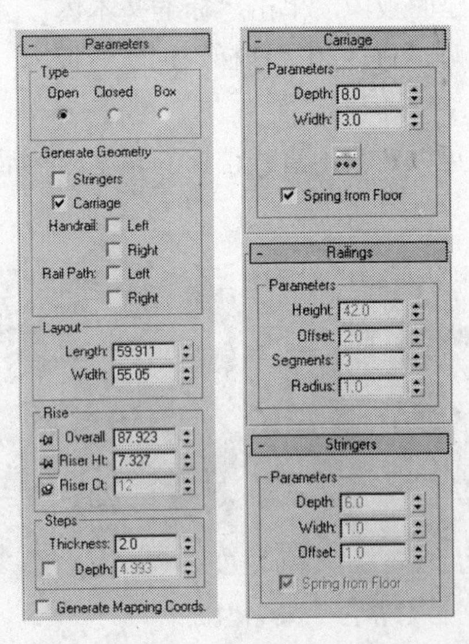

图5-20 “参数”面板

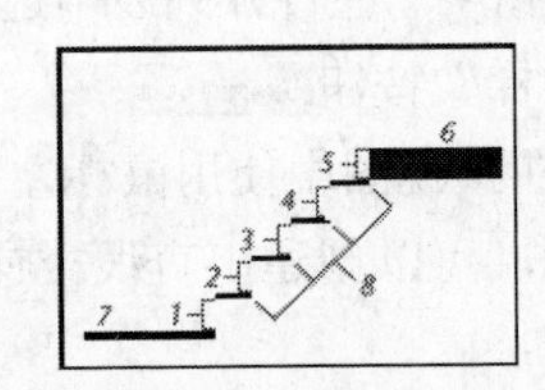

图5-21 具有5个梯级竖板的线性楼梯

图5-22 增加台阶板的厚度

• Depth（深度）：设置每级台阶的纵深度，如图5-23所示。

支撑梁：

• Depth（深度）：控制支撑梁与地面的距离。

• Width（宽度）：控制支撑梁的宽度。

• Spring from Floor（从地面升起）：控制支撑梁是否从地面开始生成。

栏杆：

· Height（高度）：控制栏杆与台阶的距离。

· Offset（偏移）：控制栏杆与台阶的偏离距离。

· Segments（分段）：控制栏杆的分段数。

· Radius（半径）：控制栏杆的粗度。

侧弦：

· Depth（深度）：控制侧弦与地面的距离。

· Width（宽度）：控制侧弦的宽度。

· Offset（偏移）：控制侧弦与台阶的偏离距离。

· Sping from Floor（从地面升起）：控制侧弦是否从地面开始生成。

可以通过练习灵活掌握这些选项设置，以便创建出自己需要的楼梯效果。

5.2.3 创建直角型楼梯

直角型楼梯分为以下几种类型，如图5-24所示。这种楼梯的创建与直线楼梯的创建基本相同，而且其参数面板中的选项也基本相同，在此不再赘述。

图5-23 台阶板的纵深度增加

图5-24 直角型楼梯

5.2.4 创建U型楼梯

U型楼梯分为以下几种类型，如图5-25所示。这种楼梯的创建与前面两种类型楼梯的创建基本相同，而且其参数面板中的选项也基本相同，在此不再赘述。

5.2.5 创建旋转形楼梯

旋转型楼梯分为以下几种类型，如图5-26所示。这种楼梯的创建与前面几种类型楼梯的创建基本相同，而且其参数面板中的选项也基本相同，在此不再赘述。

图5-25 U型楼梯

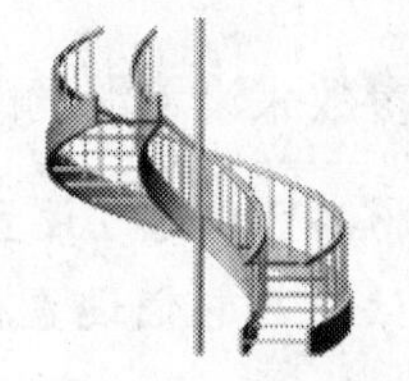

图5-26 旋转型楼梯

5.3 创建门

3ds Max 2009为我们提供了专门创建门的工具，尤其在制作效果图的过程中，这些工具使用起来是非常便利的，可以帮助我们节省很多的时间，如图5-27所示。

3ds Max 2009中，提供了3种创建门的工具，分别是Pivot（枢轴门）、Sliding（滑动门）和BiFold（折叠门），其相关创建按钮如图5-28所示。另外使用其参数面板中的选项可以修改成多种类型的门。

图5-27 门的效果

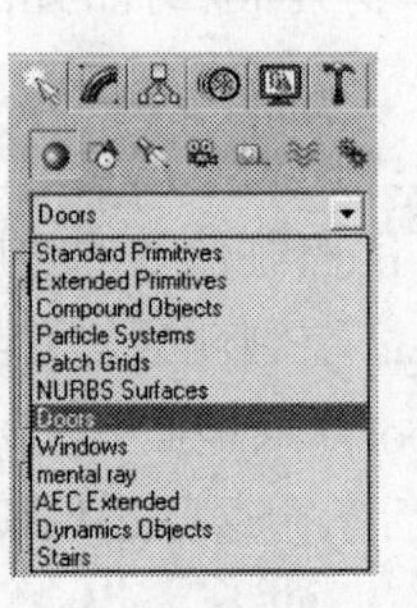

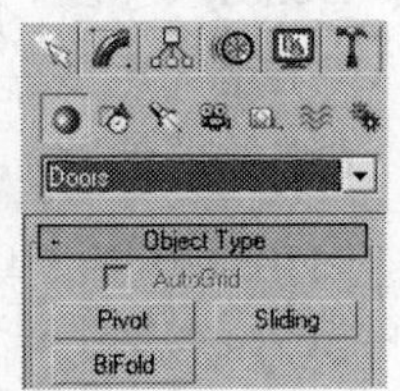

图5-28 门的创建按钮

5.3.1 创建滑动门

首先，让我们来看一下滑动门（Sliding）的效果，如图5-29所示。然后简单地介绍一下它的创建过程。

（1）在“Standard Primitives（标准基本体）”创建面板中，单击“标准基本体”旁边的小三角形按钮▾，在打开的列表中选择“Doors（门）”项，进入到“门”创建面板中，并单击“滑动门”按钮。

（2）在Top（顶）视图中使用鼠标左键单击并拖动，这样可以定义出滑动门的长度。然后再次单击并拖动，这样可以创建出滑动门，如图5-30所示。

图5-29 滑动门效果

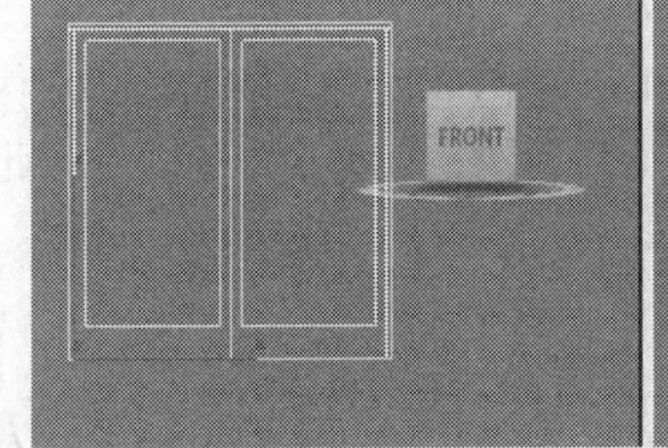

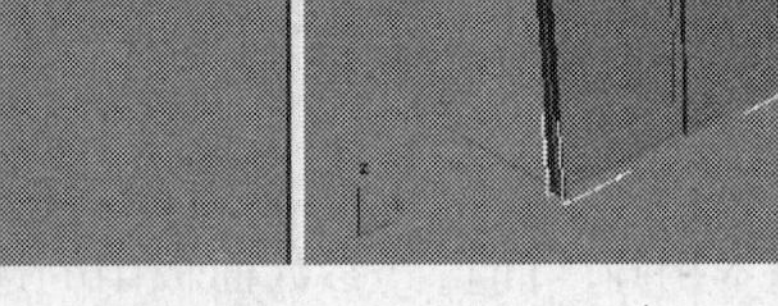

图5-30 创建滑动门

（3）可以通过该工具的参数来设置滑动门的外形。

提示 门上的玻璃和花纹等物品可以通过设置其参数面板中的选项来生成，也可以用为其他模型设置材质的方法来为它们设置材质。

5.3.2 参数面板

确定创建的滑动门模型在视图中处于选定状态，然后单击按钮，即可打开它的参数面板，如图5-31所示。

参数：

- Height（高度）：用于设置门板的高度（不包括门框）。
- Width（宽度）：用于设置门板的宽度（不包括门框）。

· Depth（深度）：用于设置门板的深度（不包括门框）。
· Flip Front Back（前后翻转）：改变门前面的部分。
· Flip Side（侧翻）：把当前的滑动门改变为固定门。

门框：

· Create Frame（创建门框）：勾选后，生成门框。
· Width（宽度）：用于设置门框的宽度（不包括门板）。
· Depth（深度）：用于设置门框的深度（不包括门板）。
· Door Offset（门偏移）：用于设置门框与门板的偏离距离。

页扇参数：

· Thickness（厚度）：用于设置门板的厚度。
· Stiles/Top Rail（门挺/顶梁）：用于设置门板装饰条与门顶部之间的距离。
· Bottom Rail（底梁）：用于设置门板装饰条与门底部之间的距离。
· Panels Horiz（水平窗格数）：用于设置水平方向上的横格数量。
· Panels Vert（垂直窗格数）：用于设置垂直方向上的横格数量。
· Muntin（镶板间距）：用于设置门板上用于固定玻璃的木条和金属条的距离。

镶板：

· None（无）：勾选后，不会在门上生成镶板。
· Glass（有玻璃）：勾选后，会在门上生成玻璃。
· Thickness（厚度）：设置玻璃的厚度。
· Bevel（有倒角）：勾选后，在镶板上会生成倒角。
· Bevel Angle（倒角角度）：设置倒角的角度。
· Thickness 1（厚度1）：设置倒角外框格板的厚度，如图5-32所示。

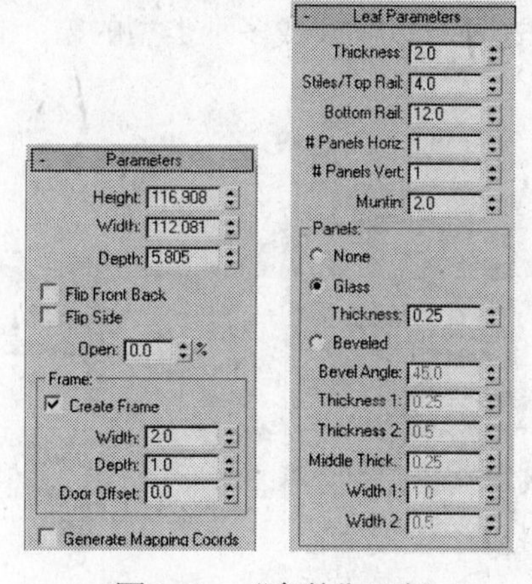

图5-31 “参数”面板

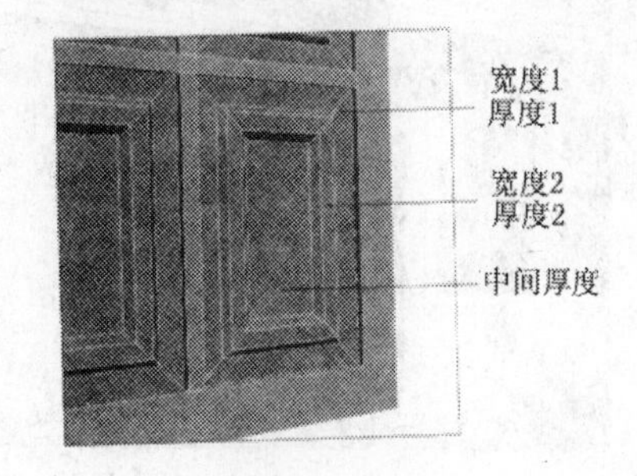

图5-32 图解

· Thickness 2（厚度2）：设置倒角内框格板的厚度。
· Middle Thick（中间厚度）：设置倒角中间框格板的厚度。
· Width 1（宽度1）：设置倒角外框部分的宽度。
· Width 2（宽度2）：设置倒角内框的宽度。

可以通过练习灵活掌握这些选项设置，以便创建出自己需要的门效果。

5.3.3 创建枢轴门

枢轴门（Pivot）效果如图5-33所示。这种门的创建与滑动门的创建基本相同，而且其参数面板中的选项也基本相同，在此不再赘述。

5.3.4 创建折叠门

折叠门（BiFold）如图5-34所示。这种门的创建与滑动门的创建基本相同，而且其参数面板中的选项也基本相同，在此不再赘述。

图5-33 枢轴门

图5-34 折叠门

5.4 创建窗户

3ds Max 2009还为我们提供了专门用于创建窗户的工具，尤其在制作效果图的过程中，这些工具是非常有用的，可以帮助我们节省很多的时间，如图5-35所示。

3ds Max 2009提供了6种创建窗户的工具，分别是Awning（遮蓬式窗）、Casement（平开窗）、Fixed（固定窗）、Pivoted（旋开窗）、Projected（伸出式窗）和Sliding（推拉窗），相关的创建按钮如图5-36所示。另外使用其参数面板中的选项可以修改成多种类型的窗。首先让我们来看一下平开窗的制作步骤。

图5-35 窗户效果

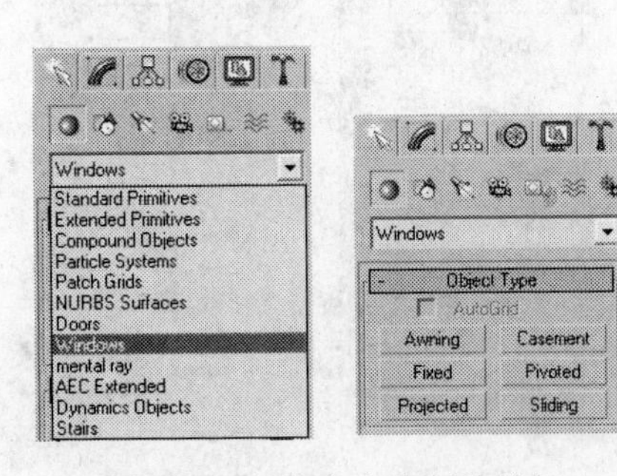

图5-36 各种窗户的创建按钮

5.4.1 创建固定窗

首先让我们来看一下固定窗的效果，如图5-37所示。然后简单地介绍一下它的创建过程。

（1）在“Standard Primitives（标准基本体）”创建面板中，单击“标准基本体”旁边的小三角形按钮▾，在打开列表中选择“Windows（窗）”项，进入到“窗”创建面板中，并单击“Fixed（固定窗）”按钮。

（2）在顶视图中使用鼠标左键单击并拖动，这样可以定义出平开窗的长度。然后再次单击并拖动，这样可以定义出窗的宽度，再单击并拖动，这样就创建出了固定窗，如图5-38所示。

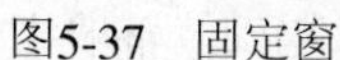
图5-37　固定窗

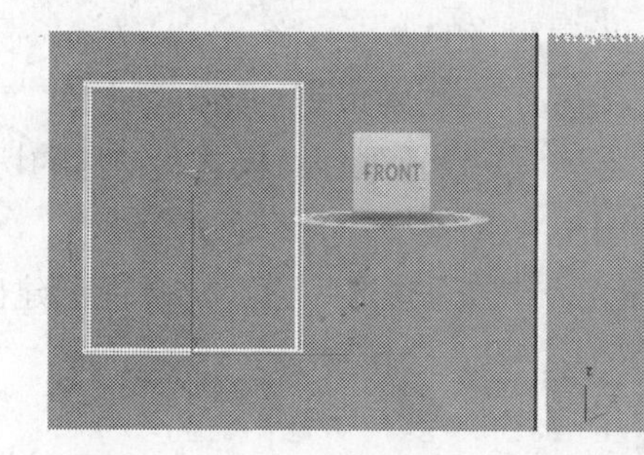

图5-38　创建固定窗

（3）可以通过该工具的参数来设置固定窗的外形。

窗上的玻璃和花纹等物品可以通过设置其参数面板中的选项来生成。

5.4.2　参数面板

确定创建的固定窗模型在视图中处于选定状态，然后单击按钮，即可打开它的参数面板，如图5-39所示。

参数：

・高度：用于设置窗的高度（不包括窗框）。

・宽度：用于设置窗的宽度（不包括窗框）。

・深度/高度：用于设置窗的深度（不包括窗框）。

窗框：

・水平宽度：用于设置窗框的水平宽度，如图5-40所示。

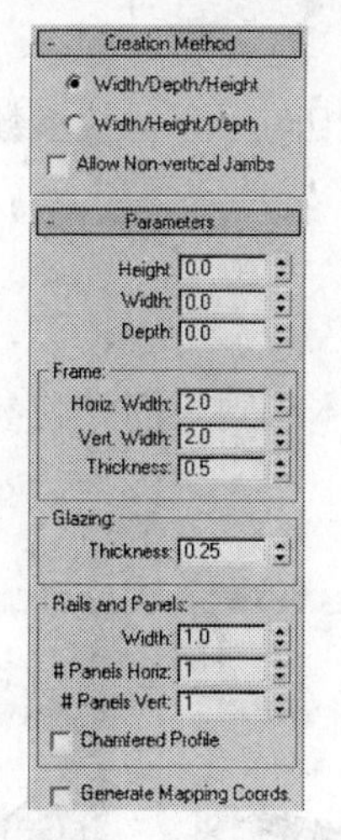

图5-39　“参数”面板

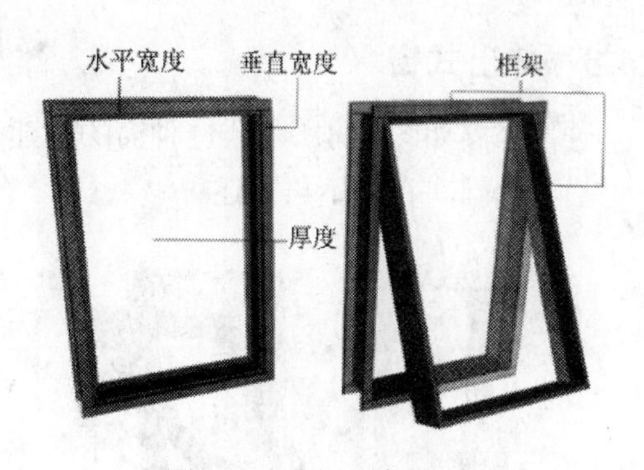

图5-40　窗框的参数

・垂直宽度：用于设置窗框的垂直宽度。

・厚度：用于设置窗框的厚度。

玻璃：

・厚度：用于设置玻璃的厚度。

窗格：

・宽度：用于设置窗格的大小。

・水平/垂直窗格宽度：用于设置窗格的数量。

・切角剖面：勾选后，设置玻璃面板之间窗格的切角，就像常见的木质窗户一样。如果禁用“切角轮廓”，窗格将拥有一个矩形轮廓。

可以通过练习灵活掌握这些选项设置，以便创建出自己需要的窗户效果。

5.4.3 创建遮蓬式窗

遮蓬式窗效果如图5-41所示。这种窗户的创建与固定窗的创建基本相同，而且其参数面板中的选项也基本相同，在此不再赘述。

5.4.4 平开窗

平开窗如图5-42所示。这种窗的创建与固定窗的创建基本相同，而且其参数面板中的选项也基本相同，在此不再赘述。

图5-41 遮蓬式窗

图5-42 平开窗

5.4.5 旋开窗

旋开窗如图5-43所示。这种窗的创建与平开窗的创建基本相同，而且其参数面板中的选项也基本相同，在此不再赘述。

5.4.6 伸出式窗

伸出式窗如图5-44所示。这种窗的创建与平开窗的创建基本相同，而且其参数面板中的选项也基本相同，在此不再赘述。

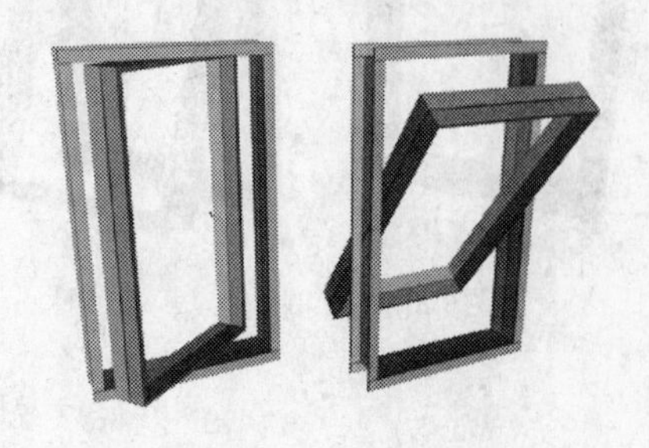

图5-43 旋开窗

图5-44 伸出式窗

5.4.7 推拉窗

推拉窗如图5-45所示。这种窗的创建与平开窗的创建基本相同，而且其参数面板中的选项也基本相同，在此不再赘述。

图5-45 推拉窗

5.5 实例——螺旋楼梯

在这个实例中，将练习在前面介绍的一些建模知识，以巩固所学的知识。创建的楼梯效果如图5-46所示。因为使用楼梯创建工具不能创建出栏杆，所以我们需要首先使用楼梯创建工具创建出楼梯，再使用栏杆工具创建出楼梯的栏杆。

图5-46 楼梯效果

创建过程：

（1）在“标准基本体”创建面板中，单击“标准基本体”旁边的小三角形按钮，在打开的列表中选择“Stairs（楼梯）”项，进入到“楼梯”创建面板中，并单击“螺旋楼梯” Spiral Stair 按钮。

（2）在顶视图中使用鼠标左键单击并拖动，创建出一段螺旋楼梯，如图5-47所示。

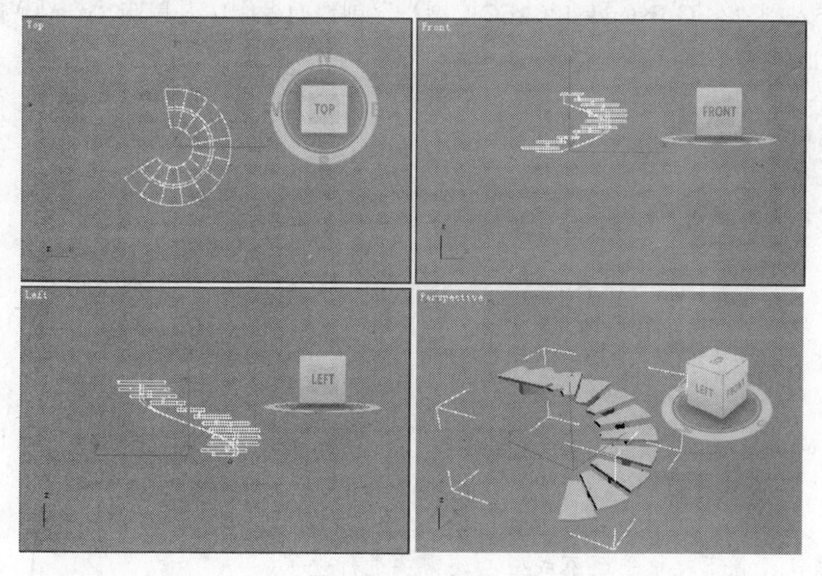

图5-47 创建楼梯

（3）单击按钮进入到修改面板中，并设置参数如图5-48所示。

（4）视图中的楼梯也改变了形状，如图5-49所示。

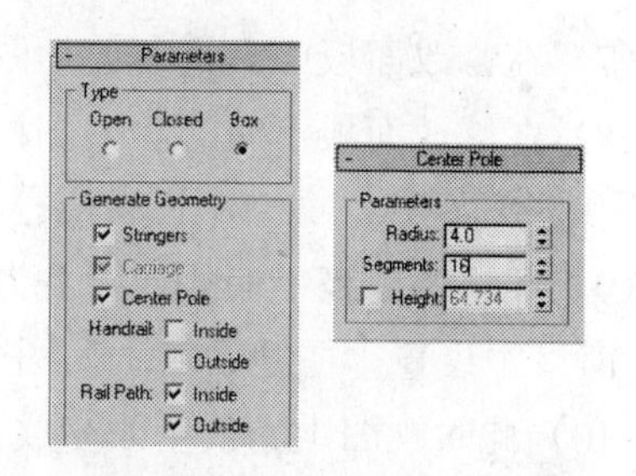

图5-48 修改楼梯参数

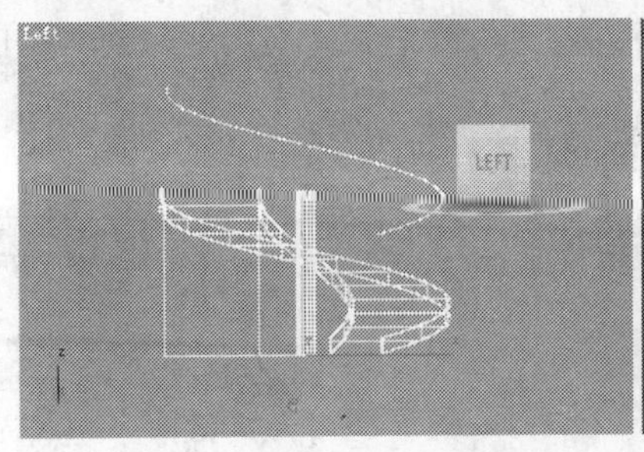

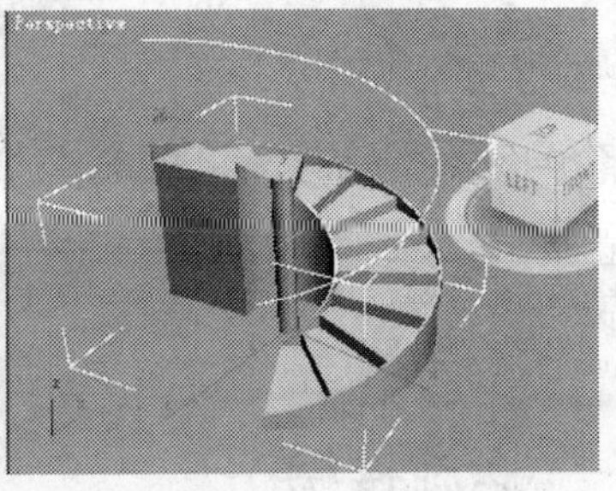

图5-49　楼梯效果

（5）单击下面“栏杆”面板左边的“+”号，并如图5-50（左）所示设置参数。把“Height（高度）”的值设置为0是为了使曲线和台阶的距离为0。把“Offset（偏移）”的值设置为0.5是为了调整左右路径曲线之间的距离。这样路径曲线将会进入到侧弦板中，如图5-50（右）所示。

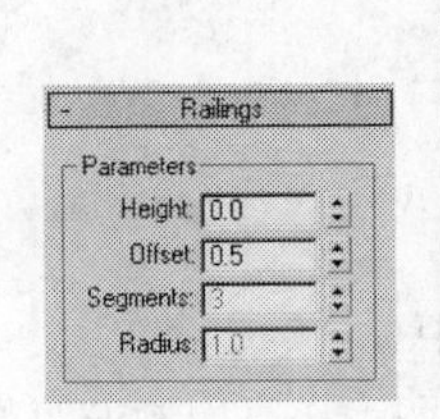

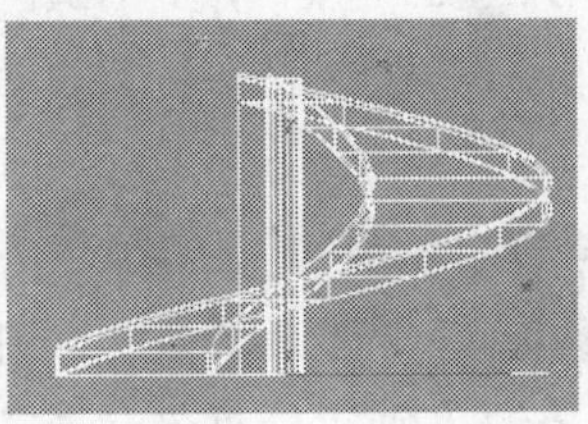

图5-50　设置参数（左）及修改的路径（右）

（6）进入到“AEC Extended（AEC扩展）”创建面板中，并单击“栏杆” Railing 按钮。然后单击下面的“拾取栏杆路径” Pick Railing Path 按钮，在顶视图中使用鼠标左键单击一条扶手路径，这样就会创建出一个栏杆，如图5-51所示。注意，一定要在顶视图中单击，否则创建的栏杆位置将不对。

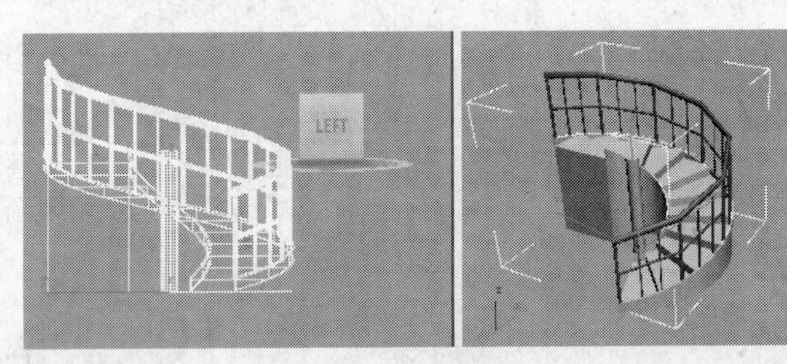

图5-51　创建栏杆

在默认设置下，扶手还不成型，还需要进行设置。

（7）在修改面板中设置参数如图5-52所示。

（8）在修改面板下面的“下围栏”面板中，单击按钮，从打开的“Lower Rail Spacing（下围栏间距）”窗口中设置立柱的数量，如图5-53所示。

（9）在修改面板下面的“立柱”面板中单击按钮，从打开的“Post Spacing（立柱间距）”窗口中设置立柱的数量，如图5-54所示。也可以设置栅栏、下围栏的数量。

（10）此时视图中的扶手改变成如图5-55所示的形状。

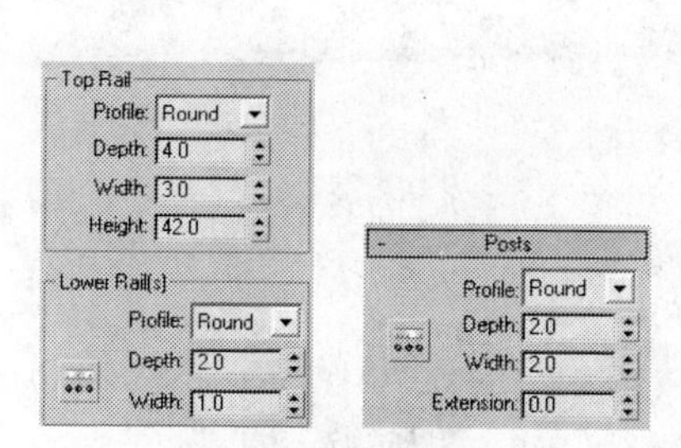

图5-52　设置参数

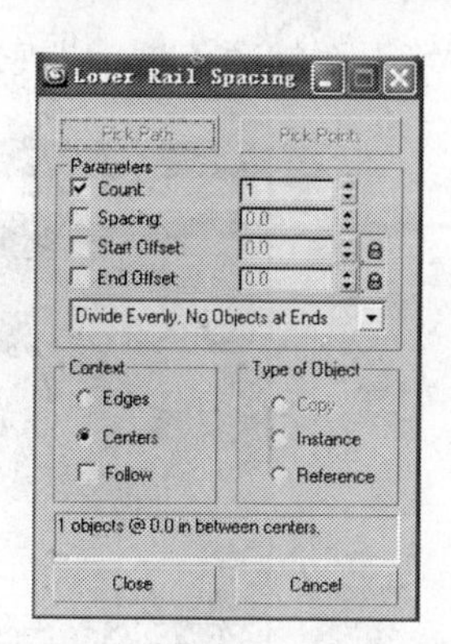

图5-53　“下围栏间距”窗口

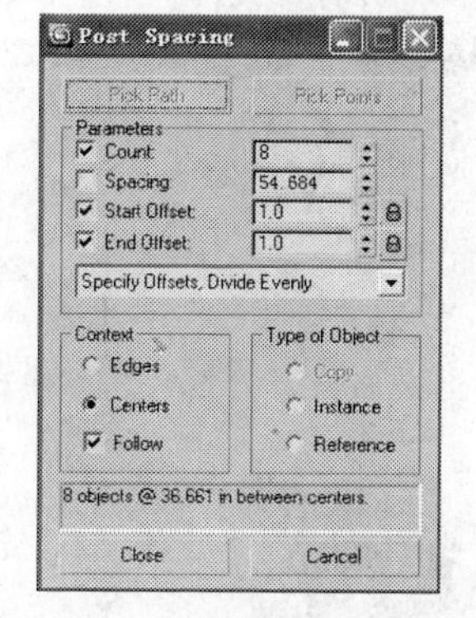

图5-54　“立柱间距”窗口

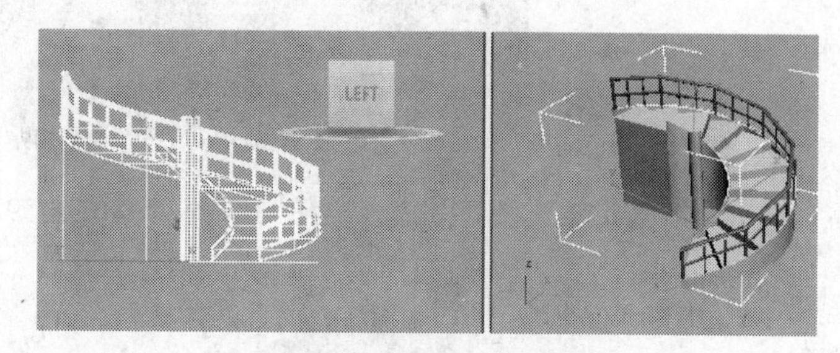

图5-55　栏杆改变的形状

此时不能继续创建另外一个扶手。需要退出栏杆创建模式，重新开始创建。

（11）单击“栏杆” Railing 按钮，然后单击“拾取栏杆路径” Pick Railing Path 按钮，在顶视图中使用鼠标左键单击一条扶手路径，这样就会创建出另外一个栏杆，如图5-56所示。

（12）调整好栏杆之后，确定栏杆处于选中状态，然后在修改面板中设置参数如图5-57所示。这样是为了让栏杆更圆滑一些。

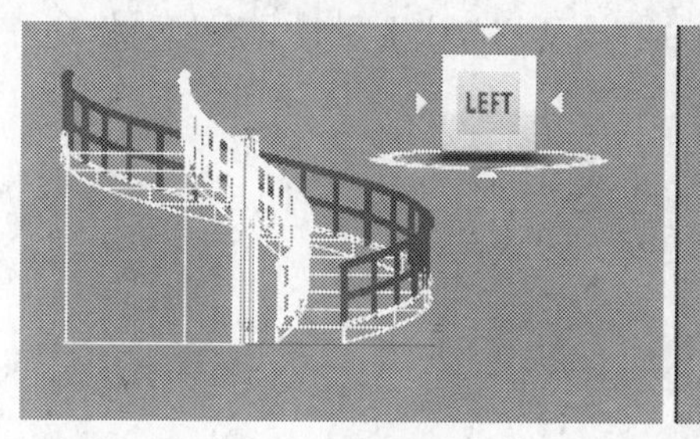

图5-56　创建另一个栏杆

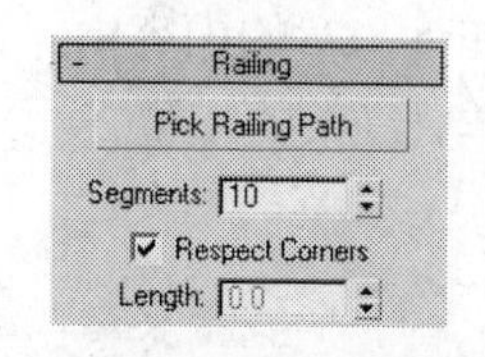

图5-57　设置的参数

（13）为了使楼梯看起来更好看一些，我们为楼梯和栏杆简单地赋予材质，按键盘上的M键，打开“Material Editor（材质编辑器）”，单击“Diffuse（漫反射）”旁边的小按钮，从打开的贴图/材质浏览器窗口中，为楼梯赋予一幅大理石的贴图，为栏杆赋予一幅木纹的贴图，如图5-58所示。

（14）执行“Rendering（渲染）→Environment（环境）”命令，打开环境和效果编辑器窗口，单击环境下面的颜色框，把它设置为白色，这样是为了把背景设置为白色。

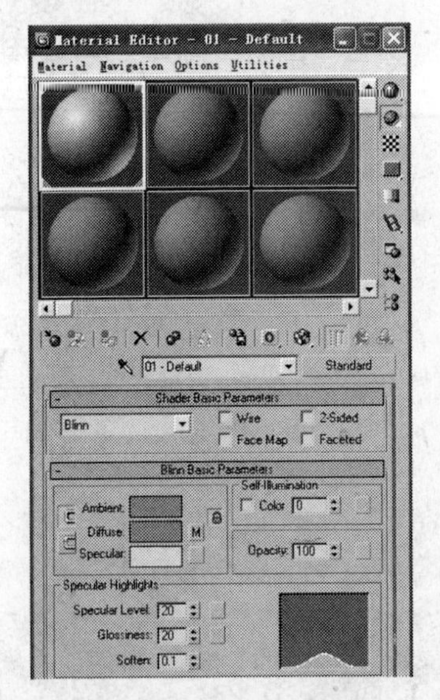

图5-58　设置材质和贴图

（15）按键盘上的F9键渲染透视图，效果如图5-59所示。

图5-59　楼梯效果

最后可以按照为其他模型赋予材质的方法为楼梯赋予材质和进行渲染。另外，使用这种方法还可以制作其他类型的楼梯，比如直线楼梯。还可以制作L型楼梯和U型楼梯，制作方法基本相同，在这里不再一一介绍。

在下一章的内容中，我们将介绍有关3ds Max 2009中修改器方面的内容，使用修改器可以制作更复杂的模型。

第6章　3ds Max 2009中的修改器

在前面的内容中，我们介绍了一些基本体的创建。在实际工作中，只使用这些基本体是远远不够的，也就是说还不能制作出自然界中五花八门的物体形状。不必忧心，3ds Max 2009为我们提供了很多功能强大的修改器。使用这些修改器可以把那些基本体修改成各种各样的形状，如图6-1所示。在本章的内容中，我们就介绍如何对基本体应用修改器。

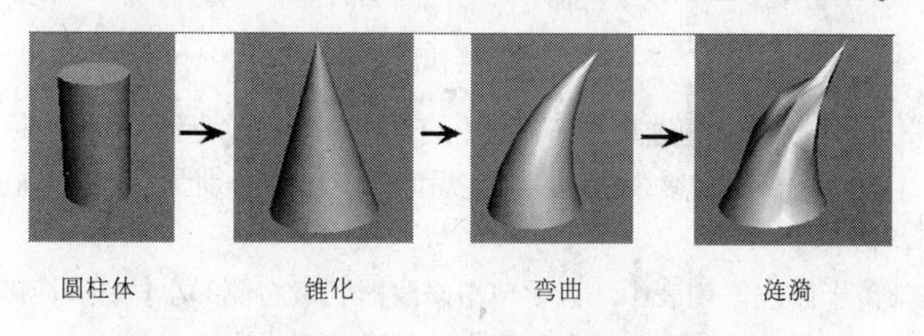

图6-1　对一个圆柱体应用多个修改器后的变形效果

6.1　修改面板

我们利用“创建”面板可以创建基本体，当然还可以创建摄影机、灯光、辅助对象和空间扭曲，而利用“Modify（修改）”面板可以修改它们的参数和属性。单击按钮后，打开的面板就是“Modify（修改）”面板，也有人称之为修改器面板，如图6-2所示。

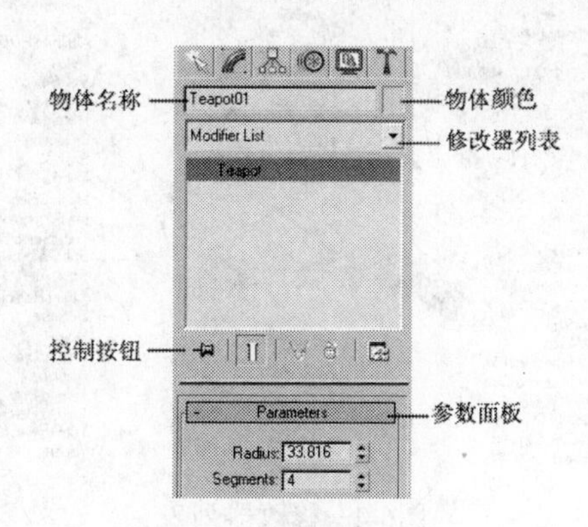

图6-2　“修改”面板

只有先在视图中创建一个或者多个物体之后，该修改面板才可用。上面的面板是在创建了一个球体之后的显示状态。

物体名称就是在视图中选定物体的名称，在这里可以修改物体的名称，只要输入一个新的名称替换原有的名称即可；物体颜色是在视图中选定物体的颜色，在这里可以修改物体的颜色；修改器列表是所有修改器的集合，在这里集中了所有的修改器；控制按钮部分是用于控制修改器的按钮，比如锁定修改器堆栈和配置修改器集等；在参数栏中的选项的作用分别是：半径是球体的内外半径，旋转用于控制球体的旋转度，扭曲用于控制球体的扭曲程度，分段和边数用于控制球体的面数，可以直接输入数值来修改这些参数。当“Slice On（切片启用）”项被选中，可以通过设置下面的几个数值来获得不同的形状，如图6-3所示。

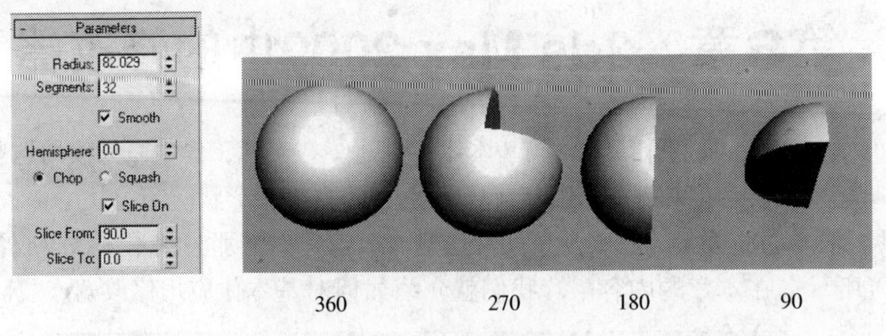

图6-3 切片启用后的效果

不同的模型，在参数栏中的选项是不同的，不过大同小异，而且根据名称也可明白它们所起的作用。关于灯光、摄影机的参数选项，将在后面的章节中分别予以介绍。在本章的内容中，将重点介绍变形修改器。

变形修改器都位于修改器列表中，只要单击修改器列表右侧的小按钮▾，就可以把它打开，如图6-4所示。我们可以根据它们的名称来确定该修改器的作用。

图6-4 修改器列表

在3ds Max 2009中，该列表是一个整体，但在这里为了便于展示我们把它分开了。

我们在视图中创建好物体，确定物体处于选择状态后打开修改器列表，从中选择需要的修改器，然后调整一些参数就可以了。我们可以为一个物体应用多个修改器，也可以为多个物体同时应用一个修改器。如图6-5所示是为一个棵树应用“Twist（扭曲）”修改器后的结果。

图6-5　应用“扭曲”修改器后的效果

6.2　变形修改器

在本节内容中，将介绍几种常用修改器的作用及使用方法。有些修改器很少有机会使用它们，所以我们在这里只选择一些比较常用的修改器来介绍。

6.2.1　扭曲修改器

Twist（扭曲）修改器可以使物体按指定的轴向进行扭曲，从而产生自然界中的一些扭曲效果，如图6-6所示。

下面，我将通过一个“冰激凌”造型的创建过程来简单地介绍一下该修改器的操作过程。

（1）依次单击→→Pyramid（四棱锥）按钮，在顶视图中创建一个四棱体，然后在其“Parameters（参数）”面板中把它的长度分段、宽度分段和高度分段的数量设置为10，如图6-7所示。

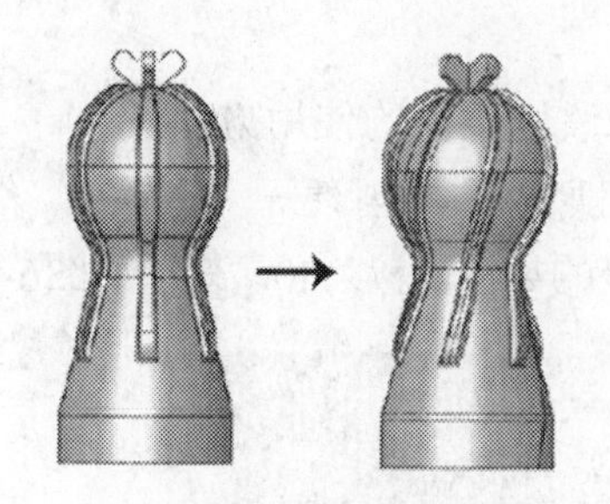

图6-6　扭曲效果

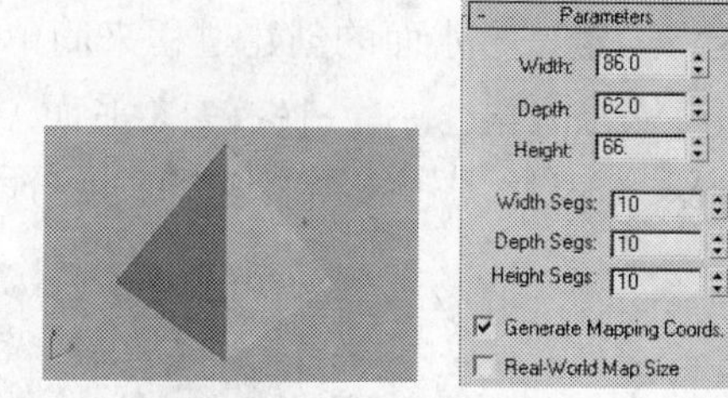

图6-7　创建出的四棱体（左）及参数设置（右）

（2）确定四棱体处于选择状态，然后进入到“Modify（修改）”面板中，单击修改器列表右侧的小三角形按钮，从打开的修改器列表中选择“Twist（扭曲）”修改器。这样就把修改器应用给了四棱体。

（3）在下面的参数面板中，把角度的参数设置成300，效果如图6-8所示。

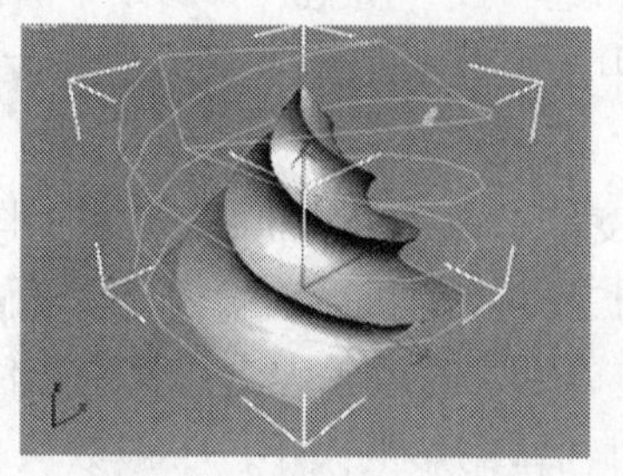
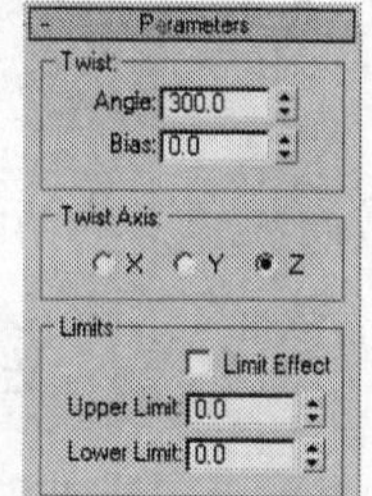

图6-8　扭曲后的效果

下面介绍一下参数面板中的几个参数的作用。

· Twist（角度）：用于设置物体扭曲的度数。

· Bias（偏移）：用于设置物体扭曲的方向，向上或者向下。

· Twist Axis（扭曲轴）：用于设置物体扭曲的轴向，也就是说设置沿哪个坐标轴进行扭曲。

· Upper Limit/Lower Limit（上限/下限）：用于设置物体扭曲的范围，在上半部分还是下半部分。

6.2.2 噪波修改器

Noise（噪波）修改器可以使物体按指定的轴向进行噪波，可以产生自然界中的一些噪波效果，比如凹凸不平的地形和水面效果，如图6-9所示。

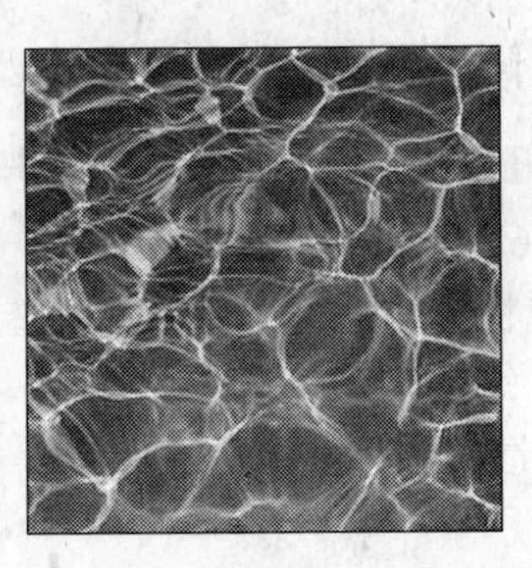

图6-9 噪波效果

下面将通过一个水面的创建过程来简单地介绍一下该修改器的使用方法。

（1）依次单击 → → Plane （平面）按钮，在顶视图中创建一个平面，然后在其“Parameters（参数）”面板中把它的长度分段、宽度分段的数量设置为10，效果如图6-10所示。

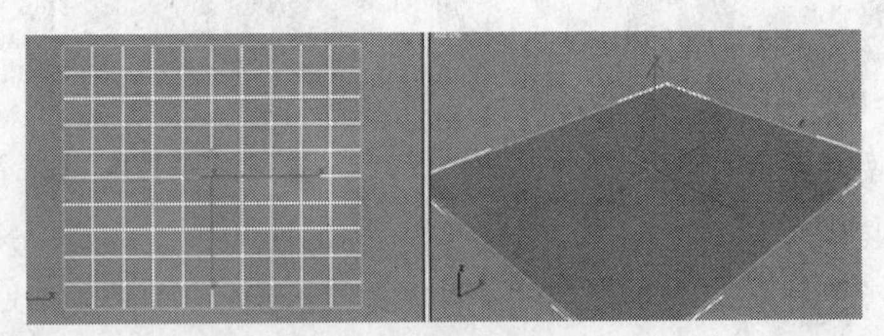

图6-10 创建出的平面

（2）确定平面处于选择状态，然后进入到“Modify（修改）”面板中，单击修改器列表右侧的小按钮 ，从打开的修改器列表中选择“Noise（噪波）”修改器。这样就把修改器应用到了平面。

（3）在下面的参数面板中，把角度的参数设置成300，效果如图6-11所示。

“噪波”修改器的参数面板如图6-12所示，下面介绍一下参数面板中的几个参数的作用。

· Seed（种子）：用于设置噪波随机生成的效果大小，不同数值会产生不同的效果。

· Scale（比例）：用于设置噪波对物体的影响大小，一般数值越大，影响越小。

· Roughness（粗糙度）：用于设置噪波起伏程度的大小。

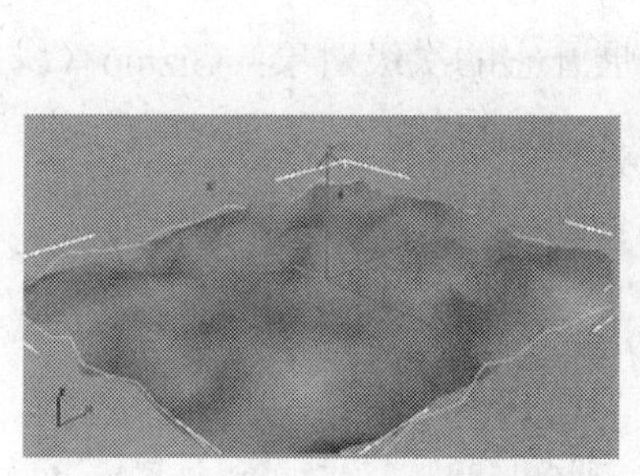

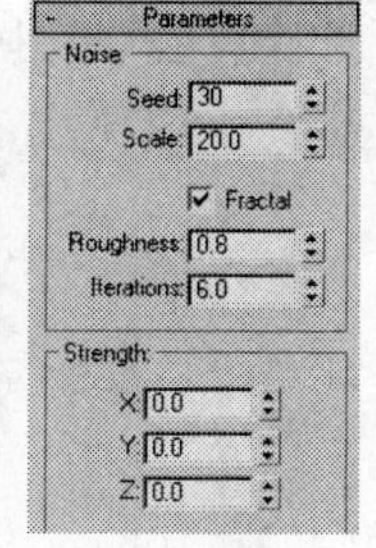

图6-11　应用噪波后的效果

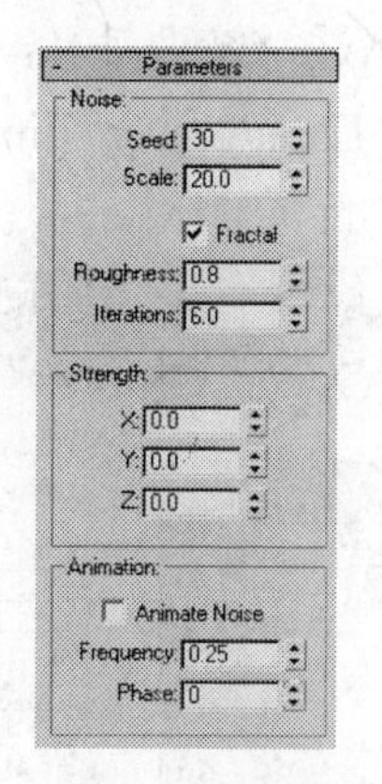

图6-12　参数面板

- Iterations（迭代次数）：用于设置噪波平滑程度的大小。
- Strength（强度）：用于设置噪波沿3个坐标轴起伏的轴向。
- Animate Noise（动画噪波）：勾选动画噪波选项后，即可设置噪波动画。
- Frequency（频率）：勾选动画噪波选项后，用于设置噪波动画的速度。
- Phase（相位）：勾选动画噪波选项后，用于设置噪波动画的开始和结束点。

6.2.3　弯曲修改器

Bend（弯曲）修改器可以使物体按指定的轴向进行弯曲，从而产生自然界中的一些弯曲效果，比如一些竿状物的弯曲效果，如图6-13所示。可以指定物体的弯曲角度和方向，还可以限定它在一定的区域内进行弯曲。

下面，将通过一个圆柱体的弯曲过程来介绍该修改器的操作过程。

（1）依次单击 → → Cone（圆锥体）按钮，在顶视图中创建一个圆锥体，然后在其“Parameters（参数）”面板中把它的高度分段的数量设置为5，如图6-14所示。

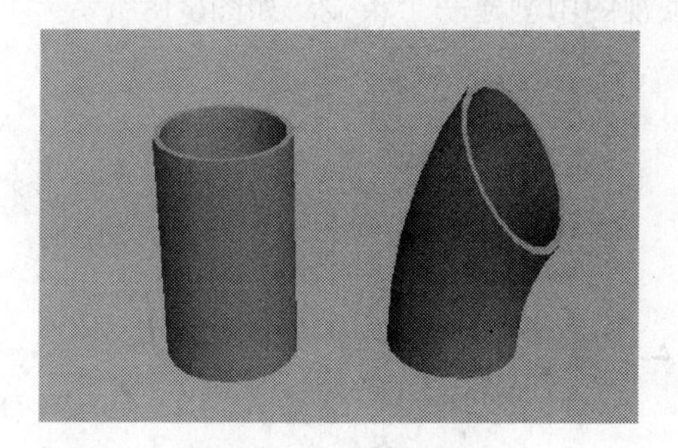

图6-13　弯曲效果

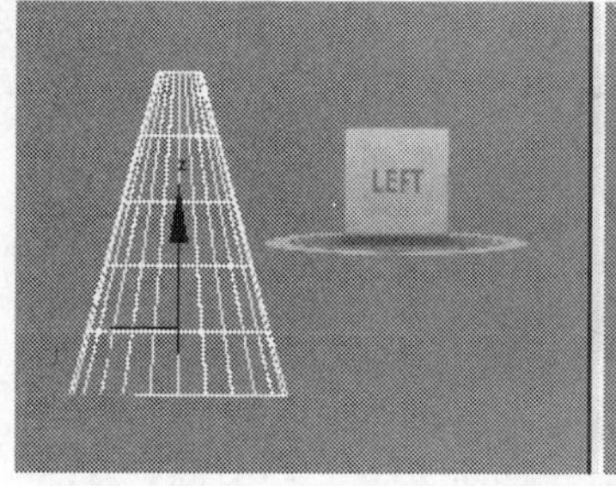

图6-14　创建出的圆柱体

（2）确定圆锥体处于选择状态，然后进入到“Modify（修改）”面板中，单击修改器列表右侧的小按钮，从打开的修改器列表中选择“Bend（弯曲）”修改器。这样就把修改器应用到了圆锥体。

（3）在下面的参数面板中，把角度的参数设置成45，效果如图6-15所示。

下面介绍一下参数面板中的几个参数的作用。

- Angle（角度）：用于设置物体弯曲的角度。
- Direction（方向）：用于设置物体弯曲的方向。

· Bend Axis（弯曲轴）：用于设置物体沿哪个轴向进行弯曲，共有3个轴向。

· Upper Limit/Lower Limit（上限/下限）：勾选该项后，用于设置物体扭曲的区域是在上半部分还是下半部分。

另外，在修改堆栈中单击Bend左边的小“+”图标，可以展开它的次级对象：Gizmo（线框物体）和“Center（中心）”，如图6-16所示。

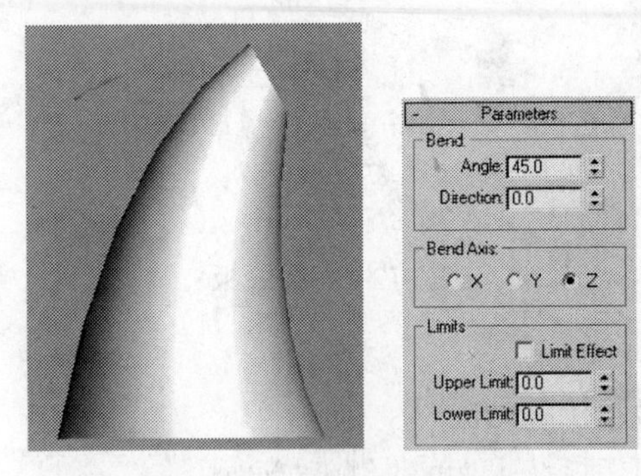

图6-15 应用弯曲后的效果

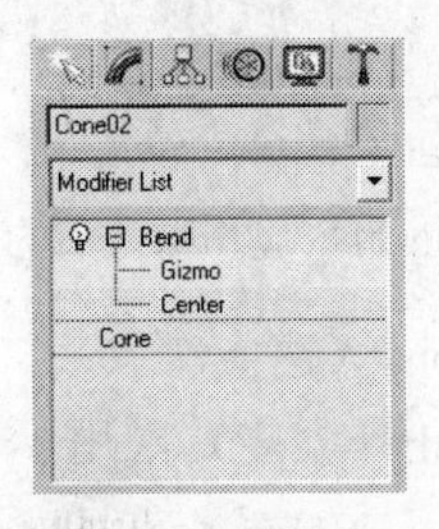

图6-16 次级对象

使用鼠标左键单击Gizmo（线框物体），此时，在视图中将会显示出黄色的线框。然后使用“选择并移动”工具拖动黄色的线框，也可以使物体变形。另外，选中“中心”后，视图中的线框将会改变成红色，使用“选择并移动”工具拖动黄色的线框，也可以变形物体。

6.2.4 拉伸修改器

Stretch（拉伸）修改器可以使物体按指定的轴向进行拉伸，并沿着其他两个轴向的反方向进行缩放，保持体积不变。最大的缩放部位在物体的中心部位，并向两端衰减。可以用此来产生自然界中的一些拉伸或者挤压效果，如图6-17所示。

下面将通过一个茶壶的拉伸过程来介绍该修改器的使用方法。

（1）依次单击→→ Teapot （茶壶）按钮，在顶视图中创建一个茶壶，如图6-18所示。

图6-17 拉伸或挤压效果

图6-18 创建出的茶壶

（2）确定茶壶处于选择状态，然后进入到“Modify（修改）”面板中，单击修改器列表右侧的小按钮，从打开的修改器列表中选择“Stretch（拉伸）”修改器。这样就把修改器应用给了茶壶。

（3）如果把拉伸的参数设置成1，效果会发生改变。

下面介绍一下参数面板中的几个参数的作用，拉伸的参数面板如图6-19所示。

· Stretch（拉伸）：用于设置物体拉伸的强度。

· Amplify（放大）：用于设置物体拉伸后的变形程度。

· Stretch Axis（拉伸轴）：用于设置物体沿哪个轴向进行拉伸，共有3个轴向。

· Upper Limit/Lower Limit（上限/下限）：用于设置物体拉伸的区域是在上半部分还是下半部分。

6.2.5 挤压修改器

Squeeze（挤压）修改器与拉伸修改器的作用基本相同，可以使物体按指定的轴向进行挤压，产生自然界中的一些拉伸或者挤压效果，如图6-20所示。

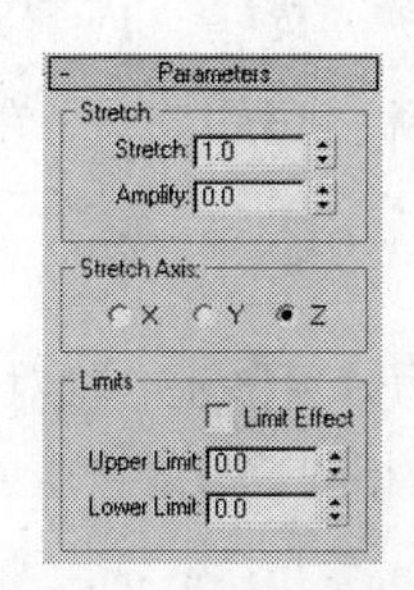

图6-19 拉伸的参数面板

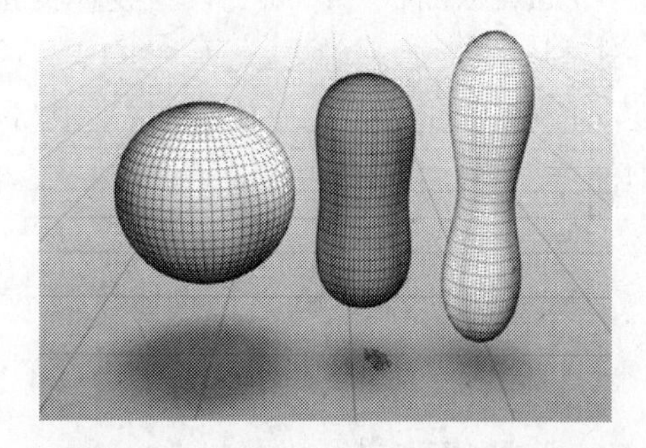

图6-20 左为原图，中右分别为挤压效果

下面将通过一个长方体的挤压过程来简单地介绍一下该修改器的操作过程：

（1）依次单击→→GeoSphere按钮，在顶视图中创建一个几何球体，如图6-21所示。

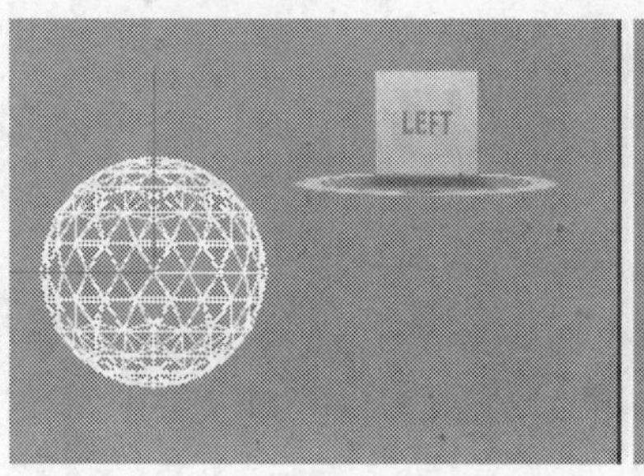

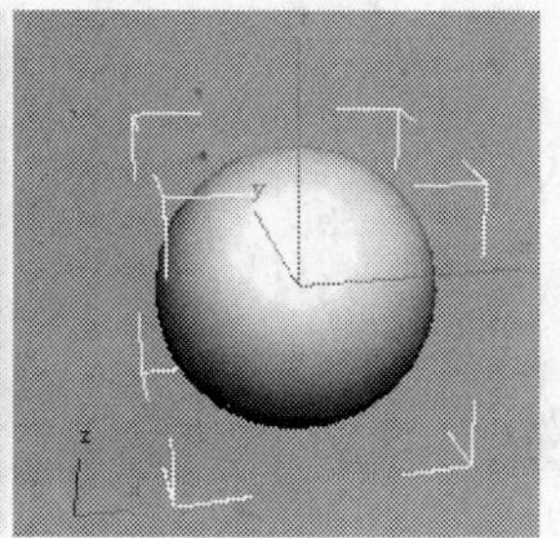

图6-21 创建出的几何球体

（2）确定几何球体处于选择状态，然后进入到“Modify（修改）”面板中，单击修改器列表右侧的小按钮，从打开的修改器列表中选择“Squeeze（挤压）”修改器。这样就把修改器应用给了几何球体。

（3）在下面的参数面板中，把挤压的参数设置成如图6-22所示的样子。

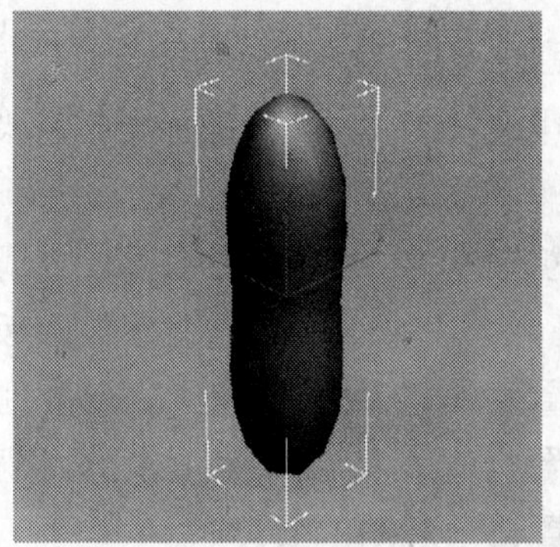

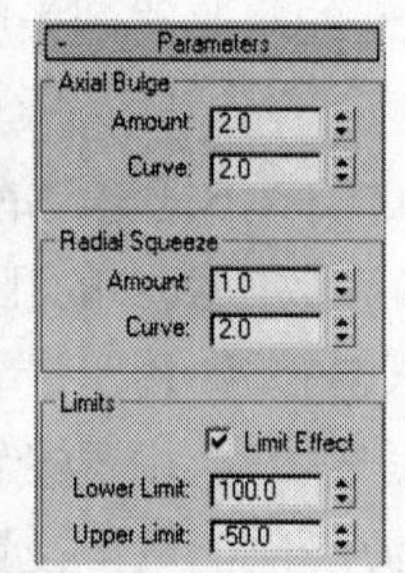

图6-22 挤压效果及参数设置

下面介绍一下参数面板中的几个参数的作用，挤压的参数面板如图6-23所示。

轴向凸出：

· Amount（数量）：用于设置物体凸出的强度。

· Curve（曲线）：用于设置物体凸出末端的弯曲程度。

径向挤压：

· Amount（数量）：用于设置物体挤压的强度。

· Curve（曲线）：用于设置物体受挤压变形的弯曲程度。

限制：

· Lower Limit/Upper Limit（上限/下限）：用于设置物体挤压的范围是在上半部分还是下半部分。

效果平衡：

· Biae（偏移）：在保持物体体积不变的情况下，改变物体受挤压的相对数量。

· Volume（体积）：改变物体的体积，同时增加或者减小相同数量的挤压或者拉伸效果。

6.2.6 涟漪修改器

Ripple（涟漪）修改器可以使物体表面产生同心涟漪效果，模拟自然界中的一些波纹现象，如图6-24所示。

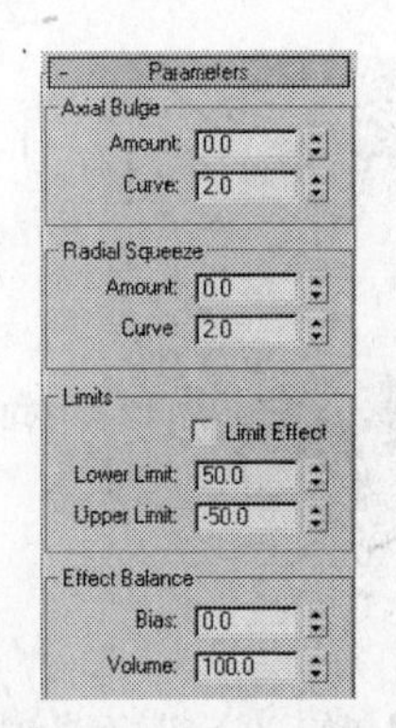

图6-23 挤压的参数面板

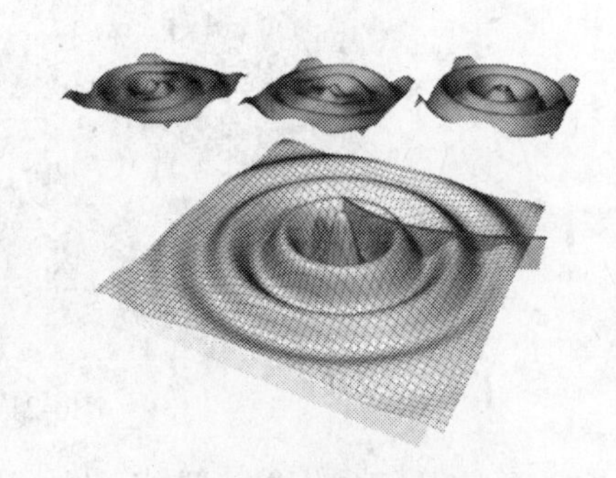

图6-24 涟漪效果

下面将通过一个平面的涟漪效果的创建来简单介绍一下该修改器的操作过程。

（1）依次单击 → → Plane 按钮，在顶视图中创建一个平面，并把它的长度分段和宽度分段分别设置成80，如图6-25所示。

（2）确定平面处于选择状态，然后进入到“Modify（修改）”面板中，单击修改器列表右侧的小按钮，从打开的修改器列表中选择“Ripple（涟漪）”修改器。这样就把修改器应用给了平面。

（3）在涟漪参数面板中，把涟漪的振幅1和振幅2的参数都设置成6，效果如图6-26所示。

下面介绍一下涟漪参数面板中的几个参数的作用，涟漪参数面板如图6-27所示。

· Amplitude 1（振幅1）：用于设置物体表面沿*X*轴生成振动的强度。

· Amplitude 2（振幅2）：用于设置物体表面沿*Y*轴生成振动的强度。

· Wave Lenght（波长）：用于设置每个涟漪的长度。

· Phase（相位）：用于设置涟漪变形的大小。

图6-25　创建出的平面

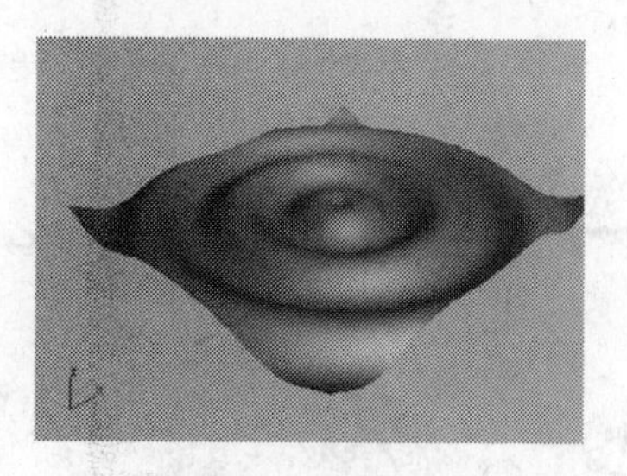

图6-26　涟漪效果

· Decay（衰退）：用于设置涟漪形状衰减的程度。

6.2.7　波纹修改器

Wave（波纹）修改器与涟漪修改器的功能基本相同，可以使物体表面产生同向波纹效果，从而模拟自然界中的一些波纹现象，比如河面，如图6-28所示。

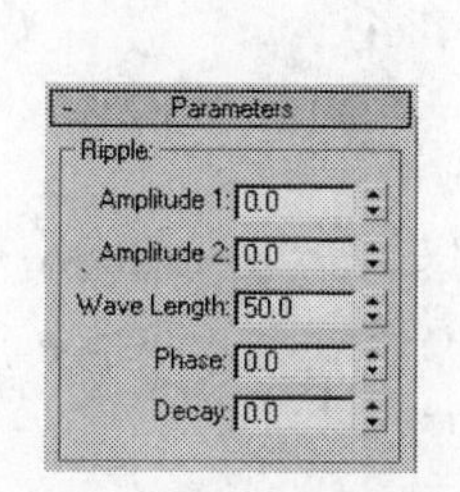

图6-27　涟漪的参数面板

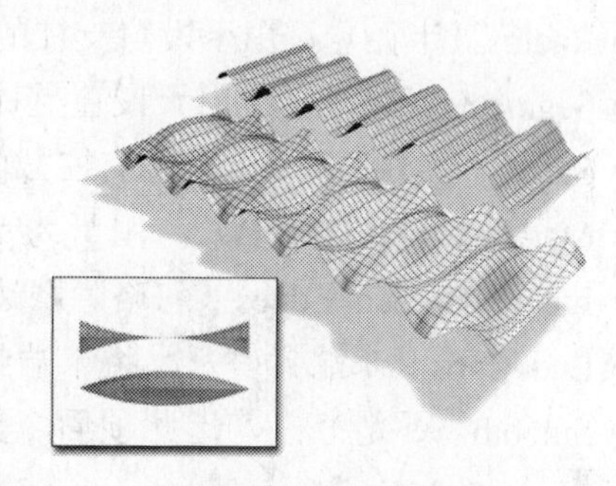

图6-28　波纹效果

该修改器的操作和参数面板中的参数与涟漪修改器的操作与参数面板基本相同，在此不再赘述。

6.2.8　晶格修改器

Lattice（晶格）修改器可以使网格物体变换为线框造型，或将交叉点转化为节点造型，如图6-29所示。一般用于制作建筑框架结构，可以指定给整个物体，也可以指定给选择的物体。

下面将通过一个框架的创建过程来介绍该修改器的使用方法。

（1）依次单击→→Cone按钮，在Top（顶）视图中创建一个圆锥体，然后在其“Parameters（参数）”面板中把它的高度分段的数量设置为4，如图6-30（左）所示。

（2）确定圆锥体处于选择状态，然后进入到“Modify（修改）”面板中，单击修改器列表右侧的小按钮，从打开的修改器列表中选择“Lattice（晶格）”修改器。这样就把修改器应用给了圆锥体。圆锥体也会变成如图6-30（右）所示的样子。

下面介绍晶格修改器的参数面板中的几个参数的作用，其参数面板如图6-31所示。

Geometry（几何体）：

· Apply to Entire Object（应用于整个对象）：勾选此项后，整个物体将呈现线框结构。它们下面有3个选项。

①Joints Only from Vertices（仅来自顶点的点）：勾选此项后，物体只显示节点的造型。

②Struts Only from Edges（仅来自边的支柱）：勾选此项后，物体只显示支柱的造型。

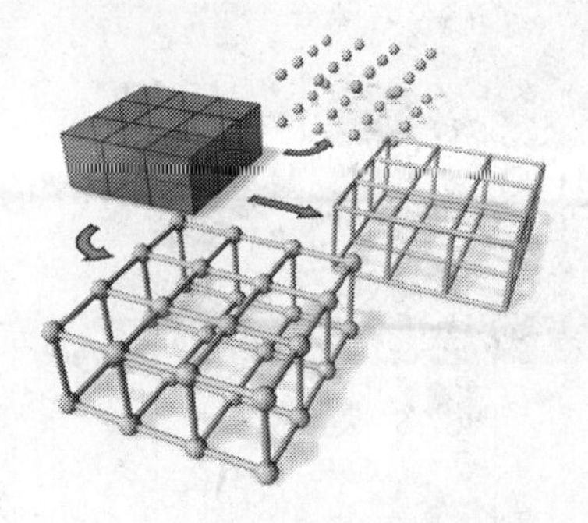
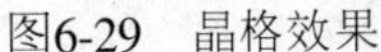

图6-29 晶格效果

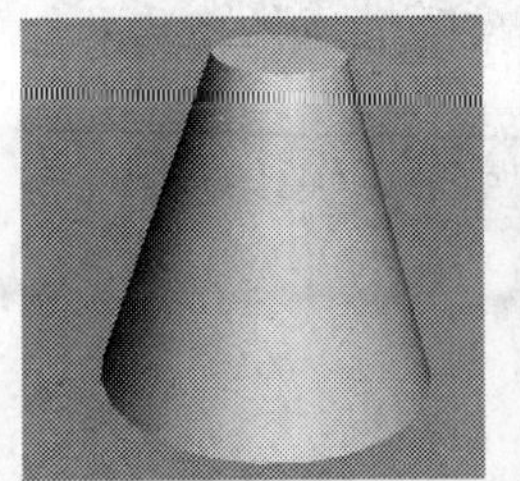
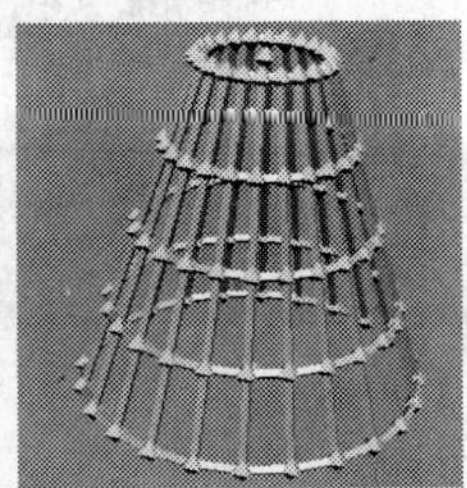

图6-30 创建出的圆锥体（左）及晶格效果（右）

③Both（二者）：勾选此项后，节点和支柱都显示出来。

Struts（支柱）：

在该区域的这些参数用于设置支柱的参数。

- Radius（半径）：用于设置支柱的大小。
- Segments（分段）：用于设置支柱的分段数。
- Sides（边数）：用于设置支柱截面的边数。
- Material ID（材质ID）：用于为支柱指定材质的ID号。
- Ignore Hidden Edges（忽略隐藏边）：勾选此项后，仅生成可视边的结构。
- End Caps（末端封口）：将末端封口应用于结构。
- Smooth（平滑）：勾选此项后，支柱产生光滑的圆柱效果。

Joints（节点）：

- 基本面类型：有3个基本面显示类型，其中的几个选项与支柱的参数功能相同。

Mapping Coordinates（贴图坐标）：

- None（无）：勾选此项后，不产生贴图坐标。
- Reuse Existing（重用现有坐标）：勾选此项后，使用物体本身的贴图坐标。
- New（新建）：勾选此项后，为节点和支柱指定新的贴图坐标。

6.2.9 FFD4×4×4修改器

FFD4×4×4修改器可以使物体进行整体圆滑变形，可以用于制作家装及建筑中的一些圆滑的效果，如图6-32所示。类似的修改器还有FFD2×2×2修改器和FFD3×3×3修改器，其作用是基本相同的。

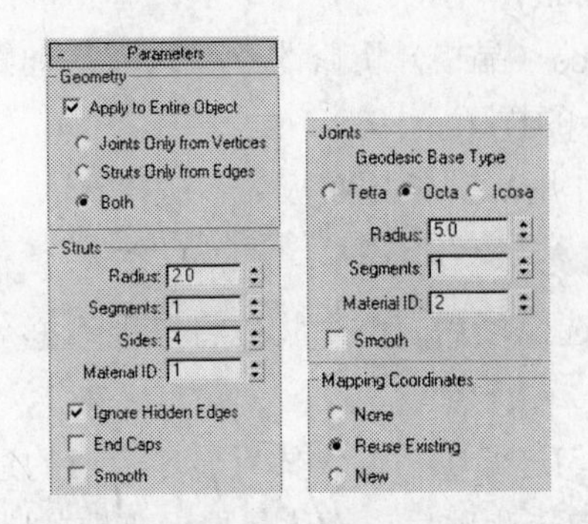

图6-31 参数面板

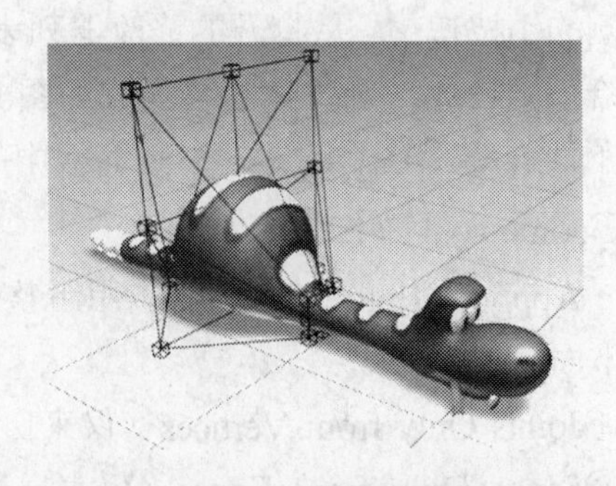

图6-32 FFD效果

下面将通过一个椅子垫的创建过程来介绍该修改器的操作方法，椅子垫就是使用FFD4×4×4修改器编辑而成的。

（1）在顶视图中创建一个切角长方体，然后在其“Parameters（参数）”面板中把它的长度分段、宽度分段和高度分段的数量设置为8，如图6-33所示。

（2）确定切角长方体处于选择状态，然后进入到“Modify（修改）”面板中，单击修改器列表右侧的小按钮，从打开的修改器列表中选择FFD4×4×4修改器。这样就把修改器应用给了切角长方体。

（3）在修改堆栈中单击FFD4×4×4左边的小“+”图标，可以展开它的次级对象：Control Points（控制点）、Lattice（晶格）和Set Volume（设置体积），如图6-34所示。

图6-33 椅子（左）及切角长方体（右）

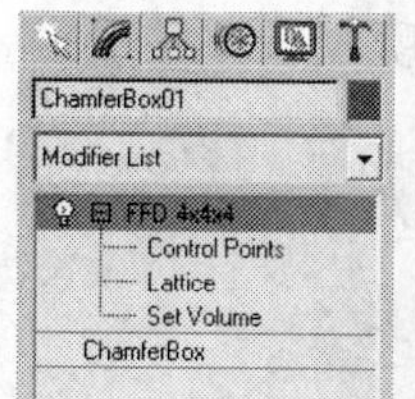

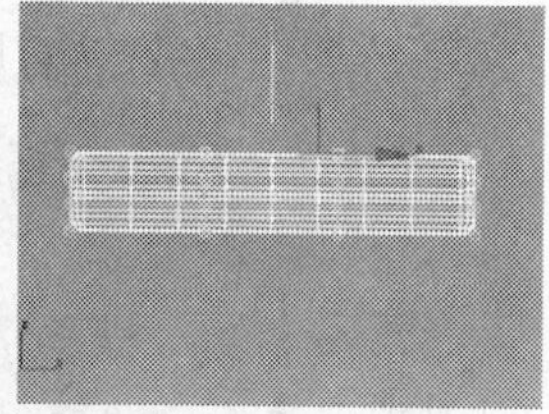

图6-34 次级对象

使用鼠标左键单击控制点，选中该项，此时在视图中将会显示出黄色的线框。然后使用“选择并移动”工具选中左侧顶部的黄色控制点，并向下拖动；再选中第二排上面的黄色控制点向上拖动；然后选中最右边上面的黄色控制点向下拖动，直到形状变成如图6-35所示的样子为止。

下面介绍一下参数面板中的几个参数的作用，其参数面板如图6-36所示。

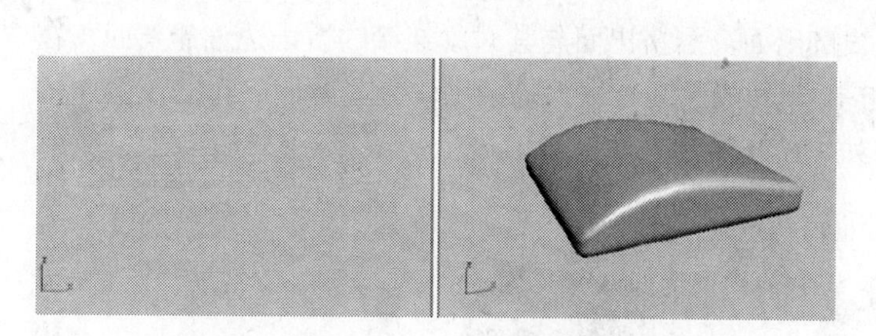

图6-35 应用FFD4×4×4修改器后的效果

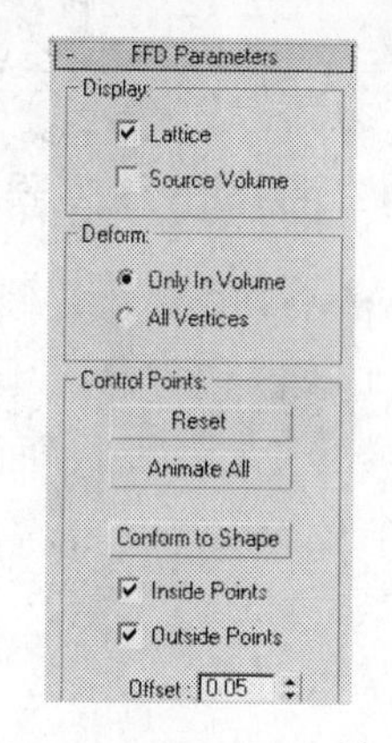

图6-36 FFD4×4×4修改器的参数面板

显示：

· Lattice（晶格）：勾选该项后，在控制点之间显示一条连接线，从而形成晶格框。

· Source Volume（源体积）：勾选该项后，将会显示出晶格框原来的形状。

变形：

· Only In Volume（仅在体内）：顶点显示在源体积的内部。

· All Vertices（所有顶点）：顶点可以显示在源体积内部，也可以显示在外部。

控制点：

· Reset（重置）：单击该按钮之后，所有的控制点将返回到它们初始的位置。

· Animate All（全部动画化）：单击该按钮之后，就可以在轨迹视图中显示出所有的控制点。

· Conform to Shape（与图形一致）：单击该按钮之后，将把所有的控制点移动到与修改物体相交叉的区域，并在物体中心和控制点的原始位置之间显示出一条直线。

· Inside Points（内部点）：与图形一致，只对物体内部的点起作用。

· Outside Points（外部点）：与图形一致，只对物体外部的点起作用。

· Offset（偏移）：与图形一致，起作用的点将偏离于物体表面。

通过设置不同的参数，我们可以制作出一些特定的模型效果，比如沙发垫、靠背、座椅上的垫子部分，如图6-37所示。

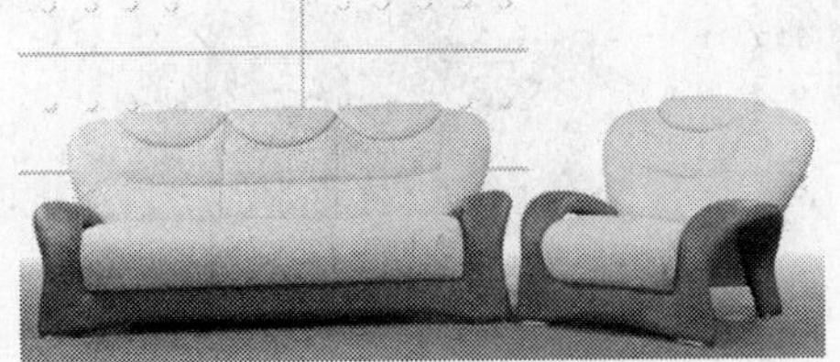

图6-37 使用FFD4×4×4修改器制作的沙发垫和椅子垫效果

这些修改器只对标准基本体和扩展基本体起作用，在后面的内容中，将介绍对二维图形起作用的修改器。

FFD2×2×2修改器和FFD3×3×3修改器的使用与FFD4×4×4修改器的使用基本上是相同的，读者可以自己进行练习使用，这里不再赘述。

6.2.10 面挤出修改器

Extrude（面挤出）修改器沿其法线挤出面，沿挤出面与其对象连接的挤出边创建新面。在面挤出修改器和可编辑网格中的“面挤出”功能之间有很大的区别，尤其是面挤出修改器中的所有参数可设置动画。面挤出的效果如图6-38所示。

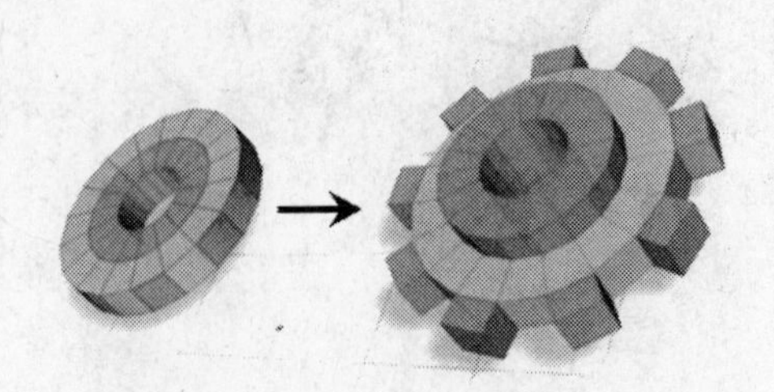

图6-38 面挤出的效果

6.3 二维造型修改器

在前面的内容中，我们介绍了二维图形的创建方法。在这一部分内容中，将介绍一些二维图形修改器，使用这些修改器可以创建出非常复杂的模型，因此，应该着重阅读这部分的内容。

6.3.1 挤出修改器

挤出修改器可以将我们绘制出的二维图形沿指定的轴向进行挤出造型，并使二维图形产生厚度，从而创建出一些复杂的三维模型，如图6-39所示。

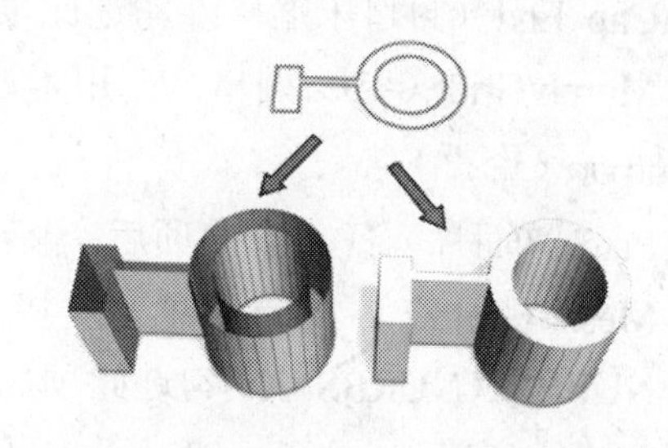

图6-39 挤出的模型效果

下面将通过一个齿轮的创建过程来介绍该修改器的操作过程。

（1）使用二维图形创建工具在顶视图中绘制一个齿轮的外型，如图6-40（左）所示。

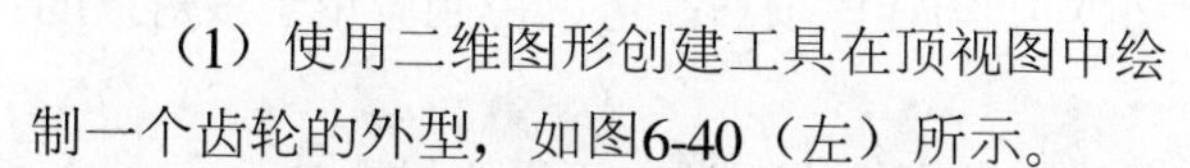

（2）确定二维图形处于选择状态，然后进入到“Modify（修改）”面板中，单击修改器列表右侧的小按钮▾，从打开的修改器列表中选择“Extrude（挤出）”修改器。这样就把修改器应用给了二维图形。

（3）在其参数面板中，将数量的值设置为60，二维图形就会变成如图6-40（右）所示的样子。

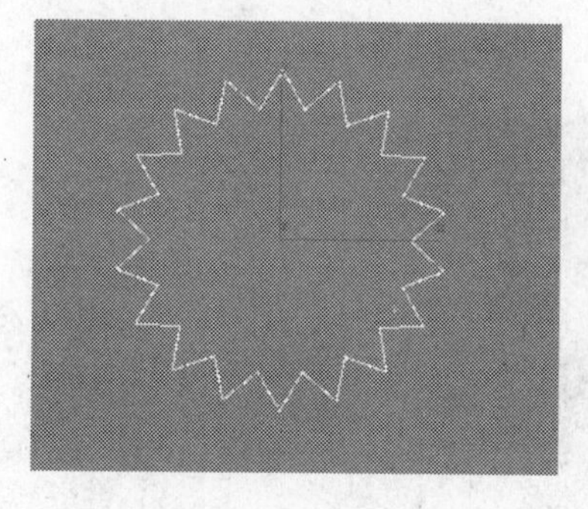
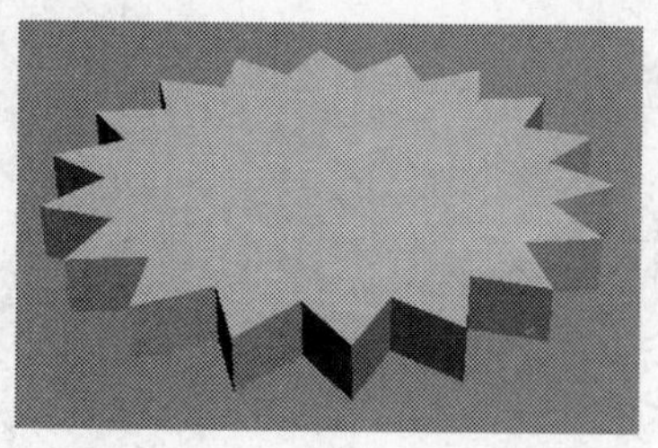

图6-40 绘制出齿轮的外型（左）及挤出效果（右）

提示 读者可以通过使用布尔运算的方式来制作出齿轮中间的圆孔效果，如图6-41所示。

图6-41 圆孔效果（右图）

下面介绍一下挤出参数面板中的几个参数，其参数面板如图6-42所示。

· Amount（数量）：设置二维图形挤出的数量。

· Segments（分段）：设置挤出形状的分段数。

Capping（封口）：

· Cap Start（封口始端）：勾选此项后，在挤出物体的开始端封口。

· Cap End（封口末端）：勾选此项后，在挤出物体的末端封口。

· Morph/Grid（变形/栅格）：用于设置封口面的类型。

Output（输出）：

· Patch（面片）：勾选此项后，将生成一个可以塌陷为面片物体的物体。

· Mesh（网格）：勾选此项后，将生成一个可以塌陷为网格物体的物体。

· NURBS（NURBS）：勾选此项后，将生成一个可以塌陷为NURBS面的物体。

· Generate Mapping Coords（生成贴图坐标）：为挤出物体创建一个贴图坐标。

· Real-World Map Size（真实世界贴图大小）：勾选该项后，可以控制应用于该对象的纹理贴图材质所使用的缩放方法。

· Generate Material IDs（生成材质 ID）：为挤出物体的面指定不同的材质ID号。

· Use Shape IDs（使用图形 ID）：将使用赋予给挤出物体分段面的材质ID值。

· Smooth（平滑）：勾选此项后，挤出的物体将产生光滑的效果。

6.3.2 车削修改器

Lathe（车削）修改器可以将我们绘制出的二维图形沿指定的轴向进行造型，并使二维图形产生厚度，从而创建出一些复杂的三维模型，如图6-43所示。

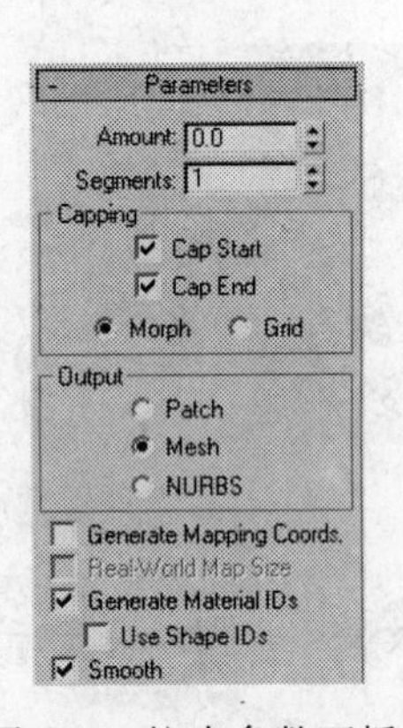

图6-42 挤出参数面板

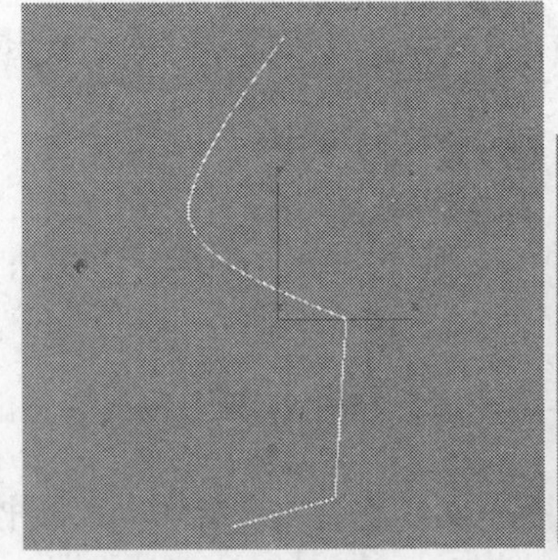

图6-43 车削的轮廓和模型效果

下面，我将通过一个酒杯的创建过程来介绍该修改器的操作过程：

（1）使用二维图形创建工具在顶视图中绘制一个葫芦的外型，如图6-44（左）所示。

（2）确定二维图形处于选择状态，然后进入到"Modify（修改）"面板中，单击修改器列表右侧的小按钮，从打开的修改器列表中选择"Lathe（车削）"修改器。这样就把修改器应用给了二维图形。

（3）但是，这样生成的模型虽类似葫芦，但不是葫芦，所以还要在其参数面板中单击最大按钮，然后二维图形就会变成如图6-44（右图）所示的葫芦造型。

下面介绍一下车削参数面板中的几个参数，其参数面板如图6-45所示。

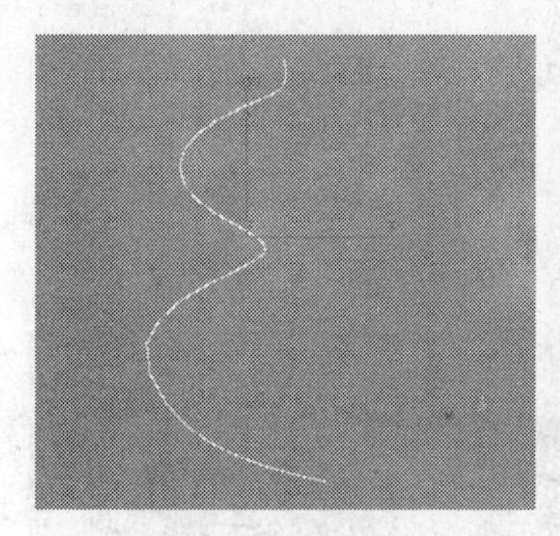

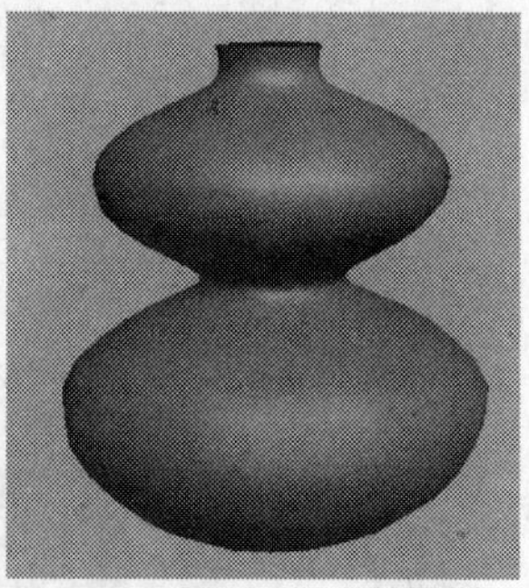

图6-44 绘制出葫芦的外型（左）及车削效果（右）

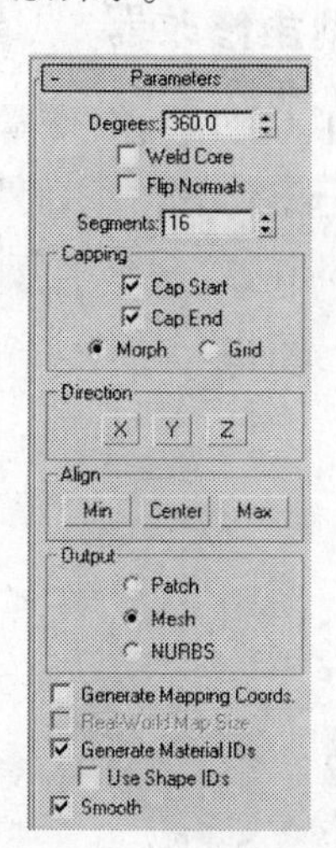

图6-45 车削参数面板

· Degrees（度数）：设置二维图形旋转的角度。

· Weld Core（焊接内核）：将轴心重合的顶点合并为一个顶点。

· Flip Normals（翻转法线）：将模型表面的法线翻转180°。当车削形成的模型看不到表面或者是在赋予材质后看不见时，就可能是把法线的方向弄错了。

· Segments（分段）：用于设置车削模型侧表面的分段数。

封口：

· Cap Start（封口始端）：勾选此项后，在车削物体的开始端封口。

· Cap End（封口末端）：勾选此项后，在车削物体的末端封口。

· Morph/Grid（变形/栅格）：用于设置封口面的类型。

方向：

· X/Y/Z：用于设置二维图形旋转的轴向。

对齐：

· Min（最小）：使二维图形的内边界与旋转轴向对齐。

· Center（中心）：使二维图形的中心与旋转轴向对齐。

· Max（最大）：使二维图形的外边界与旋转轴向对齐。

输出：

· Patch（面片）：勾选此项后，将生成一个面片物体。

· Mesh（网格）：勾选此项后，将生成一个网格物体。

· NURBS（NURBS）：勾选此项后，将生成一个NURBS面物体。

· Generate Mapping Coords（生成贴图坐标）：为车削物体创建一个贴图坐标。

· Generate Material IDs（生成材质ID）：为车削物体的面指定不同的材质ID号。

· Use Shape IDs（使用图形ID）：将使用赋予给车削物体分段面的材质ID值。

· Smooth（平滑）：勾选此项后，车削的物体将产生光滑的效果。

6.3.3 倒角修改器

Bevel（倒角）修改器可以在将我们绘制出的二维图形拉伸成三维造型后，在边界或者边角处产生圆形倒角，一般用来制作带有倒角的立体文字或者建筑，如图6-46所示。

下面将通过一个字幕的创建过程来介绍该修改器的使用方法。

（1）使用二维图形中的 Text （文本）工具在顶视图中绘制“新闻联播”4个字，如图6-47所示。

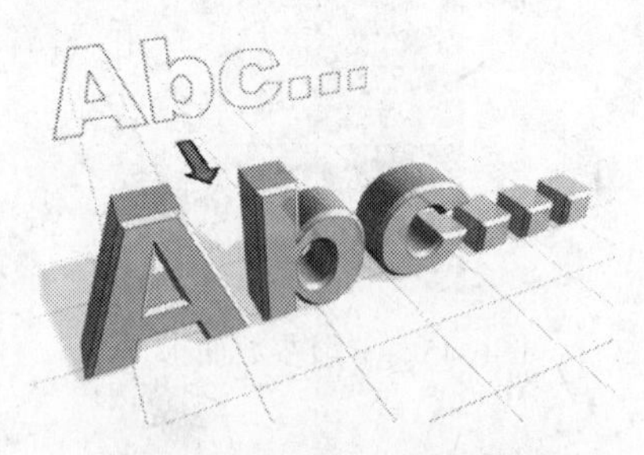

图6-46 倒角的模型效果

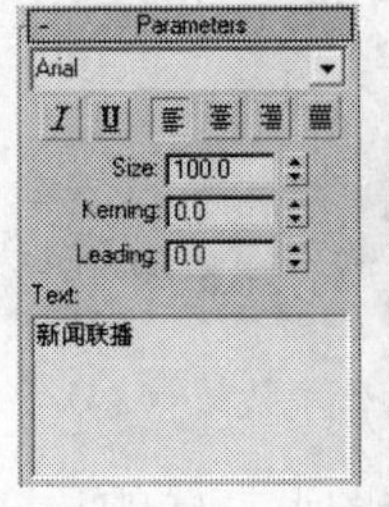

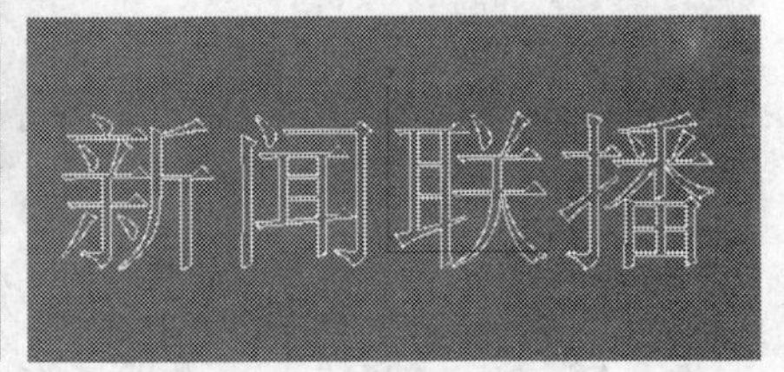

图6-47 文字效果

（2）确定二维图形处于选择状态，然后进入到“Modify（修改）”面板中，单击修改器列表右侧的小按钮▾，从打开的修改器列表中选择“Bevel（倒角）”修改器。这样就把修改器应用给了二维图形。

（3）现在还不能生成带有倒角的模型，还需要设置倒角的参数值。只有在其参数面板中设置倒角参数，才能生成带有倒角的模型，如图6-48所示。

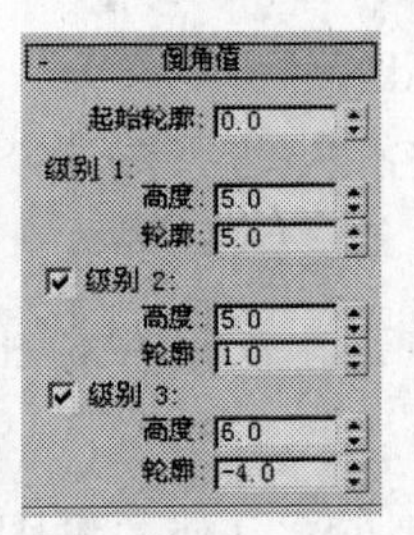

图6-48 倒角效果（左）及设置的倒角参数 （右）

下面介绍一下倒角参数面板中的几个参数，其参数面板如图6-49所示。

图6-49 倒角参数面板

Capping（封口）：

· Start（始端）：勾选此项后，在倒角物体的开始端封口。

· End（末端）：勾选此项后，在倒角物体的末端封口。

Cap Type（封口类型）：

· Morph（变形）：创建的封口面与造型相匹配。

· Grid（栅格）：创建的封口面是栅格样式的。

Surface（曲面）：

· Linear Sides（线形侧面）：勾选此项后，生成的倒角以直线方式进行插补。

· Curved Sides（曲线侧面）：勾选此项后，生成的倒角以贝塞尔曲线方式进行插补。

· Segments（分段）：用于设置倒角表面的分段数。

· Smooth Across Levels（级间平滑）：勾选此项后，将对倒角进行平滑，但保持封口面不被处理。

· Generate Mapping Coords（生成贴图坐标）：勾选此项后，为倒角物体创建一个贴图坐标。

· Keep Lines From Crossing（避免线相交）：勾选此项后，可以避免产生的倒角带有折角，也就是不会使倒角变形。

·（分离）：用于设置两个边之间的距离。

Bevel Values（倒角值）：

· Start Outline（起始轮廓）：用于设置原始二维图形的轮廓大小。

· Height（高度）：用于设置倒角的高度，分3个层级。

· Outline（轮廓）：用于设置倒角的轮廓大小，也分3个层级。

一般使用参数面板中的默认设置选项即可。

6.4 其他修改器简介

在前面的内容中，我们介绍在3ds Max 2009中的一些比较常用的修改器，而有些修改器则很少使用到。在视图中创建好物体后，选定该物体，然后在"Modify（修改）"面板中单击"修改器列表"右面的小三角按钮将会打开基本体的修改器列表，如图6-50所示。

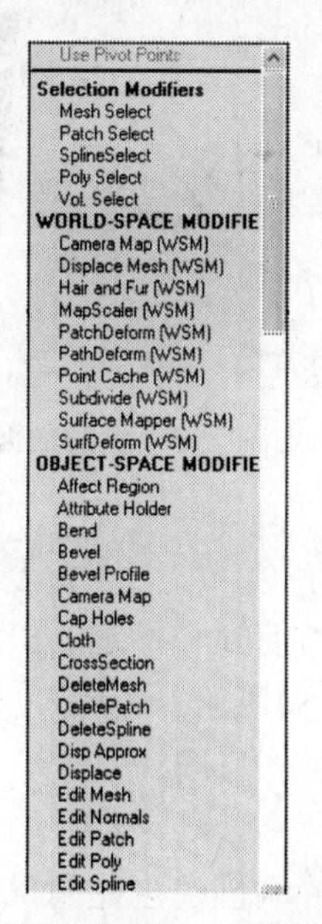

图6-50 基本体的修改器列表

另外，根据在场景中创建的物体类型不同，在修改器列表中列出的修改器类型也不同。比如当我们在场景中创建一个长方体的基本体后，二维图形的修改器就不会显示出来，比如倒角剖面修改器就不会显示在修改器列表中。由于本书篇幅有限，在本章后面的内容中，我们将简要地介绍另一部分不常使用的修改器。它们的操作与前面介绍的修改器基本相同。

6.4.1 贴图缩放器修改器

Map Scaler（贴图缩放器）修改器可以在保持贴图纹理不变的情况下调整模型的大小。也就是说，可以在改变模型大小的时候，保持纹理图案不发生改变，如图6-51所示。

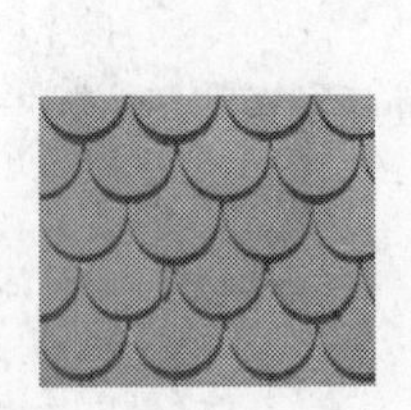
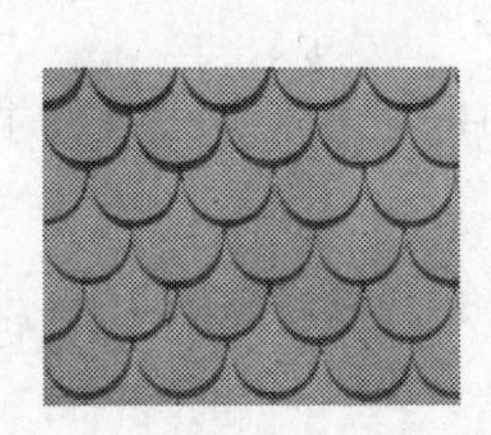

图6-51 贴图缩放器修改器示例

6.4.2 路径变形修改器

Path Deform（路径变形）修改器可以使物体基于作为路径的样条曲线或者NURBS曲线进行变形，如图6-52所示。

6.4.3 倒角剖面修改器

在为二维图形应用了Bevel Profile（倒角剖面）修改器后，在其参数面板中单击“Pick Profile（拾取剖面）”按钮，再到视图中单击另外一个作为挤出路径的图形，会生成一个三维物体，如图6-53所示。

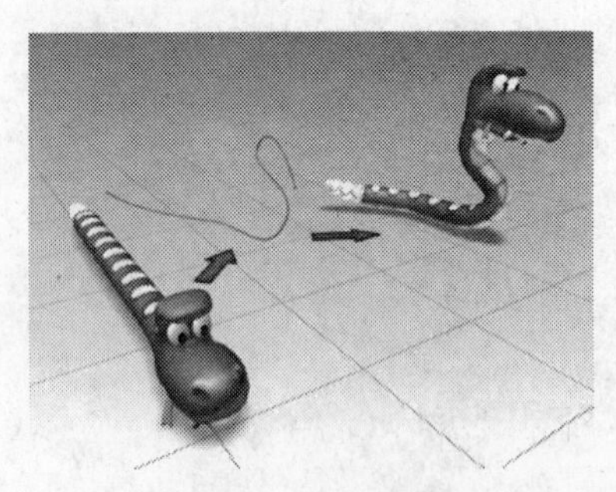

图6-52 路径变形修改器应用效果

图6-53 倒角剖面修改器效果

6.4.4 摄影机贴图修改器

使用Camera Map（摄影机贴图）修改器可以根据当前帧和指定的摄影机为物体赋予一个贴图坐标，从而可以改变物体的贴图纹理，效果如图6-54所示。

6.4.5 补洞修改器

使用Cap Holes（补洞）修改器可以在网格物体上的洞创建创建封口面，这些洞是由一些封闭的边形成的，应用效果如图6-55所示。

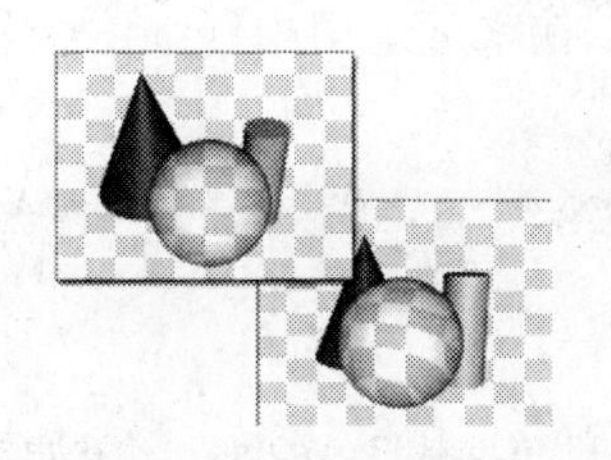

图6-54 摄影机贴图修改器应用效果

图6-55 使用补洞修改器使蛋糕看起来更加真实

6.4.6 删除网格修改器

使用DeleteMesh（删除网格）修改器可以根据当前的次级物体选择删除物体的一部分表面，比如我们在杯子模型的表面上删除一部分，以便把把柄连接到杯体上。该修改器的应用效果如图6-56所示。

6.4.7 替换修改器

Displace（替换）修改器的作用就像一个力场，可以使物体的形状发生改变，从而生成一些自然的表面，比如地形或者流体等，使用该修改器生成的造型如图6-57所示。

图6-56 删除网格修改器应用效果

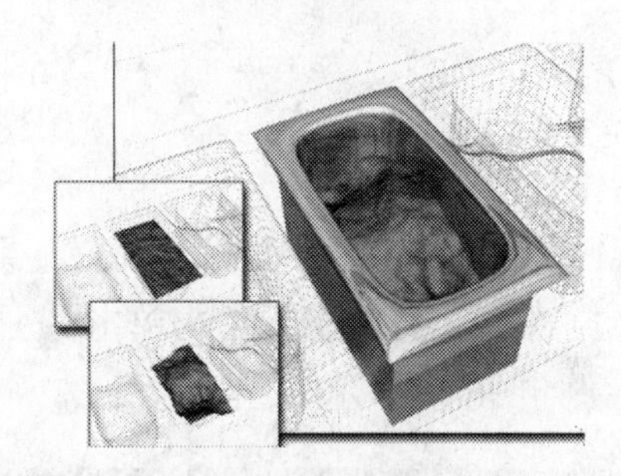

图6-57 使用替换修改器生成的造型

6.4.8 圆角/切角修改器

使用Fillet/Chamfer（圆角/切角）修改器可以使我们绘制图形的尖角圆化，并添加新的控制点，如图6-58所示。

6.4.9 材质修改器

Material（材质）修改器可用于改变物体的材质分配，也可以为之设置动画，其作用如图6-59所示。

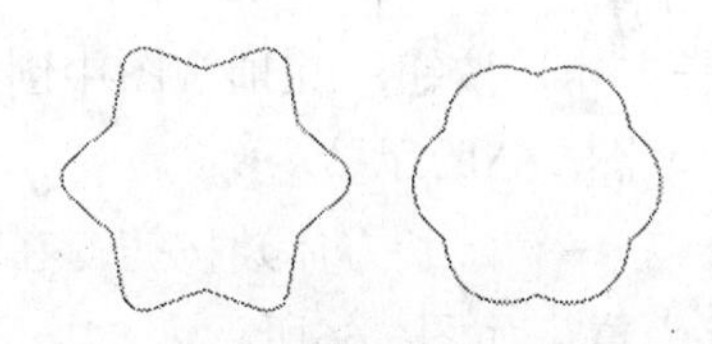

图6-58 令图形的尖角圆化

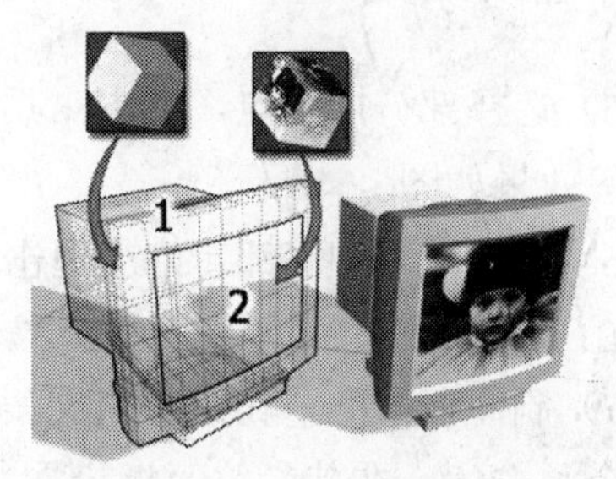

图6-59 指定不同的材质

另外，有一些修改器的功能与我们介绍的修改器是类似的，还有些修改器就包含在其他的工具中。由于篇幅所限，这些修改器就不介绍了。大家可以在实际运用中仔细体会各种修改器的用法。

6.5 实例：柜子

在该实例中，我们将制作一个柜子的模型。其中主要练习“挤出”修改器、“编辑样条线”修改器、“编辑网格”修改器和“FFD4×4×4”修改器的使用，同时巩固前面学过的建模工具。柜子的最终效果如图6-60所示。

图6-60 柜子的效果

制作过程

（1）选择“文件→重置”命令，重新设置系统。

（2）制作柜体部分。依次单击 → → Line （线）按钮，在顶视图中绘制柜体的二维线形图，效果如图6-61所示。

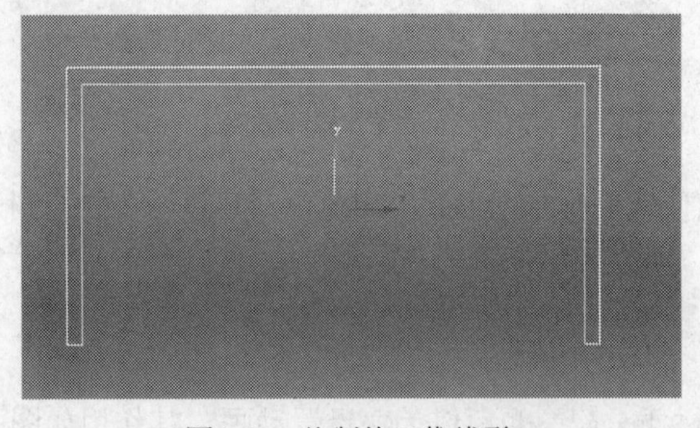

图6-61 绘制的二维线形

（3）选中绘制的二维线形，在修改面板中打开修改器列表。选择“Extrude（挤出）”修改器，对线形进行挤出。并在参数面板中设置挤出的参数，如图6-62所示。

（4）选中挤出的矩形，在修改面板中，进入修改器列表，选择“FFD4×4×4”修改器，在修改器堆栈中单击FFD4×4×4左边的 图标，展开FFD4×4×4修改器的子级对象，使用鼠标左键单击“Control Points（控制点）”，如图6-63所示。

（5）选择部分控制点，单击工具栏中的“选择并均匀缩放”工具 ，将其均匀缩小到适当位置，效果如图6-64所示。

（6）制作柜子的底部。依次单击 → → Box （长方体）按钮，在顶视图中创建一个长方体，在其参数面板中设置它的参数，并调整其位置，如图6-65所示。

（7）制作柜子抽屉和柜门的支架。依次单击 → → Box （长方体）按钮，在前视图中创建一个长方体，在其参数面板设置其参数，并调整其位置，如图6-66所示。

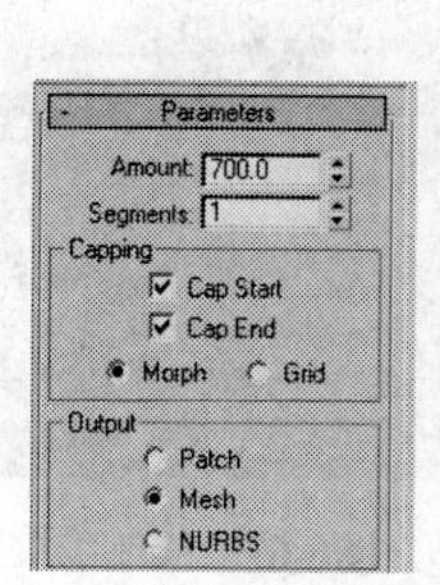

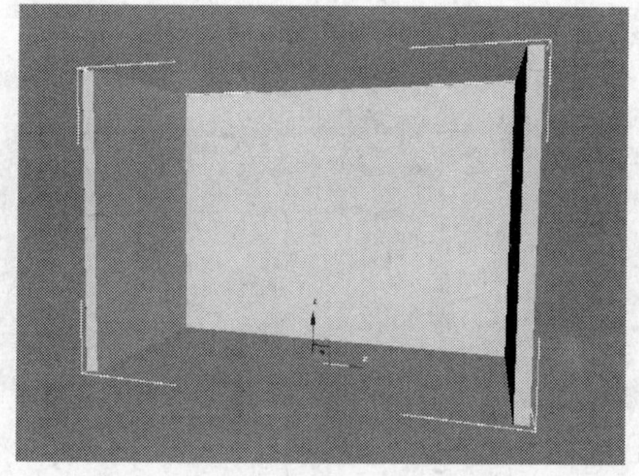

图6-62　挤出面板和挤出的矩形

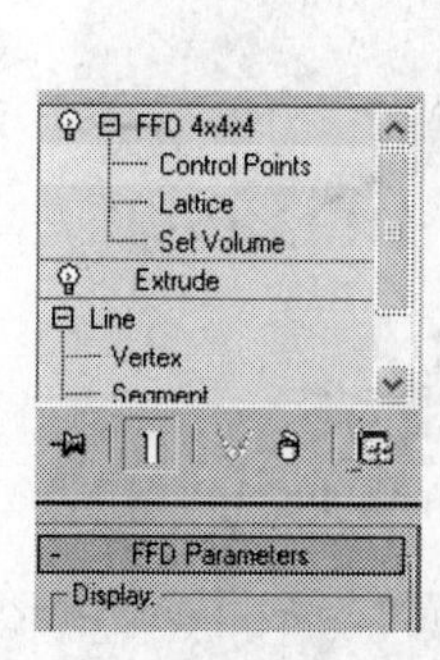

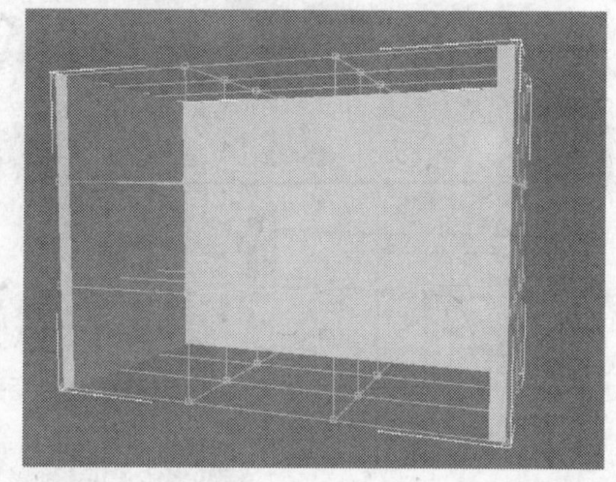

图6-63　子级对象

图6-64　修改后的效果

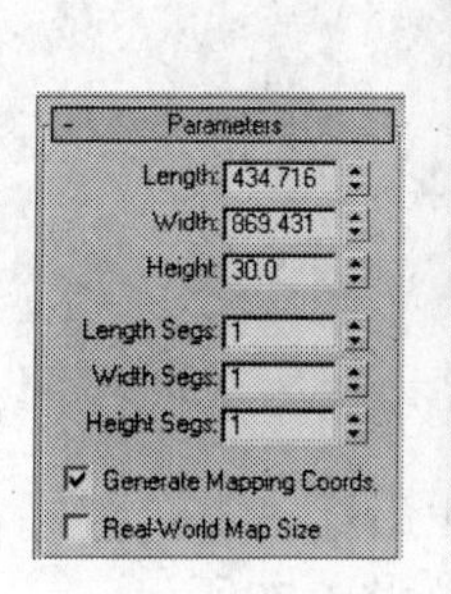

图6-65　参数面板和长方体调整的位置

（8）依次单击→→Line（线）按钮，在前视图中绘制支架的二维线形图，效果如图6-67所示。

（9）选中绘制的图形，在修改面板中，打开修改器列表，选择“Extrude（挤出）”修改器，对线形进行挤出。然后在参数面板中设置挤出的参数，并调整图形位置，如图6-68所示。

（10）选中挤出的长方体，按住键盘上的Shift键复制一个相同的长方体。单击工具栏中的“选择并均匀缩放”工具，在前视图中均匀缩小到适当位置，效果如图6-69所示。

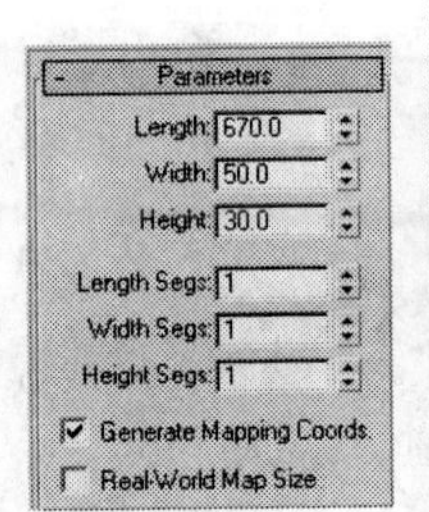

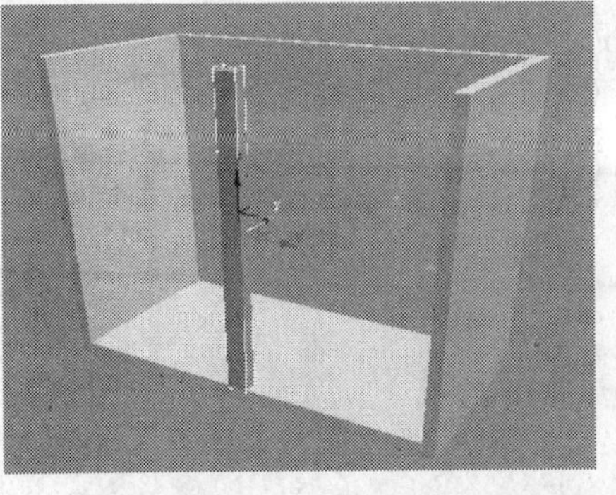

图6-66 参数面板和调整后的效果

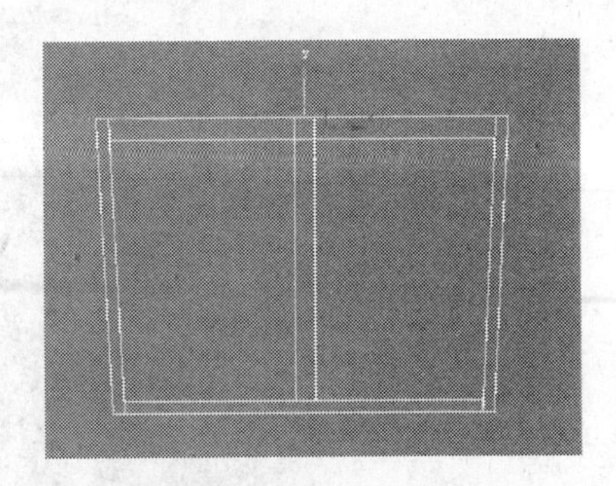

图6-67 绘制的二维线形图

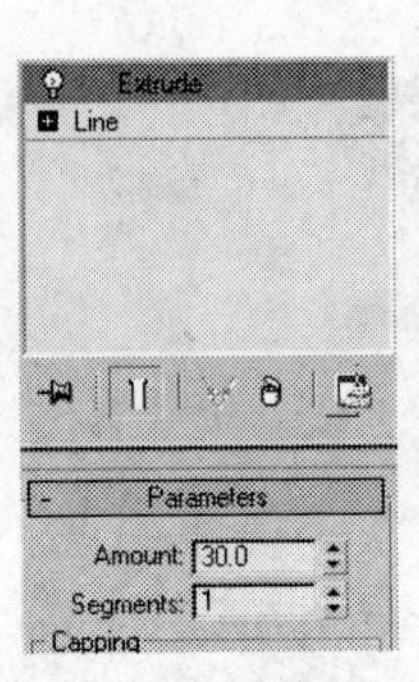

图6-68 参数面板和调整位置后的效果

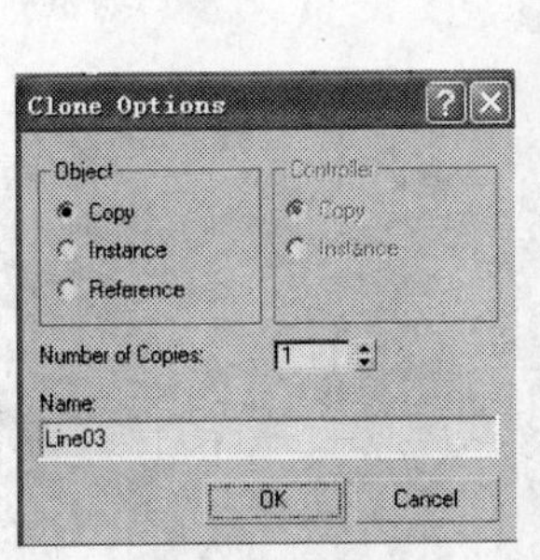

图6-69 复制面板和缩放调整后的效果

（11）制作柜子的抽屉面。依次单击 → → Box （长方体）按钮，在前视图中创建一个长方体，在参数面板中设置其参数，如图6-70所示。

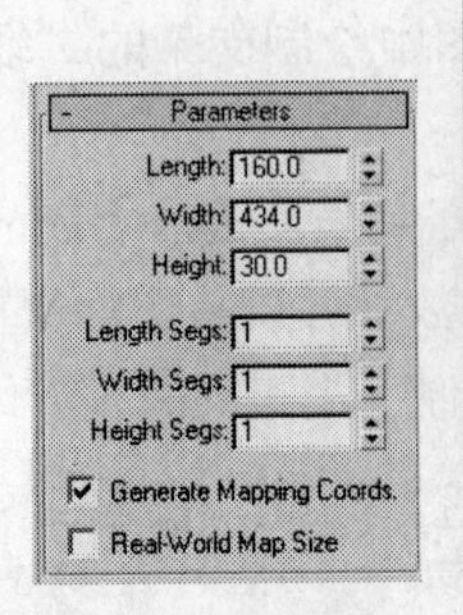

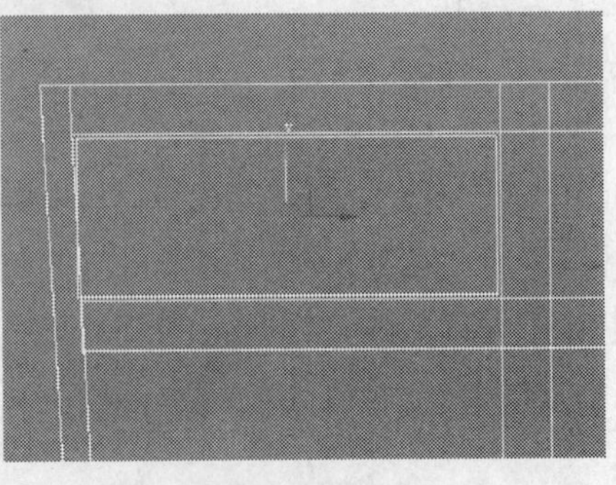

图6-70 创建的长方体和参数面板

（12）选中创建出的长方体，右击该选择对象，打开一个四元菜单，在“变换”区域中选择“转换为→转换为可编辑网格”命令。在修改堆栈中单击“可编辑网格”左侧的，展开它的次级对象后单击“Vertex（顶点）”选项，或者是直接单击“Selection（选择）”面板的图标，选择相应的点，调整点的位置，效果如图6-71所示。

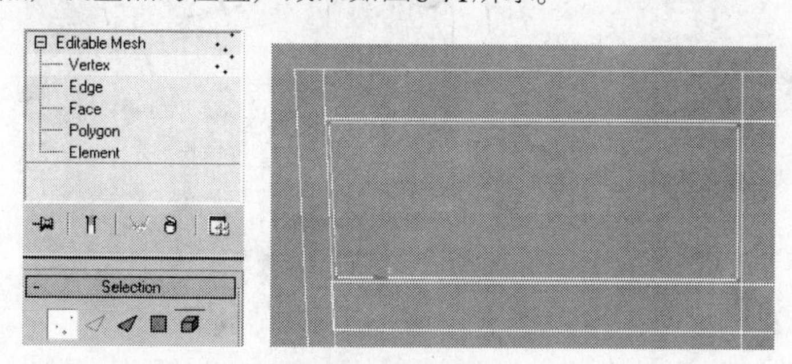

图6-71　调整后的效果

（13）制作柜子的柜门。依次单击→→Box（长方体）按钮，在前视图中创建一个长方体，在其参数面板中设置它的参数，并调整其位置，如图6-72所示。

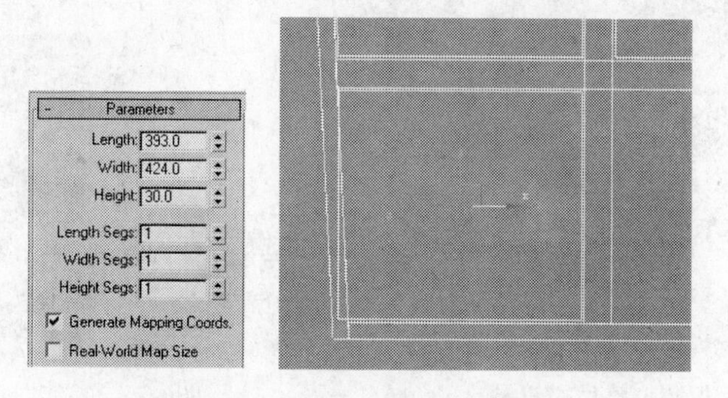

图6-72　参数面板和创建的长方体

（14）柜门的制作方式与抽屉的制作方式相同，效果如图6-73所示。

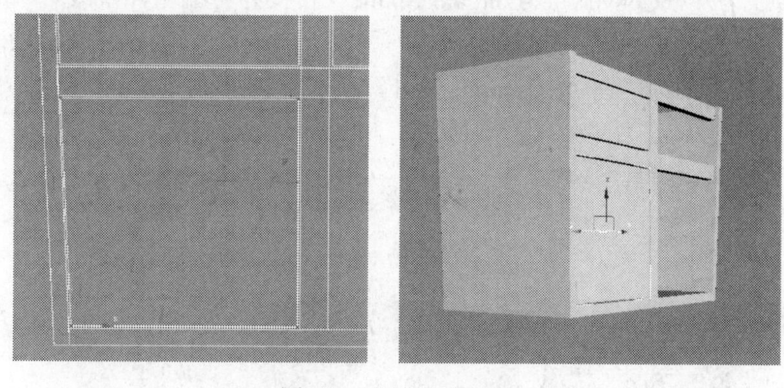

图6-73　调整后的效果

（15）选中调整后的两个长方体，单击工具栏中的“Mirror（镜像）”工具，复制一个相同的长方体，并调整其位置，如图6-74所示。

（16）制作柜子腿部分。依次单击→→Box（长方体）按钮，在顶视图中创建一个长方体。在其参数面板中设置它的参数，并调整其位置。如图6-75所示。

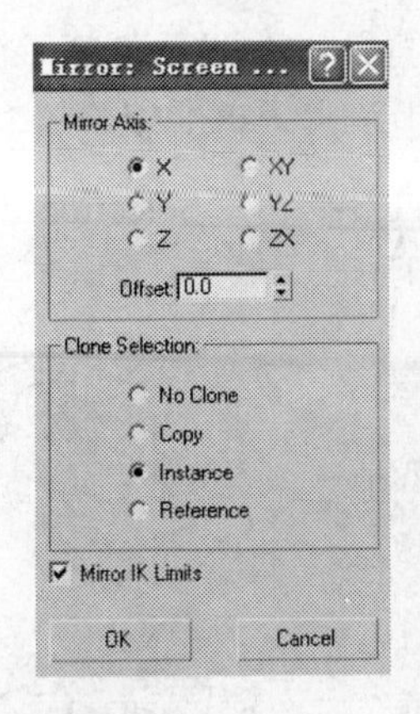

图6-74 “Mirror（镜像）”对话框和调整后的效果

（17）制作柜子腿部的装饰栏。依次单击→→Rectangle（矩形）按钮，在前视图中绘制一个矩形，在参数面板调整其参数，如图6-76所示。

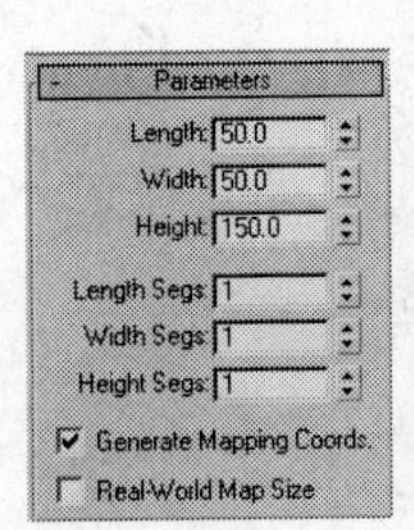

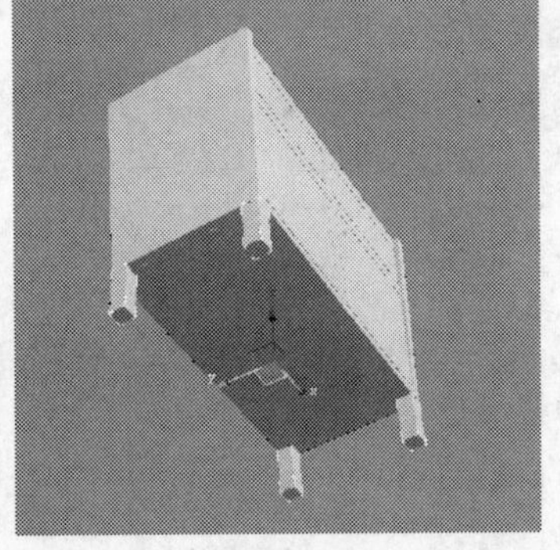

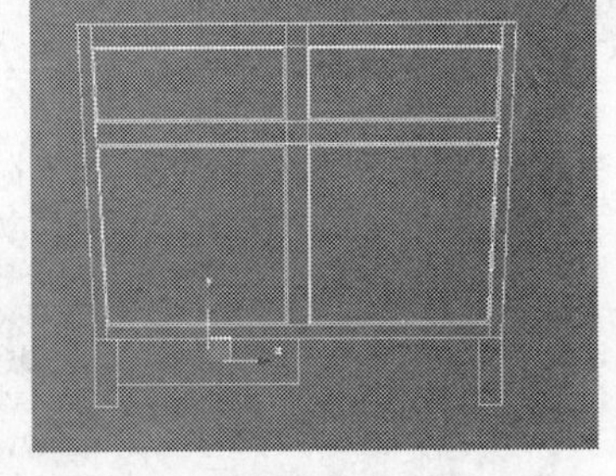

图6-75 参数面板和调整后的效果　　图6-76 参数面板和绘制的矩形

（18）选中绘制的矩形，右击该选择对象，打开一个四元菜单，在“变换”区域中选择“Convert to（转换为）→Convert to Editbale Spline（转换为可编辑样条线）”命令。在修改器中单击“Line”左侧的，展开它的次级对象后单击“Vertex（顶点）”选项，或者是直接单击“选择”面板的图标，在“Selection（选择）”面板中找到Refine（优化）命令，附加几个点，调整点的位置，效果如图6-77所示。

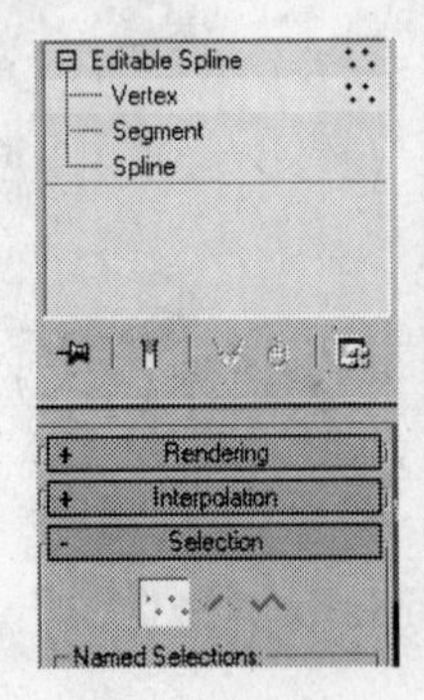

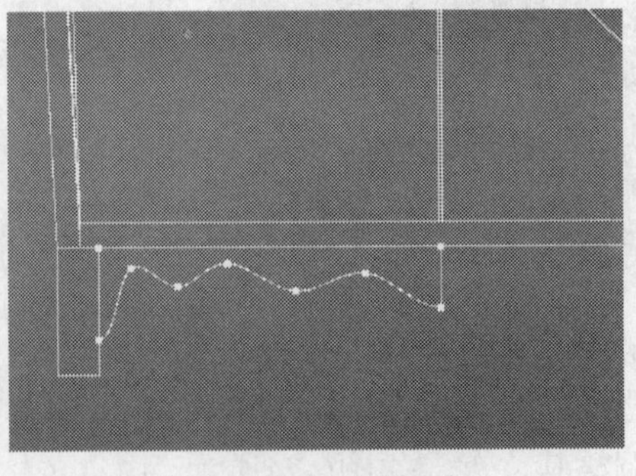

图6-77 “顶点”面板和点调整后的效果

以上效果也可以用“线”工具直接绘制。

（19）选中调整后的矩形，在修改面板中，打开修改器列表，选择“挤出”修改器，对线形进行挤出，在参数面板中设置“数量”为30，单击工具栏中的“Mirror（镜像）”工具，以“Instance（实例）”方式复制一个相同的矩形，并调整其位置，如图6-78所示。

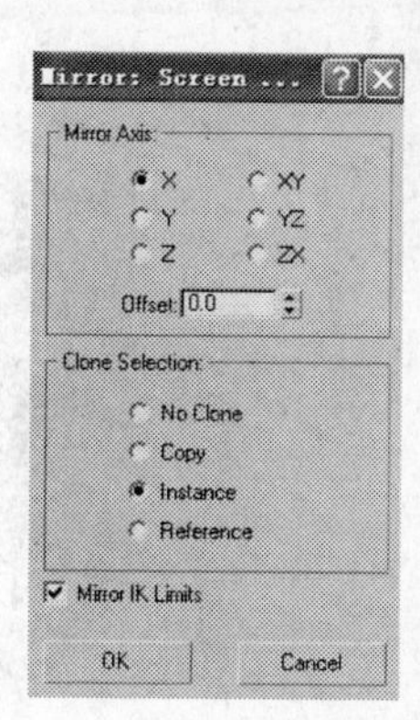

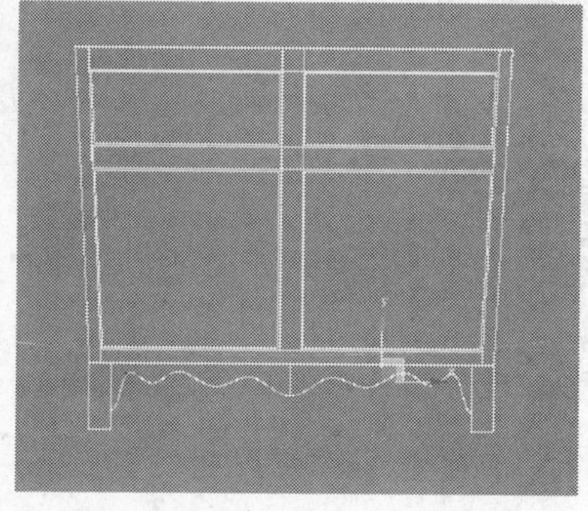

图6-78　参数设置及调整后的效果

（20）制作柜子的柜面。单击按钮，在标准基本体下拉列表中选择“Extended Primitives（扩展基本体）”，在打开的对话框中单击ChamferBox（切角长方体）按钮，在顶视图中创建出一个切角长方体，并在其参数面板中设置其参数，如图6-79所示。

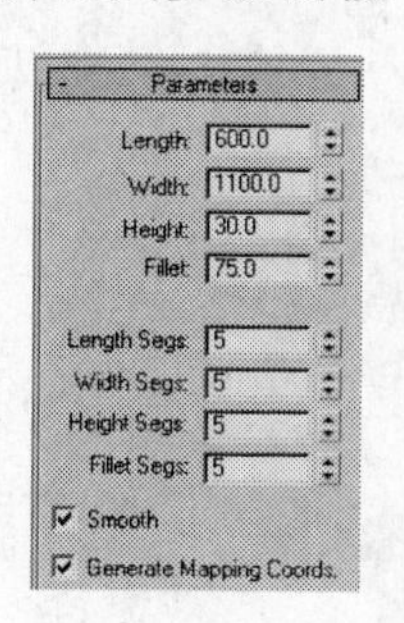

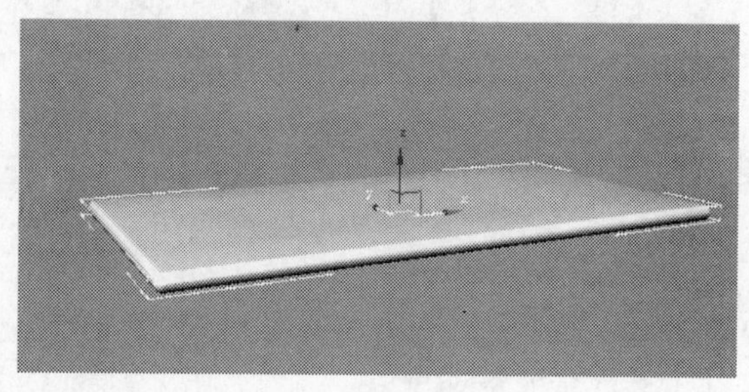

图6-79　创建出的切角长方体和参数面板

（21）制作柜子的拉手。依次单击→→Line（线）按钮，在前视图中绘制一个二维线形，如图6-80所示。

（22）选中绘制的二维线形，在修改面板中，打开修改器列表，选择“Lathe（车削）”修改器，对所绘制的线性进行车削，并在参数面板中单击Max（最大）按钮。效果如图6-81所示。

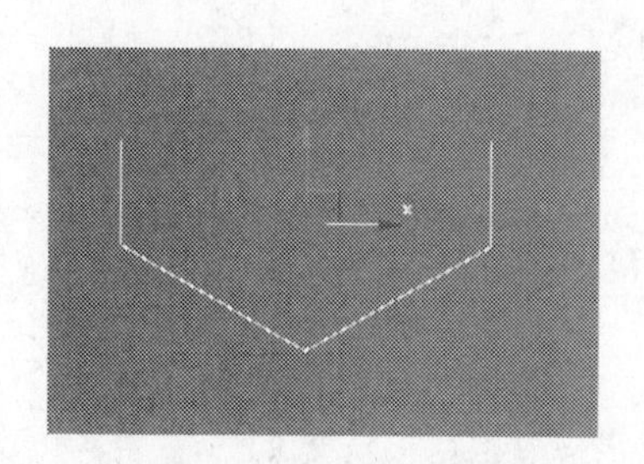

图6-80　绘制的二维线形

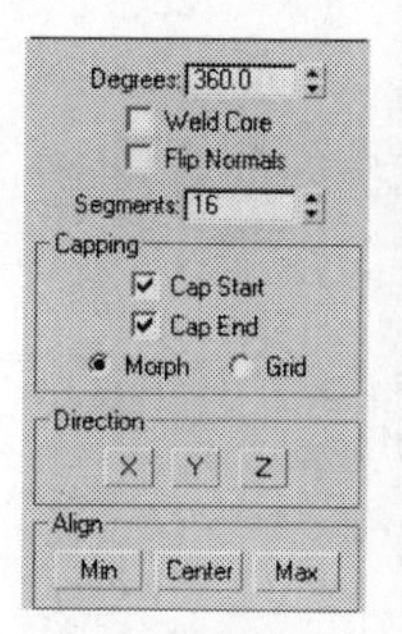

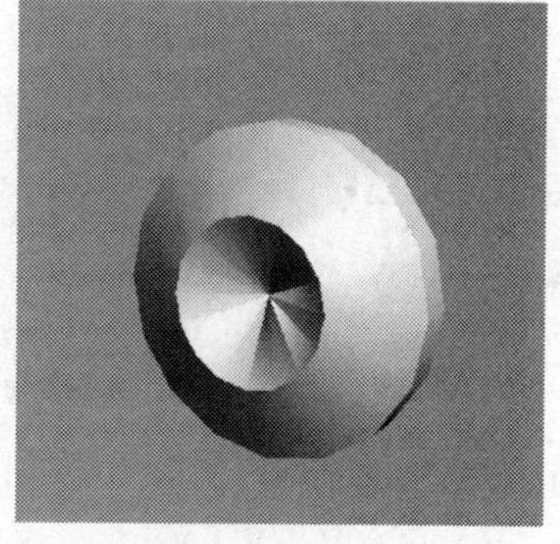

图6-81　参数面板和修改后的效果

（23）选中制作出的柜子拉手，单击工具栏中的“选择并均匀缩放”工具，调整到适当大小。并以“实例”的方式复制三个相同的物体，调整其位置。效果如图6-82所示。

（24）设置好柜子的材质，单击按钮将材质分别赋予相应的物体，然后按键盘上的F9键渲染透视图。最终效果如图6-83所示。

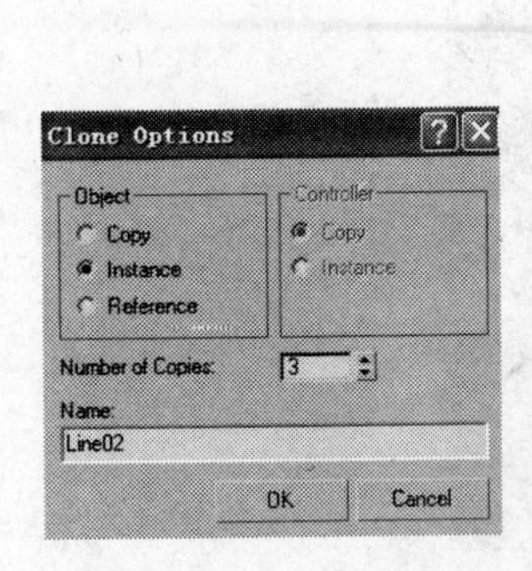

图6-82 参数面板和调整后的物体效果

图6-83 柜子的最终效果

在本章中，介绍了有关修改器方面的内容。在下一章的内容中，我们将介绍有关在3ds Max 2009中使用曲面进行建模的内容，使用曲面也可以制作非常复杂的模型。

第7章　曲 面 建 模

曲面建模比基本体建模具有更多的自由发挥空间，有人甚至认为使用曲面可以制作任何可以想象的模型，它要比基本体的建模功能更强大。曲面建模一般包括面片栅格、可编辑的面片曲面、可编辑的网格曲面、可编辑的多边形曲面、细分曲面和NURBS曲面。其中，NURBS曲面建模功能最为强大，因此，在这一章的内容中，主要介绍一下NURBS曲面建模技术。

7.1　NURBS简介

NURBS是Non-Uniform Rationsal B-Spline（可翻译为“非统一有理数样条曲线”）首写字母的缩写词，是曲线和曲面的一种数学描述，可以对这样的曲线进行重定义参数。幸运的是，我们不需要了解基本数学原理就可以使用NURBS进行建模。

我们知道建模是创建对象表面的过程。近几年，NURBS建模在设计与动画行业中应用非常广泛，使用NURBS的最大优势是：对于相对较难入手的项目NURBS比其他建模方式更方便，而且更易于使用，如图7-1所示。

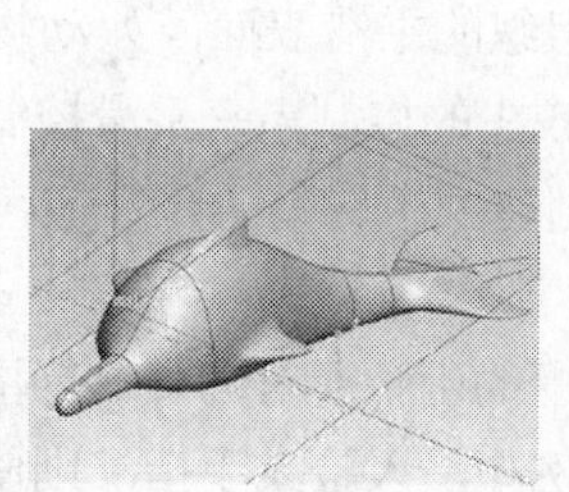

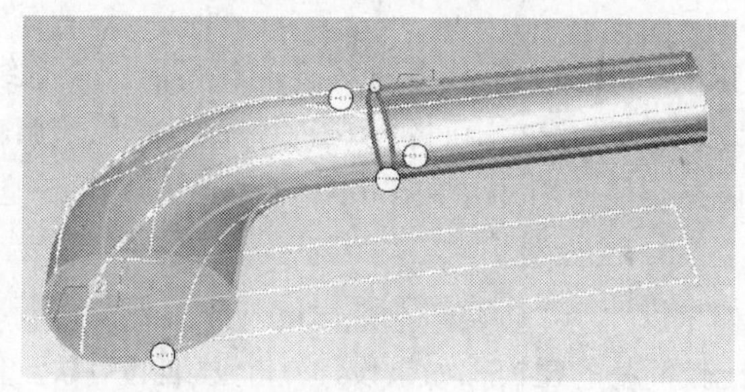

图7-1　使用NURBS创建的模型

理解NURBS曲线是NURBS曲面的构成基础是非常重要的一点。精确理解曲线才能成为NURBS曲面造型的高手。在建模时，曲线有一个本质的用途：就是帮助创建并修改表面。我们不能渲染曲线，但是曲线的调整总是处于曲面构造的中间环节。

制图软件商具有多种建模方法，而且以不同的曲线类型为基础。NURBS曲线提供了多种曲线类型的特征。使用NURBS曲线可以在表面曲线定位的地方设置准确的定位点，并可通过移动曲线上或曲线附近的几个控制点来改造曲线或表面。不管在Max中使用何种工具创建NURBS曲线，这都可以保证它的多功能性和易控制性。

创建基本体后，就可以根据需要进行整理，如按比例衡量，或以别的方式巧妙地将其处理成一个更复杂的形状。尽管多数基本体是表面而不是曲线，它们仍能从同一曲线类型获得它们的形状并作为其他的NURBS对象。

另外，还可以使用NURBS建模方法创建各种各样的表面。例如，创建NURBS酒杯剖面曲线，然后把曲线旋转360°，就可以完成玻璃杯模型的创建，如图7-2所示。

另外，还可以使用这种方法创建比较规则的水果模型，比如苹果、梨、橘子、西瓜和葫芦等，如图7-3所示。

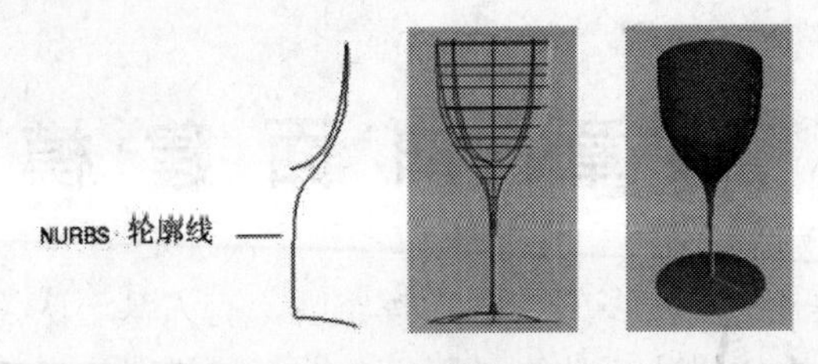

图7-2 酒杯的制作过程

图7-3 制作的苹果模型

当对模型感到满意时，就可以使用3ds Max 2009的材质和渲染工具为模型赋予一定的特征属性，例如，颜色，纹理，光亮，使模型表面形成一种现实的或假想的外观效果。

7.2 使用NURBS建模的优点

使用NURBS建模可以创建各种各样的模型，比如有组织的平滑表面，如动物、人体和水果。工业模型表面，如汽车、时钟和杯子。而且可以使用较少的控制点来平滑控制较大的面。如果不能确信是否能使用NURBS，多边形或细分表面来创建一个对象，最好应考虑首先使用NURBS。

另外，如果设计一个带有锐利边缘的对象，例如，崎岖的山脉或有凹痕的行星，则用多边形可以创建比较简易的建模。如果设计一个详细的对象，例如，人脸或手指，则使用细分表面可以比较容易地建模。在两种情形之间的对象模型，最好使用NURBS进行创建，因为使用这种方法可以更快地进行修改和渲染。

7.3 曲线

在3ds Max 2009中，要创建一个表面，一般都从创建曲线开始，因此理解曲线是最基础的，曲线的基本元素如下图7-4所示。

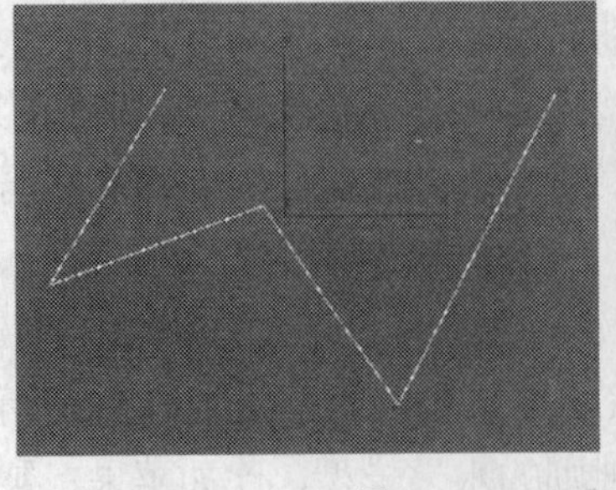
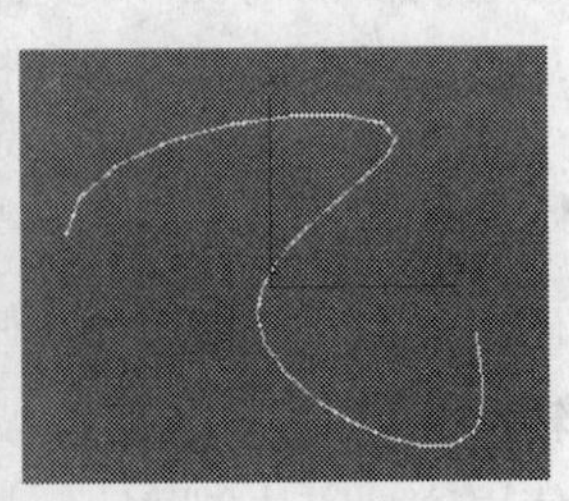

图7-4 NURBS曲线

NURBS曲线是图形对象，在制作样条线时可以使用这些曲线。可以使用“挤出”或“车削”修改器来生成基于NURBS曲线的3D曲面。可以将NURBS曲线用做放样的路径或图形。也可以使用NURBS曲线作为“路径约束”和“路径变形”的路径或作为运动轨迹。可以将厚度指定给NURBS曲线，以便将其渲染为圆柱形的对象，如图7-5所示。

在3ds Max 2009中，共有两种NURBS曲线对象。分别是点曲线和CV曲线，如图7-6所示的就是点曲线。在点曲线上，这些点被约束在曲面上，点曲线可以是整个NURBS模型的基础。

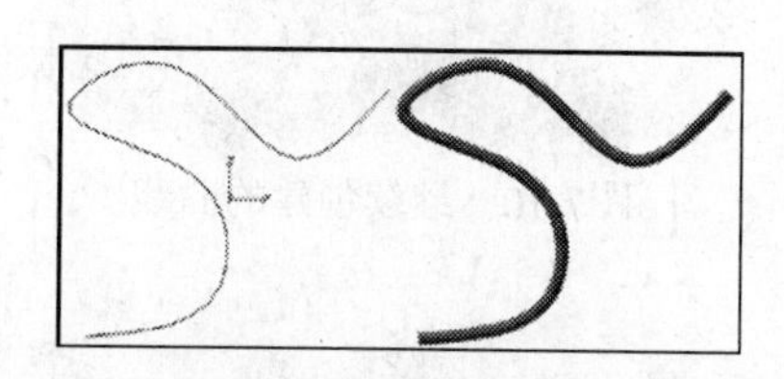

图7-5　加厚的NURBS曲线（右）

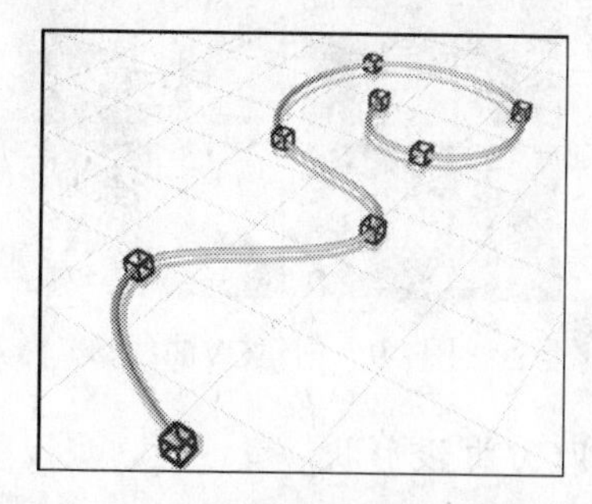

图7-6　点曲线

CV曲线是由控制顶点（CV是Control Vertex的简写）控制的NURBS曲线。CV（控制点）不位于曲线上。它们定义一个包含曲线的控制晶格。每一CV具有一个权重，可通过调整它来更改曲线。在创建CV曲线时可在同一位置（或附近位置）创建多个CV，这将增加CV在此曲线区域内的影响。可以创建两个重叠CV来锐化曲率，创建三个重叠CV在曲线上创建一个转角。此技术可以帮助整形曲线，如果此后单独移动了CV，会失去此效果，如图7-7所示。

我们可以使用“创建”面板中的“点曲线”工具和“CV曲线”工具来创建点曲线和CV曲线，如图7-8所示。如果要结束创建，单击鼠标右键即可。

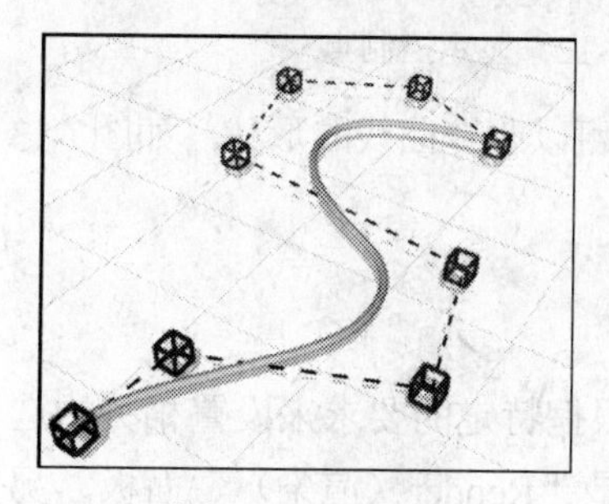

图7-7　CV曲线

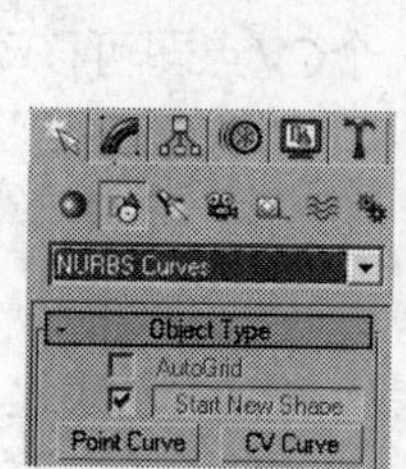

图7-8　“创建”面板和创建的曲线

在绘制曲线时，如果要结束绘制过程，那么单击鼠标右键即可。

7.3.1　创建曲线

下面我们以CV曲线的创建过程为例，简单地介绍一下创建曲线的操作步骤。点曲线的创建过程与CV曲线的创建过程基本相同。

（1）选择“创建→NURBS→CV Curve（CV曲线）”命令，或者单击创建面板中的CV Curve按钮。

（2）把鼠标指针定位于指定的某视图中。

（3）单击鼠标左键来放置这条曲线的起点。起点是一个中空的小方框。按住鼠标左键，可以在视图中任意拖动CV。直到释放鼠标，才可以定位此CV点。

（4）在第二个位置单击以放置第二个CV点。

（5）在第三个位置单击以放置第三个CV点，然后以同样的方式创建第四个CV点。当放置第四个CV时，控制点所表达的曲线段就创建出来了，如图7-9所示。

（6）当持续放置CV时，新的曲线段不断产生，如图7-10所示。

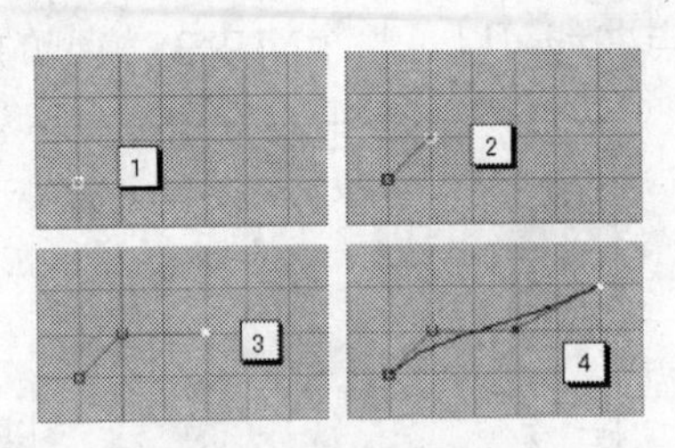

图7-9　创建CV曲线

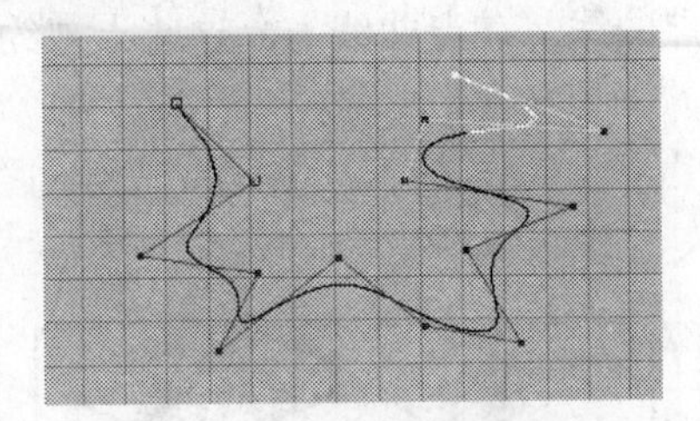

图7-10　继续创建的曲线

改变CV曲线形状

无论曲线已经创建完成，或者正在创建的过程中，都可以使用移动工具移动CV来改变曲线的形状。

（1）创建一条曲线后，选择要移动的控制点，如图7-11所示。

（2）进入到修改器面板中，通过选择来显示出CV点，如图7-12所示。

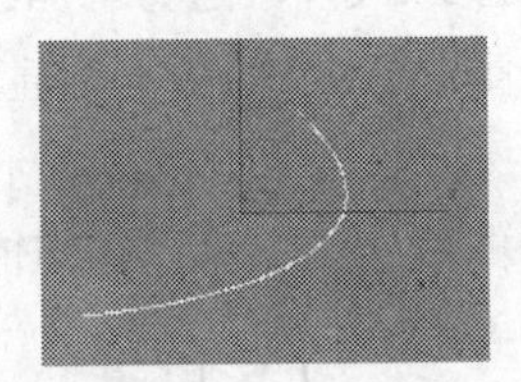

图7-11　曲线

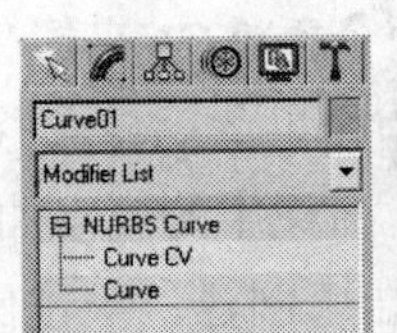

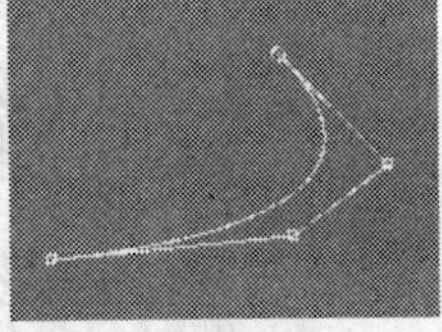

图7-12　显示控制点

（3）选择移动工具，然后拖动一个CV点即可移动它，同时可以改变曲线的形状，如图7-13所示。

7.3.2　CV曲线的选项

有时，为了获得需要的曲线形状，在创建曲线之前，需要根据特定的要求来设置相关的选项。CV曲线选项位于Modify（修改）面板的几个面板中，一个是“Render（渲染）”面板，另外一个是“Create CV Curve（创建CV曲线）”面板，如图7-14所示。

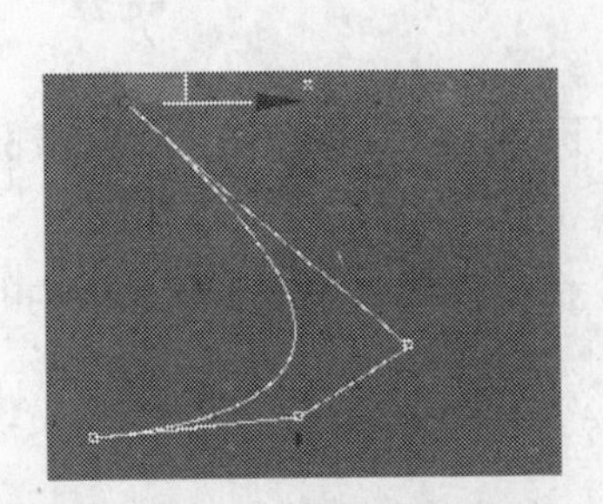

图7-13　移动效果

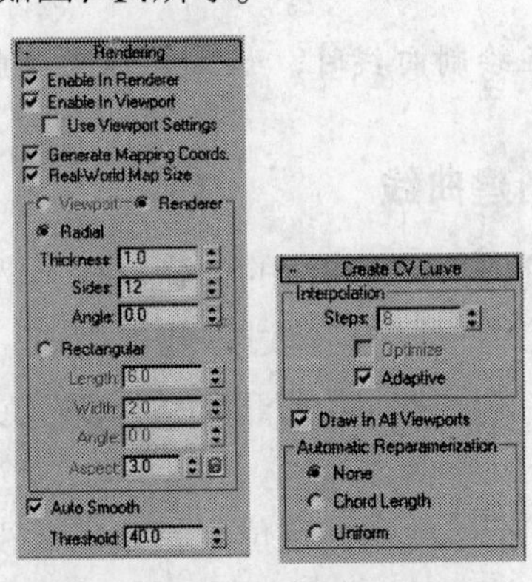

图7-14　CV曲线的选项面板

下面简单地介绍一下这两个面板中的选项。

一、“渲染”面板中的选项：

· Enabel In Renderer（在渲染器中启用）：启用该选项后，使用为渲染器设置的径向或矩形参数将图形渲染为3D网格。

· Enable In Viewport（在视口中启用）：启用该选项后，使用为渲染器设置的径向或矩形参数将图形作为3D网格显示在视口中。在该程序的以前版本中，“显示渲染网格”执行相同的操作。

· Use Viewport Settings（使用视口设置）：用于设置不同的渲染参数，并显示“视口”设置所生成的网格。只有启用“在视口中启用”时，此选项才可用。

· Generate Mapping Coords（生成贴图坐标）：启用此项可应用贴图坐标。默认设置为禁用状态。U坐标将围绕样条线的厚度包裹一次；V坐标将沿着样条线的长度进行一次贴图。平铺是使用材质本身的“平铺”参数所获得的。

· Real-World Map Size（真实世界贴图大小）：控制应用于该对象的纹理贴图材质所使用的缩放方法。缩放值由位于应用材质的“坐标”面板中的“使用真实世界比例”设置控制。默认设置为启用。

· Viewport（视口）：启用该选项为该图形指定径向或矩形参数，当启用“在视口中启用”时，它将显示在视口中。

· Renderer（渲染）：启用该选项为该图形指定径向或矩形参数，当启用“在视口中启用”时，渲染或查看后它将显示在视口中。

· Radial（径向）：将3D网格显示为圆柱形对象。

·（厚度）：指定视口或渲染样条线网格的直径。默认设置为1.0。范围为0.0至100 000 000.0。

· Sides（边）：在视口或渲染器中为样条线网格设置边数（或面数）。例如，值为4表示一个方形横截面。

· Angle（角度）：调整视口或渲染器中横截面的旋转位置。例如，如果样条线具有方形横截面，则可以使用“角度”将“平面”定位为面朝下。

· Rectangular（矩形）：将样条线网格图形显示为矩形。

· Length（长度）：指定沿着局部*Y*轴的横截面大小。

· Width（宽度）：指定沿着局部*X*轴的横截面大小。

· Angle（角度）：调整视口或渲染器中横截面的旋转位置。例如，如果拥有方形横截面，则可以使用“角度”将“平面”定位为面朝下。

· Aspect（纵横比）：设置矩形横截面的纵横比。“锁定”复选框可以锁定纵横比。启用“锁定”项之后，可将宽度与深度之比锁定为恒定比率。

· Auto Smooth（自动平滑）：如果启用“自动平滑”项，则使用其下方的“阈值”项设置要指定的阈值，自动平滑该样条线。“自动平滑”基于样条线分段之间的角度设置平滑。如果它们之间的角度小于阈值角度，则可以将任何两个相接的分段放到相同的平滑组中。

· Threshold（阈值）：以度数为单位指定阈值角度。如果它们之间的角度小于阈值角度，则可以将任何两个相接的样条线分段放到相同的平滑组中。

二、“创建CV曲线”面板

在“插值”组中的选项可以控制更改精度和通常用来生成和显示曲线的曲线近似种类。

· Draw In All Viewports（在所有视口中绘制）：绘制曲线时可以在任何视口中使用。这是创建3D曲线的一种方法。禁用此选项后，在开始绘制曲线的视口中完成绘制曲线。默认值为启用。

在“Automate Reparametzation（自动重新参数化）”组中的选项用于指定自动重新参数化。它们和“重新参数化”对话框控件类似，只有一个例外：除“无”之外的所有选项都指示软件自动重新参数化曲线，也就是通过移动CV（细化，等等）进行编辑。

· None（无）：不会自动重新参数化。

· Chord Length（弦长）：选择要重新参数化的弦长算法。

弦长重新参数化可以根据每个曲线分段长度的平方根设置结（位于参数空间）的空间。弦长重新参数化通常是最理想的选择。

· Uniform（一致）：均匀隔开各个结。

均匀结向量的优点在于，曲线或曲面只有在编辑时才能进行局部更改。如果使用另外两种形式的参数化，移动任何CV就可以更改整个子对象。

点曲线的选项与CV曲线的选项基本相同，这里不再赘述。

7.3.3 编辑曲线

通过编辑曲线可以实现生成不同曲面的目的，而且还可以通过编辑曲线来获得改变曲线形状的目的。在这一部分内容中将介绍编辑曲线的相关内容。

一、移动、旋转和缩放曲线

在3ds Max 2009中，曲线可以被作为一个实体，进行移动、旋转和缩放，从而获得具有不同位置、角度和长短的曲线，如图7-15所示。

二、复制曲线

我们还可以像复制实体一样来复制曲线。既可以使用复制命令，也可以按住Shift键进行拖动来复制，如图7-16所示。注意，按住Shift键进行复制时，也会打开“Clone Options（克隆选项）”对话框。

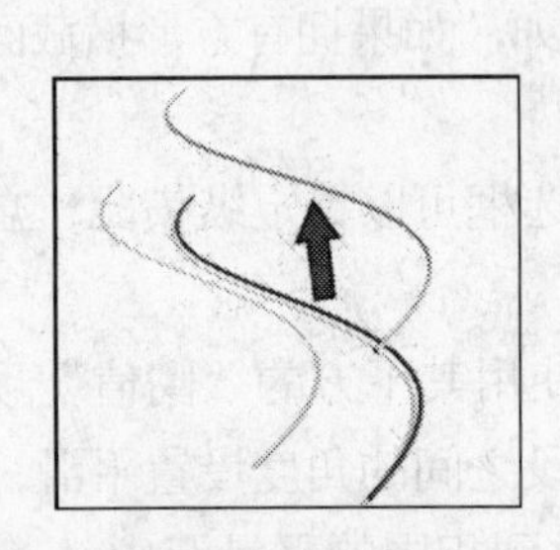

图7-15 移动曲线

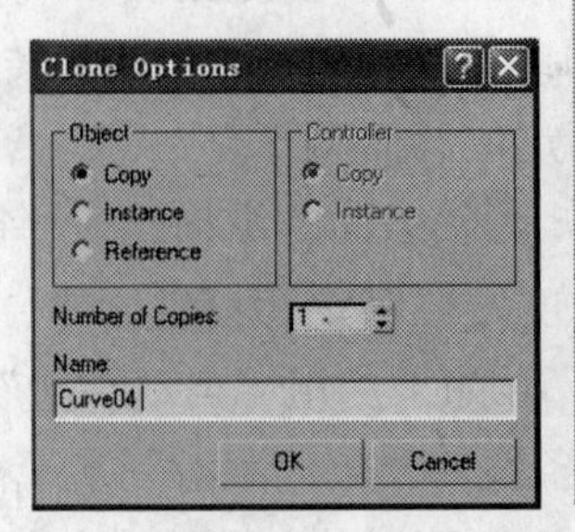

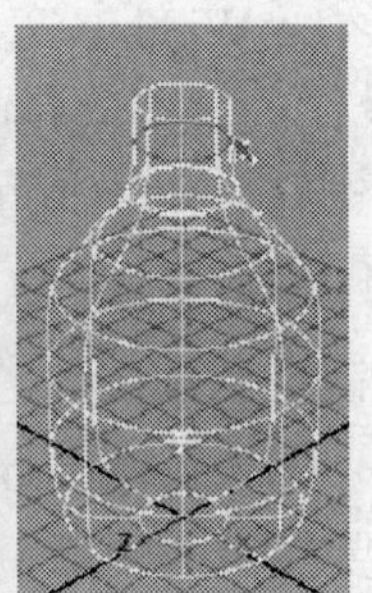

图7-16 复制曲线

三、混合曲线

混合曲线将一条曲线的一端与其他曲线的一端连接起来，从而混合父曲线的曲率，以在曲线之间创建平滑的曲线。可以将相同类型的曲线，点曲线与CV曲线相混合（反之亦然），将从属曲线与独立曲线混合起来，如图7-17所示。下面介绍如何连接曲线。

（1）在创建面板中单击CV Curve按钮，绘制两条CV曲线，如图7-18所示。在混合两条曲线之前，需要把它们附加在一起，附加后的两条曲线就成为了一个曲线对象。

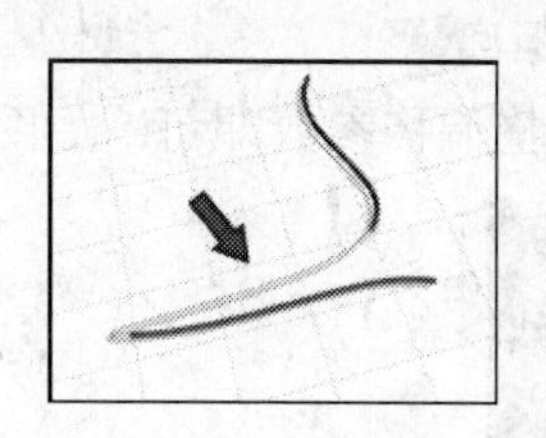

图7-17 连接曲线

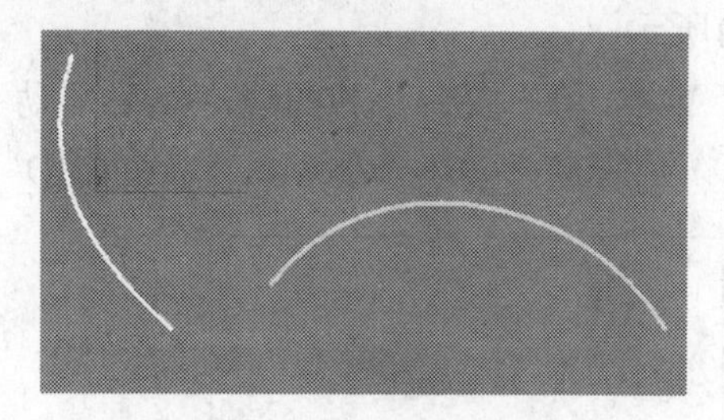

图7-18 绘制的曲线

（2）选择其中的一条曲线，然后进入到“Modify（修改）”面板中，找到并单击Attach（附加）按钮，然后在视图中单击另外一条曲线，把它们附加在一起，如图7-19所示。

（3）在包含两个曲线的NURBS对象中，单击NURBS工具箱中的“Creat Blend Curve（创建混合曲线）”按钮，如图7-20所示。

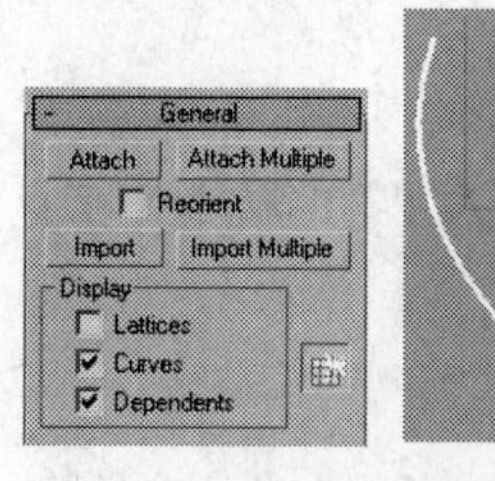

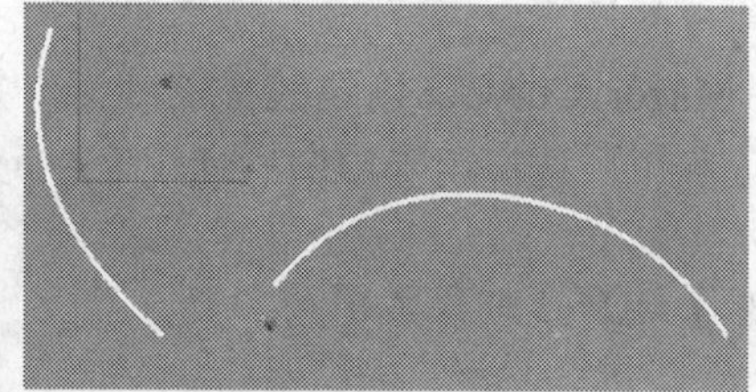

图7-19 附加曲线

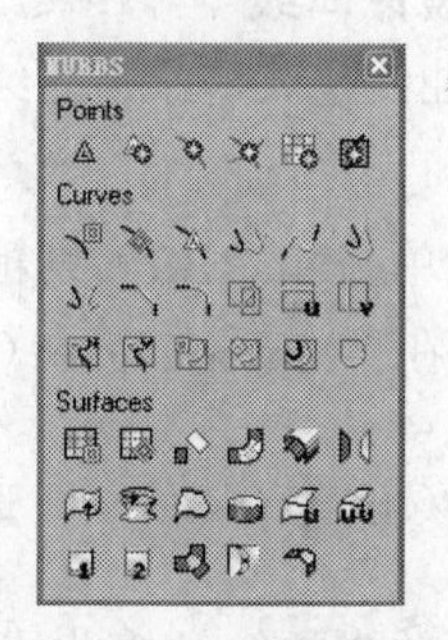

图7-20 NURBS面板

（4）单击要连接的端点附近的一条曲线。高亮显示将要连接的一端。不要松开鼠标按钮，将其拖动到要连接的其他曲线的一端。也可高亮显示另一端，当高亮显示要连接的一端时，松开鼠标按钮。混合效果如图7-21所示。

（5）在“Blend Curve（混合曲线）”面板中适当调整混合参数即可，如图7-22所示。

“张力”影响父曲线和混合曲线之间的切线。张力值越大，切线与父曲线越接近平行，且变换越平滑。张力值越小，切线角度越大，且父曲线与混合曲线之间的变换越清晰。

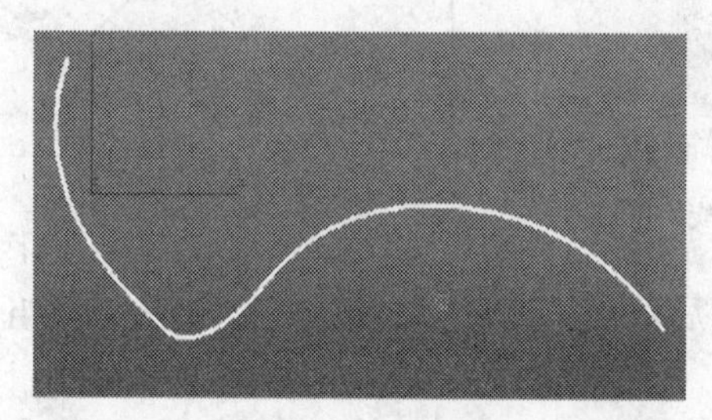

图7-21 混合效果

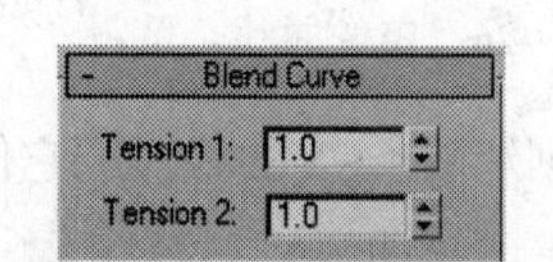

图7-22 “混合曲线”面板

四、偏移曲线

偏移曲线从原始曲线、父曲线偏移，如图7-23所示。我们可以偏移平面和3D曲线。下面介绍一下偏移曲线的操作过程。

（1）单击NURBS工具箱中的“Create Offset Curve（创建偏移曲线）”按钮，如图7-24所示。

（2）单击要偏移的曲线，然后拖动它可以设置初始距离。

（3）在“Offset Curve（偏移曲线）”面板中适当调整偏移参数即可，如图7-25所示。

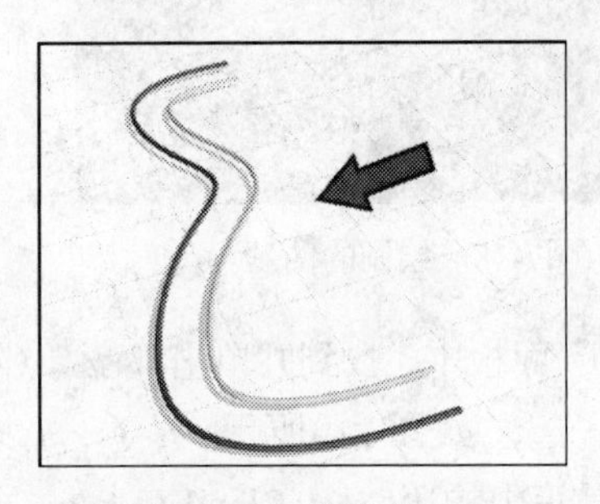

图7-23　偏移曲线

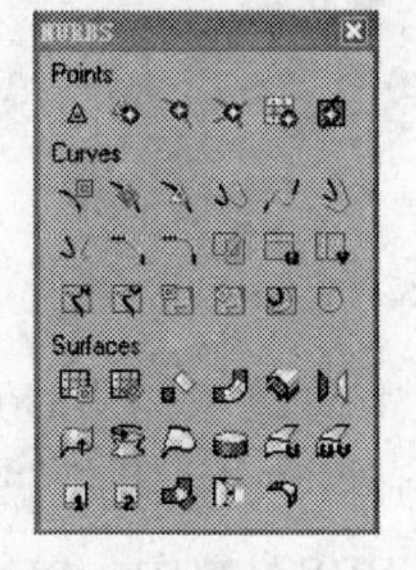

图7-24　NURBS工具箱

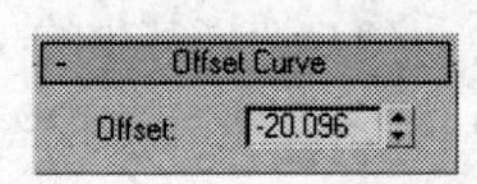

图7-25　“偏移曲线”面板

五、镜像曲线

镜像曲线是获得原始曲线的镜像图像，其效果如图7-26所示。下面介绍一下镜像曲线的操作过程。

（1）单击NURBS工具箱中的“Create Mirror Curve（创建镜像曲线）”按钮。

（2）在“Mirror Curve（镜像曲线）”面板上，选择用于镜像的轴或平面，如图7-27所示。

“Offset（偏移）”选项用于控制镜像与原始曲线之间的距离。

（3）单击要镜像的曲线，然后拖动可以设置初始距离。

（4）适当调整偏移参数即可。

六、切角曲线

切角曲线是在两条曲线之间创建出的直倒角曲线，其效果如图7-28所示。下面介绍一下切角曲线的创建方法。

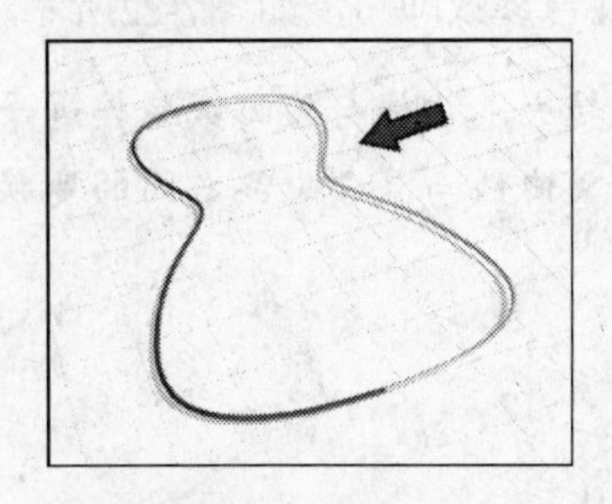

图7-26　镜像曲线

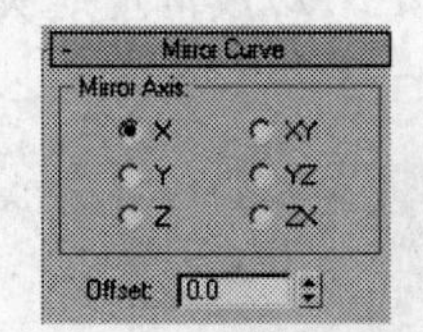

图7-27　“镜像曲线”面板

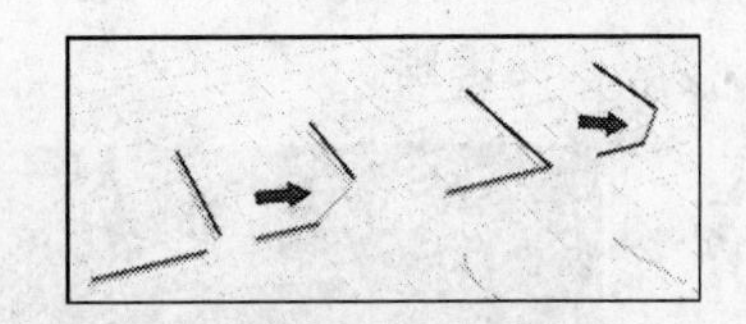

图7-28　切角曲线

（1）创建两条CV曲线，把它们附加在一起。然后单击NURBS工具箱中的“Create Chamfer Curve（创建切角曲线）”按钮。

（2）单击要连接的端点附近的一条曲线。高亮显示将要连接的一端。不要松开鼠标按钮，将曲线拖动到要连接的其他曲线的一端。当将要连接的一端高亮显示时，松开鼠标按钮。

（3）适当调整切角参数即可。

在开始创建切角之前，要确保曲线相交。

在制作切角曲线时，有时需要在“切角曲线”面板中设置切角曲线的选项，如图7-29所示。下面介绍一下切角曲线的相关选项。

· Length 1（长度1）：表示所单击的第一条曲线的沿线距离。

· Length 2（长度2）：表示所单击的第二条曲线的沿线距离。

· Trim First Curve（修剪曲线）：启用此选项后（默认设置），将针对圆角曲线修剪父曲线。禁用此选项后，不能修剪父曲线。

· Flip Trim（翻转修剪）：启用此选项后，将从相反的方向进行修剪。

· Seed 1/Seed 2（种子1/种子2）：更改第一和第二曲线上种子值的U位置。如果可以选择方向，则种子点所指的方向将是用于创建切角的方向。

七、圆角曲线

圆角曲线也就是在两条曲线之间创建出平滑的圆角曲线，其效果如图7-30所示。下面介绍一下圆角曲线的操作过程。

（1）创建两条CV曲线，并把它们附加在一起。单击NURBS工具箱中的“Create Fillet Curve（创建圆角曲线）”按钮。

（2）单击要连接的端点附近的一条曲线。高亮显示将要连接的一端。不要松开鼠标按钮，将其拖动到要连接的其他曲线的一端。当高亮显示要连接的一端时，松开鼠标按钮。

（3）适当调整圆角参数即可。

在制作圆角曲线时，有时需要在“圆角曲线”面板中设置圆角曲线的选项，如图7-31所示。下面介绍一下圆角曲线的相关选项。

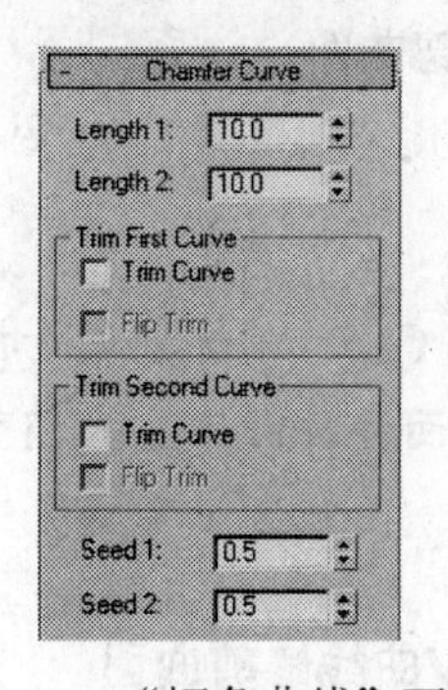

图7-29 “切角曲线”面板

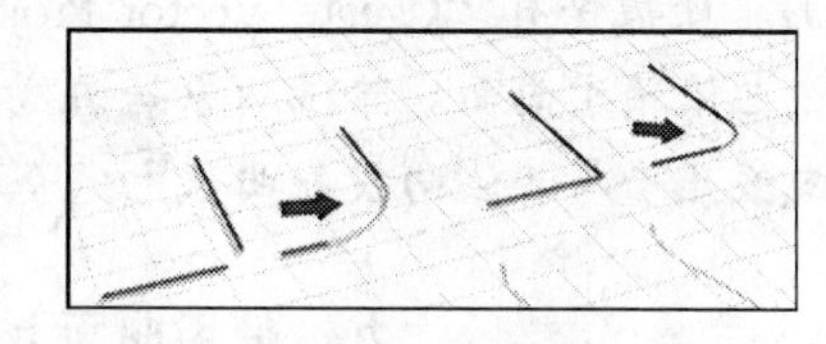

图7-30 圆角曲线

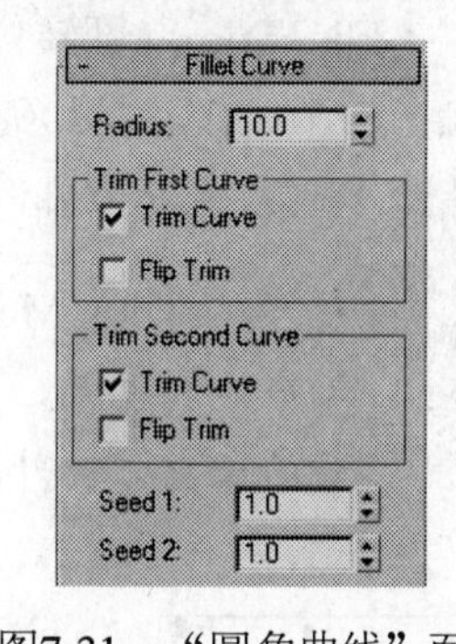

图7-31 “圆角曲线”面板

· Radius（半径）：以当前3ds Max中的单位表示圆角弧形的半径。默认设置为10.0。

· Trim Curve（修剪曲线）：启用此选项后（默认设置），将针对圆角曲线修剪父曲线。禁用此选项后，不能修剪父曲线。

· Flip Trim（翻转修剪）：启用此选项后，将从相反的方向进行修剪。

· Seed1/Seed 2（种子1/种子2）：更改第一曲线和第二曲线上种子值的U位置。如果可以选择方向，则种子点所指的方向将是用于创建圆角的方向。

八、法向投射曲线

法向投射曲线依赖于曲面。该曲线基于原始曲线，以曲面法线的方向投影到曲面。可以将法向投射曲线用于修剪曲面，其效果如图7-32所示。下面介绍一下法向投射曲线的操作方法。

（1）单击NURBS工具箱中的“Create Normal Projected Curve（创建法向投射曲线）”按钮。

（2）单击该曲线，然后单击使法向投射曲线依赖的曲面。

如果曲线以曲面法线方向投射到曲面，则可以创建投射曲线。原始父曲线可以离开“曲面的边”，但只可以在投影和曲面相交的位置创建投射曲线。

这个过程中至少要包含一个曲面及一条曲线。

在创建法向投射曲线时，需要在“法向投射曲线”面板中设置一定的选项，如图7-33所示。下面简单地介绍一下“Normal Projected Curve（法向投射曲线）”面板中的选项。

图7-32 使用法向投射曲线修剪曲面

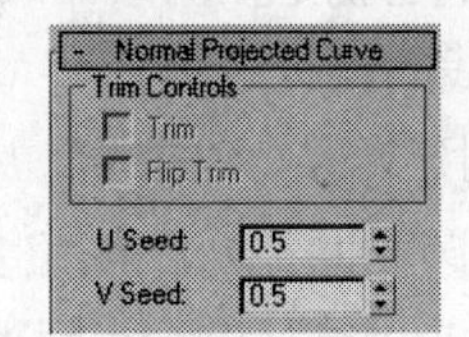

图7-33 “法向投射曲线”面板

· Trim（修剪）：启用此选项后，将针对曲线修剪曲面。禁用此选项后，不能修剪曲面。如果不可以使用该曲线进行修剪，则曲面将以错误的颜色显示（默认情况下为橙色）。例如，如果该曲线既不能与曲面的边交叉也不能形成闭合的环，则曲线将无法用于修剪。

· Flip Trim（翻转修剪）：启用此选项后，将以相反的方向修剪曲面。

· U Seed/V Seed（U向种子和V向种子）：更改曲面上种子值的UV向位置。如果可以选择投影，则离种子点最近的投影是用于创建曲线的投影。

另外，在3ds Max 2009中还提供有“Create Vector Projected Curve（创建矢量投射曲线）”工具。该曲线也依赖于曲面。除了从原始曲线到曲面的投影位于我们可控制的矢量方向外，该曲线几乎与“法向投射曲线”完全相同。因此这里不再赘述。

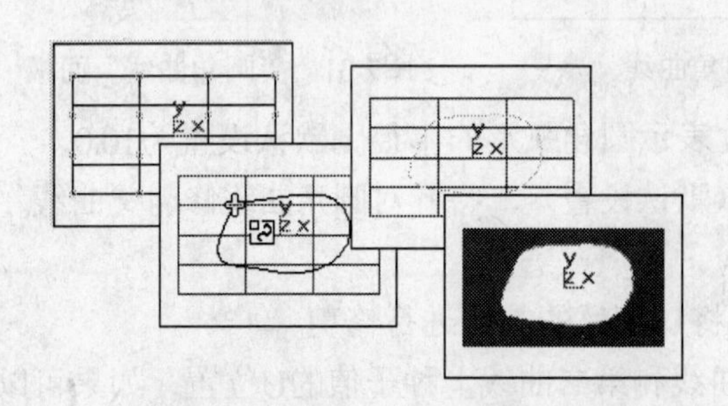

图7-34 使用CV曲线修剪曲面

九、使用曲面上的CV曲线修剪曲面

曲面上的CV曲线类似于普通CV曲线，只不过其位于曲面上。该曲线的创建方式是绘制，而不是从不同的曲线投射。我们可以将此曲线类型用于修剪其所属的曲面，其效果如图7-34所示。下面介绍一下修剪曲线的操作过程。

（1）单击NURBS工具箱中的“Create CV Curve on Surface（在曲面上创建CV曲线）”按钮。

（2）执行下列操作之一：

・在视口中使用鼠标在曲面上绘制曲线。

・启用“2D视图”，将显示“编辑曲面上的曲线”对话框，用于在曲面的二维（UV）显示中创建曲线。

（3）用右键单击则可结束曲线创建。

在使用CV曲线修剪曲面时，需要在“CV Curve On Surface（曲面上的CV曲线）”面板中设置一定的选项，如图7-35所示。下面简单地介绍一下“曲面上的CV曲线”面板中的选项。

・Trim（修剪）：启用此选项后，将针对曲线修剪曲面。禁用此选项后，不能修剪曲面。

如果不可以使用该曲线进行修剪，则曲面将以错误的颜色显示（默认情况下为橙色）。例如，如果曲线未形成闭合的环，则曲线不能用于修剪。

・Flip Trim（翻转修剪）：启用此选项后，将从相反的方向修剪曲面。

・None（无）：不重新参数化。

・Chord Length（弦长）：选择要重新参数化的弦长算法。

弦长重新参数化可以根据每个曲线分段长度的平方根设置结的空间。弦长重新参数化通常是最理想的选择。

・Uniform（一致）：均匀隔开各个结。

在3ds Max 2009中，我们也可以使用曲面上的点曲线来修剪曲面，其操作与使用曲面上的CV曲线基本相同，不在赘述。

十、断开编辑曲线

我们还可以通过进入到曲线的子对象级别中对曲面执行一些编辑，比如断开曲线等，获得一些需要的曲线。我们可以这样进入到曲线的子对象编辑模式下，创建一条曲线后，进入到“Modify（修改）”面板中，然后展开NURBS曲线次级对象，并单击“Curve（曲线）”，同时打开“Curve Common（曲线公用）”面板，其效果如图7-36所示。

下面介绍一下断开曲线的操作。

（1）创建好一条曲线，如图7-37所示。

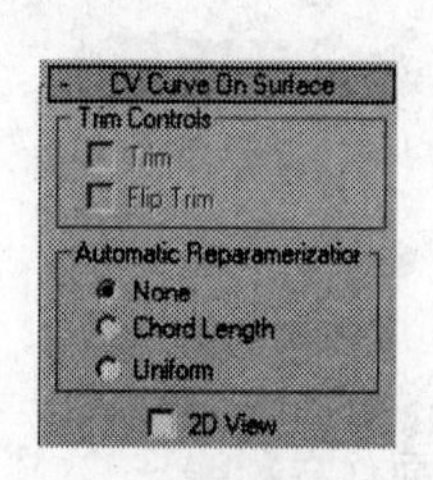

图7-35　“曲面上的CV曲线”面板

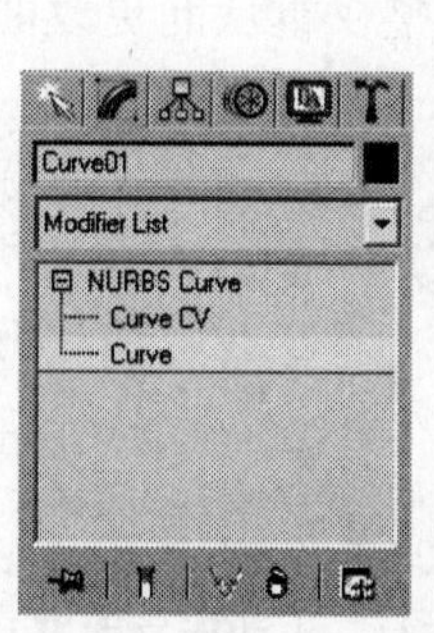

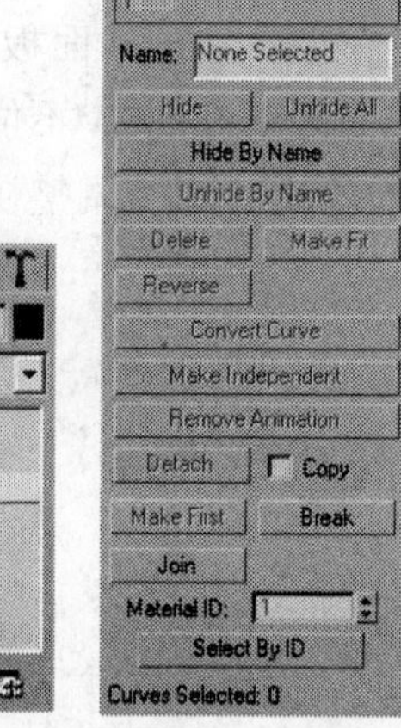

图7-36　修改面板和“曲线公用”面板

图7-37　创建的曲线

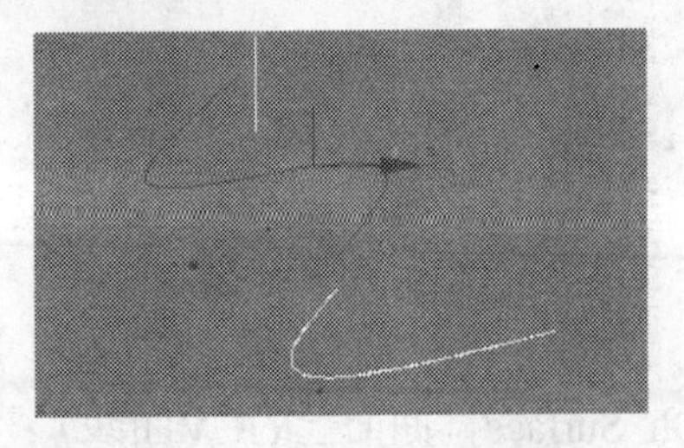

图7-38 分离断开的曲线

（2）在“Curve Common（曲线公用）”面板中单击“Break（断开）”按钮，然后在曲线上拖动。曲线上会显示一条蓝色的框线，表示断开发生的位置。

（3）单击并拖动其中一条曲线分离它们，如图7-38所示。

注意 使用“曲线公用”面板中的“删除”按钮可以删除曲线，使用“分离”按钮可以分离曲线，使用“连接”按钮可以连接曲线。在此不再一一介绍。

在自然界中，有很多的模型可以使用曲线来创建，比如单击 CV Curve 按钮，在视图中绘画出火箭的侧面轮廓。然后在NURBS曲线工具箱中单击“Create Lathe Surface（创建车削面）”按钮制作火箭的主体模型，如图7-39所示。火箭助推器也可以使用曲线来制作。另外，还可以制作导弹的模型。

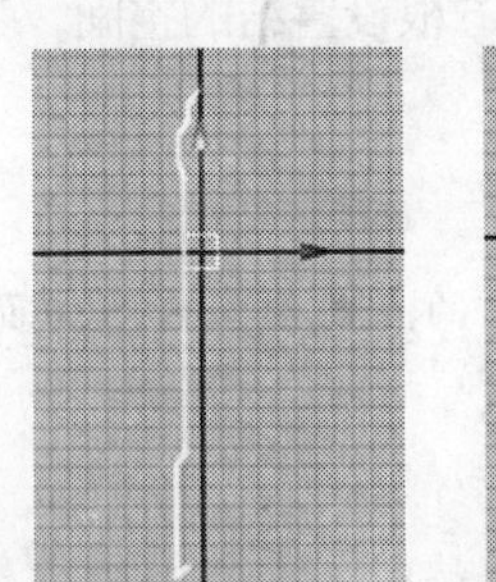

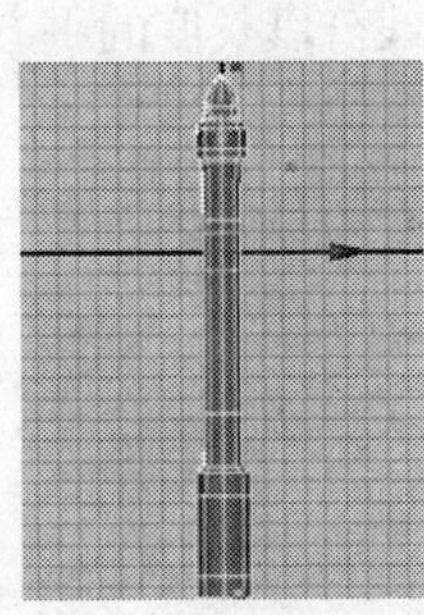

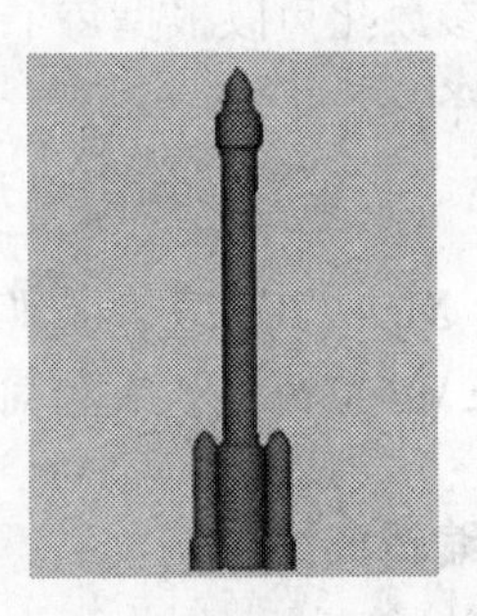

图7-39 火箭主体模型

7.4 曲面

曲面对象是NURBS模型的基础。使用“创建”面板来创建的初始曲面是带有点或CV的平面段。这意味着它是用于创建NURBS面板的“粗糙材质”。如果已创建初始的曲面，可以通过移动CV或NURBS点，附加其他对象来创建我们需要的曲面模型。

在3ds Max 2009中，曲面分为两种类型，一种是点曲面，另外一种是CV曲面。我们可以使用这两种类型的曲面来制作曲面模型。在创建面板中的创建按钮如图7-40所示。

在点曲面中，这些点被约束在曲面上，而CV不位于曲面上。它们定义一个控制晶格，并包住整个曲面。每个CV均有相应的权重，可以调整权重从而更改曲面形状，如图7-41所示。

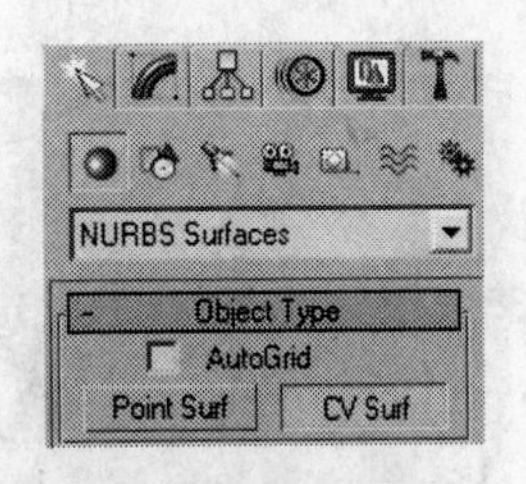

图7-40 曲面创建按钮

图7-41 点曲面（左）和CV曲面（右）

这些曲面的创建操作很简单，下面我们以点曲面为例来介绍一下它的创建过程。

（1）进入到NURBS曲面创建面板中，如图7-42所示。

（2）单击 Point Surf （点曲面）按钮，然后在视图中单击确定一个点，然后拖动鼠标到另外一个位置并单击即可创建出点曲面，如图7-43所示。

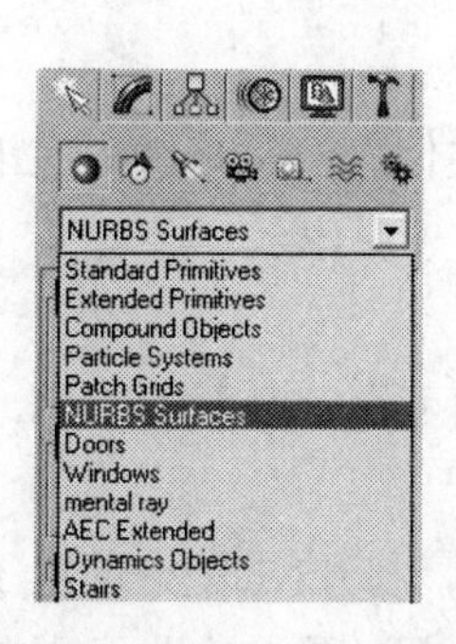

图7-42 曲面创建面板

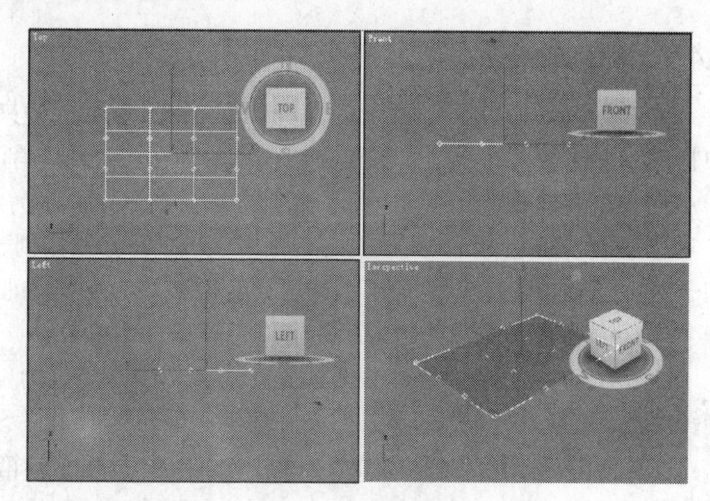

图7-43 点曲面效果

CV曲面的创建过程与点曲面的创建过程基本相同，在此不再赘述。

在创建曲面之后，我们可以通过一些选项来设置它的多种属性，比如点数。这些选项位于“Keyboard Entry（键盘输入）”面板和“Create Parameters（创建参数）”面板中，如图7-44所示。

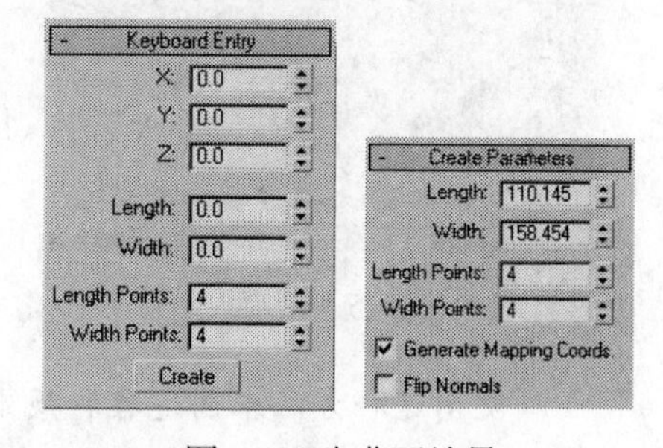

图7-44 点曲面效果

下面，我们简单地介绍一下这些选项，以便使读者更好地理解它们。

“键盘输入”面板中的选项

- X、Y和Z：输入曲面中心点坐标。
- Length/Width（长度和宽度）：输入以当前3ds Max单位表示的曲面尺寸。
- Length Points（长度点数）：输入曲面长度沿线的点数（这是初始点数列）。
- Width Points（宽度点数）：输入曲面宽度沿线的点数（这是初始点数行）。
- Create（创建）：创建曲面对象。

“创建参数”面板中的选项

- Length（长度）：以当前3ds Max中的单位表示曲面的长度。
- Width（宽度）：以当前3ds Max中的单位表示曲面的宽度。
- Length Points（长度点数）：曲面长度沿线的点数，也就是曲面中点列数的初始数。范围为2至50，默认设置为4。
- Width Points（宽度点数）：曲面宽度沿线的点数，也就是曲面中点行数的初始数。范围为2至50，默认设置为4。

· Genetate Mapping Coords（生成贴图坐标）：生成贴图坐标，以便可以将设置贴图的材质应用于曲面。“生成贴图坐标”控件出现在“修改”面板上。它也位于“曲面”子对象层级上。

· Flip Normals（翻转法线）：启用此选项可以反转曲面法线的方向。

7.4.1 创建曲面

在3ds Max 2009中，我们还可以使用点曲线和CV曲线来创建各种曲面。在这一部分内容中将介绍如何利用曲线创建各种曲面模型的方法，比如车削曲面、放样曲面等。

一、车削曲面

车削曲面通过曲线来生成。这与使用“车削”修改器创建的曲面类似。但是其优势在于车削子对象是NURBS模型的一部分，因此可以使用它来构造曲线和曲面子对象。

下面介绍旋转曲线创建表面的操作步骤。

（1）在前视图画一条曲线，使它在透视图中是竖直的。这条曲线可作为曲面的轮廓，成为轮廓曲线，如图7-45所示。

（2）当曲线处于激活状态时，单击“NURBS创建工具箱”按钮，打开NURBS创建工具箱，然后单击“Create Lathe Surface（创建车削曲面）”按钮，再单击视图中的曲线。车削效果如图7-46所示。

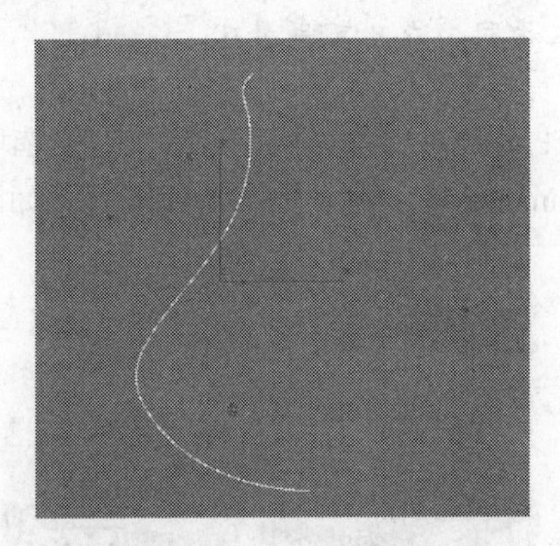

图7-45　轮廓线

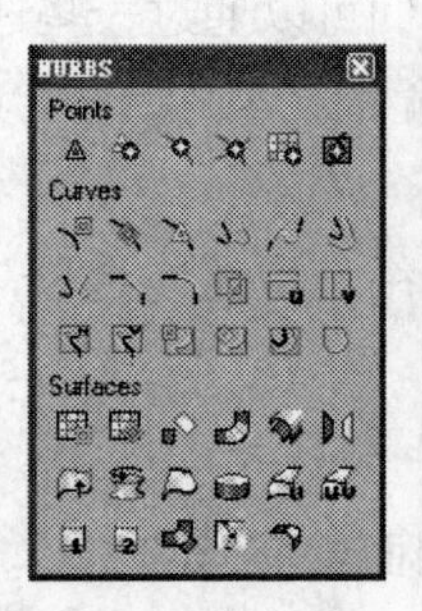

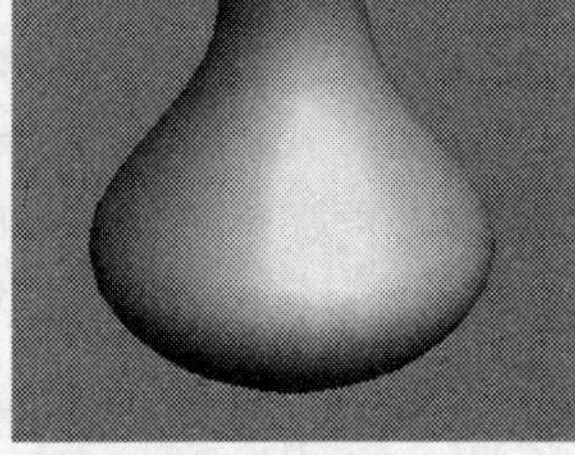

图7-46　车削效果

可以使用这种方法来创建各种规则的圆形对象，比如酒杯、酒瓶、罐子、坛子、水缸等。

在默认设置下，所有选择的曲线围绕Y轴旋转360°。

在车削曲面时，我们可以设置车削的度数和车削轴来获得需要的一些模型效果。这些选项都位于“Lathe Surface（车削曲面）”面板中，如图7-47所示。下面简单地介绍一下这些选项。

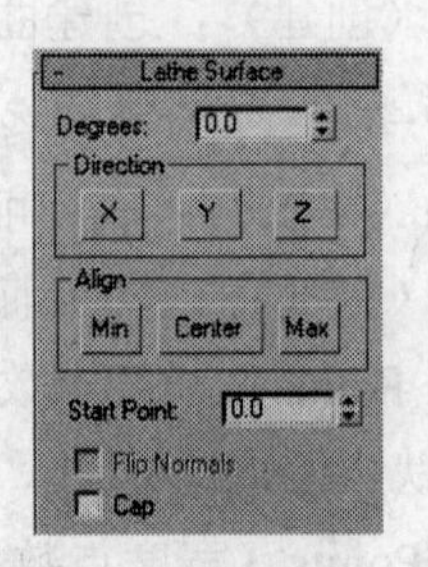

图7-47　“车削曲面”面板

· Degree（度数）：设置旋转的角度。在360度（默认设置）时，曲面将完全围绕轴旋转。如果值较小，则曲面将部分旋转，如图7-48所示。

· X、Y和Z：选择旋转的轴。默认设置为Y。选择不同的轴，就会获得不同的效果，如图7-49所示。

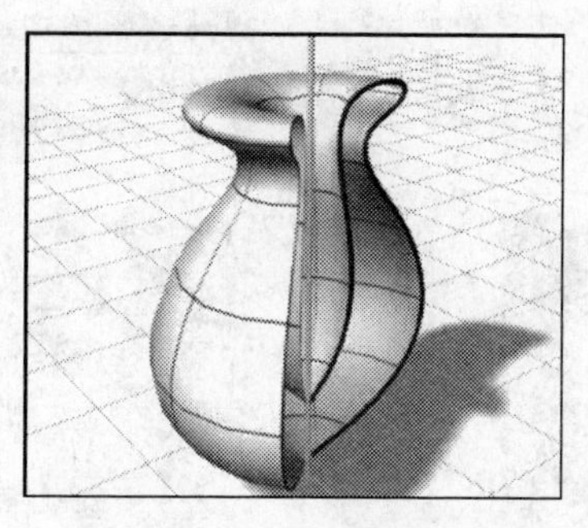

图7-48　180°的车削效果

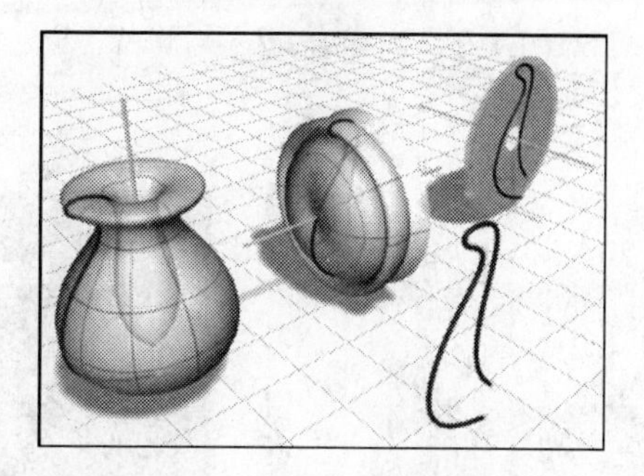

图7-49　选择不同轴的车削效果

· Min（最小）：（默认设置）在曲线局部*X*轴边界负方向上定位车削轴。居中是在曲线中心定位车削轴。最大是在曲线局部*X*轴边界正方向上定位车削轴。选择不同的对齐方式，就会获得不同的效果，如图7-50所示。

· Start Point（起始点）：调整曲线起点的位置。这可以帮助消除曲面上不希望出现的扭曲或弯曲。

· Flip Normals（翻转法线）：用于在创建时间内翻转曲面法线。

· Cap（封口）：启用该选项之后，将生成两个曲面，以闭合车削的末端。当封口曲面出现时，将保持它们，以便与车削曲面的维度相匹配。车削必须是360°车削。

二、U向放样曲线

在3ds Max 2009中，U放样曲面可以穿过多个曲线子对象插入一个曲面。此时，曲线成为曲面的U轴轮廓。其效果如图7-51所示。

图7-50　不同的车削效果

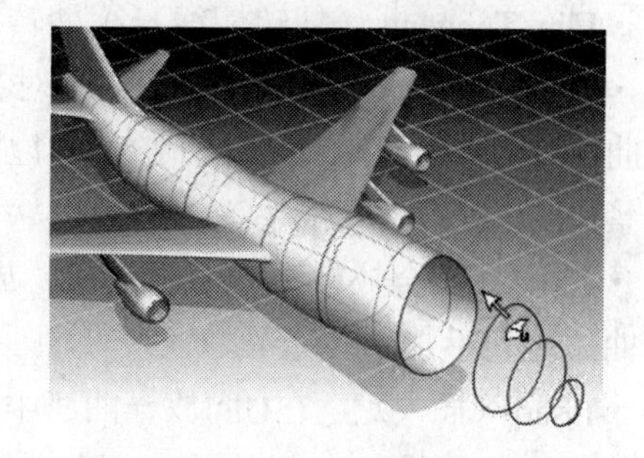

图7-51　放样效果

下面介绍一下U向放样曲线的操作。

（1）创建放样的第一条曲线，然后按住Shift键拖动复制出两条曲线，如图7-52所示。

（2）打开NURBS创建工具箱，并单击“Create U Loft Surface（创建U向放样曲面）”按钮。

（3）单击第一条曲线。然后顺次单击附加的曲线，效果如图7-53所示。

（4）单击鼠标右键，结束U向放样的创建。

在放样曲面时，我们可以设置放样曲面的选项来获得需要的一些模型效果。这些选项都位于“U Loft Surface（U向放样曲面）”面板中，如图7-54所示。下面简单地介绍一下这些选项。

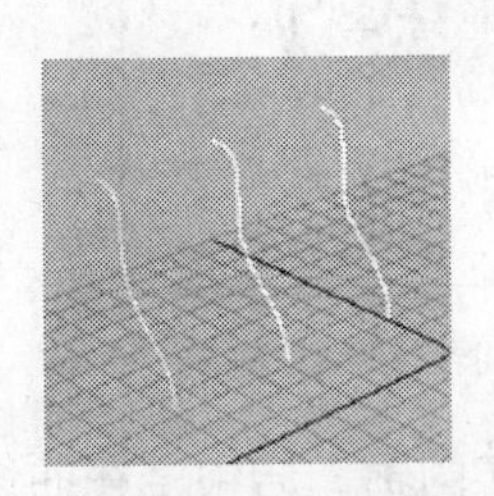

图7-52 曲线效果

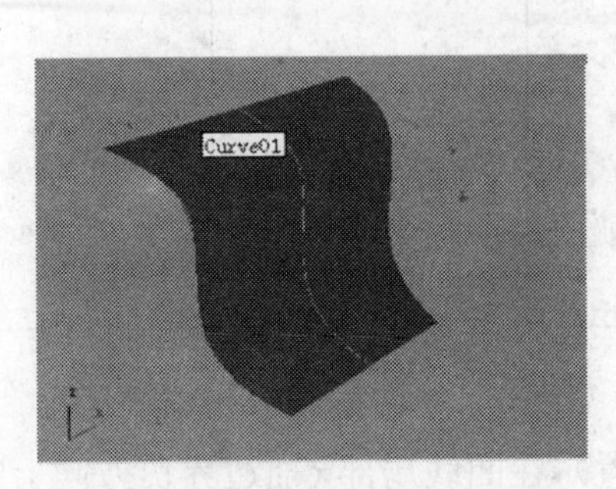

图7-53 放样效果

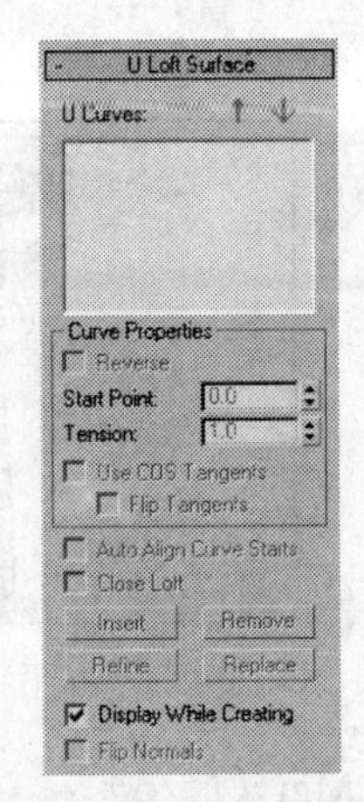

图7-54 “U向放样曲面”面板

· U Curve（U曲线）：这些列表显示所单击的曲线名称，按单击顺序排列。在列表中单击需要选定的曲线的名称，将其选定。视口以蓝色显示选中的曲线。最初，第一条曲线被选中。

· 箭头按钮：使用此按钮改变用于创建U向放样的曲线的顺序。在列表中选中一条曲线，使用箭头令选中对象上下移动。

· Reverse（反转）：用于反转选中曲线的方向。

· Start Point（起始点）：调整曲线起点的位置。

· Tension（张力）：调整放样的张力，此放样与曲线相交。

· Use COS Tangents（使用COS切线）：如果曲线是曲面上的曲线，启用此项能够使U向放样使用曲面的切线。这会帮助我们将放样光滑地混合到曲面上。默认设置为禁用状态。

· Flip Tangents（翻转切线）：翻转曲线的切线方向。

· Auto Align Curve Starts（自动对齐曲线起始点）：启用此状态后，对齐U向放样中的所有曲线的起点。该软件会选择起点的位置。使用自动对齐将减小放样曲面的扭曲量。默认设置为禁用状态。

· Close（闭合放样）：如果最初，放样是开曲面，启用此项，能够在第一条曲线和最后一条曲线之间添加一段新的曲面段使原曲面闭合。默认设置为禁用状态。

· Insert（插入）：在U向放样曲面中插入一条曲线。单击“插入”按钮，然后单击曲线。此曲线插入于所选中曲线的前面。如果要在末尾插入一条曲线，首先要在列表中高亮显示“----End----”标记。

· Remove（移除）：从U向放样曲面中移除一条曲线。选中列表中的曲线，然后单击“移除”按钮。在创建放样时，可以使用此按钮。

· Refine（优化）：优化U向放样曲面。单击该按钮，然后在曲面上单击一个U轴等参曲线（拖动鼠标到曲面上方，此时高亮显示可用的曲线）。单击的曲线转换为一个CV曲线并插入至放样和U向曲线列表。在优化一个点曲线时，对U向放样的优化可以轻微地改变曲面的曲率。一旦通过添加U向曲线来优化曲面后，可以使用“编辑曲线”来改变曲线。

· Replace（替换）：用其他曲线替代U向曲线。选定一条U向曲线，单击“替换”按钮，然后在视口中单击新的曲线。当拖动鼠标时会高亮显示可用的曲线。

· Display While Creating（创建时显示）：勾选该项，在创建时即可生成曲面。

· Flip Curve（翻转法线）：如果显示不正常，那么勾选该项，即可翻转曲面的法线。

三、UV放样曲线

UV放样曲面与U放样曲面相似，但是在V维和U维方向上各包含一组曲线。这会更加易于控制放样图形，并且达到所要结果需要的曲线更少。其效果如图7-55所示。

下面介绍一下UV放样曲线的操作。

（1）创建好用于UV放样的曲线，形成用于创建曲面的轮廓。

（2）打开NURBS创建工具箱，单击“Create UV Loft Surface（创建UV放样曲面）”按钮。

（3）在U维中单击每条曲线，然后用右键单击它们。在V维中单击每条曲线，然后再次用右键单击它们结束创建。在单击曲线时，它们的名称会出现在“UV放样曲面”创建面板的列表中。对曲线单击可以影响UV放样曲面的图案。在任意维中，可以多次单击相同的曲线，此操作会创建一个闭合的UV放样。

在放样曲面时，我们可以设置放样曲面的选项来获得需要的一些模型效果。这些选项都位于“UV放样曲面”面板中，如图7-56所示。

图7-55 UV放样效果

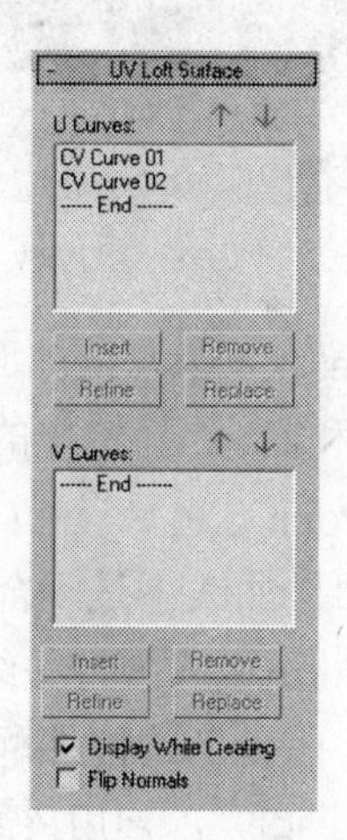

图7-56 “UV放样曲面”面板

关于“UV放样曲面”面板中的选项，读者可以参阅前面“U向放样曲面”面板中的选项介绍。

四、挤出曲面

挤出曲面将从曲面子对象中挤出。这与使用“挤出”修改器创建的曲面类似。但是其优势在于挤出子对象是NURBS模型的一部分，因此可以使用它来构造曲线和曲面子对象。其效果如图7-57所示。

下面介绍一下UV放样曲面的操作。

（1）创建好用于挤出曲面的曲线，如图7-58所示。

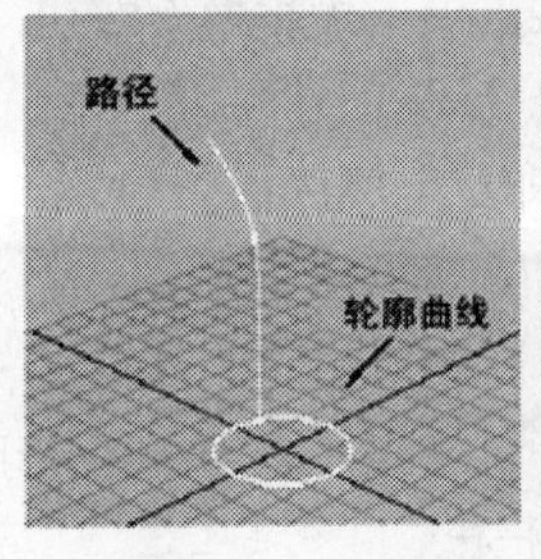

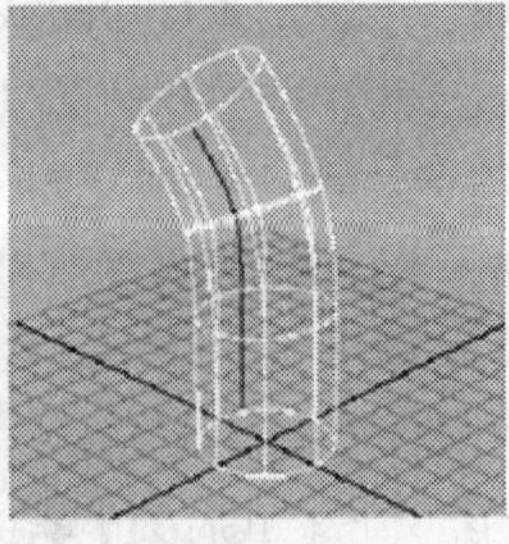

图7-57 挤出效果

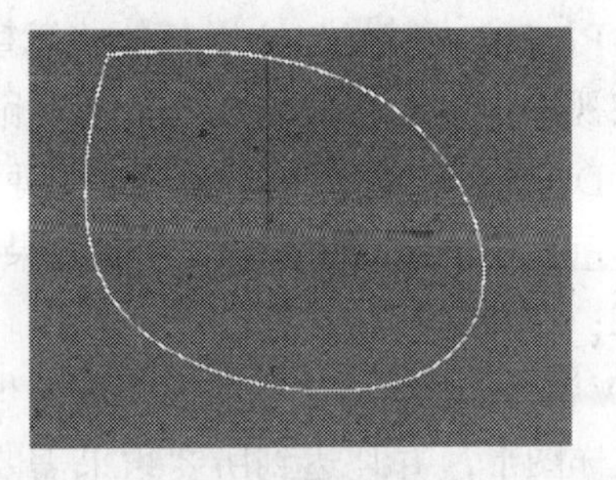

图7-58 曲线效果

（2）打开NURBS创建工具箱，单击“Create Extrude Surface（创建挤出曲面）”按钮。

（3）在曲线上移动光标即可挤出曲面，如图7-59所示。

（4）根据需要在“挤出曲面”面板中设置参数。

在挤出曲面时，我们可以设置挤出曲面的选项来获得需要的一些模型效果。这些选项都位于“Extrude Surface（挤出曲面）”面板中，如图7-60所示。下面简单地介绍一下这些选项。

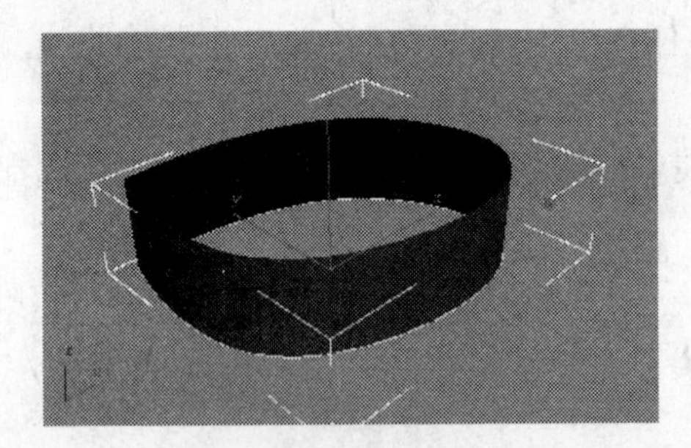

图7-59 挤出效果

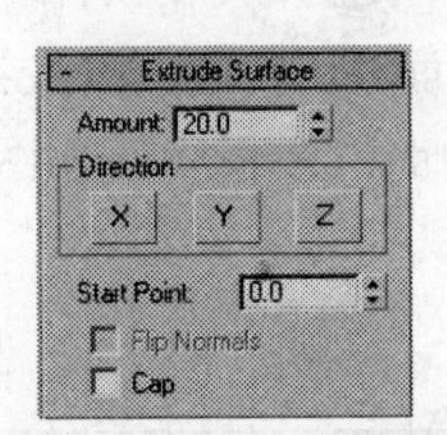

图7-60 “挤出曲面”面板

· Amount（数量）：曲面从父曲线挤出的距离，采用当前3ds Max中的单位。

· X、Y和Z：选择挤出的轴。默认设置为Z轴。

· Start Point（起始点）：调整曲线起点的位置。这可以帮助消除曲面上不希望出现的扭曲或弯曲。如果曲线不是闭合曲线该控件无效。

· Flip Normals（翻转法线）：用于在创建时间内翻转曲面法线。（创建之后，可以使用“曲面公用”面板上的控件翻转法线。）

· Cap（封口）：启用该选项之后，将生成两个曲面，以闭合挤出的末端，如图7-61所示。当封口曲面出现时，将保持它们，以便与挤出曲面的维度相匹配。父曲线必须是闭合曲线。

在3ds Max 2009中，专门有一个制作封口曲面的工具（或者命令）——“创建封口曲面”工具。使用该工具可以创建出如图7-61所示的模型来，注意曲线必须是封闭的。其操作与挤出曲面的操作基本相同，在此不再赘述。

五、镜像曲面

镜像曲面是创建原始曲面的镜像图像。在创建规则、复杂的模型时这是一种比较好的选择。其效果如图7-62所示。

镜像曲面的操作与镜像实体的操作相同，而且非常简单，在此不再赘述。

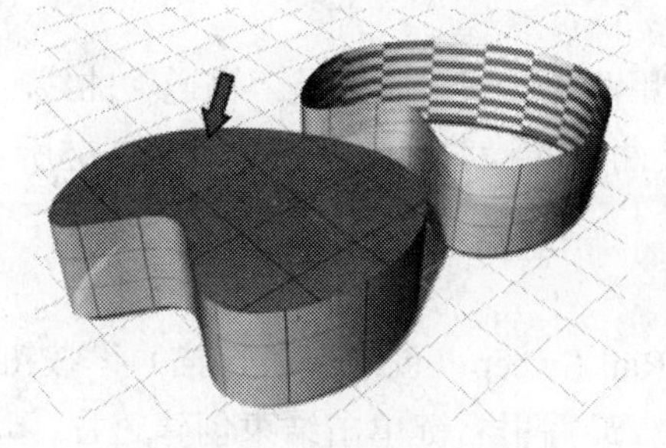

图7-61 封口效果

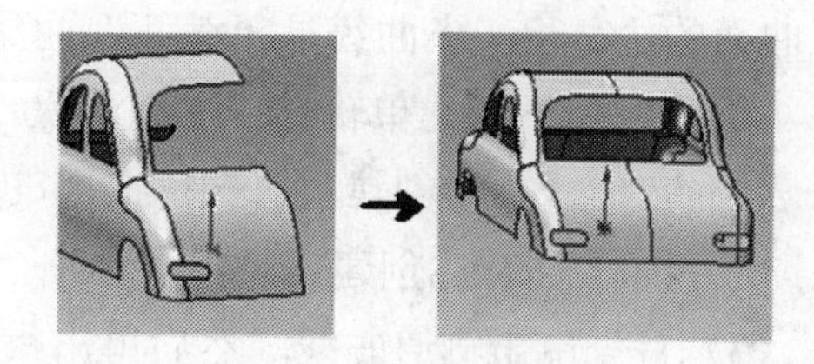

图7-62 镜像效果

六、创建规则曲面

规则曲面是通过两条曲线子对象生成的。两条曲线是形成规则曲面的边线。其效果如图7-63所示。

下面介绍一下创建规则曲面的操作。

（1）创建好用于创建规则曲面的曲线。

（2）打开NURBS创建工具箱，单击“Create Ruled Surface（创建规则曲面）”按钮。

（3）将鼠标从一条曲线拖动到其他曲线即可。也可以首先单击一条曲线，然后单击其他曲线。

（4）根据需要在“挤出曲面”面板中设置参数。

在创建规则曲面时，我们可以通过设置创建规则曲面的选项来获得一些需要的模型效果。这些选项都位于“Ruled Surf（规则曲面）”面板中，如图7-64所示。下面简单地介绍一下这些选项。

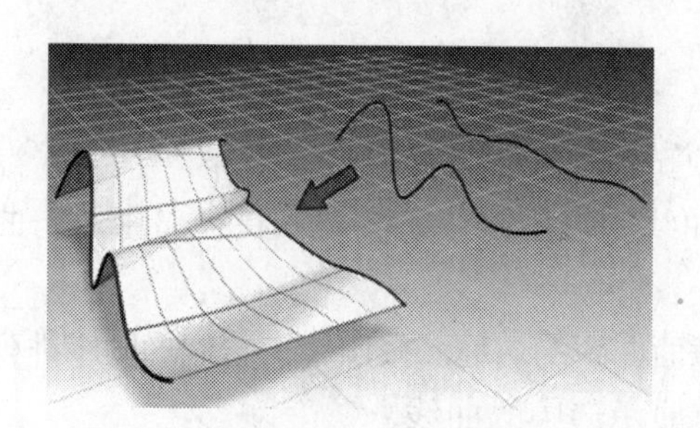

图7-63 规则曲面效果

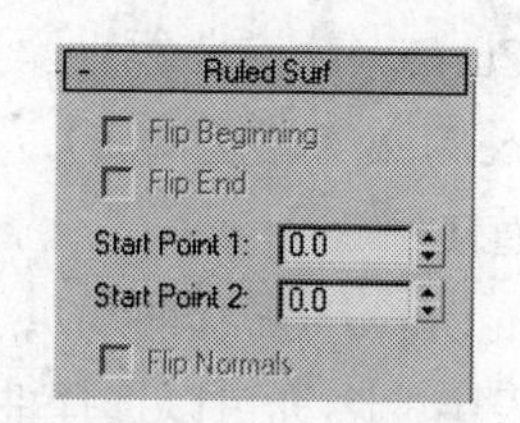

图7-64 “规则曲面”面板

· Flip Beginning/Flip End（翻转始端和翻转末端）：翻转用于构建规则曲面的其中一条曲线的方向。使用父曲线的方向可以创建规则曲面。如果两条父曲线具有相反的方向，则规则曲面像蝴蝶结领结一样被制作。要改善这种情况，请通过使用与父曲线方向相对的方向来使用“翻转始端”或“翻转末端”构建规则曲面。

· Start Point 1/Start Point 2（起点1和起点2）：调整指定规则曲面的两条曲线上的起点位置。调整起点有助于消除曲面中不需要的扭曲或“带扣”。如果边或曲线未闭合，则禁用这些微调器。调整起始点时，在两者间会显示一条蓝色的虚线，该虚线表示两者的对齐。曲面不会显示，因此这不会降低调整速度。当松开鼠标时，该曲面将重新出现。

· Flip Normals（翻转法线）：勾选该项后，可以翻转法线。

七、单轨扫描曲面

扫描曲面由曲线构建。一个单轨扫描曲面至少使用两条曲线。一条是“轨道”曲线，它定义了曲面的边。另一条曲线是“截面”曲线，它定义曲面的横截面。其效果如图7-65所示。

下面介绍一下创建单轨扫描曲面的操作。

（1）创建好用于创建单轨扫描曲面的曲线。

（2）打开NURBS创建工具箱，单击“Create 1-Rail Sweep（创建单轨扫描）”按钮。

（3）首先单击轨道曲线，然后单击横截面曲线。最后用右键单击结束创建过程。

在创建单轨扫描曲面时，我们可以通过设置单轨扫描曲面的选项来获得一些需要的模型效果。这些选项都位于“1-Rail Sweep Surface（单轨扫描曲面）”面板中，如图7-66所示。下面简单地介绍一下这些选项。

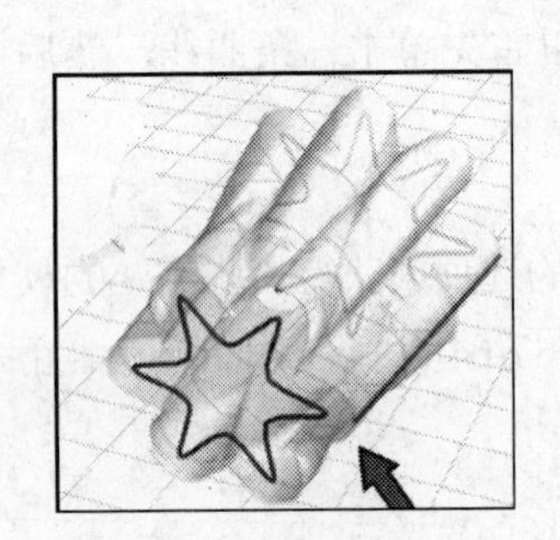

图7-65　单轨扫描效果

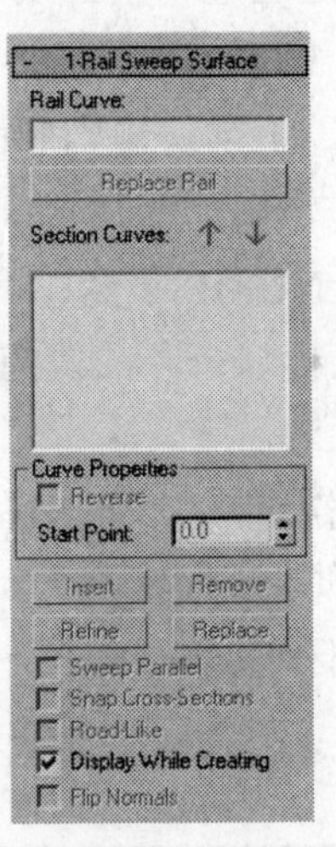

图7-66　“单轨扫描曲面”面板

• Rail Curve（轨道曲线）：显示选择作为轨道的曲线名称。

• Replace Rail（替换轨道）：用于替换轨道曲线。单击该按钮，然后在视口中单击曲线以作为新轨道使用。

• Section Curve（截面曲线）：该列表显示横截面曲线的名称，按照单击它们的顺序排列。通过单击列表中的名称可以选择曲线。视口以蓝色显示选中的曲线。

• ↑ ↓（箭头按钮）：使用这些按钮来更改列表中截面曲线的顺序。在列表中选中一条曲线，使用箭头来将选中对象上下移动。

• Reverse（反转）：在设置时，反转选中曲线的方向。

• Start Point（起始点）：调整曲线起点的位置。这可以帮助消除曲面上不希望出现的扭曲或弯曲。

• Insert（插入）：向截面列表中添加曲线。单击“插入”按钮，然后单击曲线。此曲线将插入到所选中曲线的前面。要在末尾插入一条曲线，首先在列表中高亮显示“----End----”标记。

• Remove（移除）：移除列表中的曲线。

• Refine（优化）：优化双轨扫描曲面。一旦通过添加横截面曲线优化了曲面后，就可以使用“编辑曲线”来更改曲线。

· Replace（替换）：用于替换选中曲线。

· Sweep Parallel（平行扫描）：启用该选项后，将确保扫描曲面的法线与轨道平行。

· Snap Cross-Sections（捕捉横截面）：启用该选项后，平移横截面曲线，以便令它们与轨道相交。第一个横截面平移到轨道的起始端，而最后一个平移到轨道的末端。中部的横截面平移到离横截面曲线末端最近的点与轨道相接触。

· Road-Like（路状）：启用该选项后，扫描时使用恒定的向上矢量，这样横截面将均匀扭曲，就仿佛它们沿着轨道运动一样。换句话说，横截面就像沿着路运动的车一样倾斜，或者像沿着路径约束运动的摄影机一样倾斜。默认设置为禁用状态。

· Display While Creating（创建时显示）：勾选该项后，在创建时即可显示生成的曲面。

· Flip Normals（翻转法线）：勾选该项后，翻转曲面的法线。

八、双轨扫描曲面

扫描曲面由曲线构建。一个双轨扫描曲面至少使用三条曲线。两条“轨道”曲线，定义曲面的两边。另一条曲线定义曲面的横截面。双轨扫描曲面类似于单轨扫描。额外的轨道使我们可以更多地控制曲面的形状。其效果如图7-67所示。

下面介绍一下创建双轨扫描曲面的操作过程。

（1）创建好用于创建单轨扫描曲面的曲线，至少需要三条曲线。

（2）打开NURBS创建工具箱，单击“Create 2-Rails Sweep（创建双轨扫描）”按钮。

（3）首先单击两条轨道曲线，然后单击横截面曲线。最后用右键单击结束创建过程。

在创建单轨扫描曲面时，我们可以通过设置单轨扫描曲面的选项来获得一些需要的模型效果。这些选项都位于“2-Rail Sweep Surface（双轨扫描曲面）”面板中，如图7-68所示。“双轨扫描曲面”面板中的选项与“单轨扫描曲面”面板中的选项基本相同，在这里不再介绍。

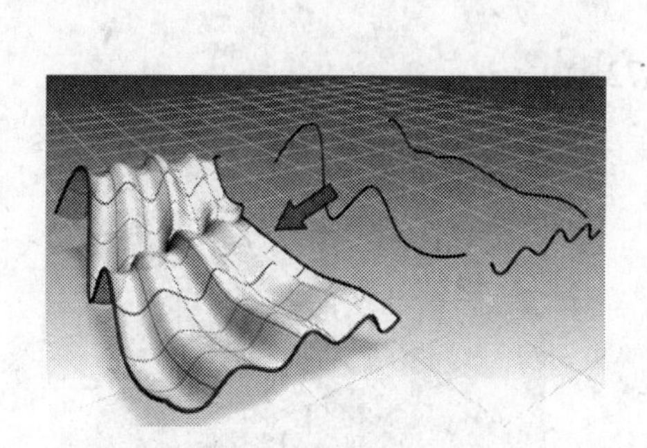

图7-67 双轨扫描效果

图7-68 “双轨扫描曲面”面板

九、多边混合曲面

多边混合曲面“填充”了由三个或四个其他曲线或曲面子对象定义的边。与规则、双面混合曲面不同，曲线或曲面的边必须形成闭合的环，即这些边必须完全围绕多边混合将覆盖的开口。如果不能创建多边混合曲面，则在曲面会合的角上熔合点或CV。有时，由于舍入错误的缘故，捕捉角会无法执行。其效果如图7-69所示。

下面介绍一下创建多边混合曲面的操作过程。

（1）创建好用于创建多边混合曲面的曲面。

（2）打开NURBS创建工具箱，并单击“Create a Multisides Blend Surface（创建多边混合曲面）”按钮。

（3）依次单击围绕开口的三个或多个曲面边或曲线。右击结束创建过程。

在创建多边混合曲面时，我们可以通过设置创建多边混合曲面的选项来获得需要的一些模型效果。这里有一个选项——Flip Normals（翻转法线），它位于“多边混合曲面”面板中，如图7-70所示。勾选该项后，创建法线时可以在多边混合上将其翻转。

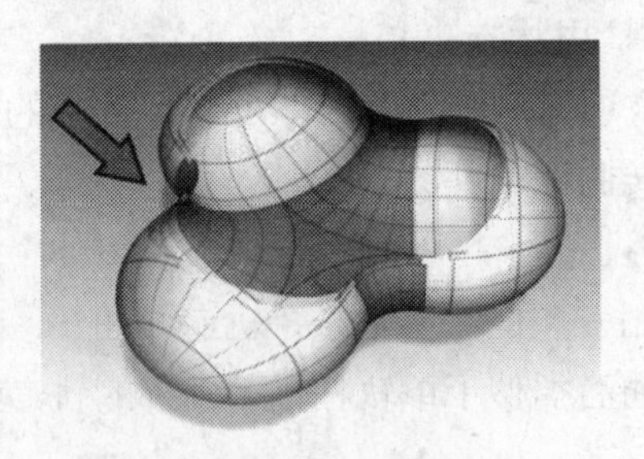

图7-69　多边混合曲面的效果

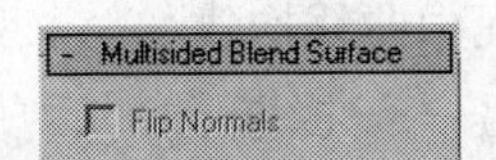

图7-70　“多边混合曲面”面板

7.4.2　编辑曲面

在下面这部分内容中，主要介绍各种编辑曲面的工具。在创建出曲面之后，还要对其进行一定的编辑才能达到我们的要求，创建出所需要的模型来，因此要想掌握NURBS建模方法的话，必须要认真阅读这部分内容。

一、混合曲面

混合曲面将一个曲面与另一个曲面相连接，并混合父曲面的曲率以在两个曲面间创建平滑曲面。这实际上就是将两个曲面连接成一个曲面。也可以将一个曲面与一条曲线混合，或者将一条曲线与另一条曲线混合。混合曲面的效果如图7-71所示。

下面介绍一下混合曲面的操作。

（1）创建好用于混合曲面的两个曲面，如图7-72所示。

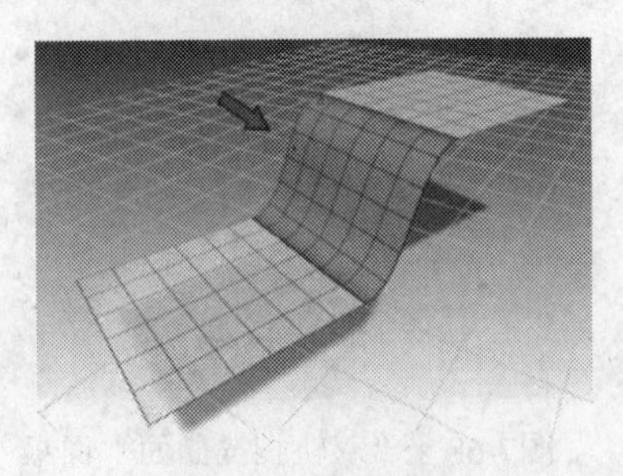

图7-71　混合曲面效果

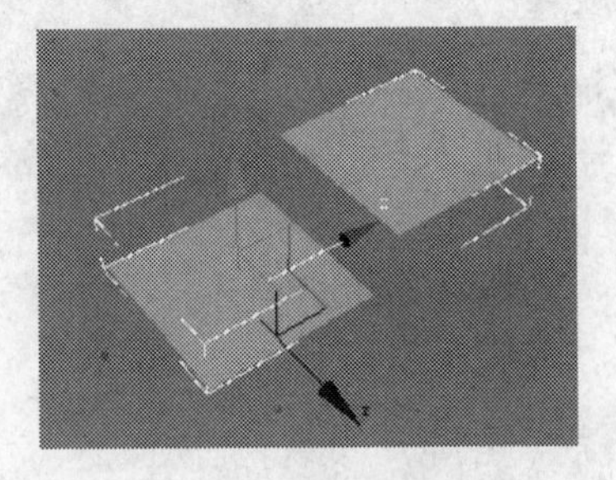

图7-72　创建曲面

（2）打开“NURBS创建工具箱”，并单击“Create Blend Surface（创建混合曲面）”按钮。

（3）单击一个曲面上的要连接的边，将被连接的边高亮显示为蓝色。拖动鼠标以选择想要连接的另一个边，然后将鼠标拖动到另一个曲面上的连接边上，该连接边也将高亮显示为蓝色。用鼠标左键单击即可创建混合曲面，如图7-73所示。

（4）在“Blend Surface（混合曲面）”面板中调整混合参数。

我们可以像对待实体那样移动、旋转和缩放曲面。

在创建混合曲面时，我们可以通过设置创建混合曲面的选项来获得需要的一些模型效果，“混合曲面”面板如图7-74所示。下面简单地介绍一下这些选项。

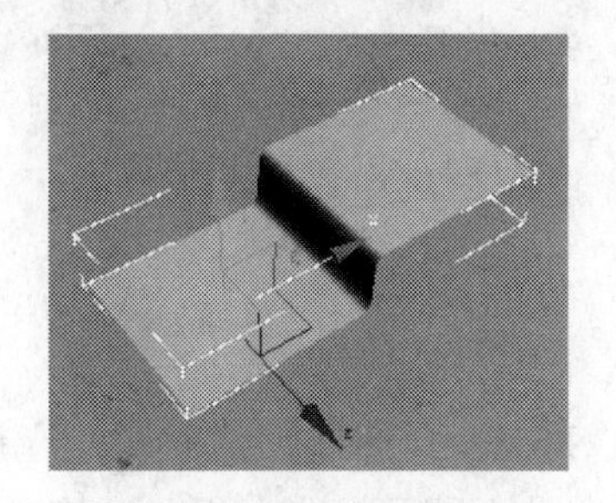

图7-73　连接曲面效果

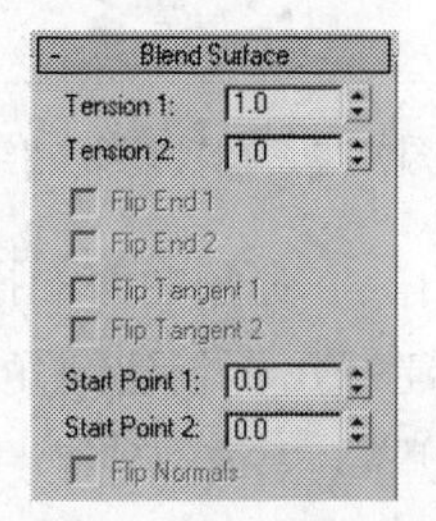

图7-74　“混合曲面”面板

·Tension 1（张力1）：控制单击的第一个曲面边上的张力。如果边是曲线那么该值不起作用。

·Tension 2（张力2）：控制单击的第二个曲面边上的张力。如果边是曲线那么该值不起作用。设置不同张力的效果如图7-75所示。

·Flip End 1/2（“翻转末端1”与“翻转末端2”）：翻转用于构建混合曲面的两条法线之一。混合曲面是使用父曲面的法线创建的。如果两个父曲面法线相对，或者一条曲线方向相反，那么混合曲面会形成蝴蝶结的形状。要修正这一情况，可以使用“翻转末端1”或“翻转末端2”，通过使用与相应父曲面法线相对的法线来构建混合曲面。翻转效果如图7-76所示。

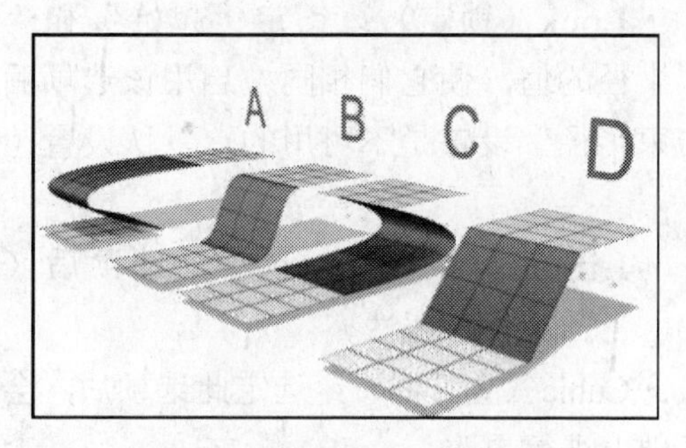

图7-75　设置不同张力的效果

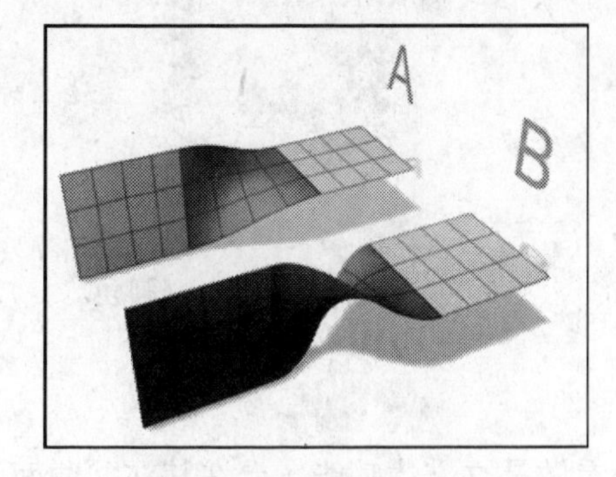

图7-76　翻转末端的结果

·Flip Tangent 1/Flip Tangent 2（“翻转切线1”与“翻转切线2”）：在第一个或第二个曲线或曲面的边上翻转切线。翻转切线的结果，如图7-77所示。

·Start Point 1/Start Point 2（“起始点1”与“起始点2”）：调整混合曲面两边的起始点位置。调整起点有助于消除曲面中不需要的扭曲或“带扣”。

·Flip Normals（翻转法线）：勾选该项后，将会翻转法线。

二、圆角曲面

圆角曲面是连接其他两个曲面的弧形转角，其效果如图7-78所示。通常，我们使用圆角曲面的两边来修剪父曲面，并在圆角和父曲面之间创建一个过渡。

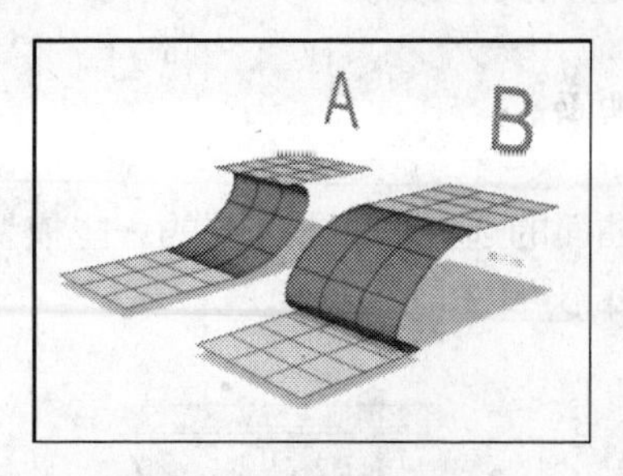

图7-77 翻转切线的结果

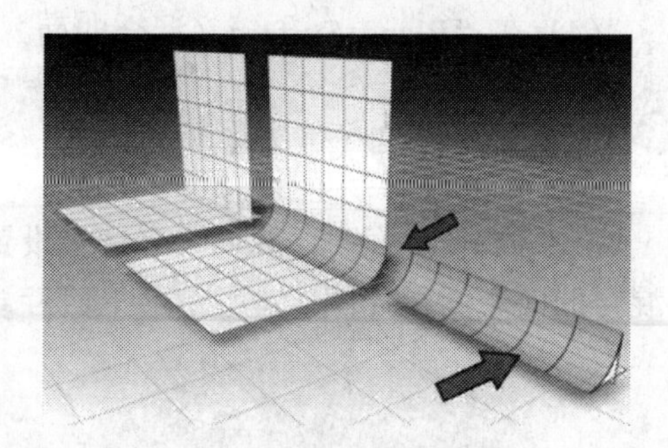

图7-78 圆角曲面效果

下面介绍一下圆角曲面的操作。

（1）创建好用于创建圆角曲面的两个曲面。

（2）打开NURBS创建工具箱，单击“Create Fillet Surface（创建圆角曲面）”按钮。

（3）单击以选择第一父曲面，然后单击以选择第二父曲面即可。当在视口中移动鼠标时，潜在父曲面会高亮显示为蓝色。

（4）读者可以根据需要在“圆角曲面”面板中调整圆角参数。

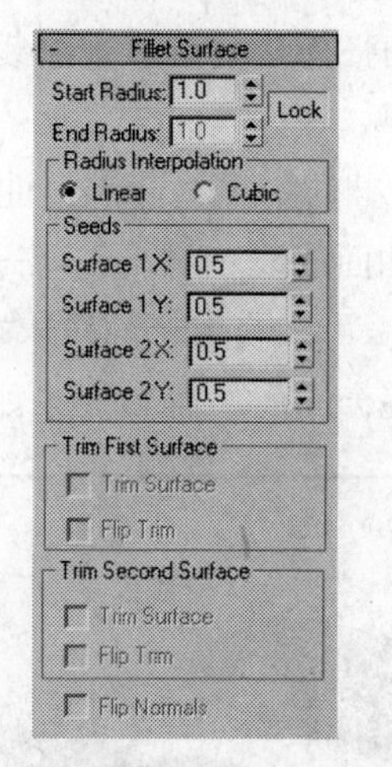

图7-79 “Fillet Surface（圆角曲面）”面板

在创建圆角曲面时，我们可以通过设置圆角曲面的选项来获得需要的一些模型效果。该面板如图7-79所示。下面简单地介绍一下这些选项。

· Start Radius/End Radius（起始半径和结束半径）：在所选择的第一曲面和第二曲面上，分别设置用于定义圆角的半径。此半径控制圆角曲面的大小。默认设置为10.0。

· Lock（锁定）：锁定“起始”和“结束”半径的值，使它们相同。启用该选项后，“结束半径”设置是不可用的。默认设置为启用。

· Linear（线性）：选中此选项后（默认），半径始终为线性。

· Cubic（立方体）：选定此选项后，会将半径看做是立方体功能，允许其在父曲面基本体基础上进行更改。

· Surface 1X（曲面1X）：在所选择的第一曲面上设置种子的局部*X*坐标。

· Surface 1Y（曲面1Y）：在所选择的第一曲面上设置种子的局部*Y*坐标。

· Surface 2X（曲面2X）：在所选择的第二曲面上设置种子的局部*X*坐标。

· Surface 2Y（曲面2Y）：在所选择的第二曲面上设置种子的局部*Y*坐标。

· Trim Surface（修剪曲面）：修剪圆角边的父曲面。

· Flip Trim（翻转修剪）：反转修剪的方向。

· Flip Normals（翻转法线）：用于替换父曲面。

三、断开曲面

我们还可以通过进入到曲面的子对象级别中对曲面执行一些编辑，比如断开曲面等，从而获得一些需要的曲面模型。我们可以创建一个曲面后，进入到“Modify（修改）”面板中，然后展开NURBS曲面，并单击“曲面”，同时打开“曲面公用”面板，其效果如图7-80所示。

下面介绍一下断开曲面的操作。

（1）创建好用于断开曲面的一个曲面，如图7-81所示。

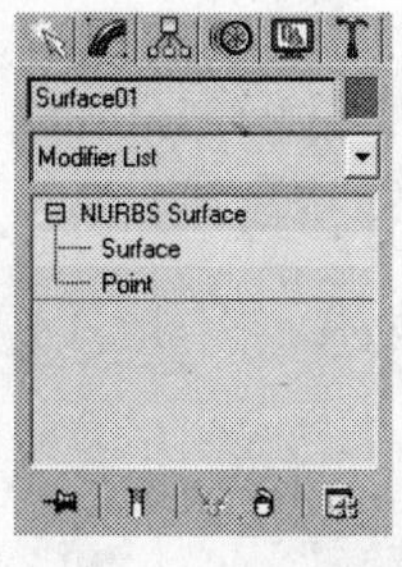

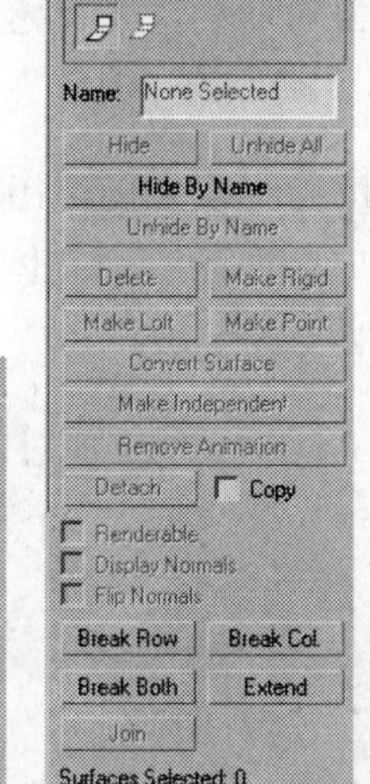

图7-80　“修改”面板和“曲面公用”面板

图7-81　创建的曲面

（2）在“Surface Common（曲面公用）”面板中单击“Break Row（断开行）”，“Break Col（断开列）”或者“Break Both（断开行或列）”按钮，然后在曲面上拖动鼠标。随后在曲面上会显示一条或两条蓝色的曲线，表示断开发生的位置。

（3）单击并拖动其中一个曲面分离它们，如图7-82所示。

四、延伸曲面

我们还可以延伸曲面，其效果如图7-83所示。其操作与断开曲面的操作基本相同，只是需要在“曲面公用”面板中单击“延伸”按钮，在此不再赘述。

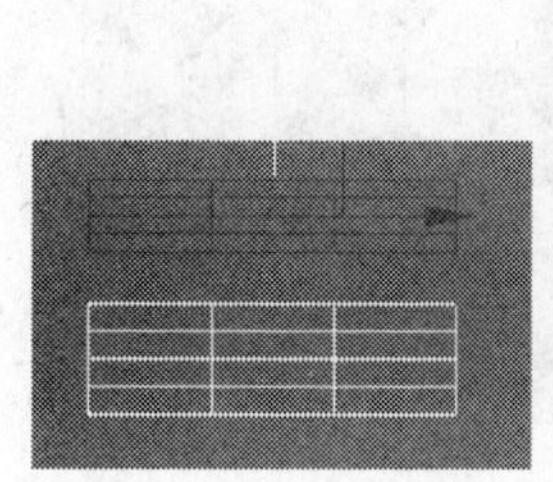

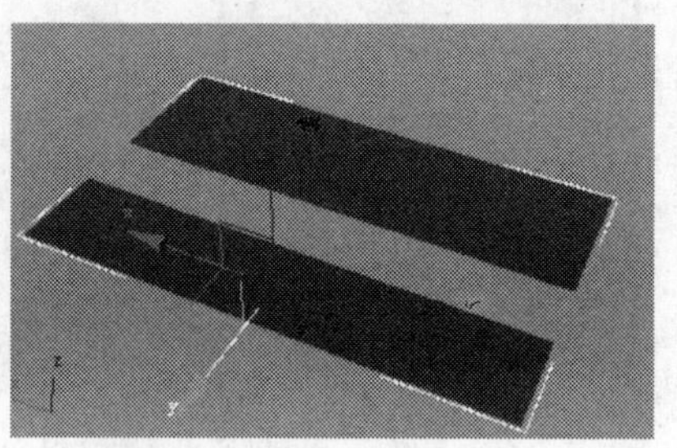

图7-82　分离断开的曲面

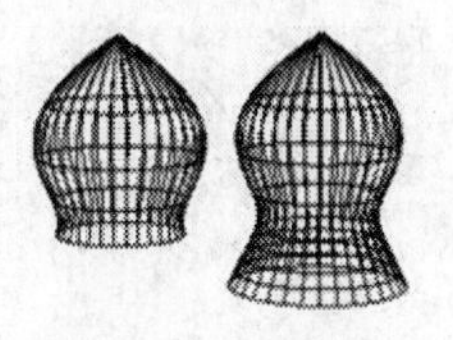

图7-83　延伸曲面

使用“Surface Common（曲面公用）”面板中的“删除”按钮可以删除曲面，使用“创建放样”按钮可以放样曲面，使用“连接”按钮可以连接曲面。

7.5 实例：使用NURBS制作一条海豚

在这一部分内容中，我们将使用NURBS建模方法来制作一条海豚的模型。因为这个模型要求不是很高，只要看起来大小合适即可，可以不必使用参考图像。

在制作模型时，一定要仔细了解所要制作的模型的结构，多注意观察周边对象的结构、颜色及材质，只有这样才能制作出比较真实的模型。

在本实例中，我们主要练习NURBS建模的方法和技巧。首先创建出各个截面上的轮廓曲线，通过“创建U向放样曲面”工具进行放样，从而形成曲面，实现立体效果。制作的最终海豚模型如图7-84所示。

图7-84 海豚模型

制作过程：

（1）依次单击创建命令面板中的 → 按钮，打开二维图形创建面板。单击“Spline（样条线）”右侧的小三角形按钮，选择“NURBS曲线”一项，即可进入“NURBS Curve（NURBS曲线）”创建面板。然后单击CV Curve按钮，在前视图中绘制出海豚主体部分的侧面轮廓曲线，如图7-85所示。

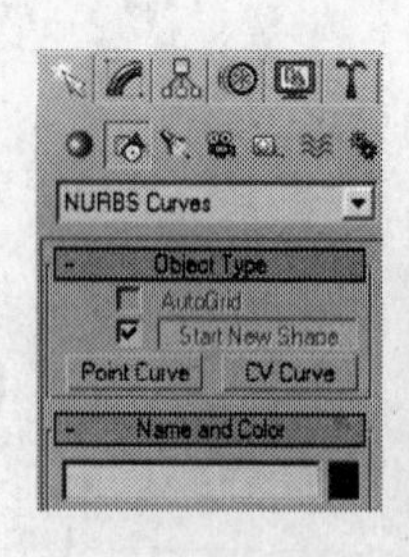

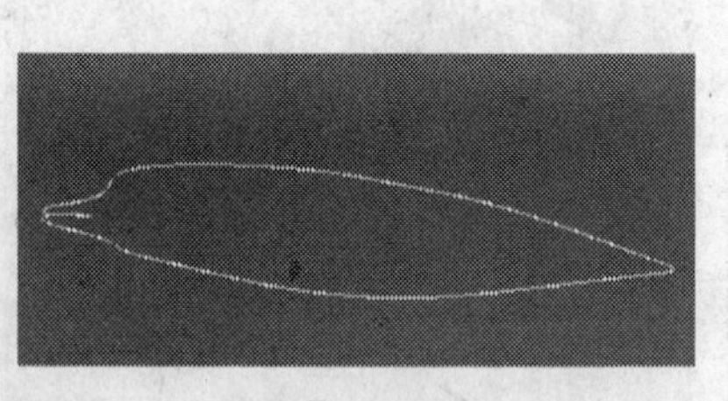

图7-85 海豚主体部分的侧面轮廓曲线

（2）按住键盘上的Shift键同时选中该曲线并拖动鼠标对其复制，然后单击按钮，进入到修改命令面板中。在修改堆栈中单击“NURBS曲线”左侧的小“+”图标，展开它的次级对象后单击“Curve CV（曲线CV）”选项，使用“选择并移动”工具对曲线顶点进行编辑，其中嘴部要适当向后移动，如图7-86所示。

（3）再次单击“Curve CV（曲线CV）”选项以退出次级对象编辑模式，激活“选择并移动”工具，在顶视图中移动曲线，调整好位置，如图7-87所示。

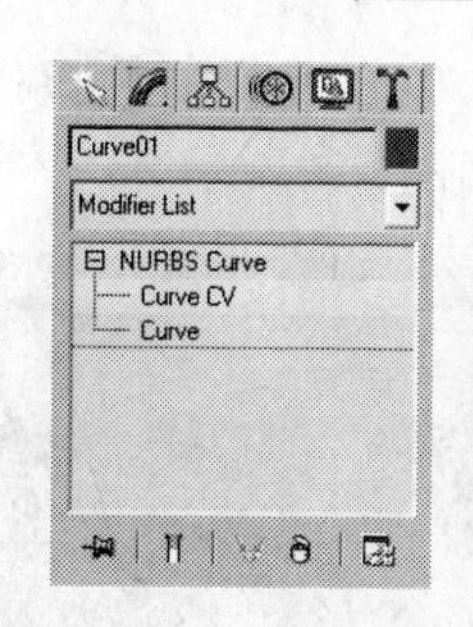

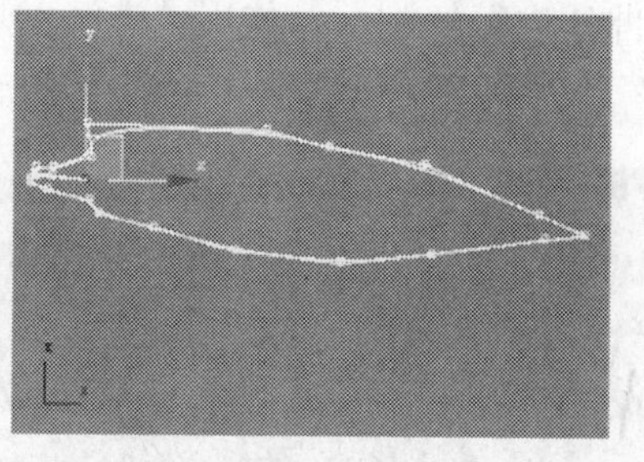

图7-86　调整侧面轮廓曲线后的效果

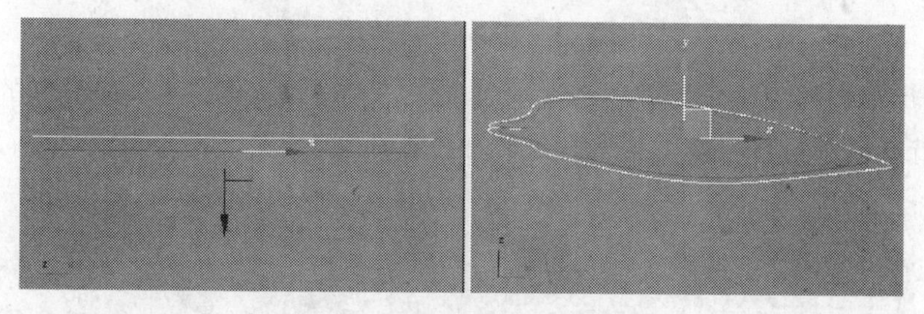

图7-87　移动的第二条曲线

（4）使用与上面相同的方法复制出第三条和第四条曲线。单击“NURBS曲线”左侧的“+”图标，选择“Curve CV（曲线CV）”选项。使用“选择并移动”工具对曲线顶点进行编辑，然后调整曲线的位置，如图7-88所示。

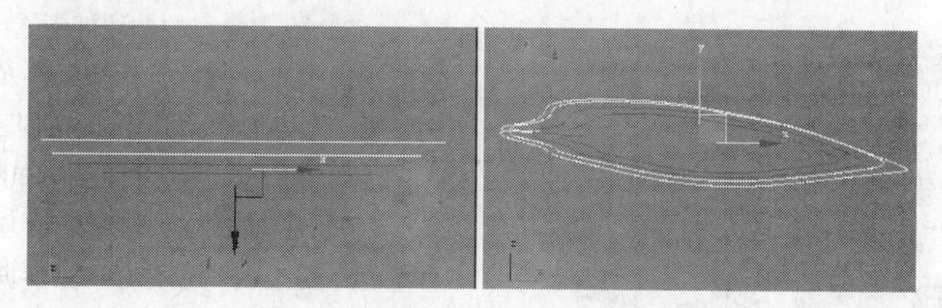

图7-88　得到的第三条和第四条曲线

（5）单击Point Curve按钮，在前视图中绘制出第五条海豚主体部分的侧面轮廓曲线。使用“选择并移动”工具调整其位置，如图7-89所示。

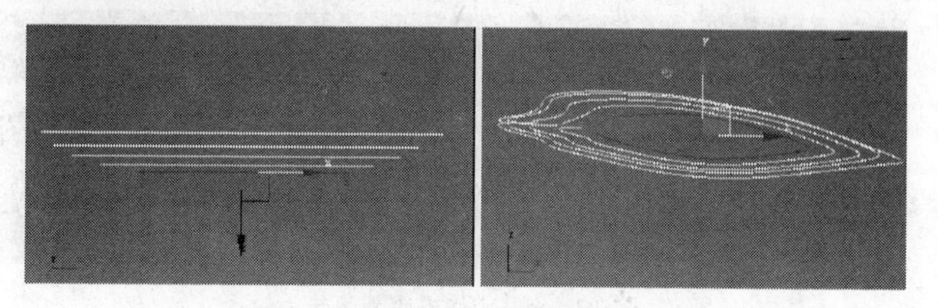

图7-89　绘制的第五条侧面轮廓曲线

考虑到海豚主体部分侧面的各个截面轮廓图，可以从第五条曲线开始，以后每条曲线的嘴部都不用再进行编辑。

（6）对第五条曲线进行复制，并使用“选择并均匀缩放”工具将其缩小，使用“选择并移动”工具调整其位置，从而得到第六条曲线如图7-90所示。

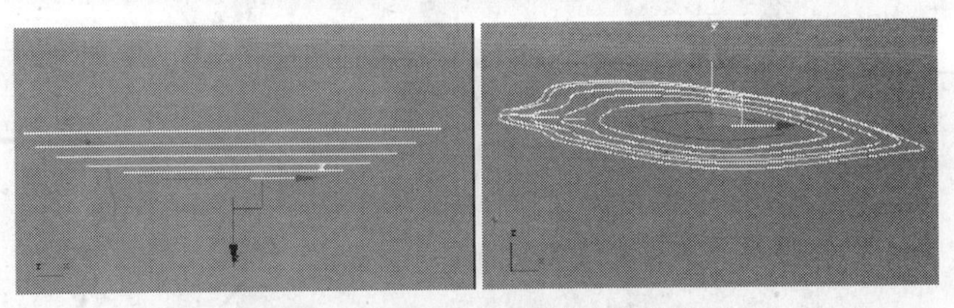

图7-90　复制并调整得到的第六条曲线

（7）使用与步骤六相同的方法，复制出若干条曲线。直到最后一条曲线的大小已经很小为止，这样就完成了身体一侧的轮廓曲线，如图7-91所示。

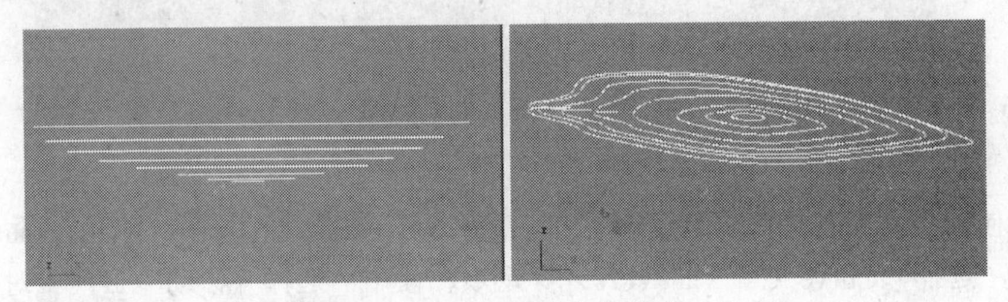

图7-91　身体一侧的轮廓曲线

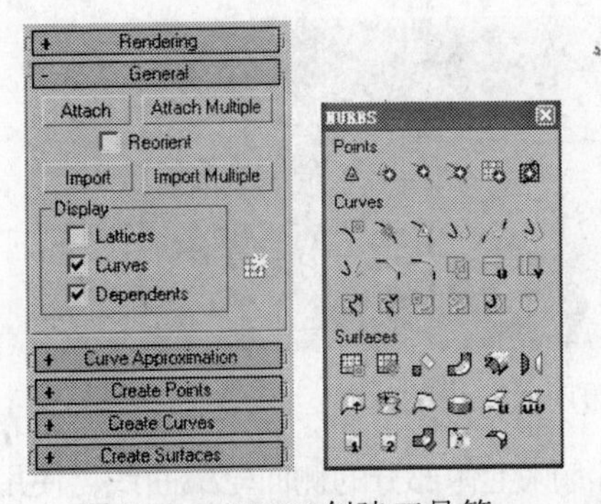

图7-92　NURBS创建工具箱

（8）确定最小的曲线处于选中状态，单击按钮，进入到修改命令面板，单击“General（常规）”卷展栏中的NURBS创建工具箱按钮，打开NURBS创建工具箱，如图7-92所示。

（9）在NURBS创建工具箱中单击“Create U Loft Surface（创建U向放样曲面）”按钮，然后依次从内到外选择各条曲线，放样生成模型的曲面，如图7-93所示。

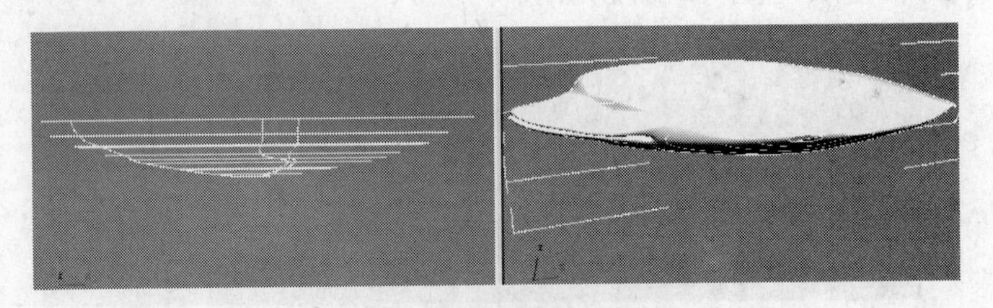

图7-93　放样生成的曲面

（10）单击“Create Cap Surface（创建封口曲面）”按钮，在视图中选择最小的曲线，将其进行封口。然后勾选“Cap Surface（封口曲面）”卷展栏的“Flip Normals（翻转法线）”，此时曲面如图7-94所示。

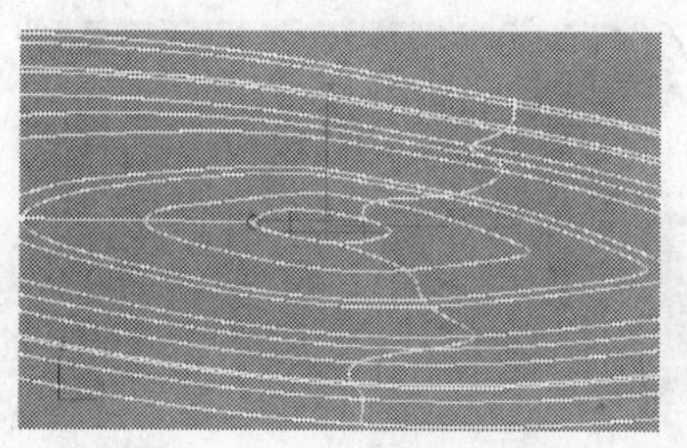

图7-94 封口后的曲面

（11）进入图形创建命令面板，依次单击 → → CV Curve 按钮，在前视图中绘制出眼眶的外轮廓曲线。使用“选择并移动”工具将其放到适当的位置，如图7-95所示。

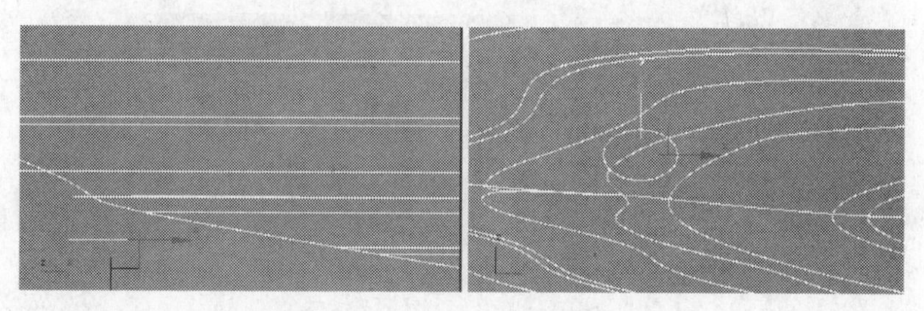

图7-95 绘制的眼眶外侧的曲线

（12）在前视图中绘制出眼眶的内轮廓曲线，使用“选择并移动”工具将其移动到身体内侧适当的位置，如图7-96所示。

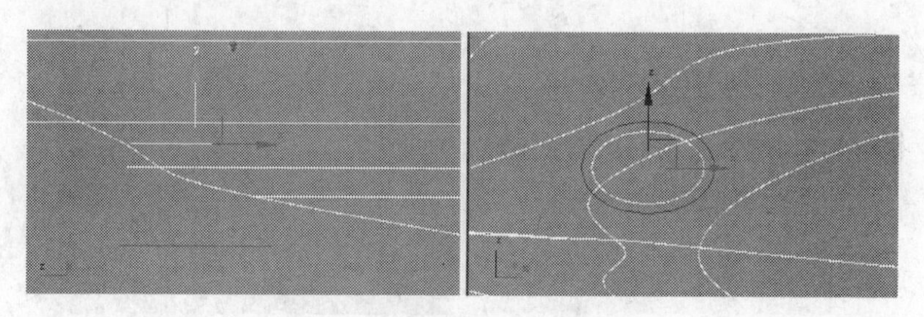

图7-96 绘制的眼眶内侧的曲线

（13）选中眼眶外侧的曲线，单击按钮，进入到修改命令面板。单击“General（常规）”面板中的“Attach（附加）”按钮，然后单击海豚身体，使两者结合在一起，此时海豚身体的颜色会变成眼眶曲线的颜色，如图7-97所示。

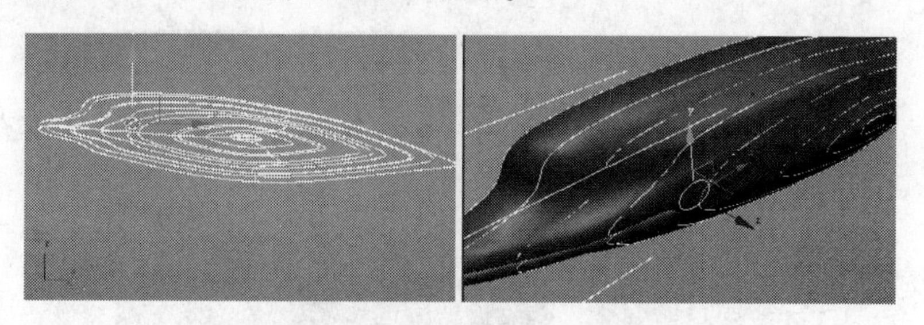

图7-97 眼眶与身体结合后的效果

（14）单击NURBS创建工具箱按钮，打开“NURBS创建工具箱”。单击“Create Normal Projected Curve（创建法向投影曲线）”按钮，先单击曲线，再单击海豚身体，将曲线映射到海豚身体上，此时会生成一条投影曲线，效果如图7-98所示。

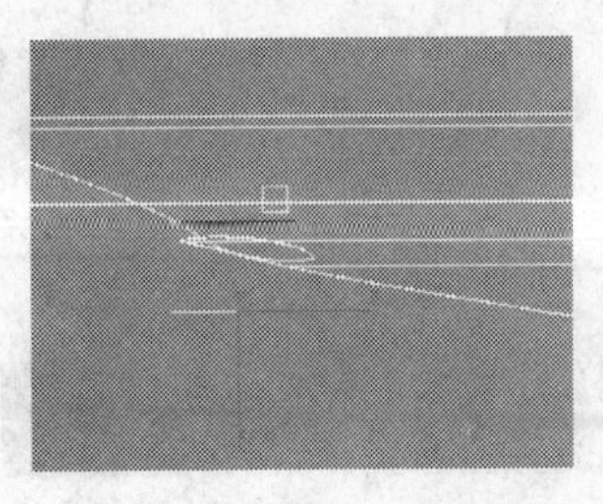
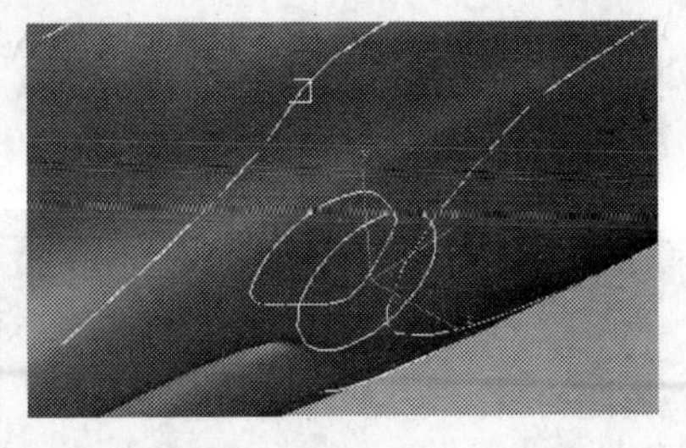

图7-98 投影曲线

（15）选中投影的曲线，在“Normal Projected Curve（法线投影曲线）”面板中勾选“Trim（修剪）”选项，剪切海豚身体，此时会在眼部留下一个不封闭的洞口，如图7-99所示。

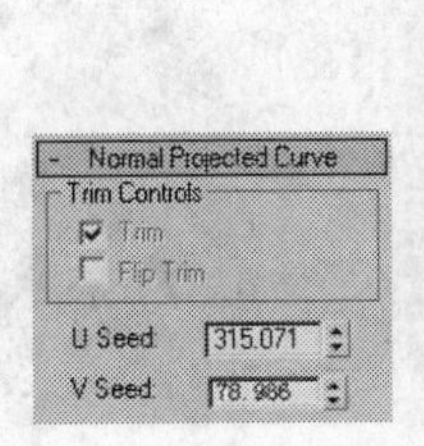

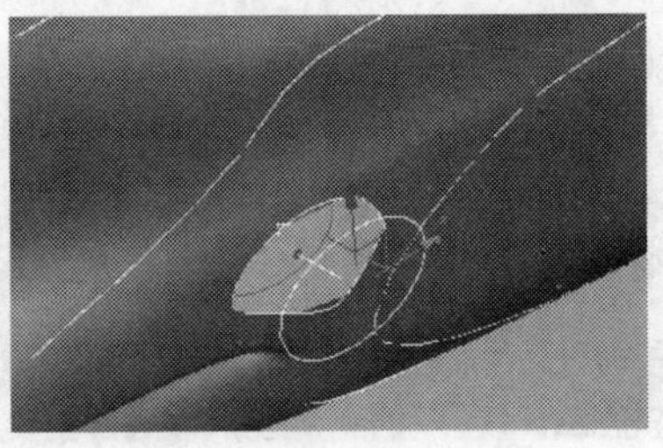

图7-99 剪切得到眼框洞口

（16）在NURBS创建工具箱中单击“Create U Loft Surface（创建U向放样曲面）”按钮，然后依次单击投影的曲线和内圈曲线，放样生成眼眶的造型，如图7-100所示。

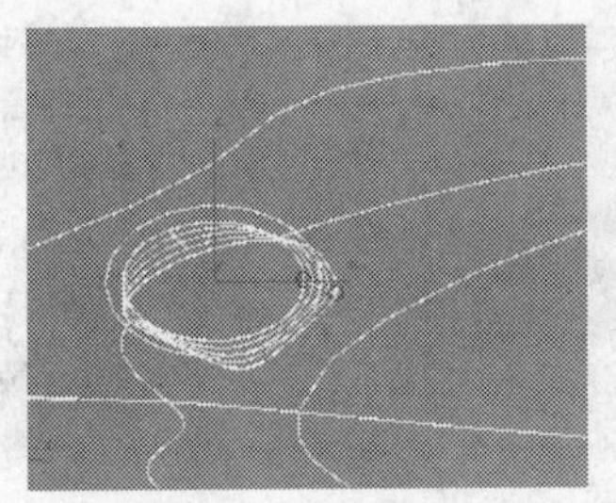
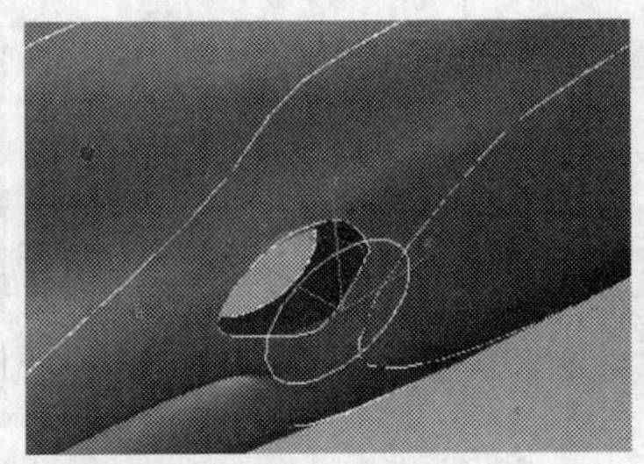

图7-100 放样生成眼眶的造型

（17）此时眼眶内部显示黑色，说明创建曲面时法线方向相反。进入到修改命令面板中，勾选“Flip Normals（翻转法线）”选项，眼眶曲面的颜色将显示为身体的颜色，效果如图7-101所示。

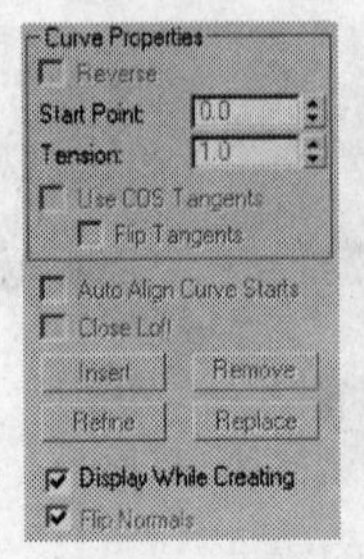

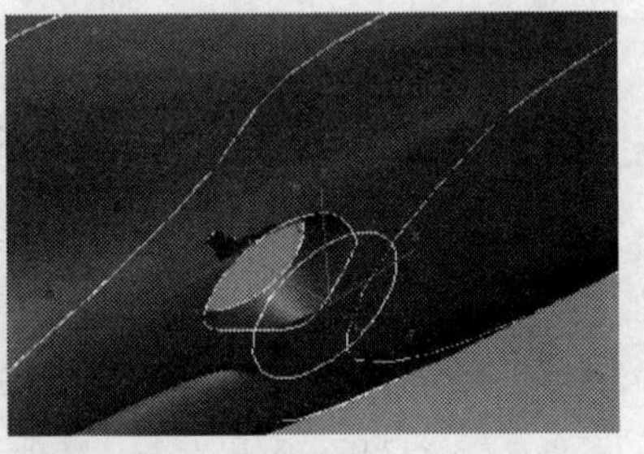

图7-101 翻转法线的效果

（18）进入到基本体创建面板中，然后依次单击 → → Sphere（球体）按钮。在前视图中创建两个球体，激活“选择并非均匀缩放”工具，对其在Z轴方向上进行压缩，并使用“选择并移动”工具调整其位置，得到的眼球效果如图7-102所示。

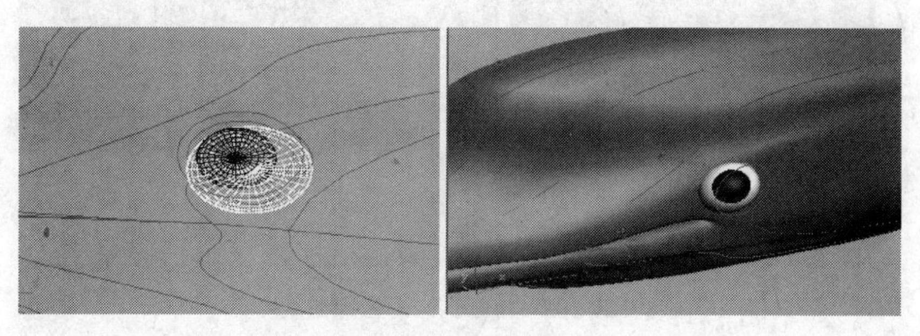

图7-102　创建的眼球

（19）依次单击创建命令面板中的→按钮，打开二维图形创建面板。单击“Spline（样条线）”右侧的小三角形按钮，选择“NURBS曲线”一项，即可进入“NURBS曲线”创建面板。然后单击CV Curve按钮，在前视图中绘制出海豚胸鳍的侧面轮廓曲线，如图7-103所示。

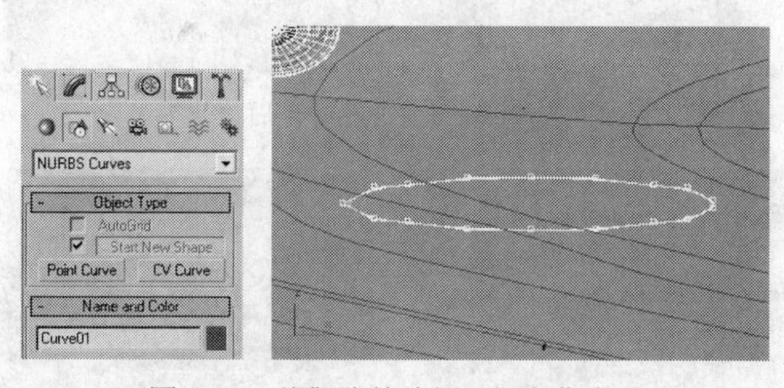

图7-103　海豚胸鳍的侧面轮廓曲线

（20）在按住键盘上的Shift键的同时选中该曲线并拖动鼠标对其复制，使用“选择并均匀缩放”工具将其缩放，并使用“选择并移动”工具调整其位置，如图7-104所示。

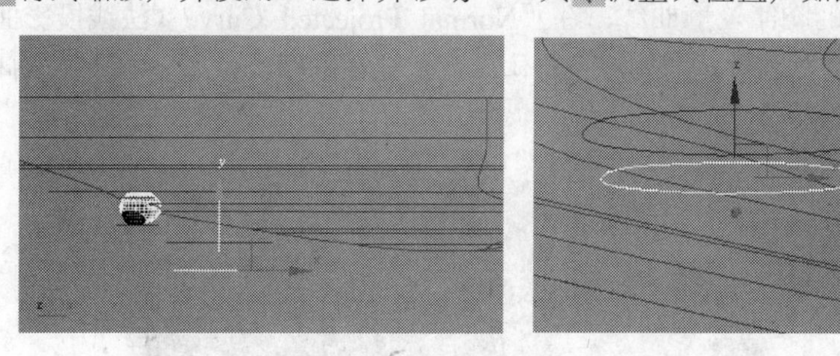

图7-104　复制并调整的第二条曲线

（21）使用与上面的方法复制出若干条曲线，并将其调整，直到最后一条曲线的形状大小已经很小为止，如图7-105所示。

（22）选中最大的胸鳍轮廓曲线，单击按钮，进入到修改命令面板中。单击“General（常规）”面板中的“Attach（附加）”按钮，然后单击海豚身体，使两者结合在一起，此时海豚身体的颜色将变成胸鳍曲线的颜色，如图7-106所示。

（23）单击NURBS创建工具箱按钮，打开NURBS创建工具箱。单击“Create Normal Projected Curve（创建法向投影曲线）”按钮，先单击胸鳍曲线，再单击海豚身体，将胸鳍轮廓曲线映射到海豚身体上，此时会生成一条映射曲线，如图7-107所示。

图7-105　海豚胸鳍的轮廓曲线

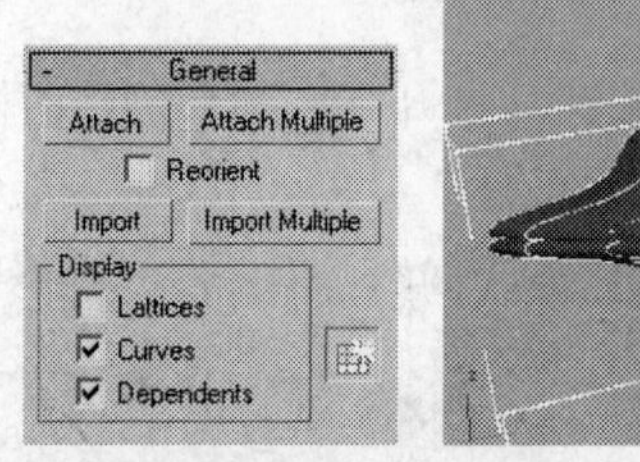

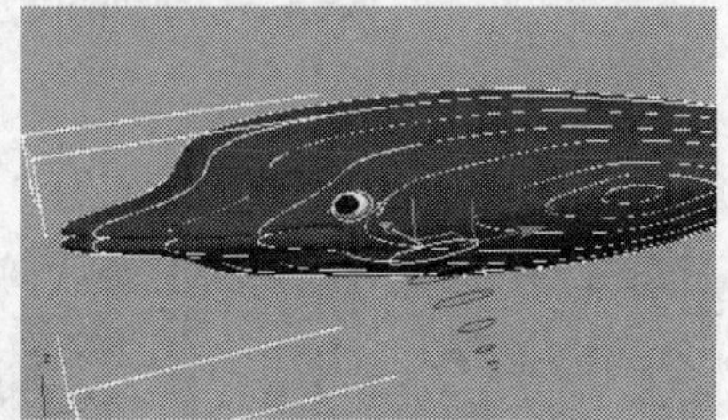

图7-106　胸鳍与身体结合后的效果

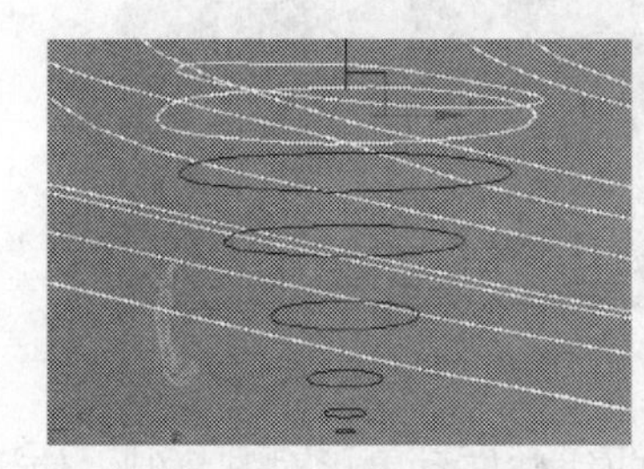

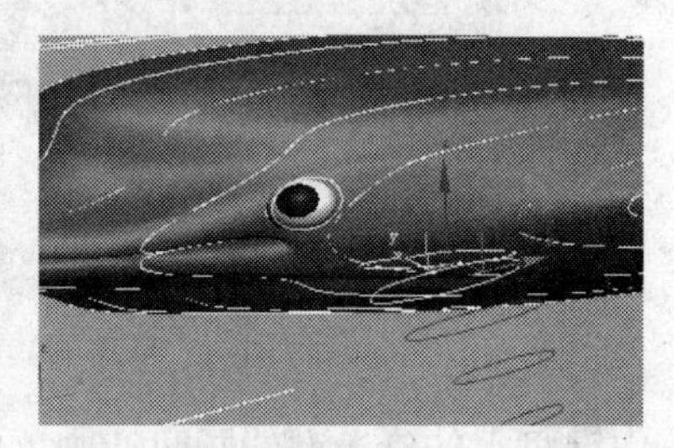

图7-107　形成的映射曲线

（24）选中投影的胸鳍轮廓曲线，在“Normal Projected Curve（法线投影曲线）”面板中勾选“Trim（修剪）”选框，剪切海豚身体，此时会在胸鳍部位留下一个不封闭的洞口，如图7-108所示。

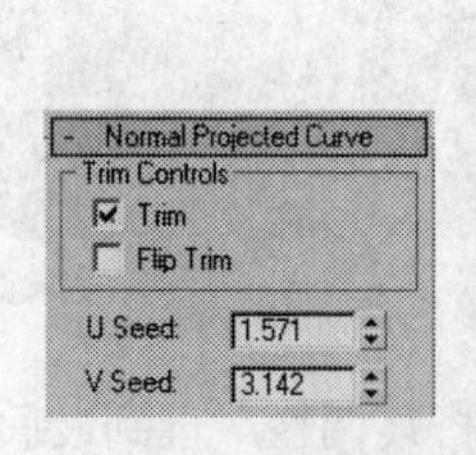

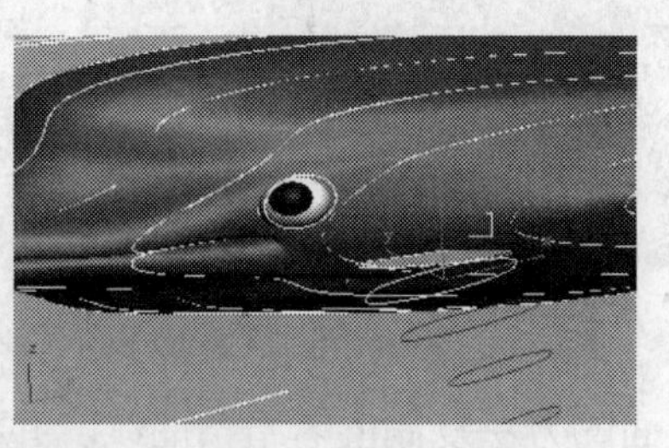

图7-108　剪切曲面得到胸鳍洞口

（25）在NURBS创建工具箱中单击按钮，然后依次单击投影的曲线和内圈曲线，放样生成胸鳍的造型，如图7-109所示。

（26）单击“创建封口曲面”按钮，在视图中选择最小的胸鳍轮廓曲线，将其进行封口。效果如图7-110所示。

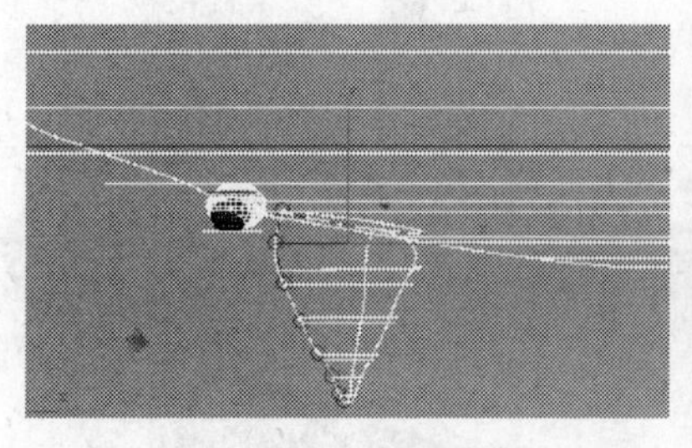
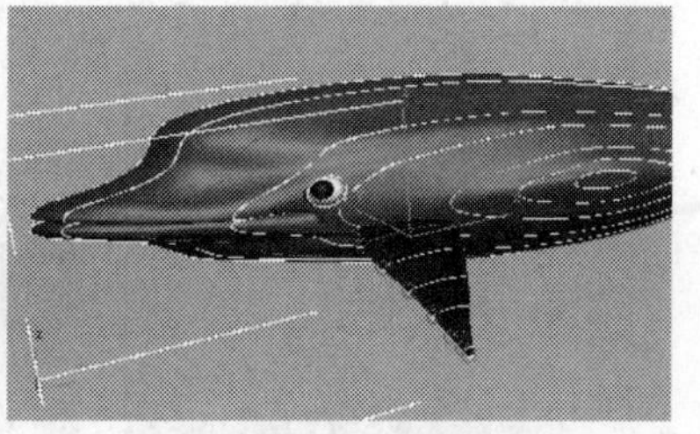

图7-109 放样生成胸鳍的造型

（27）此时胸鳍显示黑色，说明创建曲面时法线方向相反。选择胸鳍曲面，然后单击按钮，进入到修改堆栈中。在修改堆栈中单击“NURBS曲面”左侧的小“+”图标，展开它的次级对象后单击“Surface（曲面）”选项。选择胸鳍曲面，在修改命令面板中勾选“Flip Normals（翻转法线）”选项，此时眼眶曲面的颜色显示为身体的颜色，效果如图7-111所示。

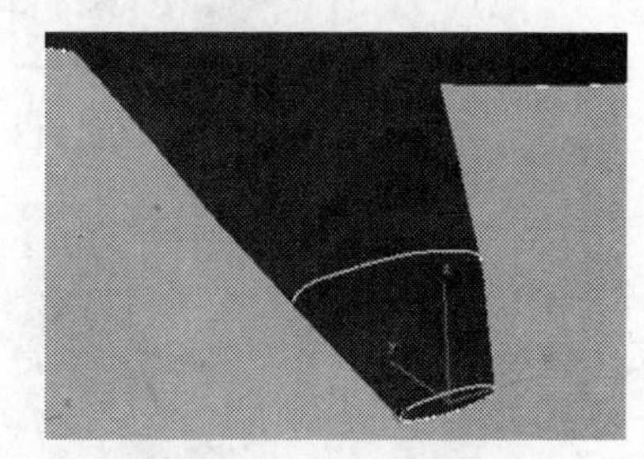

图7-110 封口后的曲面

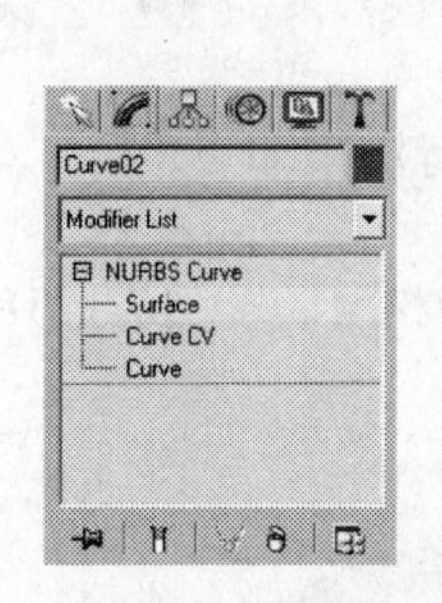

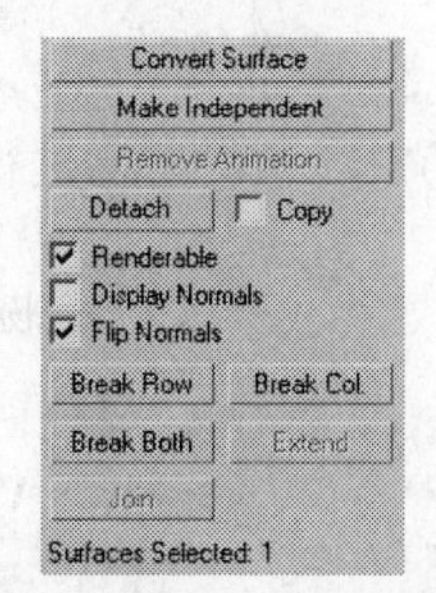

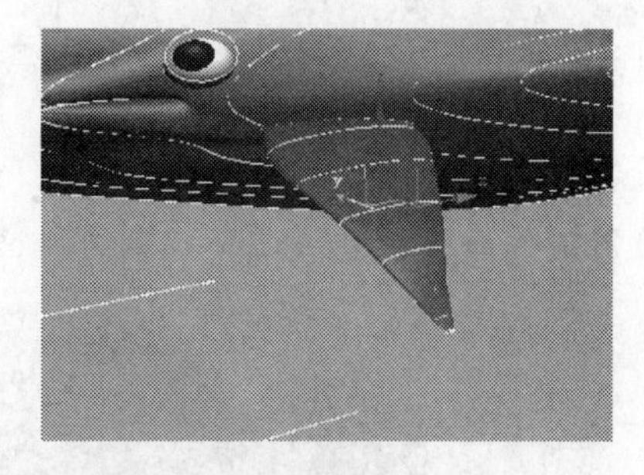

图7-111 翻转法线的效果

（28）在前视图中创建出尾鳍的轮廓曲线，然后使用与制作胸鳍同样的方法制作出尾鳍，效果如图7-112所示。

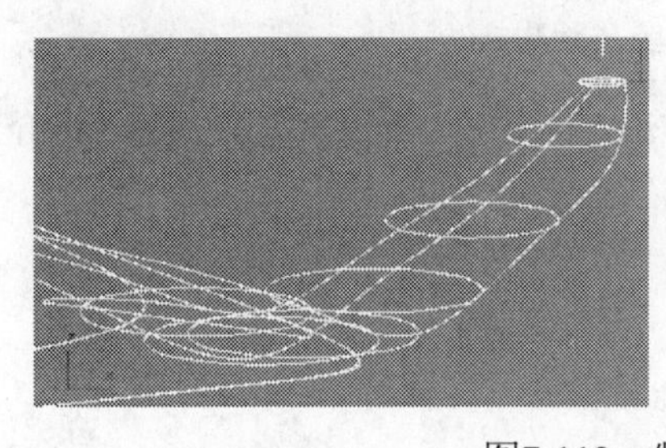
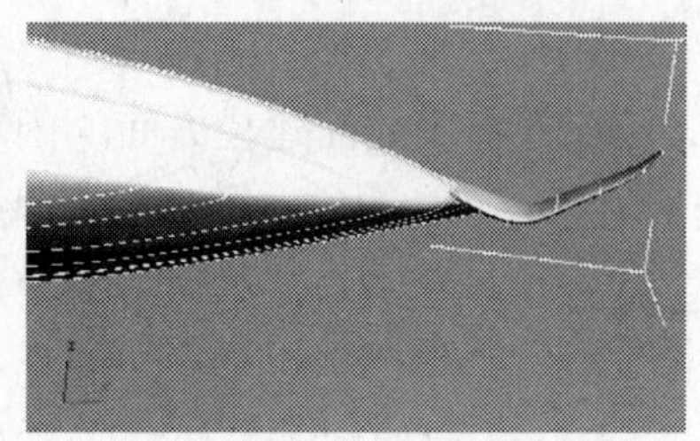

图7-112 制作的尾鳍

（29）确定创建的模型全部处于选中状态，单击“Mirror（镜像）”按钮，弹出“Mirror（镜像）”对话框。在“镜像轴”一栏中选择“Y”选项，并选择“Instance（实例）”按钮，然后单击“OK（确定）”按钮以关闭对话框。使用“选择并移动”工具调整其位置，如图7-113所示。

（30）使用CV曲线工具绘制出海豚背鳍的轮廓线，然后对轮廓线创建U向放样曲面，制作出海豚的背鳍，效果如图7-114所示。

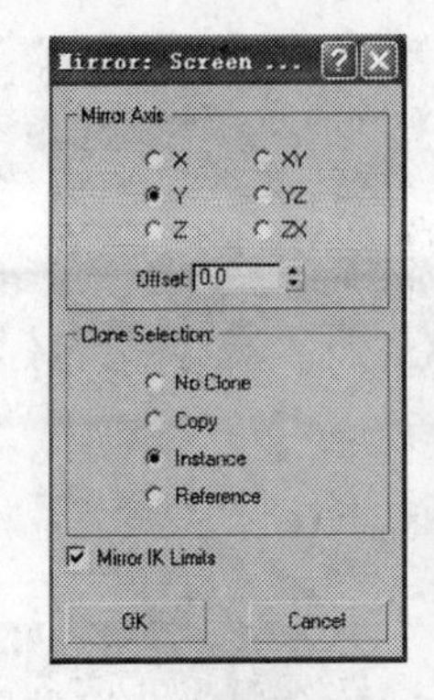

图7-113　“镜像”的另一侧身体

图7-114　制作的背鳍

（31）至此，海豚的模型已创建完成。为它赋予材质后进行渲染即可。

使用制作海豚的方法还可以制作鲸鱼、鱼或者其他动物模型，如图7-115所示。

图7-115　鲸鱼效果

在本章中，介绍了有关曲面建模方面的内容。在下一章的内容中，我们将介绍有关在3ds Max 2009中设置材质方面的内容，材质也是我们必须要掌握的内容。

第3篇　材质与灯光

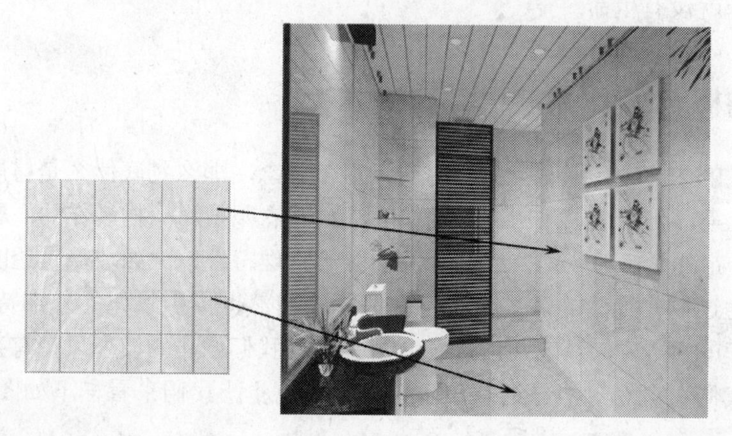

在前面的内容中，我们多次提到了“材质”这个词，那么什么是材质呢？它有什么作用呢？怎样才能制作和应用材质呢？在这一部分内容中我们将详细介绍关于材质的知识。

本篇包括下列内容：

- 第8章 材质与贴图初识
- 第9章 灯光

第8章　材质与贴图初识

材质和贴图是建模之后需要做的工作，也是非常重要的一步。如果没有材质和贴图，那么我们制作的模型就没有生命。

8.1　材质的概念及作用

我们在前面的内容中，经常提到“材质”这个概念，那么到底什么是材质呢？所谓材质就是物体的构成元素，比如桌子是用木头制作的，穿的衣服是用织物制作的，看的杂志是用纸做的。它们都有一定的颜色、光泽、纹理和透明度等物理特性，比如玻璃是透明的。在三维场景中，我们就是通过制作物体的这些外部特征来模拟自然世界中物体的外部特征。

在前面建模的过程中，读者可能已经注意到了，我们创建的模型只带有系统默认设置的颜色，根本不是我们在自然界中看到的物体的真实颜色。让我们来看一下如图8-1所示的图片。

图8-1　材质的作用（右图赋予了材质）

从图8-1中可以看到，那些赋予了材质的图片有色彩、光泽、质地等，看上去比较真实。其实这就是材质的作用。只有我们为创建的物体赋予了材质之后，它们看上去才与我们在自然界中看到的物体一样。在3ds Max 2009中，有专门制作材质的工具，这就是下面要介绍的材质编辑器。

8.2　材质编辑器

我们需要使用材质编辑器来制作材质，然后把制作好的材质指定给我们创建的物体。这个工具是一个包含有多个设置选项的对话框，因此我们需要先了解一下它的界面。

在工具栏中直接选择（材质编辑器）按钮，可以直接打开“Material Editor（材质编辑器）”对话框，也有人将其称为材质编辑器窗口。还有两种打开材质编辑器的方法，第一：选择“Rendering（渲染）→Material Editor（材质编辑器）”菜单命令。第二：按键盘上的M键，也可以打开“材质编辑器”对话框。“材质编辑器”对话框如图8-2所示。

下面分别对这4部分进行介绍：

（1）菜单栏：其中提供了多种编辑材质的命令，这些命令在工具栏中都能找到与之功能相对应的按钮。

（2）材质样本球窗口：位于“材质编辑器”对话框的最上方。默认显示为6个样本球，而且显示为灰色，用户可以通过滑动右侧或者左侧的滑块显示更多的样本球窗口。这些样本球窗口用于显示当前场景中模型的材质状态。如果它们处于选择状态，那么在它们周围将会显示出一个白色的框。这时，就可以在参数设置区域设置它们的参数了。

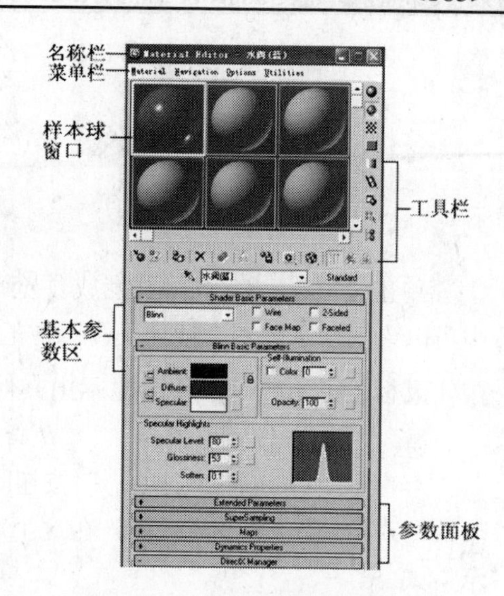

图8-2 “材质编辑器”对话框

（3）工具栏：在“材质编辑器”对话框中，工具栏分为竖栏和横栏。在横栏中的按钮主要用于打开、存储材质和把制作好的材质赋予场景中的物体等。而竖栏中的按钮主要用于调节样本球对话框中的材质显示状态。

（4）基本参数区和参数面板：参数设置区位于“材质编辑器”对话框的下方。这些设置区会根据不同的材质类型而显示为不同的样子。在参数区中主要有基本参数、扩展参数、超级采样、贴图、动力学属性和metal ray连接几部分组成。

由于我们主要会使用到工具栏和参数设置区，因此下面将详细介绍一下工具栏中的按钮和参数设置区中的选项。

工具栏按方向分为竖栏和横栏。首先介绍在竖栏中的按钮。

“采样类型”按钮：

“Sample Type（采样类型）”按钮为Max的默认按钮。当在该按钮上单击并按住鼠标左键不放时，会显示出其他几种类型的示例类型，。如果移动鼠标指针到一个示例类型上，并松开鼠标左键，那么样本球窗口中的示例类型将发生改变，如图8-3所示。

“背光”按钮：

当激活“Backlight（背光）”按钮时，样本球窗口中的样本球上将会显示出背景光照效果。关闭该按钮，则背景光照效果消失。这一选项对于场景中的物体没有什么影响。

“背景”按钮：

当激活“Background（背景）”按钮时，样本球窗口中的样本球的背景将会显示出彩色的方格。关闭该按钮，则彩色方格消失。这一选项在观察透明度时比较有用，如图8-4所示。

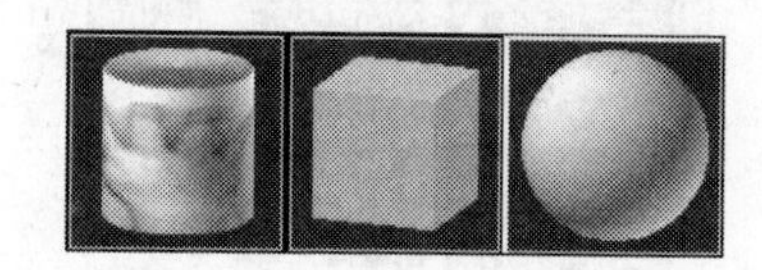

图8-3 对比效果

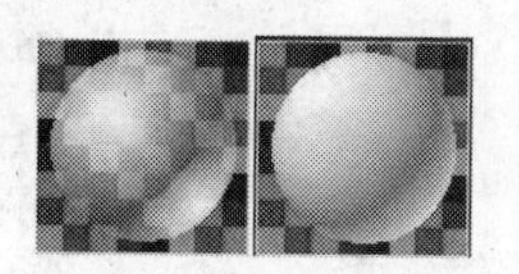

图8-4 背景效果

“采样 UV平铺”按钮：

“Sample UV Tiling（采样UV平铺）”按钮为Max的默认按钮。当在该按钮上单击并按住鼠标左键不放时，将会显示出其他几种类型的示例类型，。如果移动鼠标指针到一个示例类型上，并松开鼠标左键，那么样本球窗口中的示例类型将发生改变，如图8-5所示。

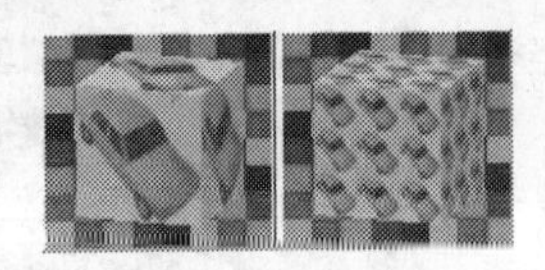

图8-5 示例效果

“视频颜色检查”按钮：

“Video Color Check（视频颜色检查）”按钮用于检查样品上的材质颜色是否超出NTSC或者PAL制式的颜色范围。

“生成预览”按钮：

单击“Make Preview（生成预览）”按钮会打开“创建材质预览”对话框，在该对话框中可以设置预览范围、帧速率和图像的大小，创建动画材质的AVI文件。当在该按钮上单击并按住鼠标左键不放时，将会显示出其他几种类型的示例类型，。

“选项”按钮

当激活“Options（选项）”按钮时，将会打开“Material Editor Options（材质编辑器选项）”对话框，如图8-6所示。在这个对话框中的选项用于设置材质和贴图在样本球窗口的显示方式。

“按材质选择”按钮

“Select by Material（按材质选择）”按钮的功能与主工具栏中的按名称选择按钮的功能相似。也就是说通过应用的到场景中物体上的材质来选择物体。单击该按钮，将会打开“选择物体”对话框，在该对话框中可以通过所应用的材质来选择物体。

“材质/贴图导航器”按钮

使用“Material/Map Navigator（材质/贴图导航器）”按钮可以把材质的结构清晰地显示出来。单击该按钮将会打开“材质/贴图导航器”对话框，在这个对话框中列出了所用材质的所有层级关系。

下面介绍横栏中的各个按钮。

“获取材质”按钮：

如果要为创建的物体赋予材质，那么必须要使用“Get Material（获取材质）”按钮。单击该按钮将会打开“材质/贴图浏览器”对话框来查看和调用所需要的材质和贴图，如图8-7所示。

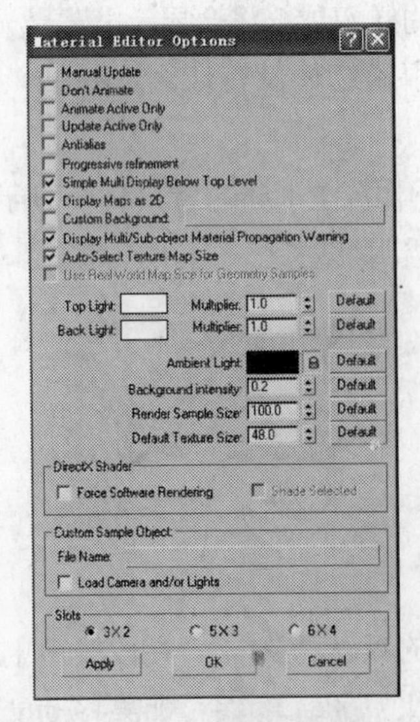

图8-6 “材质编辑器选项”对话框

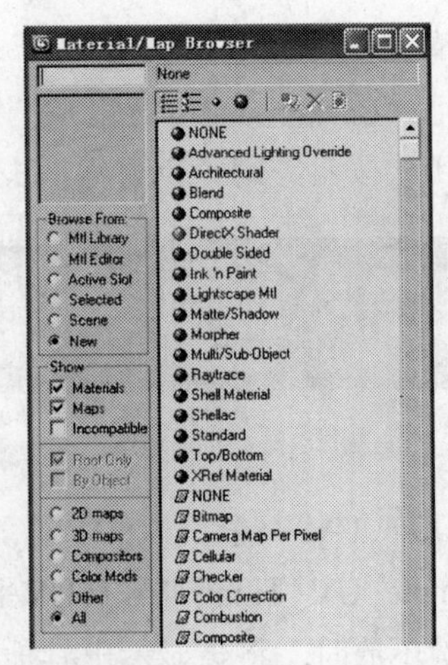

图8-7 “材质/贴图浏览器”对话框

“将材质放入场景”按钮：

使用“Put Material to Scene（将材质放入场景）”按钮可以把同一个场景中的物体上使用的材质应用到另外一个物体上。

“将材质指定给选定对象”按钮：

单击“Assign Material to Selection（将材质指定给选定对象）”按钮即可把当前样本球窗口中设定的材质应用到场景中选中的物体上。而且可以把同一样本球上的材质应用到场景中的其他物体上。

“重置贴图/材质为默认设置”按钮：

“Reset Map/Mat to Defaul Setting（重置贴图/材质为默认设置）”按钮用于重新设置材质，也就是删除当前使用的材质。单击该按钮时，将会打开一个“Material Editor（材质编辑器）”对话框，如图8-8所示。

图8-8　“材质编辑器”对话框

这个“材质编辑器”对话框会提示是否要重新设置材质。单击“是（Y）”按钮则重新设置材质，单击“否（N）”按钮则不会重新设置材质。

“复制材质”按钮：

使用“Make Material Copy（复制材质）”按钮可以把同步材质改变成非同步材质。只有在当前材质为同步材质时该按钮才可用。

“使唯一”按钮：

当在物体的次级对象中指定其他材质时使用“Make Unique（使唯一）”按钮。它可以使不同物体的多级材质相互独立，不再具有实例复制的特性。

“放入材质库”按钮：

把在样本球窗口制作的材质进行保存。单击“Put to Library（放入材质库）”按钮时，将会打开一个“Put to Library（入库）”对话框，如图8-9所示。

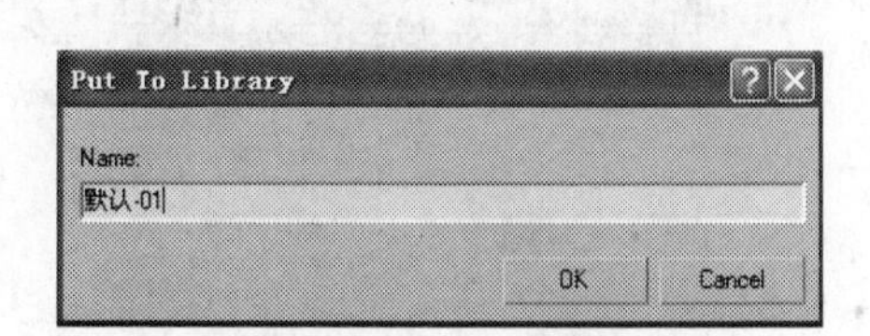

图8-9　打开的“入库”对话框

这个对话框提示是否要保存整个材质/贴图树。单击“OK（是）”按钮则保存材质，单击“Cancel（取消）”按钮则取消该操作。

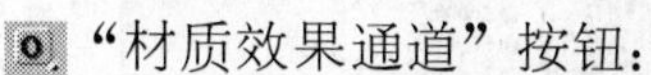

“材质效果通道”按钮：

“Material ID Channel（材质效果通道）”按钮在制作动画时使用，用于结合样本球窗口的材质与video post视频合成器一起制作一些特效，例如一些发光效果。另外还可以为效果分配编号。

“在视口中显示贴图”按钮：

“Show Standard Map in Viewport（在视口中显示贴图）”按钮用于在视图中显示出所选择的材质贴图，包括各个视图。

“显示最终结果”按钮：

如果需要进行多次贴图，就需要一边操作一边进行观察，使用“Show End Result（显示最终结果）”按钮可以显示出所使用材质的最终结果。单击该按钮后在示例对话框中将显示出效果。

“转到父级”按钮：

单击“Go to Parent（转到父级）”按钮可以返回到上一材质层级。只有在编辑次级材质或者贴图时，该按钮才有效。

“转到下一个同级项”按钮：

如果当前的材质层级处于次级层级，那么单击该按钮可以进入到另外一个同级材质中。“Go Forward to Sibling（转到下一个同级项）”按钮只有在材质有两个层级时才有效。

在材质编辑器窗口中的下半部分是材质的基本参数设置区，也叫参数控制区，如图8-10所示。这些参数设置控制着材质的最终效果，所以学习这些设置是非常重要的，下面就详细地介绍一下这一区域。

- 从对象拾取材质按钮

这个按钮非常有用，如果你想从场景中为一个新的样本球获得一种材质的话，只要激活该按钮并在场景中需要的材质上单击，即可把所需的材质赋予样本球。

- “材质名称”设置框

在材质吸管工具的右侧是“材质名称”设置框。在这里可以设置材质的名称。在以后的制作中，一定要养成为材质命名的习惯，以便在必要时进行查找和编辑材质。

- Standard（材质类型）按钮

在“材质名称”设置框的右侧是Standard按钮，单击该按钮将会打开下列“Material/Map Browser（材质/贴图浏览器）”对话框，在这个对话框中可以选择需要的材质类型。在这个对话框中共有15种类型的材质，如图8-11所示。

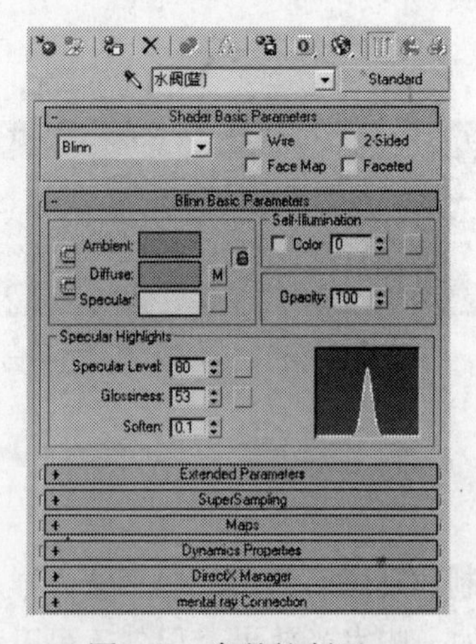

图8-10　参数控制区

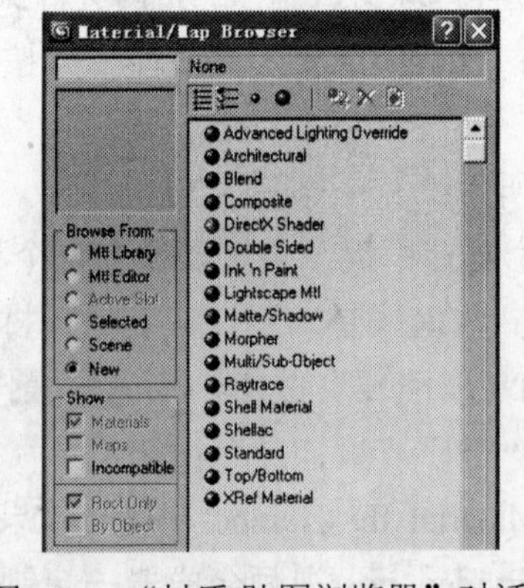

图8-11　“材质/贴图浏览器”对话框

这些材质类型将在后面的内容中进行介绍。在介绍每种材质之前，我们先介绍一下这些材质类型所共有的一些选项，其中共有6个参数/选项设置区。

“明暗器基本参数”面板

我们以系统默认的Blinn类型为基础进行介绍。

单击该面板中（B）Blinn右侧的小三角形按钮，则会打开一个下拉列表，如图8-12所示。在这个列表中可以选择需要的材质类型，共有8种明暗器类型，也有人把明暗器称为光影。实质上，我们就是通过这些明暗器来设置不同的材质。

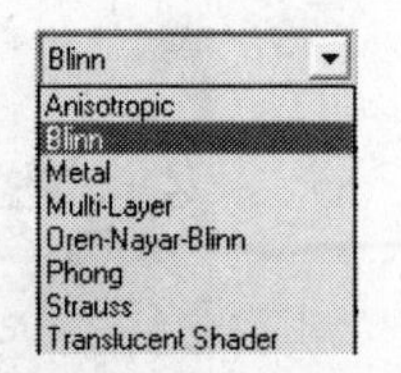

图8-12　材质类型

下面就简要介绍一下这几个明暗器的应用范围。

· Anisotropic（各相异性明暗器）：适合表现椭圆型物体表面的反光效果，能够弥补其他明暗模式下反光区的高光效果，如玻璃、汽车和绒面等物体的表面。

· Blinn明暗器：适合于圆形物体的表面，这种类型的高光要比Phong类型更为柔和。

一般情况下，Blinn明暗器最常用。

· Metal（金属明暗器）：适合于金属物体表面的光泽效果。

· Multi-Layer（多层明暗器）：与各相异性明暗器近似，但是使用这种类型能够添加叠加反射的效果，适合于制作更为复杂的高光和反射效果。

· Oren-Nayar-Blinn明暗器：适合于一些粗糙的表面效果，如布料、墙壁等。

· Phong明暗器：适合于强度很大的圆形高光表面。

· Strauss明暗器：适合于金属和非金属表面。

· Translucent Shader（半透明明暗器）：与Blinn明暗器近似，但是可以设置半透明的效果。使用该明暗器可以使光线透过材质并在物体内部使光线散射。比如可以用来表现腐蚀玻璃的效果。图8-13显示了几种明暗器的对比效果。

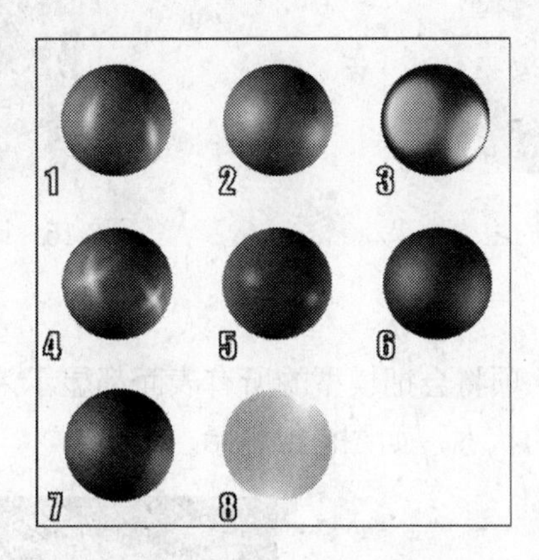

1. 各相异性明暗器；2. Blinn明暗器；3. 金属明暗器；4. 多层明暗器；5. Oren-Nayar-Blinn明暗器；6. Phong明暗器；7. Strauss明暗器；8. 半透明明暗器

图8-13　明暗器对比效果

下面介绍“明暗器基本参数”面板中的一些选项。

1. 线框选项 Wire

选中“Wire（线框）”项将会以线框模式显示场景中的物体，如图8-14所示。对于物体线框的粗细，可以使用扩展参数卷展栏中的大小项来设置。而在渲染时，只能渲染出物体的线架结构。

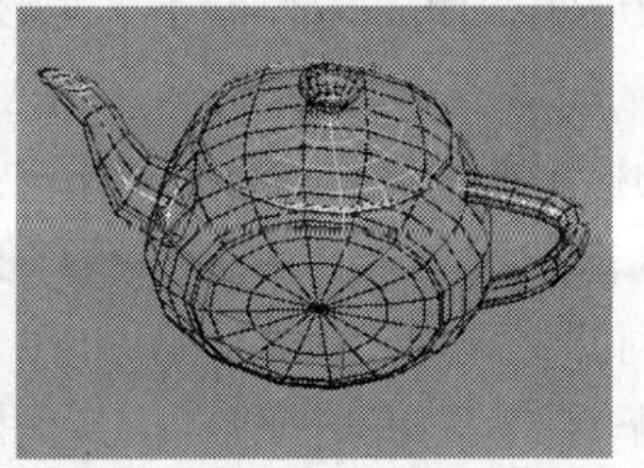
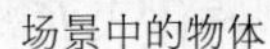

场景中的物体　　　　线框显示效果

图8-14　线框效果

2. 双面选项 2-Sided

在渲染时，选中“2-Side（双面）”项将会对模型的另外一面也进行渲染。一般在不需要的情况下不选中该项，因为在渲染时会耗费很多的系统资源。只有在必要的时候才选中该项，如在表现玻璃材质的时候，如图8-15所示是选中和不选中该项的区别。

3. 面贴图选项 Face Map

选中“Face Map（面贴图）”项将会把材质赋予模型的所有表面。该选项一般不是很常用。一般在使用粒子制作烟雾等效果时才可能使用该项。选择这个选项可以将材质指定到物体的所有面。如果是贴图材质，贴图将会均匀分布到每一个面上。如图8-16所示，左边的立方体所使用的材质没有选择“面贴图”选项，右边的立方体所使用的材质选择了“面贴图”选项。

图8-15　右侧为选中该项的时候的渲染结果

图8-16　比较“面贴图”选项的效果

4. 面状选项 Faceted

选中“Faceted（面状）”项将会把模型的所有表面都显示为平面状态，而整个材质也将会显示出每一个小面拼凑而成的状态，如图8-17所示。

图8-17　面状效果（右图）

“Blinn基本参数”面板

因为世界万物都是通过其对光线的反射和折射来表现出它们的材质属性的。一般它们都通过三种颜色特性来表现，包括环境光、漫反射、高光反射和不透明度等属性。图8-18就是Blinn的参数设置区。

在这个区域中有一个（锁定）按钮，它的作用是锁定同时调整环境光和漫反射的颜色，这两项一般要同时调整。

· Ambient（环境光）：指的是物体本身的基本颜色，一般它直接受场景中灯光的影响。

· Diffuse（漫反射）：是指物体阴暗部分的颜色。一般它不直接受场景中灯光的影响，而是受周围环境光的影响。

· Specular（高光反射）：在物体上接受光线区域的最亮的部分。

下面介绍的是反射高光部分。因为构成物体的材料不同，那么对光的反射也会有所不同。使用下面三个选项即可设置反光效果。

· Specular Level（高光级别）：高光级别指的是物体的反光强度，一般它的数值越大，反光度也就越大。图8-19就是高光级别的数值为100、150和200时（从左到右）的效果。

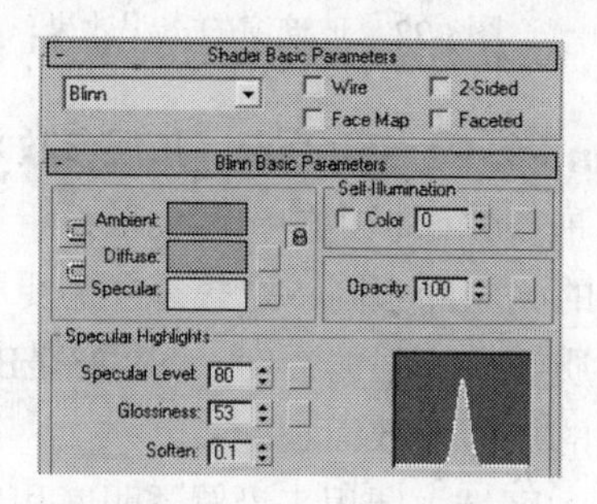

图8-18　Blinn基本参数

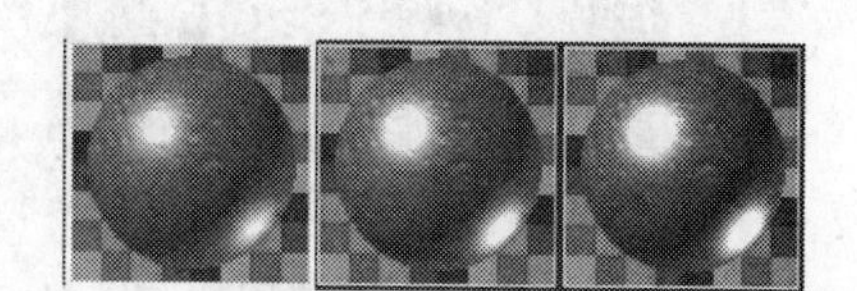

图8-19　高光级别的数值为100、150和200时（从左到右）的效果

· Glossiness（光泽度）：指的是反光的范围，一般数值越小，反光的范围也就越大。图8-20就是光泽度的数值为60、40和10时（从左到右）的效果。

· Soften（柔化）

在Phong和Blinn光影模式下，当光泽度的值小而高光级别的值大的时候，在物体表面的高光区和非高光区之间的边界看起来会比较硬，那么在这个时候，就可以通过调整柔化的数值来柔化这一边界。

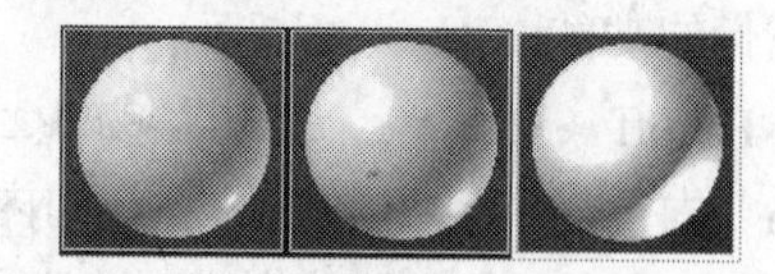

图8-20　不同光泽度的对比效果

下面介绍右侧区域的两个选项，即自发光和不透明度。

· Self-Illumination（自发光）

也有人把自发光称为自体发光，也就是说它不依靠外部的光源，只依靠自身或者自体进行发光。使用自发光有两个用途，一个是改变物体发光的状态，用以改善光影效果；另外一个是用以模拟自发光物体，比如太阳、灯泡等。如图8-21中所示的灯泡、筒灯、灯罩等。

因为自发光物体不受外部光线的影响，也就是说它不会产生阴影，所以可以用来表现没有阴影的效果，比如表现背景中的天空或者一些光波或者电子波之类的效果。

· Opacity（不透明度）

该项用以设置场景中物体的透明度水平，当数值为100的时候，物体完全不透明，而当数值越小的时候，物体则越透明。下面是玻璃窗的透明效果，如图8-22所示。

图8-21　使用自发光模拟的灯效果

图8-22　玻璃窗的透明效果

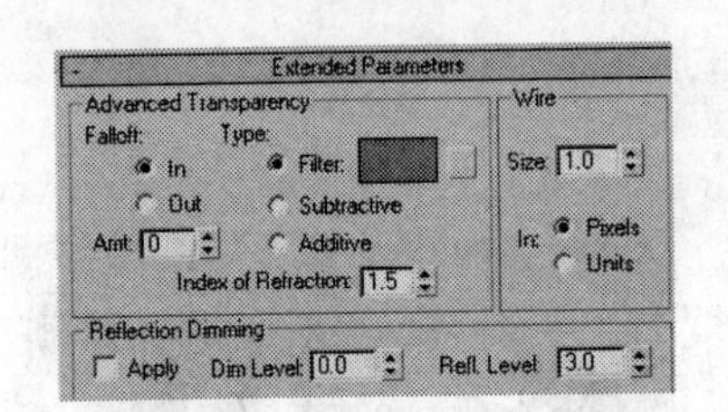

图8-23　扩参数面板

“Extended Parameters（扩展参数）”面板

扩展参数面板中的内容会随着所选择的光影类型的不同而不同，这些参数主要用来设置当前材质效果的强弱程度。图8-23是Blinn光影类型下的扩展参数面板。

这一区域主要用来设置透明度和反射状态的一些效果，它对于玻璃材质尤为重要。它可以细分为高级透明设置区、反射暗淡设置区和线框设置区3个区域。下面我们分别予以介绍。

1. 高级透明设置区（Advanced Transparency）

高级透明设置区域中的选项用来设置透明材质的各种参数，从各个选项的字面意思就可以知道它们的功能。

· Falloff（衰减）：这一区域的选项用于控制透明的衰减程度。

In（内）：由透明物体的外部向内部增加透明的程度，比如玻璃制品。

Out（外）：由内部向外部增加透明的程度，比如烟、雾。

Amt（数量）：用于设置衰减程度的大小。

· Type（类型）：这一小区域的选项用于设置创建透明效果的方式。

Filter（过滤）：使用过滤色设置透明的色彩，它的原理来自于有颜色的太阳镜，比如，带红色的眼镜观察事物时，外界事物将会显示出一定的红色。

Subtractive（相减）：根据背景色做递减色彩的处理，使整体色彩变得暗淡，但是与之相反的图像将变得更加明显。

Additive（相加）：根据背景色做增加色彩的处理，使整体色彩变得明亮，但是与之相反的图像将变得更加暗淡。

可以根据需要进行设置，也可以结合使用它们来创建所需要的效果。

Index of Refraction（折射率）：一般用于设置折射物体的折射率，比如玻璃和空气。在建筑效果图中可能会使用到带折射率的物体，一般都是玻璃。

2. 反射暗淡设置区（Reflection Dimming）

现实世界中，当在一个物体表面上有其他物体的投影时，这个区域一般都会显得暗一些。而在3ds Max 2009中，如果我们不进行设置的话，则不会出现这样的情况。为了获得更加逼真的效果，我们需要进行设置。

· Apply（应用）：当选中该项时，会应用反射明暗功能。

· Dim Level（暗淡级别）：用于设置物体表面上投影区域的阴影强度，一般数值越小，阴影效果则越强烈。

· Refl Level（反射级别）：用于设置物体表面上投影区域的反射强度，一般数值越大，反射效果则越强烈。

3. 线框设置区（Wire）

在使用线框为物体进行贴图时使用，选中材质编辑器窗口中上半部分的线框选项后，就可以通过调整它的大小数值来调整线框的粗细。如图8-24所示，分别是数值为1和4时的效果。

· Size（大小）：用于设置线框的粗细。

· Pixels（像素）：以像素为单位进行显示，但是不能表现场景中物体的距离感。

· Units（单位）：能够表现出场景中物体的距离感，比如前面的线框显示的比较粗，而后面的线框显示的比较细一些。

"Super Sampling（超级采样）"面板

这一参数设置区域相对简单一些，如图8-25所示。

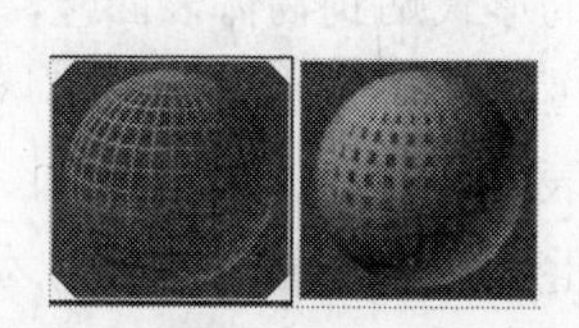

图8-24　线框效果

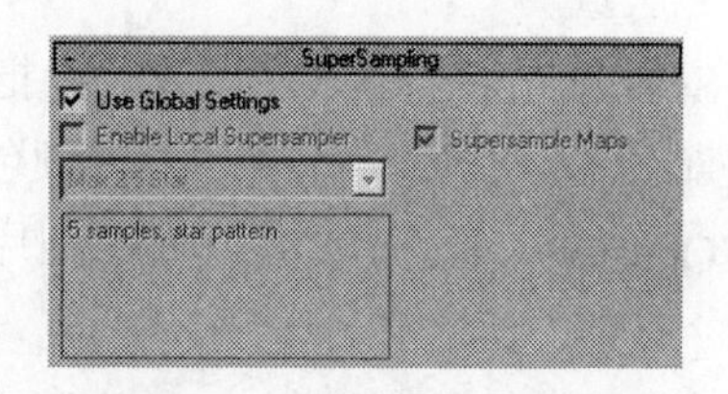

图8-25　"超级采样"面板

这一区域的选项主要用于为一些高级渲染提供设置，比如一些更为精细的效果，在这些高精度的渲染中或者有复杂纹理、灯光时，一般会出现毛边或者锯齿，这时就可以通过设置该面板中的选项来改善。

· Use Global Settings（使用全局设置）：一般情况下，都要使用该项。

· Enable Local Supersampler（使用局部超级采样器）：当进行高级渲染取样时使用该项。

· Supersample Maps（高级采样贴图）：在需要获得精度比较大的渲染效果时使用该项。

一般情况不要使用"高级采样贴图"项，因为这样会耗费大量的渲染时间，尤其是当场景中有反射和折射的材质时，在没有必要的情况下，最好不要使用高级采样设置。

"Maps（贴图）"面板

这一区域的参数主要用于对材质中引用的贴图进行设置。它的内容会根据光影类型的不同而不同。因为每种光影类型都有其自身的特性，所以它们的参数也是不同的。基本上有12种贴图类型，如图8-26所示。

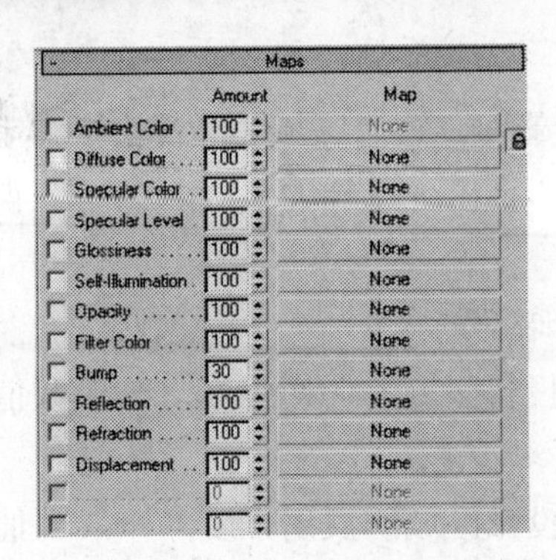

图8-26 贴图类型

在该区域中的“Amount（数量）”项，用于控制贴图的程度。例如在把环境光颜色的数值设置为100时，贴图将完全覆盖物体表面，而数值为50时，则将以50%的透明度覆盖物体的表面。

该区域中的None按钮与基本参数区域的None按钮的功能是相同的。下面简要介绍一下这12种贴图类型。

这些选项的最大值一般都是100，只有凹凸的最大值可以设置为999。

- Ambient Color（环境光颜色）：一般用于表现物体的表面纹理特征，最大值为100。
- Diffuse Color（高光颜色）：只能对物体的高亮部分进行贴图。在使用Diffuse之后，一般很少使用高光颜色。
- Specular Level（高光级别）：利用贴图图片的明亮度，在明亮的部分显示颜色，在阴暗的部分不显示颜色。
- Glossiness（光泽度）：与高光级别基本相似，但是它主要使用黑色图像来调整物体表面的受光区域。
- Self-Illusmination（自发光）：把图片以一种自发光的形式贴到物体表面上，贴图图片中的黑色部分不对材质有影响，一般颜色越淡，发光效果越强烈。
- Opacity（不透明度）：使用图片的明暗度在物体的表面上产生透明效果，图片中的黑色部分完全透明，白色部分完全不透明。这类贴图类型非常重要，比如可以使用它为玻璃杯添加花纹效果，还可以与环境光一起使用来创建镂空的纹理效果等。
- Filter Color（过滤色）：当材质具有透明效果时使用，可以使图片的纹理生成透视的影子。当玻璃具有颜色或者是图案时就可以使用该项。
- Bump（凹凸）：使用图片的明暗强度影响材质表面的光滑程度来创建物体表面的凹凸效果。在白色部分产生突起，在黑色部分产生凹陷，中间色则是凹凸的过渡部分。这种贴图方式对于建筑效果图中的砖墙、路面非常有效。
- Reflection（反射）：这种贴图方式非常重要，尤其对制作那些光洁亮丽的物体非常合适，比如光滑的玻璃、镜面和经过打腊的地板。一般数值越大，反射越强烈。如果与其他贴图方式合并使用的话，则会创建出更好的效果。
- Refraction（折射）：这种贴图用于模拟水、玻璃等的折射效果，并在物体表面产生对周围物体的折射效果。
- Displacement（置换）：一般应用在NURBS或者多边形物体上来创建凹凸不平的效果，它与凹凸相似，但又不同，置换具有真正地使物体表面产生凹凸不平的效果。

“Dynamics Properties（动力学属性）”面板

动力学属性主要用来模拟在动画中为物体赋予的材质效果。只有当物体进入到动力学系统中时该属性才会有效。该面板如图8-27所示。

在这个参数设置区中共有3个参数，它们是反弹系数、静摩擦系数和滑动摩擦系数。下面就简要介绍一下这3种系数的作用。

· Bounce Coellicient（反弹系数）：当一个物体与另外一个物体发生碰撞时，该项用于设置该物体发生碰撞后的反弹程度。一般数值越高，反弹的程度也就越大。

· Static Friction（静摩擦）：该项用于设置一个物体在另外一个物体表面上进行运动时所受到的静态阻力，也就是静态摩擦力。一般数值越高，静态摩擦力也就越大。

· Sliding Friction（滑动摩擦）：该项用于设置一个物体在另外一个物体表面上进行运动时所受到的阻力。一般数值越高，所受到的摩擦力也就越大。

“Mental ray Connection（mental ray连接）”面板

使用该面板可以为材质添加mental ray着色。这些选项只有在使用mental ray渲染器时才能使用，该面板的选项如图8-28所示。默认设置下，3ds Max使用扫描线渲染器，由于本书篇幅有限，在此不再赘述。

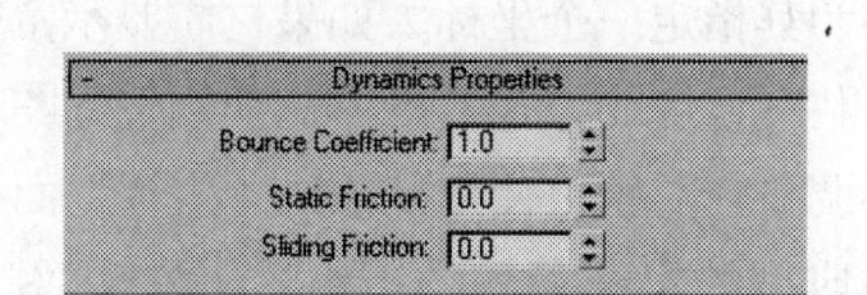

图8-27 “动力学属性”面板

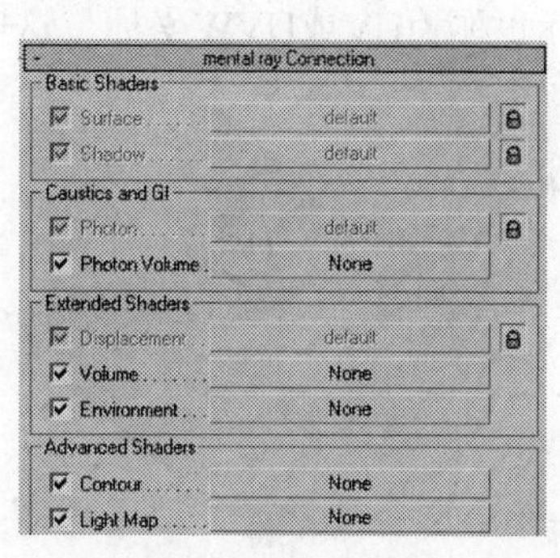

图8-28 “mental ray连接”面板

DirectX Manager（DirectX管理器）一般不使用，在本书中不做介绍。

当材质类型为其他种类时，参数面板中的内容也会有所不同。这些不同的情况，将在后面的内容中结合不同的材质进行介绍。

8.3 材质/贴图浏览器

“材质/贴图浏览器”也是在设置材质时的一个非常重要的对话框，一般要和材质编辑器搭配使用，单击 、 和 Standard 按钮后，都会打开“Material/Map Browser（材质/贴图浏览器）”窗口，如图8-29所示。

· 文本输入栏：在该栏中可以输入或者编辑材质和贴图的名称，中、英文都可以。

· 预览窗口：当我们编辑材质时，在这里可以实时地看到编辑的效果。

· 显示工具：这些工具用于设置材质和贴图的显示模式。分为左右两部分，左侧按钮用于设

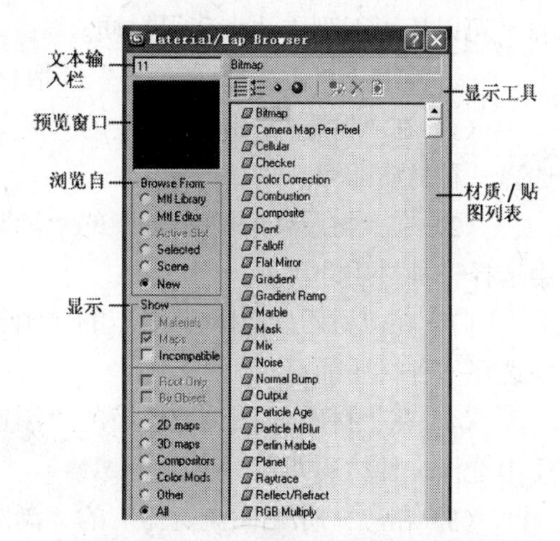

图8-29 “材质/贴图浏览器”对话框

置查看材质和贴图列表的模式。右侧按钮用于控制材质库，只有在查看材质库时，这部分按钮才有效。

• 材质/贴图列表：在这里显示的是材质和贴图的名称及类型。

• 浏览自：用于选择材质和贴图列表中的材质和贴图的来源。勾选某一项，就会浏览该类型中的材质或者贴图。

• 显示：用于设置在材质和贴图列表中显示的内容，可以通过勾选的方式来设置只显示材质、只显示贴图，或者其他类型的贴图及材质。

8.4 材质坐标

材质坐标指的是贴图坐标。指定2D贴图材质（或包含2D贴图的材质）的对象必须具有贴图坐标。这些坐标指定如何将贴图投射到材质，以及是将其投射为“图案”，还是平铺或镜像。贴图坐标也称为UV或UVW坐标。这些字母是指对象自己空间中的坐标，相对于将场景作为整体描述的XYZ坐标，如图8-30所示。

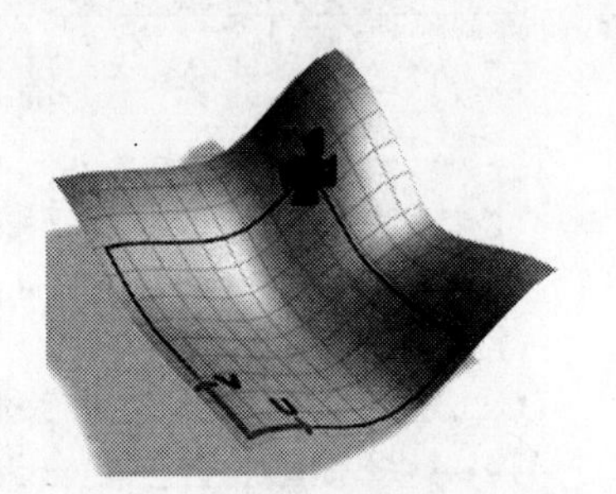

图8-30　贴图坐标

某些对象（如可编辑的网格）没有自动贴图坐标。对于此对象类型，可使用UVW贴图修改器为其指定一个坐标。如果材质显示希望使用默认贴图显现的方式，则不需要调整贴图。如果需要调整它，则可使用贴图的“坐标”面板。有两组典型的坐标参数：一组用于2D贴图，如位图；另一组用于3D贴图，如噪波。

8.5 关于材质的基本操作

在3ds Max中，我们可以制作自己需要的材质，也可以把制作的材质赋予场景中的对象，还可以把制作的材质保存起来以备后用。在这一部分将介绍设置材质的一些基本操作。

8.5.1 获取材质

可以使用下列方法来获得材质。

一，使用“材质/贴图浏览器”获取材质，方法如下。

（1）在“材质/贴图浏览器”的“浏览自”区域中选中“新建”项，再从材质/贴图列表中选择一种材质即可。

（2）在“材质/贴图浏览器”的“浏览自”区域中选中“场景”项，再从显示的场景材质中选择一种材质即可。

（3）在“材质/贴图浏览器”的“浏览自”区域中选中“选定对象”项，再从显示的材质中选择一种材质即可。

（4）在“材质/贴图浏览器”的“浏览自”区域中选中“材质编辑器”项，再从显示的材质中选择一种材质即可。

（5）在“材质/贴图浏览器”的“浏览自”区域中选中“材质库”项，再从显示的材质库中选择一种材质即可。

二，从视图中的某个物体上拾取材质。

在“材质编辑器”窗口中单击按钮，然后移动到视图中的某个物体上单击即可获取该物体上的材质。

8.5.2　保存材质

可以在材质编辑器中把材质保存到“材质/贴图浏览器”中的一个库文件中以备后用。方法为：选定一种材质，然后单击按钮，把该材质保存到材质库中。

8.5.3　删除材质

有时，我们需要删除不需要的材质，那么只需要选中对应的材质示例窗，然后单击按钮即可。

8.5.4　赋予材质

在我们编辑好或者选择好需要的材质后，就需要把材质赋予物体，可按下列步骤进行操作。

（1）在视图中选定需要赋予材质的物体。

（2）按键盘上的M键，或者使用菜单命令打开材质编辑器。

（3）编辑或者选择一种材质。

（4）单击材质编辑器工具栏中的按钮或者直接把样本球拖到视图中的物体上。

也有人把赋予材质称为指定材质。

8.5.5　使材质分级

有时我们需要为同一个物体赋予两种材质，比如卡通鼠，木制的螺丝刀把柄等，这时就需要将材质进行分级，如图8-31所示。下面介绍一下分级材质的操作步骤。

（1）在视图中创建一个卡通鼠的模型，也可以打开本书配套资料中的卡通鼠模型。效果如图8-32所示。

提示

本书配套资料中的卡通鼠的头部和躯干部分是分开的，也就是说不是一体的，因此需要对头部和躯干部分进行分别设置。

（2）按键盘上的M键打开材质编辑器，单击按钮打开“材质/贴图浏览器”窗口，在该浏览器中双击“Multi/Sub-Object（多维/子对象）”。此时一个示例窗转换成“多维/子对象”材质，如图8-33所示。

（3）在“Multi/Sub-Object（多维/子对象）”面板中分别设置ID1的颜色为蓝色，设置ID2的颜色为红色，如图8-34所示。

（4）确定卡通鼠处于选定状态，然后单击按钮进入到“Modify（修改）”面板中，打开修改列表，从中选择“Edit Mesh（编辑网格）”修改器。单击激活“Polygon（面）”按钮，如图8-35所示。

（5）在视图中选择卡通鼠肚皮上的一部分，如图8-35（右图）所示。

图8-31 螺丝刀把柄的分级材质

图8-32 模型

图8-33 “材质/贴图浏览器”窗口

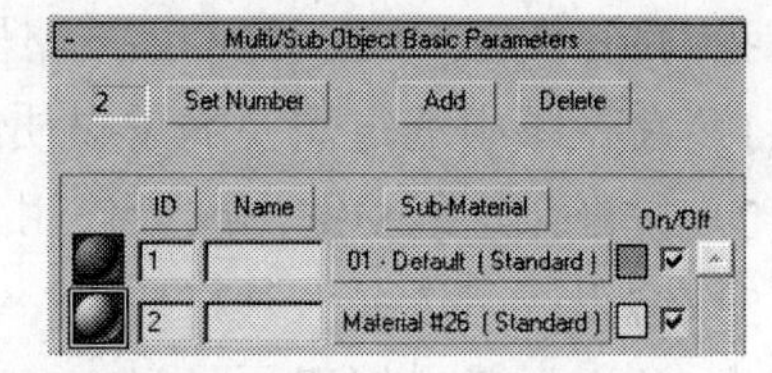

图8-34 多维/子对象参数设置

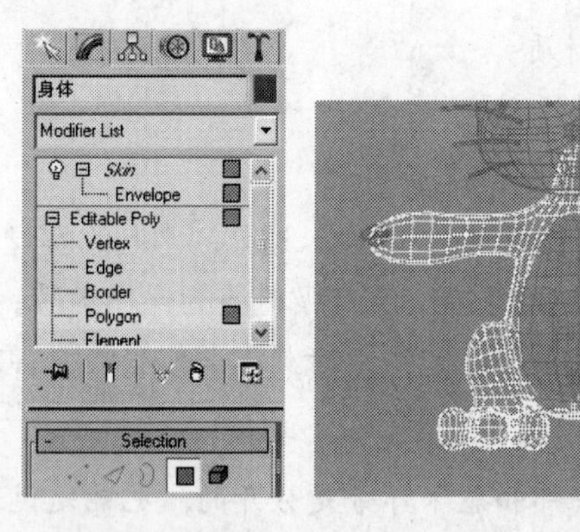

图8-35 激活“面”按钮（左）及选择部分（右）

（6）在下面的“Polygon Material IDs（多边形材质ID）”面板中，把“Set ID（设置ID）”项的数值设置为1，如图8-36所示。然后再选择其他部分，并把“设置ID”项的数值设置为2。

（7）单击取消激活“Polygon（多边形）”按钮，再单击材质编辑器工具栏中的按钮，把设置好的材质赋予卡通鼠。

（8）使用和设置卡通鼠躯干材质相同的方法为卡通鼠的头部设置材质，如图8-37所示，具体方法这里不再赘述。

提示 此时样本球窗中的样本球也会改变，如图8-38所示。

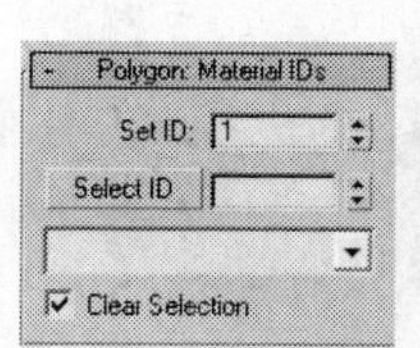

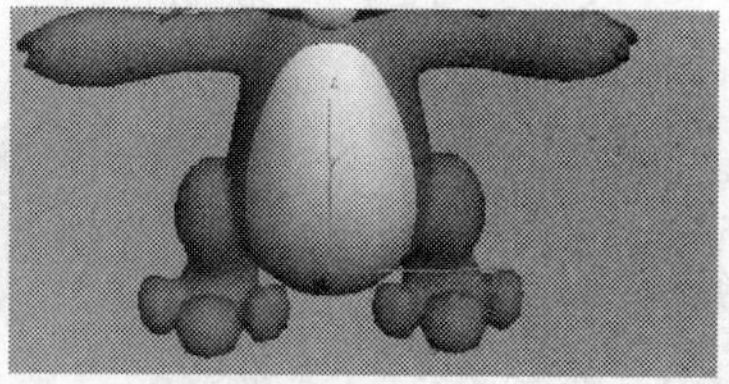

图8-36　设置ID号（左）

图8-37　设置卡通鼠的头部材质

像我们常见的木柄螺丝刀的材质也是使用多维子材质设置的，效果如图8-39所示。

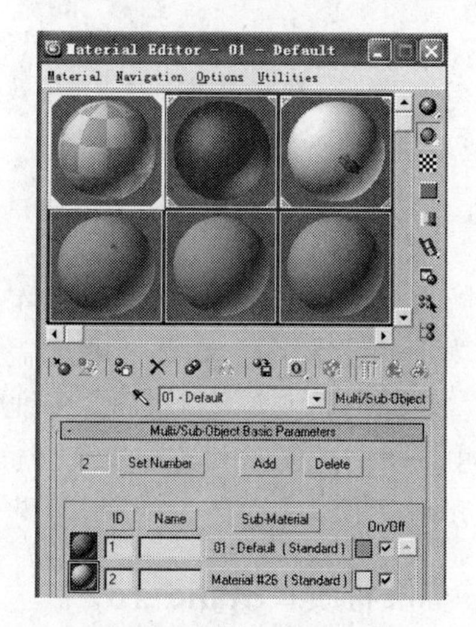

图8-38　样本球改变

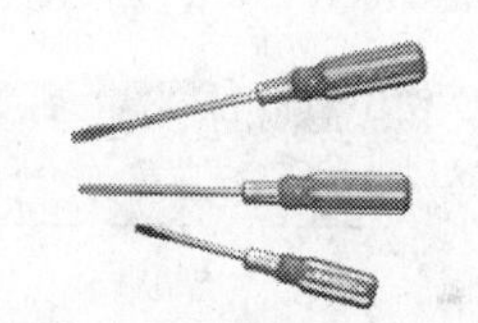

图8-39　木柄螺丝刀

8.5.6　使用材质库

材质库是我们已经编辑好的材质的集合。很多有经验的设计人员都会把自己经常使用的一些材质保存在一个库中，以便在以后的工作中随时使用。很多材质的设置过程是比较烦琐的，因此创建一个这样的材质库是非常有用的。另外，3ds Max 2009中也内置了很多的材质，我们也可以随时调用。下面介绍一下它的使用过程。

（1）按键盘上的M键打开材质编辑器，单击按钮打开“材质/贴图浏览器”窗口。

（2）在“材质/贴图浏览器”中选择“材质库”项，然后单击按钮，此时浏览器中的内容将发生改变，如图8-40所示。

这里的材质库是作者自己制作好的，可以在本书的配套资料中找到。读者也可以使用软件中自带的材质库。

（3）首先在视图中创建一个物体，比如一个简单的模型，茶壶体。这里我们使用前面制作的卡通鼠模型。然后双击一个图标，比如，拉手，这是一种黄金材质。按键盘上的F9键进行渲染，如图8-41所示。卡通鼠俨然成了一个小金鼠。

（4）如果换一种木纹的材质。按键盘上的F9键进行渲染，如图8-42所示。结果又成了一种小木鼠效果。

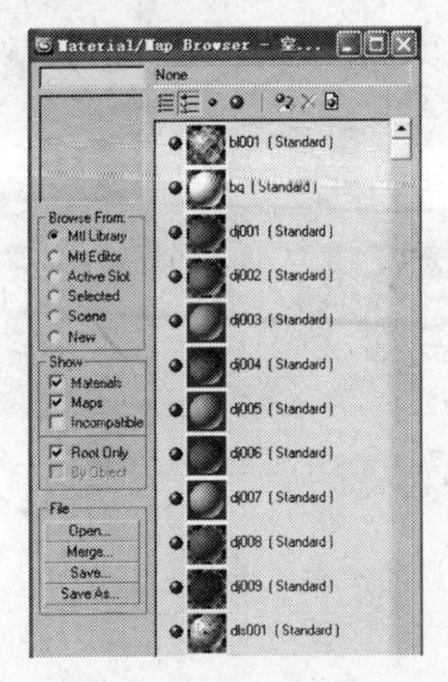

图8-40 材质/贴图浏览器

图8-41 小金鼠效果

图8-42 木鼠效果

8.6 材质的类型

在3ds Max 2009中，在“材质/贴图浏览器”窗口中列出了15种材质类型，如图8-43所示。它们分别是：标准材质、光线跟踪材质、无光/投影材质、壳材质、高级照明覆盖材质、Lightscape材质、Ink'n Paint材质、混合材质、合成材质、双面材质、变形器材质、多维/子对象材质、虫漆材质、顶/底材质和建筑材质。下面将分别介绍一下。

图8-43 “材质/贴图浏览器”窗口

8.6.1 标准材质（Standard）

标准材质是3ds Max中最基本的材质类型，在默认状态下，材质编辑器中的材质类型就是标准类型。它的参数设置区共分为4部分：基本参数设置区、扩展参数设置区、贴图参数设置区和动力学属性参数设置区。我们在前面的内容中已经介绍过这一部分，在这里不再赘述。

8.6.2 光线跟踪材质（Raytrace Basic Parameters）

光线跟踪材质是一种比标准材质更为高级的材质类型，除了它具有标准材质的属性之外，使用它还可以创建出品质良好的反射/折射效果、雾性、透明和荧光等效果，如图8-44所示。

从本质上讲，物体的材质或者颜色都是根据光来进行计算的，而一般的颜色和图片贴图都不能计算玻璃质感的反射值。所以为了创建出具有反射效果的材质，必须使用灯光，也就是说需要计算光线跟踪，这一种方法就叫做Raytrace，也就是我们所说的光线跟踪，也有人叫光线追踪。从这一点上看，它要比使用反射/折射贴图所产生的效果更为精确，不过渲染速度也会降低。所以在我们以后的制作过程中需要注意这一点。

光线跟踪材质的参数设置区由6部分组成，它们是光线跟踪基本参数、扩展参数、光线跟踪器控制、高级采样、贴图、动力学属性。其参数设置部分与前面介绍的基本相同，只是光线跟踪器控制面板有所不同，如图8-45所示。下面就介绍一下该面板中的选项。

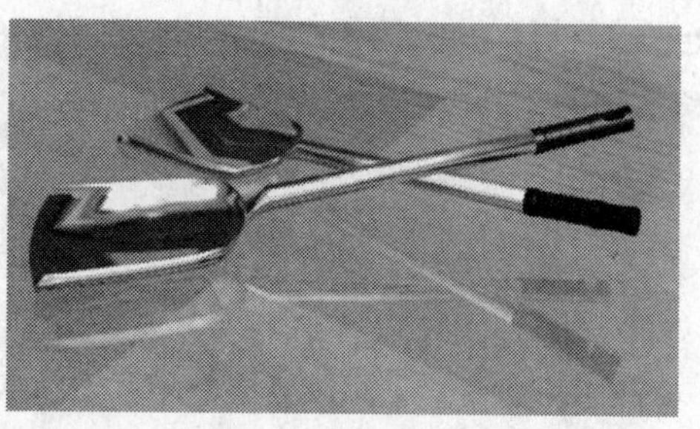

图8-44 相互反射的光线跟踪材质和桌面反射效果

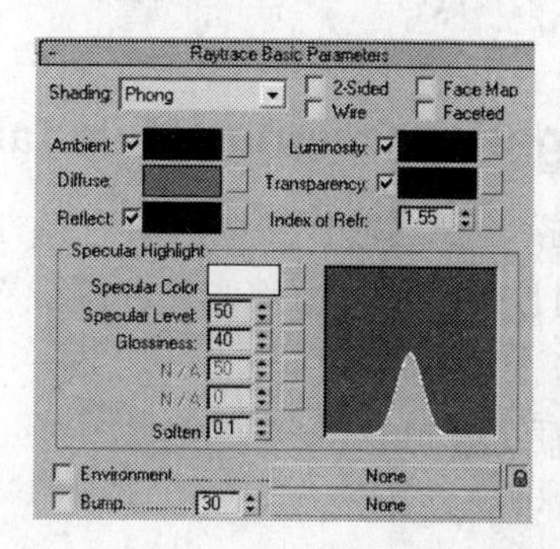

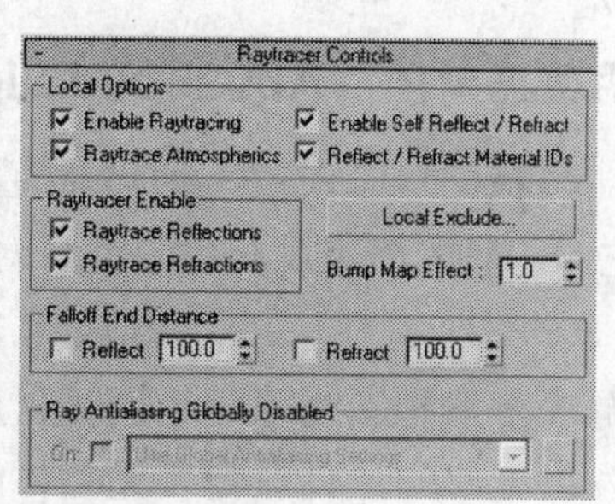

图8-45 光线跟踪器控制面板

局部选项设置区

• Enable Raytracing（启用光线跟踪）：只有选中该项才能够表现光线跟踪的质感。否则只在背景上反射指定的颜色或者贴图。

• Enable Shell Reflect/Refract（启用自反射/折射）：只有选中该项才能够在使用了材质的物体上反射其自身。否则只反射周围的物体。

• Raytrace Atmospherics（光线跟踪大气）：只有选中该项才能够反射火效、体积光等。否则不会反射与大气有关的物体。

• Reflect/Refract Material IDs（反射/折射材质ID）：只有选中该项才能够反射有关于反射和折射的效果等。否则不会反射这些效果。

启用光线跟踪器设置区

• Raytrace Reflections（光线跟踪反射）：只有选中该项才能够计算材质的反射率。否则不会计算反射率。如果要获得反射效果，那么必须选中该项。

• Raytrace Refractions（光线跟踪折射）：只有选中该项才能够计算材质的折射率。否则不会计算折射率。如果要获得折射效果，那么必须选中该项。

• Local Exclude（局部排除）按钮：单击该按钮将会打开“局部排除”对话框，用于设置是否包括对当前光线的计算处理。

• Bump Map Effect（凹凸贴图效果）：使用反射和折射的部分影响凹凸贴图的表现效果。数值越大，表现的效果也越柔和。

衰减末端距离设置区

· Reflect（反射）：用于设置光线跟踪材质的反射深度，一般与物体的距离越近则越明显。

· Retract（折射）：用于设置光线跟踪材质的折射深度，一般与物体的距离越远则越阴暗。

全局禁用光线抗锯齿设置区

这一区域用于设置是否使用光线跟踪抗锯齿全局设置，选中“On（启用）”则启用。

在现实世界中，折射率与透明介质的密度有着密切的联系，一般密度越大，折射率越高。另外，可以使用贴图来控制不同的折射率。也就是通过贴图的明暗度来影响折射率，以数值1为界限。比如，使用Noise贴图作为折射率贴图，当把折射率设置为3时，那么Noise贴图将把折射率表现在1~3之间。白色部分大，黑色部分小。反之亦然。

8.6.3 高级照明覆盖材质（Advanced Lighting Override Material）

在Max 2009中，我们可以使用这种材质直接控制辐射状光线的所有特性，从而获得更好的效果图品质。它对一般的渲染没有效果，只对放射状解决方案和光线跟踪有作用，它主要有两种用途。

1. 在放射状解决方案和光线跟踪中调节材质的属性。

2. 创建能够发射能量的、具有自发光物体的特效。

使用这种材质创建的效果如图8-46所示。

高级照明覆盖材质的参数设置区非常简单，如图8-47所示。下面介绍一下它的参数设置选项。

图8-46 照明特效

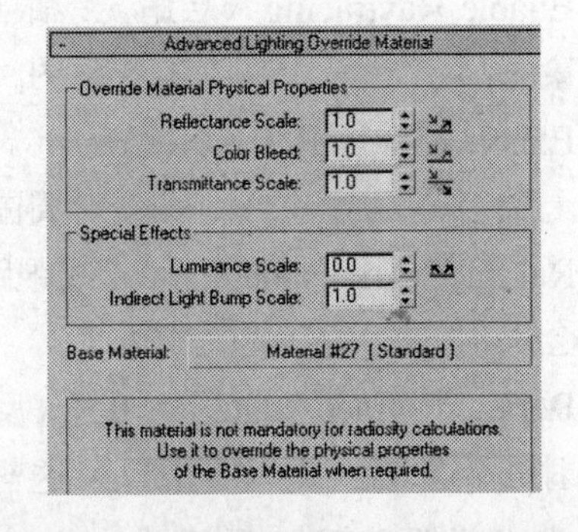

图8-47 “高级照明覆盖材质”设置面板

覆盖材质物理属性设置区

· Reflectance Scale（反射比）：用以增加或者减小材质对光的反射强度，它的数值越大，该物体对周围其他物体产生的光照影响也就越大，反射效果如图8-48所示。

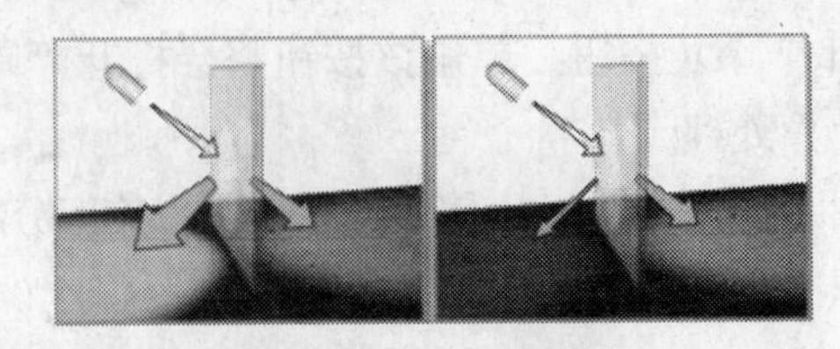

反射比大　　反射比小

图8-48 反射效果

·Color Bleed（颜色溢出）：用以增加或者减小材质对光的反射颜色的饱和度大小，数值越大，则效果越明显。

·Transmittance Scale（投射比比例）：用以设置光线透过物体的强度，如果一个物体的后面有其他物体，那么就可以调整这一选项来表现光线透过的效果。

特殊效果设置区

·Luminance（亮度比）：在制作霓虹效果的时候使用，用以设置霓虹效果的强度。

·Indirect Light Bump Scale（间接光照凹凸比）：用以设置物体通过灯光生成的凹凸效果。

基础材质设置区

该按钮可以令你返回到基本材质类型，并调整它的选项。也可以使用不同的材质类型来替换基本材质。

8.6.4　建筑材质（Architecturl）

建筑材质是为建筑师专门设计的，它简化了材质的创建过程。在这一版本的3ds Max中内置了多种建筑材质类型，比如，金属、纸类和木材材质等，这些材质界面都是以直观的方式显示必要的基于物理属性的组件，而且这些都能够使得用户充分地应用3ds Max 2009的渲染功能，如图8-49所示。

图8-49　建筑材质

它共有5个参数设置区，分别是模板、物理属性、特殊效果、高级照明覆盖和高级采样参数设置区。在此我们只介绍它的“Special Effects（特殊效果）”面板，如图8-50所示。

Special Effects			
Bump:	100.0	☑	None
Displacement:	100.0	☑	None
Intensity:	100.0	☑	None
Cutout:	100.0	☑	None

图8-50　“特殊效果”面板

·Bump（凹凸）：使用图片的明暗强度影响材质表面的光滑程度来创建物体表面的凹凸效果。

·Displacement（置换）：一般用于在物体表面创建凹凸效果。

·Intensity（强度）：用于设置凹凸效果的强度。

·Cutout（裁切）：用于控制贴图的大小。

8.6.5　混合材质（Blend）

混合材质也叫做融合材质，是指把两种不同的材质混合在一起使用的材质，如图8-51所示。

它的参数设置区非常简单，如图8-52所示。

图8-51 瓷砖效果

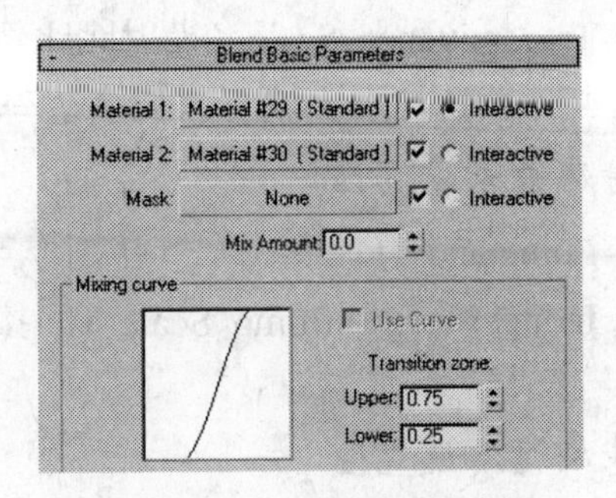

图8-52 混合材质的基本参数

它可以细分为2个小区，一个是基本参数区，另外一个是混合曲线区，下面介绍一下这些选项设置。

基本参数区

· Material 1（材质1）：用于选择合成材质中的第一个材质。

· Material 2（材质2）：用于选择合成材质中的第二个可用材质。

· Mask（遮罩）：用于选择或者创建一个贴图作为遮罩，并使用这个遮罩来决定两个材质的混合状况。

· Interactive（交互式）：用于设置哪一个材质在视图中作为表面显示出来。

· Mix Amount（混合量）：只有在不使用遮罩贴图的时候才能够被激活。通过调节这个数量来混合两种材质。

混合曲线区

只有选中“使用曲线”项，才能够使用曲线进行调整。

· Transition（转换区域）：利用上部和下部的数值来调整材质的混合。

· Upper（上部）：调整上层材质的合成部分。

· Lower（下部）：调整下层材质的合成部分。

8.6.6 合成材质（Composite）

它能够合成10以上的材质类型来创建比较复杂的材质效果，而且它是按从上到下的顺序分层的，它的参数面板如图8-53所示。在合成时，需要使用相加不透明度、相减不透明度和数量等选项。

合成材质的参数设置区非常简单，下面介绍一下这些选项的作用。

· “Base Material（基础材质）”按钮：用于打开“材质/贴图浏览器”，在这里可以赋予基本材质。默认设置下，基本材质是标准材质类型。

· 材质1到材质9：它们都含有进行合成的材质的控制。默认设置下没有材质被赋予。

8.6.7 双面材质（Double Sided）

双面材质实质上是一种合成材质，使用这种材质类型，可以为一个物体的前后面或者内外分别赋予两种不同的材质。

这种材质类型相对来说比较常用，所以一定要认真地学习和使用它。它的参数设置区的组成非常简单，如图8-54所示。

· Translucency（透明度）：该项用于设置双面材质的透明度。参数值范围是0～100。

· Facing Material（正面材质）：单击它可打开“材质/贴图浏览器”窗口，选择一种可以在正面使用的材质。

· Back Material（背面材质）：单击它可打开“材质/贴图浏览器”窗口，选择一种可以在背面使用的材质。

8.6.8 多维/子对象材质（Multi/Sub-Object）

为了更好地理解多维/子对象材质，先让我们来看一幅图，如图8-55所示。这种效果是比较常见的。

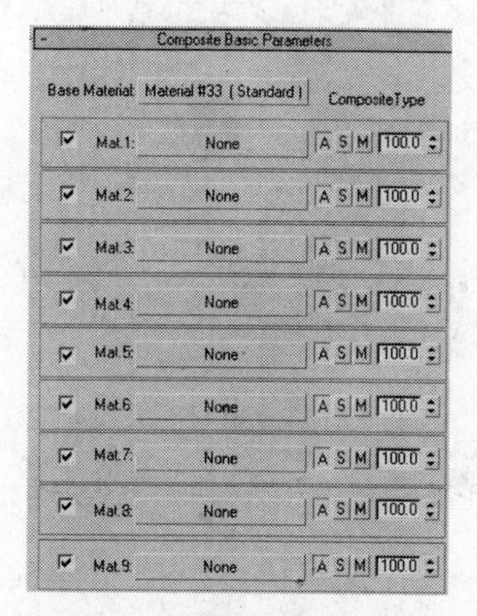

图8-53 合成材质的基本参数

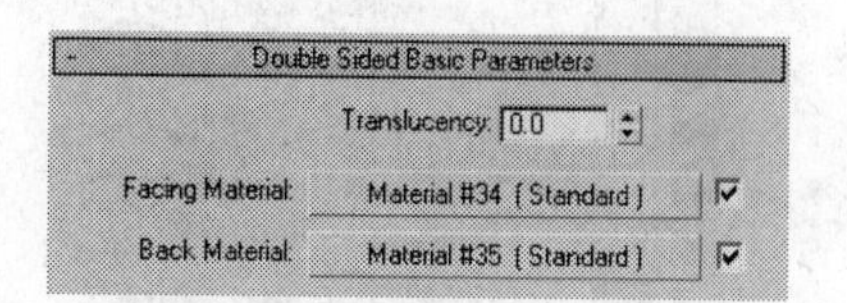

图8-54 双面材质的基本参数区

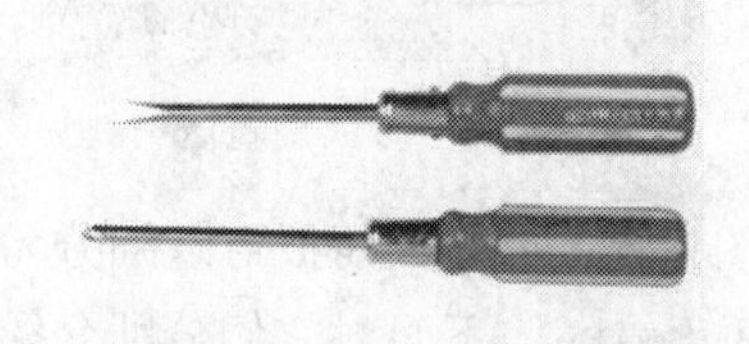

图8-55 多维/子对象材质效果

从图上可以看出，对于由多个面组成的复杂物体，可以在不同的表面应用不同的材质以创建出丰富多彩的效果。这样就需要使用到多维/子对象材质。多维/子对象材质的参数设置区比较简单，如图8-56所示。

· “Set Number（设置数量）”按钮：设置子级材质的数目。注意，如果减少这里的数目，那么有可能会把已经设置好的一些材质删除掉。

· “Add（添加）”按钮：用于添加新的材质。

· “Delete（删除）”按钮：用于删除选定好的材质。在删除材质的时候一定要确认物体的ID号。

· ID：代表材质的ID编号，要配合分配给物体的ID号来进行操作。

· Name（名称）：用于给每个材质指定名称。建议养成为物体和材质指定名称的习惯，这样可以在复杂的场景中易于选择它们。

· Sub-Material（子材质）：可以给相应的ID指定材质。可以在任何材质类型中使用ID。

8.6.9 变形器材质（Morpher）

这种材质尽管是一种材质类型，但是它本身却不能产生任何效果。只有与Morpher（变形器）修改器一起使用才能够产生效果。这种材质类型一般用于制作角色动画的面部表情变化的效果，比如角色的嘴角部分，或者在眼眉抬升时的皱纹。

变形材质有100个通道，并且能够直接映射到变形（Morpher）修改器的100个通道中。当把变形材质应用到一个物体并与变形修改器绑定后，那么就可以使用变形修改器中的微调器对材质和几何体实施变形操作了。变形修改器中的空通道没有几何体变形数据，所以只能被用于对材质实施变形。

变形器材质的参数设置区如图8-57所示。

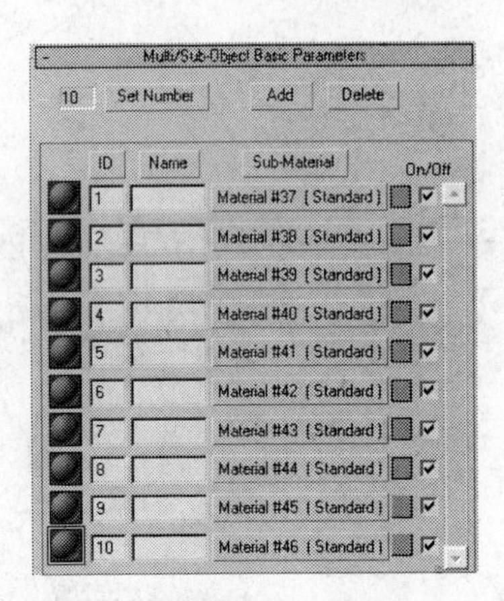

图8-56 参数设置区

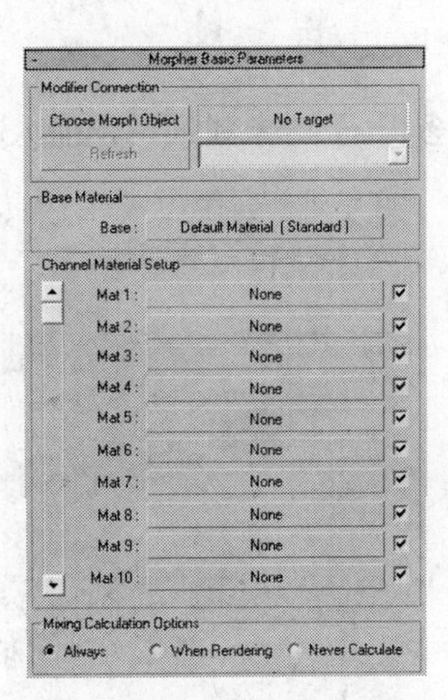

图8-57 变形器材质的基本参数

从图上看，该参数面板可以细分为3个小的区域，它们是修改器连接设置区、基础材质和通道材质设置区。下面对它们分别介绍一下。

修改器连接设置区

· Choose Morph Object（选择变形物体）：单击这个按钮，然后在视图中选择已经应用了变形修改器的物体。单击物体打开“选择变形物体”对话框，在该对话框中选择一个修改器，然后单击“绑定”按钮即可把对应的物体和材质绑定在一起。

· Refresh（刷新）：更新通道数据。

基础材质设置区

用于在给变形器材质添加动画的时候选择最基本的材质。

通道材质设置区

如果在变形器连接中绑定了在变形器中的通道个数，那么就会在这里得以体现。也就是说，如果单击“None”按钮指定了需要的材质，那么就会把应用了修改器的物体和材质的修改器连接在一起。总共有100个通道。

8.6.10 虫漆材质（Shellac）

虫漆材质是一种通过把一种材质叠加到另外一种材质上产生的材质效果，在叠加材质中的颜色将被添加到基本材质的颜色中，如图8-58所示。

虫漆材质的参数面板如图8-59所示。

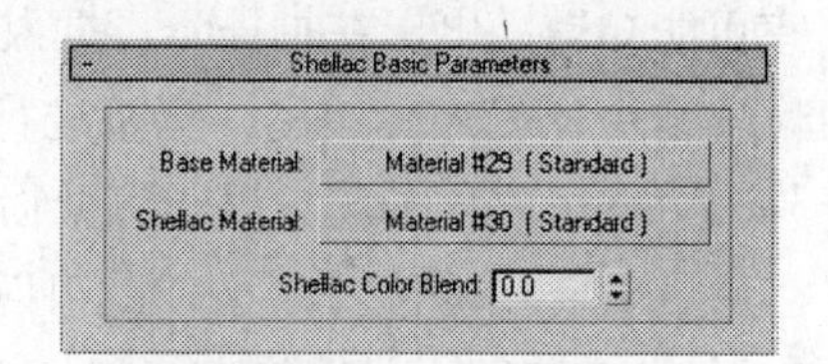

图8-58　虫漆效果　　图8-59　虫漆材质的参数面板

· Base Material（基础材质）：用于设置最基本的材质。基本材质是标准材质，但是也可以使用其他的材质类型。

· Shellac Material（虫漆材质）：用于设置在基本材质上面的材质。

· Shellac Color Blend（虫漆颜色混合）：用于设置混合颜色的数量。当数值为0时，虫漆材质没有效果。默认值为0。

8.6.11　顶/底材质（Top/Bottom）

顶/底材质类型可以让你为一个物体的顶部和底部分别赋予两种不同类型的材质。并可以把这两种材质混合为一种材质，如图8-60所示。一般情况下，一个物体的顶面法线朝上，底面法线朝下。可以参照场景的全局坐标系和局部坐标系确定法线的方向。

顶/底材质的参数设置面板如图8-61所示。

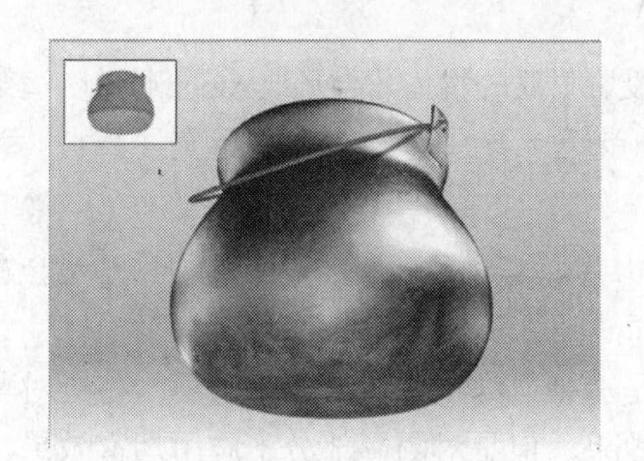

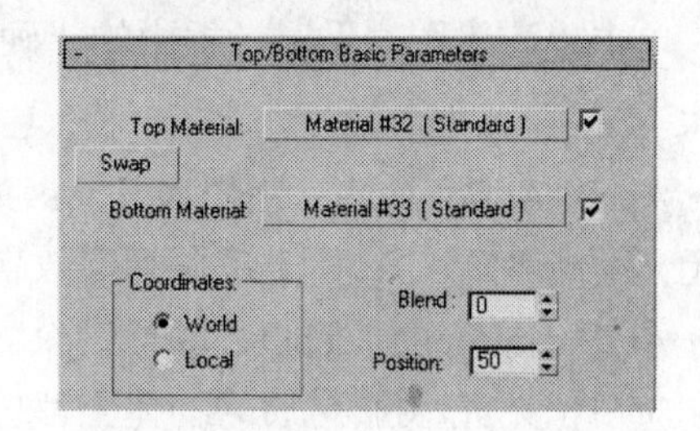

图8-60　顶/底材质　　图8-61　顶/底材质的基本参数面板

· Top Material（顶材质）：用于设置物体上部的材质。

· Bottom Material（底材质）：用于设置物体下部的材质。

· Swap（交换）按钮：用于交换物体的顶材质和底材质。

· World（世界）：以物体的全局坐标轴为标准混合顶底两个材质。

· Local（局部）：以物体的局部坐标轴为标准混合顶底两个材质。

· Blend（混合）：用于设置顶底两个材质边界区域的混合程度，一般数值越大，混合效果越好。

· Position（位置）：用于设置顶底两个材质边界区域的位置，一般数值越大，边界越靠近顶部。

8.6.12 无光/投影材质（Matte/Shadow）

使用无光/投影材质可使整个物体成为一种只显示当前环境贴图的不可见物体。这种效果在当前视图中不可见，只在渲染时可见，如图8-62所示。

大家可能知道，电影在拍摄时，把人物的背景设置为蓝色或者绿色的幕，在拍摄完成进行编辑的时候删除背景，并使用计算机进行合成。在这里，不可见物体就是起这样的作用。

另外，它还可以接受场景中非可见物体的投影。也就是说通过创建不可见代理物体并把它们放置在背景中合适的位置，这样就可以把阴影投射到背景上。下面是无光/投影材质的参数面板，如图8-63所示。

图8-62 隐藏照片的一部分，用于显示背景，使照片好像位于高脚杯的后面

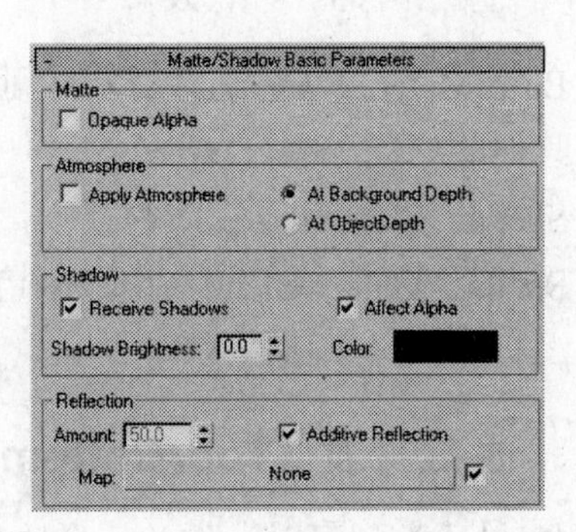

图8-63 无光/投影材质的基本参数面板

它可以细分为4个小区域，分别是无光、大气、阴影和反射。下面分别予以介绍。

无光区

如果选中“不透明Alpha”项，那么运用无光/投影材质的物体才会形成Alpha通道。渲染完成后，单击“渲染图片”对话框中的“确认”按钮就可以看到是否有Alpha通道了。

大气区

· Apply Atmosphere（应用大气）：如果场景中有烟雾效果，那么选中该项时，也会在应用了无光/阴影材质的物体上应用烟雾效果。

· At Background Depth（以背景深度）：这是一种二维模式。选中该项后，将会对背景图片和应用了无光/阴影材质的物体上都应用烟雾效果，但是对阴影部分不应用烟雾效果。

· At ObjectDepth（以对象深度）：

这是一种三维模式。选中该项后，将会以物体的深度为标准进行大气效果的处理。

阴影区

· Receive Shadows（接受阴影）：选中该项后，将会在物体表面上生成阴影。

· Shadow Brightness（阴影亮度）：用于调节阴影的亮度，最大值为1，数值越小，阴影也就越模糊。

· Affect Alpha（影响Alpha）：选中该项后，将会把不可见物体接收的阴影渲染到Alpha通道中，以便于进行其他的合成需要，一般情况下不要选中该项。

· Color（颜色）：用于设置所产生的阴影颜色。

反射区

· Amout（数量）：用于设置反射效果的程度。最大值是100。

· Map（贴图）按钮：单击这一按钮将会打开“材质/贴图浏览器”窗口，在这个窗口中可以选择做反射效果的贴图。

8.6.13 Lightscape材质（Lightscape）

Lightscape材质是在3ds Max 5中新增加的一种材质，它支持Lightscape，可以与Lightscape文件互换。使用Lightscape渲染出来的效果，在光线分配上更加自然，而且整体效果的品质也更加好一些。如图8-64所示就是一幅使用Lightscape渲染出来的效果。

它的基本参数面板如图8-65所示。下面介绍一下它的基本参数。

图8-64 使用Lightscape渲染出来的效果

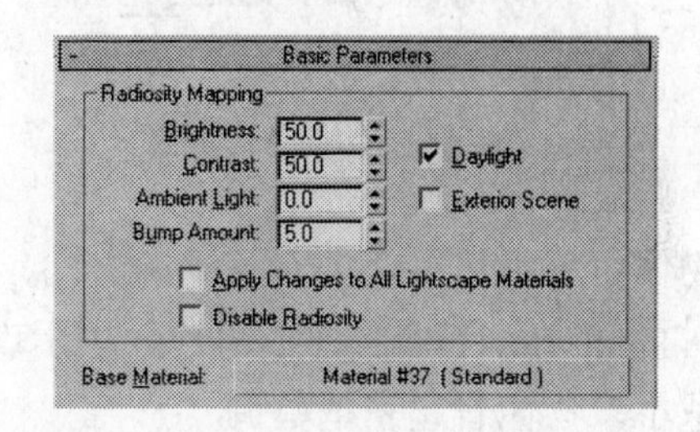

图8-65 Lightscape材质的基本参数面板

· Brightness（亮度）：用于调整打开的Lightscape材质的亮度。

· Contrast（对比度）：用于调整打开的Lightscape材质的对比度。

· Ambient Light（环境光）：用于调整Lightscape材质中的阴暗区域的明亮度。

· Bump Amount（凹凸量）：用于设置在Lightscape材质中应用于照明的凹凸贴图的强度。

· Daylight（日光）：用于设置是否计算自然光。

· Exterior Scene（室外场景）：在外部日光模拟时使用。

· Apply Changes to All Lightscape Materials（将更改应用于所有Lightscape材质）：用于设置是否把在对话框中设置的改变都应用到Lightscape Radiosity材质中。默认设置是关闭。

· Disable Radiosity（禁用光能传递）：用于设置是否计算放射光线，默认是关闭。

8.6.14 Ink'n Paint材质

Ink'n Paint材质类似于我们平面设计中的Illustrator的功能。它有多方面的应用，比如使用这种材质可以创建出卡通效果，如图8-66所示。

Ink'n Paint材质的参数面板由基本材质扩展、绘画控制、墨水控制和高级采样/抗锯齿参数面板4部分构成。基本材质扩展面板如图8-67所示。下面就介绍一下其中的一些控制选项。

· Fog BG when not painting（未绘画时使用雾化背景）：

当关闭绘画时，绘画区域的材质颜色与背景色相同。当选中该项时，绘画区的背景受摄影机和物体之间的烟雾的影响。默认是关闭。

注意

其他几个选项与前面内容中介绍的基本相同，在此不再赘述。

图8-66 卡通效果

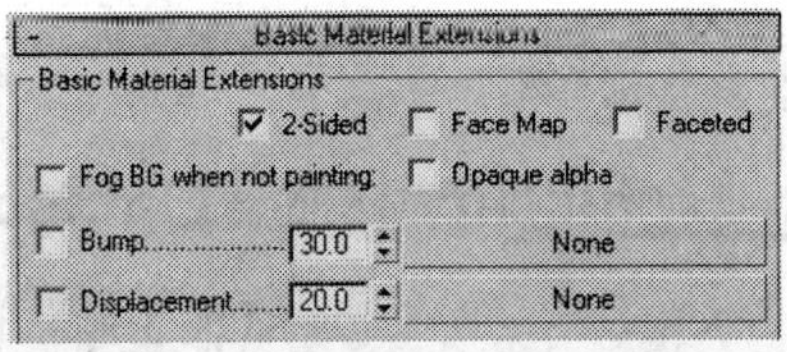

Basic Material Extensions
Basic Material Extensions
2-Sided Face Map Faceted
Fog BG when not painting Opaque alpha
Bump 30.0 None
Displacement 20.0 None

图8-67 基本材质扩展参数面板

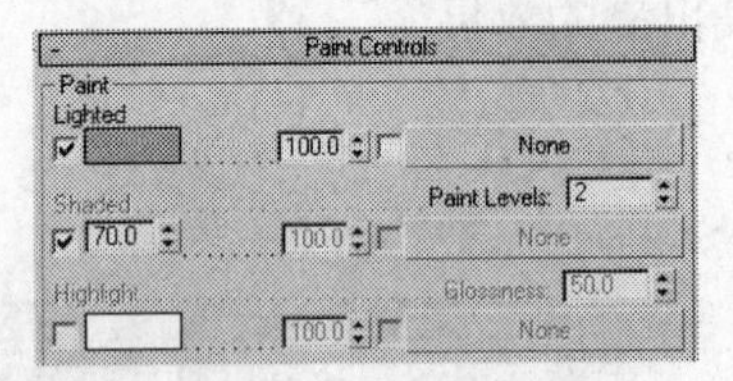

图8-68 绘画控制面板

绘画控制面板如图8-68所示。这一部分选项用于设置物体整体颜色的亮区和受光的高亮区，可用于表现自然的场景。

· Lighted（亮区）：用于设置物体被照亮的一侧的填充色，默认是淡蓝色，也可以使用其他图片来获得其他的效果。如果关闭该项，那么物体将不可见，但是除了线条之外。一般数值越大，明亮区的实色数也越大。

· Paint Levels（绘画级别）：用于设置被渲染的实色的数目，按从亮到暗的顺序。一般数值越小，物体看起来越单调。

· Shaded（暗区）：如果选中该项，则可以调整阴暗部分颜色，如果不选中该项，那么就可以在这一区域使用其他的颜色或者贴图。

· Highlight（高光）：用于设置镜面高光的颜色，默认是白色。如果不选择该项，那么就没有镜面高光，默认是关闭。

· Glossiness（光泽度）：用于设置镜面高光的大小。数值越大，镜面高光就越小。

墨水控制面板部分的参数设置区如图8-69所示。

这一区域和它的字面意思一样，用于设置物体外轮廓线的厚度和颜色。下面介绍一下它的参数选项。

· Ink（墨水）：当选中该项时，渲染出的结果中带有外轮廓线；否则将不会出现外轮廓线。默认为选中，效果如图8-70所示。

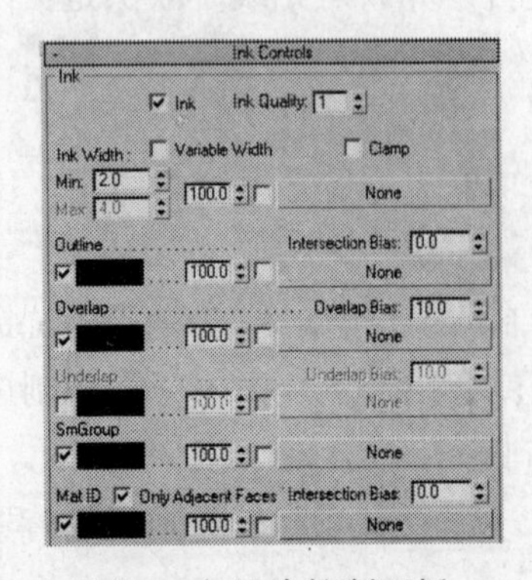

图8-69 墨水控制面板

图8-70 左图为有外轮廓线，右图没有

· Ink Quality（墨水质量）：用于设置外轮廓线的品质，一般数值越大，外轮廓线也就越精确，但是需要的渲染时间也比较长。

· Ink Width（墨水宽度）：用于设置外轮廓线的粗细，单位是像素，对比效果如图8-71所示。

· Variable Width（可变宽度）：当选中该项时，外轮廓线的宽度将是不规则的。默认是关闭。

· Clamp（钳制）：当选中可变宽度时，有时候场景中的灯光会使一些轮廓线显示的太细，几近消失。如果出现这样的情况，那么就可以选中该项。默认情况下该项关闭。

· Outline（轮廓）：在背景或者其他物体的前面显示该物体的外轮廓，默认是打开。效果如图8-72所示。

图8-71 外轮廓线的对比效果

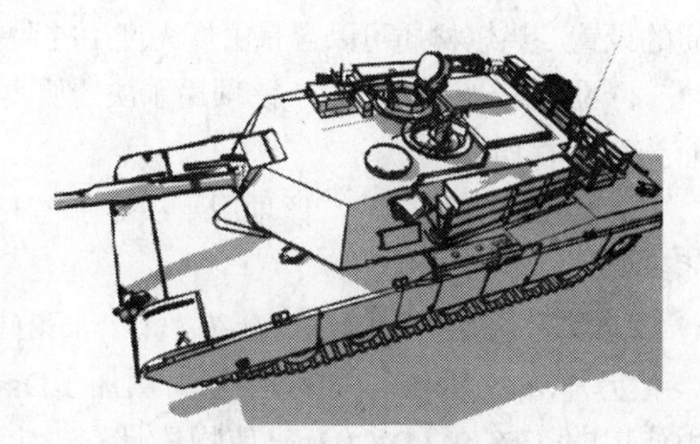

图8-72 只显示物体的轮廓

· Intersection Bias（相交偏移）：当两个物体相互交叉时，使用该项可调节出现的一些不恰当的问题。实际上它是把外轮廓线物体移动到靠近渲染视点的位置，或者使它远离视点。正值是远离，负值是靠近。

· Overlap（重叠）：用于处理一个物体与其自身叠加部分的问题。默认是打开。

· Overlap Bias（重叠偏移）：用于处理在叠加过程中出现的问题。正值把外轮廓线物体移动到靠近渲染视点的位置，负值使它远离视点。

· Underlap（延伸重叠）：作用类似于重叠，但是它把轮廓线应用到比较远的表面上，而不是比较近的表面上。默认是关闭。

· Underlap Bias（延伸重叠偏移）：用于处理在显露中出现的问题。正值把外轮廓线物体移动到靠近渲染视点的位置，负值使它远离视点。默认数值是0。

· SmGroup：用于处理是否平滑外轮廓线的边缘。

· Mat ID（材质ID）：

可以在一个物体表面设置不同的ID，并为之使用不同的颜色或者贴图。效果如图8-73所示。

· Only Adjacent Faces（仅相邻面）：选中该项时，只处理一个物体上临近面之间的材质ID边。取消选中该项时，则处理两个物体之间或者非临近面之间的材质ID边。默认是选中。

8.6.15 壳材质（Shell Material）

壳材质是在3ds Max 5中新增加的材质类型。该材质在烘焙纹理时使用，也就是在渲染纹理时用于烘焙纹理。它包括两种材质：在渲染中使用的原材质和烘焙材质。烘焙材质是一种位图，它被烘焙或者连接到场景中的一个物体上。壳材质是一个含有其他材质的容器，就像多维/子对象材质一样。这样你就可以控制在渲染中所使用的材质。壳材质的参数面板如图8-74所示。

图8-73 应用不同材质的效果

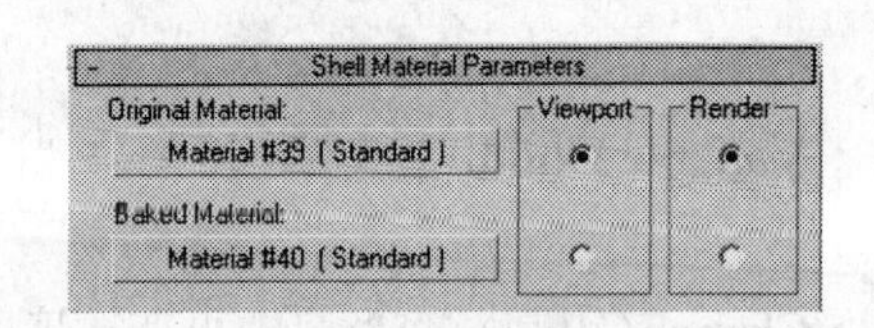

图8-74 壳材质的基本参数面板

· Original Material（原始材质）：显示原材质的名称。单击该按钮可以查看和调整该材质的设置。

· Baked Material（烘焙材质）：显示烘焙材质的名称。单击该按钮可以查看和调整该材质的设置。烘焙材质可以含有由灯光产生的阴影和其他信息，而且烘焙材质具有固定的分辨率。

· Viewport（视口）：该项用于决定哪些材质可以显示在实色视图中。上面为原材质，下面为烘焙材质。

· Render（渲染）：该项用于决定那些材质在渲染中显示。上面为原材质，下面为烘焙材质。

这就是这些材质的基本介绍，在下面的内容中，我将介绍与材质息息相关的贴图。

另外，在3ds Max 2009中还新增加了DirectX Shader材质，这种材质可以允许我们在视图中使用DirectX 9（DX 9）来使物体具有一定的明暗度。这样就可以在视图中更加精确地确定材质在其他应用程序中显示的外观效果，或者是在其他硬件上的显示情况，比如在游戏引擎中的显示效果。不过这种材质只有在安装了Direct 3D 显示驱动程序时才有效。由于本书篇幅有限，在此不再赘述。

8.7 贴图

在实际工作中，仅仅依靠材质是不够的，如果想表现更加真实的效果，就要使用贴图。下面就介绍有关贴图的一些基本知识。

8.7.1 贴图的概念

对于材质而言，贴图是其中的重要构成部分。为了对贴图有一个更直观的了解，首先来看一幅图，如图8-75所示。

图8-75 使用木纹贴图创建木地板效果

从上面的两幅效果图看，贴图对于我们创建效果图是非常重要的，它直接决定着效果图的外观效果。从这里可以为贴图下一个定义，贴图是用于创建某种效果的，有一定特征的图片。也可以把贴图理解为材质的第2概念。

在3ds Max 2009中有30多种贴图类型。按照它们的性质可以分为2D贴图、3D贴图、合成贴图、颜色修改器贴图和其他类型的贴图。它们可以再细分成多种贴图。由于这些贴图类型都可能在我们的制作使用到，因此在下面的内容中，将分类介绍这些贴图。

8.7.2　贴图类型

在"材质/贴图浏览器"中可以看到在其左下方共列出了5种贴图类型，如图8-76所示。这5种贴图类型是2D贴图、3D贴图、合成器贴图、颜色修改器贴图、其他类型。

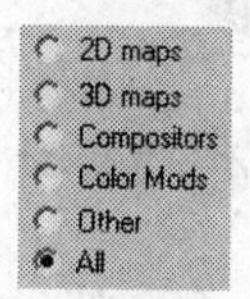

图8-76 贴图的类型

"全部"项不是贴图的类型。

我们也可以在"材质/贴图浏览器"窗口中看到这些贴图的类型，它们位于材质类型的下方，如图8-77所示。

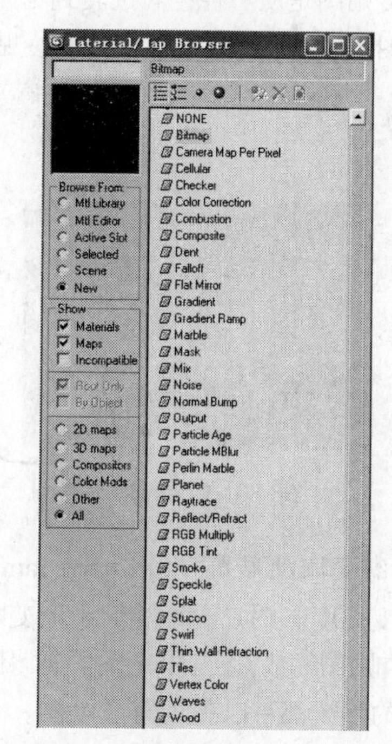

图8-77　"材质/贴图浏览器"窗口中的贴图类型

8.7.3　2D贴图

2D贴图也叫平面贴图，这种贴图是运用在所建物体表面上的贴图类型，或者也可以把它们作为环境贴图在场景中作为背景。一般常用的2D贴图是位图。共有7种平面贴图，它们分别是：位图、棋盘格、平铺、Combustion、渐变、渐变坡度和旋涡。

1. 位图贴图（Bitmap）

一般由像素构成的图像都属于位图，也可以按格式区分，一般像tif、bmp、psd、gif和jpg、.tga的图像都算做是位图。而3ds Max也支持很多种位图格式，这也是最常用的贴图类型。图8-78就是使用砖位图制作而成的一堵墙壁。

2. 棋盘格贴图（Checker）

它是一种将双色图案应用到材质的贴图，在建筑效果图中，可以把它作为一种地板或者桌布的图案，如图8-79所示。也有人将其称为方格图。

3. Combustion贴图

如果需要使用这种贴图，那么需要在你的计算机上安装上Discreet公司的Combustion软件后该种类型的贴图才可用，如图8-80所示。Combustion是Discreet公司开发的一种影像合成软件，与Max有很好的交互功能，它集成了Premiere和Aftereffects的功能。

图8-78 墙壁

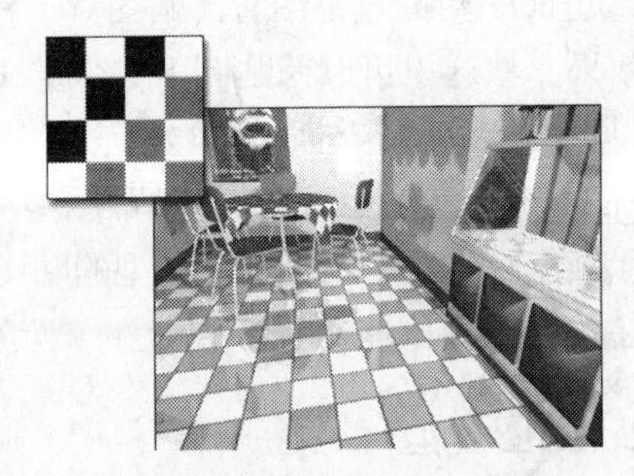

图8-79 棋盘格效果

4. 渐变贴图（Gradient）

渐变贴图是从一种色彩过渡到另一种色彩的效果贴图，一般需要使用两到三种颜色设置渐变。如图8-81所示就是一幅使用渐变贴图制作的效果。

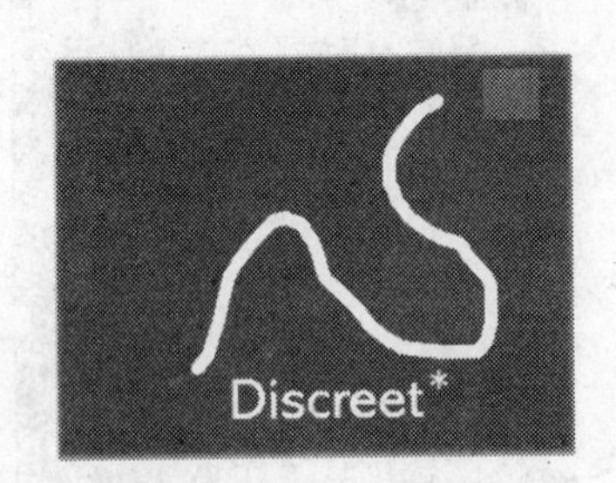

图8-80 Combustion贴图

图8-81 渐变贴图

5. 渐变坡度贴图（Gradient ramp）

渐变坡度贴图是一种类似于渐变贴图的2D贴图。但是在这种贴图中，你可以为渐变色设置颜色和贴图的数量。它的控制选项相对也多一些，这样就可以使你自定制各种可能的渐变色。而且它的参数都可以被设置成动画。使用这种类型的贴图可以创建出非常丰富的效果，如图8-82所示。

6. 旋涡贴图（Swirl map）

旋涡贴图是一种2D程序贴图，使用它可以创建出类似于旋涡的双色图案，如图8-83所示。和其他双色贴图一样，它的颜色也可以使用其他贴图替换。

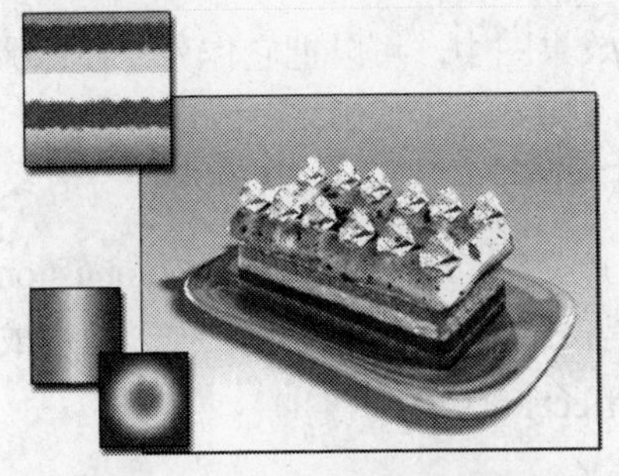

图8-82 渐变坡度贴图的效果

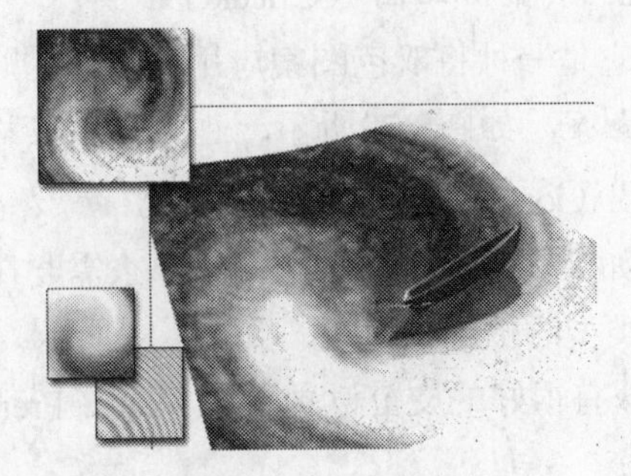

图8-83 旋涡效果

7. 平铺贴图（Tiles）

这种贴图类似于前面的位图类型，但是可以通过设置参数来设置贴图的平铺数量，从而获得我们所需要的效果，比如墙壁上的砖效果或者屋顶的瓦效果，如图8-84所示。

8.7.4 3D贴图

3D贴图也叫三维贴图，是在三维空间中生成的一种程序图案。比如大理石贴图可以在几何体表面上生成颗粒状的效果。它们都有自己的*XYZ*轴坐标，所以一般不用另外给它们指定UVW贴图。

在3ds Max 2009中有15种类型的三维贴图。它们分别是细胞贴图、凹痕贴图、衰减贴图、大理石贴图、噪波贴图、粒子年龄贴图、粒子运动模糊贴图、Perlin大理石贴图、行星贴图、烟雾贴图、斑点贴图、泼溅贴图、泥灰贴图、波浪贴图、木材贴图。下面分别介绍一下这些类型的贴图。

1. 细胞贴图（Cellular）

细胞贴图是一种程序贴图，使用它创建的图案可以用于各种视觉效果，如地板砖、石头，甚至海洋表面。效果如图8-85所示。

图8-84 平铺贴图效果

图8-85 使用细胞贴图创建的效果

2. 凹痕贴图（Dent）

凹痕贴图是一种3D程序贴图，在扫描渲染时，它根据碎片噪波创建一种随机的图案，而且它还根据贴图的类型而产生不同的图案。凹痕贴图的效果如图8-86所示。

3. 衰减贴图（Falloff）

衰减贴图是一种根据几何体表面的面法线的角度衰减生成的黑色值和白色值。默认设置下，在当前视图中，贴图在法线指向外侧的面上生成白色，平行于当前视图的面上生成黑色。使用这种贴图类型可以创建透明的效果。

4. 大理石贴图（Marble）

大理石贴图用于创建带有色彩的大理石表面，而且还会自动生成第三种颜色。下面是一幅使用大理石贴图创建的效果，如图8-87所示。

5. 噪波贴图（Noise）

这种贴图可以根据两种颜色或者材质创建一种随机的表面混乱效果。在建筑效果图中，可以用它来表现地面、路面和墙壁等的效果，如图8-88所示。

图8-86 凹痕贴图效果

图8-87 大理石贴图效果

6. 粒子年龄贴图（Particle Age）

这种贴图是用于粒子系统的贴图，也就是应用于粒子的贴图。根据粒子的生命周期指定三种不同的颜色或者贴图，使粒子在开始、中间和消失时具有不同的颜色。

7. 粒子运动模糊贴图（Particle MBlur）

这种贴图是用于粒子系统的一种贴图，贴图可以根据粒子的运动速度改变粒子踪迹前后的透明度，比如可以使用这种贴图制作流水的效果，如图8-89所示。

图8-88 噪波贴图效果

图8-89 流水效果

8. 花岗岩贴图（Perlin Marble）

它基本上与大理石贴图相同，也是一种3D材质。可以在背景颜色上创建颜色纹理效果，常用于制作大理石贴图。

9. 行星贴图（Planet）

行星贴图是一种用于模拟行星表面纹理的3D贴图，使用这种贴图可以控制星球表面上的陆地和海洋的大小，如图8-90所示。根据使用经验，如果与凹凸贴图和不透明贴图一起使用则创建出的效果会更好一些。

10. 烟雾贴图（Smoke）

这是一种用于模拟烟雾、云或者雾气的3D贴图，如图8-91所示。

11. 斑点贴图（Speckle）

斑纹贴图是一种用于创建带有斑纹表面图案的3D贴图。比如用做石块表面的贴图和溅起的水花的贴图等。

图8-90　行星贴图

图8-91　使用烟雾贴图制作的云效果

12. 泼溅贴图（Splat）

该贴图类型用于创建颜料或者液体飞溅而出的效果或者油彩的效果等。比如在泥浆中行驶的汽车车身，如图8-92所示。

13. 泥灰贴图（Stucco）

泥灰贴图用于创建水泥墙壁或者壁纸上的凹陷效果，也可以用于表现金属的粗糙表面效果，如图8-93所示。

图8-92　泼溅贴图效果

图8-93　粗糙的金属效果

14. 波浪贴图（Wave）

这种贴图用于创建水或者波浪的效果，如图8-94所示。

15. 木材贴图（Wood）

这是一种用于创建木纹图案的3D程序贴图。下面是一幅使用木纹贴图制作的效果，如图8-95所示。

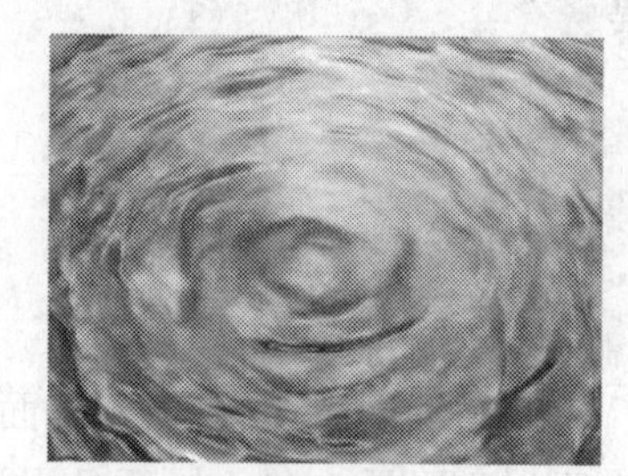

图8-94　水的效果

图8-95　木纹贴图

8.7.5　合成器贴图

合成器贴图是指通过合成其他颜色或者贴图而得到的贴图。在图像处理中，合成器贴图需要叠加2个或者更多的贴图来实现更加高级而又复杂的效果。合成器贴图共分为4类，它们是合成贴图、遮罩贴图、混合贴图和RGB倍增贴图。

1. 合成贴图（Composite）

合成贴图是使用其他贴图构成的，它使用Alpha通道在一个贴图上覆盖或者叠加上其他的贴图。使用这种贴图实现的效果如图8-96所示。

2. 遮罩贴图（Mask）

使用遮罩贴图可以透过一个物体看到另外一个贴图，遮罩用于控制第2个贴图在一个物体表面上被放置的位置。比如可以制作瓶子上的标签效果。

3. 混合贴图（Mix）

通过在一个物体表面上混合两个贴图或者颜色来获得另外一种效果。

4. RGB倍增贴图（RGB Multiply）

RGB倍增贴图是通过合并两个贴图来获得另外一种加强的效果，它一般多用于凹凸贴图。实质上它是通过倍增两个贴图的RGB值来合并两个贴图。

8.7.6 颜色修改器贴图

颜色修改器贴图可以在材质中改变像素的颜色。这种贴图类型共有3种，它们是RGB染色贴图、输出贴图和顶点颜色贴图。它们都使用不同的方式修改颜色。

1. RGB染色贴图（RGB Tint）

这种贴图根据红色、绿色和蓝色的颜色值改变贴图的颜色。如图8-97所示的是一幅RGB染色贴图的效果。

图8-96 把星、月亮和辉光合成实现的星空效果

图8-97 RGB染色贴图

2. 输出贴图（Output）

这种贴图用于调整位图的亮度、饱和度等输出效果。

3. 顶点颜色贴图（Vertex）

用于在渲染场景中显示被赋予的顶点颜色的效果。

8.7.7 其他贴图类型

除了那些贴图之外另外还包括其他6种类型的贴图，它们是反射/折射贴图、平面镜贴图、光线跟踪贴图、薄壁折射贴图、法线凹凸贴图和每像素摄影机贴图。在“材质/贴图浏览器”中这些贴图被命名为其他贴图。其实它们都是用来创建折射和反射效果的，而且都有自己独特的用途。在下面的内容中将分别予以介绍。

1. 反射/折射贴图（Reflect/Refract）

用于创建反射和折射的贴图，反射/折射贴图根据围绕物体的其他物体和环境自动创建反射和折射效果。反射效果如图8-98所示。

2. 平面镜贴图（Flat Mirror）

平面镜贴图用于创建在平面镜上的镜面反射效果，而不会产生折射效果。你可以把它赋予物体的一个面，而不是整个物体。其效果如图8-99所示。

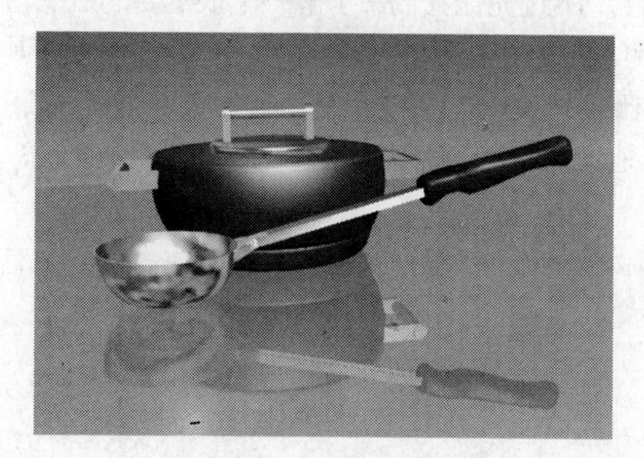

图8-98　反射效果

图8-99　在镜子中反射出室内的物品

3. 光线跟踪贴图（Raytrace）

光线跟踪贴图用于创建精确的光线反射和折射效果，如图8-100所示。实质上，它使用光线追踪方式来表现反射和折射。但是在使用这种贴图时，渲染时间将会变长。

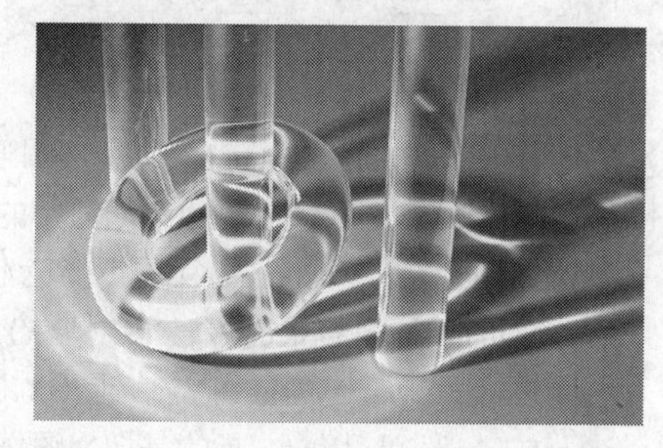

图8-100　使用光线跟踪贴图创建的效果

4. 薄壁折射贴图（Thin Wall Refraction）

薄壁折射贴图用于自动创建折射，模拟在玻璃和水中生成的折射效果。这种效果用于模拟“慢跑”或者偏离效果。

5. 法线凹凸贴图（Normal Bump）

这种贴图允许使用烘焙纹理法线贴图，可以把它指定给凹凸、置换组件来纠正不正确的边缘平滑效果，但是这样会增加物体的面数。

6. 每像素摄影机贴图（Camera Map Per Pixel）

这种贴图允许我们沿着特定的摄影机方向投射一个贴图，相当于一个2D遮罩的作用。

8.7.8 位图贴图的指定与设置

位图贴图是一种比较常用的贴图类型，我们常见的图片格式基本上3ds Max 2009都支持，它的指定也非常简单，操作步骤如下。

（1）在视图中创建一个物体，比如长方体。

（2）按键盘上的M键打开“材质编辑器”，并选择一个样本球。一般使用默认的样本球即可。

（3）单击“漫反射”右侧的小方框按钮，打开“材质/贴图浏览器”，从中双击位图图标，打开“选择位图图像文件”对话框，从中选择一个位图，然后单击“打开”按钮即可。

（4）确定视图中的物体处于选择状态，然后单击按钮即可把贴图指定给物体。

如果在赋予贴图后，想删除它们，那么在“漫反射”右侧的小方框按钮上单击鼠标右键，从弹出的菜单中选择“删除”项即可。注意，在删除之前，该按钮上含有一个字母M。

另外可以设置贴图的平铺、偏离和角度等属性。不过先让我们来了解一个很重要的概念，就是贴图坐标，还有它们的一些选项设置。大家可能知道，坐标是用来确定物体的位置的，其实，贴图坐标也是用来确定贴图位置的，当然还有贴图的方向以及分布等。一般我们用U、V、W来表示，它们分别代表我们常见的*X*、*Y*、*Z*坐标轴的轴向。下图是贴图坐标的设置选项面板，如图8-101所示。

• Texture（纹理）：把位图作为纹理贴到物体的表面上，默认是选中。这时在右侧栏中有4种坐标方式，如图8-102所示。

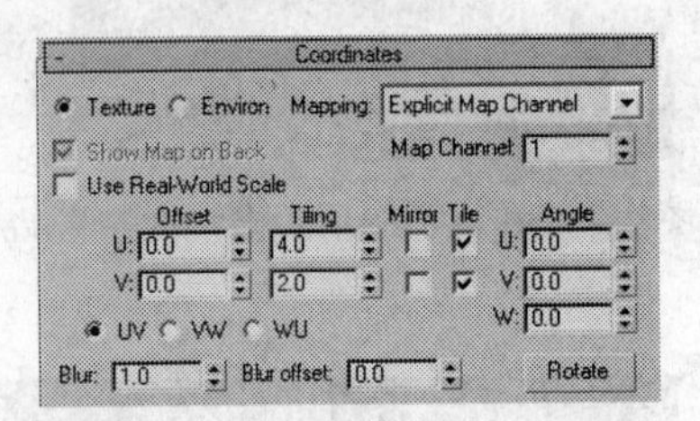

图8-101 贴图坐标设置面板

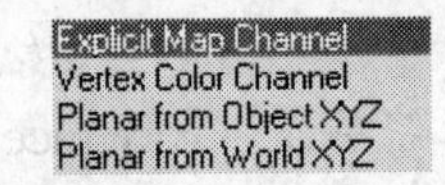

图8-102 4种贴图坐标方式

①Explicit Map Channel（显示贴图通道）：可以使用任意的贴图通道，选种该项时，贴图通道栏被激活，可以选用99个通道中的任意通道。

②Vertex Color Channel（顶点颜色通道）：使用指定的顶点颜色作为通道。

③Planar from Object XYZ（对象*XYZ*平面）：根据物体的局部坐标使用平面贴图。

④Planar from World XYZ（世界*XYZ*平面）：根据物体的世界坐标使用平面贴图。

• Environ（环境）：指的是把位图作为环境贴图使用，也可以说是背景贴图。这时在右侧栏中有4种坐标方式，如图103所示。

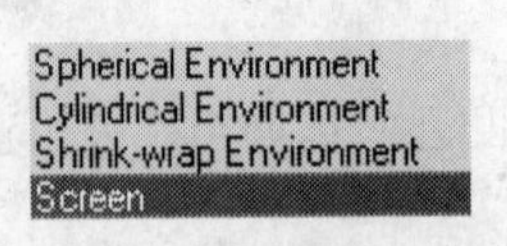

图8-103 4种坐标方式

①Screen（屏幕）：在场景中把物体作为一个背景屏幕。一般在静止的场景中使用，不适合表现动画效果。

②Spherical Enviroment（球形环境）：使背景中的图片具有在球形物体上的贴图效果。

③Cylindrical Enviroment（柱形环境）：使背景中的图片具有在柱形物体上的贴图效果。

④Shrink-wrap Environment（收缩包裹环境）：使背景中的图片不相互交错。

• Show Map on Back（在背面显示贴图）：选中该项时，物体背部的贴图不被渲染。不选中该项时，物体背部的贴图则被渲染。

• Offset（偏移）：用于改变在UV坐标中的贴图位置。

• UV/VW/WU坐标：它们用于改变贴图的坐标系统。UV坐标可以把贴图像幻灯机那样贴到物体表面上。VW和WU坐标则会旋转贴图。

• Tiling（平铺）：用于设置在水平和垂直方向上重复贴图的数量。数值越大，重复的效果也越显著。下图是设置了重复值后的效果，如图8-104所示。

· Mirror（镜像）：选中该项时，将在物体的表面上对贴图进行镜像复制。下图是设置了镜像值后的效果，如图8-105所示。

图8-104　设置了重复值后的效果

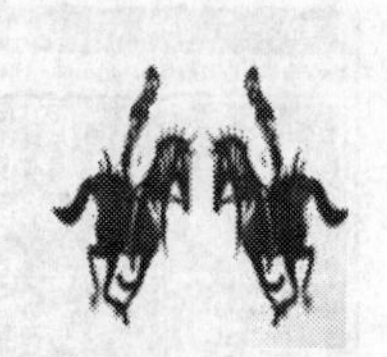

图8-105　设置了镜像值后的效果

· Tile（平铺）：用于设置是否重复贴图。

· Angle（角度U/V/W）：用于在贴图方向上创建贴图的旋转效果。

· Blur（模糊）：用于设置图像的模糊效果，一般在表现远近景时使用。

· Blur offset（模糊偏移）：用于设置图像的锐利或者模糊程度，与远近景无关。

· Rotate（旋转）：单击该按钮后将会打开一个旋转贴图坐标的对话框，移动鼠标即可旋转贴图。

一般使用这些选项就可以设置出很多的贴图效果。我们在后面的实例中将介绍如何调制（或者制作）一些材质，从而使读者可以在以后的制作中自己调制一些实际需要的材质。

8.8　实例

在这一部分内容中，我们介绍几种常见材质的调制过程。如果要想调制出比较真实的材质效果，需要经过多次的练习，并找出相关的规律。对于一些常用的材质，我们可以把它们保存到材质库中，以后直接调用即可。

8.8.1　实例1：窗玻璃材质的调制

在这个实例中，我们介绍一种比较常见的材质的调制过程——玻璃，这种材质在平时的设计工作中是一种经常使用的材质。

（1）读者可以自己创建一个需要应用玻璃材质的模型，比如玻璃瓶或者茶几。也可以打开本书“配套资料”中的“茶几00”模型，如图8-106所示。注意，此时的茶几面还没有被赋予材质。

图8-106　茶几模型

（2）在视图中选择茶几面模型。然后按键盘上的M键打开“材质编辑器”，并选定一个样本球。在Blinn基本参数面板中，单击“漫反射”右边的颜色框，打开“颜色选择器”对话框，并把颜色设置为绿色，如图8-107所示。

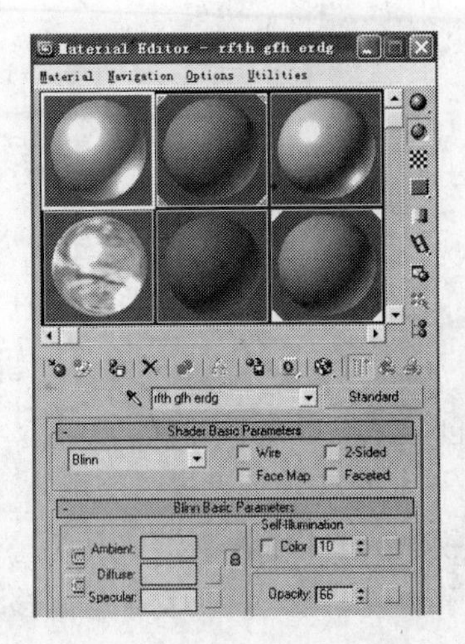

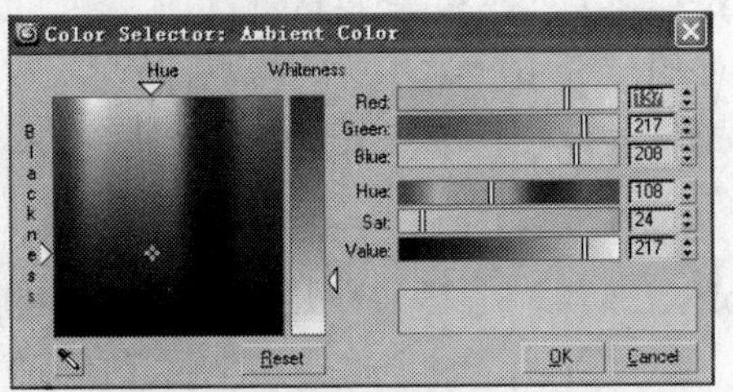

图8-107　基本参数设置和“颜色选择器”对话框

这样可以把玻璃的颜色设置为绿色，也可以设置为其他的颜色。

（3）单击“关闭”按钮，这样就把漫反射和环境光的颜色改成了绿色。

（4）在Blinn基本参数面板中把“Opacity（不透明）”的值设置为66，把“Specular Level（高光级别）”的值设置为100，把“Glossiness（光泽度）”的值设置为60，如图8-108所示。

（5）再单击样本球右侧的Background（背景）按钮，双击该样本球，就会打开一个小对话框，如图8-109所示。

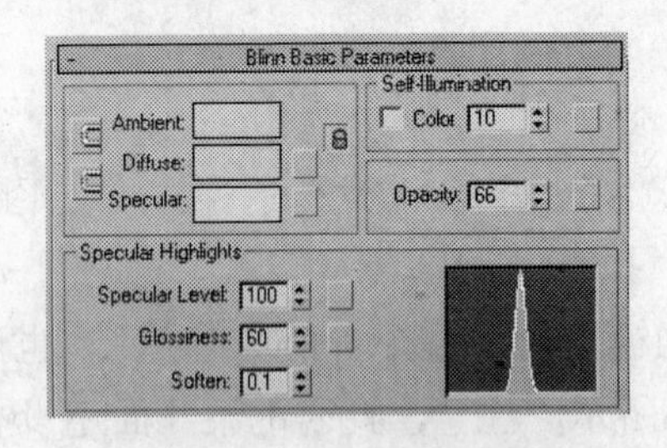

图8-108　基本参数设置

图8-109　打开的对话框

图8-110　渲染效果

（6）如果此时把我们设置的材质赋予场景中的物体。添加一幅背景图片，然后按键盘上的F9键，则可以得到下面的效果，如图8-110所示。

（7）如果改变“Opacity（透明度）”的数值和颜色，那么可以渲染成更加透明的效果，如图8-111所示。

（8）读者可以根据需要把玻璃改变为其他的颜色，比如蓝色或者其他的颜色。下面是改变为蓝色之后的渲染效果，如图8-112所示。

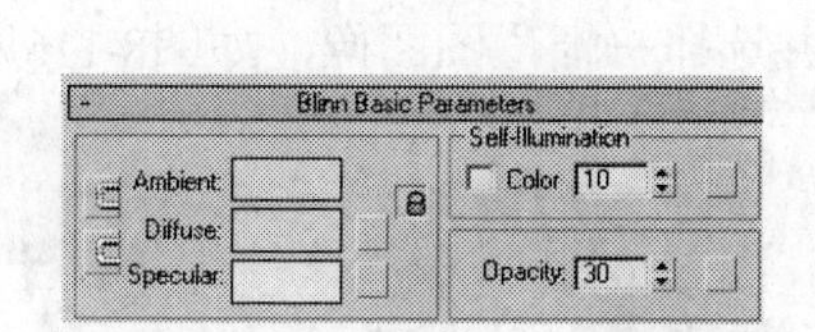

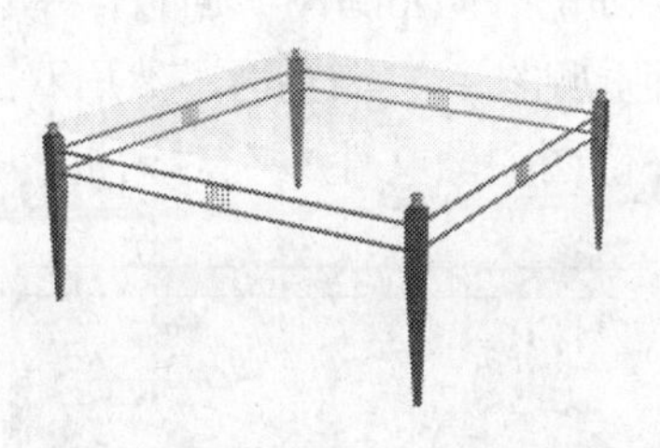

图8-111　第二次渲染的效果（右）

（9）为了衬托玻璃的透明效果，可以添加一幅深色的渐变贴图背景图片。然后为茶几的其他部分设置一种不锈钢金属材质（关于不锈钢金属材质的设置过程，我们将在后面的例子中进行介绍）。下面是调整后的渲染效果，如图8-113所示。

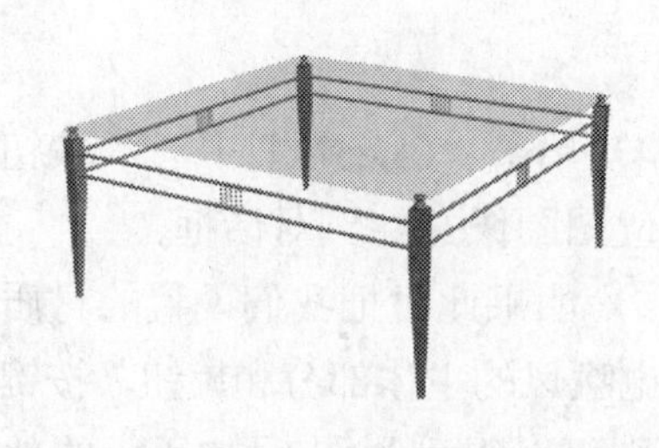

图8-112　蓝色效果

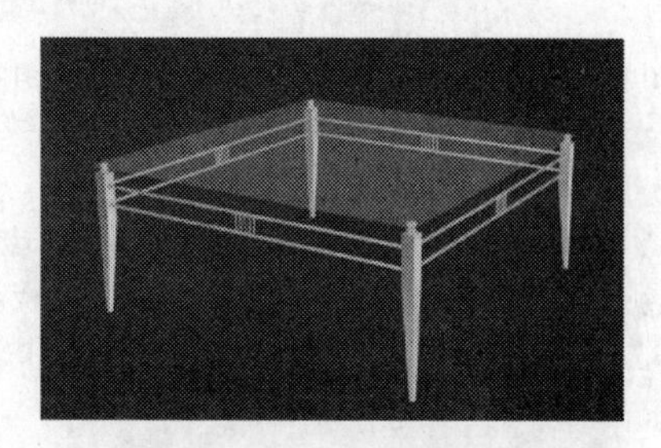

图8-113　渲染效果

读者可以通过设置其他选项来获得不同的玻璃效果。另外还可以通过设置折射来模拟冰块的效果。

8.8.2　实例2：不锈钢材质的调制

在这个实例中，我们介绍一种比较常见的材质的调制过程——不锈钢材质。在日常的设计工作和建筑设计中，这种材质是比较常用的。

（1）打开“配套资料”中的“电吹风00”模型，如图8-114所示。读者也可以自己制作一个需要设置不锈钢材质的其他模型。注意，此时电吹风的主体部分还没有赋予材质，我们需要为它设置不锈钢材质。

（2）按键盘上的M键打开“材质编辑器”，并选定一个样本球。然后在明暗器基本参数面板中把明暗器的类型设置为Metal（金属）。然后在金属基本参数面板中把把“Specular Level（高光级别）”的值设置为100，把“Glossiness（光泽度）”的值设置为62，如图8-115所示。

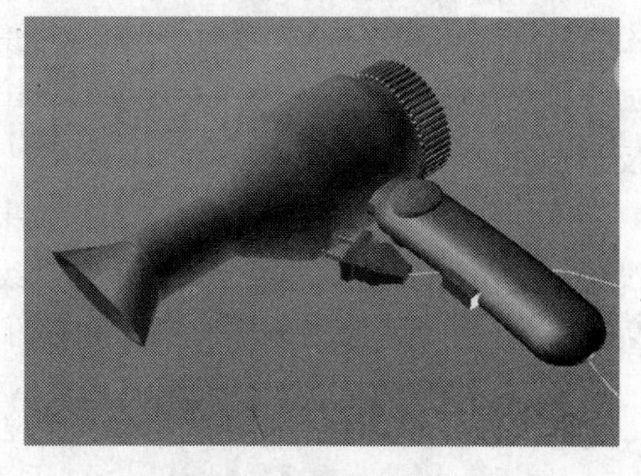

图8-114　电吹风模型

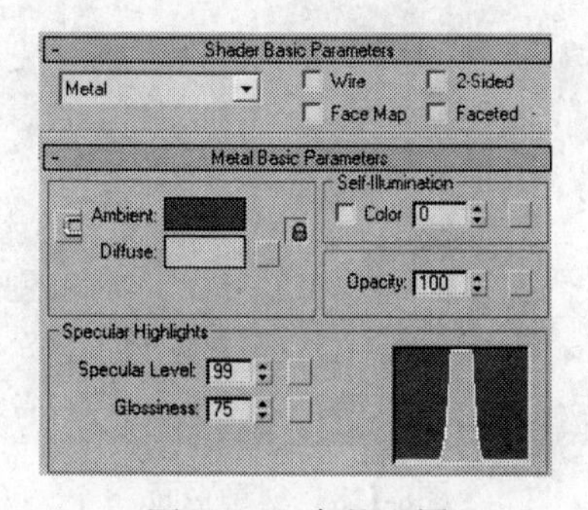

图8-115　参数设置

（3）展开下面的“Map贴图”面板，单击“反射”右边的 None 按钮，打开“Material/Map Browser（材质/贴图）”浏览器，然后双击“Bitmap（位图）”图标，打开“Select Bitmap Iamge File（选择位图图像文件）”对话框，并选择一幅位图图像，如图8-116所示。

Maps

	Amount	Map
☐ Ambient Color	100	None
☐ Diffuse Color	100	None
☐ Specular Color	100	None
☐ Specular Level	100	None
☐ Glossiness	100	None
☐ Self-Illumination	100	None
☐ Opacity	100	None
☐ Filter Color	100	None
☐ Bump	30	None
☑ Reflection	100	Map #2 (Chromic.jpg)
☐ Refraction	100	None
☐ Displacement	100	None

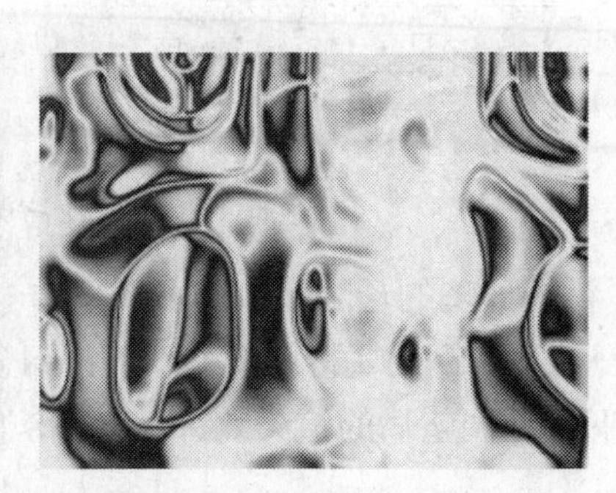

图8-116　选择位图

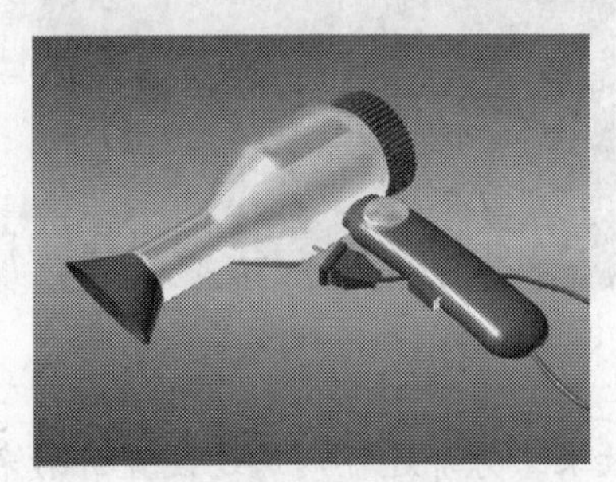

图8-117　渲染效果

（4）单击“Open（打开）”按钮，关闭“选择位图图像文件”对话框。

（5）如果此时把我们设置的材质赋予场景中的电吹风的主体部分和旋钮，按键盘上的F9键，则可以得到如图8-117所示的效果。注意，为了衬托效果，可以添加一幅背景图片。

电吹风的其他部分是塑料的，这种材质可以通过设置“Color（颜色）”、“Specular Level（高光级别）”和“Glossiness（光泽度）”的值来获得，读者可以自己进行尝试，也可以参考本例中的场景文件。

另外，我们还可以通过设置其他选项来获得不同的不锈钢效果，比如磨砂不锈钢。另外，通过把颜色设置为金黄色，则可以制作出黄金材质。有兴趣的读者可以自己尝试进行设置。

8.8.3　实例3：带有反射效果的木地板地面材质的调制

在这个实例中，我们介绍一种常见材质的调制——带有反射效果的木地板，这种材质在建筑效果图设计中比较常见。

图8-118　创建平面

（1）使用创建面板中的“平面”工具创建一个平面，把它作为地面。然后制作一些家具模型。读者也可以打开本书“配套资料”中的“反射地面00”文件，如图8-118所示。

（2）可以看到，现在地面没有反射效果，也没有木纹效果。我们需要为地面添加木纹和反射效果。注意其他物体已经被设置好了材质，因此不必为它们设置材质。

（3）按键盘上的M键打开“材质编辑器”。单击“漫反射”右侧的小方框按钮，选择一幅木纹贴图，并设置“Specular Level（高光级别）”和“Glossiness（光泽度）”的参数，如图8-119所示。

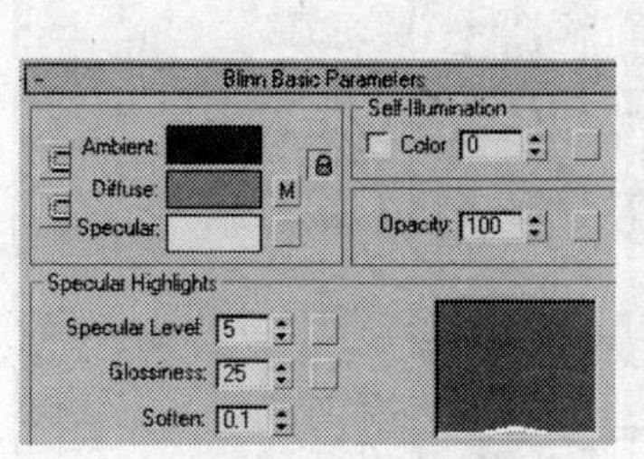

图8-119 设置参数（左）和木纹贴图（右）

（4）把贴图赋予地面，按F9键进行渲染，效果如图8-120所示。

图8-120 渲染效果

（5）从渲染的效果中可以看出，木纹太大，因此需要调整它们的“Tiling（平铺）”参数。进入到“Coordinates（坐标）”参数栏中，将“U”的参数设置为3，然后进行渲染，效果如图8-121所示。

（6）可以看出还没有反射效果，因此需要设置反射效果。进入到“Map（贴图）”参数栏中，单击“Reflection（反射）”右侧的长按钮，从打开的“Material/Map Browser”窗口中双击“Raytrace（光线跟踪）”项，如图8-122所示。然后把“Reflection（反射）”的参数值设置为20，这样即可添加上反射效果。

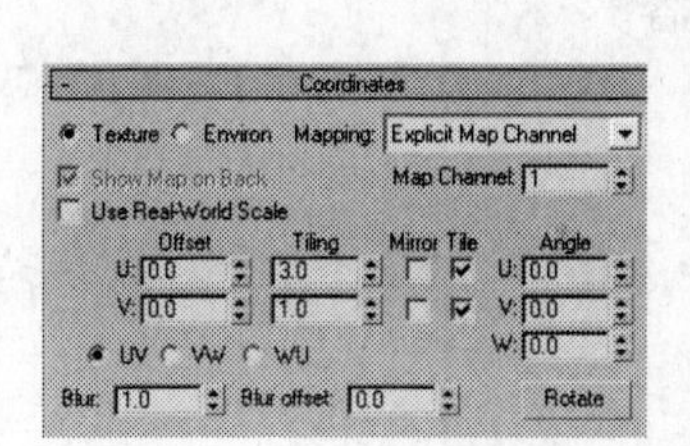

图8-121 调整的参数后的渲染效果

（7）按F9键进行渲染，效果如图8-123所示。

这样，带有反射效果的地面就制作好了。像这类带有反射效果的地面、桌面、大理石等，都可以使用这种方法来制作。

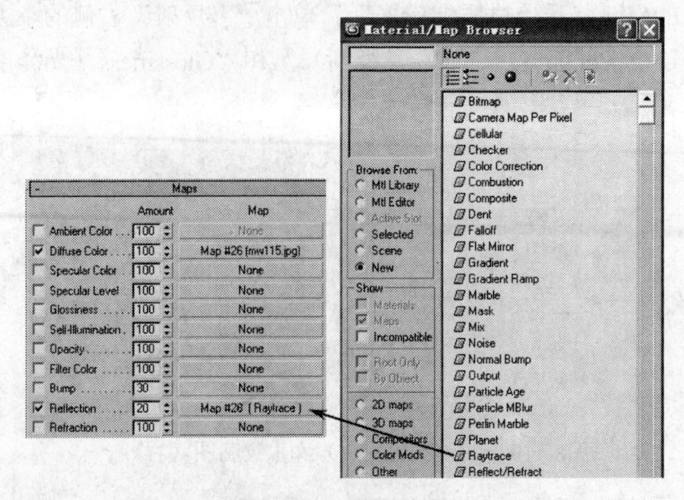

图8-122 设置的参数

图8-123 渲染效果

在3ds Max 2009中，我们可以制作出在自然界中看到的所有物体的材质。不过这需要读者进行探索和练习，找到制作材质的规律之后，就可以制作需要的任何材质了。

在本章中，介绍了有关材质方面的内容。在下一章的内容中，将介绍有关在3ds Max 2009中灯光方面的内容。灯光也是我们必须要掌握的内容。

第9章 灯 光

在3ds Max 2009中，灯光是用于照亮场景的。灯光的设置及其布局是否合理对于最终的结果起着非同凡响的作用。如果在场景空间中没有光效的作用，那么整个场景将是一片黑暗，不会显示任何的效果。如果要在3ds Max 2009场景中展现出所要创建的物体及其效果，那么必须要设置灯光，否则我们就看不到物体及其材质和色彩。默认设置下，3ds Max 2009在场景中会自动设置一个灯光用于照亮整个场景。当用户在场景中设置了灯光后，3ds Max 2009系统将会把自动设置的灯光给关闭掉。灯光效果如图9-1所示。

图9-1 灯光效果

另外，3ds Max 2009场景中的模型为灯光提供某种形式的反射、透射和折射，并以此产生相应的明暗、色调、质感和构图方面的变化，从而来表现效果图中富有变化的光影的层次、光线的强度、色调的深浅等要素，使效果图显得更加生动。我们可以通过在场景中的不同位置设置不同的灯光来使场景中的物体产生色彩和明暗的变化。从这一点上可以看出，要制作一幅好的效果图作品并非易事，不仅要合理布局灯光，还要使场景中的物体材质和现实中的物体材质相匹配，否则制作出的效果不会让人信服。

在3ds Max 2009中，根据灯光的属性，我们把灯光分为两类，它们分别是标准灯光、光度学灯光，下面我们分别予以介绍。

9.1 标准灯光

标准灯光是基于计算机的模拟灯光。单击创建面板上的按钮，创建面板中将显示标准灯光的8种类型，如图9-2所示。

图9-2 标准灯光类型面板

在3ds Max 2009中共提供了8种类型的标准灯光，它们是：Target Spot（目标聚光灯）、Free Spot（自由聚光灯）、Target Direct（目标平行灯）、Free Direct（自由平行光）、Omni（泛光灯）、Skylight（天光）、mr Area Omni（mr区域泛光灯）和mr Area Spot（mr区域聚光灯）。其中，mr灯光指的是在mental ray渲染器中使用的灯光，mental ray渲染器是一种高级渲染器，使用它可以获得比较好的效果。

9.1.1 目标聚光灯

目标聚光灯就像手电筒的光一样是一种投射光，可影响光束内被照射的物体，产生一种逼真的投影阴影，如图9-3所示。当有物体遮挡光束时，光束将被截断，且光束的范围可以任意调整。目标聚光灯包含有两个部分："投射点"和"光源"，即场景中的小立方体图形。可以通过调整这两个图形的位置来改变物体的投影，从而产生逼真的立体效果。聚光灯有矩形和圆形两种投影区域，矩形特别适合制作电影投影图像、窗户投影等。圆形适合制作路灯、车灯、台灯等的灯光。

只要单击这些灯光的创建按钮，然后在视图中单击并拖动就可以创建它们了。另外，也可以使用"创建"菜单中的灯光创建命令来创建，灯光创建命令如图9-4所示。

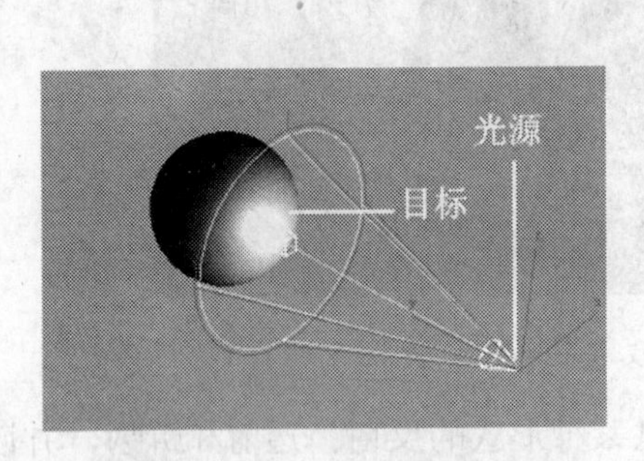

图9-3 目标聚光灯

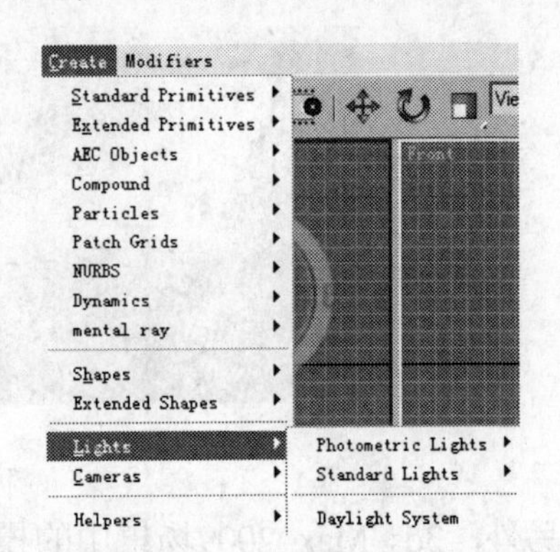

图9-4 灯光创建命令

在创建灯光后，可以通过在灯光的参数面板中选中"矩形"项，使灯光的光为矩形，如图9-5所示。其他的灯光也可以进行这样的设置。

9.1.2 自由聚光灯

自由聚光灯是一种能够产生锥形照射区域的灯光，它是一种没有"投射目标"的聚光灯，如图9-6所示。通常用于运动路径上，或是与其他物体相连而以子对象方式出现。自由聚光灯主要应用于动画的制作。

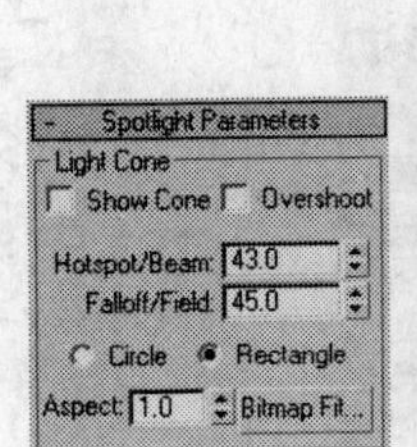

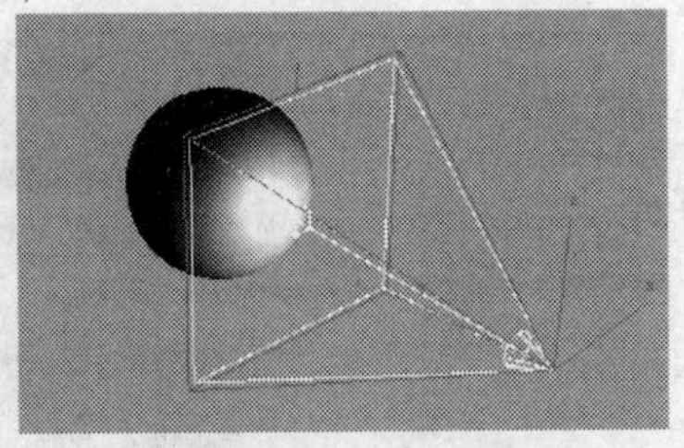

图9-5 修改灯光的形状

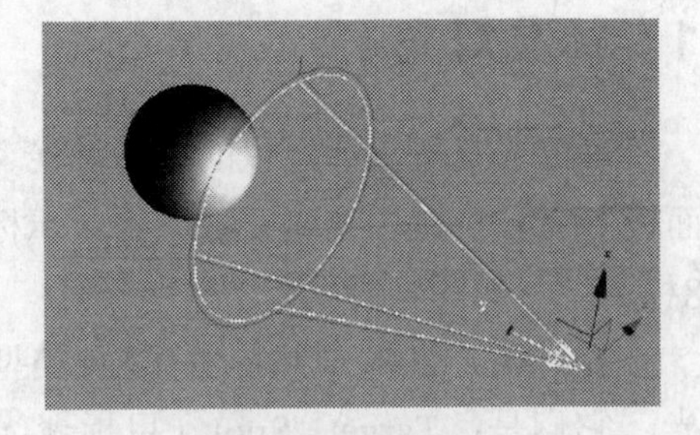

图9-6 自由聚光灯

9.1.3 目标平行灯

目标平行灯产生一个圆柱状的平行照射区域，是一种与目标聚光灯相似的"平行光束"，如图9-7所示。目标平行光主要用于模拟阳光、探照灯、激光光束等效果。在制作室外建筑效果图时，我们主要用目标平行光来模拟阳光照射产生的光影效果。

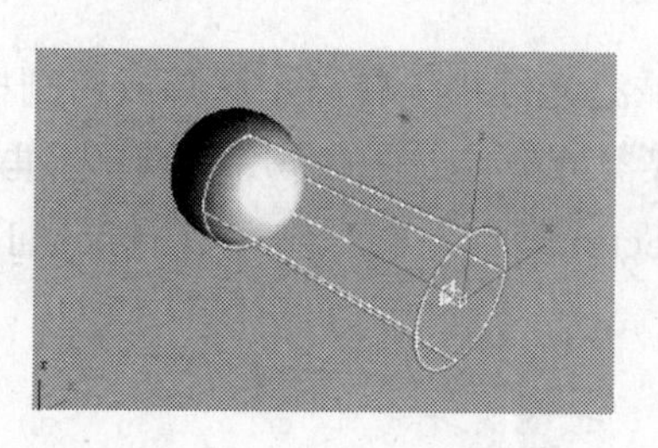

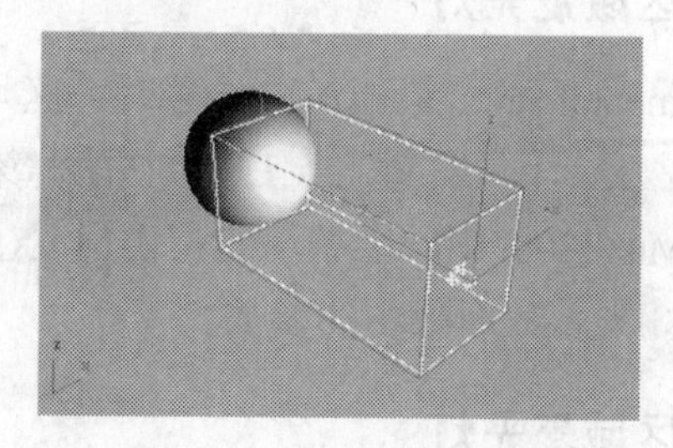

图9-7　目标平行灯

9.1.4　自由平行光

自由平行光是一种与自由聚光灯相似的平行光束。但它的照射范围是柱形的，一般多用于制作动画，如图9-8所示。

9.1.5　泛光灯

泛光灯是一种可以向四面八方均匀照射的“点光源”，是一种比较常用的灯光类型，如图9-9所示。它的照射范围可以任意调整，可以对物体产生投影阴影。泛光灯是在效果图制作当中应用最广泛的一种光源，一般用来照亮整个场景，没有什么特定的范围。场景中可以用多盏泛光灯协调作用，以产生较好的效果，但要注意的是泛光灯也不能过多的建立，否则效果图就会显得平淡而呆板。所以要在平时的效果图制作中，多注意体会灯光参数及布局对整个效果图场景的影响，需要多积累经验，逐步掌握好灯光的搭配技巧。

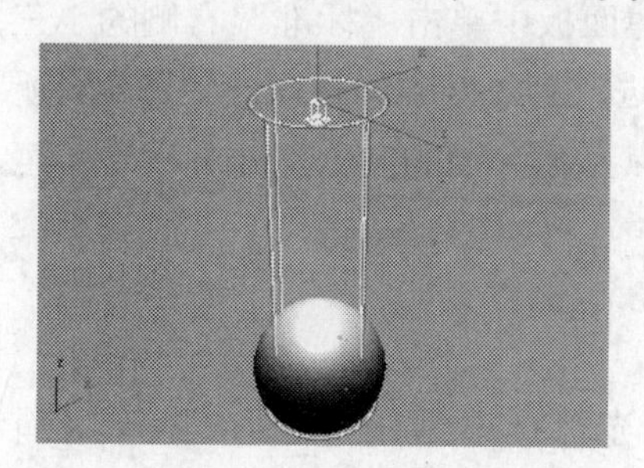

图9-8　自由平行光

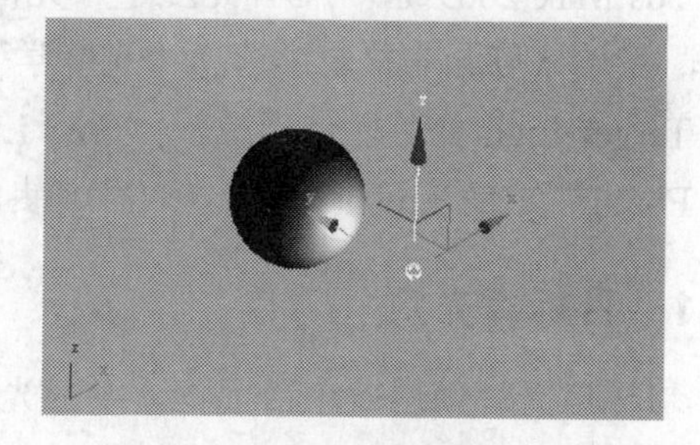

图9-9　泛光灯

9.1.6　天光

天光是一种类似于日光的灯光类型，它需要使用光线跟踪器。可以设置天空的颜色或者为它赋予贴图。也可以在场景中制作天空，也就是说可以进行建模，其效果如图9-10所示。

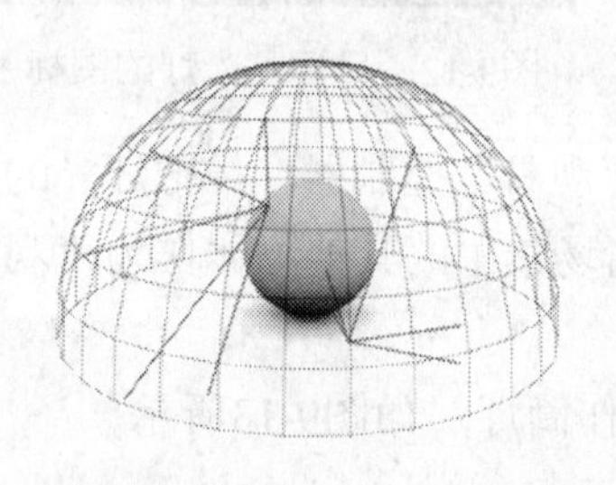

图9-10　使用天光的效果

9.1.7 mr区域泛光灯

当使用mental ray渲染器渲染场景时，区域泛光灯用于在一个球形或者圆柱形的区域发射光线，而不是从一个点发光。当使用默认的渲染器渲染时，它的作用类似于标准类型的泛光灯。

在3ds Max 2009中，区域泛光灯由MAXScript脚本生成。只有使用mental ray时，才可以使用区域泛灯光参数面板中的参数。

9.1.8 mr区域聚光灯

当使用mental ray渲染器渲染场景时，区域聚光灯用于在一个矩形或者弧形区域发射光线，而不是从一个点发光。当使用Max默认的渲染器渲染时，它的作用类似于标准类型的泛光灯。

在3ds Max 2009中，区域聚光灯由MAXScript脚本生成。只有使用mental ray渲染器时，才可以使用区域聚灯光参数面板中的参数。

关于mental ray渲染器的设置，将在后面的内容中进行介绍。

9.2 光度学灯光

光度学灯光是一种使用光能值的灯光，使用这种灯光可以更为精确地模拟自然界中的灯光，这种灯光具有多种光分布和颜色特性，渲染出来的效果也更加自然。而且在3ds Max 2009中，光度学灯光改成了默认灯光，而在以前的版本中，标准灯光是默认灯光。

3ds Max 2009提供了3种光度学灯光，在灯光创建面板中单击“标准”右侧的小三角形按钮▾，然后从打开的菜单中选择“光度学”项，即可进入到光度学面板中，如图9-11所示。其中有Target Light（目标点光源）、Free Light（自由点光源）和mr Sky Portal灯光。其中，mr Sky Portal灯光是在mental ray渲染器中使用的灯光。

9.2.1 目标点光灯

目标点光灯使用一个目标物体发射光线。这种灯光有3种类型的分配方式，而且有对应的3个图标，如图9-12所示。

图9-11 光度学灯光面板

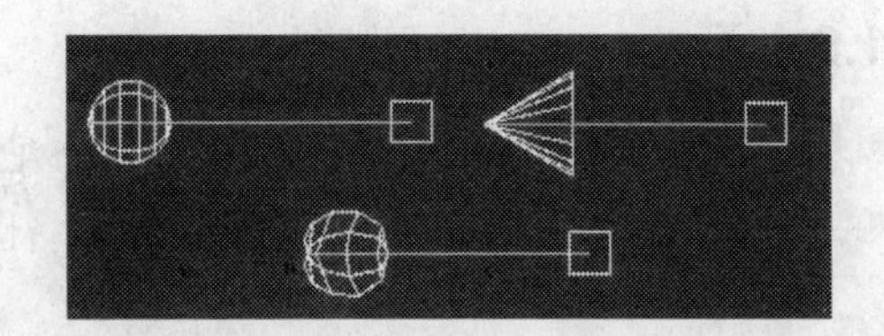

图9-12 目标点光灯的图标及分配网

在添加目标点光灯后，系统将自动赋予它一个“观看”控制器，并把灯光的目标物体作为“观看”目标。你可以使用运动面板上的控制器设置场景中的其他物体作为“观看”目标。另外，在重命名目标点光灯时，其目标也被重命名。

目标点光灯在室内建筑效果图中，一般用于制作筒灯，如图9-13所示。

图9-13 筒灯效果

9.2.2 自由点光灯

自由点光灯没有目标物体。可通过调整让它发射光线，它也有3种光能分配方式及图标，如图9-14所示。在室内建筑效果图中，一般用于制作主灯光，如图9-15所示。

图9-14 自由点光灯的图标及分配网

图9-15 主灯光

在以前版本的3ds Max中，光度学灯光还包括目标线光源、自由线光源、目标面光源、自由面光源、IES太阳光、IES天光、mr Sky和mr Sun等灯光，如图9-16所示。

在以前版本的3ds Max中，还有一种称为系统灯光的灯光，如图9-17所示。实际上，使用3ds Max 2009中的灯光即可实现这种类型的灯光效果，因此在3ds Max 2009中删减了该种灯光。

光度学
对象类型
自动栅格
目标点光源 自由点光源
目标线光源 自由线光源
目标面光源 自由面光源
IES 太阳光 IES 天光
mr Sky mr Sun

图9-16 在以前版本的3ds Max中的光度学灯光

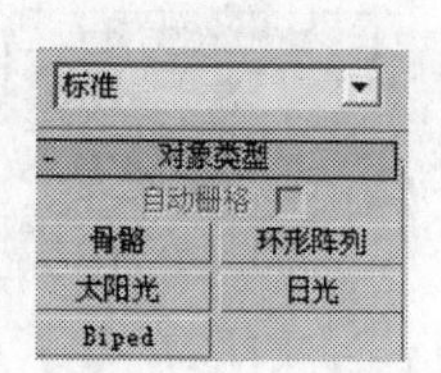

图9-17 系统灯光

9.3 灯光的基本操作

接下来我们介绍灯光的基本操作，比如灯光的开启、亮度调节、灯光颜色调节、阴影设置等。这些设置一般都是在灯光的“Modify（修改）”面板中实现的，灯光效果如图9-18所示。

9.3.1 灯光的开启与关闭

在视图中创建好标准类型的灯光后，进入到其“General Parameters（常规参数）”面板中，如图9-19所示。在视图中选中一盏灯光，如果勾选“On（启用）”项，则会打开灯光，如果取消勾选则关闭灯光。

图9-18 灯光和阴影效果

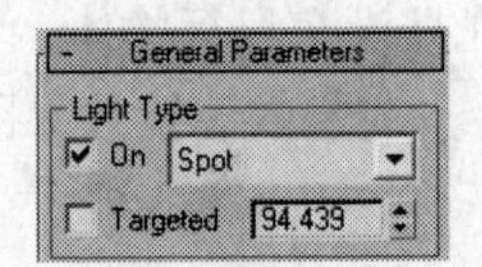

图9-19 灯光的参数设置面板

勾选“On（启用）”项后，场景中的物体才能看到它的真实颜色。如果取消勾选“启用”项，那么场景中的物体以黑色显示，如图9-20所示。

绿色 黑色

图9-20 对比效果

9.3.2 阴影的开启与关闭

创建好标准类型的灯光后，进入到其“General Parameters（常规参数）”面板中，如图9-21所示。

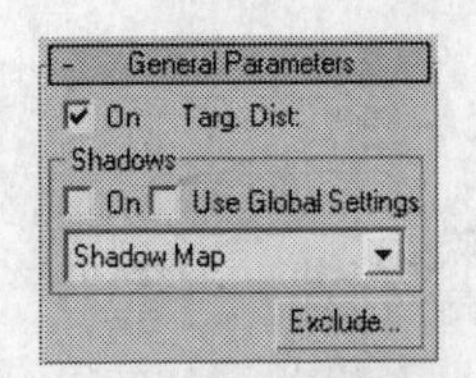

图9-21 灯光的阴影设置面板

在默认设置下，灯光是不投射阴影的，如果需要则可以勾选“On（启用）”项，这样就会投射阴影。但是只有在渲染时才会显示出阴影。勾选“Use Clobal Settings（全局设置）”项时为投影使用全局设置；关闭时，为阴影使用单独的控制，效果如图9-22所示。

无阴影　　有阴影

图9-22 灯光的阴影设置效果

9.3.3 设置和修改阴影的类型和效果

在“General Parameters（常规参数）”面板中单击“Shadow Map（阴影贴图）”右侧的小三角形按钮，则会打开一个列表。在该列表中有5个选项，用于为阴影使用贴图，它们是Adv. Ray Traced（高级光线跟踪阴影）、Area Shadows（区域阴影）、mental ray Shadow Map（mental ray阴影贴图）、Ray Traced Shadows（光线跟踪阴影）、Shadow Map（阴影贴图），如图9-23所示。

阴影贴图

阴影贴图是3ds Max 2009默认的阴影类型，使用阴影贴图方式时，渲染速度比较快。如果选用这种贴图方式，在投射阴影时，它不考虑材质的透明度变化。场景过大（灯光距物体较远）时，阴影变得很粗糙，这时需要增加“Size”的值改善阴影。这种方式可以产生模糊的阴影，这是光线跟踪方式无法实现的。在制作室内效果图时，通常使用阴影贴图方式。“Shadow Map Params（阴影贴图参数）”面板，如图9-24所示。

• Bias（偏移）：用来设置阴影与物体之间的距离。值越小，阴影距离物体越近，如果发现阴影离物体太远而产生悬空现象时，那么就应减少它的数值。阴影效果对比如图9-25所示。

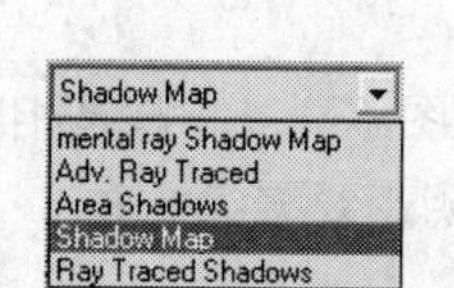

图9-23 灯光的阴影类型

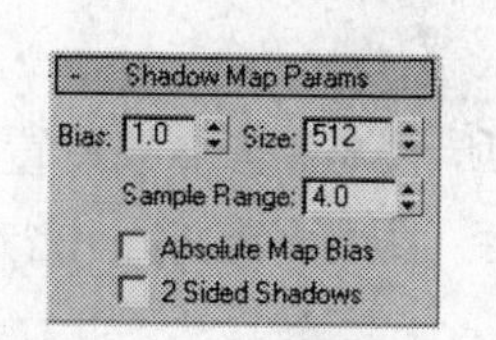

图9-24 阴影贴图参数面板

图9-25 阴影效果对比

• Size（大小）：设定阴影贴图的大小，如果阴影面积较大，应加大此值，否则阴影会显得很粗糙。虽然提高它的值可以优化阴影的质量，但是会延长渲染时间。

• Sample Range（采样范围）：设置阴影中边缘区域的柔和程度。值越高，边缘越柔和，可以产生比较模糊的阴影。

• Absolute Map Bias（绝对贴图偏移）：以绝对值方式计算Map Bias的偏移值。

• 2 Sided Shadows（双面阴影）：选中该项时，背面也投射阴影；不选中时，背面则不产生阴影。

区域阴影

使用区域阴影可以产生非常柔和的阴影边界，而且距离物体越远，阴影的边缘也越模糊，这种阴影效果比较真实，效果如图9-26所示。

区域阴影的参数面板如图9-27所示。有些参数设置与阴影贴图不同，有些是相同的。在该参数面板中可以设置阴影的完整性、阴影质量、抖动量及大小等。

光线跟踪阴影

光线跟踪阴影是跟踪灯光发射出来的光线路径而产生的阴影，能够产生比较精确、边缘清晰的阴影效果，效果如图9-28所示。

图9-26　区域阴影效果

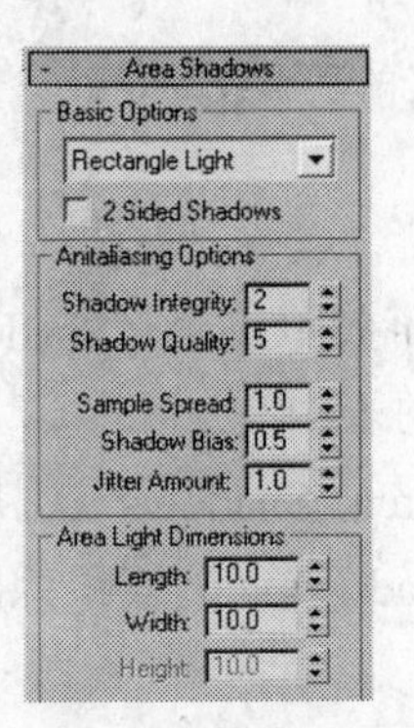

图9-27　区域阴影参数面板

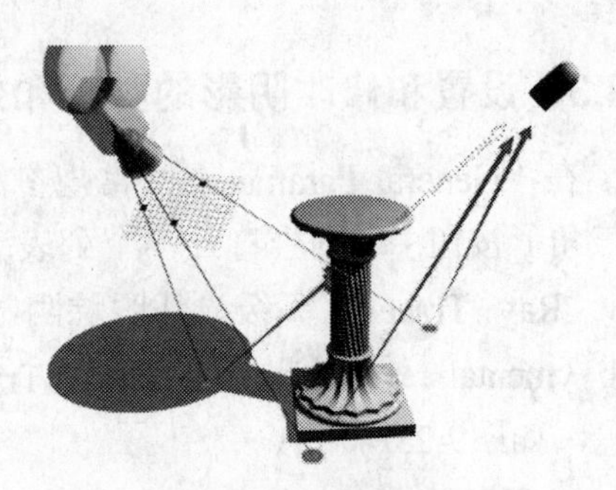

图9-28　光线跟踪阴影

图9-29　光线跟踪阴影面板

光线跟踪阴影的参数面板如图9-29所示。有些参数设置与阴影贴图不同，有些是相同的。面板有一个“最大四元树深度”项，使用该项可以加快计算机运算阴影的速度，但是会占用很多的内存。

高级光线跟踪阴影

高级光线跟踪阴影是一种比较复杂的阴影类型，距离物体越近的阴影越实，颜色也越暗，反之越虚，颜色也越浅。如果被光照射的物体具有透明性，则产生的阴影也具有一定的透明度。这种阴影效果如图9-30所示。

高级光线跟踪阴影的参数面板如图9-31所示。有些参数设置与阴影贴图不同，有些是相同的。在该参数面板中可以设置阴影的完整性、阴影扩散等，比光线跟踪阴影要高级一些。

图9-30　高级光线跟踪阴影

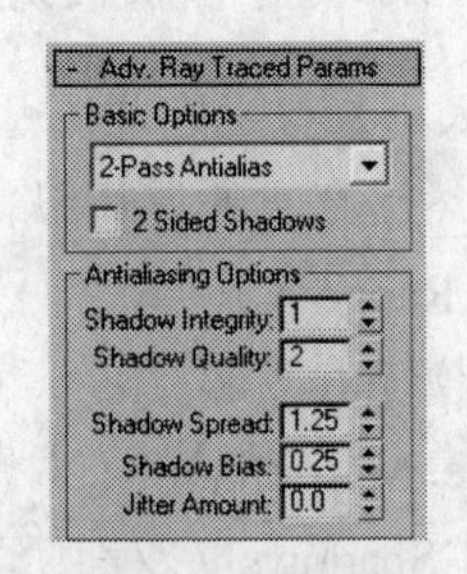

图9-31　高级光线跟踪阴影面板

下面简单地介绍一下“Adv. Ray Traced Params（高级光线跟踪阴影）”参数面板中这些选项的基本作用。

• 2-Pass Antialias（双过程抗锯齿）：投射两个光线束。第一批光线确定否完全照亮出现问题的点、是否向其投射阴影或其是否位于阴影的半影（柔化区域）中。另外，还有“单过程抗锯齿”和“简单”两个选项。

· 2 Sided Shadows（双面阴影）：启用此选项后，计算阴影时背面将不被忽略。从内部看到的对象不被外部的灯光照亮。这样将花费更多渲染时间。禁用该选项后，将忽略背面。渲染速度更快，但外部灯光将照亮对象的内部。

· Shadow Integrity（阴影完整性）：从照亮的曲面中投射的光线数。

· Shadow Quality（阴影质量）：从照亮的曲面中投射的二级光线数量。

· Shadow Spread（阴影扩散）：要模糊抗锯齿边缘的半径（以像素为单位）。

· Shadow Bias（阴影偏移）：与着色点的最小距离，对象必须在这个距离内投射阴影。这样将使模糊的阴影避免影响它们不应影响的曲面。

· Jitter Amount（抖动量）：向光线位置添加随机性。开始时光线为非常规则的图案，它可以将阴影的模糊部分显示为常规的人工效果。

mental ray阴影贴图

在3ds Max 2009中，mental ray阴影贴图是一种比较复杂的阴影类型，但是必须要使用mental ray渲染器才有效。当然产生的效果也非常真实，效果如图9-32所示。

mental ray阴影贴图的参数面板如图9-33所示。这种阴影要高级一些，将介绍一下它的各个参数选项。

图9-32　mental ray阴影效果

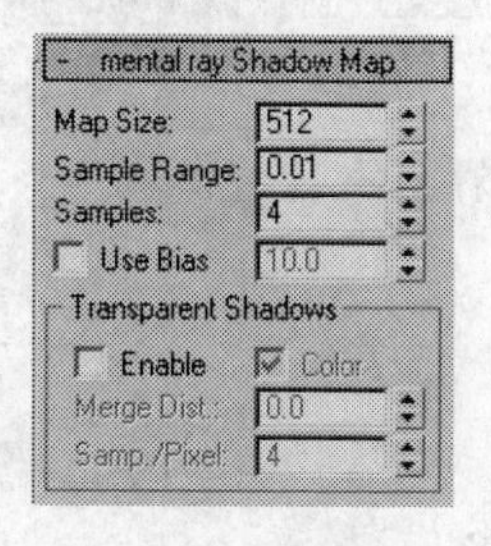

图9-33　高级光线跟踪阴影面板

· Map Size（贴图尺寸）：用于设置阴影的清晰度，但是数值越大，需要的渲染时间也越长。

· Sample Range（采样范围）：用于设置阴影的边缘效果，数值越大，产生的阴影越柔和。

· Samples（采样）：用于设置阴影是否带有噪波点。

· Use Bias（使用偏移）：勾选后，可以设置阴影的偏移效果。

· Enable（启用）：勾选后，可以设置透明阴影效果。

· Color（颜色）：勾选时，物体颜色会影响阴影的颜色。

· Merge Dist（合并距离）：用于设置阴影的质量。

· Sample/Pixel（采样/像素）：数值越大，阴影的效果也越真实。

9.3.4　排除照射的物体

在大的场景中，有时我们需要使灯光只照射其中的一部分物体，或者当对一部分区域添加灯光增加亮度时，会影响其他区域的亮度，那么这时可以通过排除不想照射的物体，解决上面的问题了。操作方法如下所示。

（1）在视图中创建几个物体，比如一个平面、一个球体和一把茶壶。并创建一盏泛光灯。

（2）按键盘上的F9键渲染，效果如图9-34所示。

这里打开了启用阴影的选项，如图9-35所示。

图9-34　渲染效果

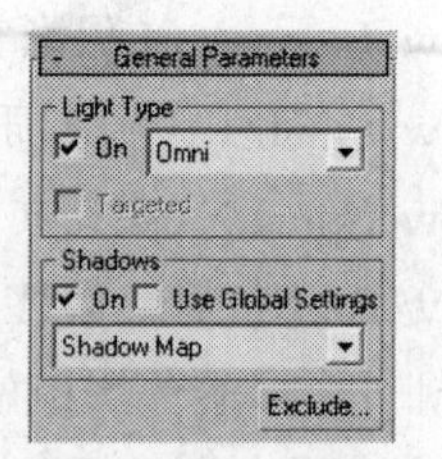

图9-35　启用阴影选项

（3）在修改灯光面板上单击"Exclude（排除）"按钮，弹出"Exlude/Include（排除/包括）"对话框，如图9-36所示。

（4）在"排除/包括"对话框中选中Sphere01，并单击对话框中间的»按钮，这样就可以把球体排除在泛光灯的照射之外，如图9-37所示。然后单击"OK（确定）"按钮。

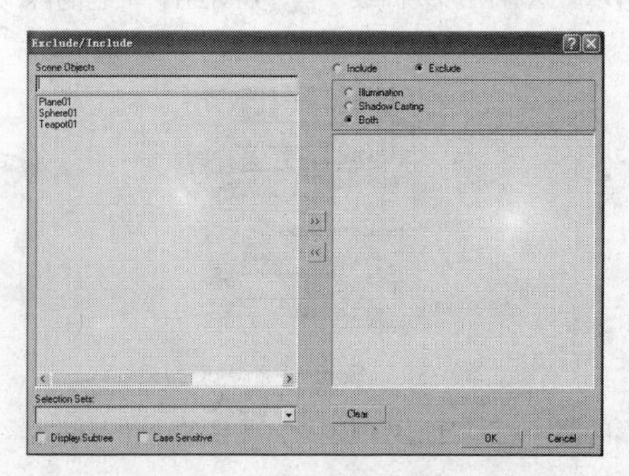

图9-36　"排除/包括"对话框

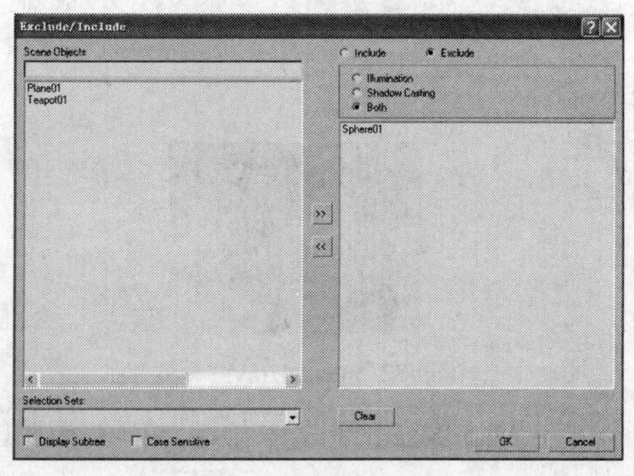

图9-37　排除球体

（5）按键盘上的F9键渲染，效果如图9-38所示。

图9-38　渲染效果

从图9-38的效果中可以看到球体成了一个黑色的圆圈，而且也没有了阴影，这说明它已经不被灯光照射了。

如果排除错了物体或者要使排除的物体再受灯光的照射，那么在左侧栏中选择物体名称，然后再单击对话框中的«按钮就可以了。

当我们在制作的场景中设置的灯光数量比较多时，有时需要对场景中的部分物体排除一些灯光的照射，以便于获得比较理想的照明效果。

9.3.5　增加和减小灯光的亮度

在现实生活中，可以把办公桌的台灯亮度提高或者降低，其实在3ds Max 2009中也可以增加和减小灯光的亮度。下面简单地介绍一下操作过程。

（1）在视图中选中需要调节亮度的灯光，然后进入到它的“Intensity/Color/Attenuation（强度/颜色/衰减）”面板中，如图9-39所示。

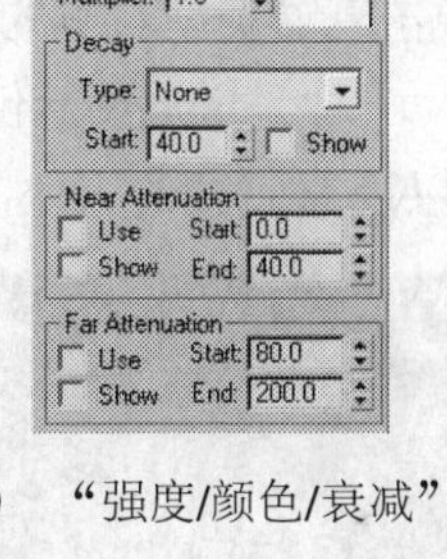

图9-39　“强度/颜色/衰减”面板

（2）把“Multiplier（倍增）”的数值提高或者降低，这样就可以把灯光的亮度增强或者降低。下面是在同一场景中，把“Multiplier”的数值分别设置为1和2的对比效果，如图9-40和图9-41所示。

Multiplier=1
图9-40　值为1的效果

Multiplier=2
图9-41　值为2的效果

9.3.6　设置灯光的颜色

在系统默认设置下，灯光的颜色一般都是白色的，但是我们也可以改变灯光的颜色。下面简单地介绍一下操作过程。

（1）在视图中选中需要调节颜色的灯光，然后进入到它的“Intensity/Color/Attenuation（强度/颜色/衰减）”面板中。

（2）单击“倍增”右侧的颜色框，打开“Color Selector:Light Color（颜色拾取器：灯光颜色）”对话框，如图9-42所示。在该对话框设置需要的颜色，然后单击“OK（确定）”按钮即可。

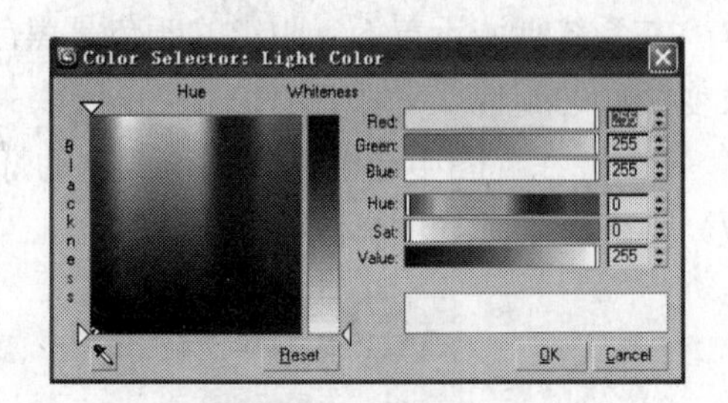

图9-42　“Color Selector:Light Color”对话框

当我们制作一些舞台场景时，一般需要设置灯光的颜色来模拟一些彩色灯光效果。

9.3.7 设置灯光的衰减范围

有时，我们需要把灯光的照射范围限制在一定的范围之内，或者模拟灯光的衰减效果，也就是说距离越远，光的强度就会越弱。如图9-43所示的就是在场景中设置了光线衰减之后的对比效果。

这种衰减效果也是使用“Intensity/Color/Attenuation（强度/颜色/衰减）”面板设置的。系统在默认设置下没有光的衰减。可以按以下步骤设置光的衰减效果。

（1）在视图中选中需要调节颜色的灯光，然后进入到它的“Intensity/Color/Attenuation（强度/颜色/衰减）”面板中。

（2）单击衰退类型右侧的小三角形按钮▾，将会打开一个小列表，如图9-44所示。共有两种衰减方式，一种是Inverse（倒数），另一种是Inverse Square（平方反比），选择其中之一。另外，还可以设置衰减的大小。

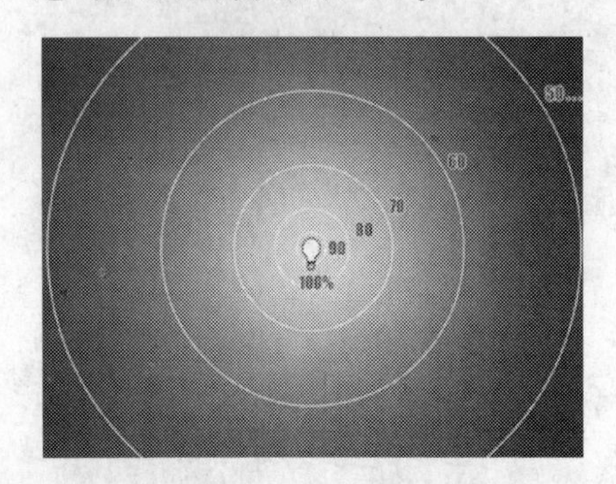

图9-43　衰减效果

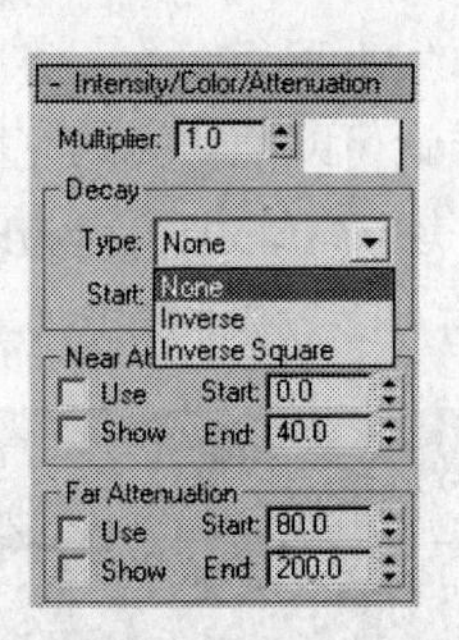

图9-44　灯光的衰减类型

（3）勾选“Use（使用）”和“Show（显示）”项。并设置衰减的开始和结束参数值即可，其大小要根据实际情况进行设置。

一般情况下，使用灯光的“远距衰减”参数可以较好地控制灯光的照射范围，在场景中能够产生比较细致的光线强弱变化，从而使场景显得具有生命力。

9.3.8 设置阴影的颜色和密度

在系统默认设置下，阴影的颜色是黑色的。有时我们为了更好地表现物体实际效果，需要改变阴影的颜色。

（1）在视图中选中需要调节颜色的灯光，然后进入到它的“Shadow Parameters（阴影参数）”面板中，如图9-45所示。

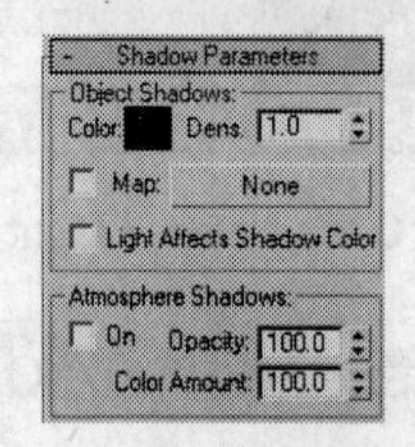

图9-45　“阴影参数”面板

（2）单击“颜色”右侧的颜色框，打开“颜色拾取器”对话框，在“颜色拾取器”对话框设置需要的颜色，然后单击“OK”按钮即可。

（3）增加或者减小“密度”的值就可以改变阴影的强度。

另外，还可以启用大气阴影来营造城市上空的云的效果，如图9-46所示。

9.3.9 使用灯光投射阴影

有时，我们在场景中需要布置一些树木和花草的阴影，但是不需要创建真正的树木，因为这样不仅会增加工作量，还会增加渲染的时间。在这种情况下，我们就可以借用灯光参数来实现这样的效果。操作方法如下所示。

（1）在视图中选中需要调节颜色的灯光，然后进入到它的“Advanced Effects（高级效果）”面板中，如图9-47所示。

图9-46 云在城市上空投射的阴影效果

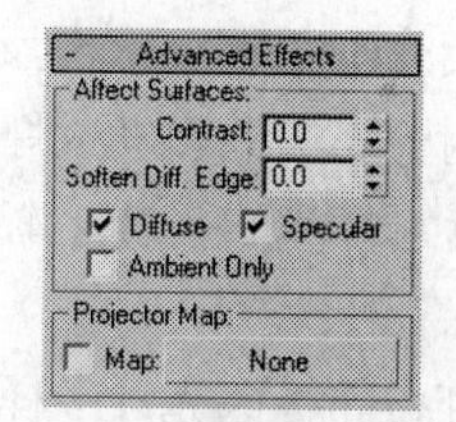

图9-47 “高级效果”面板

（2）勾选“Map（贴图）”项，单击右侧的 None 按钮，打开“材质/贴图浏览器”窗口，然后双击“Bitmap（位图）”图标，打开“选择位图图像文件”对话框，在该对话框中找到合适的图像，然后单击“Open（打开）”按钮即可。

9.3.10 设置光度学灯光

其中，光度学灯光的颜色及亮度和标准灯光一样也可以进行调整和设置，这需要使用它的“Intensity/Color/Attenuation（强度/颜色/衰减）”面板，如图9-48所示。

另外，还可以在“Intensity/Color/Attenuation（强度/颜色/衰减）”面板中调整灯光暗度，也就是说能够使灯光变暗。

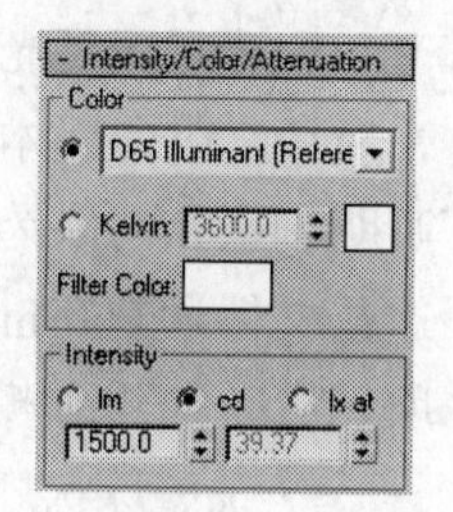

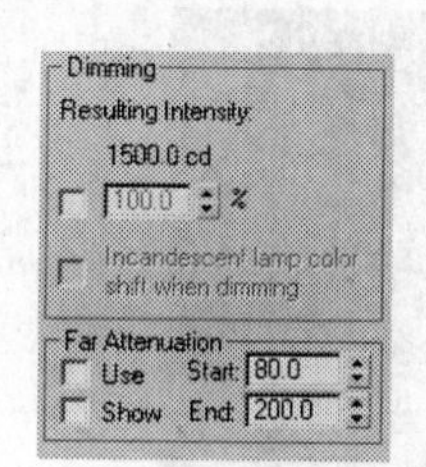

图9-48 “强度/颜色/衰减”面板

在“Shape/Area Shadows（形状区域阴影）”面板中，还可以设置灯光的形状和区域阴影。其中，从形状列表中，我们可以选择灯光的形状，比如选择矩形可以模拟面灯光，选择线，则可以模拟灯池中的灯光。选择点灯光，可以模拟标准灯光中的泛光灯效果，该面板如图9-49所示。

我们还可以选择灯光的分布方式，这样可以确定灯光的类型，比如在室内设计中，用于模拟吸顶灯、灯池中的灯光、筒灯、台灯和壁灯等的效果。灯光的类型如图9-50所示。

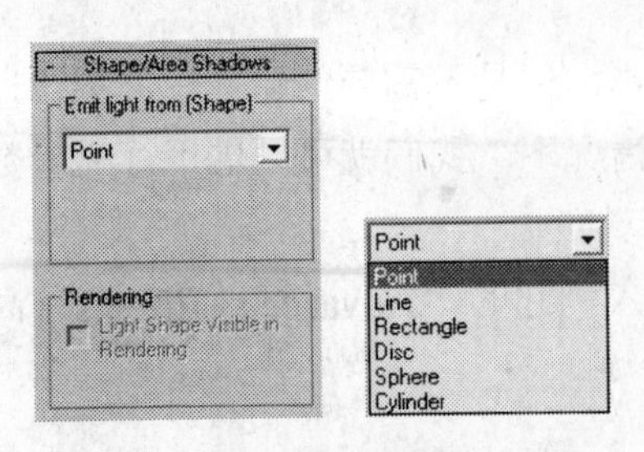

图9-49 “形状/区域阴影”面板

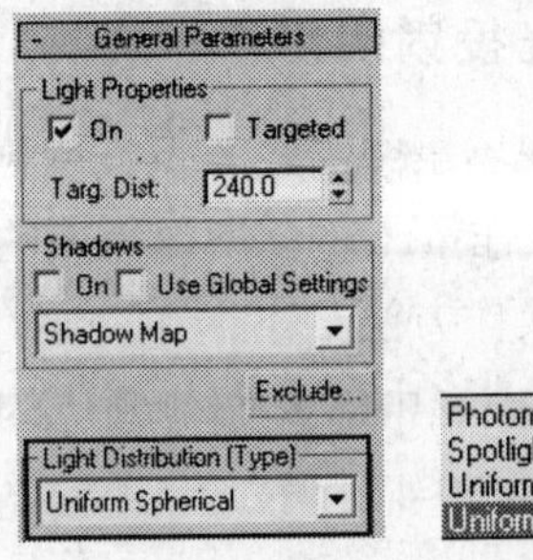

图9-50 灯光类型

这与以前版本中的灯光分布方式是类似的，但是稍有区别。在以前的版本中，灯光共有5种方式，它们分别是等向、漫反射、聚光灯、Web和光域网。

• 漫反射分布从曲面发射灯光。以正确角度保持在曲面上的灯光的强度最大。随着倾斜角度的增加，发射灯光的强度逐渐减弱，效果如图9-51所示。一般用于模拟吸顶灯或者其他的主灯光。

• 聚光灯分布像闪光灯一样投射集中的光束，如在剧院中或桅灯投射下面的聚光。光束角度与标准灯光的聚光角度相似，但所有聚光区的强度为100%。区域角度与标准灯光的衰减角度相当，效果如图9-52所示。一般用于模拟筒灯和车头灯。

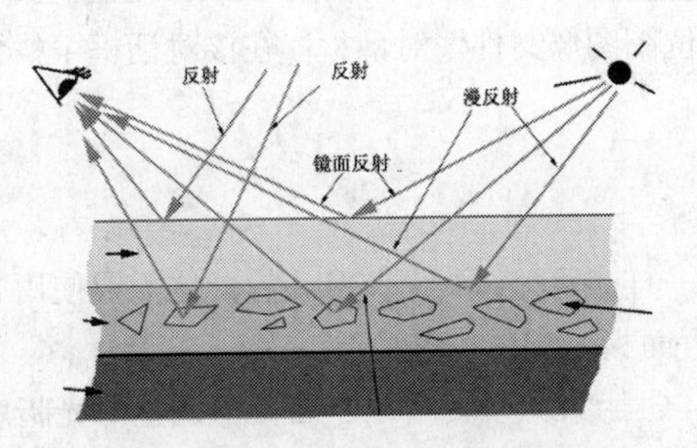

图9-51 漫反射效果

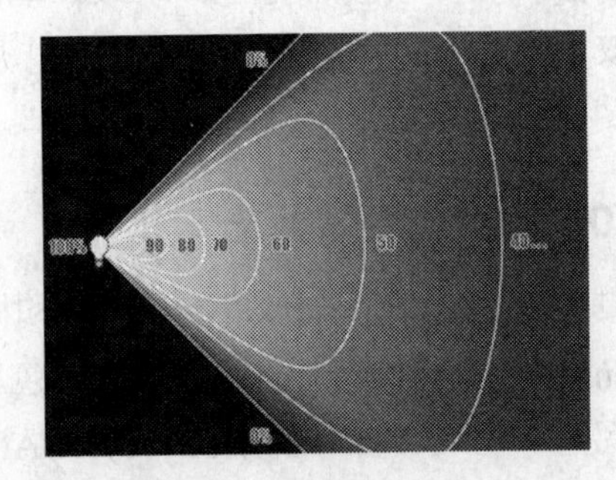

图9-52 聚光灯效果

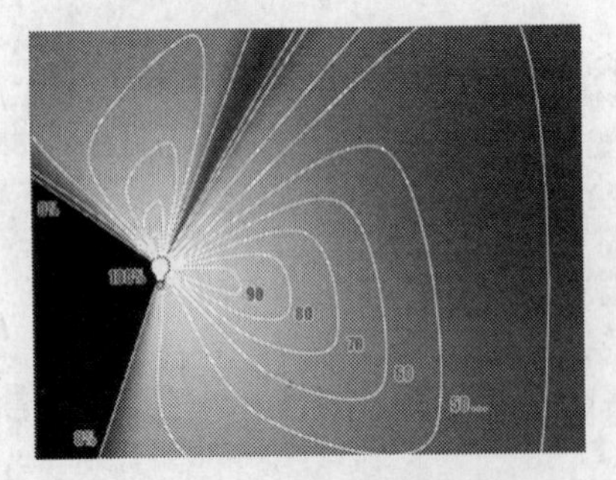

图9-53 Web灯光效果

• 光域网是光源灯光强度分布的3D表示。一般结合以前版本中的Web灯光来使用。许多照明制造商可以为其提供产品建模Web文件，这些文件通常在Internet上可用，效果如图9-53所示。一般用于模拟壁灯和台灯。

• 统一球状灯光用于描述一个光源发射的灯光的方向分布，3ds Max通过在光度学中心放置一个点光源近似该光源。根据此相似性，分布只以传出方向的函数为特征。提供用于水平或垂直角度预设的光源的发光强度，而且该系统可按插值沿着任意方向计算发光强度，效果如图9-54所示。

另外，我们还需要了解下面几个概念。

• Kelvin（开尔文）：这是绝对温标，随着数值的改变，它右侧的颜色块也会改变，使用它可以调节灯光的颜色。

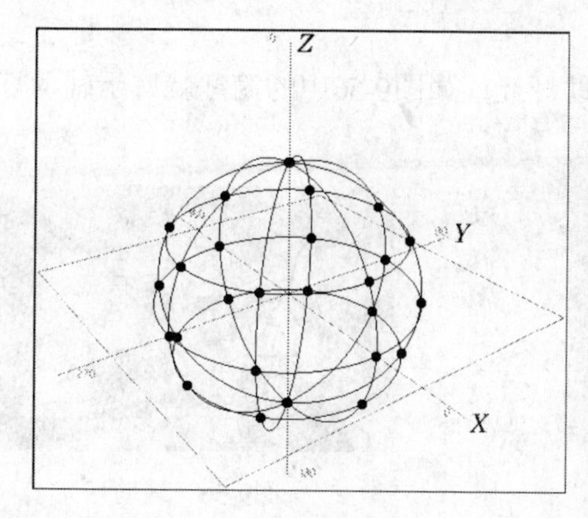

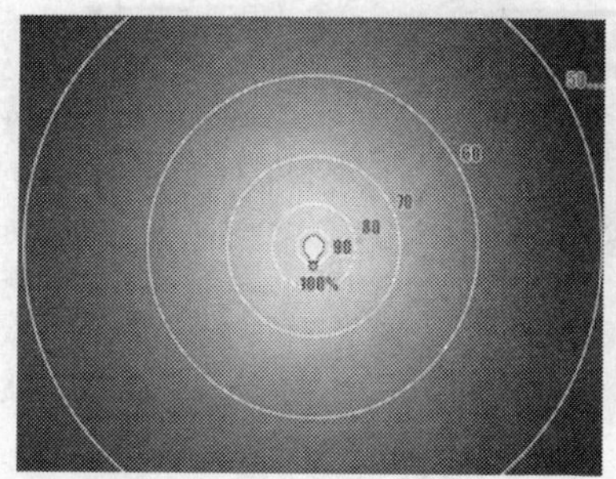

图9-54 光域网的等向分布效果

- Lm/cd/lx：它们都是照明单位，100瓦的灯泡相当于1750lm/139cd。

9.4 设置灯光的原则

使用3ds Max中的灯光时，其原理是基于现实生活中的灯光原理的。另外，当光线照射到物体表面时，物体表面会反射光线，这样我们才能看到物体的表面。物体表面的外观，也就是我们看到物体表面的样子，取决于物体表面材质的属性，比如颜色、光滑度和不透明度等。

在默认设置下，如果没有设置人工光源，3ds Max系统会在场景中自动设置一个灯光照亮整个场景；当使用者在场景中设置了光源后，系统就会把自动设置的光源关闭。在我们进行制作时，需要使用不同种类的灯光来照亮场景以获得需要的一些效果，因此我们必须手动设置灯光。

再来了解一个术语，就是灯光布局，也就是各种灯光在不同位置的排列方式。根据经验，灯光布局没有固定的模式，但是却存在着一个“理想”模式，也就是实现最佳效果的灯光布局模式。有的制作人员为了获得一定的效果，需要进行大量的实验，这样的工作量是比较大的，尤其是当场景比较复杂的时候。因此，我们在总结制作经验的基础上整理出一套较为实用的灯光布局原则和设置流程。如果没有其他的特殊要求，那么只要按照这些原则在场景中设置灯光就会获得自己希望的效果，而不必进行反复调整，这样可以大大地提高创作者的工作效率。

第一：确定场景中主灯光、辅助灯光和背景灯光

按灯光在场景中起的作用，可以把它们分为主灯光、辅助灯光和背景灯光三种。当我们在效果图中设置灯光时，应该按照先设置主灯光，再设置辅助灯光，最后根据需要设置背景灯光的顺序进行设置。在有些情况下，可以只设置主灯光和辅助灯光，而不用设置背景灯光。一般在室内效果图中不需要设置背景灯光，在室外效果图中有时需要设置背景灯光。

主灯光

一般用于影响整个场景光效的灯光就是主灯光，并不是所有的发光点都是主光源。比如在卧室的效果图中，顶灯为主灯光，而台灯则为辅助灯光，如图9-55所示。另外需要注意一个非常重要的问题，就是在场景中需要设置的主灯光的数量。一般它需要根据场景的需要而定，主灯光不要过多，这样会大大延长渲染的时间。

辅助灯光

那些用于照亮局部区域的灯光就是辅助灯光，如图9-56中的筒灯就属于辅助灯光。

图9-55 主灯光

图9-56 辅助灯光

根据灯光的性质可以把辅助灯光细分为3类。

- 第1类是实际的灯光，就是我们在前面介绍的那些灯光类型，比如墙壁上的壁灯、桌子上的台灯等。
- 第2类是那些反光的物体。比如台灯下被照亮的桌面、被壁灯照亮的墙壁、被照亮的地面等。
- 第3类是吸光灯。有时，在场景中会出现特别显著的而我们又不需要的大光斑，如果出现在效果图中比较显眼的地方，那么将会影响效果图的品质，这时候可以通过将灯光的“倍增器”的值设置为负值来吸收这些过剩的灯光。

辅助灯光的数量也要根据场景的需要而定，数量也不要设置过多，否则会增加渲染时间。

背景灯光

背景灯光用于为场景提供背景光照效果，用以突出场景物体的边缘轮廓，并能够使物体的层次分明。背景灯光的数量也是根据场景的需要而定，数量也不要设置过多，只要够用就可以了。

只要我们平时多练习一些灯光的布局设置，并留心一下那些在摄影棚、舞台上设置的灯光就可以掌握这三种灯光的搭配使用规律。

第二：确定是模拟自然光还是人工光

在选用灯光时，要确定效果图需要的是自然光还是人工光，自然光就是模拟太阳光和夜晚的月光，人工光就是模拟我们人工制作的灯光，如同各种电灯等。我们制作的效果图不管是室外效果图还是室内效果图都分夜景图和日景图两种，如图9-57所示为夜景图，图9-58为日景图。

图9-57 夜景图

图9-58 日景图

在3ds Max 2009中提供了日光（Skylight）系统来模拟太阳光，一般在一个日景中使用一个日光系统就足够了。在晴天时，太阳光线是浅黄色的，RGB的数值分别是250、255、175。在有云天气时，太阳光线是天蓝色的。阴雨天气时，太阳光线是暗灰色的。在日落或者日出时的太阳光线是橘黄色或者红黄色。可以使用平行光（方向光）来模拟月光，但是要比太阳光暗。另外注意，光线越强，阴影就越明显。

第三：设置灯光的先后顺序

根据经验，一般使用下列步骤来设置灯光。

（1）确定场景中的模型已经创建完成，大小和位置不再进行调整。

（2）添加主灯光。在需要照亮整个场景的发光点处添加主灯光，要注意适当添加的主灯光的数量，然后调整灯光的位置和它们的参数。

（3）添加第一类辅助灯光。比如在室内效果图中的壁灯、台灯和射灯等。

（4）进行光的传递分析。根据需要添加第二类辅助灯光或者编辑添加的辅助灯光。

（5）再进行分析，如果需要，则添加第三类辅助灯光。

（6）根据需要，确定是否添加背景灯光。

（7）对最终的渲染结果进行分析。如果不足，那么找出原因，调整参数或者调整灯光的位置。

在调整灯光时，需要一个一个地进行调整，调整完成后进行渲染并进行对比，直到获得最理想的效果为止。

9.5 实例——演示厅中的灯光照明

在这个实例中，将通过一个简单的演示厅灯光的设置过程来介绍灯光的一般应用。首先让我们看一下该休息室的最终渲染效果图，如图9-59所示。

从图中可以看到，在该图中有顶灯，还有筒灯。顶灯一般使用泛光灯来实现，而筒灯则使用目标聚光灯来实现。另外，我们可能还需要使用到在图中看不到的环境光来衬托或者加强照明亮度。下面就介绍一下这些灯光的创建过程。

图9-59 休息室

在渲染时，我们添加的各种灯光都是看不见的。

（1）创建一个休息室的场景，如图9-60所示。由于创建过程比较烦琐，因此创建过程不再叙述，读者可以调用本书配套资料中的“会议厅”文件。

（2）进入到Standard（标准）灯光创建面板中，然后依次单击 → → Omni （泛光灯）按钮，在该场景前视图中添加了2盏Omni（泛光灯）用于照亮该场景，灯光位置如图9-61所示。

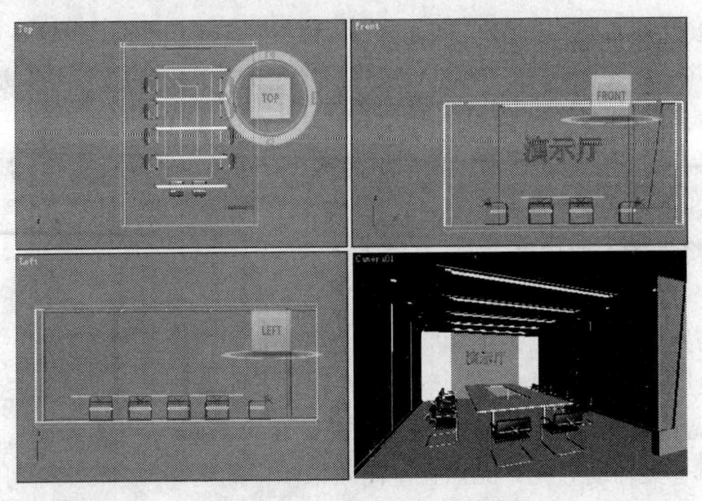

图9-60　休息室场景

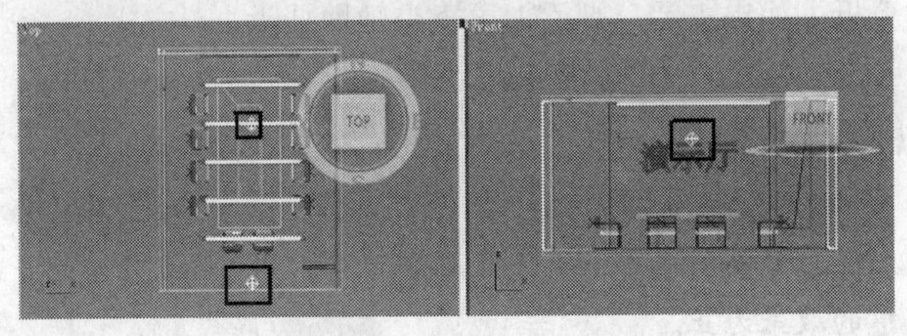

图9-61　添加的两盏灯光

图9-62　渲染效果

（3）激活摄影机视图，然后按F9键进行渲染，效果如图9-62所示。这只是添加了标准灯光中的2盏Omni（泛光灯）后的照明效果。注意，在这里是使用了3ds Max中的Scanline Renderer（扫描线）渲染器渲染的效果。

（4）可以看到渲染的效果中没有筒灯效果，而且光照不均匀，比如顶部和地面比较暗一些。我们还需要添加筒灯和其他灯光来进行改进。

> 提示　关于场景中各模型材质的设置这里不再赘述，关于材质的设置，读者可以参阅前面材质有关内容的介绍。

（5）首先创建筒灯。进入到Standard（标准）灯光创建面板中，然后依次单击 → → Target Spot（目标聚光灯）按钮，在前视图中的场景左上角单击并拖曳来创建一个筒灯，创建位置要在筒灯的位置，并使之有一定的倾斜度，这样是为了让筒灯照射墙壁，如图9-63所示。

（6）按F9键渲染摄影机视图，可以看到有了筒灯后的灯光效果，如图9-64（右图）所示。

（7）可以看到筒灯效果不真实，没有衰减，因此需要进行调整。进入到目标聚光灯的修改面板中，将“Decay（衰退）”设置为“Inverse（倒数）”，如图9-65所示。

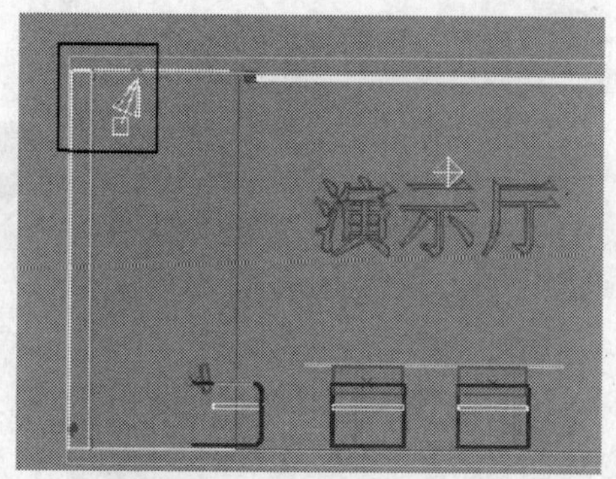

图9-63　创建的筒灯光源

无筒灯效果

有筒灯效果

图9-64　渲染效果

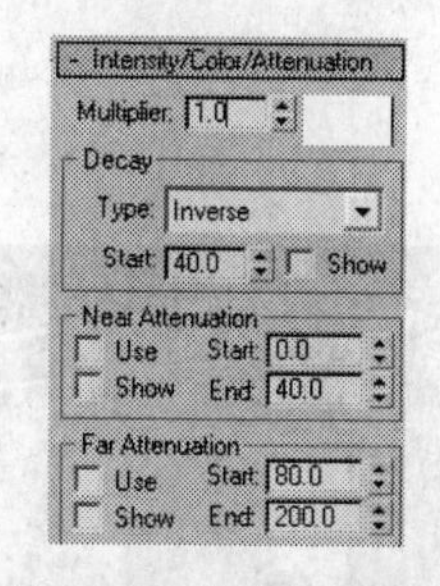

图9-65　修改的参数

（8）按F9键渲染摄影机视图，可以看到筒灯带有衰减的灯光效果，如图9-66所示。

（9）可以看到筒灯的灯光效果不明显，因此需要把灯光的“Multiplier（倍增）”值增大一些，比如可以增加到5。再次按F9键渲染摄影机视图，可以看到筒灯的灯光效果更明显了，如图9-67所示。

图9-66　调整后的渲染效果

图9-67　调整后的渲染效果

（10）如果对筒灯效果感到满意了，那么按住键盘上的Shift键，以“（实例）”方式复制出左侧顶部的其他几盏筒灯，并调整好它们的位置，使它们都位于筒灯的下面。并通过渲染进行查看，如图9-68所示。

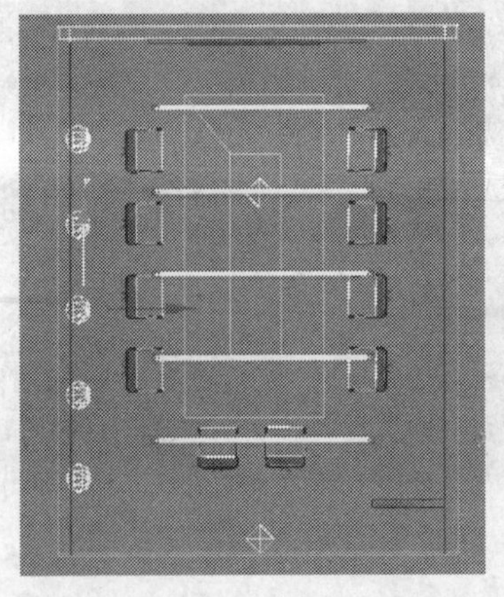

图9-68 创建的筒灯光源和渲染效果

（11）使用同样的方法制作出另外一侧顶上的筒灯灯光，可以使用镜像方式进行复制。然后进行渲染检查。效果如图9-69所示。

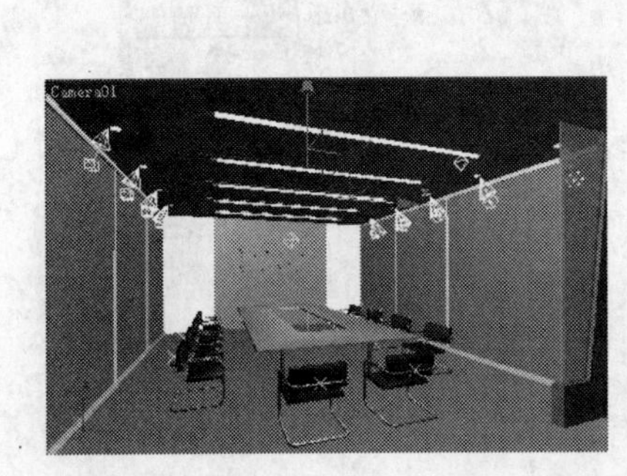

图9-69 另外一侧墙上的筒灯光源

（12）现在，整个场景的亮度还不够，因此可以考虑添加一盏Omni（泛光灯）。添加后，调整其位置，如图9-70所示。然后调整它的“Multiplier（倍增）”值。注意在前视图中，把它的高度调整为和其他2盏泛光灯高度相同。

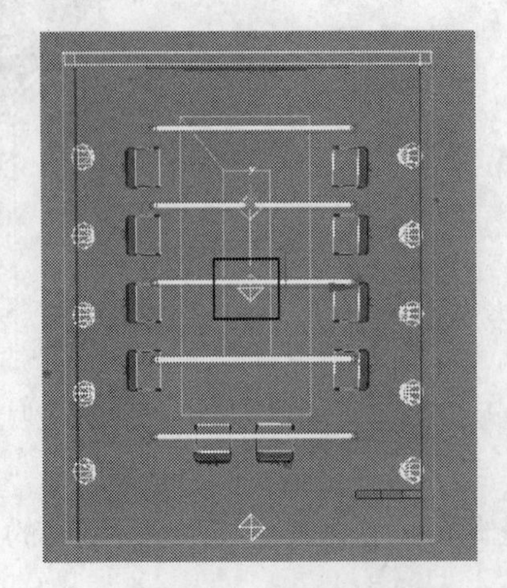

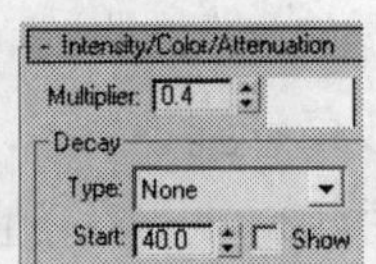

图9-70 在顶视图中的泛光灯的位置

（13）再次进行渲染，可以看到整体场景变亮了，但是两侧的墙面却发白，过亮了，如图9-71所示。

（14）两侧的墙面发白，是由于我们添加的第3盏Omni（泛光灯）灯光造成的，不过，我们可以进行调整。在视图中选择第3盏泛光灯，进入到其修改面板中，并单击“General Parameters（常规参数）”面板中的“Exclude（排除）”按钮，打开“Exclued/Include（排除/包括）”对话框，如图9-72所示。并把左右两面墙归入到右侧栏中排除掉。

图9-71　渲染效果

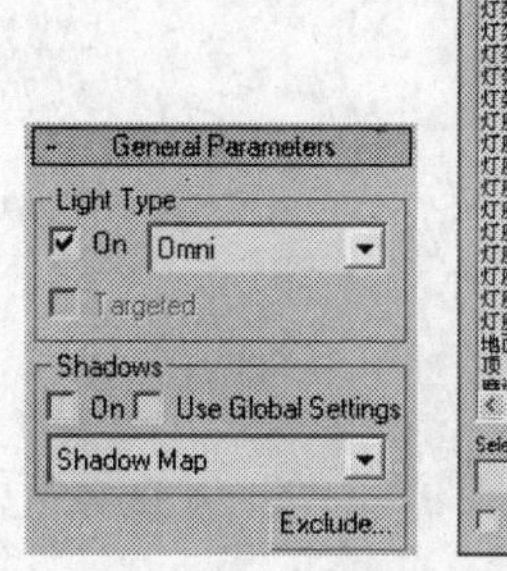

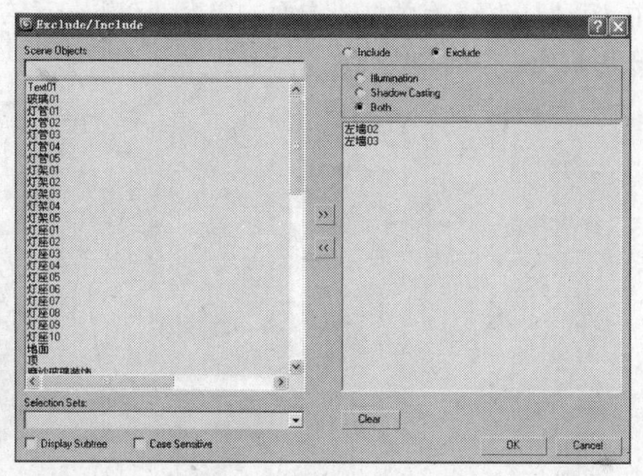

图9-72　“排除/包括”对话框

（15）再次进行渲染，就可以看到两面墙不那么明亮了，看起来比较适中，如图9-73所示。

图9-73　渲染效果

（16）把渲染的图片保存起来，然后导入到Photoshop中进行调整和修饰，比如可以调整色阶、亮度和对比度等。下面是在Photoshop中添加植物的效果，如图9-74所示。

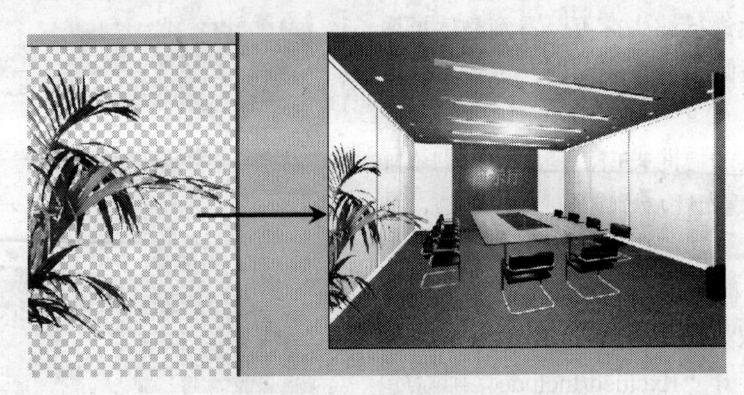

图9-74　添加植物

（17）最后把调整后的最终效果保存起来。

在本章中，我们介绍了有关灯光方面的内容。在下一章的内容中，我们将介绍有关在3ds Max 2009中摄影机使用方面的内容。

第4篇　摄影机、渲染与特效

我们为物体设置好的材质效果需要通过渲染才能表现出来，另外还需要使用摄影机来进行查看。能否正确地设置摄影机和进行渲染都直接关系到我们所做的工作品质。另外，我们还可以在场景中添加一些特效，比如光环、射线和雾气等。这一部分的内容非常重要，读者需要仔细阅读和体会。

本篇包括下列内容：

- 第10章 摄影机
- 第11章 渲染
- 第12章 环境与特效

第10章　摄　影　机

我们制作出的最终效果图都是使用摄影机视图进行渲染的，因为使用摄影机视图可以使我们通过调整摄影机的视角来选择需要的效果部分，尤其是在制作动画时，我们更需要借助摄影机来完成我们需要的效果了。因此，这里专门拿出一章的内容来简要介绍一下3ds Max 2009中的摄影机。

10.1　摄影机简介及类型

在3ds Max 2009中，摄影机的工作原理与现实生活中的摄影机是相同的，也具有镜头焦距和视野，如图10-1所示。焦距是透镜到摄影机胶片之间的距离，而视野用于决定看到物体或者场景的多少或者大小。另外还需要了解视野（FOV）和透视之间的关系，当焦距短时（宽视野），那么将会加强透视效果，可用于突出某些物体；而当焦距长时（窄视野），那么将会减小透视效果，从而使某些物体显得很平常。

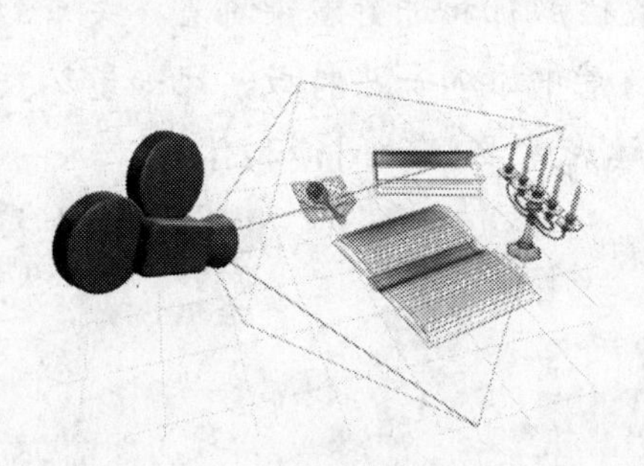

摄影机视野

摄影机视图（也就是我们看到的内容）

图10-1　摄影机视野和摄影机视图

根据实际应用的需要，3ds Max中的摄影机被分为两种类型：目标摄影机和自由摄影机。在摄影机创建面板中即可看到它们，如图10-2所示。

目标摄影机具有一定的目标性，也就是说当摄影机移动时，它的镜头总是对着一个目标点；而当移动目标物体时，摄影机的镜头也总是对着它，如图10-3所示。

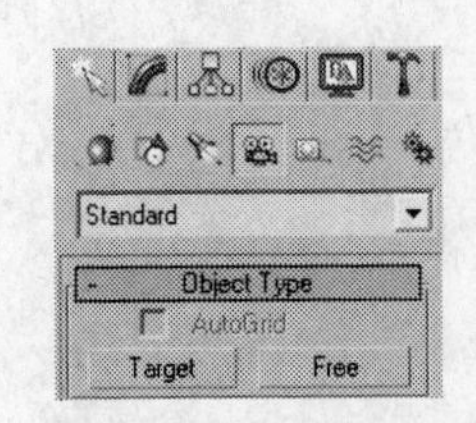

图10-2　摄影机创建面板

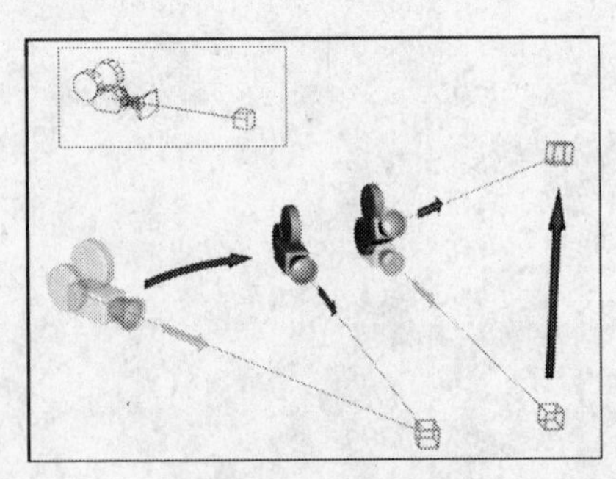

图10-3　目标摄影机

自由摄影机就如同它的名字，可以自由旋转，没有约束，如图10-4所示。

图10-4　自由摄影机

自由摄影机在摄影机指向的方向查看区域。与目标摄影机不同，它有两个用于目标和摄影机的独立图标，自由摄影机由单个图标表示，为的是更轻松地设置动画。当摄影机位置沿着轨迹设置动画时可以使用自由摄影机，与穿行建筑物或将摄影机连接到行驶中的汽车上时一样。当自由摄影机沿着路径移动时，可以将其倾斜。如果将摄影机直接置于场景顶部，则使用自由摄影机可以避免旋转。

在以前版本的3ds Max中，也有人把摄影机称为照相机，还有人把它称为摄像机，要注意这几个概念都是一样的。

10.2　创建摄影机

目标摄影机和自由摄影机的创建都非常简单，但是稍微有点不同，下面就介绍目标摄影机的创建过程。

（1）在视图中创建一个物体，比如一个球体，如图10-5所示。

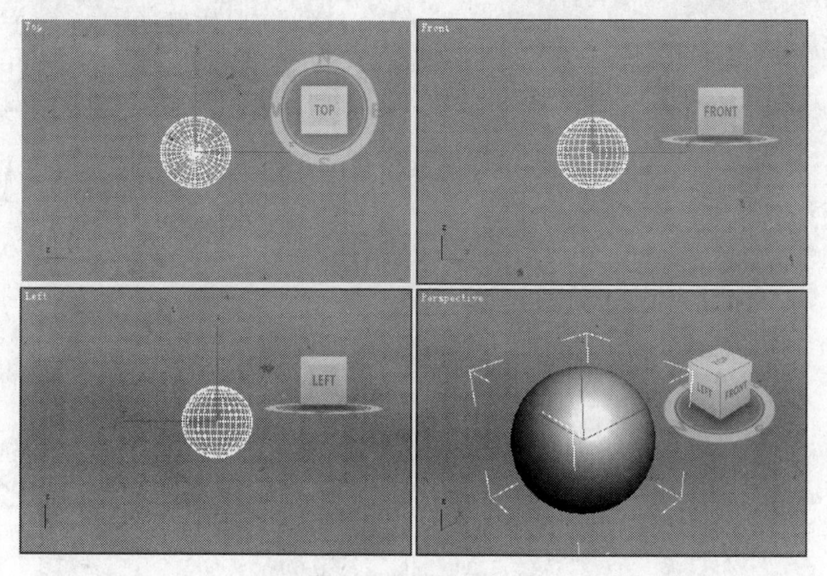

图10-5　创建的球体

（2）在创建面板中依次单击 → 按钮，再单击 Target （目标）按钮。

（3）在左视图中单击鼠标左键确定摄影机的位置，然后朝着目标点拖动，然后松开鼠标键就可以了，如图10-6所示。

如果位置不合适，可以使用工具栏中的“选择并移动”工具进行调节。

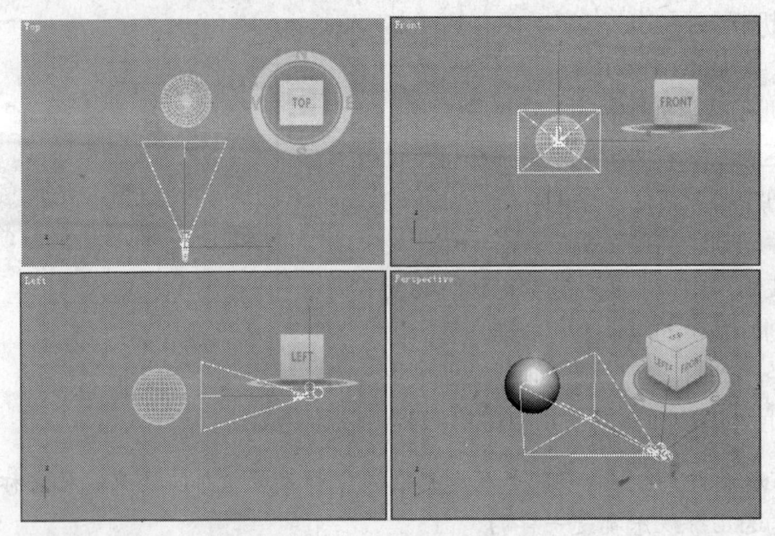

图10-6　创建的目标摄影机

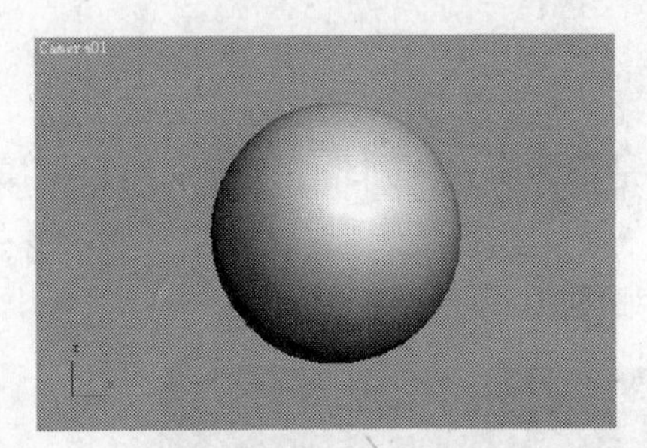

图10-7　摄影机视图

（4）此时这4个视图都还没有变成摄影机视图，因此需要把视图改变成摄影机视图，一般要改变透视图。因此，在透视图中单击，然后按键盘上的C键，这样就可以把透视图改变成摄影机视图了，如图10-7所示。

（5）可以使用“Select and Move（选择并移动）”工具在不同的视图中调整摄影机的角度，如图10-8所示。

如果摄影机与目标物体太近，那么需要调整摄影机与物体之间的距离才能看到整个物体，否则只能看到其中的一部分。

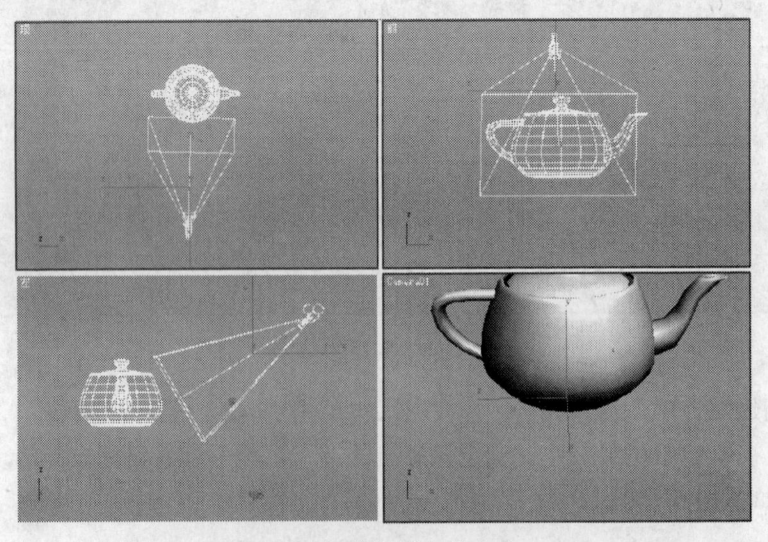

图10-8　调整摄影机的角度

自由摄影机的创建：自由摄影机的创建过程更为简单，只要依次单击→→Free（自由）按钮，然后在视图中单击一下就可以了，这里不再赘述。自由摄影机如图10-9所示。

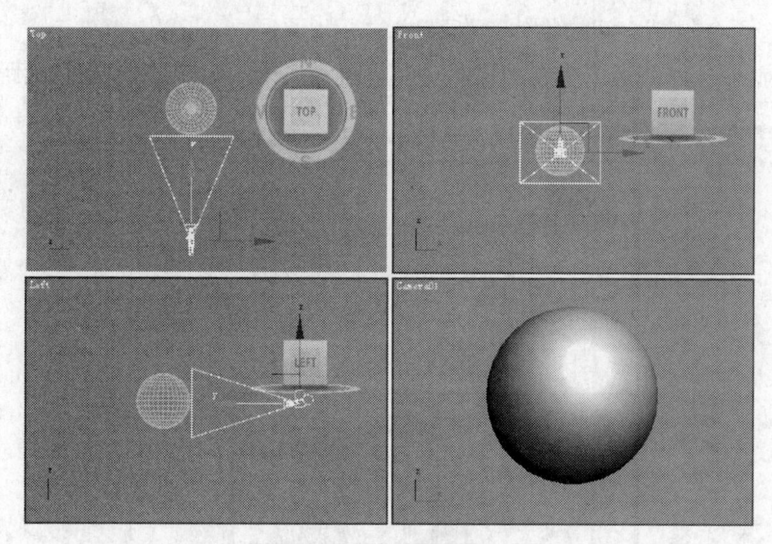

图10-9 自由摄影机

10.3 摄影机的共用参数简介

在3ds Max 2009中，这两种摄影机的多数控制选项都是相同的，下面介绍一下这些选项，摄影机的参数面板如图10-10所示。

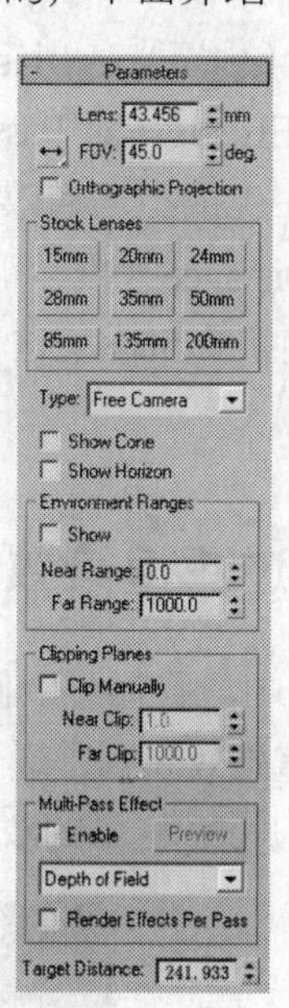

图10-10 摄影机参数面板

参数面板：

· Lens（镜头）：使用毫米为单位设置摄影机的焦距。

· FOV（视野）：用于设置视野的值。下面介绍一下它的弹出列表中的几个选项。

① ↔水平方式：按水平方向应用视野，这是标准方式，也是默认设置。

② ↕垂直方式：按垂直方向应用视野。

③ ⤢方式：按对角线方向应用视野，

· Orthographic Projection（正交投影）：选中该项时，摄影机视图像用户（User）视图，不选中该项时，摄影机视图像透视视图。

备用镜头：

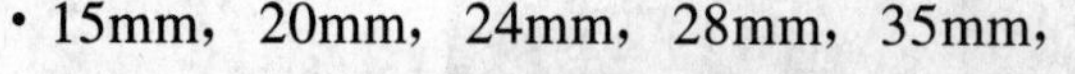

· 15mm，20mm，24mm，28mm，35mm，50mm，85mm，135mm，200mm：这些值都是预置的以毫米为单位的摄影机焦距。

· Type（类型）：可以使用它把摄影机视图从目标摄影机视图改变成自由摄影机视图。反之亦然。

· Show Cone（显示圆锥体）：显示由摄影机视野定义的锥形区域。在摄影机视图中不显示。

· Show Horizon（显示地平线）：在摄影机视图中显示一条暗灰色的水平线。

· Near Range/Far Range（近距离范围和远距离范围）：决定大气效果的近距离限制和远

距离限制，在这两个限制之间的物体逐渐衰减。

· Show（显示）：在摄影机锥形区域中显示矩形来显示近距离限制和远距离限制，如图10-11所示。

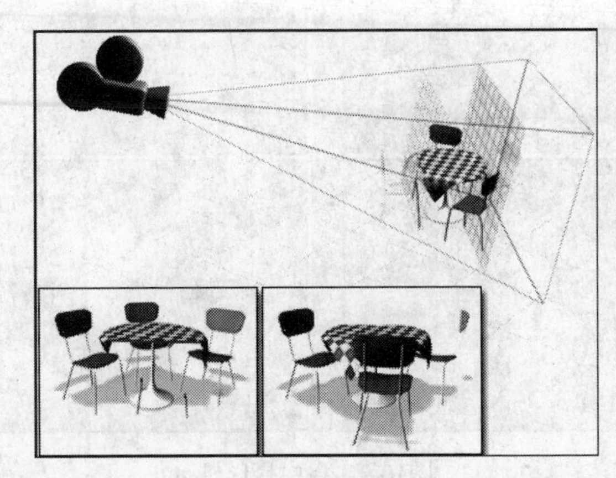

图10-11　近距范围和远距范围的概念图像及渲染效果

· Clip Manually（手动剪切）：用于定义剪切面。

· 近距离剪切和远距离剪切：用于设置近距离剪切面和远距离剪切面。

· Enable（启用）：可以预览或者渲染效果。

· Preview（预览）：单击该按钮可以在摄影机视图中预览效果。

· Render Effects Per Pass（渲染每过程效果）：当选中该项时，在每个通道中应用渲染效果。否则只在生成多通道效果的通道中应用渲染效果。

· Target Distance（目标距离）：当使用自由摄影机时，可以设置一个点作为不可见的目标，从而使自由摄影机围绕这个点转动。当使用目标摄影机时，它表示摄影机和它的目标物体之间的距离。

10.4　多重过滤渲染效果

在3ds Max中，我们可以使用摄影机创建两种渲染效果，一种是景深，另外一种是运动模糊。多重过滤渲染效果则是通过在每次渲染之间轻微地移动摄影机，使用相同的帧多重渲染。多重过滤可模拟摄影机中的胶片在某些条件下的模糊效果，如图10-12所示。

图10-12　运动模糊

下面介绍一下运动模糊面板中的参数选项，如图10-13所示。单击“Depth of Field（景深）”右侧的下拉按钮，从下拉菜单中选择“Motion Blur（运动模糊）”即可打开“Motion Blur Parameters（运动模糊参数）”面板。

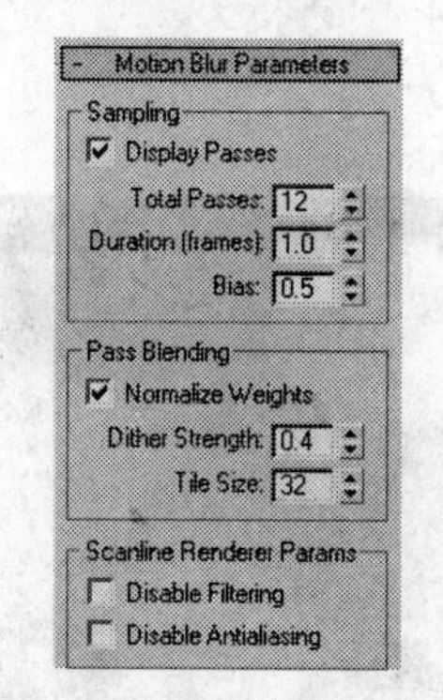

图10-13 “运动模糊参数”面板

采样：

· Display Passes（显示过程）：启用此选项后，渲染帧对话框显示多个渲染通道。禁用此选项后，该帧对话框只显示最终结果。该控件对在摄影机视口中预览运动模糊没有任何影响。默认设置为启用。

· Total Passes（过程总数）：用于设置生成效果的过程数。增加此值可以增加效果的精确性，但却要以增加渲染时间为代价。默认设置为12。

· Duration（持续时间）：动画中将应用运动模糊效果的帧数。默认设置为1.0。

· Bias（偏移）：更改模糊，以便其显示为在当前帧前后从帧中导出更多内容。范围为0.01至0.99。默认值为0.5。

默认情况下，模糊在当前帧前后是均匀的，即模糊对象出现在模糊区域的中心。这与真实摄影机捕捉的模糊最接近。增加“偏移”值移动模糊对象后面的模糊，与运动方向相对。减少该值移动模糊对象前面的模糊。

移动模糊的极值非常接近模糊对象，使其很难查看。为获得最佳效果，应使用从0.25至0.75的中间“偏移”值。

过程混合：

· Normalize Weights（规格化权重）：使用随机权重混合的过程可以避免出现诸如条纹的这些人工效果。当启用“规格化权重”后，将权重规格化，会获得较平滑的结果。当禁用此选项后，效果会变得清晰一些，但通常颗粒状效果更明显。默认设置为启用。

· Dither（抖动强度）：控制应用于渲染通道的抖动程度。增加此值会增加抖动量，并且生成颗粒状效果，尤其是在对象的边缘上。默认值为0.4。

· Tile Size（平铺大小）：设置抖动时图案的大小。此值是一个百分比，0是最小的平铺，100是最大的平铺。默认设置为32。

扫描线渲染器参数：

· Disable Filtering（禁用过滤）：启用此选项后，禁用过滤过程。默认设置为禁用状态。

· Disable Antialiasing（禁用抗锯齿）：启用此选项后，禁用抗锯齿。默认设置为禁用状态。

也可以模拟某些条件下的景深效果。效果如图10-14所示。

下面介绍一下“Depth of Field Parameters（景深参数）”面板中的参数选项，如图10-15所示。注意，摄影机中的景深效果和我们在数码相机中的景深效果是相同的。

图10-14 景深效果

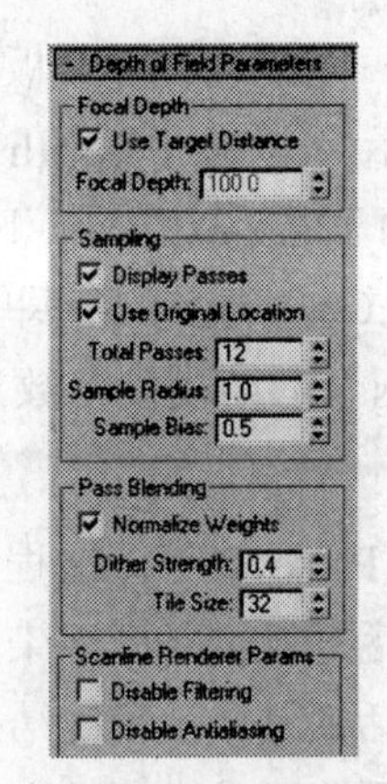

图10-15 景深参数面板

景深参数面板：

· Use Target Distance（使用目标距离）：选中该项时，可以对目标点周围的拍摄内容进行偏移设置。

· Focal Depth（焦点深度）：设置目标点与观察点的百分比距离。

采样：

· Display Passes（显示过程）：选中该项时，显示景深采样周期。

有人把这里的过程理解为通道，这也是可以的。

· Use Original Location（使用初始位置）：选中该项时，显示为景深采样周期。

· Total Passes（过程总数）：用于调节生成特效的周期总数。

· Sample Radius（采样半径）：设置效果的模糊程度，一般数值越大越模糊。

· Sample Bias（采样偏移）：用于调节景深模糊的程度。

过程混合：

· Normalize Weights（规格化权重）：选中该项时，产生的效果会更为平滑。

· Dither Strength（抖动强度）：调节抖动的强度。

· Tile Size（平铺大小）：按百分比调节抖动的强度。

扫描线渲染器参数：

· Disable Filtering（禁用过滤）：选中该项时，过滤周期失效。

· Disable Antialiasing（禁用抗锯齿）：选中该项时，在渲染时，抗锯齿功能失效。

当制作浏览性动画时，需要移动或者旋转摄影机，也就是说要为摄影机设置动画。在设置摄影机动画时，有两种方式，一种是先设置一条路径，然后使摄影机沿这条路径运动；另外一种方式是使摄影机跟随运动的物体。

10.5 两点透视

两点透视是相对于三点透视而言的。在默认设置下，摄影机视图使用三点透视，其中垂直线看上去在顶点上汇聚。在两点透视中，垂直线保持垂直，如图10-16所示。

有时，我们需要使用两点透视来查看视图，这时就需要将两点透视应用于摄影机。操作步骤如下。

（1）在视图中选择摄影机。

为获得最佳效果，设置此摄影机视图。透视中的更改将出现在渲染此视图时。

“摄影机校正”修改器没有位于修改面板的修改器列表中，而是位于四元菜单中。

（2）在视图中选择摄影机，然后单击鼠标右键，从打开的四元菜单中选择“Apply Camera Correction Modifier（应用摄影机校正修改器）”命令即可，如图10-17所示。

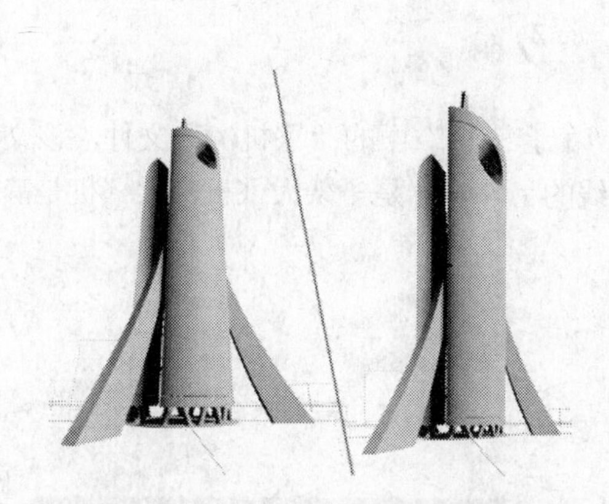

图10-16 三点透视（左）和两点透视（右）

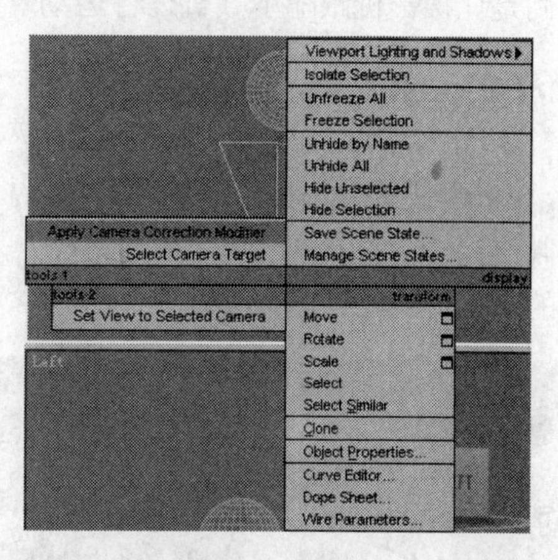

图10-17 选择“摄影机校正”修改器

（3）应用“摄影机校正”修改器后，即可在修改面板中看到它的相关控制选项，如图10-18所示。

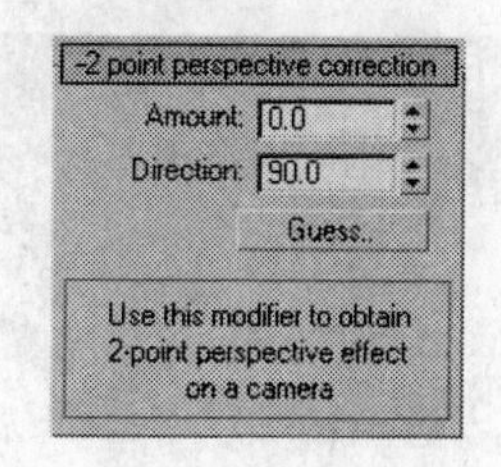

图10-18 两点透视校正的控制选项

· Amount（数量）：设置两点透视的校正数量。默认设置为0.0。

· Direction（方向）：偏移方向。默认值为90.0。

大于90.0时设置方向向左偏移校正。小于90.0时设置方向向右偏移校正。

· 推测：单击该按钮以使“摄影机校正”修改器设置第一次推测数量值。

（4）在两点透视校正卷展栏上单击“Guess（推测）”按钮。

使用“摄影机校正”修改器为两点透视创建第一次猜测数量值。

（5）调整“数量”和“方向”直到获得想要的效果。在视口中，摄影机的视野“圆锥体”将扭曲或移动以显示透视调整。

（6）渲染视图即可。

10.6 实例——使用摄影机制作动画

在这里实例中，将创建一个摄影机动画，来演示如何创建摄影机动画。有过使用摄影机经验的读者会有体会，可以拿着一台摄影机站着不动，而使拍摄的内容在动，或者我们拿着摄影机围绕一个静止的物体进行拍摄，后者就是我们这里所介绍的摄影机动画。虽然设置动画是我们在后面要介绍的内容，但是摄影机动画的制作非常简单，在这里我们提前介绍一下。先看一下下面的几幅图（这实际上是一个动画的几帧画面），如图10-19所示。

这是我们抓的几幅两架飞机相撞的关键图，从图中可以看到小飞机撞向大飞机的过程，这里我们是让摄影机跟随小飞机进行运动。下面就介绍如何创建这样的动画。

在渲染时，摄影机是看不见的。

（1）创建一个场景。这里读者可以打开本书“配套资料”中的“飞机00”文件，该文件已经制作完成，小飞机已被约束到路径上，路径曲线的另外一端是一架大飞机，大飞机是静止不动的，如图10-20所示。

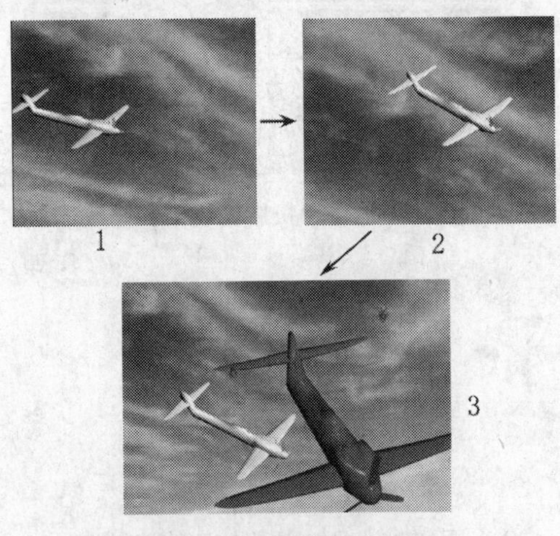

图10-19 动画的几个画面

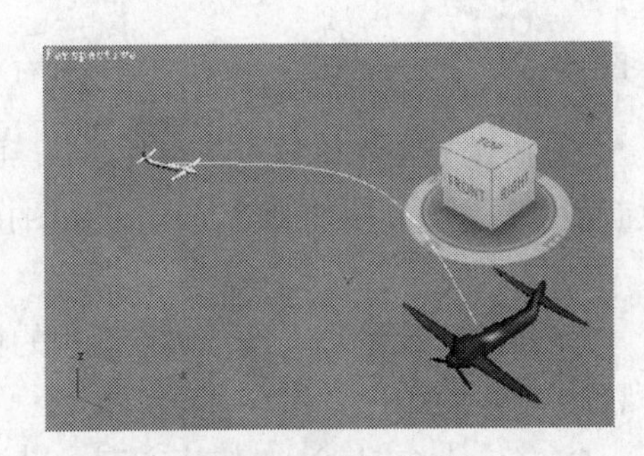

图10-20 飞机文件

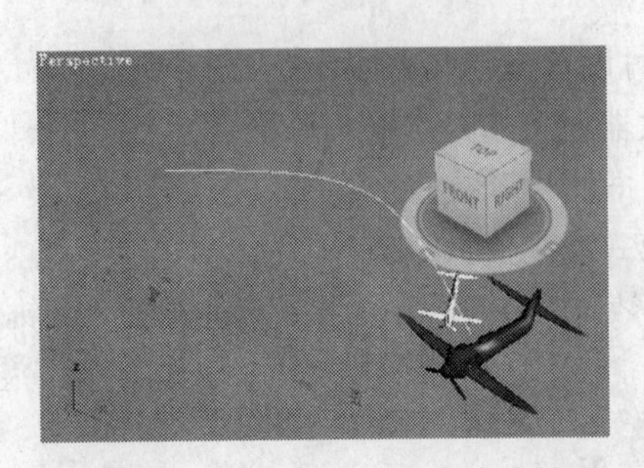

图10-21 在Perspective中的效果

（2）拖动时间标尺中的时间滑块，即可看到小飞机撞向大飞机，下面是在Perspective（透视图）中的效果，如图10-21所示。

（3）使小飞机返回到曲线的另外一端。然后依次单击 → → Target（目标）按钮，在Top（顶）视图中单击拖动，创建一个目标摄影机，并在Left（左）视图中调节其位置，使摄影机朝向小飞机，如图10-22所示。

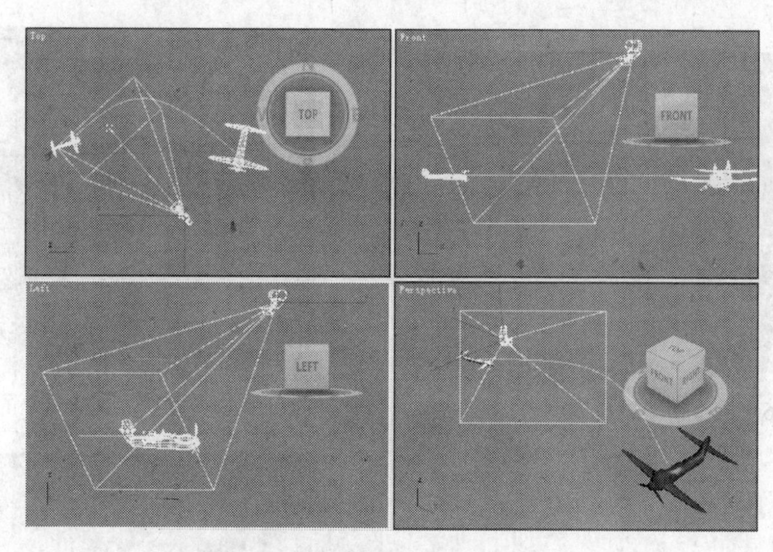

图10-22　创建的摄影机

（4）激活Perspective视图，然后按键盘上的C键使透视图变为摄影机视图，如图10-23所示。

（5）在菜单栏中选择“Rendering（渲染）”→“Environment（环境）”命令，添加一幅带有蓝天白云的背景图片。然后按键盘上的F键进行渲染，效果如图10-24所示。

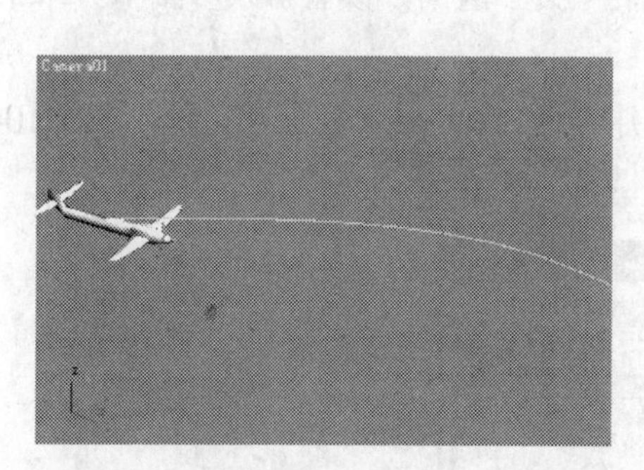

图10-23　在摄影机视图中的小飞机效果

图10-24　在摄影机视图中的小飞机效果

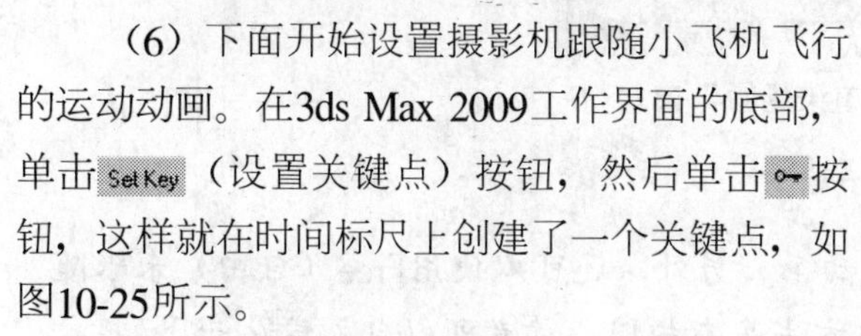

（6）下面开始设置摄影机跟随小飞机飞行的运动动画。在3ds Max 2009工作界面的底部，单击Set Key（设置关键点）按钮，然后单击按钮，这样就在时间标尺上创建了一个关键点，如图10-25所示。

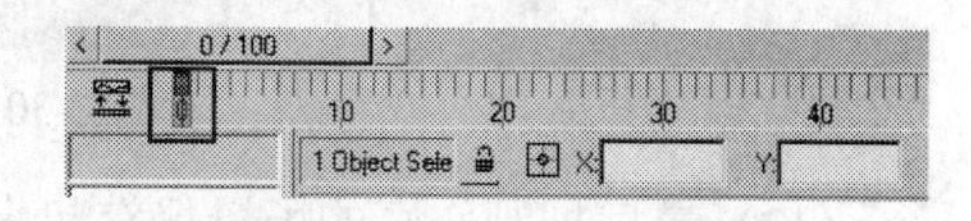

图10-25　创建的第一个关键点

（7）拖动时间滑块到时间标尺的最后一个关键点，此时小飞机撞在了大飞机上。然后使用工具在顶视图中调整摄影机“目标点”的位置，使它依旧朝向小飞机，如图10-26所示。

（8）在该关键点处的渲染效果如图10-27所示。

（9）单击按钮，这样就在时间标尺上创建了最后一个关键点，如图10-28所示。

（10）单击播放按钮，就可以看到飞机运动的整个过程了，效果如图10-29所示。

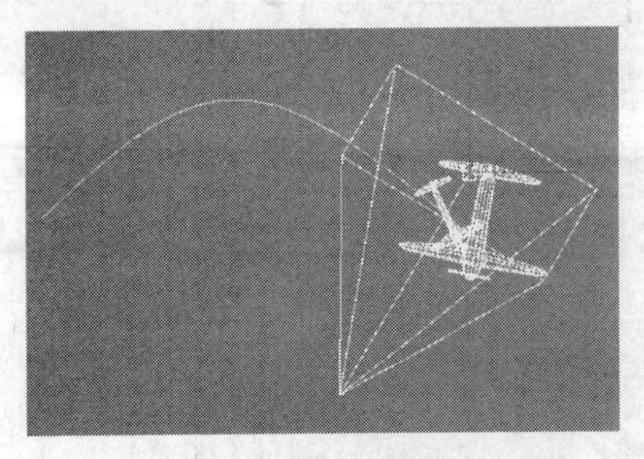

图10-26 调整摄影机目标点的位置

图10-27 在最后关键点处的渲染效果

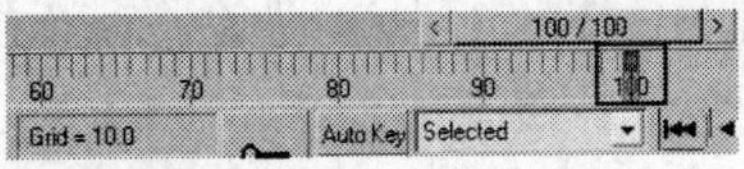

图10-28 创建的最后一个关键点

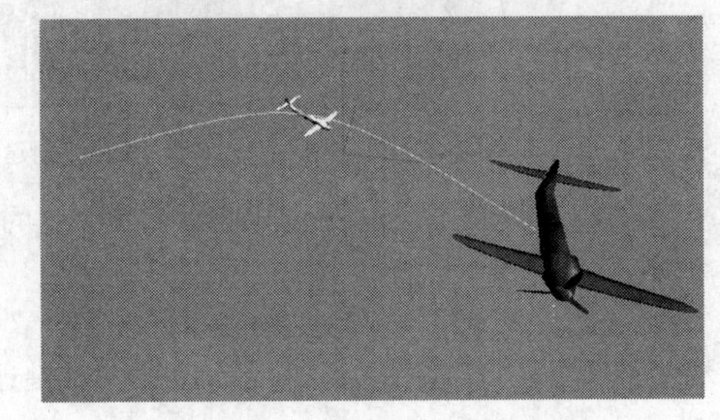

图10-29 飞机运行的整个过程

这样，动画就设置完成了，但是还需要进行渲染。关于渲染，读者可以参阅下一章中的内容，在本章中不做介绍。

（11）单击按钮，打开“渲染场景”窗口，并勾选“Range（范围）”项，如图10-30所示。

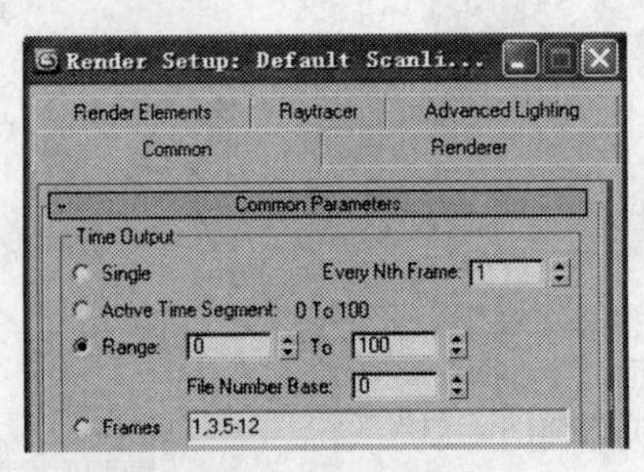

图10-30 “渲染场景”窗口

（12）最后把制作好的场景保存起来。

提示 我们可以使用这种方法制作建筑浏览动画。另外，还可以使用Free（自由）来跟随飞机获取其他物体的运动效果，制作方法基本相同，读者可以自己尝试一下。

在本章中，我们介绍了有关摄影机方面的内容。在下一章的内容中，我们将介绍有关在3ds Max 2009中进行渲染的内容，渲染是我们必须要掌握的内容。

第11章 渲 染

在3ds Max 2009中，制作好模型、材质，调整了灯光和摄影机，以及设置好动画之后，接下来就需要对它们进行渲染了。通过渲染，我们才能使观众看到模型的最终效果，在这一章中，将介绍有关渲染的知识。

11.1 渲染简介

在前面的内容中，我们多次提到了“渲染”这个词语，那么到底什么是渲染呢？渲染的作用是什么呢？为了解答这个问题，让我们来看一幅图像，如图11-1所示。

图11-1 未渲染前（左）及渲染效果（右）

从图中可以看出，只有经过渲染的图像才具有颜色、质感、光效和阴影等，这样的图像看起来才具有生命力。因此渲染就是计算机通过一定的运算把我们设置的材质和灯光等赋予物体的过程。和建模一样，渲染也有专门的工具，另外还有专门的渲染软件，在后面的内容中将介绍这方面的知识。

11.2 渲染工具

3ds Max 2009在其工作界面上提供了3个渲染工具，分别是“Render Production（快速渲染产品）”、“Render Setup（渲染场景对话框）”和“（快速渲染选择）”，最后一个按钮隐藏在第一个按钮的里面。在制作好模型、材质、灯光和摄影机之后，可以单击（快速渲染产品）按钮快速地渲染当前视图。也可以单击按钮打开“Render Setup（渲染场景）”对话框，然后进行一些必要的设置之后在对当前场景进行渲染。另外，还可以使用“渲染”菜单中的菜单命令，如图11-2所示。

Rendering Customize MAXScript Help

Render Shift+Q
Render Setup... F10
Rendered Frame Window...
Radiosity...
Light Tracer...
Exposure Control...
Environment... 8
Effects...
Raytracer Settings...
Raytrace Global Include/Exclude...
Render To Texture... 0
Material Editor... M
Material/Map Browser...
Video Post...
Panorama Exporter...
Batch Render...
Print Size Assistant...
RAM Player...

图11-2 渲染菜单命令

一般我们把简称为快速渲染按钮，在本书中，如果不做说明，快速渲染按钮就是指该按钮。按钮对应的键盘快捷键是F9，按钮对应的键盘快捷键是F10。

另外也可以选择“Rendering（渲染）→Render Setup（渲染场景）”命令打开“Render Setup（渲染场景）”对话框，如图11-3所示。

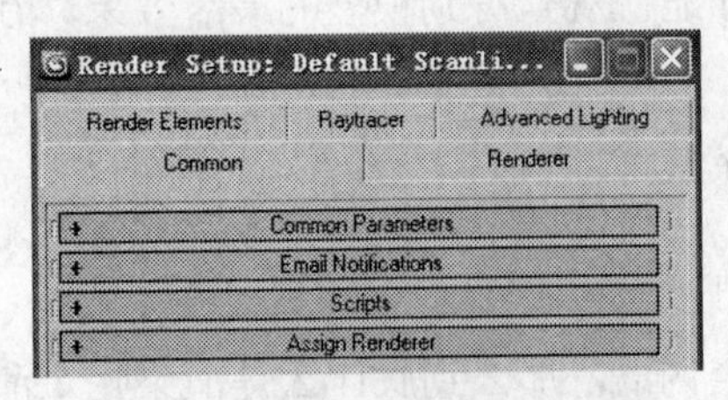

图11-3 “渲染场景”对话框

从图中可以看出，该对话框共由4个参数设置栏组成，一个是公用参数栏，一个是电子邮件通知栏，第三个是脚本参数栏，最后一个是指定渲染器栏。公用参数栏用于设置渲染的帧数、输出图像的大小和格式等；电子邮件通知栏用于设置以发送电子邮件的方式通知渲染的进程；指定渲染器栏用于指定其他类型的渲染器作为当前的渲染器，默认是3ds Max 2009自带的扫描线渲染器。其中，我们主要使用的是公用参数栏，下面就介绍一下该栏中的几个重要选项设置，如图11-4所示。

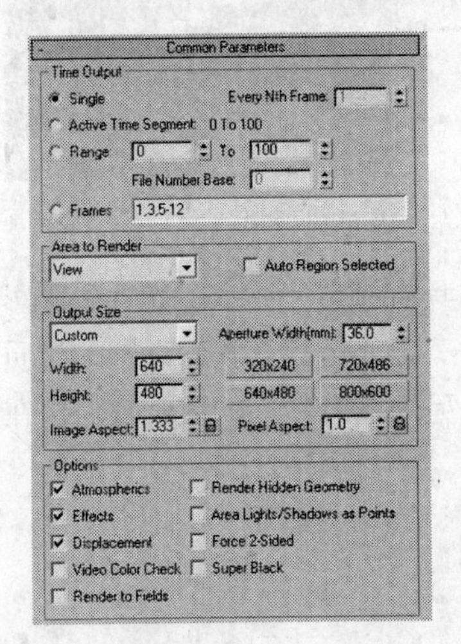

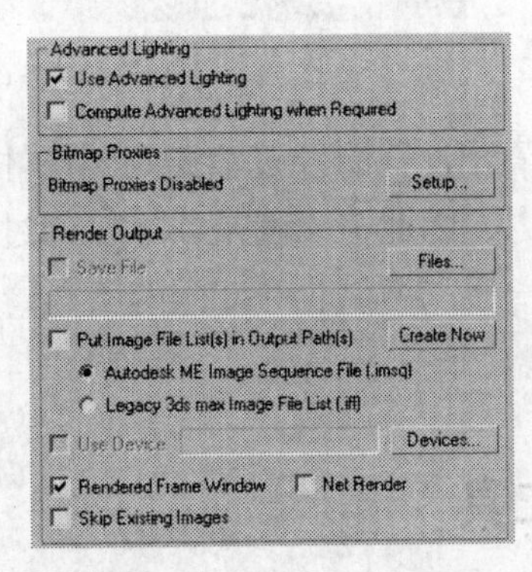

图11-4 公用参数栏

- Single（单帧）：勾选该项后，只对当前帧进行渲染。
- Active Time Segment（活动时间段）：勾选该项后，只渲染右侧时间段内的所有帧。
- Range（范围）：勾选该项后，将渲染指定范围内的帧，可以从其右侧的两个设置框中输入数值进行设置。
- Every Nth Frame（每N帧）：用于设置渲染的间隔帧数，比如设置为5时，系统会每间隔5帧渲染一帧。这样会提高渲染的速度。
- File Number Base（文件起始编号）：它和每N帧项一并使用来设置增量文件的起点。
- Frame（帧）：勾选后，只渲染右侧指定的帧。
- （输出大小栏）：在该栏中设置输出文件的大小，可以直接在宽度和高度栏中输入数值，也可以单击右侧的按钮来设置。
- Options（选项栏）：一般使用该栏中的默认设置即可。
- Advanced Lighting（高级照明栏）：一般我们勾选“使用高级照明”项。勾选另一项时，可降低渲染的时间。

· Render Output（渲染输出栏）：单击该栏中的单击（文件）Files...按钮，打开“Render Output File（渲染输出文件）”对话框，在该对话框中可以设置保存路径、名称和文件类型。

· Use Device（使用设备）：勾选该项后，可以将渲染结果输出到一个输出设备上。

· Rendered Frame Window（渲染帧对话框）：勾选后，在“Rendered Frame（渲染帧）”对话框中显示渲染结果。

· Net Render（网络渲染）：勾选该项后，激活网络渲染功能，用于设置多台计算机的渲染。

· Skip Existing Images（跳过现有图像）：勾选该项后，将跳过已经渲染到硬盘上的图像进行渲染。

渲染的结果一般分为两种，一种是静态的图像文件，另外一种是动态的渲染文件。我们将在后面的内容中介绍。

11.3　渲染静态图像和动态图像

对于渲染的图像而言，一般分为静态图像和动态图像。在3ds max 2009中，我们可以使用相同的渲染器进行渲染，但是渲染设置稍有不同，下面分别介绍一下这两种图像的渲染。

11.3.1　静态图像的渲染

像建筑效果图、广告中的某个构图元素都属于静态图像。这种图像的渲染操作比较简单。

（1）制作好模型、材质、灯光和摄影机，动画文件还需要设置好。比如一根杆子和两个茶壶模型。

（2）单击（快速渲染）按钮快速地渲染当前视图。渲染效果如图11-5所示。也可以按Shift+Q组合键进行渲染。

（3）如果对效果感到满意，那么就可以单击该对话框左上角的“保存图像”按钮，打开“Save Image（保存图像）”对话框，如图11-6所示，在该对话框中设置保存文件的路径、文件名称和文件格式，然后单击保存(S)按钮就可以保存到计算机硬盘上了。

图11-5　渲染效果

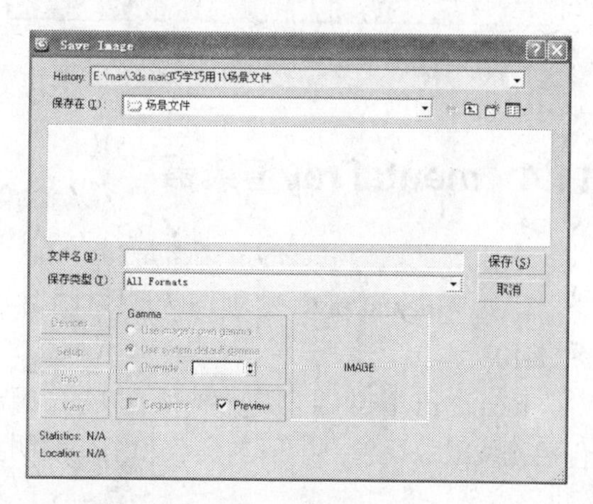

图11-6　“保存图像”对话框

（4）也可以单击按钮打开“渲染场景”对话框，然后进行一些必要的设置之后再对当前场景进行渲染，比如文件的大小。系统默认的图像大小是宽640，高480。

11.3.2 动态图像的渲染

动态图像一般指的就是动画。在把动画设置好之后，就可以进行渲染了，但是这种文件都要使用按钮进行渲染或者使用下一节要介绍的Video Post视频合成器进行渲染。这种文件的渲染操作也比较简单。

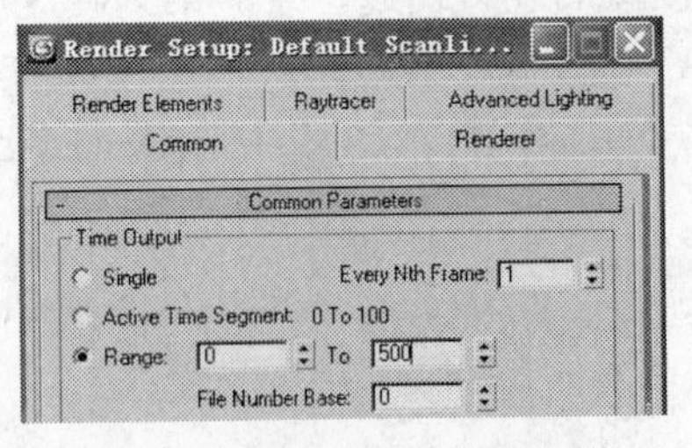

图11-7 “渲染场景”对话框

（1）首先设置好动画。这部分内容将在后面进行介绍。

（2）单击按钮，打开“Render Setup（渲染场景）”对话框，并勾选“Range（范围）”项，如图11-7所示。

（3）在“渲染场景”对话框下面单击 Files... 按钮，打开“Render Output File（渲染输出文件）”对话框，设置好保存路径、名称和文件类型，如图11-8所示。

（4）单击“保存”按钮，然后单击“渲染场景”对话框下面的“Render（渲染）”按钮就可进行渲染了。动态渲染效果如图11-9所示。注意，动态渲染效果也就是我们所说的动画或者小电影。

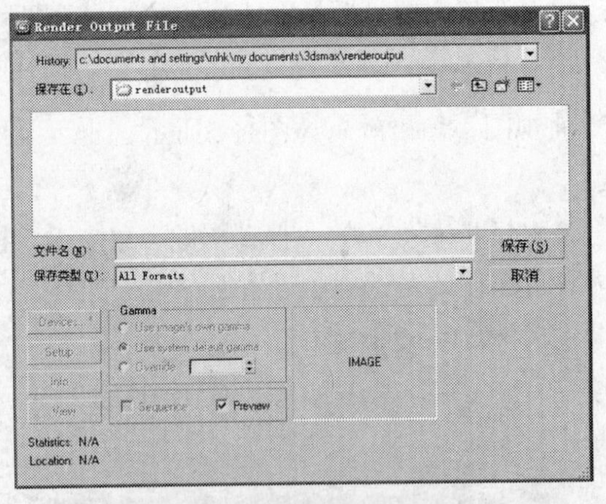

图11-8 “渲染输出文件”对话框

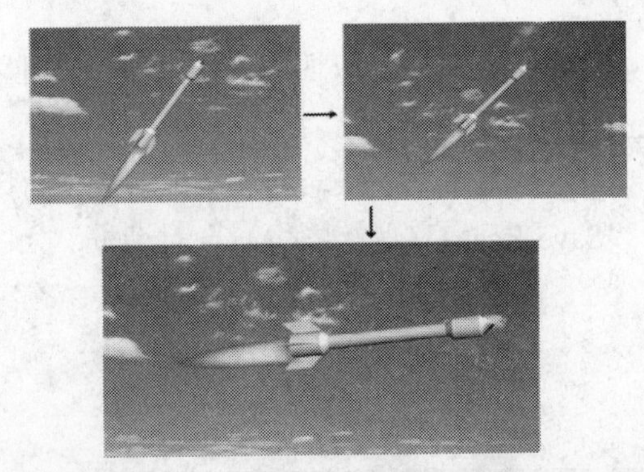

图11-9 动态渲染效果——飞行的火箭

11.4 mental ray渲染器

在系统默认设置下的渲染器是3ds Max 2009自带的扫描线渲染器，另外它还带有一种渲染器，就是mental ray，这种渲染器要比扫描线渲染器更高级一些，渲染的效果也比较好，如图11-10所示。

mental ray渲染器也是一种很重要的渲染器，使用它可以生成灯光效果的物理校正模拟，包括光线跟踪反射、折射、焦散和全局照明。

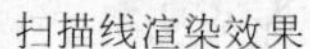
扫描线渲染效果

mental ray渲染效果

图11-10　同一场景的渲染对比效果

与默认3ds Max扫描线渲染器相比，mental ray渲染器使我们不需要“手工”或生成光能传递解决方案来模拟复杂的照明效果。mental ray渲染器为使用多处理器进行了优化，并为动画的高效渲染而利用增量变化。

与从图象顶部向下渲染扫描线的默认的3ds Max渲染器不同，mental ray渲染器主要是渲染矩形块。渲染的渲染块顺序可能会改变，具体情况取决于所选择的方法。默认情况下，mental ray使用“希尔伯特”方法，该方法基于切换到下一个渲染块的花费来选择下一个渲染块进行渲染。因为对象可以从内存中丢弃以渲染其他对象，所以避免多次重新加载相同的对象很重要。当启用占位符对象时，这一点尤其重要。

如果使用分布式渲染来渲染场景，那么可能很难理解渲染顺序背后的逻辑。在这种情况下，顺序会被优化以避免在网络上发出大量数据。当渲染块可用时，每个CPU会被指定给一个渲染块，因此，渲染图像中不同的渲染块会在不同的时间出现。

11.4.1　使用mental ray渲染器的设置

在使用mental ray渲染器渲染的时候，需要进行单独的设置，下面就介绍一下使用mental ray渲染器的操作过程。

（1）把场景制作完成，包括材质和灯光。

（2）单击按钮，打开“Render Setup（渲染场景）”对话框。把鼠标指针移动到对话框中，当光标变成一个手形时，按住鼠标左键向上拖动，显示出“Assign Renderer（指定渲染器）”设置栏，如图11-11所示。

（3）在“Assign Renderer（指定渲染器）”设置栏上单击把它展开，然后单击“Production（产品级）”右侧的按钮，打开“Choose Renderer（选择渲染器）”对话框，如图11-12所示。

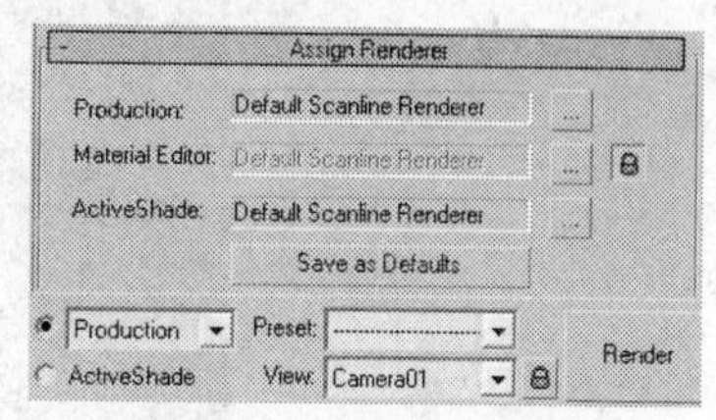

图11-11　“指定渲染器”设置栏

提示　在“选择渲染器”对话框中还有一个VUE文件渲染器，使用“VUE文件渲染器”可以创建VUE（.vue）文件。VUE文件能够使用可编辑的ASCII格式。

（4）选中对话框中的“mental ray Renderer”项，然后单击“OK（确定）”按钮，再单击“渲染场景”对话框下面的“渲染”按钮就可以了。

对于复杂的动画文件而言，使用单机渲染可能就比较慢了，但是3ds Max 2009可以支持多机渲染，也就是通过网卡与多台计算机连网，并使这些计算机同时进行渲染，这就是所谓的网络渲染，由于网络渲染很少使用，在此不再赘述。

11.4.2 使用mental ray渲染器可渲染的效果

使用mental ray渲染器可以生成很多的高级效果，包括折射/反射、焦散、阴影、景深、全局照明、体积着色、轮廓着色等。

一、焦散效果

焦散是光线通过其他对象反射或折射之后投射在对象上所产生的效果，焦散效果如图11-13所示。系统在计算焦散时，mental ray渲染器使用光子贴图技术。光线跟踪不能生成精确的焦散，而且它们不是默认扫描线渲染器提供的。

图11-12 “选择渲染器”对话框

未使用焦散

使用了焦散

图11-13 对比效果

二、阴影效果

mental ray渲染器可通过光线跟踪生成阴影。光线跟踪将跟踪从光源进行采样的光线路径。阴影出现在被对象阻止的光线位置。光线跟踪阴影具有清晰的边缘。阴影效果如图11-14所示。

图11-14 阴影效果

mental ray渲染器可通过光线跟踪生成反射和折射。光线跟踪将跟踪从光源进行采样的光线路径。采用此方法生成的反射和折射在物理效果上非常精确。读者可以参阅前面的对比效果。

三、运动模糊效果

运动模糊可以通过模拟实际摄影机的工作方式，增强渲染动画的真实感。摄影机有快门速度。如果在打开快门时出现明显的移动情况，胶片上的图像将变模糊。其效果如图11-15所示。

四、景深效果

景深通过模拟实际摄影机的工作方式可以增强渲染动画的真实感。如果景深很宽，则几乎所有场景都位于焦点上。如果景深很窄，则只有距摄影机某种距离内的对象位于焦点上。其效果如图11-16所示。

图11-15 运动模糊效果（右图）

图11-16 景深效果（右图）

五、全局照明效果

通过在场景中模拟光能传递或来回反射灯光，而不是焦散，全局照明可增强场景的真实感。其会生成如“映色”这样的效果，例如，红墙旁边的白色衬衫会出现微弱的红色。其效果如图11-17所示。

图11-17 全局照明效果（右图）

六、体积着色效果

使用体积着色可以为三维体积着色，而不是对曲面进行着色。通常，体积明暗器提供像薄雾和雾这样的大气效果。其效果如图11-18所示。

图11-18 体积着色效果（右图）

七、轮廓着色效果

使用轮廓着色可以渲染基于矢量的轮廓线。轮廓类似于卡通材质的墨水组件。其效果如图11-19所示。

图11-19　轮廓着色效果（右图）

11.4.3　相关选项介绍

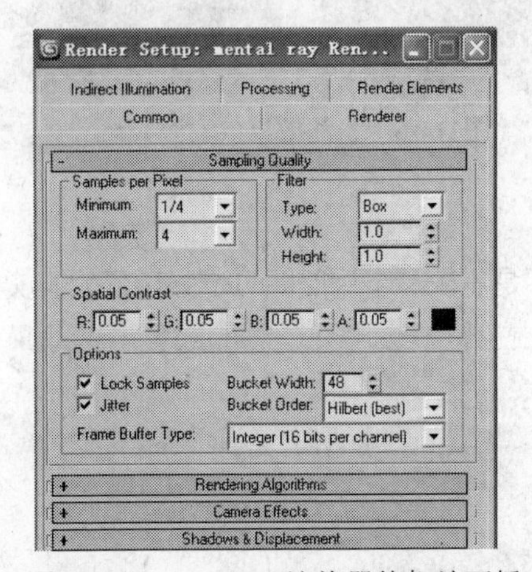

图11-20　mental ray渲染器的相关面板

很多效果的渲染，需要在相关的面板中设置相关的选项，如图11-20所示。有关的面板包括，“Sampling Quality（采样质量）”面板、“Camera Effects（摄影机效果）”面板、“Shadows&Displacement（阴影与置换）”面板、“Rendering Algorithms（渲染算法）”面板，另外还有几个在图中没有显示出来的面板，包括“Final Gather（最终聚集）”面板、“Caustics and Global Illumination（焦散和全局照明）”面板、“Translator Options（转换器选项）”面板、“Diagnostics（诊断）”面板、“Distributed Bucket Rendering（分布式渲染块渲染）”面板。

关于mental ray渲染器面板中的各个选项一般都意义比较明确，比如“采集质量”面板中的“Maximum（最大值）”和“Minimum（最小值）”选项。在此我们不再赘述，读者可以自己进行练习来进行精确的设置。

11.5　高级照明渲染——光能传递

使用系统默认的扫描线渲染器进行渲染时，一般它只考虑直接的光照，而不考虑光的反射和吸收。而光能传递则采用全新的全局照明系统，简称GI。在这种系统下，当光照射到物体表面时，会有一部分被吸收，有一部分被反射并照亮周围的一部分空间，而且还会被多次反射，并增加一些反射面的颜色，如图11-21所示。

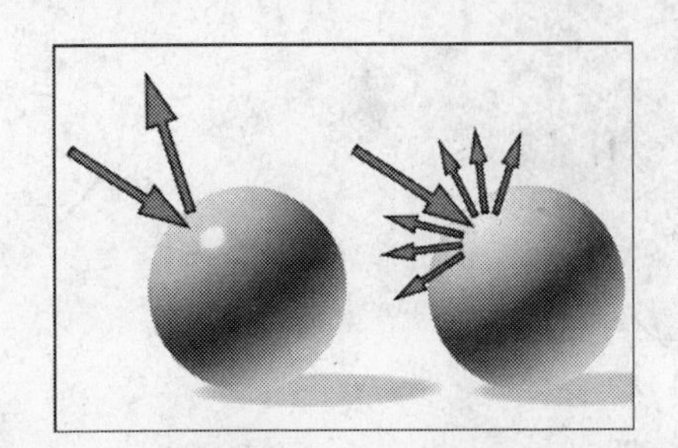

图11-21　光的反射

从本质上讲，光能传递是一种计算机的运算，它会把场景中的物体转换为网格物体，物体的表面被细分成很多的三角形面，面数越多，计算机的运算量就越大。从这个意义上讲，我们必须要考虑场景中物体的面数。

光能传递也有专门的设置选项，在"渲染场景"对话框中单击"Radiosity（光能传递）"选项卡，即可进入到光能传递的设置对话框。也可以执行"Rendering（渲染）→Radiosity（光能传递）"命令来打开用于设置光线跟踪渲染的对话框，如图11-22所示。

在打开设置光能传递的对话框之前，还会打开一个用于指定光能传递插件渲染器的对话框，询问我们是否改变为光能传递渲染，如图11-23所示。单击"是（Y）"按钮即可。

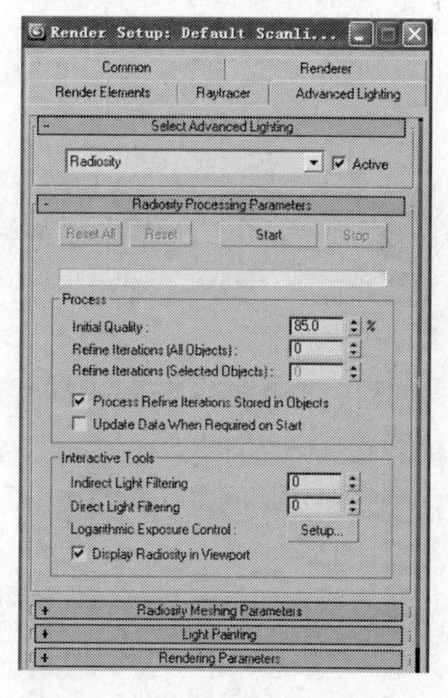

图11-22 "光能传递"设置对话框

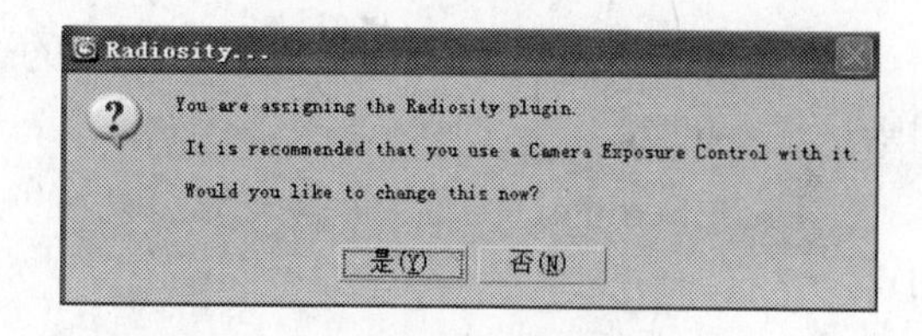

图11-23 确认对话框

11.5.1 选择高级照明栏

高级照明参数栏如图11-24所示。

- Reset All（全部重置）：在光能传递计算完成后，单击该按钮可以使物体恢复到它们的初始状态。
- Reset（重置）：把光能传递后的结果复位，并使视图更新为标准光影模式显示。
- Start（开始）：单击该按钮即可开始进行光能传递运算。
- Stop（停止）：用于停止光能传递运算处理。
- Initial Quality（初始质量）：用于设置光能传递的质量级别，一般使用默认数值即可。
- Refine Iterations（优化迭代次数（全部对象））：为场景中的所有物体定义一个超越全局设置的细化属性来纠正一些错误。

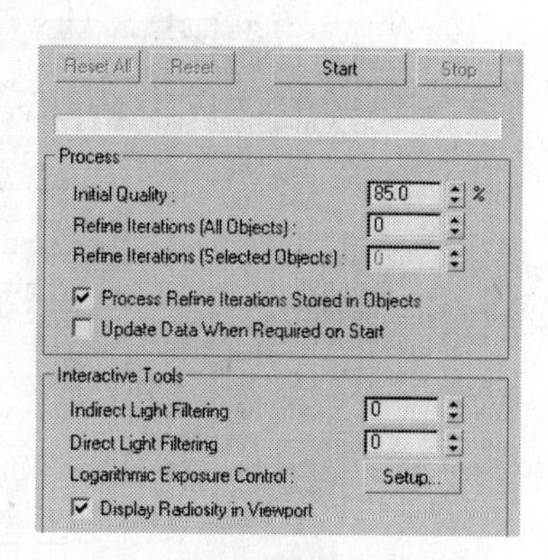

图11-24 高级照明参数栏

· Refine Iterations（优化迭代次数（选定对象））：为场景中选定的物体定义一个超越全局设置的细化属性来纠正错误。

· Process Refine Iterations Stored in Objects（处理对象中存储的优化迭代次数）：每个物体都有一个“优化迭代次数”的光能传递属性。当细分物体时，与这些物体一起存储的步骤数就会增加，在勾选该选项后，则可以自动优化这些步骤数。

· Update Data When Required on Start（如果需要，在开始时更新数据）：勾选该项后，如果光能传递的解决方案无效，则必须重新启动光能传递引擎来重新进行计算。

· Indirect Light Filtering（间接灯光过滤）：用于设置光能传递的间接灯光过滤。

· Direct Light Filtering（直接灯光过滤）：用于设置光能传递的直接灯光过滤。

· Logarithmic Exposure Control（对数曝光控制）：用于设置曝光的对数控制方式。

· Display Radiosity in Viewport（在视口中显示光能传递）：勾选该项后，在视口中会显示光能传递的过程。

11.5.2 光能传递网格参数栏

使用该面板可以确定是否需要网格，并且可以指定网格元素的大小（以世界单位表示）。要进行快速测试，可能需要全局禁用网格。场景将看起来像平面，但解决方案将仍然为我们快速提供总体亮度。光能传递网格参数栏如图11-25所示。

· Enabled（启用）：用于启用整个场景的光能传递网格。当要执行快速测试时，禁用网格。

· Mesh Settings（网格设置）：这里面的选项用于设置光能传递网格元素的大小，一般使用默认设置即可。

· Light Settings（灯光设置）：这里面的选项用于设置是否包括灯光，一般使用默认设置即可。

11.5.3 灯光绘制参数栏

使用此面板中的灯光绘制工具可以手动设制阴影和照明区域。灯光绘制参数栏如图11-26所示。

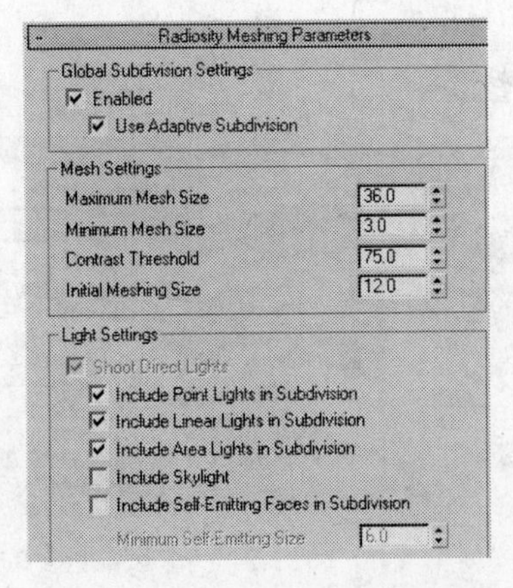

图11-25 光能传递网格参数栏

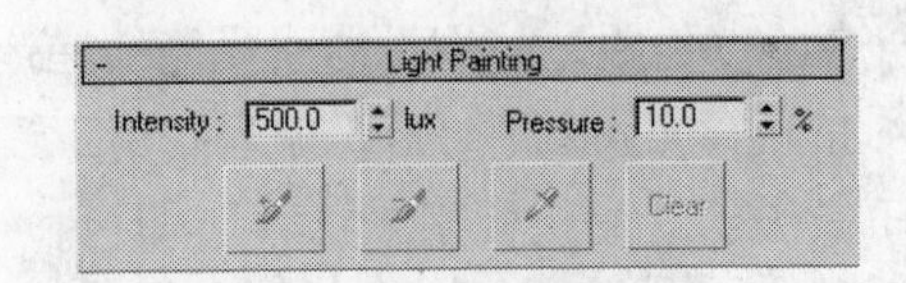

图11-26 灯光绘制参数栏

· Intensity（强度）：以勒克斯或坎迪拉为单位指定照明的强度，具体情况取决于我们在“自定义”→“单位设置”对话框中选择的单位。

· Pressure（压力）：当添加或移除照明时指定要使用的采样能量的百分比。

· 添加照明按钮：添加照明从选定对象的顶点开始。

· 移除照明按钮：移除照明从选定对象的顶点开始。3ds Max 2009基于压力微调器中的数量移除照明。压力数量与采样能量的百分比相对应。例如，如果墙上具有约2000勒克斯，使用“移除照明”从选定对象的曲面中移除200勒克斯。

· 拾取照明按钮：采样选择的曲面的照明数。要保存无意标记的照亮或黑点，请使用“拾取照明”将照明数用做与我们采样相关的曲面照明。

· 清除按钮：清除所做的所有更改。通过处理附加的光能传递迭代次数或更改过滤数会丢弃使用灯光绘制工具对解决方案所做的任何更改。使用灯光绘制来添加或移除光能传递方案中的灯光效果如图11-27所示。

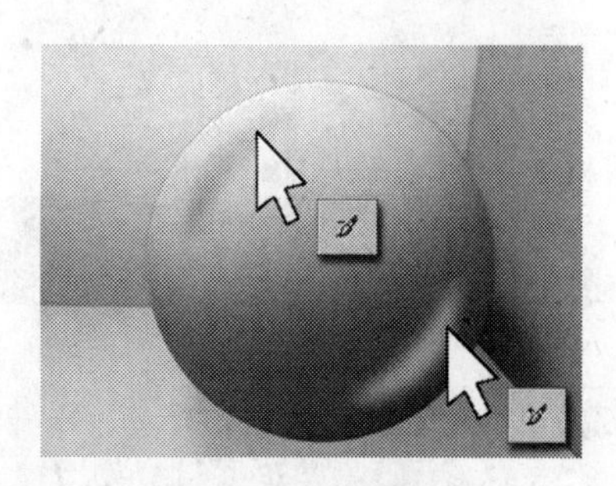

图11-27　使用灯光绘制来添加或移除光能传递方案中的灯光

其他两个参数设置栏一般不会使用到，在此不再赘述。

11.6　高级光照覆盖材质

该材质使我们可以直接控制材质的光能传递属性。“Advanced Lighting Override Material（高级照明覆盖材质）”通常是基础材质的补充，基础材质可以是任意可渲染的材质。“高级照明覆盖”材质对普通渲染没有影响。它影响光能传递解决方案或光跟踪。高级照明覆盖材质有两种主要的用途，第一：调整在光能传递解决方案或光跟踪中使用的材质属性。第二：产生特殊的效果，例如让自发光对象在光能传递解决方案中起作用。下面介绍一下它的参数选项，如图11-28所示。

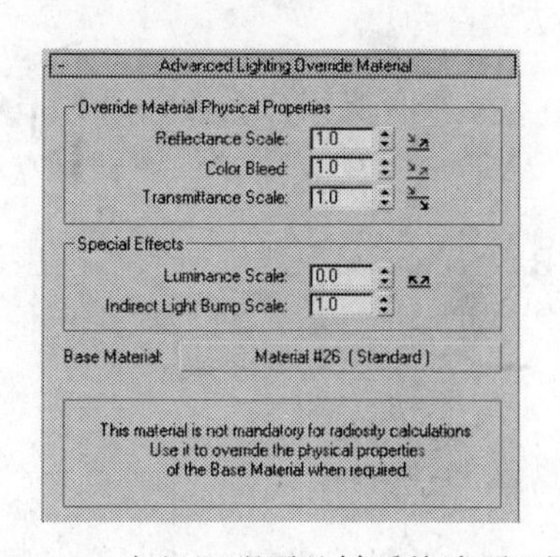

图11-28　高级照明覆盖材质的选项设置

该参数面板位于“材质编辑器”窗口中，需要指定Advanced Lighting Override Material（高级照明覆盖材质）后才能打开该面板。

· Reflectance Scale（反射比）：增加或减少材质反射的能量。范围为0.1至5.0。默认设置为1.0。增加或减少反射光线的能量的效果如图11-29所示。

不要使用该控件增加自发光。而应使用“Luminance（亮度比）”。“亮度比”位于“Special Effects（特殊效果）”设置组中。

· Color Bleed（颜色溢出）：增加或减少反射颜色的饱和度。范围为0.0至1.0。默认设置为1.0。增加或减少反射颜色的饱和度的效果如图11-30所示。

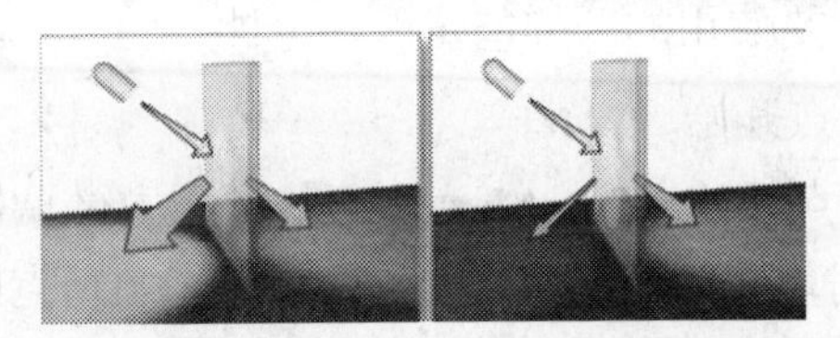

图11-29 增加或减少反射光线的能量

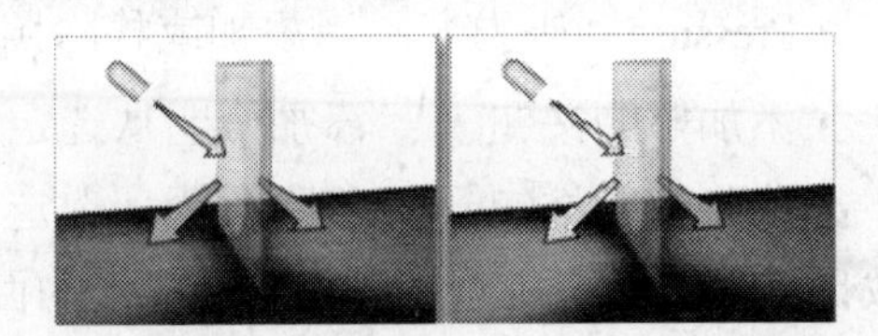

图11-30 增加或减少反射颜色的饱和度

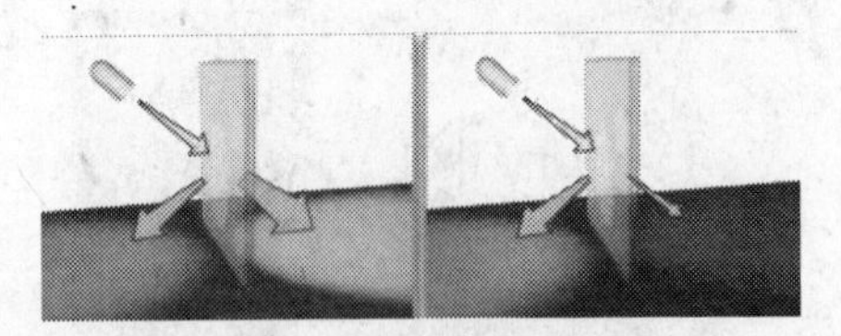

图11-31 增加或减少透射光线的能量

· Transmittance Scale（透射比例）：增加或减少材质透射的能量。范围为0.1至5.0。默认设置为1.0。增加或减少透射光线的能量，如图11-31所示。

· Luminance Scale（亮度比）：该参数大于零时，缩放基础材质的自发光组件。不能小于零。默认值为0.0。通常，值为500或更大可以获得较好效果。

该参数只影响光能传递，它对光跟踪没有影响。

· Indirect Light Bump Scale（间接灯光凹凸比）：在间接照明的区域中，缩放基础材质的凹凸贴图效果。当该值为零时，对间接照明不产生凹凸贴图。增加“间接灯光凹凸比”可以增强间接照明下的凹凸效果。该值不影响直接照明的基础材质区域中的“凹凸”量。不能小于零。默认设置为1.0。

该参数很有用，因为间接凹凸贴图是模拟实现的而且并不总是很精确。“间接灯光凹凸比”使我们可以手动调整效果。

· Base Material（基础材质）：单击该按钮可以转到基础材质并调整其设置，也可以用不同的材质类型替换基础材质。

11.7 光跟踪器

使用“光跟踪器”可以为明亮场景（比如室外场景）提供柔和边缘的阴影和映色。与光能传递不同，“光跟踪器”并不试图创建物理上精确的模型，而且可以方便地对其进行设置。光跟踪器效果如图11-32所示。

图11-32 光跟踪器效果

光跟踪器的设置操作如下：

（1）为室外场景创建几何体。

（2）添加天光来对其进行照明，也可以使用一个或多个聚光灯。

（3）选择“Rendering（渲染）→Light Tracer（高级照明）”命令。在“Advanced Lighting（高级照明）”面板中，从下拉列表中选择“Light Tracer（光跟踪器）”，并启用“Active（激活）”选项，打开“光跟踪器”的“Parameters（参数）”面板。

（4）调整光跟踪器参数，在想要渲染的视口上用右键单击使其激活，然后单击“渲染场景”按钮即可。

下面介绍一下其相关的参数选项，如图11-33所示。

· Global Multiplier（全局倍增）：控制总体照明级别。默认设置为1.0，设置的效果如图11-34所示。

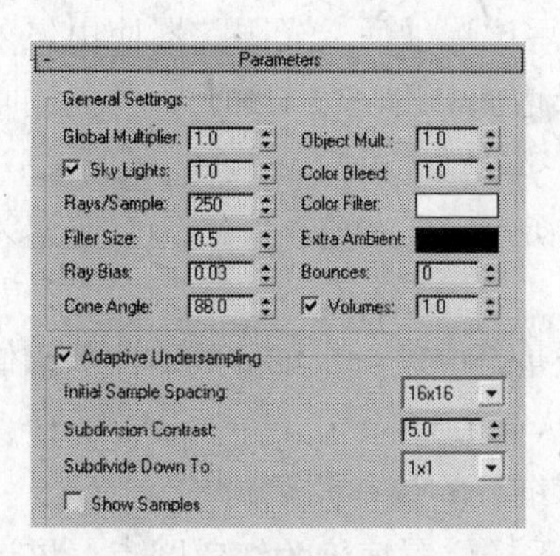

图11-33　光跟踪器的参数选项

图11-34　对比效果

· Object Mult（对象倍增）：控制由场景中的对象反射的照明级别。默认设置为1.0。

· Sky Light（天光切换）：启用该选项后，将从场景中重聚集天光。注意，一个场景可以含有多个天光，默认设置为启用。

· Color Bleed（颜色渗出）：控制映色强度。当灯光在场景对象间相互反射时，映色发生作用。默认设置为1.0。只有反弹值大于或等于2时，该设置才起作用。设置效果如图11-35所示。

图11-35　映色过多（左）及消除映色后的效果（右）

· Rays/Sample（光线/采样数）：每个采样（或像素）投射的光线数目。增大该值可以增加效果的平滑度，但同时也会增加渲染时间。减小该值会导致颗粒状效果更明显，但是渲染可以进行的更快。默认设置为250。

· Color Filter（颜色过滤器）：过滤投射在对象上的所有灯光。设置为除白色外的其他颜色以丰富整体色彩效果。默认设置为白色。

· Filter Size（过滤器大小）：用于减少效果中噪波的过滤器大小（以像素为单位）。默认值为0.5。

· Extra Ambient（附加环境光）：当设置为除黑色外的其他颜色时，可以在对象上添加该颜色作为附加环境光。默认设置为黑色。

· Ray Bias（光线偏移）：像对阴影的光线跟踪偏移一样，“光线偏移”可以调整反射光效果的位置。

· Bounces（反弹）：被跟踪的光线反弹数。增大该值可以增加映色量。值越小，快速结果越不精确。

· Cone Angle（锥体角度）：控制用于重聚集的角度。减小该值会使对比度稍微升高，尤其在有许多小几何体向较大结构上投射阴影的区域中更明显。范围为33.0至90.0。默认值为88.0。

· Volumes（体积）：启用该选项后，“光跟踪器”从体积照明效果（如体积光和体积雾）中重聚集灯光。默认设置为启用。

· Adaptive Undersampling（自适应欠采样）：启用该选项后，光跟踪器使用欠采样。禁用该选项后，则对每个像素进行采样。禁用欠采样可以增加最终渲染的细节，但是同时也将增加渲染时间。默认设置为启用。

· Initial Sample Spacing（初始采样间距）：图像初始采样的栅格间距。以像素为单位进行衡量。默认设置为16×16。

· Subdivisions Contrast（细分对比度）：确定区域是否应进一步细分的对比度阈值。增加该值将减少细分。该值过小会导致不必要的细分。默认值为5.0。

· Subdivide Down To（向下细分至）：用于设置细分的最小间距。

· Show Samples（显示采样）：启用该选项后，采样位置渲染为红色圆点。该选项显示发生最多采样的位置，这可以帮助我们选择欠采样的最佳设置。默认设置为禁用状态。

11.8 其他渲染器简介——Lightscape、V-ray、Brazil和FinalRender

除了前面介绍的扫描线渲染器和mental ray渲染器之外，还有4款比较流行的渲染器，它们分别是Lightscape、V-ray、Brazil和FinalRender。这几款渲染器分别以插件形式或者单独的程序存在，都是比较高级的渲染器，渲染出的效果都要比单独地使用扫描线渲染器好得多。下面分别予以介绍。

11.8.1 Lightscape渲染器

这款渲染器是一款独立的程序或者软件，是一款比较高级的渲染器。它可以单独地设置灯光和材质，现在多用于制作室内外建筑效果图。在3ds Max 2009中制作好模型后，可以输出LP格式的文件，然后输入到Lightscape中进行渲染。使用它渲染出的效果要比扫描线渲染器渲染的效果更为精确、真实，如图11-36所示。

图11-36 使用Lightscape渲染的效果

在本书后面的综合实例中，有一个关于使用Lightscape进行渲染的例子，读者可以参阅一下。

11.8.2 FinalRender/V-ray/Brazil渲染器

FinalRender、V-ray和Brazil渲染器都是作为3ds Max 2009的插件形式存在的。可以单独安装在你的计算机上，然后结合3ds Max 2009一并使用。可以到一些网站上去下载或者购买它们，然后安装到自己的计算机上就可以使用了。这些软件的使用可以参考一些专业的图书，由于超出本书所列范围，在此不再赘述。从图11-37到图11-39是使用这几款软件渲染的图像。

图11-37 使用Brazil渲染的效果

图11-38 使用FinalRender渲染的透明效果

图11-39 使用V-ray渲染的效果

从上面的图中可以看出，使用这些渲染器渲染出的效果品质都非常高。在使用这些渲染器的时候，一定要多练习、多总结，然后掌握它们的使用规律就可以渲染出自己需要的效果。

在本章中，我们介绍了有关渲染方面的内容。在下一章的内容中，我们将介绍有关在3ds Max 2009中制作特效方面的内容，制作特效也是我们需要掌握的内容。

第12章 环境与特效

在进行渲染时，为了使渲染的视觉效果更加真实，还需要对整体环境进行一定的设置，比如火焰、雾气效果、体积光效果或者景深效果等，如图12-1所示。

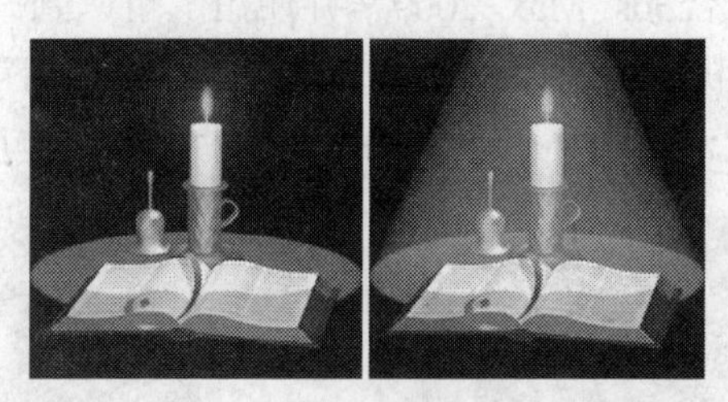

图12-1 火焰和体积光效果（右图）

3ds Max 2009还为我们提供了专门用于设置这些特效的工具——“环境和效果”编辑器。该编辑器的功能非常强大，使用它能够为我们制作的场景添加背景图、雾、体积雾、体积光和火焰等效果。执行“Rendering（渲染）→Environment（环境）”命令即可打开“Environment and Effects（环境和效果）”编辑器。其“环境”面板如图12-2所示。

或者，也可以通过选择“Rendering（渲染）→Effects（效果）”命令来打开“Environment and Effects（环境和效果）”编辑器。其“效果”面板如图12-3所示。

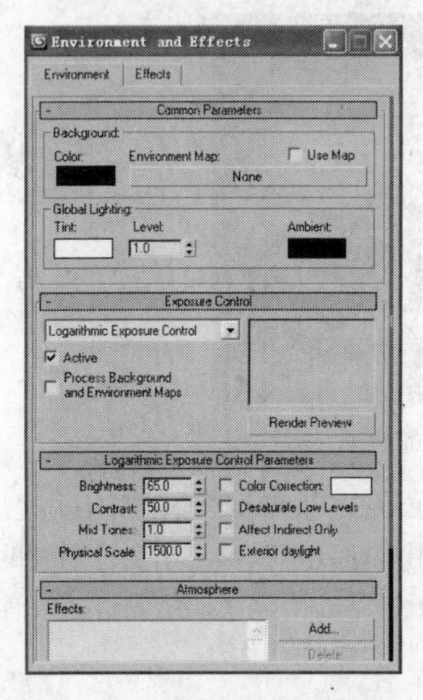

图12-2 “环境和效果”编辑器中的“环境”面板

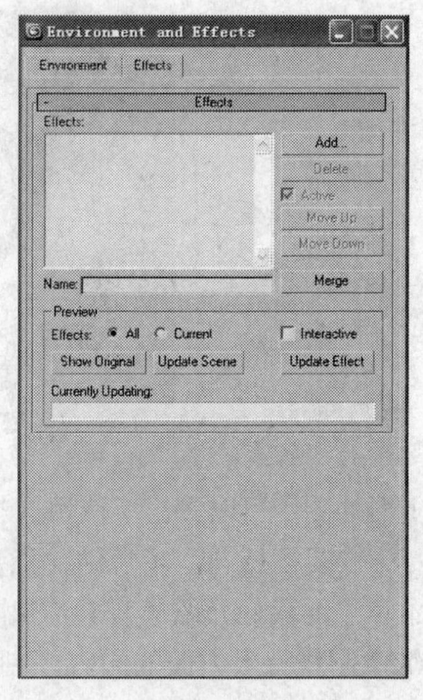

图12-3 “环境和效果”编辑器中的“效果”面板

如上面的图12-2与图12-3所示，“环境和效果”编辑器由两个编辑器构成，一个是“Environment（环境）”编辑器，另一个是“Effects（效果）”编辑器。首先我们介绍“环境”编辑器。

12.1 “环境”编辑器

我们可以通过在“环境”编辑器中为场景添加背景及设置背景颜色等，这在前面我们已经介绍过。下面先介绍一下它的曝光控制。

12.1.1 曝光控制

在“环境”编辑器中单击“no exposure control（无曝光控制）”右侧的小三角形按钮，可以打开一个列表，如图12-4所示。共有4种曝光控制，这些曝光控制主要用于调节渲染图像的亮度和对比度，就象调整胶片曝光一样。如果渲染使用光能传递，则曝光控制尤其有用。另外，曝光控制可以补偿显示器有限的动态范围。显示器的动态范围大约有两个数量级。显示器上显示的最亮的颜色比最暗的颜色亮大约100倍。比较而言，眼睛可以感知大约16个数量级的动态范围。可以感知的最亮的颜色比最暗的颜色亮大约10的16次方倍。曝光控制能调整颜色，使颜色可以更好地模拟眼睛感知的动态范围，同时仍适合可以渲染的颜色范围。

· Logarithmic Exposure Control（对数曝光控制）：设置使用的亮度、对比度以及场景是否为日光中的室外，将物理值映射为RGB值。对数曝光控制比较适合动态范围很高的场景。

· Pseudo Exposure Control（伪彩色曝光控制）：这实际上是一个照明分析工具。它可以将亮度映射为显示转换的值的亮度的伪彩色。

· Linear Exposure Control（线性曝光控制）：从渲染中采样，并且使用场景的平均亮度将物理值映射为RGB值。线性曝光控制最适合动态范围很低的场景。

· Automatic Exposure Control（自动曝光控制）：从渲染图像中采样，并且生成一个直方图，以便在渲染的整个动态范围提供良好的颜色分离。自动曝光控制可以增强某些照明效果，否则，这些照明效果会过于暗淡而看不清。

· Mr Photographic Exposure Control（mr图像曝光控制）：这是在使用mental ray渲染器时的曝光控制。

no exposure control（无曝光控制）也就是没有曝光控制。

mental ray渲染器仅支持对数曝光控制和伪彩色曝光控制。

在我们选择好要使用的曝光控制后，其相关的选项即可启用，比如在选择“线性曝光控制”后的相关控制选项如图12-5所示。

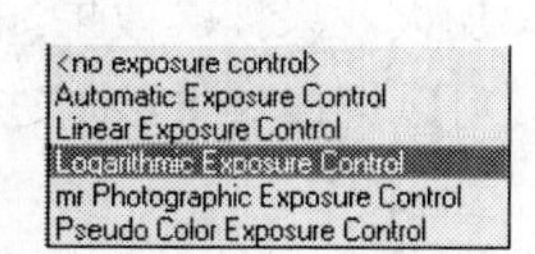

图12-4　曝光控制列表

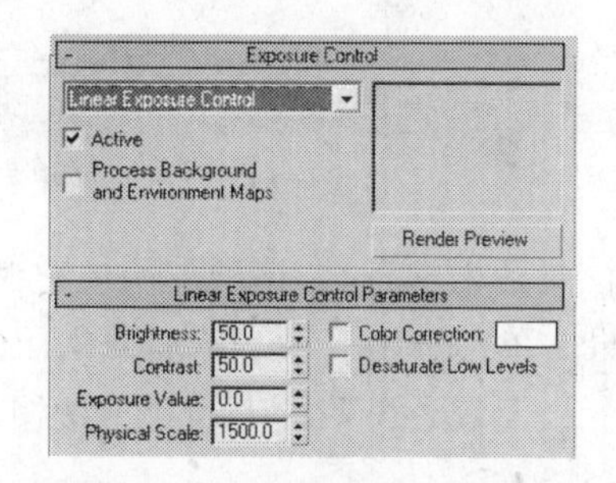

图12-5　线性曝光控制的选项

· Active（活动）：启用时，在渲染中使用该曝光控制。禁用时，不使用该曝光控制。

· Prosess Background and Environment Maps（处理背景与环境贴图）：启用时，场景背景贴图和场景环境贴图受曝光控制的影响。禁用时，则不受曝光控制的影响。

· Render Preview（渲染预览）：缩略图窗口显示了活动曝光控制的渲染场景的预览。渲染了预览后，在更改曝光控制设置时将交互式更新。

· Brightness（亮度）：调整转换的颜色的亮度。范围为0至200。默认设置为50。此参数可设置动画。

· Contrast（对比度）：调整转换的颜色的对比度。范围为0至100。默认设置为50。

· Exposure Value（曝光值）：调整渲染的总体亮度。范围为－5.0至5.0；负值使图像更暗，正值使图像更亮。默认设置为0.0。

· Physical Scale（物理比例）：设置曝光控制的物理比例，用于非物理灯光。结果是调整渲染，使其与眼睛对场景的反应相同。

· Color Correction（“颜色修正”复选框和色样）：如果选中该复选框，颜色修正会改变所有颜色，使色样中显示的颜色显示为白色。默认设置为禁用状态。

为了获得最佳效果，最好使用很淡的颜色作为修正色，例如淡蓝色或淡黄色。

· Desaturate Low Levels（降低暗区饱和度级别）：启用时，渲染器会使颜色变暗淡，好像灯光过于暗淡，眼睛无法辨别颜色。默认设置为禁用状态。

12.1.2 大气效果

在“曝光控制栏”的下面是“Atmosphere（大气效果）”控制栏，如图12-6所示。在默认设置下，该栏是空的。单击“Add（添加）”按钮可以打开“Add Atmospheric Effect（添加大气效果）”对话框，如图12-6（右）所示。

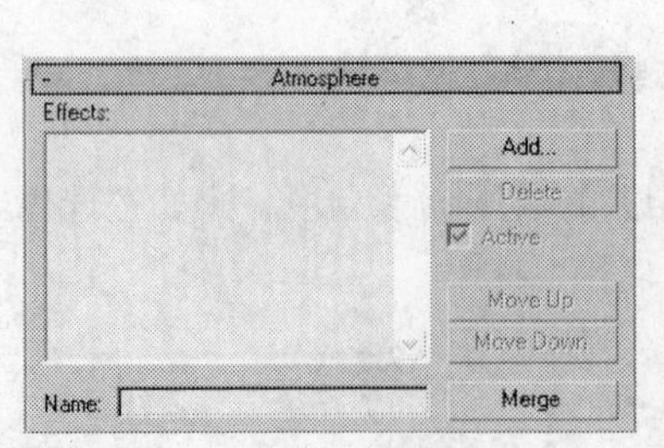

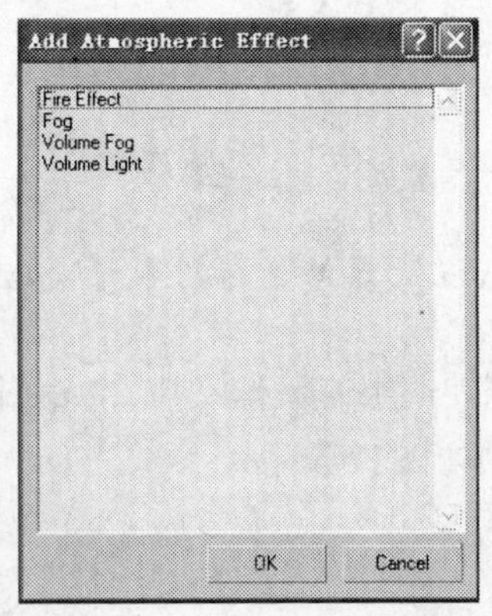

图12-6 “大气效果”控制栏和“添加大气效果”对话框

在该对话框中有4个选项，使用它们可以为我们的场景添加火效果、雾效果、体积雾和体积光效果。单击选中一项，然后单击“OK（确定）”按钮就可以把该效果添加进来了。下面介绍一下“大气效果”栏中的几个按钮。

· Add（添加）：显示“添加大气效果”对话框，在该对话框中显示所有要安装的大气效果。

· Delete（删除）：将所选大气效果从列表中删除。

· Move up/Move down（上移/下移）：将所选项在列表中上移或下移，更改大气效果的应用顺序。

· Merge（合并）：合并其他3ds Max场景文件中的效果。

· Active（活动）：为列表中的各个效果设置启用/禁用状态。这种方法可以方便地将复杂的大气功能列表中的各种效果孤立。

12.1.3　雾效果

使用该工具可以设置各种雾和烟雾的大气效果，并能够使对象随着与摄影机距离的增加逐渐褪光（标准雾），或提供分层雾效果，使所有对象或部分对象被雾笼罩，效果如图12-7所示。

通过在“添加大气效果”对话框中单击选中Fog（雾）效果，然后单击“OK”按钮之后，即可添加雾效果，如图12-8所示。

此时，才能看到雾的参数选项。下面介绍一下雾的参数设置，其参数面板如图12-9所示。

图12-7　雾效果

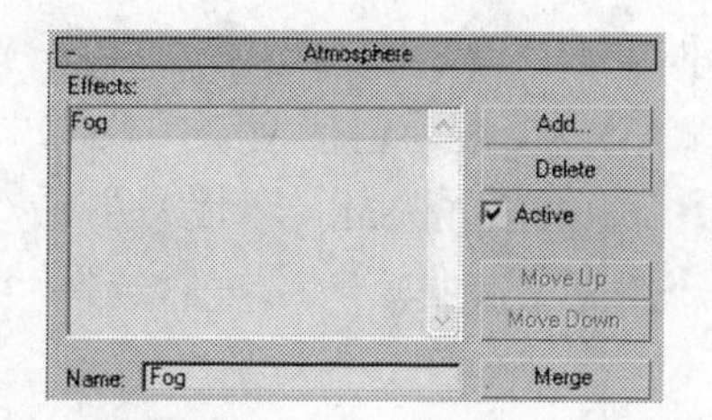

图12-8　添加雾效果

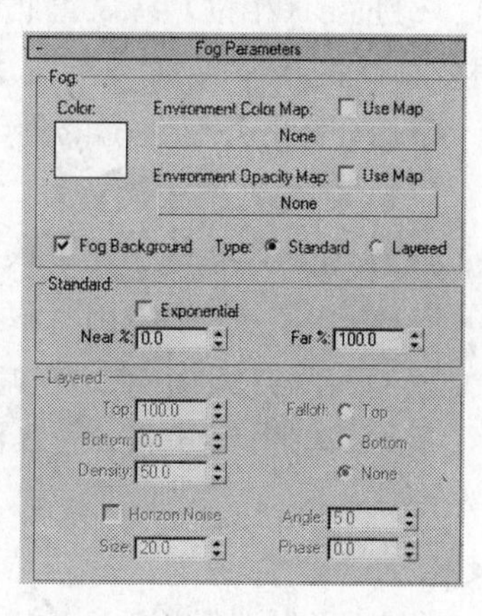

图12-9　雾效果的参数面板

· Color（颜色）：设置雾的颜色。单击色样，然后在颜色选择器中选择所需的颜色。通过在启用“自动关键点”按钮的情况下更改非零帧的雾颜色，可以设置颜色效果动画。

· Environment Color Map（环境颜色贴图）：从贴图导出雾的颜色。可以为背景和雾颜色添加贴图，可以在“轨迹视图”或“材质编辑器”中设置程序贴图参数的动画，还可以为雾添加不透明度贴图。

· Use Map（使用贴图）：切换此贴图效果的启用或禁用。

· Environment Opacity（环境不透明度贴图）：更改雾的密度。

· Fog Background（雾背景）：将雾功能应用于场景的背景。

· Type（类型）：选择“Standard（标准）”时，将使用“标准”部分的参数；选择“Layered（分层）”时，将使用“分层”部分的参数。

· Standard（标准）：启用“标准”组。

· Layered（分层）：启用“分层”组。

· Exponential（指数）：随距离按指数增大密度。禁用时，密度随距离线性增大。只有希望渲染体积雾中的透明对象时，才应激活此项。

如果启用“指数”，这将增大“步长大小”的值，以避免出现条带。

• Near%（近端%）：设置雾在近距范围的密度（“摄影机环境范围”参数）。

• Far%（远端%）：设置雾在远距范围的密度（“摄影机环境范围”参数）。

• Top（顶）：设置雾层的上限（使用世界单位）。

• Bottom（底）：设置雾层的下限（使用世界单位）。

• Falloff（衰减（顶/底/无））：添加指数衰减效果，使密度在雾范围的“顶”或“底”减小到0。

• Horizon Noise（地平线噪波）：启用地平线噪波系统。“地平线噪波”仅影响雾层的地平线，增加真实感。

• Size（大小）：应用于噪波的缩放系数。缩放系数值越大，雾卷越大。默认设置为20。

• Angle（角度）：确定受影响的雾与地平线的角度。例如，把角度设置为5，那么将从地平线以下5度开始散开雾。

• Phase（相位）：设置此参数将设置噪波的动画。如果相位沿着正向移动，雾卷将向上漂移（同时变形）。如果雾高于地平线，可能需要沿着负向设置相位的动画，使雾卷下落。

下面介绍一下标准雾的创建过程：

（1）创建好需要的场景，并切换到摄影机视图。

（2）在摄影机的创建参数选项中，勾选“Environment（环境范围）”组中的“Show（显示）”复选框，如图12-10所示。标准雾基于摄影机的环境范围值。

（3）将调整近距范围和调整远距范围设置为包括渲染中要应用雾效果的对象。

（4）选择“Rendering（渲染）→Environment（环境）”命令。并在“环境”面板的“Atmosphere（大气）”下，单击“Add（添加）”。然后选择“Fog（雾）”，然后单击“OK”按钮。

（5）确保选择“Standard（标准）”作为雾类型即可。

12.1.4 体积雾

在3ds Max中，使用体积雾可以在场景中创建飘动的云状雾效果，雾好似在风中飘散。注意只有摄影机视图或透视视图中才能渲染体积雾效果，效果如图12-11所示。正交视图或用户视图不会渲染体积雾效果。

下面介绍一下它的设置选项，其参数面板如图12-12所示。

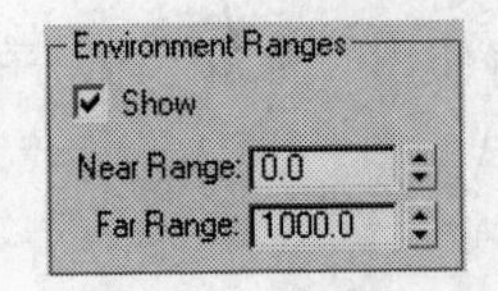

图12-10 勾选“Show”项

图12-11 体积雾效果

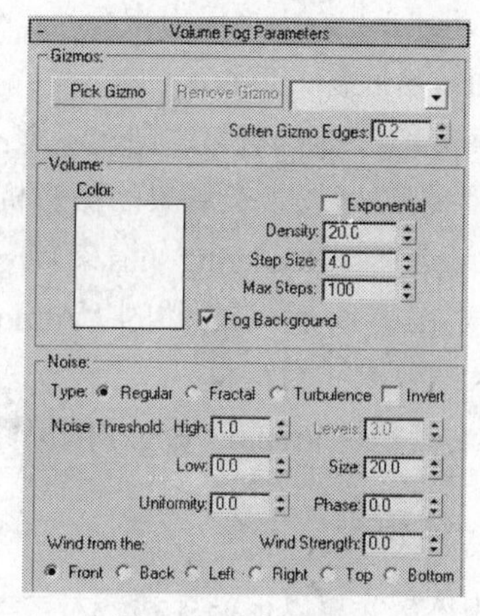

图12-12　参数面板

· Pick Gizmo（拾取Gizmo）：单击该按钮可进入拾取模式，然后单击场景中的某个大气装置。在渲染时，装置会包含体积雾。装置的名称将添加到装置列表中。

· Remove Gizmo（移除Gizmo）：将Gizmo从体积雾效果中移除。在列表中选择Gizmo，然后单击“移除Gizmo”按钮。

· Soften Gizmo Edges（柔化 Gizmo 边缘）：羽化体积雾效果的边缘。值越大，边缘越柔化。范围为0至1.0。

· Color（颜色）：设置雾的颜色。单击色样，然后在颜色选择器中选择所需的颜色。

· Exponential（指数）：随距离按指数增大密度。禁用时，密度随距离线性增大。只有希望渲染体积雾中的透明对象时，才应激活此复选框。

· Density（密度）：控制雾的密度。范围为0至20（超过该值可能会看不到场景）。

· Step Size（步长大小）：确定雾采样的粒度及雾的“细度”。步长大小较大，会使雾变粗糙（到了一定程度，将变为锯齿）。

· Max Step（最大步数）：限制采样量，以便雾的计算不会永远执行（字面上）。如果雾的密度较小，此选项尤其有用。

· Fog Background（雾背景）：将雾功能应用于场景的背景。

· Type（类型）：从三种噪波类型中选择要应用的一种类型。

· Regular（规则）：用于设置标准的噪波图案。

· Fractal（分形）：用于设置迭代分形噪波图案。

· Turbulence（湍流）：用于设置迭代湍流图案。

· Invent（反转）：反转噪波效果。浓雾将变为半透明的雾，反之亦然。

· Nosie Threshold（噪波阈值）：限制噪波效果。范围为0至1.0。如果噪波值高于“低”阈值而低于“高”阈值，动态范围将会拉伸。这样，在阈值转换时会补偿较小的不连续（第一级而不是0级），因此，会减少可能产生的锯齿。

· Uniformity（均匀性）：范围从－1到1，作用与高通过滤器类似。值越小，体积越透明，包含分散的烟雾泡。如果在－0.3左右，图像开始看起来像灰斑。因为此参数越小，雾越薄，所以，可能需要增大密度，否则，体积雾将开始消失。

· Levels（级别）：设置噪波迭代应用的次数。范围为1至6，包括小数值。只有“分形”或“湍流”噪波才启用。

· Size（大小）：确定烟卷或雾卷的大小。值越小，卷越小。

· Phase（相位）：控制风的种子。如果“风力强度”的设置也大于0，体积雾会根据风向产生动画。如果没有“风力强度”，雾将在原处涡流。因为相位有动画轨迹，所以可以使用“功能曲线”编辑器准确定义希望风如何“吹”。

· Wind Strength（风力强度）：控制烟雾远离风向（相对于相位）的速度。如上所述，如果相位没有设置动画，无论风力强度有多大，烟雾都不会移动。

· Wind from the（风力来源）：定义风来自于哪个方向，可以从前方、后方、左侧、右侧、上面或者底部，共6个方向。

下面介绍一下体积雾的创建步骤：

（1）创建好场景及场景的摄影机视图或透视视图。

（2）选择“Rendering（渲染）→Environment（环境）”命令打开“环境”对话框。

（3）在“环境”编辑器的“Atmosphere（大气）”下，单击“Add（添加）”按钮。打开“添加大气效果”对话框。

（4）选择“Volume Fog（体积雾）”，然后单击“OK”按钮。

12.1.5 体积光

使用体积光可以根据灯光与大气（雾、烟雾等）的相互作用提供各种灯光效果。能够生成泛光灯的径向光晕、聚光灯的锥形光晕和平行光的平行雾光束等效果。如果使用阴影贴图作为阴影生成器，则体积光中的对象可以在聚光灯的锥形中投射阴影。效果如图12-13所示。

下面介绍一下它的参数设置，其参数面板如图12-14所示。体积光参数面板的打开与体积雾参数面板的打开方式是相同的。

图12-13 体积光效果

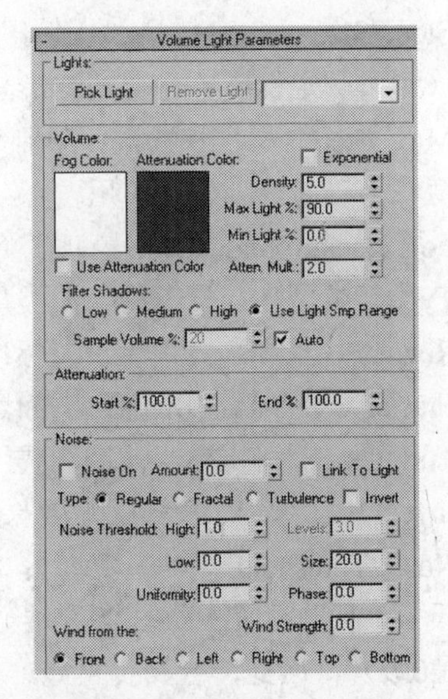

图12-14 体积光参数面板

· Pick Light（拾取灯光）：在任意视口中单击要为体积光启用的灯光。

· Remove Light（移除灯光）：将灯光从列表中移除。

· Fog Color（雾颜色）：设置组成体积光的雾的颜色。单击色样，然后在颜色选择器中选择所需的颜色。

· Attenuation Color（衰减颜色）：用于设置体积光颜色的衰减。

· Use Attenuation Color（使用衰减颜色）：激活衰减颜色。

· Exponential（指数）：随距离按指数增大密度。禁用时，密度随距离线性增大。只有希望渲染体积雾中的透明对象时，才应激活此复选框。

· Density（密度）：设置雾的密度。雾越密，从体积雾反射的灯光就越多。密度为2%到6%时可能会获得最具真实感的雾体积，如图12-15所示。

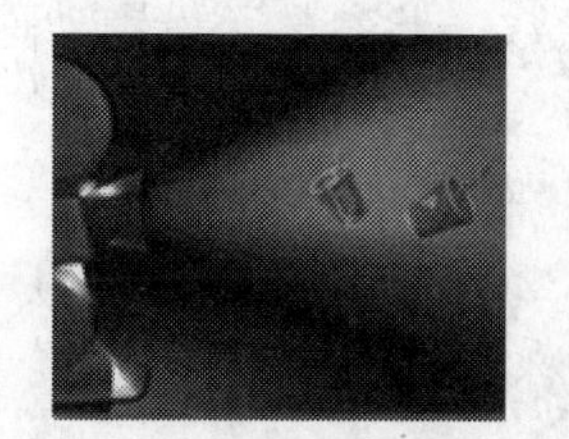
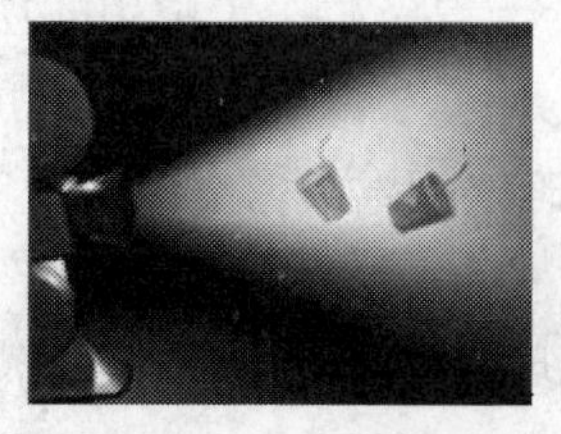

图12-15 左：原始场景及右：增大了密度

· Max Light %（最大亮度 %）：表示可以达到的最大光晕效果（默认设置为90%）。

· Min Light %（最小亮度%）：与环境光设置类似。如果“最小亮度%”大于0，光体积外面的区域也会发光。

· Atten Mult（衰减倍增）：调整衰减颜色的效果。

· Filter Shadows（过滤阴影）：用于通过提高采样率（以增加渲染时间为代价）获得更高质量的体积光渲染。

· Use Light Sap Range（使用灯光采样范围）：根据灯光的阴影参数中的“采样范围”值，使体积光中投射的阴影变模糊。因为增大“采样范围”的值会使灯光投射的阴影变模糊，这样使雾中的阴影与投射的阴影更加匹配，有助于避免雾阴影中出现锯齿。

· Sample Volume %（采样体积%）：控制体积的采样率。范围为1到10 000（其中1是最低质量，10 000是最高质量）。

· Auto（自动）：自动控制“采样体积%”参数，禁用微调器（默认设置）。预设的采样率为：“低”为8；“中”为25；“高”为50。

· Start %（开始 %）：设置灯光效果的开始衰减，与实际灯光参数的衰减相对。默认设置为100%，意味着在“开始范围”点开始衰减。

· End %（结束%）：设置照明效果的结束衰减，与实际灯光参数的衰减相对。通过设置此值低于100%，可以获得光晕衰减的灯光，此灯光投射的光比实际发光的范围要远得多。

· Noise On（启用噪波）：启用和禁用噪波。启用噪波时，渲染时间会稍有增加。

· Amount（数量）：应用于雾的噪波的百分比。如果数量为0，则没有噪波。如果数量为1，雾将变为纯噪波。

· Link To Light（链接到灯光）：将噪波效果链接到其灯光对象，而不是世界坐标。

· Type（类型）：从三种噪波类型中选择要应用的一种类型。

· Regular（规则）：标准的噪波图案。

· Fractal（分形）：迭代分形噪波图案。

· Turbulence（湍流）：迭代湍流图案。

· Invert（反转）：反转噪波效果。浓雾将变为半透明的雾，反之亦然。

· Noise Threshhold（噪波阈值）：限制噪波效果。如果噪波值高于“低”阈值而低于“高”阈值。

· Uniformity（均匀性）：作用类似高通过滤器。值越小，体积越透明，包含分散的烟雾泡。如果在－0.3左右，图像开始看起来像灰斑。因为此参数越小，雾越薄，所以，可能需要增大密度，否则，体积雾将开始消失。范围为－1至1。

· Level（级别）：设置噪波迭代应用的次数。此参数可设置动画。只有“分形”或“湍流”噪波才启用。范围为1至6，包括小数值。

· Size（大小）：确定烟卷或雾卷的大小。值越小，卷越小。

· Phase（相位）：控制风的种子。如果“风力强度”的设置也大于0，雾体积会根据风向产生动画。如果没有“风力强度”，雾将在原处涡流。

· Wind Strength（风力强度）：控制烟雾远离风向（相对于相位）的速度。

· Wind from the（风力来源）：定义风来自于哪个方向。

下面介绍一下体积光的创建步骤。

（1）创建好场景及灯光。

（2）创建场景的摄影机视图或透视视图。

（3）选择“Rendering（渲染）→Environment（环境）”命令，打开“环境”设置对话框。

（4）在“环境”编辑器的“Atmosphere（大气）”下，单击“Add（添加）”按钮。打开“添加大气效果”对话框。

（5）选择“Volume Light（体积光）”，然后单击“OK（确定）”按钮。

（6）单击“Pick Light（拾取灯光）”，然后在视口中单击某个灯光，将该灯光添加到体积光列表中。

（7）设置体积光的参数。

12.1.6 火焰

使用“火焰”可以生成动画的火焰、烟雾和爆炸效果。火焰效果包括篝火、火炬、火球、烟云和星云等，如图12-16所示。注意，可向场景中添加任意数目的火焰效果，但效果的顺序很重要，因为列表底部附近的效果其层次位于列表顶部附近的效果的前面。

下面介绍一下该效果的控制选项，如图12-17所示。

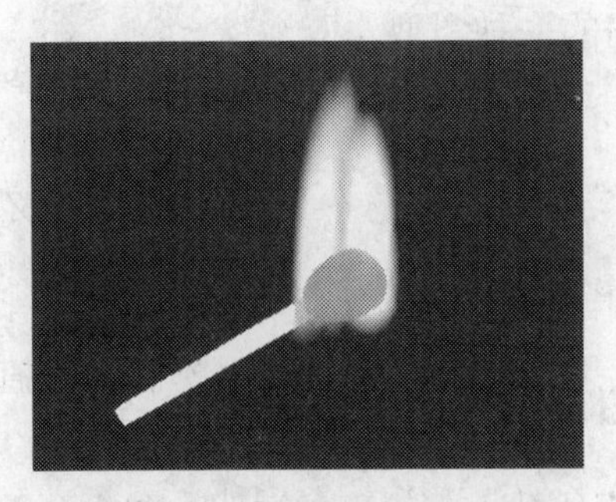

图12-16 火柴的火焰效果

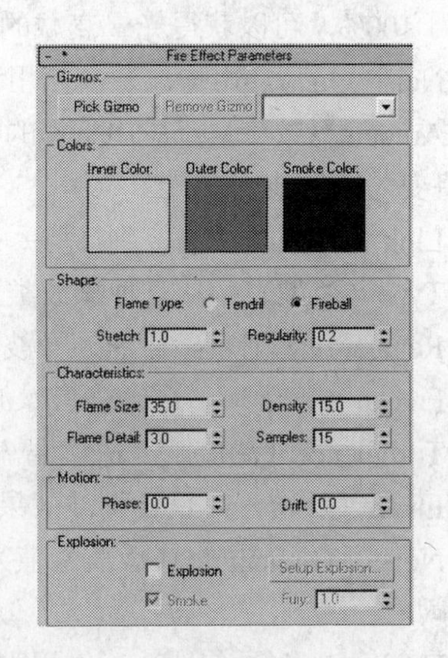

图12-17 火焰效果的控制选项

· Pick Gizmo（拾取Gizmo）：单击按钮可进入拾取模式，然后单击场景中的某个大气装置。在渲染时，装置会显示火焰效果。装置的名称将添加到装置列表中。

· Remove Gizmo（移除Gizmo）：移除Gizmo列表中所选的Gizmo。Gizmo仍在场景中，

但是不再显示火焰效果。

· Gizmo列表：列出为火焰效果指定的装置对象。

· Inner Color（内部颜色）：设置效果中最密集部分的颜色。对于典型的火焰，此颜色代表火焰中最热的部分。

· Outer Color（外部颜色）：设置效果中最稀薄部分的颜色。对于典型的火焰，此颜色代表火焰中较冷的散热边缘。

· Smoke Color（烟雾颜色）：设置用于“爆炸”选项的烟雾颜色。

· Tendril（火舌）：沿着中心使用纹理创建带方向的火焰。火焰方向沿着火焰装置的Z轴。“火舌”创建类似篝火的火焰。

· Fireball（火球）：创建圆形的爆炸火焰。“火球”很适合爆炸效果。

· Strech（拉伸）：将火焰沿着装置的Z轴缩放。拉伸最适合火舌火焰，但是，可以使用拉伸为火球提供椭圆形状，取不同的值，效果不同，如图12-18所示。

· Regularity（规则性）：修改火焰填充装置的方式。范围为1.0至10.0。

· Flame Size（火焰大小）：设置装置中各个火焰的大小。装置大小会影响火焰大小。装置越大，需要的火焰越大。

· Flame Detail（火焰细节）：控制每个火焰中显示的颜色更改量和边缘尖锐度。范围为0.0至10.0。较低的值可以生成平滑、模糊的火焰，渲染速度较快。

· Density（密度）：设置火焰效果的不透明度和亮度。装置大小会影响密度。密度与小装置相同的大装置因为更大，所以更加不透明并且更亮。

· Samples（采样数）：设置效果的采样率。值越高，生成的结果越准确，渲染所需的时间也越长。

· Phase（相位）：控制更改火焰效果的速率。启用“自动关键点”，可更改不同的相位值倍数。

· Drift（漂移）：设置火焰沿着火焰装置的Z轴的渲染方式。值是上升量（单位数）。

· Explosion（爆炸）：根据相位值动画自动设置大小、密度和颜色的动画。

· Smoke（烟雾）：控制爆炸是否产生烟雾。

· Fury（剧烈度）：改变相位参数的涡流效果。

· Setup Explosion（设置爆炸）：可显示“设置爆炸相位曲线”对话框。输入开始时间和结束时间，然后单击“OK”按钮即可。相位值自动设置为典型的爆炸效果动画。

下面介绍火焰效果的创建步骤。

（1）在场景中创建出需要的模型，比如一堆木柴，如图12-19所示。

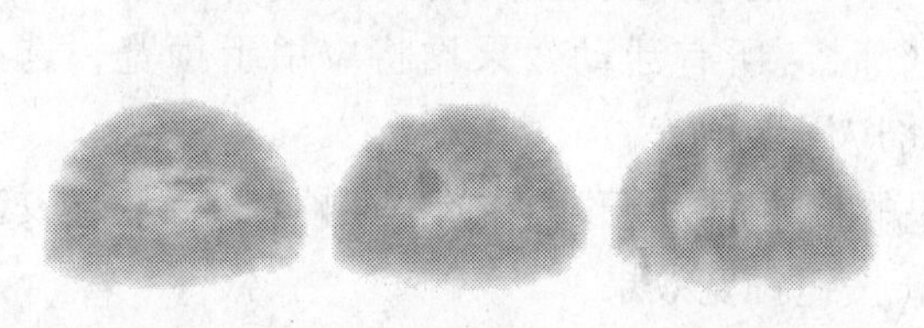

图12-18 值分别为0.5、1.0、3.0的效果

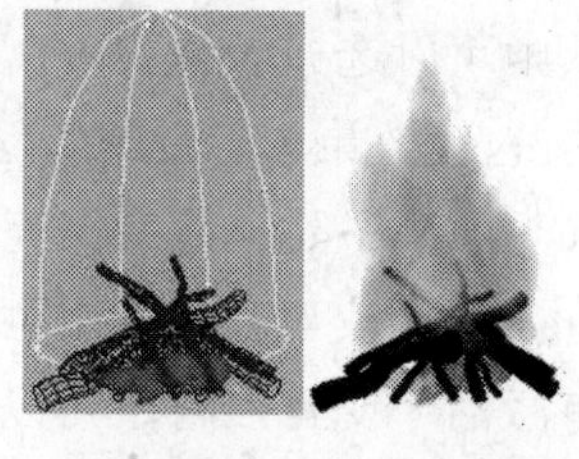

图12-19 木柴火焰效果

（2）在“创建”面板中单击“辅助对象”，然后从子类别列表中选择大气装置。

（3）单击“球体Gizmo”，在顶视口中拖动光标，定义大约为20个单位的装置半径。在“球体Gizmo”参数面板中启用“Fireball（火球）”复选框。

（4）单击“选择并非均匀缩放”工具按钮，并且仅沿着局部Z轴将装置放大。

（5）打开球体Gizmo的“修改”面板。在“Atmosphere（大气）”面板上，单击“Add（添加）”按钮，然后从“添加大气”对话框中选择“Fire Effect（火焰效果）”。

（6）在“大气和效果”面板下的“大气”列表中高亮显示火焰。单击“Setup（设置）”项。

（7）在“Shape（形状）”和“Chatacteristics（特性）”下设置必要的参数。

（8）启用“自动关键点”，前进到动画结尾处。

（9）在“Motion（运动）”下设置必要的参数。

火焰效果在场景中不发光。如果要模拟火焰效果的发光，必须同时创建灯光。

12.2 “效果”面板

在“效果”面板中可以为场景添加一些特效，如模糊、景深等，还能指定一些渲染效果的插件、调整和查看效果等。首先介绍一下它的参数选项，执行“Rendering（渲染）→Effects（效果）”命令即可打开“Effects（效果）”面板，如图12-20所示。

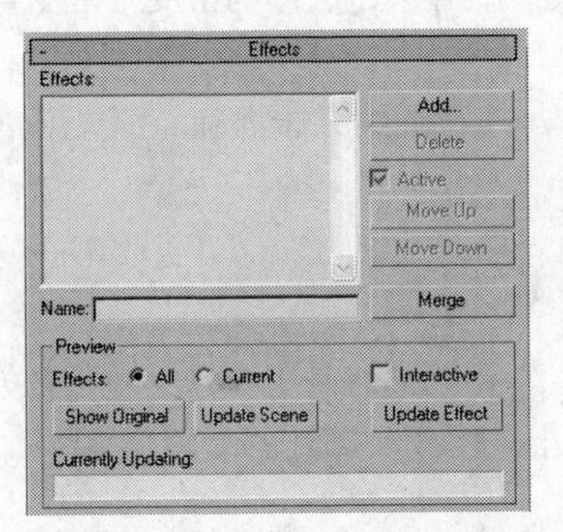

图12-20 “效果”面板

- Effects（效果）：显示所选效果的列表。
- Name（名称）：显示所选效果的名称。编辑此字段可以为效果重命名。
- Add（添加）：显示一个列出所有可用渲染效果的对话框。
- Delete（删除）：将高亮显示的效果从对话框和场景中移除。
- Active（活动）：指定在场景中是否激活所选效果。默认设置为启用。可以通过在对话框中选择某个效果，禁用“活动”项，取消激活该效果，而不必真正移除。
- Move Up（上移）：将高亮显示的效果在对话框列表中上移。
- Move Down（下移）：将高亮显示的效果在对话框列表中下移。
- Merge（合并）：合并场景（.Max）文件中的渲染效果。单击“合并”将显示一个文件对话框，从中可以选择.Max文件。然后会出现一个对话框，列出该场景中所有的渲染效果。
- Effects（效果）：选中“All（全部）”时，所有活动效果均将应用于预览。选中“Current（当前）”时，只有高亮显示的效果将应用于预览。
- Interactive（交互）：启用时，在调整效果的参数时，更改会在“渲染帧”对话框中交互进行。没有激活“交互”时，可以单击一个更新按钮预览效果。
- Show Original（显示原状态）：单击“显示原状态”会显示未应用任何效果的原渲染图像。单击“显示效果”会显示应用了效果的渲染图像。
- Update Scene（更新场景）：使用在渲染效果中所做的所有更改以及对场景本身所做的

所有更改来更新“渲染帧”对话框。

· Update Effect（更新效果）：未启用“交互”时，手动更新预览“渲染帧”对话框。“渲染帧”对话框中只显示在渲染效果中所做的所有更改的更新。对场景本身所做的所有更改不会被渲染。

单击“Add（添加）”按钮即可打开“Add Effect（添加效果）”对话框，在该对话框中有8种渲染效果类型，它们分别是镜头效果、模糊效果、亮度和对比度、色彩平衡、景深、文件输出、胶片颗粒和运动模糊。选择其中一项单击“确定”按钮即可把它添加进来，如图12-21所示。

下面分别是这几种渲染的效果图，如图12-22～图12-25所示。

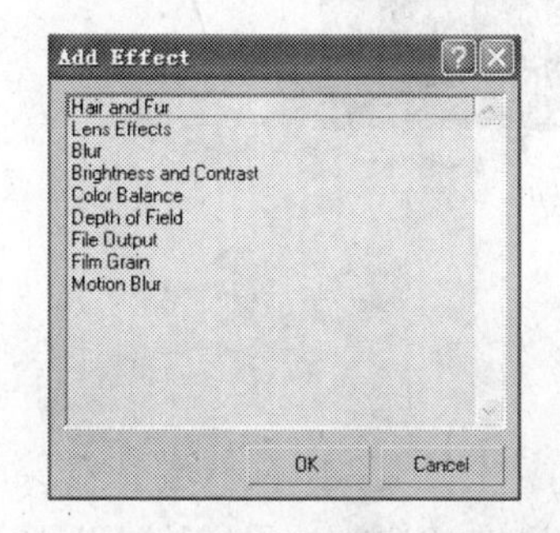

图12-21　“添加效果”对话框

图12-22　对比渲染效果, 运动模糊（右）

图12-23　亮度和对比度效果

图12-24　胶片颗粒效果

图12-25　色彩平衡效果

在添加“Lens Effects（镜头效果）”后，“效果”面板的下方将会打开一些新的选项，使用这些选项可以制作光晕、光斑、光环、条纹镜头等效果，如图12-26所示。

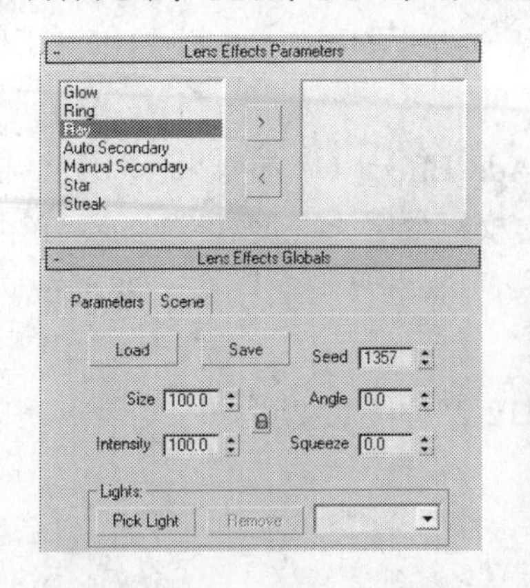

图12-26　镜头效果控制选项（左）及镜头效果（右）

12.3　Hair和Fur面板

如果将“Hair and Fur（头发和毛发）”修改器应用到对象上，则3ds Max会在渲染时自动添加这种效果（带有默认值）。如果出于某些原因，场景中没有该渲染效果，则可以通过单击“渲染设置”按钮来添加。此操作将打开“环境和效果”编辑器，并添加毛发渲染效果。我们可以更改设置或接受默认设置，如图12-27所示。

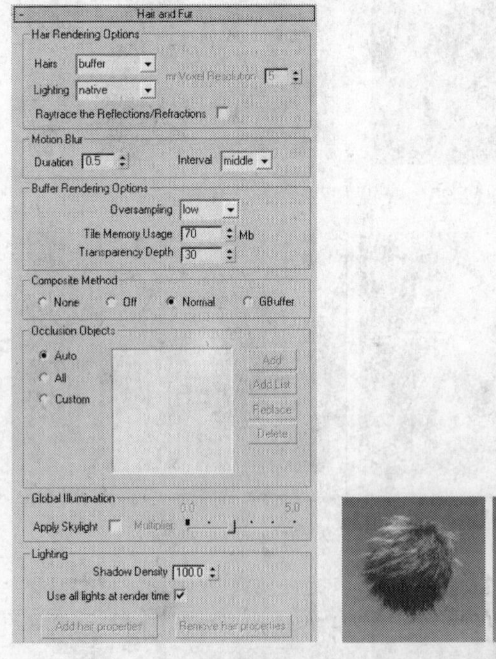

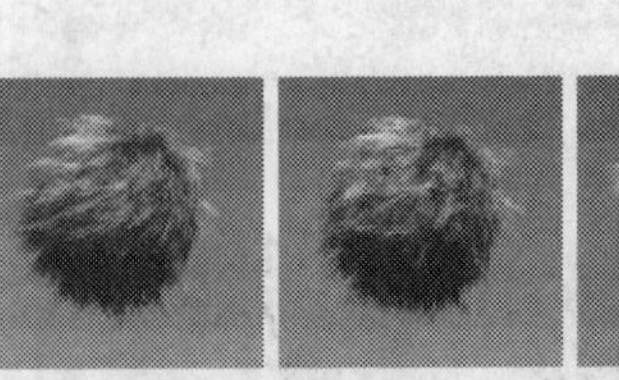

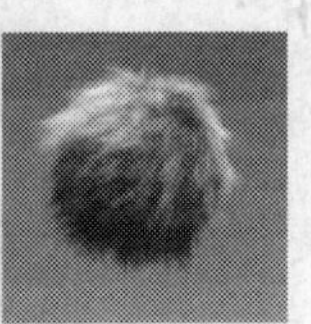

图12-27　“环境和效果”编辑器

下面介绍一下该编辑器中的选项设置。

· Hairs（头发）：设置用于渲染毛发的方法，其中：

①buffer（缓冲区）：Hair在渲染时间根据修改器参数生成程序hair。缓冲毛发是通过Hair

中的特殊渲染器生成的，其优点在于使用很少的内存即可创建数以万计的毛发。

②Geometry（几何体）：在渲染时为渲染的毛发创建实际的几何体。

③（mr prim）：用程序mental ray明暗器生成毛发，在渲染时将mental ray曲线基本体直接生成到渲染流。

· Lighting（照明）：用于设置毛发的照明效果。

①Native（本地）：默认设置。使用标准3ds Max灯光计算用于灯光的衰减。

②Emulation（仿真）：为缓冲渲染中的灯光衰减执行比较简单的内部计算。只应用于缓冲毛发渲染本身，而非3ds Max场景。此模式忽略类似毛发上的照明纹理，灯光衰减计算可能会略微不够准确，但是渲染速度会更快一点。

· Duration（持续时间）：运动模糊计算用于每帧的帧数。

· Interval（时间间隔）：在持续时间中模糊之前捕捉毛发的快照点。可以选择“开始”、“中间”和“结尾”。默认为“中间”。

· Oversampling（过度采样）：控制应用于Hair“缓冲区”渲染的抗锯齿等级。可用的选择有“草稿”、“低”、“中”、“高”和“最高”。“草稿”设置不需要抗锯齿；“高”适用于大多数最终结果渲染；在极其特别的情况下也可使用“最高”。过度采样的等级越高，所需内存和渲染时间就越多。默认值等于“低”。

· Compositing Method（合成方法）：此选项可用于选择毛发与场景其余部分的合成方法。合成选项仅限于“缓冲”渲染方法。

· Occlusion Objects（阻挡对象）：此设置用于选择哪些对象将阻挡场景中的毛发，即如果对象比较靠近摄影机而不是部分毛发阵列，则将不会渲染其后的毛发。默认情况下，场景中的所有对象均阻挡其后的毛发。

· Shadow Density（阴影密度）：指定阴影的相对黑度。默认值是100.0（最高值），此时阴影最黑。采用最低值0.0时阴影完全透明，因此不渲染。范围为0.0至100.0。默认设置为100.0。

· Use all lights at render tiem（渲染时使用所有灯光）：启用该项后，场景中所有支持的灯光均会照明，并在渲染场景时从头发投射阴影。

· Add hair properties（添加头发属性）：将“头发灯光属性”面板添加到场景中的选定的灯光。如果要在每个灯光的基础上指定特定毛发的阴影属性，则必须使用此面板。仅限至少有一个支持的灯光被选中的情况时可用。

· Remove hair properties（移除头发属性）：从场景中选定的灯光中移除“头发灯光属性”面板。仅限至少有一个添加了头发属性的灯光被选中的情况时可用。

12.4 实例——台灯的灯光

在该实例中，将练习如何在场景中添加体积光的光效，以便掌握在前面介绍的基本知识。制作的最终效果如图12-28所示。

（1）首先创建一个如图12-29所示的台灯模型，并赋予模型相应的材质。读者也可以打开本书“配套资料”中的“台灯00”文件。

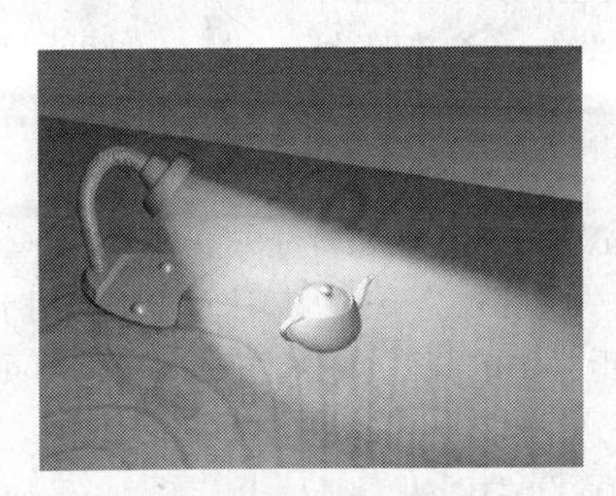

图12-28　台灯的灯光

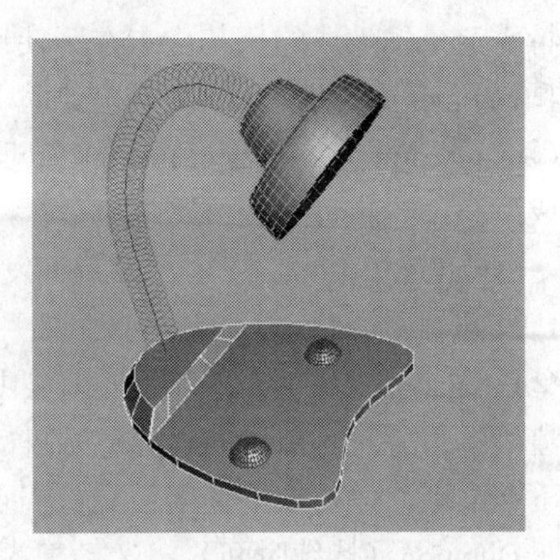

图12-29　台灯模型

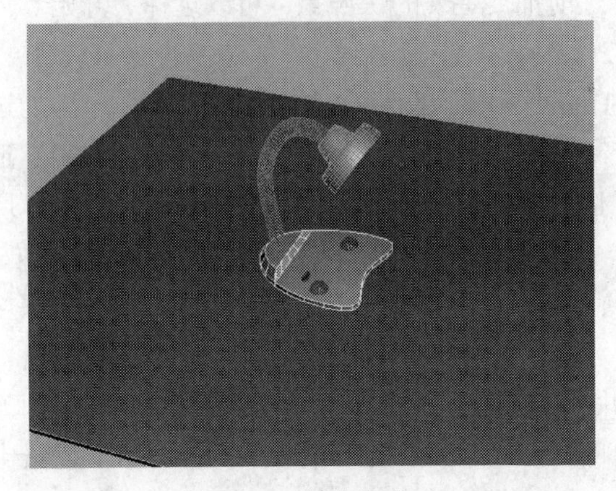

图12-30　创建的桌面

（2）为了更加清楚地看到台灯的灯光，还需要创建一个长方体作为桌面，并为之赋予一种木纹材质，效果如图12-30所示。

（3）单击灯光图标，进入到灯光创建面板中，分别在场景中创建一盏Omni（泛光灯），用于照亮整个场景。再创建一盏Target Spot（目标聚光灯），用于模拟台灯的光柱，尤其要注意目标聚光灯的位置。调整好它们的位置，如图12-31所示。

（4）目标聚光灯在Front（前）视图中的位置，如图12-32所示。

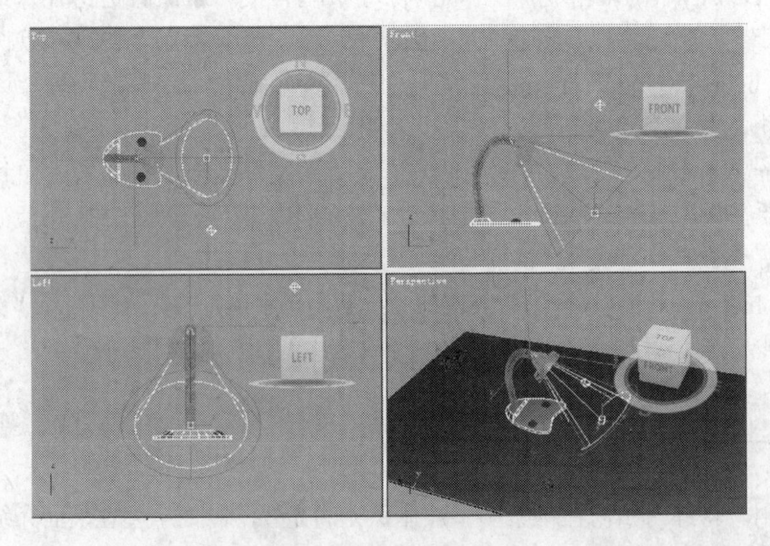

图12-31　创建的灯光位置

（5）激活Perspective（透视图），然后按F9键进行渲染，效果如图12-33所示。

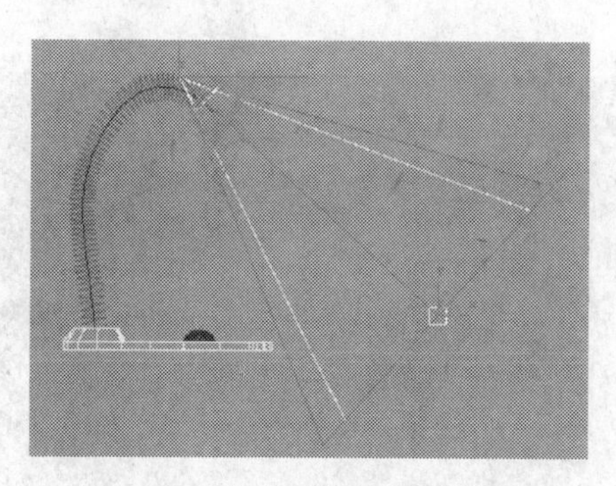

图12-32　灯在前视图中的位置

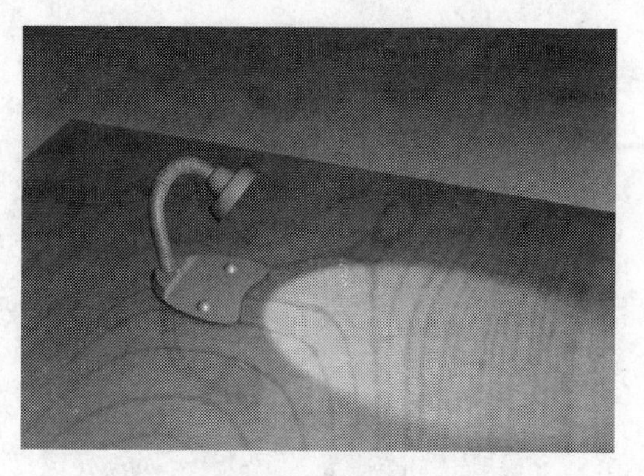

图12-33　渲染效果

（6）可以看到台灯有了灯光，但是没有光柱，看起来不真实。因此，我们需要为其添加上光柱。执行菜单栏中的“Rendering（渲染）→Environment（环境）”命令，打开“Environment and Effects（环境和效果）”窗口，如图12-34所示。

（7）在“Environment and Effects（环境和效果）”窗口的“Atmosphere（大气）”面板中单击“Add（添加）”按钮，打开“Add Atmosphere Effect（添加大气效果）”对话框，如图12-35所示。

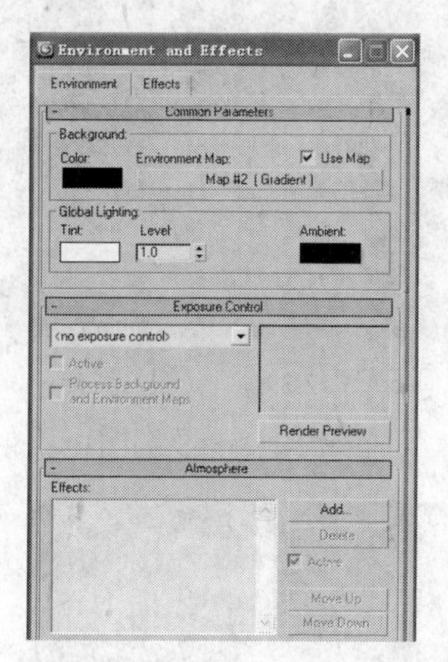

图12-34　“环境和效果”窗口

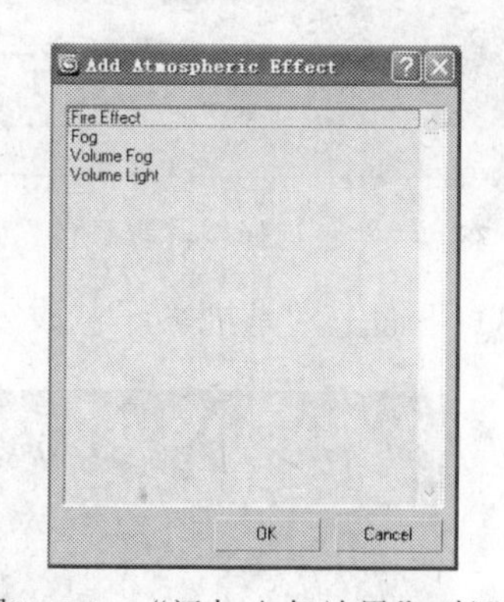

图12-35　“添加大气效果”对话框

（8）在“Add Atmosphere Effect（添加大气效果）”对话框中选择“Volume Light（体积光）”项，然后单击“OK”按钮。这样就把体积光添加进来了，如图12-36所示。

（9）接下来，需要单击“Volume Light Parameters（体积光参数）”面板中的“Pick Light（拾取灯光）”按钮，然后在视图中单击目标聚光灯。这样才能把体积光效果应用于场景中的聚光灯。

（10）激活透视图，按F9键进行渲染，渲染效果如图12-37所示。此时可以看到有了光柱。注意光柱是白色的。

（11）一般台灯灯光的颜色是淡黄的，因此我们还可以把它改变成淡黄色。单击“Volume Light Parameters（体积光参数）”面板底部“Fog Color（雾颜色）”下面的颜色框，打开“Color Selector:Fog Color（颜色选择器：雾颜色）”对话框，如图12-38所示。

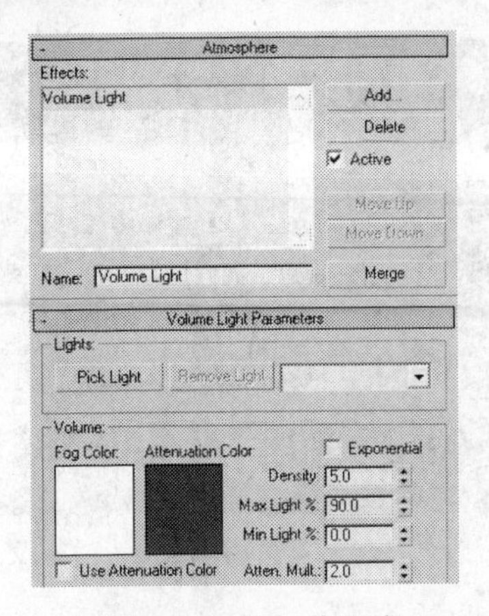

图12-36　添加体积光

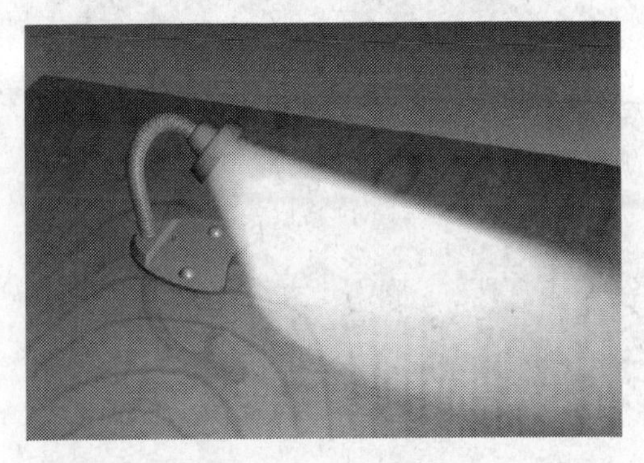

图12-37　渲染效果

（12）在Color Selector:Fog Color（颜色选择器：雾颜色）”对话框中把颜色设置为淡黄色，关闭该对话框后进行渲染，可以看到台灯的灯光颜色也变成了我们设置的颜色，如图12-39所示。

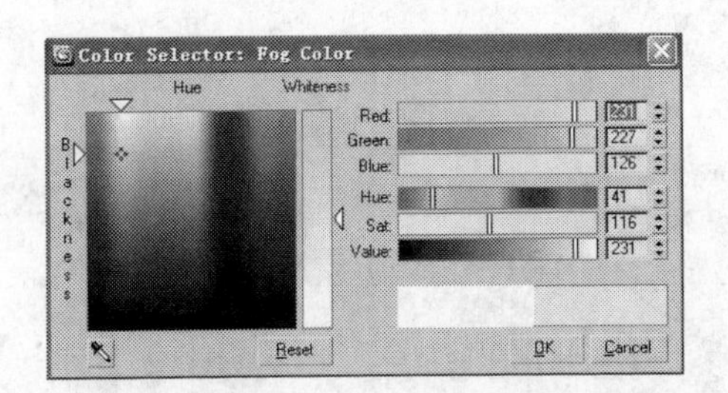

图12-38　“颜色选择器：雾颜色”对话框

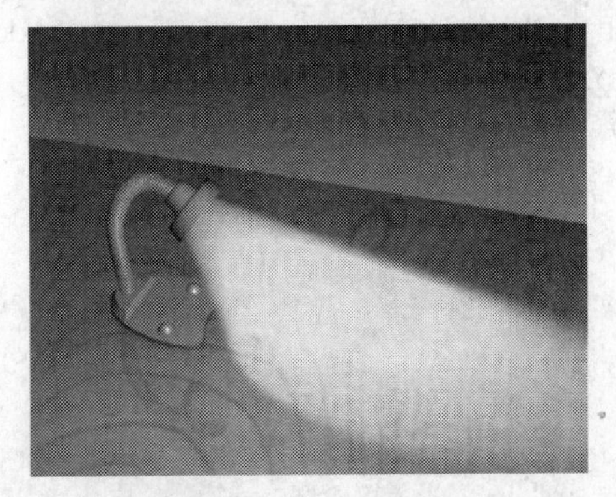

图12-39　灯光颜色改变

（13）下面分别是把雾颜色改变为粉红色和淡绿色之后的渲染效果，如图12-40所示。

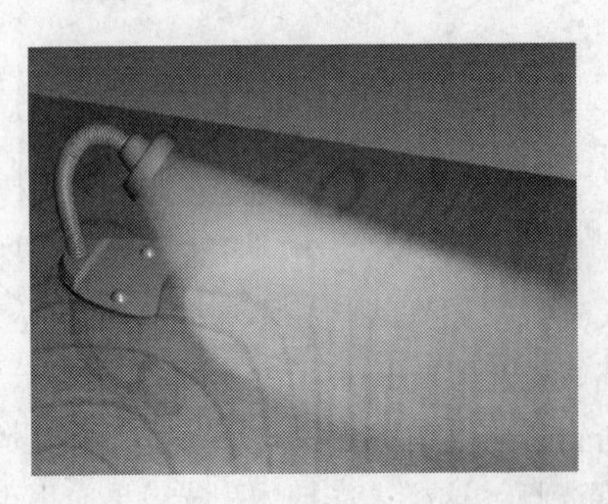

粉红色

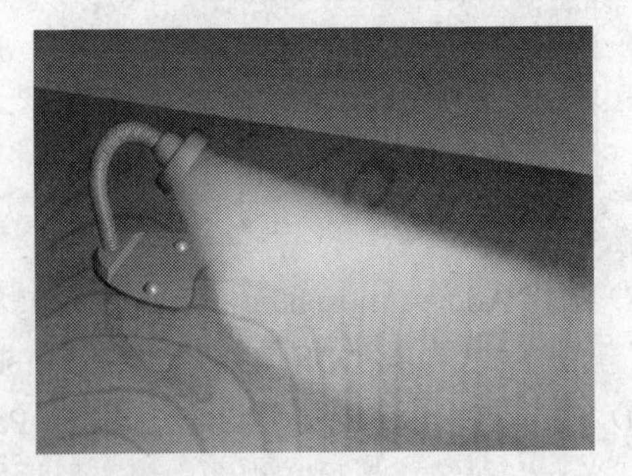

淡绿色

图12-40　不同的灯光颜色

读者需要在3ds Max软件中看到灯光颜色的变化。由于本书是黑白印刷的，所以看不到颜色的改变。

（14）如果灯光颜色过重，那么可以选择目标体积光，然后进入到其“Modify（修改）”面板中，将灯光的“Multipler（倍增）”值设置小一些，比如设置为0.6，如图12-41所示。

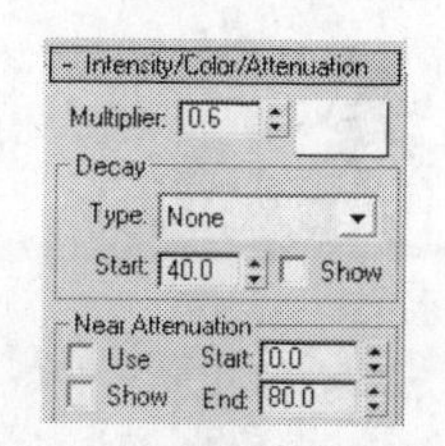

图12-41　设置灯光的倍增值

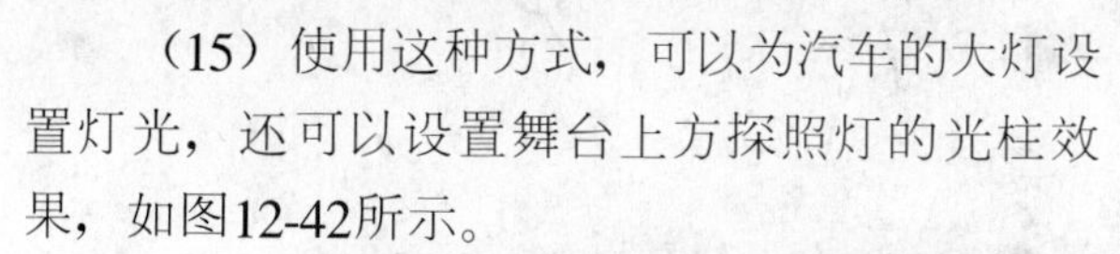

（15）使用这种方式，可以为汽车的大灯设置灯光，还可以设置舞台上方探照灯的光柱效果，如图12-42所示。

图12-42　汽车的前后大灯和舞台探照灯效果

我们还可以使用体积光来模拟蜡烛或者其他灯泡周围的光晕效果，如图12-43所示。在模拟这种效果时，需要使用Omni（泛光灯）来制作，而且制作方法与台灯光柱的制作过程类似。需要注意的是蜡烛的火焰需要使用Fire Effect（火焰效果）来制作。

图12-43　蜡烛的光晕效果

在本章中，介绍了有关环境与特效方面的内容。在下一章的内容中，我们将介绍有关在3ds Max 2009中制作动画方面的内容，制作动画也是我们需要掌握的内容。

第5篇 动 画

我们基本上都看过卡通片或者电影中的一些特技，其中很大一部分就是使用3ds Max 2009制作的。使用3ds Max 2009可以制作各种计算机动画，比如角色或汽车的动画，电影或广播中的动画，还可以创建用于医疗或科技方面的动画。你会发现使用3ds Max 2009可以实现各种样式的动画。在这一部分的内容中，将介绍有关于动画的内容。

本篇包括下列内容：

- 第13章 动画入门
- 第14章 空间扭曲和粒子动画
- 第15章 角色动画

第13章　动　画　入　门

使用3ds Max 2009不仅能够制作静止不动的模型，还能够使这些模型“运动”起来，也就是我们常说的动画。在本章的内容中，我们将介绍动画的概念、动画工具、动画设置及动画合成等方面的内容。

13.1　动画的概念

我们可能都知道“视觉暂留”的原理。电影就是以人类视觉暂留的原理为基础制作的。如果快速查看一系列相关的静态图像，那么我们会感觉到这是一个连续的运动。每一个单独图像都称为帧，如图13-1所示。

第1帧

第5帧

图13-1　帧是动画中的单个图像

创建动画时，动画师必须生成大量帧。一分钟的动画大概需要720～1800个单独图像，这取决于动画的质量。用手来绘制图像是一项艰巨的任务。因此出现了一种称为关键帧的技术。动画中的大多数帧都是例程，从上一帧直接向着目标不断变化。要提高工作效率，可让主要艺术家只绘制重要的帧，即关键帧。然后助手再计算出关键帧之间需要的帧。填充在关键帧间的帧称为中间帧，如图13-2所示。

图13-2　1，2，是关键帧，其他为中间帧

画出了所有关键帧和中间帧之后，需要链接或渲染图像以产生最终的图像。传统动画的制作过程通常都需要数百名艺术家生成上千个图像，它的工作量是很大的。如果借助于计算机，则可以为我们省去大量的工作量。作为首席动画师，首先创建记录每个动画序列起点和终点的关键帧。这些关键帧的值称为关键点。该软件将计算每个关键点值之间的插补值，从而生成完整动画。3ds Max 2009几乎可以为场景中的任意参数创建动画，可以设置修改器参数的动画（如“弯曲”角度或“锥化”）、材质参数的动画（如对象的颜色或透明度），等等。

动画有很多格式。两种常用的格式为电影格式（每秒钟24帧（FPS））和NTSC视频（每秒30帧）。3ds Max 2009是一个基于时间的动画程序。它测量时间，并存储动画值，内部精度为1/4800秒。可以配置程序以让它显示最符合你作品的时间格式，包括传统帧格式。另外还有基于时间的动画。

13.2 球体由小变大

在这一节的内容中，将制作一个球体由小变大的简单动画，来让读者熟悉动画控制区中各个按钮的使用。

（1）创建一个球体，如图13-3所示。并通过按键盘上的M键，打开材质编辑器窗口，为之赋予一种材质，赋予材质是为了让动画看起来好看，读者也可以不用为球体赋予材质。

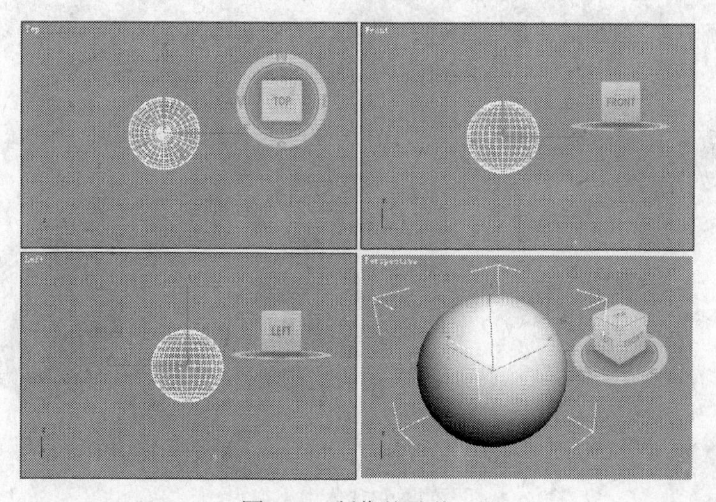

图13-3 制作的球体

（2）执行“Rendering（渲染）→Environment（环境）”命令打开“环境和效果”窗口，将背景色设置白色，以便于观看动画。

（3）执行“Rendering（渲染）→Render（渲染）”命令，渲染效果如图13-4所示。

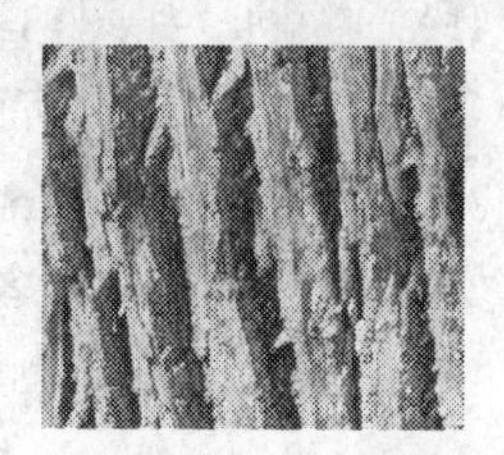

图13-4 赋予的木纹贴图和渲染效果

下面我们开始设置动画：

（1）选中球体，进入到修改面板中，在“Parameters（参数）”面板中，将“Hemisphere（半球）”的数值设置为1，如图13-5所示。这样，可以使球体处于0大小状态，也就是现在在视图中看不到球体。

（2）确定在时间标尺中，时间滑块在0时间上，如图13-6所示。然后在工作界面的右下角单击“AutoKey（自动关键点）”按钮以启用它，同时创建一个关键帧。

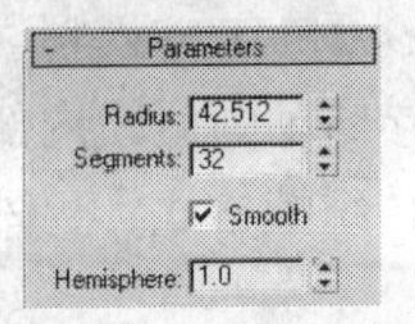

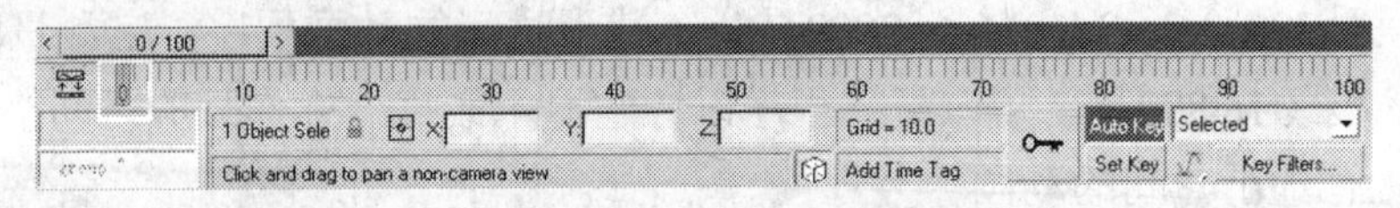

图13-5　“参数”面板

图13-6　时间标尺

（3）在“Parameters（参数）”面板中，将“Hemisphere（半球）”的数值设置为0，这样，可以使球体全部显示状态，也就是现在在视图中可以看到整个球体。

（4）把时间滑块拖动到100的时间上。然后在工作界面的右下角单击“AutoKey（自动关键点）”按钮创建一个关键帧，如图13-7所示。

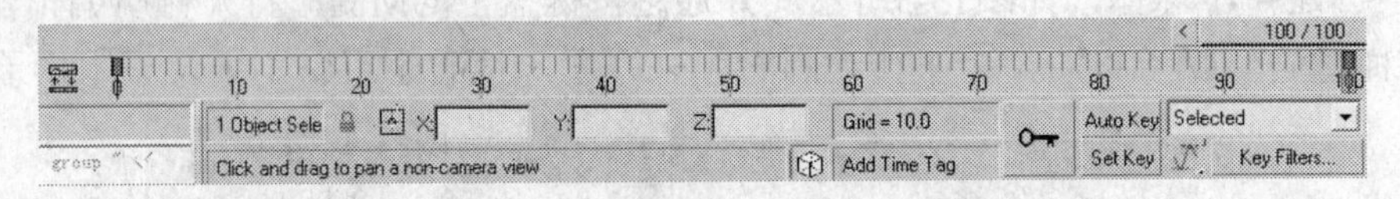

图13-7　创建关键帧

（5）此时，如果单击动画控制区中的▶（播放）按钮，我们则可以在视图中看到球体由小变大的效果，如图13-8所示。

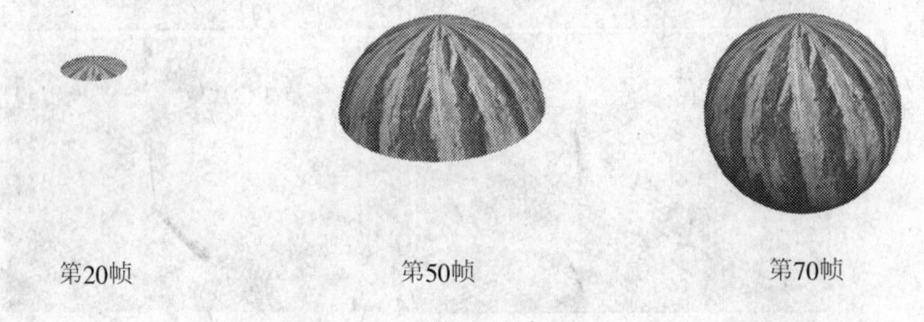

图13-8　球体由小变大

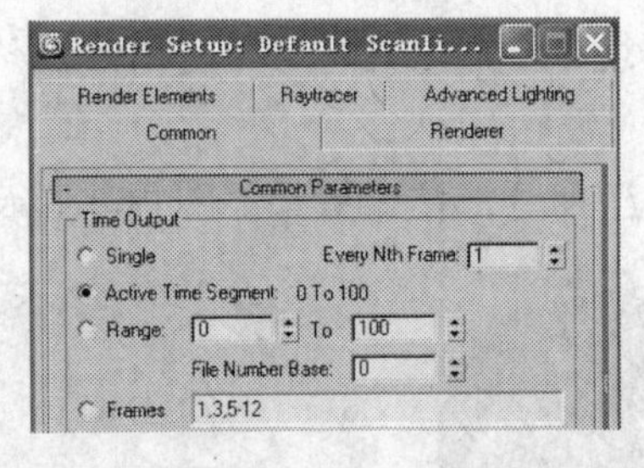

图13-9　设置选项

（6）把透视图激活，然后按键盘上的F10键，打开“Render Setup（渲染场景）”窗口，并勾选“Active Time Segment（活动时间段）”项，如图13-9所示。

（7）单击下面的“File（文件）”按钮，打开“Render Output File（渲染输出文件）”对话框，并把文件名设置为“Ball”，把保存类型设置为AVI，如图13-10所示。然后单击“Save（保存）”按钮。

（8）在“渲染场景”窗口中单击“Render（渲染）”按钮，开始进行渲染。渲染可能需要几分钟的时间。

（9）渲染完成后，找到保存的文件，然后打开浏览，我们就会看到椅子由小变大的效果。

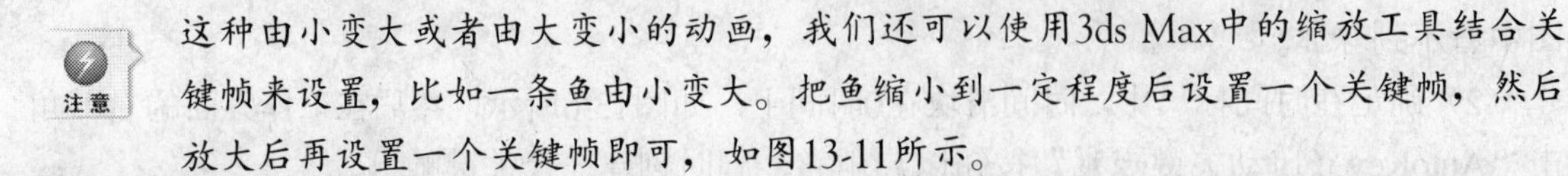

注意　这种由小变大或者由大变小的动画，我们还可以使用3ds Max中的缩放工具结合关键帧来设置，比如一条鱼由小变大。把鱼缩小到一定程度后设置一个关键帧，然后放大后再设置一个关键帧即可，如图13-11所示。

图13-10　“渲染输出文件”对话框

图13-11　鱼由小变大

可以使用Windows自带的Windows Media Player播放器播放动画，也可以使用风暴影音等播放软件进行播放。

13.3　路径动画

还有一种动画设置很常用，那就路径动画。所谓路径动画就是把模型约束到一条路径上进行运动。比如使汽车沿路面运动或者使导弹沿一定的路径进行运动。下面就通过一个实例来介绍路径动画的制作过程。

13.3.1　追球的海豚

（1）打开本书“配套资料”中的海豚模型，如图13-12所示。读者也可以自己制作一个需要的模型来制作该动画。

（2）缩小海豚模型，然后创建一个球体，放置在海豚的前方。我们将使海豚来追这个球体，如图13-13所示。

（3）选择所有的物体，并执行“Group（组）→Group（成组）”命令，把它们成组，在打开的对话框中，把它的名称设置为“海豚”。这样就可以把它们作为一个物体来选择和移动了。

图13-12　海豚模型

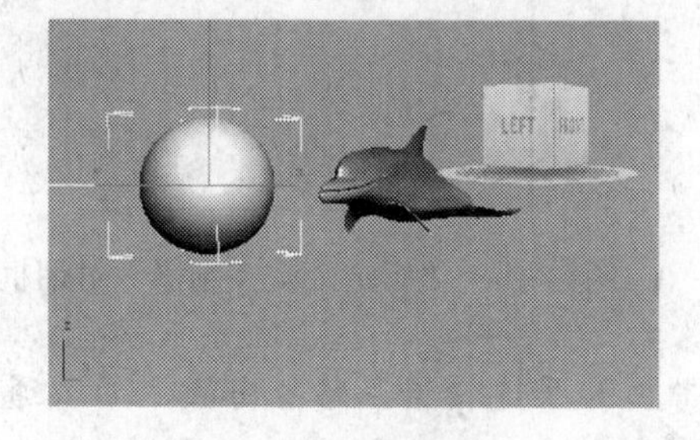

图13-13　模型效果

（4）在视图中选择海豚，在工具栏中单击“Select and Link（选择并链接）”按钮。然后在视图中先单击海豚，拖动鼠标指针并单击球。这样做是为了让海豚跟随球的运动。

下面我们开始设置动画。

（1）使用Point Curve（点曲线）工具在视图中绘制一条曲线，把它作为海豚追球的运动路径，如图13-14所示。

（2）选中球体。然后单击按钮，打开“Motion（运动）”面板。在PRS参数面板中，确定“Parameter（参数）”按钮处于激活状态。在“Assign Controller（指定位置控制器）”中选择“Position（位置）”，如图13-15所示。

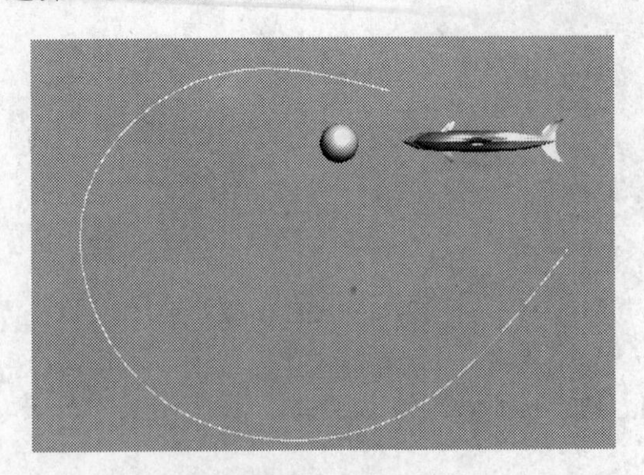

图13-14　运动路径

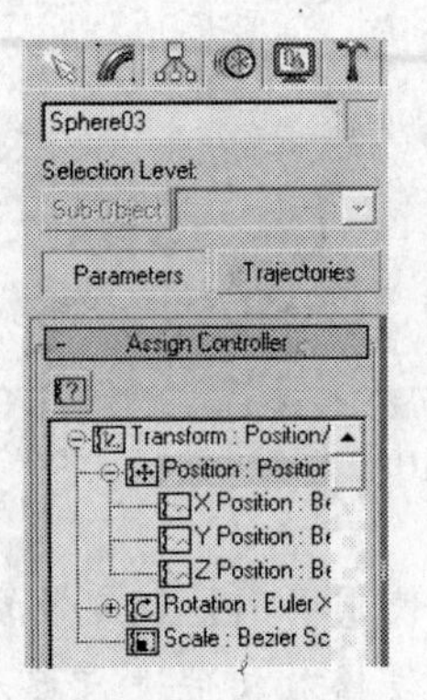

图13-15　选择选项

（3）然后单击按钮打开“Assign Position Controller（指定位置控制器）”对话框，如图13-16所示。从“指定位置控制器”对话框中选中“Path Constraint（路径约束）”项，然后单击“OK”按钮，这样就为海豚施加了路径动画器。

（4）单击“Path Parameters（路径参数）”面板中的“Add Path（添加路径）”按钮，然后在视图中单击路径曲线，这样就为海豚指定了运动曲线。同时在“目标”下面的框中显示出“Curve02 50”，如图13-17所示。

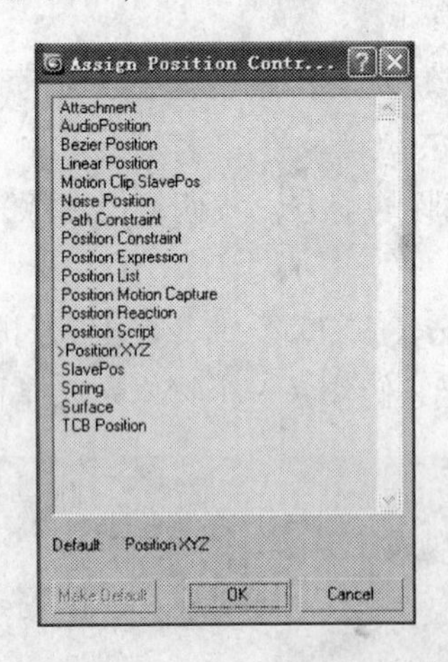

图13-16　“指定位置控制器”对话框

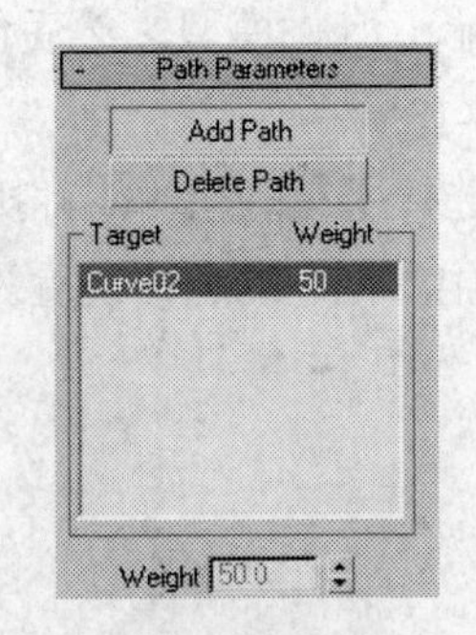

图13-17　在“路径参数”面板中指定路径

如果连接错了路径曲线，那么通过单击“Delete Path（删除路径）”按钮即可将其删除掉，然后改换其他的路径。

（5）此时，如果单击动画控制区中的（播放）按钮，我们则可以在顶视图中看到海豚开始沿路径进行运动了。但是海豚自身的方向却始终不变，这样是不合理的，如图13-18所示。

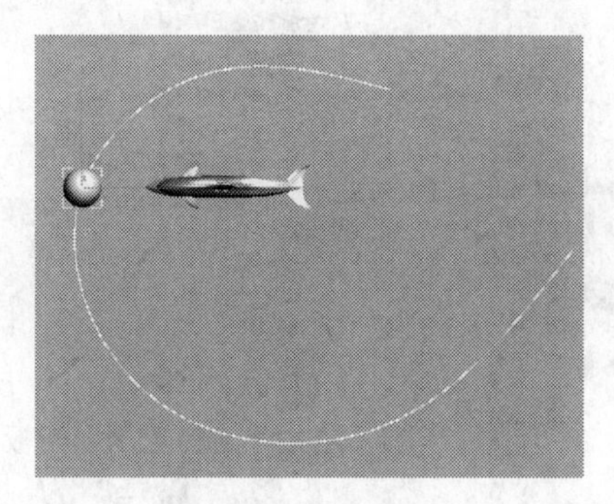

第20帧的运动效果

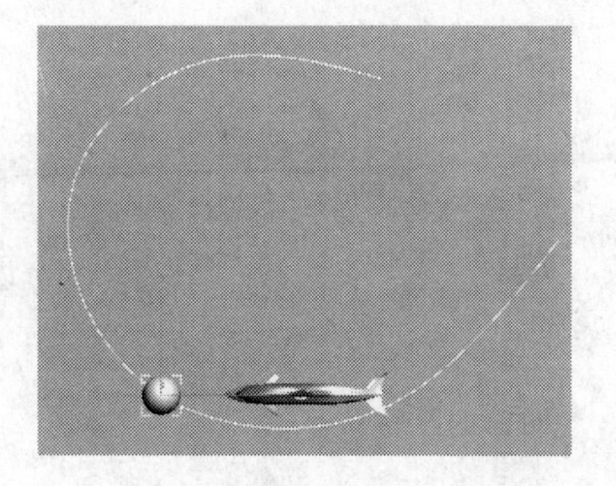

第70帧运动效果

图13-18　运动效果

在这里我们只制作了海豚追球的运动，不制作海豚腿部的运动。海豚腿部的运动需要进行单独地设置。

（6）这个问题很容易解决。在“路径选项”面板中依次选中“Follow（跟随）”和“Bank（倾斜）”项，如图13-19所示。

（7）此时单击动画控制区中的▶（播放）按钮就可以看到海豚按绘制的路径追球了，如图13-20所示。

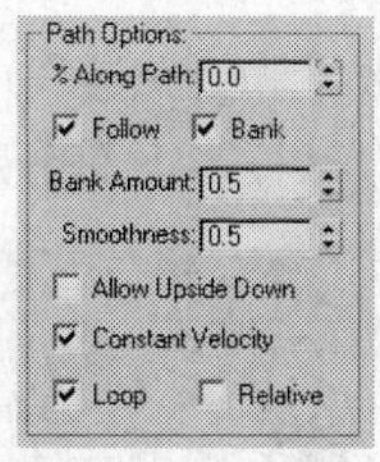

图13-19　“路径选项”面板

第20帧的运动效果

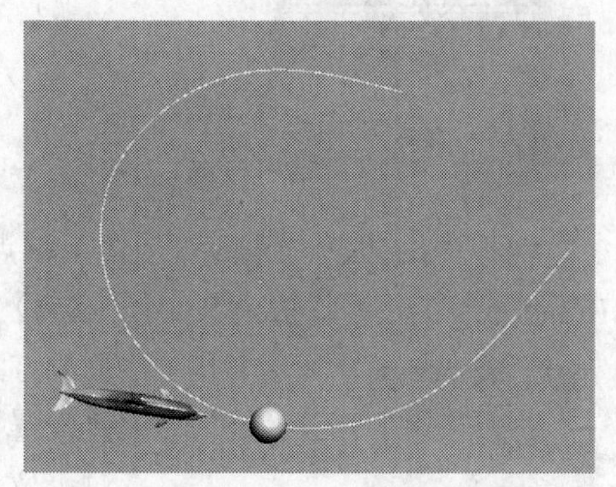

第70帧运动效果

图13-20　动画效果

（8）最后渲染动画。并把场景文件保存起来。其近镜头效果如图13-21所示。

如果海豚从曲线的另外一端追逐球体的话，那么在“路径选项”面板的底部选中“Flip（翻转）”项即可，如图13-22所示。

路径曲线一定要绘制的圆滑一些，否则动画效果将不是很好。

图13-21 近镜头效果

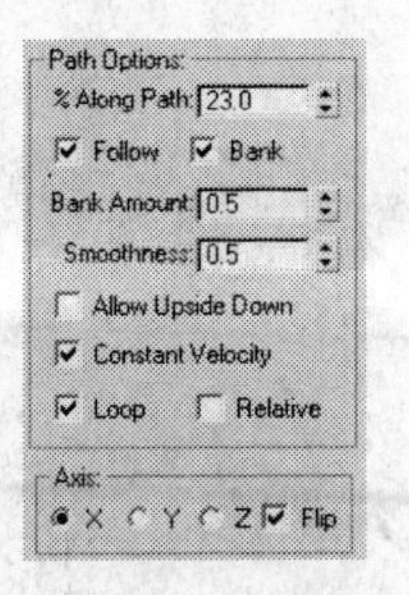

图13-22 “路径选项”面板

13.3.2 运动面板简介

通过上面一个实例，可以看出运动面板对于控制动画起着非常重要的作用。该面板中的很多选项我们有必要详细介绍一下，单击◎按钮，即可打开“Motion（运动）”面板，如图13-23所示。

它由“参数”和“轨迹”两部分组成。参数部分包括“指定控制器”面板、PRS参数面板和“路径参数”面板。下面分别介绍它们中的控制选项，其中两个面板如图13-24所示。

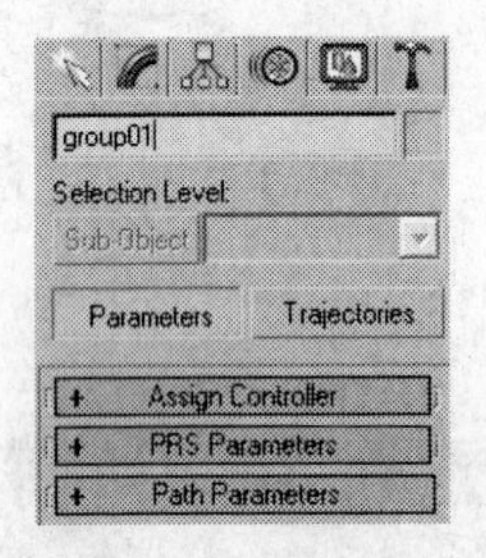

图13-23 运动面板

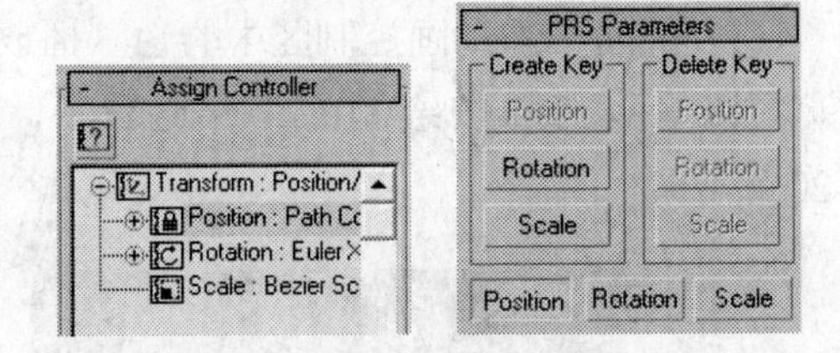

图13-24 “指定控制器”面板（左）和“PRS 参数”面板（右）

在PRS参数面板中的“Creat key（创建关键点）”下面有3个按钮，分别是“Position（位置）”、“Rotation（旋转）”和“Scale（缩放）”，它们分别用于创建针对于位置、旋转和缩放方面的三种变换关键帧。而在删除关键点下面的“位置”、“旋转”和“缩放”按钮分别用于删除针对于位置、旋转和缩放方面的三种变换关键帧。

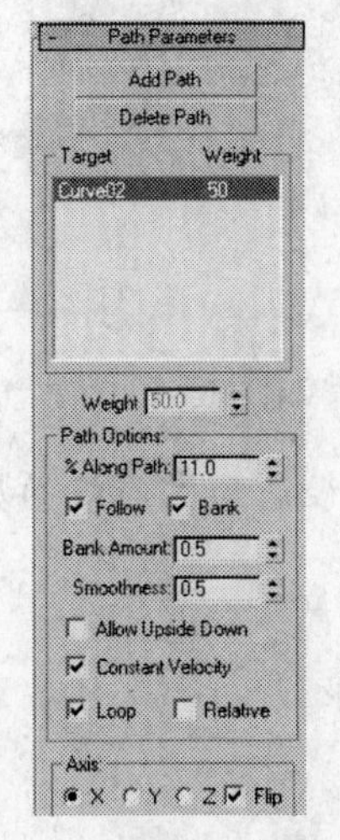

图13-25 “路径参数”面板

在选择物体后，单击“指定控制器”面板中的[?]按钮就会打开“指定位置控制器”对话框，在该对话框中可以选择要使用的“路径约束”控制器。然后单击“确定”按钮就会展开“Path Parameters（路径参数）”面板，如图13-25所示。

因为“路径参数”面板中的参数比较重要，因此下面介绍一下该面板中的参数选项。

- Add Path（添加路径）：添加一个新的样条线路径使之对约束对象产生影响。
- Delete Path（删除路径）：从目标列表中移除一个路径。一旦移除目标路径，它将不再对约束对象产生影响。

· Weight（权重）：为每个目标指定权重值并为它设置动画。

· %Along Path（%沿路径）：设置对象沿路径的位置百分比。这将把“轨迹属性”对话框中的值微调器复制到“轨迹视图”中的“百分比轨迹”中。如果想要设置关键点来将对象放置于沿路径特定的百分比位置，要启用“自动关键点”，移动到想要设置关键点的帧处，并调整“%沿路径”微调器来移动对象。

· Follow（跟随）：在对象跟随轮廓运动的同时将对象指定给轨迹。

· Bank（倾斜）：当对象通过样条线的曲线时允许对象倾斜（滚动）。

· Bank Amount（倾斜量）：调整这个量使倾斜从一边或另一边开始，这依赖于这个量是正数还是负数。

· Smoothness（平滑度）：控制对象在经过路径中的转弯时翻转角度改变的快慢程度。较小的值使对象对曲线的变化反应更灵敏，而较大的值则会消除突然的转折。此默认值对沿曲线的常规阻尼是很适合的。当值小于2时往往会使动作不平稳，但是值在3附近时对模拟某种程度的真实的不稳定感很有效果。

· Allow Upside down（允许翻转）：启用此选项可避免在对象沿着垂直方向的路径行进时有翻转的情况。

· Constant Velocity（恒定速度）：沿着路径提供一个恒定的速度。禁用此项后，对象沿路径的速度变化依赖于路径上顶点之间的距离。

· Loop（循环）：默认情况下，当约束对象到达路径末端时，它不会越过末端点。启用“循环”选项会改变这一行为，当约束对象到达路径末端时会循环回起始点。

· Relative（相对）：启用此项保持约束对象的原始位置。对象会在沿着路径的同时有一个偏移距离，这个距离基于它的原始世界空间位置。

· Axis（轴）：定义对象的轴与路径轨迹对齐。

· Flip（翻转）：启用此项翻转轴的方向。

下面介绍一下“Trajectories（轨迹）”面板中的几个主要选项，轨迹面板如图13-26所示。

· Delete Key（删除关键点）：用于在运动轨迹中删除关键点。

· Add Key（添加关键点）：用于在运动轨迹中添加关键点。

· Convert To（转化为）：将运动路径转换为一个曲线物体。

· Convert From（转化自）：将曲线转换为一个运动路径。

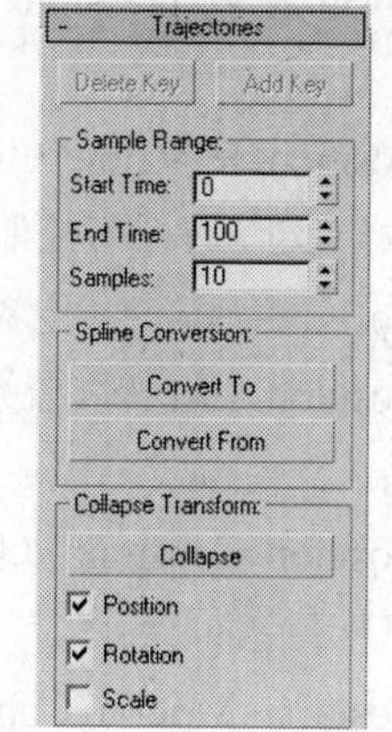

图13-26　轨迹面板

13.3.3　运动控制器简介

物体的运动都是由控制器控制的，在3ds Max 2009中有3种类型的控制器，它们分别是位置控制器、旋转控制器和缩放控制器。每种类型的控制器中都包含有多个控制器。在下面的内容中，将介绍这些控制器的作用。

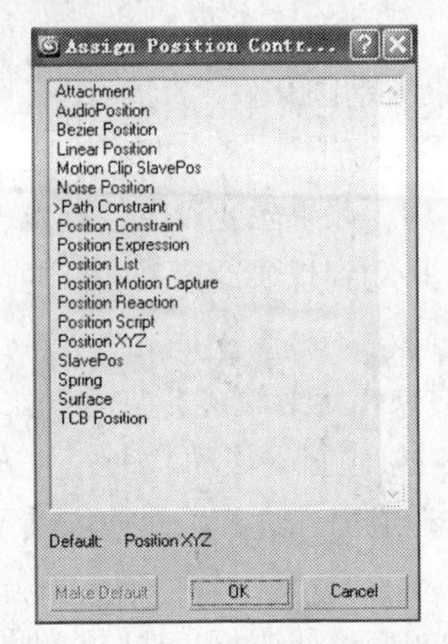

图13-27 “指定位置控制器”对话框

位置控制器

3ds Max 2009中，在“Assign Position Controller（指定位置控制器）”对话框中包含有18种控制器，如图13-27所示。

· Bezier Position（Bezier位置控制器）：在关键点之间使用可调整样条曲线控制动作插补来影响动画效果。

· TCB Position（TCB位置控制器）：能产生曲线型动画，这与Beizer控制器非常类似。但是，TCB控制器不能使用切线类型或可调整的切线控制柄。它们可以使用字段调整动画的“张力”、“连续性”和“偏移”项。

· SlavePos（从属位置控制器）：跟随另外一个物体的运动而运动。

· Spring（弹簧控制器）：可以对任意点或对象位置添加次级动力学效果。使用此约束，可以给通常静态的动画添加逼真感。

· Attachment（附加控制器）：可以将一个对象的位置附着到另一个对象的面上。

· Path Constrain（路径约束控制器）：可以使一个对象沿着样条线或在多个样条线间的平均距离进行移动。

· Surface（曲面控制器）：在一个对象的表面上定位另一对象。

· Position XYZ（位置XYZ控制器）：将X、Y和Z组件分为三个单独轨迹，与Euler XYZ旋转控制器相似。

· Position Expression（位置表达式控制器）：用数学表达式来控制物体的大小和位置坐标等。

· Position Reaction（位置反应控制器）：是一种使参数对3ds Max 2009中的物体位置参数变化做出反应的程序控制器。

· Position Script（位置脚本控制器）：通过脚本控制动画。

· Position List（位置列表控制器）：将多个控制器合成为一个单独的效果，这是一个复合控制器。

· Position Constrain（位置约束控制器）：使一个对象跟随一个对象的位置或者几个对象的权重平均位置而运动。

· Position Motion Capture（位置运动捕捉控制器）：使用外部设备和运动捕捉控制器，可以控制对象的位置、旋转或其他参数。

· Linear Position（线形位置控制器）：在两个关键点之间平衡物体的运动效果。

· AudioPosition（音频位置控制器）：音频控制器将所记录的声音文件振幅或实时声波转换为可以设置对象或参数动画的值，从而控制物体运动的位置和节奏。

· Motion Clip SlavePos（运动剪辑控制器）：在两足动物或其他对象上执行一系列运动。

· Noise（噪波控制器）：在一系列帧上产生随机的、基于分形的动画。

旋转控制器

3ds Max 2009中，在“Assign Rotation Controller（指定旋转控制器）”对话框中包含有

14种控制器，如图13-28所示。

· Euler XYZ（Euler XYZ控制器）：是一个复杂的控制器，它可以合并单独的、单值浮点控制器来给X、Y、Z轴指定旋转角度。

· TCB Rotation（TCB旋转控制器）：通过“张力”、“连续性”和“偏移”来控制动画的效果。

· SlaveRotation（从属旋转控制器）：跟随另外一个物体的旋转而旋转。

· Orientation Constraint（方向约束控制器）：使某个对象的方向沿着另一个对象的方向或若干对象的平均方向。

· Smooth Rotation（平滑旋转控制器）：使物体进行平滑旋转。

· Linear Rotation（线形旋转控制器）：在两个关键点之间得到平稳的旋转运动。

· Rotation Reaction（旋转反应控制器）：把另外一个具有动力学反应堆动画的设置指定给当前物体。

· Rotation Script（旋转脚本控制器）：通过脚本控制动画。

· Rotation List（旋转列表控制器）：将多个控制器合成为一个单独的效果。

· Rotation Motion Capture（旋转运动捕捉控制器）：使用外部设备和运动捕捉控制器，可以控制对象的位置、旋转或其他参数。

· AudioRotation（音频旋转控制器）：将所记录的声音文件振幅或实时声波转换为可以设置对象或参数动画的值，从而控制物体运动的位置和节奏。

· Noise Rotation（噪波旋转控制器）：在一系列帧上产生随机的、基于分形的旋转动画。

· LookAt Constraint（注视约束控制器）：用于控制物体的方向，使它总是指向目标物体，也可以同时受多个物体的影响，通常用它来制作摄影机追踪拍摄的效果。

缩放控制器

3ds Max 2009中，在“Assign Scale Controoler（指定缩放控制器）”对话框中包含有13种控制器，如图13-29所示。

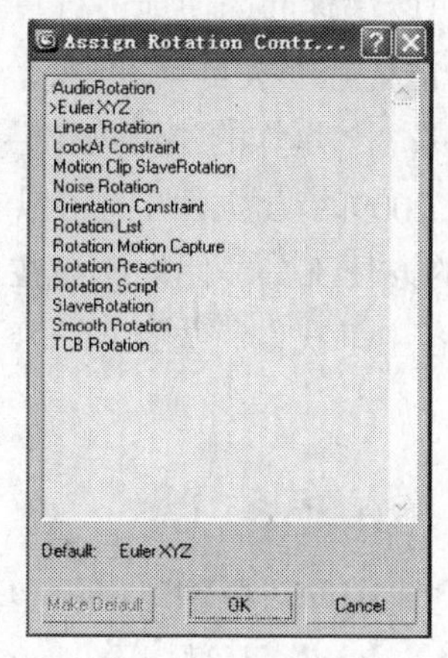

图13-28 “指定旋转控制器”对话框

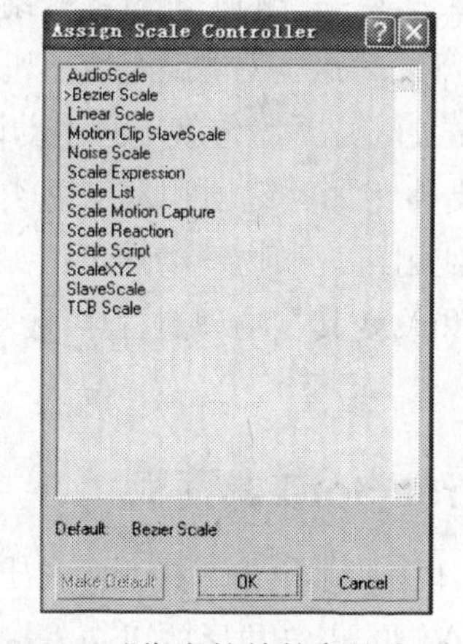

图13-29 “指定缩放控制器”对话框

· Bezier Scale（Bezier缩放控制器）：在两个关键点之间使用可调的曲线来控制运动的效果。

· TCB Scale（TCB缩放控制器）：通过“张力”、“连续性”和“偏移”来控制动画的效果。

· Slave Scale（从属比例控制器）：使主物体控制从属物体的缩放效果。

· Scale XYZ（缩放XYZ控制器）：按X、Y、Z三个独立的轴向来分配缩放的效果。

· Scale Expression（缩放表达式控制器）：用数学表达式来精确地控制物体的缩放运动。

· Scale Reaction（缩放反应控制器）：把另外一个物体的缩放设置指定给当前物体。

· Scale Script（缩放脚本控制器）：通过脚本控制缩放动画。

· Scale List（缩放列表控制器）：将多个控制器合成为一个单独的缩放效果。

· Scale Motion Capute（缩放运动捕捉控制器）：使用外部设备和运动捕捉控制器控制对象的旋转参数。

· Linear Scale（线形缩放控制器）：在两个关键点之间获得平滑的缩放动画。

· Audio Scale（音频比例控制器）：将所记录的声音文件振幅或实时声波转换为可以设置对象或参数动画的值，从而控制物体的缩放运动。

· Motion Capture SlaveScale（运动剪辑控制器）：在两足动物或其他对象上执行一系列的缩放运动。

· Noise Scale（噪波缩放控制器）：在一系列帧上产生随机的、基于分形的缩放动画。

13.4 动力学反应器

在3ds Max 2009工作界面的最左侧有一栏工具图标，这些图标就是动力学反应器reactor。reactor是一个3ds Max插件，它可以使动画师和美术师轻松地控制并模拟复杂物理场景。reactor支持完全整合的刚体和软体动力学、布料模拟以及流体模拟。它可以模拟枢连物体的约束和关节，还可以模拟诸如风和马达之类的物理行为。您可以使用所有这些功能来创建丰富的动态环境。

在3ds Max 2009中创建了对象之后，就可以用reactor向其指定物理属性。这些属性可以包括诸如质量、摩擦力和弹力之类的特性。对象可以是固定的、自由的、连在弹簧上，或者使用多种约束连在一起的。通过这样给对象指定物理特性，可以快速而简便地进行真实场景的建模，之后可以对这些对象进行模拟以生成在物理效果上非常精确的关键帧动画。

有了reactor之后，你就不必手动设置耗时的二级动画效果，如爆炸的建筑物和悬垂的窗帘。reactor还支持诸如关键帧和蒙皮之类的所有标准3ds Max 2009的功能，因此可以在相同的场景中同时使用常规和物理动画。诸如自动关键帧减少之类的方便工具，使你能够在创建了动画之后调整和改变其在物理过程中生成的部分。在下面的内容中，我们首先认识一下reactor的工具面板。

13.4.1 reactor工具面板

在创建面板中单击“Helper（帮助对象）”按钮进入到辅助对象创建面板中，然后单击“标准”右侧的小三角形按钮，并从打开的列表中选择“reactor”即可打开reactor工具面板，如图13-30所示。该面板中的工具按钮都是英文的，而且它们与工作界面左侧的按钮栏是对应的。在工具栏的空白区域单击鼠标右键，然后从打开的菜单中选择“reactor”即可打开reactor工具栏。

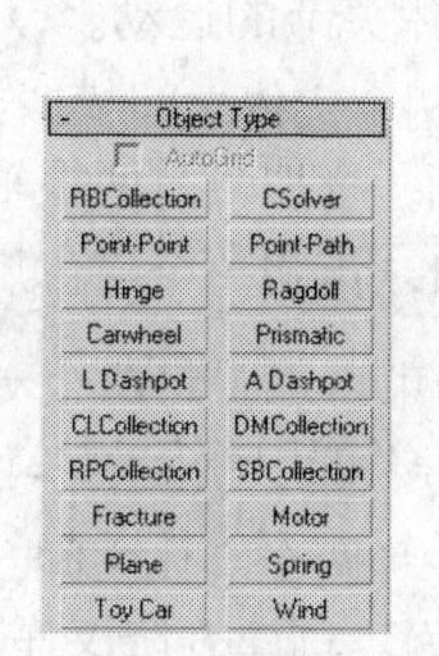

图13-30　reactor工具面板（左）和reactor工具栏中的相关按钮（右）

在工具栏中包含有28个工具按钮，下面依次介绍这些按钮的作用。

RBCollection（刚体集合）：是一种作为刚体容器的reactor辅助对象，这种对象受到撞击后其形状不会发生改变，具有质量和弹性。

CLCollection（布料集合）：添加这种集合之后，物体将具有布料的属性，可以用于模拟旗帜、衣服和窗帘等。

SBCollection（软体集合）：添加这种集合之后，物体将产生变形运动，但是会尽量保持其外形，可以用于模拟果冻和气球等。

RPCollection（绳索集合）：添加这种集合之后，物体将具有绳索的运动方式。

DMCollection（变形网格集合）：添加这种集合之后，物体可产生变形运动，并可设置成变形动画效果。

Plane（平面物体）：添加这种系统之后，可设置它具有平面的属性。

Spring（弹簧系统）：添加这种系统之后，可将两个物体以弹性方式连接在一起，因此可约束它们的运动范围。

L Dashpot（线形阻尼器）：同时约束两个刚体物体，也可以对物体相对于世界坐标进行约束。

A Dashpot（角度阻尼器）：约束两个刚体物体的相对方向，也可以对物体相对于世界坐标约束它的方向。它会对物体施加维持约束角度的作用力，使物体保持指定的角度。

Motor（马达系统）：在场景中添加了马达系统后，物体会自动进行旋转运动，可用于模拟风车的旋转等。

Wind（风力系统）：在场景中添加了风力系统后，物体会受到风力的影响而产生运动。

Toy Car（玩具车系统）：将创建的汽车模型添加到该系统后，可指定车轮、车身的运动，可创建汽车行驶的动画效果。

Fracture（破裂系统）：添加这种系统后，可以模拟碰撞后刚体断裂为许多较小碎片的情形。

Water（液体系统）：添加这种系统后，可以模拟水面的波纹效果。还可以根据物体的质量使物体浮在水面上。注意这是一个空间扭曲系统，不会被渲染，需要将一个平面或者物体绑定到液体上。

CSolver（约束解算器）：在特定刚体集合中充当合作式约束的容器，并为约束执行所有必要的计算以协同工作。

Ragdoll（布娃娃系统）：用于模拟人体关节的运动。

Hinge（铰链约束）：铰链约束允许在两个实体之间模拟类似铰链的动作。reactor可在每个实体的局部空间中按位置和方向指定一根轴。模拟时，两根轴会试图匹配位置和方向，从而创建一根两个实体均可围绕其旋转的轴。或者，可将单个实体用铰链接合至世界空间中的轴。

Point-Point（点到点约束）：点到点约束可用于将两个对象连在一起，或将一个对象附着至世界空间的某点。它强制其对象设法共享空间中的一个公共点。

Prismatic（棱柱约束）：棱柱约束是一种两个刚体之间、或刚体和世界之间的约束，它允许其实体相对于彼此仅沿一根轴移动。例如，创建升降叉车时可使用棱柱约束。

Carwheel（车轮约束）：可以使用此约束将轮子附着至另一个对象，例如汽车底盘。也可将轮子约束至世界空间中的某个位置。模拟期间，轮子对象可围绕在每个对象空间中定义的自旋轴自由旋转。同时允许轮子沿悬挂轴进行线性运动。

Point-path（点到路径约束）：用于将物体的运动约束到一条路径上。

reactor Cloth（布料修改器）：可用于将任何几何体变为变形网格，从而模拟类似窗帘、衣物、金属片和旗帜等对象的行为。可以为布料对象指定很多特殊属性，包括刚度以及对象折叠的方式。

reactor softBody（软体修改器）：使用软体修改器可以将刚体转变为可变形的3D闭合三角网格，从而可以在模拟过程中创建可伸缩、弯曲和挤压的对象。

reactor rope（绳索修改器）：可以使用3ds Max 2009中的任意样条线对象创建 reactor绳索。绳索修改器将对象转变为变形的一维顶点链。可以使用绳索对象模拟绳索以及头发、锁链、镶边和其他类似绳索的对象。

Open Property Editor（打开属性编辑器）：单击该按钮可以打开reactor的属性面板，从中可以设置物体的质量、弹性和摩擦力等。

（场景分析工具）：单击该按钮会打开一个面板，列出当前场景中出错的信息。

Analyze World（实时预览对话框）：单击该按钮会打开动画预览对话框，在该对话框中可以预先看到模拟前的动画效果。

Create Animation（创建动画）：单击该按钮即可进行reactor模拟。

13.4.2 创建液体动画

在这部分内容中，将通过一个实例来了解液体动画的创建过程，其基本的工作流程是：创建场景→创建水物体并设置属性参数→预览动画效果→将水物体绑定到场景中的水面上→执行模拟计算→渲染动画。

（1）在视图中分别创建一个茶壶和一个长方体，长方体用于模拟水面，然后再创建一架摄影机，如图13-31所示。

（2）把长方体的长度、高度和宽度的“Segs（分段数）”都设置为20，并赋予它一幅水贴图，这样做是为了获得比较好的效果。

（3）在工作界面的左侧单击按钮，并在顶视图中单击创建一个刚体集合。再单击按钮在顶视图中创建一个水物体，如图13-32所示。

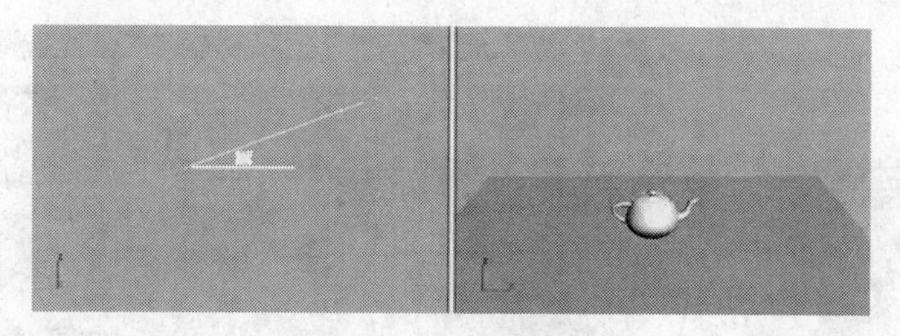

图13-31　创建场景

（4）在刚体集合图标处于选择的状态下，单击按钮进入到修改面板中，单击“Add（添加）”按钮，把创建的茶壶和长方体添加到刚体集合中去，如图13-33所示。

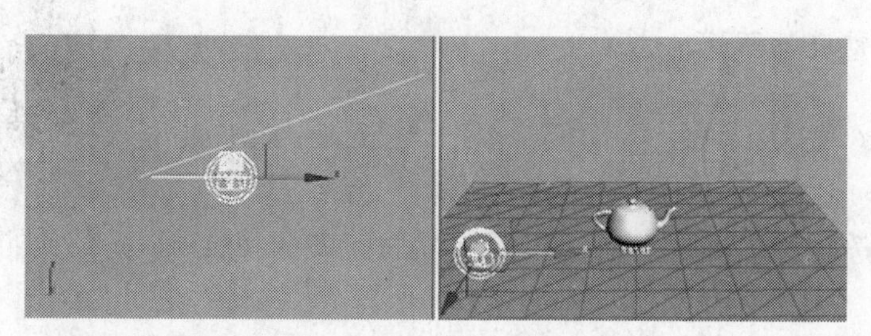

图13-32　创建刚体集合和水物体

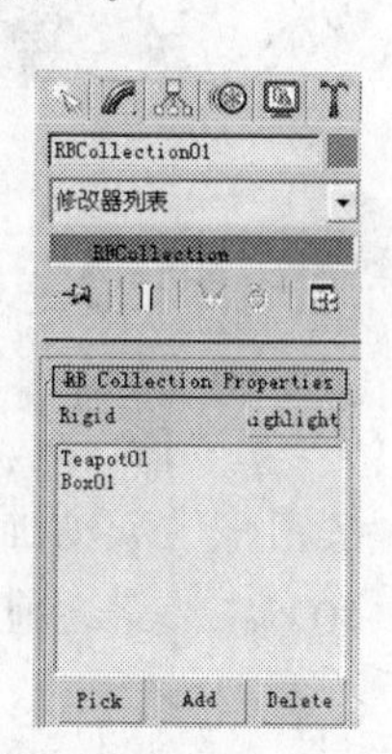

图13-33　添加刚体

（5）单击按钮，再单击“reactor”按钮打开“reactor（动力学反应器）”面板中，如图13-34所示。

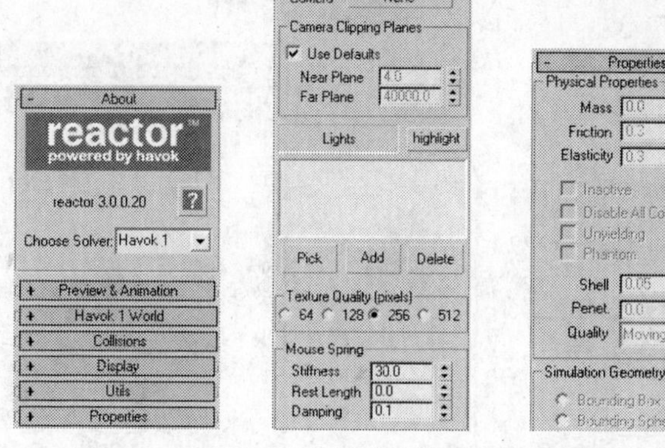

图13-34　reactor面板、Display面板和Properties面板

（6）在视图中选择圆柱体，再展开“动力学反应器面板”中的“Display（显示）”面板，然后单击“Camera”右侧的“None”按钮，在视图中拾取摄影机，这样是为了把摄影机视图定义为预览视图。

（7）在视图中选择茶壶，再展开动力学反应器面板中的“Properties（属性）”面板，然后把“Mass（质量）”的值设置为210。长方体的质量不必设置，保持默认状态。

（8）展开“Preview&Animation（预览&动画）”面板，然后单击该面板中的“Preview in Windows（在窗口中预览）”按钮，这样会打开一个预览窗口，如图13-35所示。

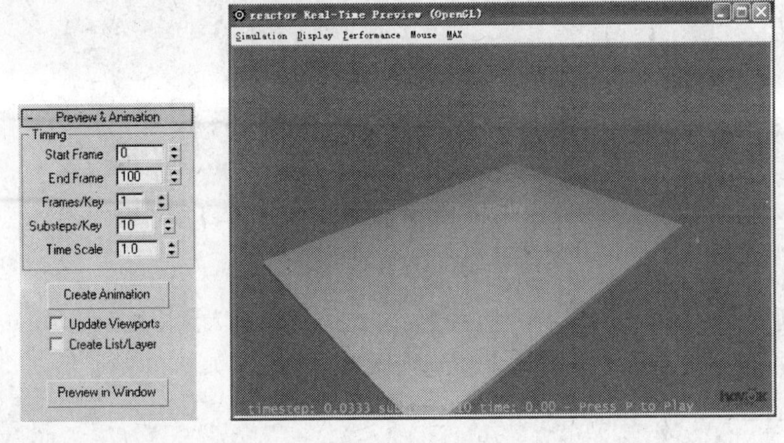

图13-35 Preview&Animation面板和打开的预览窗口

此时可以通过按键盘上的P键进行预览。

（9）在“Preview&Animation（预览&动画）”面板中单击“Create Animation（模拟动画）”按钮来生成动画。

（10）在渲染之前，打开“环境与效果”编辑器添加一幅砖墙背景图像（也可以是其他的图像）。

（11）把摄影机激活，然后按键盘上的F10键，打开“渲染场景”窗口，并勾选“Active Time Segment（活动时间段）”项，如图13-36所示。

（12）单击下面的“File（文件）”按钮，打开“Render Output File（渲染输出文件）”窗口，并把文件名设置为“茶壶旋转”，把保存类型设置为AVI，如图13-37所示，然后单击“Save（保存）”按钮。

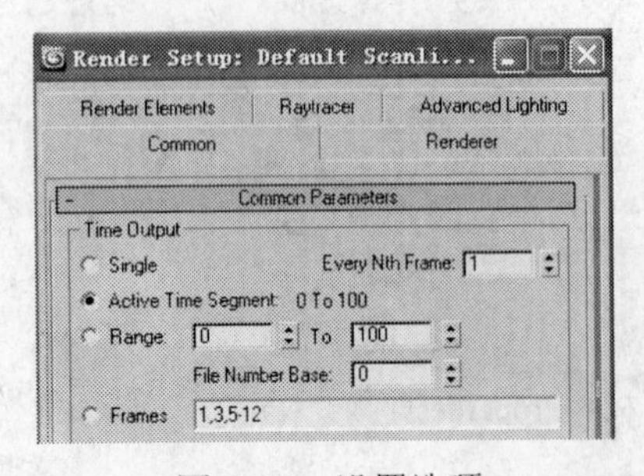

图13-36 设置选项

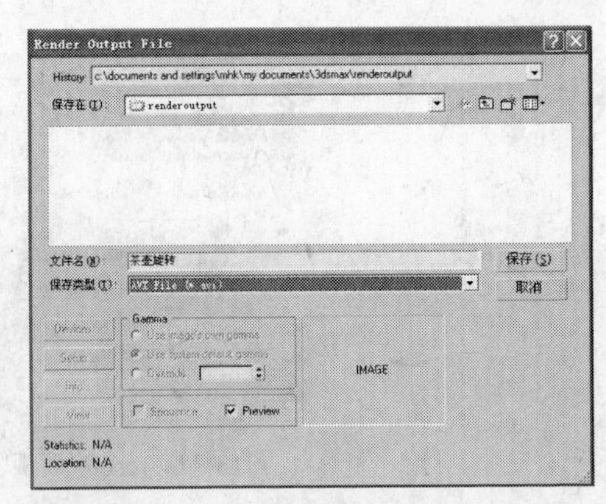

图13-37 “渲染输出文件”窗口

（13）在“渲染场景”窗口单击“渲染”按钮，开始进行渲染。渲染可能需要几分钟的时间。渲染完成后，找到保存的文件，然后打开浏览，我们就会看到茶壶物体从上面落下，而且会有一些弹跳运动，如图13-38所示。

如果茶壶物体落下后没有浮起来，这说明茶壶的密度设置太大，应该把“Mass”的值设置的低一些，然后按键盘上的P键进行测试，直到效果比较好为止。

图13-38　动画效果

我们可以使用这种技术来制作物体浮在水面上的动画效果，比如小船漂浮在水面上或者球漂浮在水面上。

13.4.3　创建刚体动画

在这部分内容中，将通过一个实例来介绍刚体动画的创建过程，其基本的工作流程是：创建场景→创建刚体→设置属性参数→预览动画效果→执行模拟计算→渲染动画。

（1）在视图中分别创建一个圆柱体和一个长方体。

（2）在视图中创建一架摄影机，如图13-39所示。

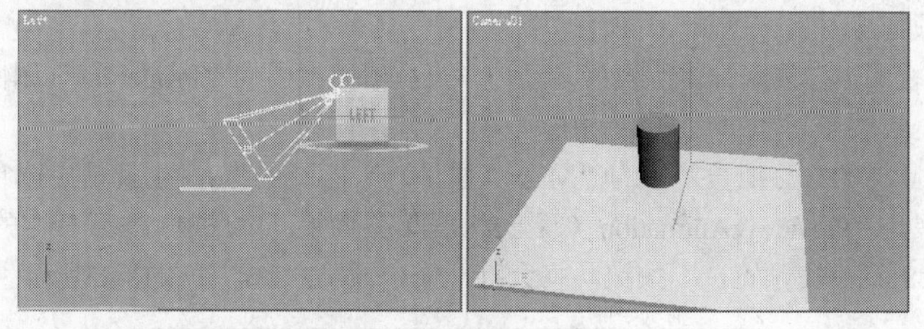

图13-39　创建的摄影机

（3）在工作界面的左侧单击按钮，然后在顶视图中单击创建一个刚体集合，如图13-40所示。

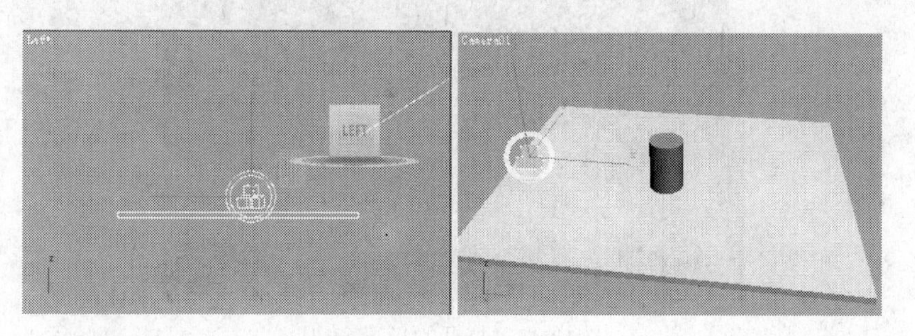

图13-40　创建刚体集合

（4）在刚体集合图标处于选择的状态下，单击按钮进入到“Modify（修改）”面板中，单击“Add（添加）”按钮，打开“Select rigid bodies”对话框，如图13-41所示。然后选择Box01和Cylinder01，并单击“Select（选择）”按钮。

（5）把创建的几何体添加到刚体集合中去，如图13-42所示。

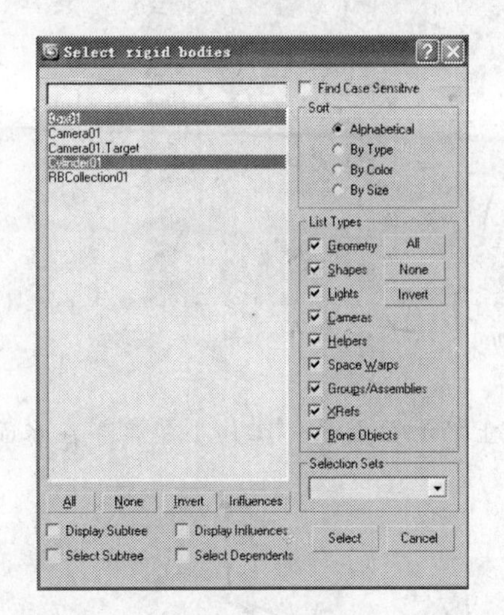

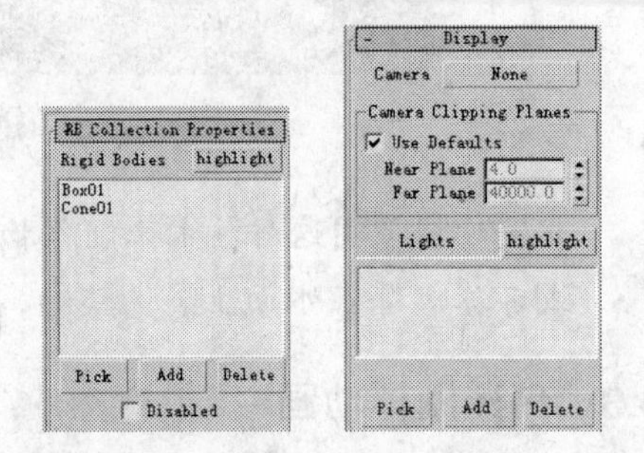

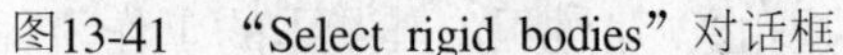
图13-41 “Select rigid bodies”对话框　　图13-42 添加几何体（左）及添加灯光（右）

（6）单击 按钮，再单击“reactor”按钮打开动力学反应器面板中。

（7）在视图中选择圆锥体，再展开“动力学反应器”面板中的“Display（显示）”面板，然后单击“Camera”项右侧的“None”按钮，然后在视图中拾取摄影机，这样是为了把摄影机视图定义为预览视图。

（8）在视图中选择圆锥体，再展开动力学反应器面板中的“Properties（属性）”面板，然后把“Mass（质量）”的值设置为10。

（9）用同样的方法把长方体的“Mass（质量）”值设置为0，也就是说把它作为地面。

（10）展开“Preview&Animation（预览&动画）”面板，然后单击该面板中的“Preview in Windows（在对话框中预览）”按钮，将会打开一个预览窗口，如图13-43所示。

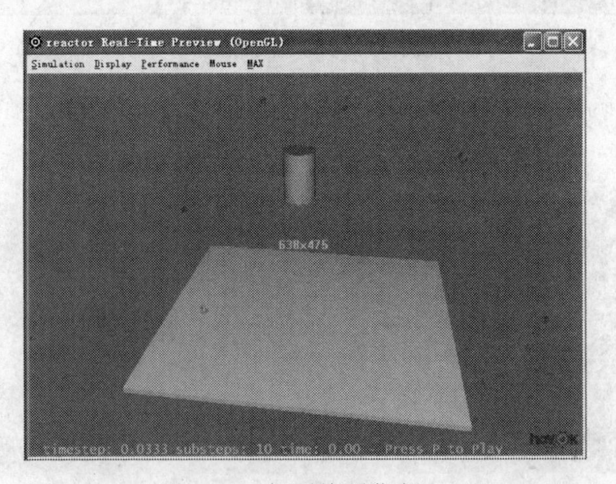

图13-43 打开的预览窗口

此时可以通过播放动画的方式进行预览。

（11）在“Preview&Animation（预览&动画）”面板中单击“Create Animation（模拟动画）”按钮来生成动画。

（12）在渲染之前，打开“环境与效果”编辑器添加一幅砖墙背景图像（也可以是其他的图像）。

（13）把摄影机图激活，然后按键盘上的F10键，打开“渲染场景”对话框，并勾选“活动时间段”项，如图13-44所示。

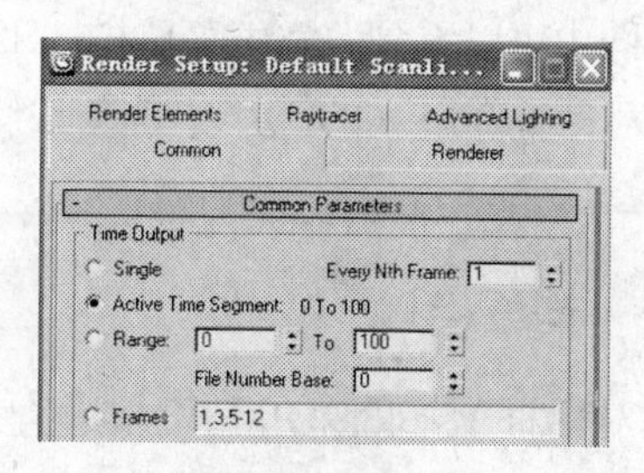

图13-44 设置选项

（14）单击下面的“文件”按钮，打开“渲染输出文件”对话框，并把文件名设置为“刚体动画”，把保存类型设置为AVI，然后单击“保存”按钮。

（15）在“渲染场景”对话框单击“渲染”按钮，开始进行渲染。渲染可能需要一些时间。渲染完成后，找到保存的文件，然后打开浏览，我们就会看到球体和圆锥体从上面落下，而且会有一些弹跳运动，如图13-45所示。

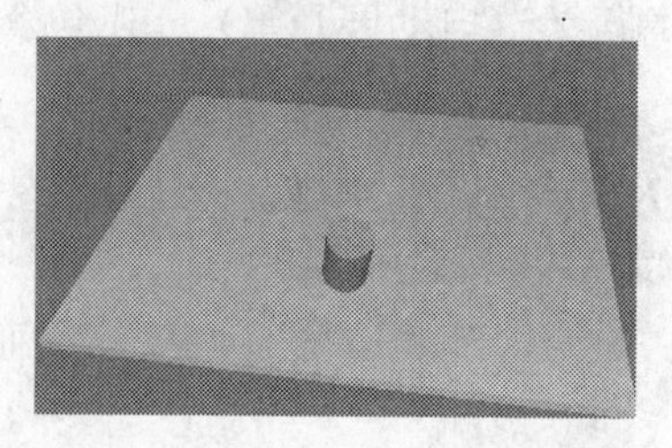

图13-45 动画效果

通过上面两个实例的介绍，可以看到reactor的操作方法非常简单。基本上都是先创建好场景，然后添加反应器并设置其物理属性。还需要指定好刚体集合或者软体集合，并把场景中的物体添加到集合中。最后进行计算并进行渲染输出。其操作的基本步骤就是这样，而且可以根据实际情况进行灵活地调整。

13.5 使用轨迹视图

为了更为精确地设置动画，3ds Max 2009还为我们提供了一个非常好的工具——轨迹视图，执行“Graph Editors（图表编辑器）→Track View-Curve Editor（轨迹视图-曲线编辑器）”命令即可打开“Track View-Curve Editor”，如图13-46所示。使用轨迹视图可以对创建的所有关键点进行查看和编辑。另外，还可以指定动画控制器，以便插补或控制场景对象的所有关键点和参数。

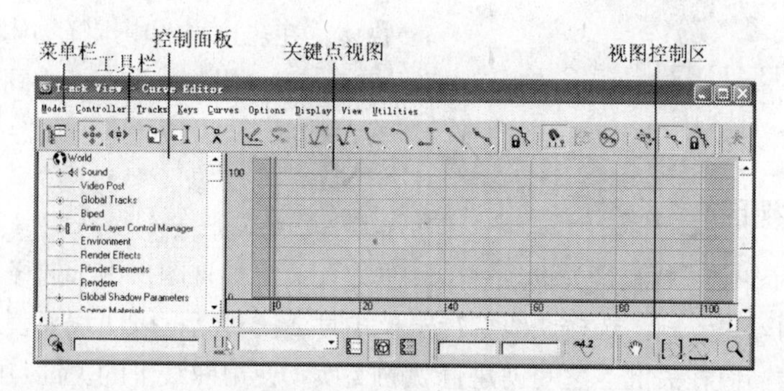

图13-46 轨迹视图-曲线编辑器

从图中可以看到，它由菜单栏、工具栏、控制面板、关键点视图、视图控制区工具等构成。由于该对话框在以后的工作中是经常使用的，因此，在这里有必要详细介绍一下它的各个组成部分。

13.5.1 菜单栏

在对话框顶部的菜单栏可用于查找工具、应用各种功能等。

· Modes（模式）：用于在“曲线编辑器”和“摄影表”之间进行选择。

· Controller（控制器）：指定、复制和粘贴控制器，并使它们唯一。在此还可以添加循环。

· Tracks（轨迹）：添加注释轨迹和可见性轨迹。

· Keys（关键点）：添加、移动、滑动和缩放关键点。还包含软选择、对齐到光标和捕捉帧。

· Curves（曲线）：应用或移除减缓曲线和增强曲线。

· Options（选项）：控制层次列表对话框的行为（自动展开等）。还包含可以改进性能的控件。

· Display（显示）：影响曲线、图标和切线显示。

· View（视图）：用于设置视图的位置、大小以及显示方式等。

· Utilities（工具）：随机化或创建范围外关键点。还可以通过时间和当前值编辑器选择关键点。

13.5.2 控制面板

在轨迹视图的左侧区域就是控制面板，也称为控制器区域，还有人称之为略表。轨迹视图可以随意地调整大小，把鼠标指针放在轨迹视图的边框上，等到指针改变成双向箭头时就可以通过拖动来调整轨迹视图的大小。把轨迹视图放大之后，就可以完全显示出控制区域，如图13-47所示。

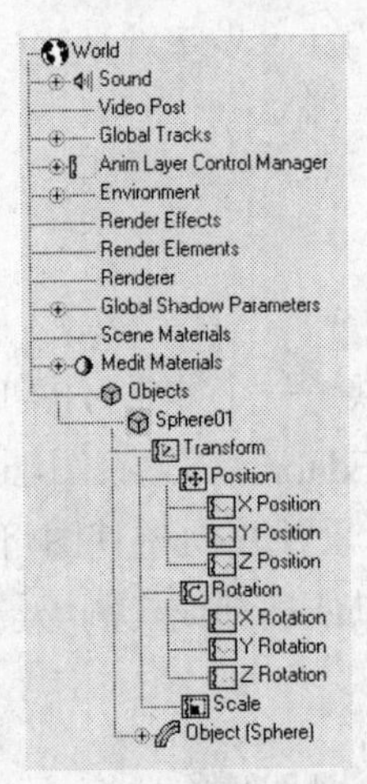

图13-47　控制区域

在这里以分层方式显示场景中的所有物体的名称和控制器轨迹，单击物体名称左侧的“+”号就可以展开这些物体的层级列表。在列表中选择物体之后，就可以为轨迹视图操作选择物体和轨迹标签。选择物体的图标也就选择了场景中的物体。在轨迹视图中选择物体的修改器，可以在“Modify（修改）”面板中同时显示出该修改器的参数面板。

13.5.3 关键点视图

在轨迹视图的右侧区域就是关键点视图，也称为关键帧视图。由于选择模式的不同，在该对话框中显示的内容也不同。选择曲线编辑器模式时，该对话框以曲线来表示运动。在该模式下，可以使运动的插值在关键点之间创建直观的变换。使用曲线上的关键点的切线控制柄可以以更平滑的方式控制场景中物体的运动。

在选择摄影表编辑器模式时，可以以图形的方式显示对动画的调整，类似于在电子表格中看到的效果。

视图中的时间滑块和时间标尺用于显示当前场景中的时间。

13.5.4 轨迹视图工具栏

我们在编辑物体的运动时，需要使用到工具栏中的工具，这些工具的作用是非常大的，下面就介绍一下这些工具的功能。

- 过滤器：使用该选项确定在“控制器”对话框和“关键点”对话框中显示的内容。
- 移动关键点：在函数曲线图上水平和垂直地自由移动关键点。
- 移动关键点：水平方向，在函数曲线图上仅在水平方向移动关键点。
- 移动关键点：垂直方向，在函数曲线图上仅在垂直方向移动关键点。
- 滑动关键点：在“曲线编辑器”中使用“滑动关键点”来移动一组关键点并根据移动来滑动相邻的关键点。
- 缩放关键点：使用此选项在两个关键帧之间压缩或扩大时间量。可以用在“曲线编辑器”和“摄影表”模型中。
- 缩放值：根据一定的比例增加或减小关键点的值，而不是在时间上移动关键点。
- 添加关键点：在函数曲线图或“摄影表”中的曲线上创建关键点。
- 绘制曲线：使用它来绘制新曲线，或通过直接在函数曲线上绘制草图来更改已存在的曲线。
- 减少关键点：使用它来减少轨迹中的关键点总量。
- 将切线设置为自动：它在“关键点切线轨迹视图”工具栏中，选择关键点，然后单击此按钮来将切线设置为自动切线。也可用弹出按钮单独设置内切线和外切线为自动。
- 将切线设置为自定义：将关键点设置为自定义切线，选择关键点后单击此按钮使此关键点控制柄可用于编辑。可用弹出按钮单独设置内切线和外切线。在使用控制柄时按下Shift键可中断使用。
- 切线设置为快速：将关键点切线设置为快速内切线、快速外切线或二者均有，这取决于在弹出按钮中的选择。
- 将切线设置为慢速：将关键点切线设置为慢速内切线、慢速外切线或二者均有，这取决于在弹出按钮中的选择。
- 将切线设置为阶跃：将关键点切线设置为阶跃内切线、阶跃外切线或二者均有，这取决于在弹出按钮中的选择。使用阶跃来冻结从一个关键点到另一个关键点的移动。
- 将切线设置为线性：将关键点切线设置为线性内切线、线性外切线或二者均有，这取决于在弹出按钮中的选择。
- 将切线设置为平滑：将关键点切线设置为平滑。可用它来处理不能继续进行的移动。
- 锁定选择：锁定选中的关键点。一旦创建了一个选择，打开此选项就可以避免不小心选择其他对象。

- 捕捉帧：将关键点移动限制到帧中。启用此选项后，关键点移动总是捕捉到帧中。禁用此选项后，可以移动一个关键点到两个帧之间并使之成为一个子帧关键点。默认设置为启用。
- 参数超出范围曲线：使用此选项来重复关键点范围之外的关键点移动。选项包括“循环”、“往复”、“周期”、或“相对重复”。
- 显示可设置关键点图标：显示一个定义轨迹为关键点或非关键点的图标。仅当轨迹在想要的关键帧之上时，使用它来设置关键点。在“轨迹视图”中禁用一个轨迹也就在视口中限制了此移动。红色关键点是可设为关键点的轨迹，黑色关键点是不可设为关键点的轨迹。
- 显示切线：在曲线上隐藏或显示切线控制柄。使用此选项来隐藏单独曲线上的控制柄。
- 显示所有切线：在曲线上隐藏或显示所有切线控制柄。当选中很多关键点时，使用此选项可快速隐藏控制柄。
- 锁定切线：锁定选中的多个切线控制柄，然后可以一次操作多个控制柄。禁用“锁定切线”时，一次仅可以操作一个关键点切线。

有的工具按钮下面还隐含有相应的工具，它们的功能基本上都是对应的。另外，在后面还有几个图标，那是用于设置biped位置的，这里不再一一介绍。

13.5.5 视图控制区工具

在轨迹视图的下面是用于控制视图区的一些工具按钮，包括下列按钮：

- 缩放选定对象：调整当前选择物体的显示大小。
- 显示选定关键点状态：用于在选择的关键点右侧显示它的坐标值。
- 平移：用于在关键帧对话框中显示所有的活动时间段。
- 水平方向最大化显示：用于在关键帧对话框中显示所有的关键点。
- 最大化显示值：用于在关键帧对话框中显示所有的曲线。
- 缩放：用于在关键帧对话框中缩放显示的内容。
- 缩放区域：用于在关键帧对话框中缩放选择区域的内容。

13.5.6 轨迹视图-摄影表

我们在编辑物体的运动时，有时需要使用到“Track View-Dope Sheet（轨迹视图-摄影表）”，通过选择“Graph Editors→Track View-Dope Sheet”命令即可打开摄影表，如图13-48所示，它也有一个工具栏，里面也包含一些工具按钮，下面就介绍一下这些工具的功能。

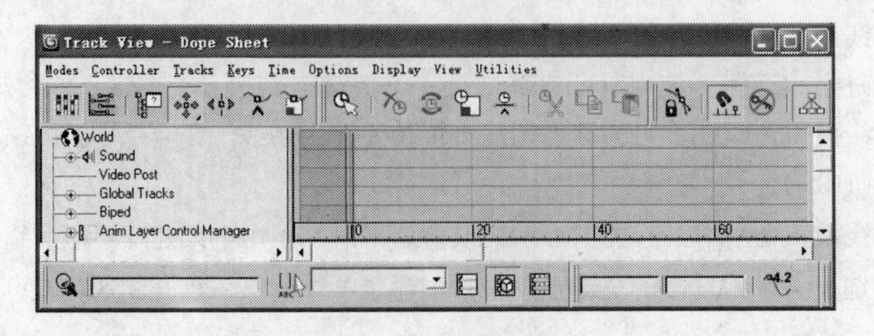

图13-48 轨迹视图-摄影表

· 编辑关键点：显示“摄影表编辑器”模式，它将关键点在图形上显示为长方体。使用这个模式来插入、剪切和粘贴时间。

· 编辑范围：显示“摄影表编辑器”模式，它将关键点轨迹在图形上显示为范围工具栏。

· 过滤器：使用它来决定在“控制器”窗口和“摄影表：关键点”窗口中显示什么。

· 滑动关键点：在“摄影表”中使用“滑动关键点”来移动一组关键点并根据移动来滑动相邻的关键点。仅有活动关键点在同一控制器轨迹上。

· 添加关键点：存在于“摄影表”栅格中的轨迹上创建关键点。将此工具与“当前值”编辑器结合使用可调整关键点的数值。

· 缩放关键点：使用它在两个关键帧之间压缩或扩大时间量。可以用在“曲线编辑器”和“摄影表”模型中。使用时间滑块作为缩放的起始或结束点。

· 选择时间：用来选择时间范围。时间选择包含时间范围内的任意关键点。使用插入“时间”，然后用“选择时间”来选择时间范围。

· 删除时间：将选中时间从选中轨迹中删除。不可以应用到对象整体来缩短时间段。此操作会删除关键点，但会留下一个“空白”帧。

· 反转时间：在选中的时间段内，反转选中轨迹上的关键点。

· 缩放时间：在选中的时间段内，缩放选中轨迹上的关键点。

· 插入时间：以时间插入的方式插入一个范围的帧。滑动已存在的关键点来为插入时间创造空间。一旦选择了具有“插入时间”的时间，此后可以使用所有其他的时间工具。

· 剪切时间：将选中时间从选中轨迹中剪切掉。

· 复制时间：复制选中的时间，以后可以用它来粘贴。

· 粘贴时间：将剪切或复制的时间添加到选中轨迹中。

· 锁定选择：锁定选中的关键点。一旦创建了一个选择，启用此选项就可以避免不小心选择其他对象。

· 捕捉帧：将关键点移动限制到帧中。打开此选项时，关键点移动总是捕捉到帧中。禁用此选项时，可以移动一个关键点到两个帧之间并令其成为一个子帧关键点。默认设置为启用。

· 显示可设置关键点图标：显示一个定义轨迹为关键点或非关键点的图标。仅当轨迹在想要的关键帧之上时，使用它来设置关键点。在“轨迹视图”中禁用一个轨迹也就在视口中限制了此移动。红色关键点是可设为关键点的轨迹，黑色关键点是不可设为关键点的轨迹。

· 修改子树：启用该选项后，在父对象轨迹上操作关键点来将轨迹放到层次底部。它默认在“摄影表”模式下。

· 修改子关键点：如果在没有启用“修改子树”时修改父对象，那么单击“修改子关键点”可将更改应用到子关键点上。类似地，在启用“修改子树”时修改了父对象，“修改子关键点”项会禁用这些更改。

摄影表控制区中的控制按钮与轨迹视图中的按钮基本相同，在此不再赘述。

13.5.7 使用轨迹视图调整篮球的弹跳

在这个实例中，将介绍如何使用轨迹视图来调整球的弹跳运动，以便初步掌握轨迹视图的使用。

（1）在视图中创建一个球体作为篮球，再创建一个平面物体作为地面，如图13-49所示。

（2）按键盘上的M键，打开材质编辑器窗口，为球赋予一种篮球材质，为平面赋予一种地面材质。

（3）执行“Rendering（渲染）→Environment（环境）”命令，打开“环境和效果”编辑器，然后单击“None”按钮添加一幅背景图像。

（4）按键盘上的F9键进行渲染，效果如图13-50所示。

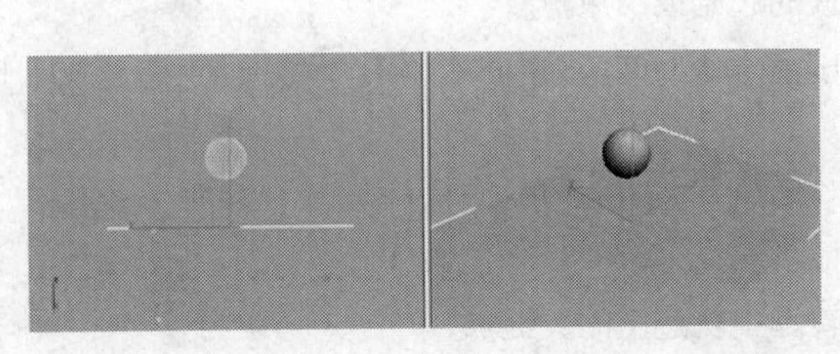

图13-49 创建的模型

图13-50 渲染效果

下面我们开始设置动画：

（1）确定时间滑块在0时间上，然后在工作界面的右下角单击“自动关键点”以启用它。

（2）把时间滑块拖动到50时间上，然后在前视图中使用“选择并移动”工具沿Y轴把球体向下移动到平面物体上。

（3）把时间滑块拖动到50时间上，然后在前视图中使用“选择并移动”工具沿Y轴把球体向上移动到平面物体上方。

（4）此时，如果单击动画控制区中的（播放）按钮，可以在顶视图中看到球体匀速上下运动。

（5）单击按钮即可停止动画的播放。

通过浏览动画，可以看到球体的运动是匀速的，也就是说没有加速度和减速度。在自然界中，物体的运动都是有加速度和减速度的。那么如何为球的运动添加加速度和减速度呢？使用轨迹视图就可以做到，下面我们就来介绍如何使用轨迹视图来为篮球添加加速度和减速度的运动效果。

（1）执行“Views（视图）→Show Ghosting（显示重影）”命令，启动重影功能。该功能会把当前关键帧之前的物体位置显示为淡绿色。

启动重影功能是为了我们更清楚地看到球体的运动效果。

（2）执行“Customize（自定义）→Preferences（首选项）”命令打开“Preferences Settings（首选项设置）”窗口，单击“Viewports（视口）”项，并把“Ghosting Frames（重影帧）”的值设置为4，把显示“Display Nth Frames（第N帧）”的值设置为3，然后单击“OK”按钮，如图13-51所示。

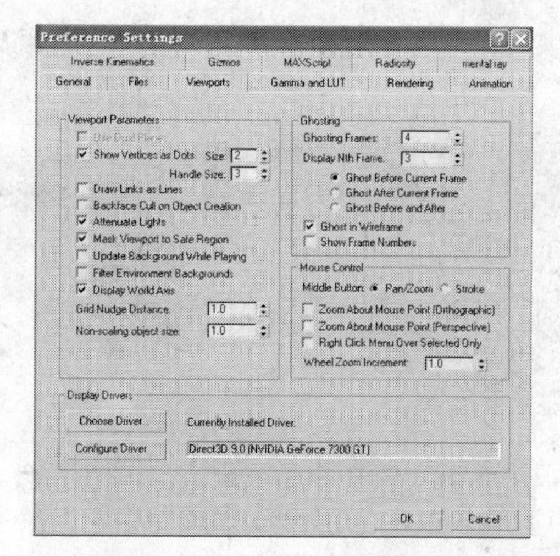

图13-51　“首选项设置”窗口

（3）确定透视图处于激活状态，然后执行“图表编辑器→轨迹视图-曲线编辑器”命令打开轨迹视图，如图13-52所示。

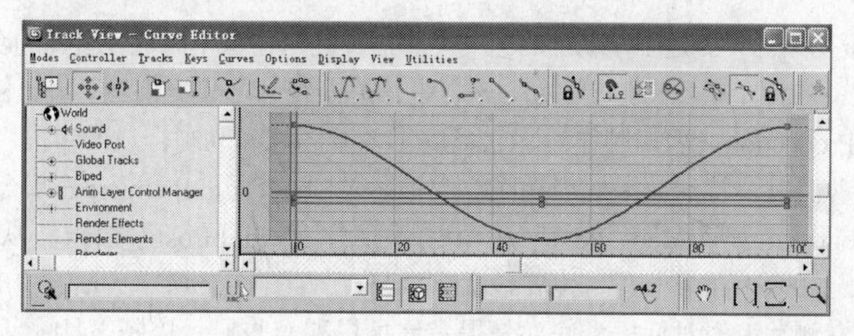

图13-52　轨迹视图

（4）在轨迹视图左侧的列表窗口中单击Shpere01下面的Z位置项，这样会在右侧的窗口中显示出Z轴运动曲线。

（5）在蓝色的曲线下端有一个黑色的小点，这就是一个关键点，单击这个关键点，它会改变成白色，并显示一对控制手柄。

（6）按住键盘上的Shift键，把左侧的手柄向上拖动，效果如图13-53所示。

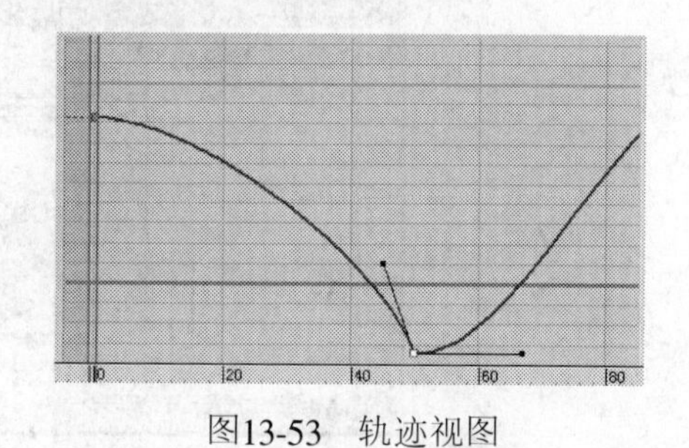

图13-53　轨迹视图

按住键盘上的Shift键进行拖动可以移动一侧的控制手柄，如果不按住Shift键，则会拖动两侧的控制手柄。

（7）单击动画控制区中的▶（播放）按钮，可以在顶视图中看到球体的运动改变了。

（8）如果感觉球体的运动效果比较好了，那么按住键盘上的Shift键拖动另外一侧的控制手柄，效果如图13-54所示。

（9）执行视图→显示重影命令，停止重影功能。单击动画控制区中的▶（播放）按钮，我们就可以看到球体的运动有了加速度和减速度了，如图13-55所示。

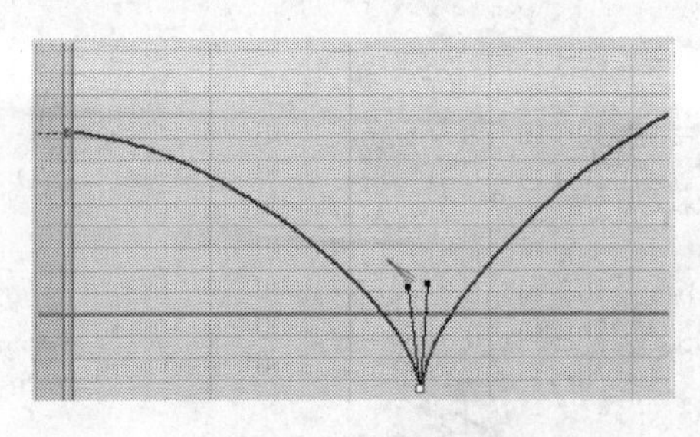

图13-54 调整效果

图13-55 篮球在跳动

（10）按前面介绍的渲染方法，渲染动画，并把文件保存起来。

当然，使用轨迹视图可以编辑很多运动效果，读者可以尝试多进行练习和操作。在下面的内容中，将介绍另外一个重要的动画工具——Video Post视频合成器。

13.6 Video Post视频合成器

Video Post视频合成器是制作动画的另一个利器。它可提供不同类型事件的合成渲染输出，包括当前场景、位图图像、图像处理功能等。VideoPost视频合成器相当于一个视频后期处理软件，源于Post-Production（后期制作）。它提供了各种图像和动画合成的手段，包括动态影像的非线性编辑功能以及特殊效果处理功能，类似于Adobe公司的Premiere视频合成软件。

执行“Rendering→Video Post”命令即可弹出“VideoPost”窗口。从外表上看，与TrackView（轨迹视图）非常相似，主要包括5个部分，如图13-56所示。顶端为工具栏，左侧为序列对话框，右侧为编辑对话框，底部是提示信息栏和一些显示控制工具。

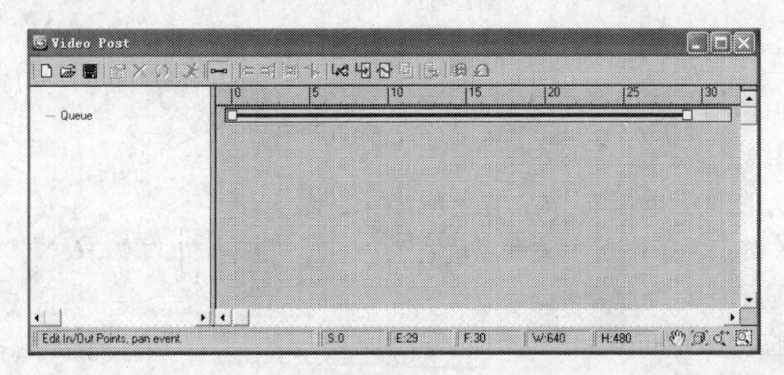

图13-56 Video Post的默认界面

Video Post合成器工具栏由不同的功能按钮组成，用于编辑图像和动画资料事件。下面介绍一下这些按钮工具的功能。

- 新建序列：可创建新Video Post序列。
- 打开序列：可打开存储在磁盘上的Video Post序列。
- 保存序列：可将当前Video Post序列保存到磁盘。
- 编辑当前事件：会显示一个对话框，用于编辑选定事件的属性。
- 删除当前事件：会删除Video Post队列中的选定事件。
- 交换事件：可切换队列中两个选定事件的位置。

• 执行序列：执行Video Post队列为创建后期制作视频的最后一步。执行与渲染有所不同，因为渲染只用于场景，但是可以使用“Video Post”合成图像和动画而无需包括当前的3ds Max 2009场景。

• 编辑范围栏：为显示在事件轨迹区域的范围栏提供编辑功能。

• 将选定项靠左对齐：向左对齐两个或多个选定范围栏。

• 将选定项靠右对齐：向右对齐两个或多个选定范围栏。

• 使选定项大小相同：使所有选定的事件与当前的事件大小相同。

• 关于选定项：将选定的事件端对端连接，这样，一个事件结束时，下一个事件将会开始。

• 添加场景事件：将选定摄影机视口中的场景添加至队列。

• 添加图像输入事件：将静止或移动的图像添加至场景。

• 添加图像过滤器事件：提供图像和场景的图像处理。

• 添加图像层事件：添加合成插件来分层队列中选定的图像。

• 添加图像输出事件：提供用于编辑输出图像事件的控件。

• 外部：事件通常是执行图像处理的程序。

• 循环事件：导致其他事件随时间在视频输出中重复。它们控制排序，但是不执行图像处理。

序列对话框按分支树的形式排列各个项目，顺序是从上到下，下面的层级会覆盖上面的层级，因此需要把背景图像放在最上面。双击序列对话框中的项目可以打开它的参数控制面板来设置相关的参数。

编辑对话框使用深蓝色的时间条表示选择项目的时间段，它上面有可滑动的时间标，使用它可以确定时间段的坐标，可以移动或者缩放时间条，双击时间条可以打开它的参数面板来设置参数。

信息栏用于显示相关的信息，S显示当前选择项目的起始帧；E显示当前选择项目的结束帧；F显示当前选择项目的总帧数；W/H显示当前序列最后输出图像的尺寸，单位为Pixel（像素）。显示控制工具指处于VideoPost右下角的四个工具，主要用于序列对话框和编辑对话框的显示操作。它们分别用于平移、最大化显示、放大时间和缩放区域。

13.7 实例：电视台“新闻频道”片花

我们在前面提到过VideoPost合成器相当于一个视频后期处理软件，可将收集来的动画素材或图像文字合并，用来合成制作一部片花甚至于影片。下面是其中一帧的画面，如图13-57所示。下面通过一个实例来向读者演示如何使用Video Post合成器。

（1）依次单击 → → Text （文本）按钮，切换到中文输入，在文本栏中输入“新”字，然后在前视图中单击创建一个“新”字。以同样的方法，在前视图中分别创建出“闻”、“频”、“道”几个字，如图13-58所示。

（2）同时选定这4个文字，进入到“修改”面板中，在修改器列表中选择“Bevel（倒角）”修改器，并设置参数如图13-59所示。这样是为给文字添加倒角效果。

（3）设置倒角后的文本效果如图13-60所示。

图13-57 片花效果

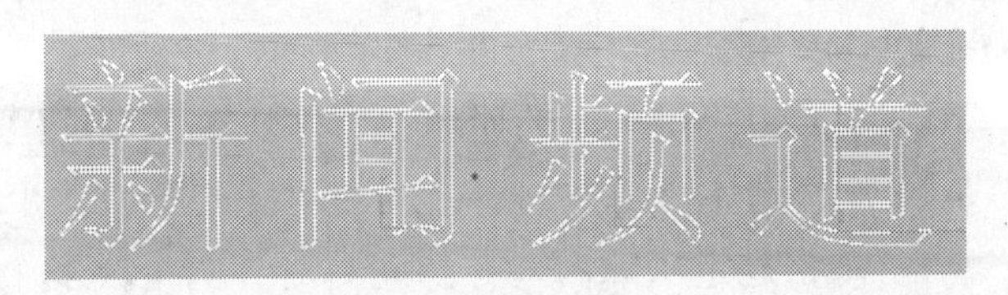

图13-58 创建文字

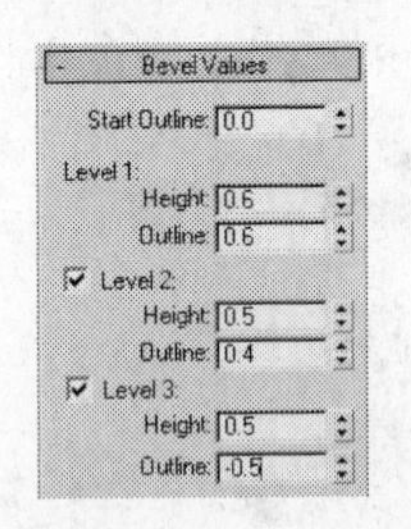

图13-59 设置倒角的参数

图13-60 文字的倒角效果

（4）按键盘上的M键，打开材质编辑器为它们赋予一种不锈钢材质。然后执行“Rendering（渲染）→Environment（环境）”命令，打开“环境和效果”对话框，然后单击“None”按钮，添加一幅有关体育的背景图像。效果如图13-61所示。

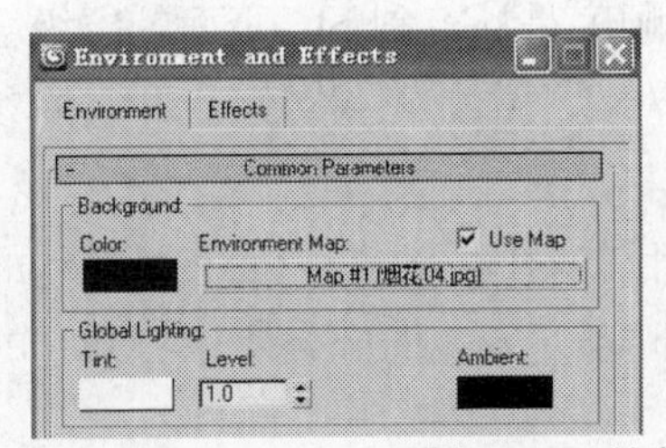

图13-61 渲染的静态效果图

（5）添加一个目标摄影机，然后按键盘上C键，把透视图切换成摄影机视图。然后按F9键渲染摄影机视图，效果如图13-62所示。

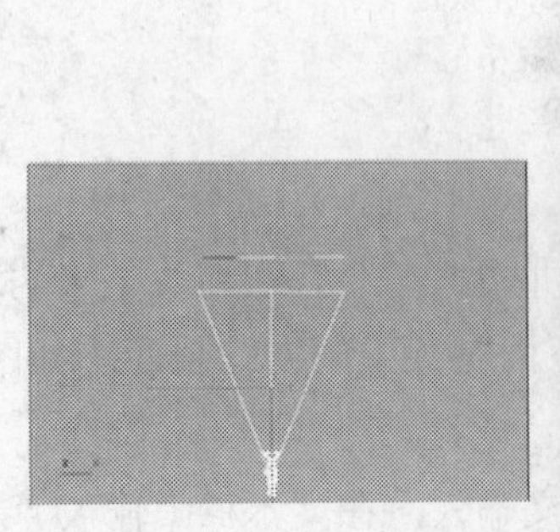

图13-62 渲染的静态效果图

如果文字效果不够亮，那么可以在场景中添加灯光来照亮文字。

（6）按键盘上的M键，打开“材质编辑器”对话框，如图13-63所示。为文字赋予不锈钢材质，并分别赋予4个文字。

（7）在顶视图中选择4个文字，然后使用鼠标把它们移动到摄影机视图之外。然后单击 Set Key（设置关键点）按钮，打开设置关键点模式，如图13-64所示。

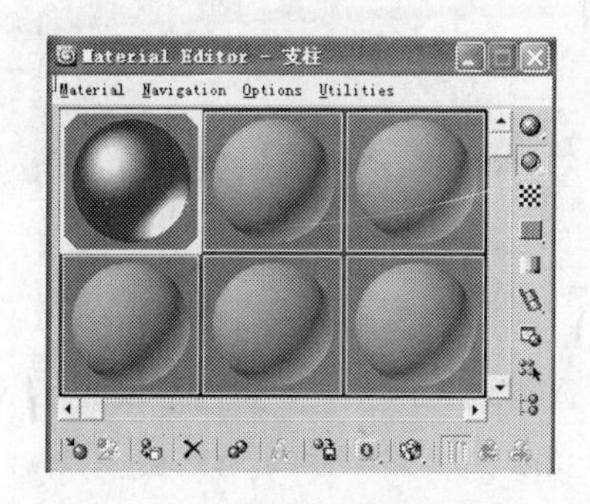

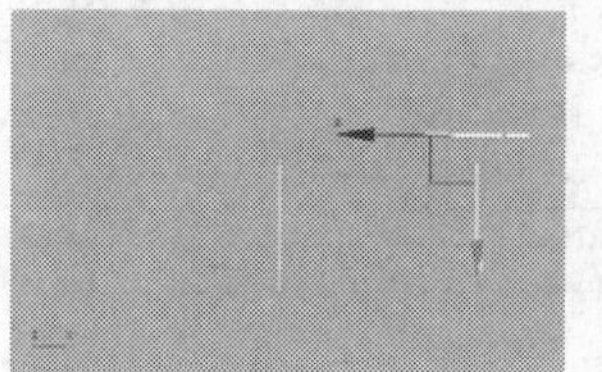

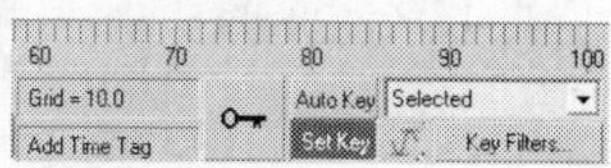

图13-63　“材质编辑器”对话框

图13-64　移动文字到摄影机视图之外

（8）确定在栏中的数字是0，单击按钮，这样就设置了一个关键点。

（9）在动画控制器栏中输入20，然后把“新”字移动到摄影机视图中，并调整好位置，如图13-65所示。

（10）使用同样的方法，把其他3个字移动到视图中，放置好它们的位置，并分别在40、60和80处设置关键点，如图13-66所示。

图13-65　“新”字的位置

图13-66　文字的位置

（11）单击播放按钮，可以看到4个文字从视图之外以同样的方式逐个移动到摄影机视图中，如图13-67所示。

图13-67　文字的移动效果

读者可以以其他的运动方式把文字移动到摄影机视图中，比如旋转。

（12）执行“Graph Editor（图表编辑器）→Track View-Curve Editor（轨迹视图）”命令，打开轨迹视图。在轨迹视图中使用“Move Key（移动关键点）”工具分别移动4个文字的关键点，如图13-68所示。

（13）单击 → → Point （点）按钮，在前视图文字的左上方创建一个点辅助物体，如图13-69所示。

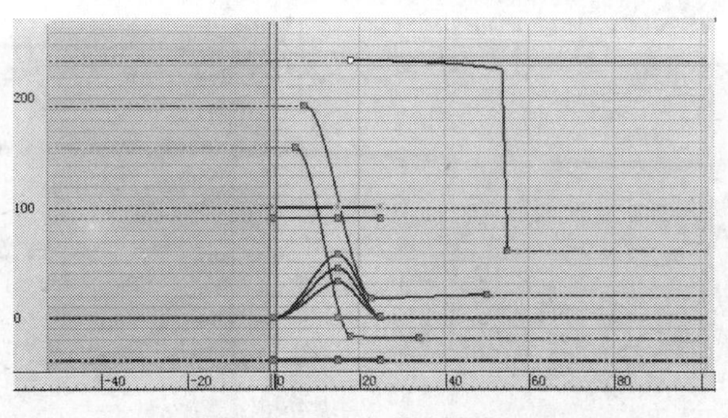

图13-68 移动关键点

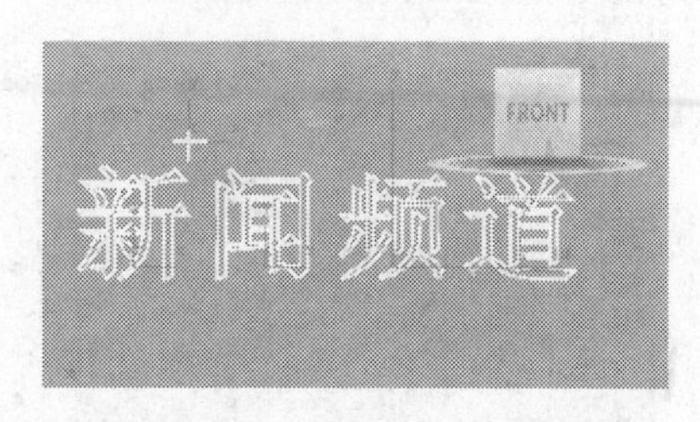

图13-69 创建的点辅助物体（左上角）

（14）执行“Rendering→Video Post”命令，即可弹出“VideoPost”窗口，如图13-70所示。

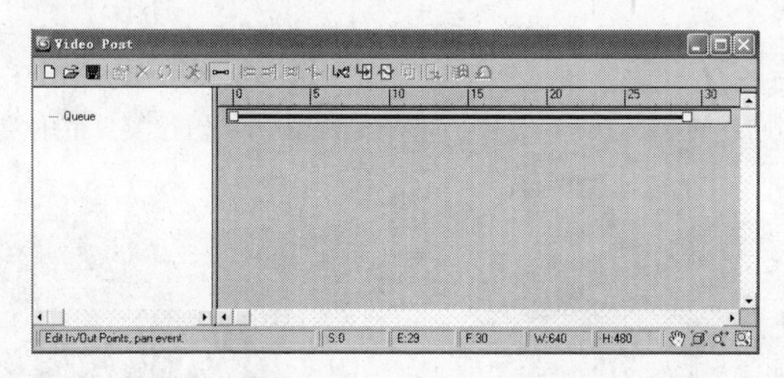

图13-70 “Video Post”窗口

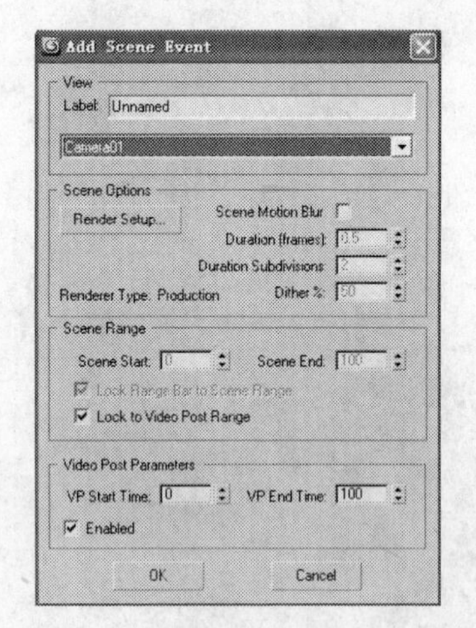

图13-71 “添加场景事件”对话框

（15）在“Video Post”窗口中单击按钮，在打开的“Add Scene Event（添加场景事件）”对话框中选择Camera01，如图13-71所示。然后单击“OK”按钮。这样是为了在序列对话框中添加摄影机场景。

（16）在“Video Post”窗口中单击按钮，在打开的“Add Image Filter Event（添加图像过滤事件）”对话框中单击小三角形按钮，从打开的列表中选择“Lens Effects Flare（镜头效果光斑）”，如图13-72所示。然后单击“OK”按钮。这样是为了在序列对话框中添加镜头效果光斑。

（17）在“Video Post”窗口中单击按钮，在打开的“Add Image Outpu Event（添加图像输出事件）”对话框中单击“文件” Files... 按钮，如图13-73所示。在打开的“Select Image File for Video Output（选择图像文件进行输出）”对话框中，将以上的文件合并输出为“文字运动”文件，并把文件格式设置为AVI File。

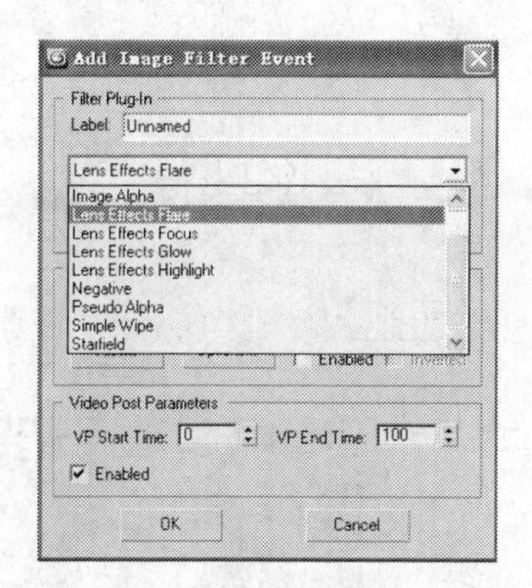

图13-72　“添加图像过滤事件”对话框

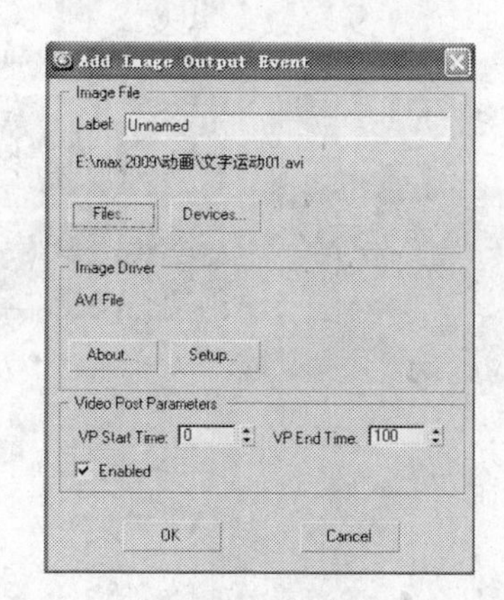

图13-73　“添加图像输出事件”对话框

在关闭“选择图像文件进行输出”对话框后，还会打开一个“AVI File Comprssion Setup（AVI文件压缩设置）”对话框，在该对话框中要选择需要的压缩器，如图13-74所示。

（18）设置完成后单击“OK”按钮，会显示如图13-75所示的状态。

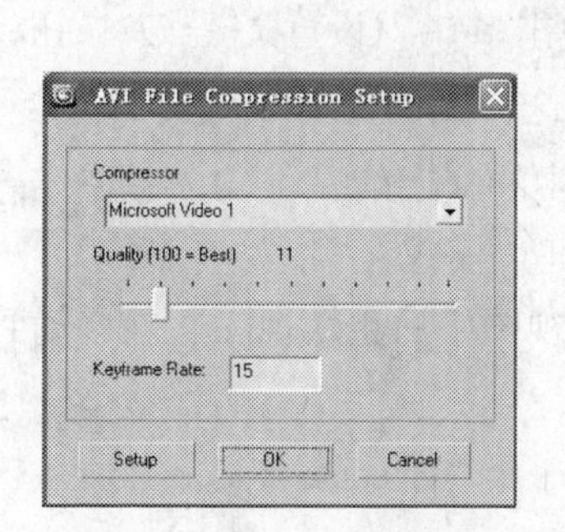

图13-74　“AVI文件压缩设置”对话框

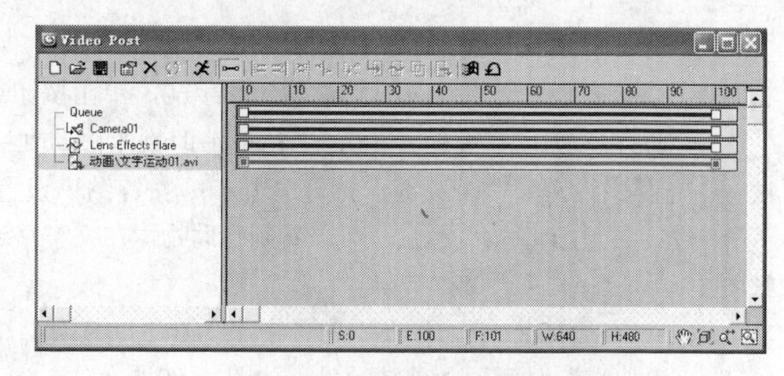

图13-75　“Video Post”窗口

（19）在“Video Post”窗口中双击“镜头效果光斑”，打开“Edit Filter Event（编辑过滤事件）”对话框，如图13-76所示。

（20）单击“Setup（设置）”按钮，将会打开“Lens Effects Flares（镜头效果光斑）”窗口，如图13-77所示。

（21）在“镜头效果光斑”窗口中单击“Node Sources（节点源）”按钮，在打开的对话框选择中Point01，并单击“OK”按钮，这样就为辅助物体赋予了光芒特效。然后勾选“Apply Hue Globally全局应用色调”项。

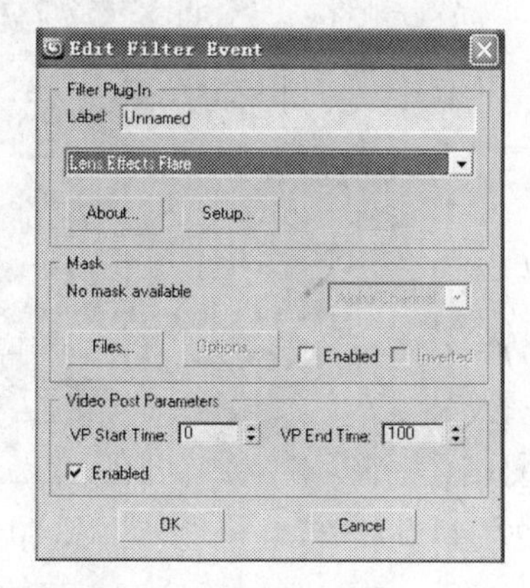

图13-76　“编辑过滤事件”对话框

（22）单击“VP Queue”按钮和“Preview（预览）”按钮。在预览对话框中将会显示出下列效果，如图13-78所示。然后单击“OK”按钮关闭对话框。

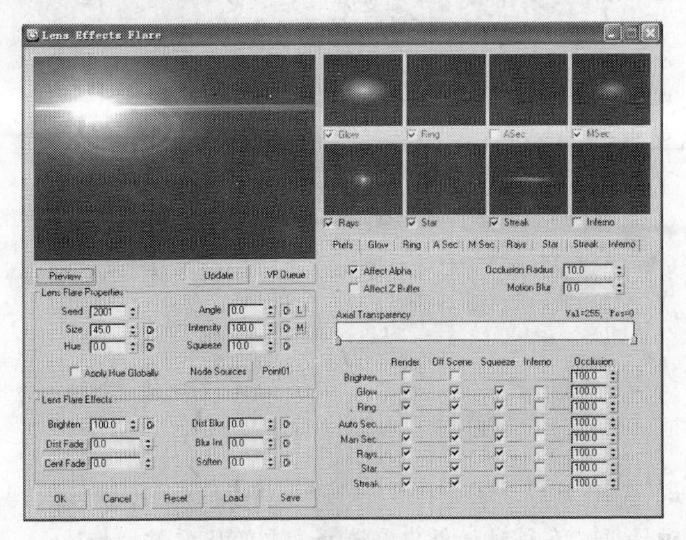

图13-77 “镜头效果光斑”对话框

图13-78 预览的光斑效果

不使用背景图像的效果，如图13-79所示。

（23）在前视图中选择辅助物体并将其移动到视图之外。然后单击Set Key（设置关键点）按钮，打开设置关键点模式。在栏中输入数字60，单击按钮，这样就设置了一个关键点。

（24）在栏中输入100，然后把辅助物体移动到视图中的文字的左上角，并单击按钮，这样又设置了一个关键点。再单击Set Key按钮结束设置关键点模式。

（25）单击“播放”按钮，可以看到辅助物体在文字移动到视图中后也从视图之外移动到视图中。

（26）在“Video Post”窗口中单击按钮开始渲染工作，打开“Execute Video Post（执行Video Post）”对话框，并进行设置如图13-80所示。

（27）单击“Render（渲染）”按钮进行渲染即可。最终效果如图13-81所示。

图13-79 镜头光斑效果

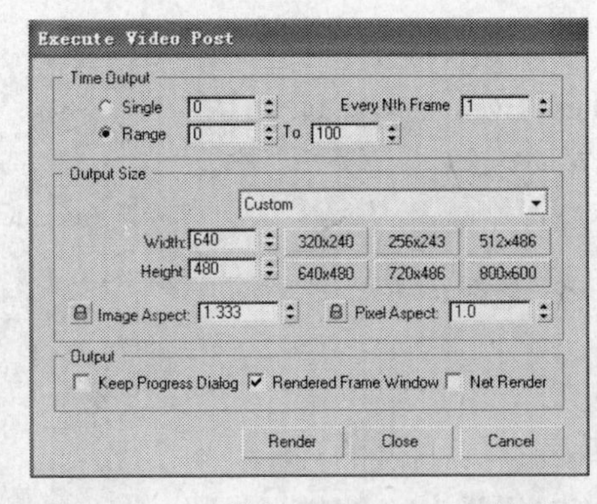

图13-80 “执行Video Post”对话框

图13-81 渲染效果

效果是不是很不错啊？甚至可以拿到电视台去做片头了。使用Video Post合成器可以合成很多的效果，有兴趣的读者可以自己去尝试。

在本章中，我们介绍了有关制作动画方面的内容。在下一章的内容中，我们将介绍有关在3ds Max 2009中制作粒子动画方面的内容，制作粒子动画也是我们应该掌握的内容。

第14章 空间扭曲和粒子动画

我们在前面的章节中介绍了动画的概念、工具及一些基本的动画设置。在这一章的内容中，将要学习另外一种类型的动画——粒子动画。粒子动画用于模拟一些自然效果，例如雨、烟雾和雪，也可以模拟一些其他的自然现象，如激光冲击波等效果，如图14-1所示。一般我们把这种类型的动画归结为程序动画，它不同于普通的关键帧动画。在关键帧动画中，对象是从关键帧移动到关键帧。在程序动画中，对象的动画由一组参数控制。可以随时间为这些参数设置关键帧，但一般不能在系统中为单个对象或粒子设置动画。粒子动画的生成需要使用粒子系统，所以我们要先了解粒子系统。

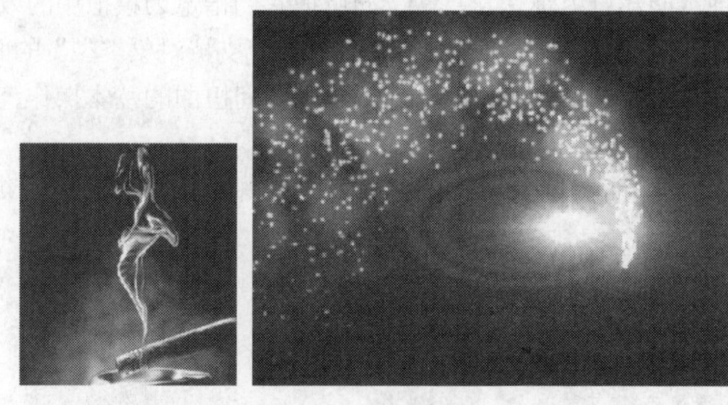

图14-1 使用粒子制作的烟雾效果和烟火效果

14.1 空间扭曲和粒子动画概述

空间扭曲和粒子系统是附加的建模工具。空间扭曲是使用令其他对象变形的“力场”创建出涟漪、波浪和风吹等效果。粒子系统能生成粒子子对象，从而达到模拟雪、雨、灰尘等效果的目的，粒子系统主要用于动画中。

空间扭曲的行为方式类似于修改器，只不过空间扭曲影响的是世界空间，而几何体修改器影响的是对象空间，如图14-2所示。

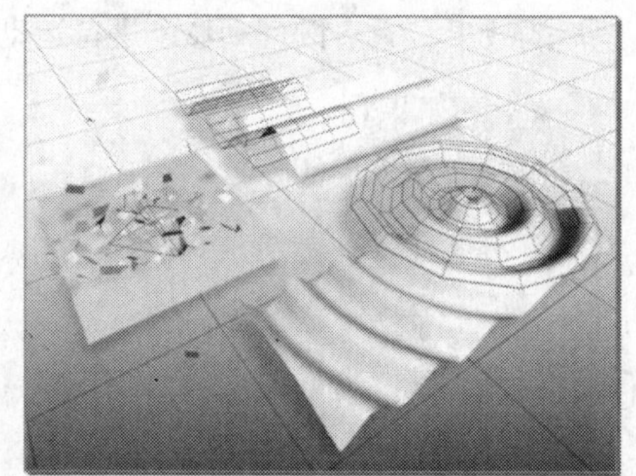

图14-2 使用空间扭曲创建的效果

空间扭曲只会影响和它绑定在一起的对象。扭曲绑定显示在对象修改器堆栈的顶端。空间扭曲总是在所有变换或修改器之后应用。当把多个对象和一个空间扭曲绑定在一起时，空间扭曲的参数会平等地影响所有对象。不过，每个对象距空间扭曲的距离或者它们相对于扭曲的空间方向可以改变扭曲的效果。由于该空间效果的存在，只要在扭曲空间中移动对象就可以改变扭曲的效果。

我们也可以在一个或多个对象上使用多个空间扭曲。多个空间扭曲会以你应用它们的顺序显示在对象的堆栈中。我们可以利用“自动栅格”功能调整新的空间扭曲相对于现有对象的方向和位置。

一些类型的空间扭曲是专门用于可变形对象上的，如基本几何体、网格、面片和样条线。其他类型的空间扭曲用于粒子系统，如“喷射”和“雪”。5种空间扭曲（重力、粒子爆炸、风力、马达和推力）可以作用于粒子系统，还可以在动力学模拟中用于特殊的目的。在后一种情况下，我们不用把扭曲和对象绑定在一起，而应把它们指定为模拟中的效果。

在“创建”面板上，每个空间扭曲都有一个被标为“支持对象类型”的面板。该面板列出了可以和扭曲绑定在一起的对象类型。下面介绍一下空间扭曲的基本操作。

（1）启动3ds Max 2009后，创建空间扭曲和对象。

（2）确定应用空间扭曲的对象处于选择状态，然后在工具栏中激活“绑定到空间扭曲”按钮。

（3）在选定的对象上单击并按住鼠标键，然后将其拖动到空间扭曲对象上即可。空间扭曲对象会闪烁片刻以表示绑定成功。

14.1.1 力

进入到创建面板中单击“Space Warps（空间扭曲）”按钮，在默认设置下即可进入到“Forces（力）”的创建面板中，如图14-3所示。也可以在创建面板中单击按钮，从打开的下拉列表中选择“Forces（力）”项即可。

在“Forces（力）”创建面板中共有9种力的空间扭曲类型，分别是Motor（马达）、Push（推力）、Vortex（漩涡）、Drag（阻力）、Path Follow（路径跟随）、PBomb（粒子爆炸）、Gravity（重力）、Wind（风）、Displace（置换）。下面分别简单地介绍一下这几种力。

1. Push（推力）

空间扭曲将力应用于粒子系统或动力学系统。根据系统的不同，其效果略有不同。下面是应用到粒子系统后的效果，它可以推动粒子进行运动，如图14-4所示。

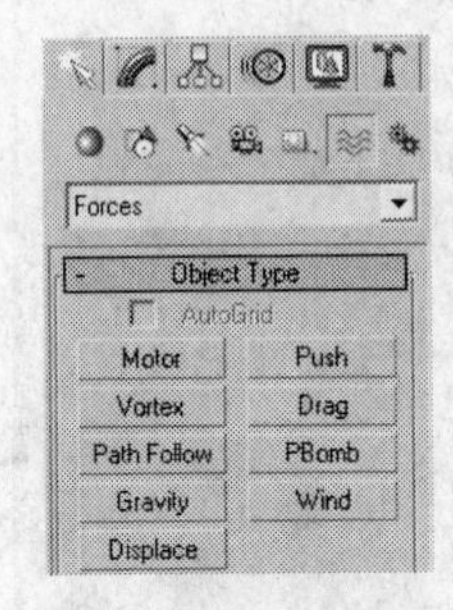

图14-3 力的创建面板

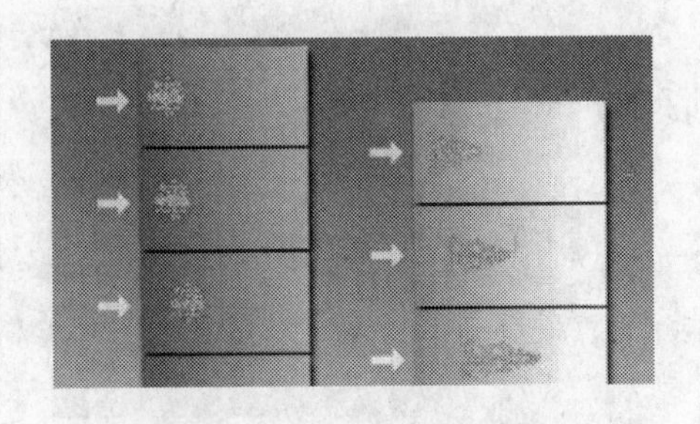

图14-4 对粒子的影响效果

如果将力应用到粒子系统，那么应正向或负向应用均匀的单向力。力没有宽度界限，其宽幅与力的方向垂直；使用“Range（范围）”选项可以对其进行限制。

如果将力应用到动力学系统，那么应提供与液压传动装置图标的垫块相背离的点力（也叫点载荷）。负向力以相反的方向施加拉力。在动力学中，力的施加和用手指推动物体时相同。

在“Forces（力）”创建面板中单击 Push 按钮，然后在视图中单击并拖曳即可创建出它的图标，如图14-5所示。在场景中添加该空间扭曲并绑定到指定的对象后即可对对象产生影响。

下面简单地介绍一下Forces（力）空间扭曲的参数面板中，以便于了解和使用这些选项。其参数面板如图14-6所示。

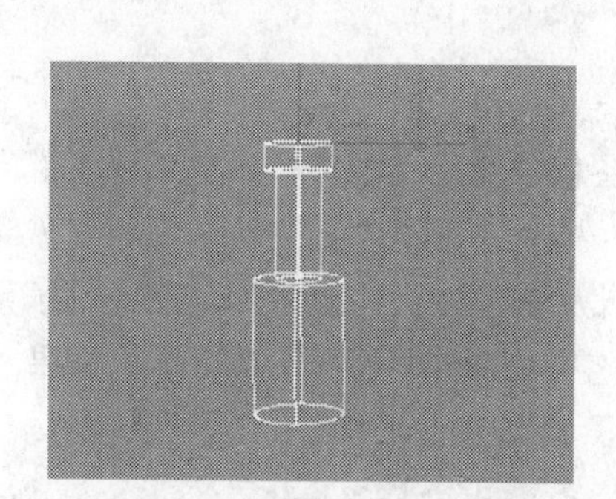

图14-5　力空间扭曲的图标

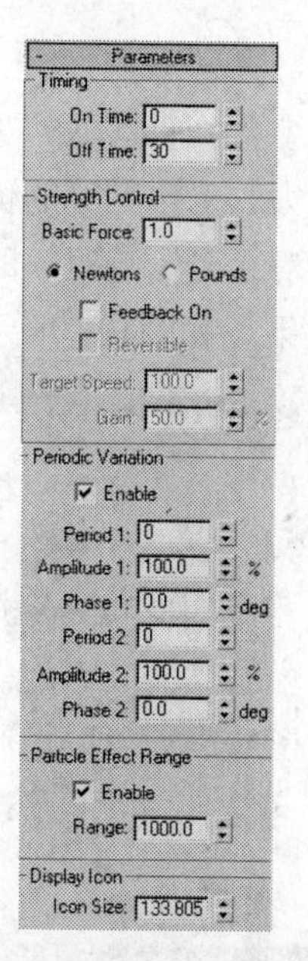

图14-6　参数面板

· On Time/Off Time（开始时间/结束时间）：空间扭曲效果开始和结束时所在的帧编号。因为应用推力的粒子随着时间发生移动，所以不会创建关键帧。

· Basic Force（基本力）：空间扭曲施加的力的量。

· Newtons/Pounds（牛顿/磅）：该选项用来指定“基本力”微调器使用的力的单位。

· Feedback On（启用反馈）：打开该选项时，力会根据受影响粒子相对于指定“目标速度”的速度而变化。关闭该选项时，不管受影响粒子的速度如何，力保持不变。

· Reversible（可逆）：打开该选项时，如果粒子的速度超出了“目标速度”设置，力会发生逆转。仅在打开“启用反馈”选项时可用。

· Target Speed（目标速度）：以每帧的单位数指定“反馈”生效前的最大速度。仅在打开“启用反馈”选项时可用。

· Gain（增益）：指定以何种速度调整力以达到目标速度。如果设置为100%，校正会立即进行。如果设置较低的值，发生的响应会越来越慢、越来越散。

· Period 1（周期1）：噪波变化完成整个循环所需的时间。例如，设置20表示每20帧循环一次。

· Amplitude 1（振幅1）：（用百分比表示）变化强度。该选项使用的单位类型和“基本力”微调器相同。

· Phase 1（相位1）：偏移变化模式。

· Period（周期2）：提供额外的变化模式（二阶波）来增加噪波。

· Amplitude 2（振幅2）：（用百分比表示）二阶波的变化强度。该选项使用的单位类型和“基本力”微调器相同。

· Phase 2（相位2）：偏移二阶波的变化模式。

· Range（范围）：以单位数指定效果范围的半径。

· Icon Size（图标大小）：设置推力图标的大小。该设置仅用于显示目的，而不会改变推力效果。

2. Motor（马达）

“马达”空间扭曲的工作方式类似于推力，但前者对受影响的粒子或对象应用的是转动扭矩而不是定向力。马达图标的位置和方向都会对围绕其旋转的粒子产生影响。当在动力学中使用时，图标相对于受影响对象的位置没有任何影响，但图标的方向有影响。该空间扭曲对粒子产生的影响效果，如图14-7所示。

“马达”空间扭曲的创建过程与“Forces（力）”的创建过程相同。另外，它们的参数选项也基本相同，这里不再一一介绍。

3. Vortex（漩涡）

“漩涡”空间扭曲将力应用于粒子系统，使它们在急转的漩涡中旋转，然后让它们向下移动成一个长而窄的喷流或者旋涡井。漩涡在创建黑洞、涡流、龙卷风和其他漏斗状对象时很有用。使用空间扭曲设置可以控制漩涡外形、井的特性以及粒子捕获的比率和范围。粒子系统设置（如速度）也会对漩涡的外形产生影响。下面是该空间扭曲对粒子产生的影响效果，如图14-8所示。

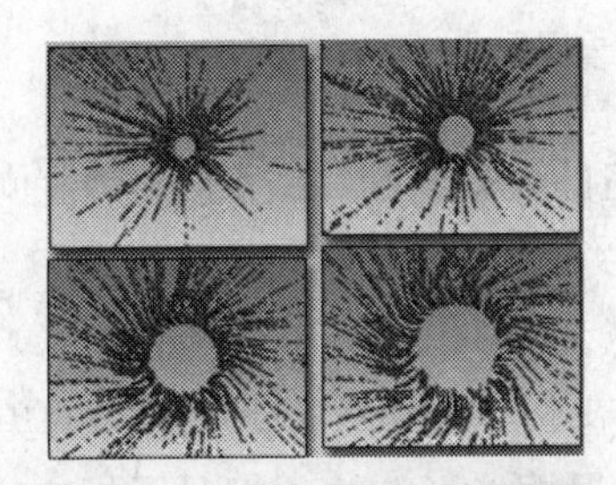

图14-7 “马达”空间扭曲对粒子的影响效果

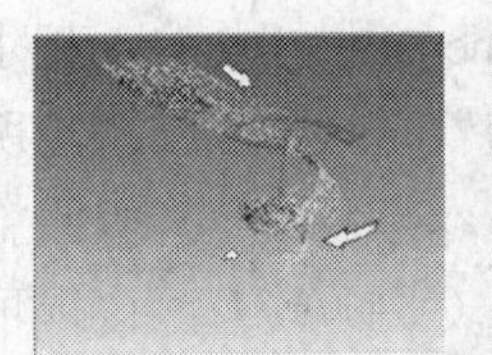

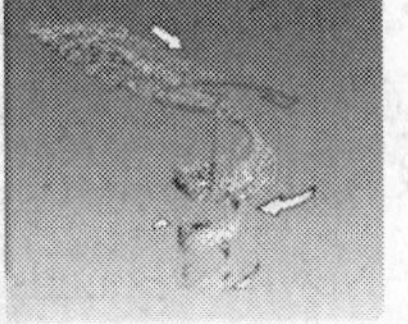

图14-8 “漩涡”空间扭曲对粒子的影响效果

4. Drag（阻力）

“阻力”空间扭曲是一种在指定范围内按照指定量来降低粒子速率的粒子运动阻力器。应用阻力的方式可以是线性、球形或者柱形。阻力在模拟风阻、致密介质（如水）中的移动、力场的影响以及其他类似的情景时非常有用。针对每种阻力类型，可以沿若干向量控制阻力效果。粒子系统设置（如速度）也会对阻力产生影响。下面是该空间扭曲对粒子产生的影响效果，如图14-9所示。

5. Path Follow（路径跟随）

使用“路径跟随”空间扭曲可以强制粒子沿螺旋形路径运动，也可以按我们绘制的其他路径进行运动，类似于路径约束动画。下面是该空间扭曲对粒子产生的影响效果，如图14-10所示。

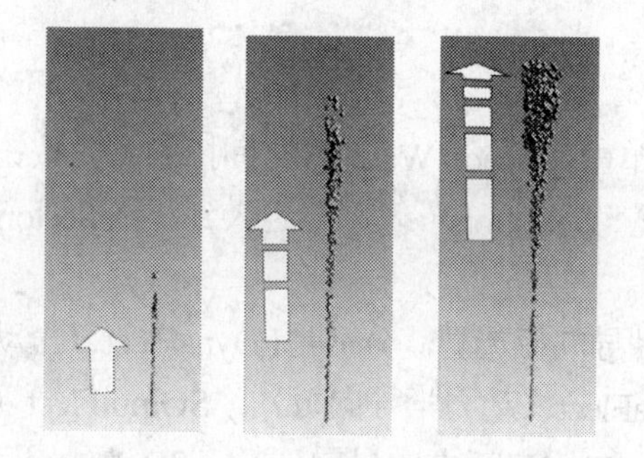

图14-9 “阻力”空间扭曲对粒子的影响效果

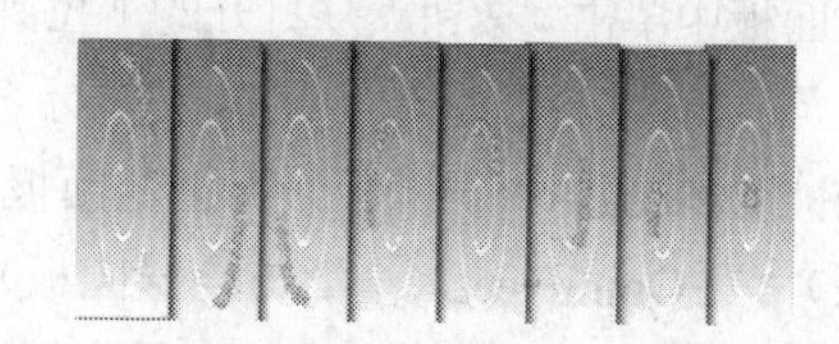

图14-10 “路径跟随”对粒子的影响效果

6. PBomb（粒子爆炸）

“粒子爆炸”空间扭曲能创建一种使粒子系统爆炸的冲击波，它有别于使几何体爆炸的爆炸空间扭曲。粒子爆炸尤其适合“粒子类型”设置为“对象碎片”的粒子阵列（Parray）系统。该空间扭曲还会将冲击作为一种动力学效果加以应用。

7. Gravity（重力）

“重力”空间扭曲可以在粒子系统所产生的粒子上对自然重力的效果进行模拟。重力具有方向性，沿重力箭头方向的粒子会做加速运动，逆着箭头方向运动的粒子呈减速状。在球形重力下，运动朝向图标。重力也可以用做动力学模拟中的一种效果。下面是该空间扭曲对粒子产生的影响效果，如图14-11所示。

8. Wind（风力）

“风力”空间扭曲可以模拟风吹动粒子系统所产生的粒子效果。风力具有方向性，顺着风力箭头方向运动的粒子呈加速状，逆着箭头方向运动的粒子呈减速状。在球形风力情况下，运动朝向或背离图标。风力在效果上类似于“重力”空间扭曲，但前者添加了一些湍流参数和其他自然界中的风的功能特性。风力也可以用做动力学模拟中的一种效果。下面是该空间扭曲对粒子产生的影响效果，如图14-12所示。

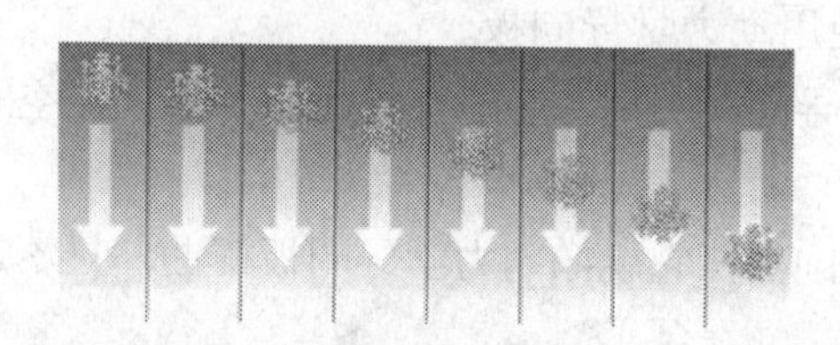

图14-11 “重力”空间扭曲对粒子的影响效果

图14-12 “风力”空间扭曲对粒子的影响效果

9. Displace（置换）

“置换”空间扭曲的工作方式和“置换”修改器类似，只不过前者像所有空间扭曲那样，影响的是世界空间而不是对象空间。需要为少量对象创建详细的位移时，可以使用“置换”修改器。使用“置换”空间扭曲可以立刻使粒子系统、大量几何对象或者单独的对象相对其在世界空间中的位置发生位移。

14.1.2 导向板

导向板一般也称为导向器。进入到创建面板中单击“Space Warps（空间扭曲）”按钮，在创建面板中单击按钮，从打开的下拉列表中选择“Deflectors”项即可进入到“Deflectors（导向板）”的创建面板中，如图14-13所示。

在“Deflectors（导向板）”创建面板中共有9种导向板类型，分别是PDynaFlect（全动力学导向板）、POmniFlect（全泛方向导向板）、SDynaFlect（动力学导向板）、SOmniFlect（泛方向导向板）、UDynaFlect（动力学导向球）、UOmniFlect（泛方向导向球）、SDeflector（导向球）、UDeflector（全导向器）、Deflector（导向板）。使用导向板可以创建很多的自然效果，比如使用导向板可以使粒子的运动方向发生改变，如图14-14所示。

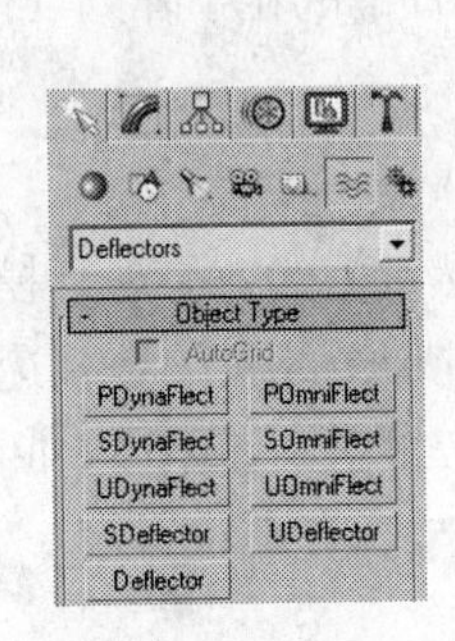

图14-13　导向器空间扭曲的创建面板

图14-14　粒子流撞击到导向板之后，运动方向改变

下面分别简单地介绍一下这几种导向板空间扭曲。

- 全动力学导向板空间扭曲是一种通用的动力学导向器，利用它，我们可以使用任何对象的表面作为粒子导向器和对粒子碰撞产生动态反应的表面。
- 全泛方向导向板提供的选项比原始的通用导向器更多。该空间扭曲使我们能够使用其他任意几何对象作为粒子导向器。导向是精确到面的，所以几何体可以是静态的、动态的，甚或是随时间变形或扭曲的。
- 动力学导向板（平面动力学导向板）是一种平面的导向器，是一种特殊类型的空间扭曲，它能让粒子影响动力学状态下的对象。例如，如果想让一股粒子流撞击某个对象并打翻它，就好像水龙头的水流撞击堆起的箱子那样，就应该使用动力学导向板。
- 泛方向导向板是空间扭曲的一种平面泛方向导向器类型。它能提供比原始导向器空间扭曲更强大的功能，包括折射和繁殖能力。
- 动力学导向球空间扭曲是一种球形动力学导向器。它就像动力学导向板扭曲，只不过它是球形的。
- 泛方向导向球是空间扭曲的一种球形泛方向导向器类型。它提供的选项比原始的导向球更多。
- 导向球空间扭曲起着球形粒子导向器的作用。
- 全导向器是一种能让我们使用任意对象作为粒子导向器的通用导向器。
- 导向板空间扭曲起着平面防护板的作用，它能排斥由粒子系统生成的粒子。例如，使用导向器可以模拟被雨水敲击的公路。将导向板空间扭曲和重力空间扭曲结合在一起可以产生瀑布和喷泉效果。

14.1.3 几何/可变形

进入到创建面板中单击“Space Warps（空间扭曲）”按钮，在创建面板中单击按钮，从打开的下拉列表中选择“Geometric/Deformable（几何/可变形）”项即可进入到“Geometric/Deformable”的创建面板中，如图14-15所示。

在“Geometric/Deformable（几何/可变形）”创建面板中共有7种几何/可变形类型的空间扭曲，分别是FFD（Box）（FFD（长方体））、FFD（Cyl）（FFD（圆柱体））、Wave（波浪）、Ripple（涟漪）、Displace（置换）、Conform（适配变形）和Bomb（爆炸）。使用这几种空间扭曲类型可创建很多的自然效果，比如涟漪空间扭曲可以使几何体的表面发生改变，效果如图14-16所示。

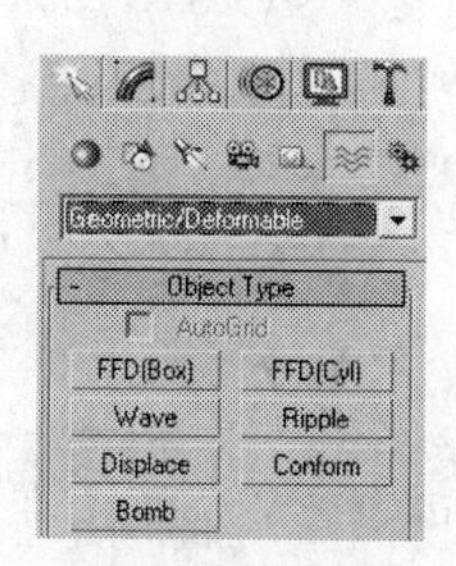

图14-15 几何/可变形空间扭曲的创建面板

图14-16 使用涟漪空间扭曲创建的效果

下面分别简单地介绍一下这几种空间扭曲。

• 自由形式变形（FFD）提供了一种通过调整晶格的控制点使对象发生变形的方法。控制点相对原始晶格源体积的偏移位置会引起受影响对象的扭曲，如图14-17所示。

图14-17 变形效果

• 波浪空间扭曲可以在整个世界空间中创建线性波浪。它影响几何体和产生作用的方式与波浪修改器相同。当想让波浪影响大量对象，或想要相对于其在世界空间中的位置影响某个对象时，应该使用波浪空间扭曲。

• 涟漪空间扭曲可以在整个世界空间中创建同心波纹。它影响几何体和产生作用的方式与涟漪修改器相同。当我们需要让涟漪影响大量对象，或想要相对于其在世界空间中的位置影响某个对象时，应该使用“涟漪”空间扭曲。

• 适配变形空间扭曲修改绑定对象的方法是按照空间扭曲图标所指示的方向推动其顶点，直至这些顶点碰到指定目标对象，或从原始位置移动到指定距离。

• 爆炸空间扭曲能把对象炸成许多单独的面。比如，创建一个茶壶物体，然后创建一个爆炸空间扭曲，并放置在茶壶的中间位置，使用工具将它们绑定在一起，拖动时间标尺上的滑块即可看到爆炸效果，如图14-18所示。

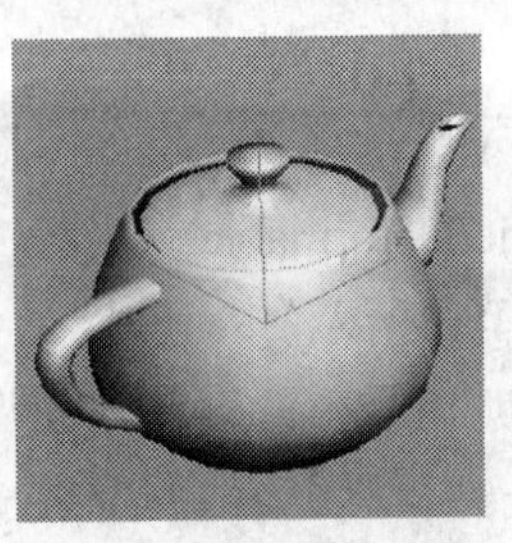
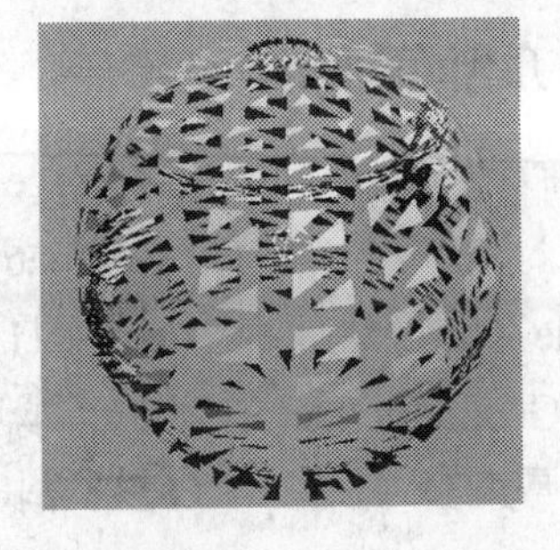

图14-18 爆炸效果

14.1.4 基于修改器

基于修改器的空间扭曲和标准对象修改器的效果完全相同。和其他空间扭曲一样，它们必须和对象绑定在一起，并且它们是在世界空间中发生作用。当想对散布得很广的对象组应用诸如扭曲或弯曲等效果时，它们非常有用。下面是基于修改器的空间扭曲创建面板，如图14-19所示。

图14-19 基于修改器空间扭曲的创建面板

关于空间扭曲的内容就介绍这些，在本节后面的内容中，我们将介绍有关粒子系统的内容。

14.2 粒子系统简介

在3ds Max中，粒子系统可用于完成多种动画任务。3ds Max 2009提供了两种不同类型的粒子系统：事件驱动和非事件驱动。事件驱动粒子系统，又称为粒子流，它测试粒子属性，并根据测试结果将其发送给不同的事件。粒子位于事件中时，每个事件都指定粒子的不同属性和行为。在非事件驱动粒子系统中，粒子通常在动画过程中显示类似的属性。

在标准基本体创建面板中，单击小三角形按钮，从列表中选择“Particle System（粒子系统）”即可打开粒子系统的创建面板，如图14-20所示。粒子还具有各种属性，比如粒子寿命、粒子碰状和粒子繁殖等。

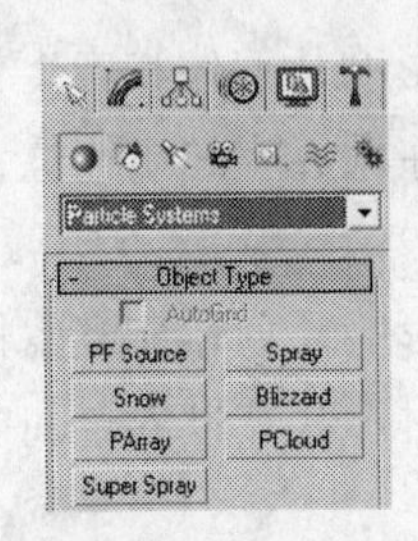

图14-20 粒子系统创建面板

在3ds Max 2009中，粒子系统包含有下列类型：PF Source、Spray（喷射）、Snow（雪）、Blizzard（暴风雪）、PCloud（粒子云）、PArray（粒子阵列）和Super Spray（超级喷射）。其中PF Source属于事件驱动粒子系统，其他6种则属于非事件驱动粒子系统。通常情况下，对于简单动画，如下雪或喷泉，使用非事件驱动粒子系统进行设置要更为快捷和简便。对于较复杂的动画，如随时间生成不同类型粒子的爆炸（例如：碎片、火焰和烟雾），使用“粒子流”可以获得最大的灵活性和可控性。在下面的内容中，将依次介绍这些粒子类型的设置参数及应用。

14.3　PF Source系统

这是一种新型、多功能且强大的粒子系统。它通过一种称为粒子视图的特殊对话框来使用事件驱动模型。在“粒子视图”中，可将一定时期内描述粒子属性（如形状、速度、方向和旋转）的单独操作符合并到称为事件的组中。每个操作符都提供一组参数，其中多数参数可以设置动画，以更改事件期间的粒子行为。随着事件的发生，“粒子流”会不断地计算列表中的每个操作符，并相应更新粒子系统。它主要用于创建暴风雪、水流、爆炸、碎片、火焰和烟雾等。

14.3.1　PF Source系统的创建过程

（1）在标准基本体创建面板中，单击小三角形按钮，从列表中选择“Particle System（粒子系统）”即可进入到粒子系统的创建面板中。

（2）单击PF Source按钮，然后在顶视图中单击并拖动即可创建出PF　Source系统，如图14-21所示。

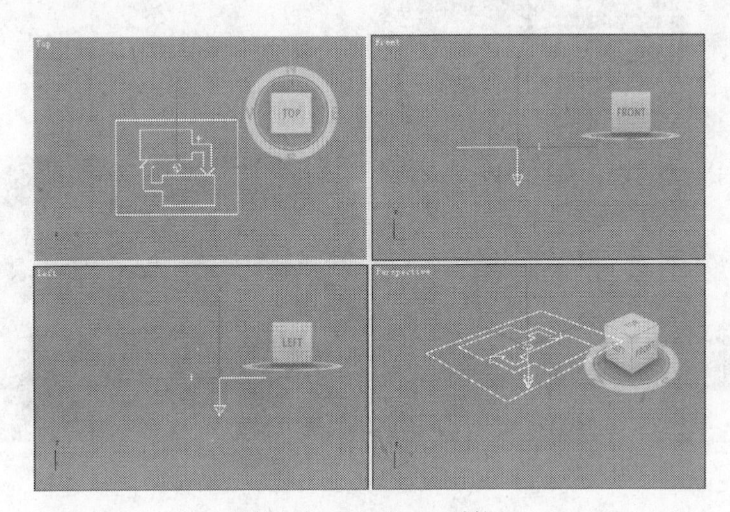

图14-21　PF Source系统

（3）在3ds Max 2009工作界面的底部把时间滑块拖动到第20帧，就可以看到有粒子发射出来，如图14-22（右）所示。

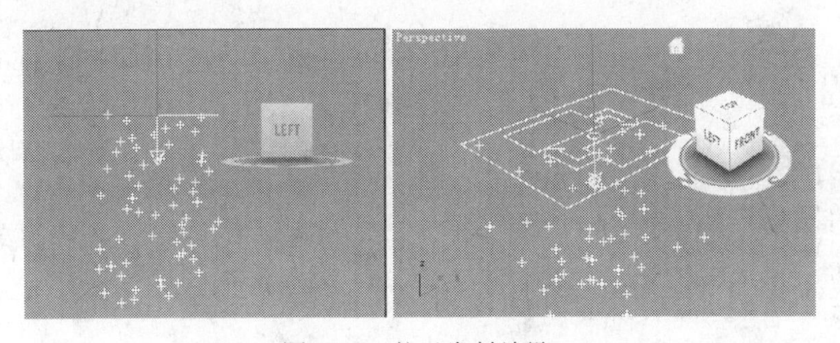

图14-22　粒子发射效果

（4）如果按F9键渲染透视图，则会看到如图14-23所示的效果。

图14-23　PF Source粒子

14.3.2　修改PF Source粒子的渲染效果

我们不仅可以创建PF Source粒子，还可以修改粒子的状态和渲染效果，下面就简单地介绍一下。

（1）按键盘上的6键就可以打开“Particle View（粒子视图）”，如图14-24所示。

（2）在粒子视图中分别单击Render 01（几何体）和Shape01，并把“Shape”设置为Sphere（球体）。

（3）单击激活透视图，并按键盘上的Shift+Q键进行渲染，则会看到粒子的形状发生了改变，如图14-24（右）所示。

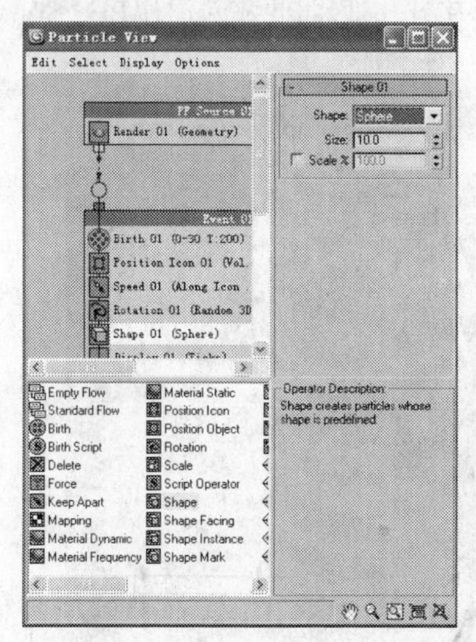

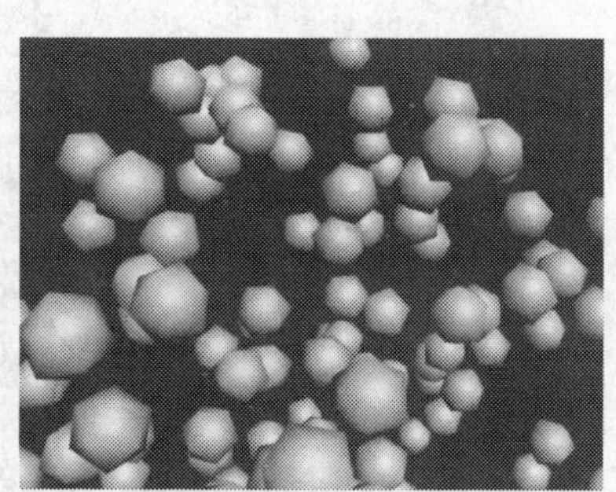

图14-24　粒子视图（左）和粒子效果（右）

14.3.3　将两个事件关联到一起

我们可以把两个事件关联在一起，从而创建出比较复杂的粒子运动效果，下面简单地介绍一下。

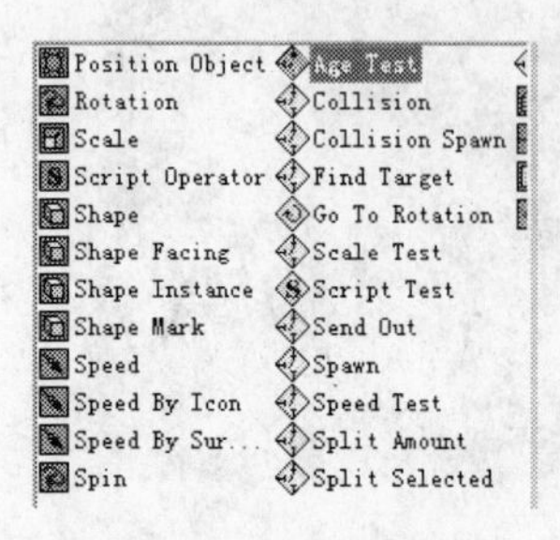

图14-25　Age Test

（1）在“粒子视图”底部的窗列表中，找到“Age Test（年龄测试）”。它是第一个使用黄色菱形图标的项目，如图14-25所示。

Age Test用于检查粒子在场景中存在的时间。

（2）将Age Test从仓库中拖至“Event（事件）01”列表中，使其位于此列表底部。

（3）单击列表中的“Age Test”项，然后在“粒子视图”右侧的“Age Test 01”面板中，将“Test Value（测试值）”设置为15，将“Variation（变化）”的值设置为0。我们的测试类型为“粒子年龄”，这就表示生存了15帧以上的所有粒子的测试结果都为“真”，并传至下一事件，如图14-26所示。

（4）下面新建一个事件，并将其关联至此测试中。将“Shape（形状）”操作符（“形状”）从仓库中拖至事件显示的空白区域，使其位于“事件 01”下面，如图14-27所示。这样就创建了一个新事件。

（5）将“Event（事件）01”中“Age Test（年龄测试）”上的事件拖动到“Event（事件）02”中，然后释放鼠标按钮，如图14-27（右）所示。

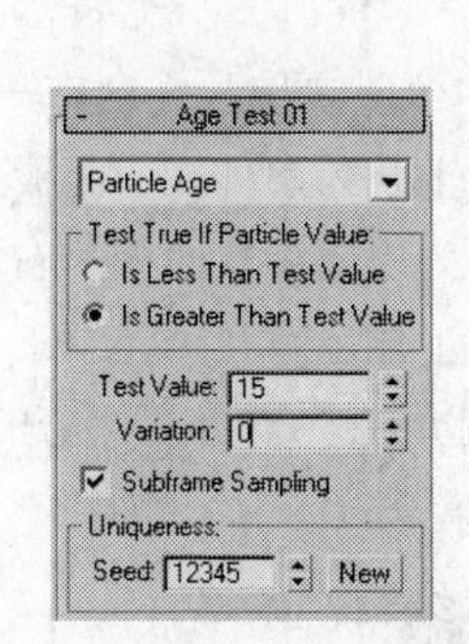

图14-26 Age Test 01面板

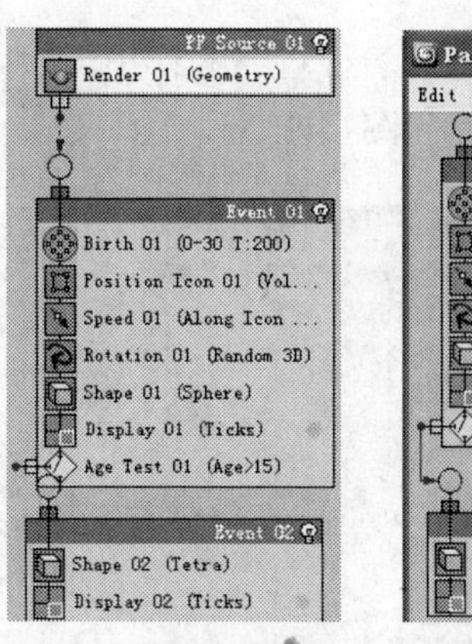

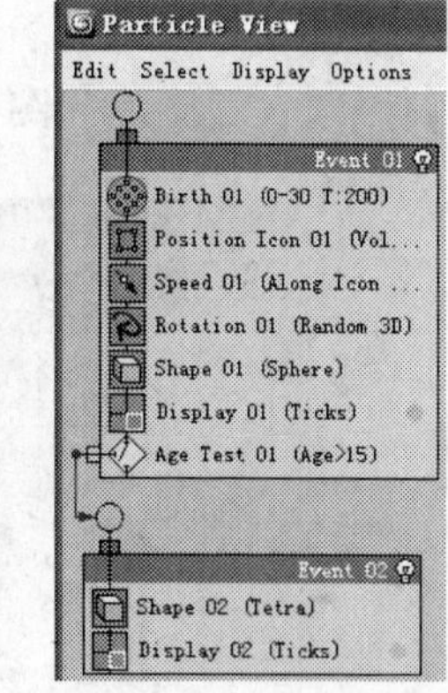

图14-27 创建新事件（左）拖动Age Test（右）

在拖动Age Test时，要把鼠标指针放到Age Test左侧的蓝色圆点上，此时光标会改变成四个箭头的图标，然后将其拖放到事件2的小圆圈中，也会改变形状。

（6）单击“Shape 02”操作符，并将“Shape”设置为“Cube（立方体）”。同样，单击“Display（显示）02”操作符并将“Type（类型）”设置为“Geometry（几何体）”，如图14-28所示。

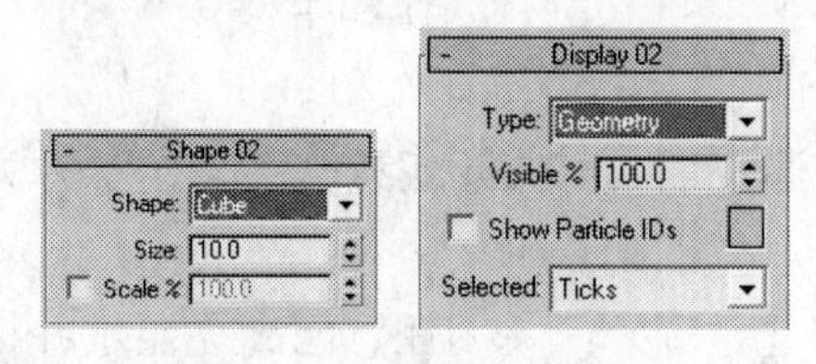

图14-28 设置显示类型

（7）播放动画，可以看到从帧16开始，位于此流头部的粒子会更改为立方体，指示其已进入“Event（事件）02”。随着时间的推移，越来越多的粒子通过年龄15，从而拥有进入下一事件的资格，如图14-29所示。

有兴趣的读者可以尝试改变其他的设置，比如速度和方向等。

图14-29 形状发生改变

14.3.4 粒子视图

由于粒子视图起着很重要的作用，因此我们需要详细介绍一下该视图。按键盘上的6键即可打开粒子视图，如图14-30所示。

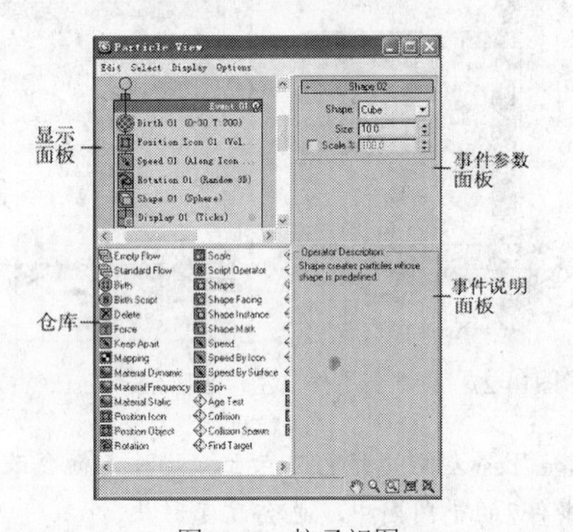

图14-30 粒子视图

从图中可以看出，它含有一个菜单栏及4个面板，左上角为事件显示面板、左下角为仓库、右上角为事件参数面板、右下角为事件说明面板，右下角还有几个显示工具。在下面的内容中分别介绍一下这几部分的作用。

1. 菜单栏

Edit（编辑）菜单

New（新建）：向事件显示中添加包含选定动作的新事件。

Insert Before（插入前面）：在每个高亮显示的动作上面插入选定的项目。只有一个或多个动作高亮显示时才可以使用。

Append To（附加到）：在每个高亮显示的事件末尾插入选择的项目。只有一个或多个事件高亮显示时才可以使用。

Turn On All（全部打开）：打开所有动作和事件。

Turn Off All（全部关闭）：关闭所有动作和事件。

Turn On Selected（打开选定项）：打开任意已高亮显示并关闭的动作或事件。只有一个或多个高亮显示的项目关闭时才可以使用。

Turn Off Selected（关闭选定项）：关闭任意已高亮显示并打开的动作或事件。只有一个或多个高亮显示的项目打开时才可以使用。

Make Unique（使唯一）：将实例动作转化为副本，它对于其事件是唯一的。只有一个或多个实例动作高亮显示时才可以使用。

Wire Selected（连接选定）：将一个或多个高亮显示的测试连接到高亮显示的事件，或者将一个或多个高亮显示的全局事件连接到高亮显示的出生事件。一个或者多个测试以及单个事件高亮显示时，或者一个或多个全局事件和单个出生事件高亮显示时，才可以使用。

Copy（复制）：将高亮显示的事件、动作和连线复制到粘贴缓冲区。等同的键盘按键：Ctrl+C。

Paste（粘贴）：将粘贴缓冲区的内容粘贴至事件显示。等同的键盘按键：Ctrl+V。

Paste Instanced（粘贴实例）：将粘贴缓冲区的内容粘贴到事件显示中，可生成任何粘贴的动作及其原始内容的实例。

有关粘贴多个复制项目的结果，请参见上面的“粘贴”。

Delete（删除）：删除所有高亮显示的项目。等同的键盘按键：Delete。删除事件也会同时删除其所有的动作。

Rename（重命名）：可以为事件显示中所有单个高亮显示的项目输入新名称。只有一项动作或测试高亮显示时才可以使用。

Select（选择）菜单

Select Tool（选择工具）：激活“选择”工具。使用交互工具平移并缩放事件显示后，选择此项返回到“选择”工具。或者，只要右键单击事件显示的任何地方即可激活“选择”工具。

Select All（选择全部）：高亮显示事件显示中的所有项目。

Select None（全部不选）：取消选择事件显示中的所有项目。或者，单击事件显示中的空白区域。

Select Actions（选择动作）：高亮显示事件显示中的所有操作符和测试。

Select Operators（选择操作符）：高亮显示事件显示中的所有操作符。

Select Tests（选择测试）：高亮显示事件显示中的所有测试。

Select Sources（选择事件）：高亮显示事件显示中的所有事件。

Select Wires（选择连线）：高亮显示事件显示中的所有连线。

Select Downstreams（选择下游对象）：高亮显示当前高亮显示的事件之后的所有事件。只有一个或多个事件高亮显示时才可以使用。

Save Selected（保存选定项）：只将事件显示中高亮显示的元素保存为.Max文件。随后可以打开此文件，或者通过选择“File（文件）→Merge（合并）”菜单命令将它与现有场景合并。

Get Selection From Viewport（从视口获取选择）：高亮显示在视口中选定源图标的全局事件。

Assign Selection To Viewport（指定选择到视口）：将事件选择传输到视口。使用此项仅渲染特定事件中的粒子。

Sync Source/Event Selection In Viewport（同步视口中的源/事件选择）：选择视口中选定源图标的所有事件。然后可用“从视口获取选择”命令将此选择中的事件传至“粒子视图”。

Display（显示）菜单

Pan Tool（平移工具）：在事件显示中拖动以便移动视图。鼠标光标变为手形图标。还可以通过按住鼠标中键或者滚轮按钮进行拖动以便平移视图。

Zoom Tool（缩放工具）：在事件显示中拖动以缩放视图。鼠标光标变为放大镜图标。向上拖动放大，或者向下拖动缩小。要退出此模式，请在事件视图中用右键单击或再次选择该命令。

Zoom Region Tool（区域缩放工具）：在事件显示中拖动以定义一个缩放矩形。鼠标光标在缩放区域内变为放大镜图像。释放鼠标按钮时，该显示会只缩放显示该区域定义的区域。

要退出此模式，请在事件视图中用右键单击或再次选择该命令。

Zoom Extents（最大化显示）：设置缩放以便能够在事件显示中显示整个粒子图表。

No Zoom（不缩放）：将缩放设置为默认级别。这是首次打开指定会话中的“粒子视图”时的显示级别。

Parameters（参数）：切换“粒子视图”对话框右侧参数面板的显示。默认设置为启用。

Depot（仓库）：切换“粒子视图”底部的仓库显示。默认设置为启用。

Description（描述）：切换仓库右侧的“描述”面板。默认设置为启用。

Options（选项）菜单

Default Display（默认显示）：确定“显示”操作符是局部还是全局应用于新粒子系统和事件。

Global（全局）：创建新的粒子系统时，“粒子流”会向全局事件添加单个的“显示”操作符。它不会向每个新事件添加“显示”操作符。

Local（局部）：“粒子流”为每个新事件添加“显示”操作符。这样可以方便地区分视口中不同事件中的粒子。

Action Order（动作顺序）：为达到预期的结果，请勿在全局和局部事件中使用类似的动作。然而，如果类似的动作确实存在于全局事件和其他事件中，“粒子流”就会按照这里指定的顺序将它们应用于系统。通常最后应用的效果在粒子系统中可见。默认设置为“局部优先”。

Globals First（全局优先）：按照每积分步长，“粒子流”首先应用全局事件中的动作，然后是其他（局部）事件中的动作。通常这会造成局部事件中的动作覆盖全局事件中的类似动作。

Locals First（局部优先）：按照每积分步长，“粒子流”首先应用局部事件中的动作，然后是全局事件中的动作。通常这会造成全局事件中的动作覆盖局部事件中的类似动作。

Update Type（更新类型）：此设置确定在播放过程中更改参数时“粒子流”更新系统的方式。因为指定帧中的粒子系统状态依赖先前帧中的事件，使用“Complete（完全）”选项能够提供更加准确的更改结果描述，但是这要损失速度，从第一帧开始重新计算整个系统要花费更多的时间。默认设置为“完全”。

Complete（完全）：在播放期间更改设置时，“粒子流”会从第一帧开始更新整个系统。

Forward（向前）：在播放期间更改设置时，“粒子流”会从当前帧开始更新系统。

Track Update（跟踪更新）：为在“粒子视图”中可视化粒子系统状态提供选项。

Partical Count（粒子数）：在每个事件上面添加显示事件中粒子数量的选项卡。全局事件计数会显示粒子系统中粒子的总数。

使用此选项，除了能够在每个事件中以不同的方式显示粒子外，还可通过系统跟踪粒子进度。

Update Progress（更新进度）：无论何时“粒子流”对每一项动作进行计算时，都以彩色高亮显示它。高亮显示是非常快速的，但是此选项会给粒子系统增加巨大的计算负荷，从而造成实时播放时可能会跳过大量帧。

Use Dynamic Names（使用动态名）：启用时，事件中的动作名后面会带有其最为重要的一个设置或多个设置（在括号内）。禁用时，只会显示名称。默认设置为启用。

2. 事件显示列表

事件显示列表包含粒子图表，并提供修改粒子系统的功能。

3. 参数面板

参数面板包含多个面板，用于查看和编辑任何选定动作的参数。基本功能与3ds Max命令面板上的功能相同。

4. 仓库

仓库包含所有“粒子流”动作，以及几种默认的粒子系统。要查看项目说明，可单击仓库中的项目。要使用项目，请将其拖动到事件显示中。仓库的内容可分为三部分：操作符、测试和流。

5. 说明面板

说明面板用于对高亮显示的仓库项目做简短说明。

14.3.5 动作

我们把创建粒子系统的粒子流组件统称为动作。这些组件可细分为3种主要类型：操作符、流和测试。它们的名称都显示在粒子视图的仓库中，把这些动作拖曳到事件中，就可为粒子指定该动作。如果要修改它的设置，可以在事件列表中单击该动作，在右侧的参数面板中即可显示出它的参数设置，然后手动调节即可。

1. 操作符

操作符是粒子系统的基本元素，将操作符合并到事件中可指定在给定期间粒子的特性。操作符用于描述粒子速度和方向、形状、外观以及其他。操作符如图14-31所示。

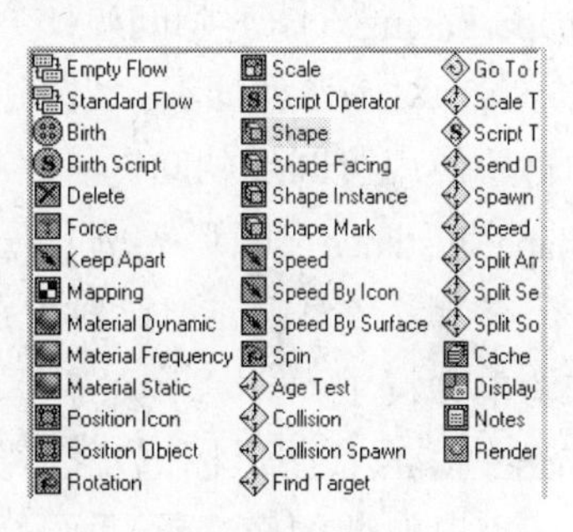

图14-31 操作符

· Birth（出生）：可使用一组简单参数来在粒子流系统中创建粒子。通常，使用“出生”作为直接与全局事件连接的任何事件中的第一个操作符，而这样的事件称为出生事件。

· Birth Script（出生脚本）：可使用MAXScript脚本来在粒子流系统中创建粒子。该脚本可以使用对于Max脚本可用的任何程序功能。

· Delete（删除）：可将粒子从粒子系统中移除。默认情况下，粒子“永远”（即动画的持续时间）保持活动状态。

· Force（力）：可以使用“力”类别中的一个或多个空间扭曲来影响粒子运动。将该操作符与各种力一起使用，可以模拟风、重力等效果。

· Keep Apart（保持分离）：是“速度”操作符系列中的成员，它可将力应用于粒子，以使这些粒子分离，从而避免或减少粒子间的碰撞。

· Mapping（贴图）：允许将UVW贴图指定至粒子的整个曲面。在当前事件中，它与材质操作符中指定的贴图相结合使用。

· Material Dynamic（材质动态）：用于为粒子提供在事件期间可以变化的材质ID。同时，也允许根据粒子的材质ID将不同材质指定给每个粒子。

· Material Frequency（材质频率）：允许将材质指定给事件，并指定每个子材质在粒子上显示的相对频率。通常，此材质是“多维/子对象”或其他复合材质，可通过为最多10个不同的子材质（或材质ID）中的每一个设置一个百分比来指定频率。

· Material Dynamic（材质静态）：用于为粒子提供整个事件期间保持恒定的材质ID。同时，该操作符还允许根据粒子的材质ID将材质指定给每个粒子。

· Position Icon（位置图标）：来控制发射器上粒子的初始位移。可以设置发射器从其曲面、体积、边、顶点或中心发射粒子。

· Position Object（位置对象）：可以从场景中的任意其他对象（一个或多个对象）发射粒子。本主题中的术语“发射器”指通常使用此操作符发射粒子所用的一个或多个对象。

· Rotation（旋转）：可以设置事件期间的粒子方向及其动画，并且可设置粒子方向的随机变化。可以按照五种不同的矩阵应用方向：其中有两个是随机的，三个是明确的。

· Scale（缩放）：使用“缩放”操作符可以设置事件期间的粒子大小及其动画，并且可设置粒子大小随机变化。应用缩放和动画的方式的选项为此操作符提供了很大的灵活性。

· Script Operator（脚本操作符）：可以使用MAXScript脚本控制粒子流系统中的粒子。该脚本可以使用对于MAXScript可用的任何程序功能。

· Shape（图形）：是粒子系统中用于定义几何体的默认操作符。可以使用此操作符来指定四棱锥形、立方体、球体或顶点图形的粒子以及粒子大小。

· Shape Facing（图形朝向）：将每个粒子创建为矩形，这些矩形始终朝向某特定对象、摄影机或方向。对于诸如烟雾、火焰、水流、气泡或雪花的效果，对包含适当不透明度和漫反射贴图的材质使用“图形朝向”。

· Shape Instance（图形实例）：允许将场景中的任一参考对象用做粒子。只能为每个事件定义一个有效参考对象，但此对象可以包含任意数量的子对象，“粒子流”可以将其中每个子对象作为单独粒子。

· Shape Mark（图形标记）：将每个粒子替换为切自粒子几何体并带有图像贴图的矩形或长方体。可以对此图像设置动画，而且此动画能够与粒子事件同步。

· Speed（速度）：在创建新“粒子流”图标时出现在第一个事件中。它提供了对粒子速度和方向的基本控制。

· Speed by Icon（速度按图标）：添加到粒子视图中的粒子系统时，“速度按图标”操作符图标会显示在场景中的世界坐标系原点（0,0,0）上。设置动画时，将为粒子赋予操作符图标的运动。如果删除图标，那么也会删除此操作符。

· Speed by Surface（速度按曲面）：允许使用场景中的任意对象（一个或多个对象）控制粒子速度和方向。

· Spin（自旋）：“自旋”操作符给事件中的粒子指定角速度，并且可设置角速度的随机变化。

· Cache（缓存）：记录粒子状态并将其存储到内存中。当它有效时，如果第一次播放或转到某帧，则缓存将计算和记录到该帧（包括该帧）为止的粒子运动。

· Display（显示）：允许指定粒子在视口中的显示方式。默认显示模式是“十字叉”，这种模式最简单，因此显示速度也最快。这对于使用大量粒子的动画是很有用的。

· Notes（注释）：可以为任意事件添加文字注释。它对粒子系统没有任何直接效果，但它能有助于了解每个事件的总体功能。

· Render（渲染）：提供渲染粒子的有关控制。可以指定渲染粒子所采用的形式以及出于渲染目的将粒子转换为单个网格对象的方式。

2. 流

流类别包含用于创建粒子系统初始设置的两个操作符，它们分别是空流和标准流。

· Empty Flow（空流）：空流提供粒子系统的起始点，该粒子系统由包含渲染操作符的单个全局事件组成。这样可以完全从头构建一个系统，而不必首先删除由“标准”系统提供的默认操作符。

要使用“空流”，请将其从仓库拖动到事件显示中。在粒子视图中，这样可以创建包含单个渲染操作符的全局事件。如果“全局默认显示选项”在“粒子视图→选项”菜单中处于活动状态，则全局事件还将包含显示操作符。添加“空流”也可以在该视口中创建“粒子流源”图标，创建图标的位置在世界坐标系原点，即（0,0,0）。

如果将“空流”添加到系统中时正交视口处于活动状态，则软件会将新源图标定位到与该活动视口平面平行的方向上，并且默认发射方向指向前。例如，如果“前”视口处于活动状态，则该图标会定位到与世界坐标系的XZ平面平行的方向上，并且默认发射方向为沿Y轴正向。如果“摄影机”视口或“透视”视口处于活动状态，则“粒子流”使用默认方向：平行于XY平面，并且指向Z轴的负向。

· Standard Flow（标准流）：标准流提供由包含渲染操作符的全局事件组成的粒子系统的起始点，其中的全局事件与包含“产生”、“位置”、“速度”、“旋转”、“形状”以及“显示”操作符（所有参数都设置为默认值）的出生事件相关联。该系统与将粒子流图标添加到该视口中时软件自动创建的系统相同。

如果要使用“标准流”，那么将其从仓库拖动到事件显示中。在粒子视图中，这样可以创建如上所述的粒子系统。如果“全局默认显示选项”在“粒子视图→选项”菜单中处于活动状态，则全局事件还将包含显示操作符。添加“标准流”还可以在视口中创建“粒子流源”图标，创建图标的位置在世界坐标系原点，即（0,0,0）。

如果将“标准流”添加到系统中时正交视口处于活动状态，则该软件会将新源图标定位到与该活动视口平面平行的方向上，并且默认发射方向指向前。例如，如果“前”视口处于活动状态，则该图标会定位到与世界坐标系的XZ平面平行的方向上，并且默认发射方向沿Y轴正向。如果“摄影机”视口或“透视”视口处于活动状态，则“粒子流”使用默认方向：平行于XY平面，并且指向Z轴的负向。

3. 测试

粒子流中的测试的基本功能是确定粒子是否满足一个或多个条件，如果满足，粒子可以发送给另一个事件。粒子通过测试时，称为“测试为真值”。要将有资格的粒子发送给另一个事件，必须将测试与相应事件关联。未通过测试的粒子（“测试为假值”）保留在该事件中，反复受其操作符和测试的影响。如果测试未与另一个事件关联，所有粒子均将保留在该事件中。可以在一个事件中使用多个测试，第一个测试检查事件中的所有粒子，第一个测试之后的每个测试只检查保留在该事件中的粒子。

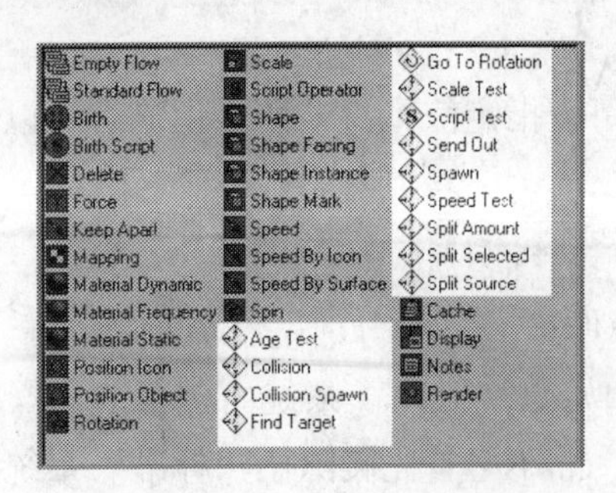

图14-32　粒子流测试

繁殖测试不实际执行测试，只是使用现有粒子创建新粒子，将新粒子的测试结果设置为真值，这样使粒子自动有资格重定向到另一个事件。默认情况下，“发出”测试只是将所有粒子发送给下一个事件。有些测试还可以作为操作符使用，因为其中包含修改粒子行为的参数。如果没有将测试与另一个事件关联，则只能作为操作符使用，测试部分不影响粒子流。图14-32是粒子流测试类型。

在下面的内容中，我们简要介绍一下这些粒子流测试的类型。

· Age Test（年龄测试）：粒子系统可以检查开始动画后是否已过了指定时间，某个粒子已存在多长时间，或某个粒子在当前事件中已存在多长时间，并相应导向不同分支。

· Collision（碰撞）：与一个或多个指定的导向板空间扭曲碰撞的粒子的碰撞测试。还可以测试在一次或多次碰撞后，粒子速度减慢还是加快，粒子是否已碰撞多次，甚至粒子是否在指定的帧数后将与某个导向板碰撞。

· Collision Spawn（碰撞繁殖）：使用与一个或多个导向板空间扭曲碰撞的现有粒子创建新粒子。可以为碰撞的粒子及其子粒子指定不同的碰撞后行为。每个繁殖的粒子在其父粒子的位置生成，方向和形状也相同。

· Find Target（查找目标）：将粒子发送到指定的目标。到达目标后，粒子即有资格重定向到另一个事件。可以指定粒子在向目标移动时应使用粒子速度还是时间帧，还可以指定粒子应移动到目标上的哪个位置。

· Go To Rotation（转到旋转）：使粒子的旋转分量可以平滑地过渡，以便粒子可以在特定的周期内逐渐旋转到特定的方向。对落叶就需要使用该测试，落叶在下落时无序地旋转，但是在落地时是叶面落地，而不是叶边。

· Scale Test（缩放测试）：粒子系统可以检查粒子的缩放或缩放前后的粒子大小以及相应分量。该测试为测量比例或大小提供各种轴选项。

· Script Test（脚本测试）：可以使用MAXScript脚本测试粒子条件。该脚本可以使用对于MAXScript可用的任何程序功能。

· Send Out（发出）：只是简单地将所有粒子发送给下一个事件，或反之，将所有粒子保留在当前事件中。

· Spawn（繁殖）：使用现有粒子创建新粒子。每个繁殖的粒子在其父粒子的位置生成，方向和形状也相同。“繁殖”可以为繁殖的粒子指定不同的速度和比例因子。

· Speed Test（速度测试）：粒子系统可以检查粒子速度、加速度或圆周运动的速率以及相应分量。

· Split Amount（分割量）：可以将特定数目的粒子发送给下一个事件，将所有剩余的粒子保留在当前事件中。可以按照特定数目或百分比或按照每N个粒子分割粒子流。

· Split Selected（分割选定）：可以根据粒子的选择状态分割粒子流。

· Split Souce（分割源）：可以根据粒子的来源分割粒子流。可以指定来自一个或多个特定粒子流源的粒子有资格或没有资格重定向到下一个事件。

14.3.6 粒子流修改面板

创建粒子后，单击“Modify（修改）”按钮 即可进入到其“修改”面板中，如图14-33所示。

它的参数面板非常简单，由设置栏、发射栏和系统管理栏共同组成。设置栏用于启用粒子的发射功能。发射栏用于设置发射粒子的徽标大小、类型及在视口中显示的模式。系统管理栏用于设置渲染时的积分步长。

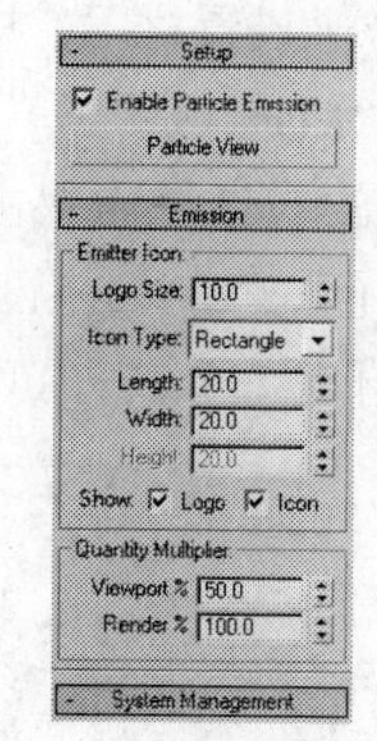

图14-33 粒子流修改面板

14.4 喷射粒子系统

这是喷射的一种更强大、更高级的版本，它具有喷射的所有功能以及其他一些特性。可用于模拟雨、喷泉、公园水龙头的喷水等效果。其使用方法如下：

（1）在标准基本体创建面板中，单击小三角形按钮，从列表中选择粒子系统即可进入到粒子系统的创建面板中。

（2）单击“喷射” Spray 按钮，然后在顶视图中单击并拖动即可创建出喷射系统，如图14-34所示。

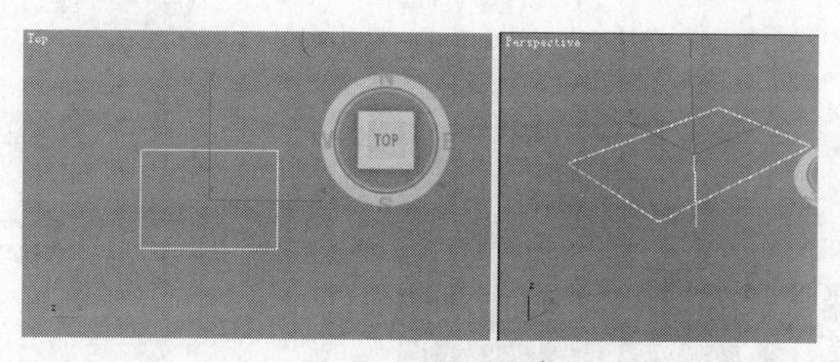

图14-34 喷射系统

在默认设置下，它的粒子喷射方向是向下的。

（3）在3ds Max 2009工作界面的底部把时间滑块拖动到第30帧，就可以看到有粒子发射出来，如图14-35所示。

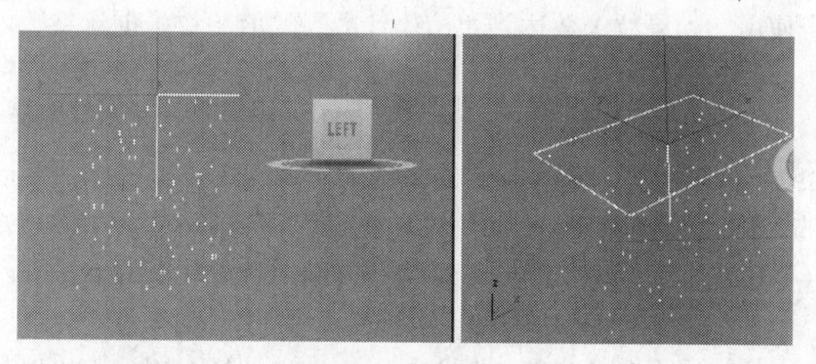

图14-35 喷射粒子

（4）进入到“Modify（修改）”面板中，设置参数如图14-36所示。

（5）为粒子设置材质。按键盘上的M键打开材质编辑器，把“漫反射”的颜色设置为纯白色，然后在“Map（贴图）”栏中，选中“Opcity（不透明项）”，并单击它右侧的“None”按钮，在打开的对话框中双击“Gradient（渐变贴图）”，然后把“Color#1（颜色）”和“Color#3（颜色）”的颜色设置为白色，设置渐变参数如图14-37所示。设置好材质后，单击按钮将其赋予粒子系统即可。

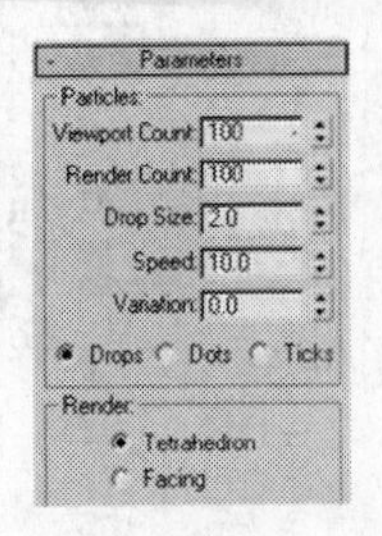

图14-36 “修改”面板的“参数”面板

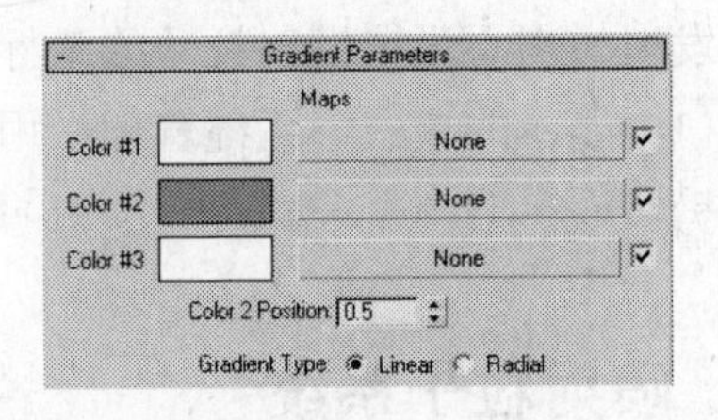

图14-37 参数设置

（6）进入到“修改”面板中，并在“Parameters（参数）”面板中将“Drop Size（水滴大小）”设置为8.0。如果按F9键渲染透视图，则会看到如图14-38所示的效果。

是不是很棒啊！也就是说，在制作好了场景和粒子系统后，我们要为它赋予一定的材质，才能够表现出粒子的效果。下面介绍一下它的参数设置选项，其参数面板如图14-39所示。

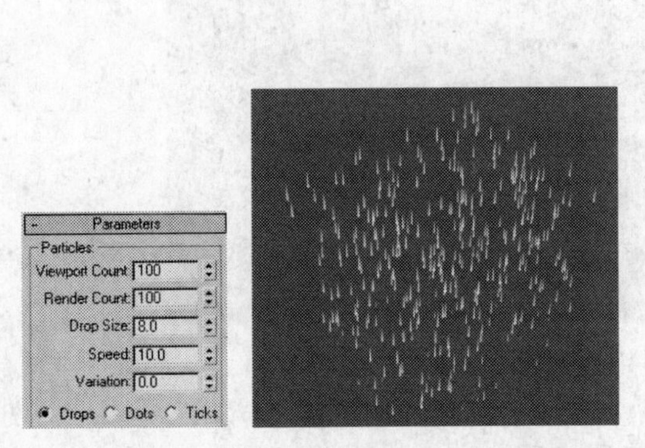

图14-38 背景图片（左图）及喷射粒子效果（右图）

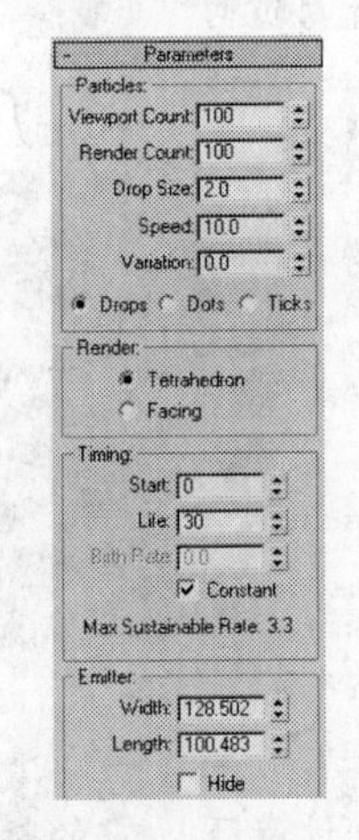

图14-39 参数面板

- Viewport Count（视口计数）：在给定帧处，视口中显示的最大粒子数。
- Render Count（渲染计数）：一个帧在渲染时可以显示的最大粒子数。该选项与粒子系统的计时参数配合使用。如果粒子数达到“渲染计数”的值，粒子创建将暂停，直到有些粒子消亡。
- Drop Size（水滴大小）：粒子的大小（以活动单位数计）。
- Speed（速度）：每个粒子离开发射器时的初始速度。粒子以此速度运动，除非受到粒子系统空间扭曲的影响。
- Variation（变化）：改变粒子的初始速度和方向。“变化”的值越大，喷射越强且范围越广。
- Drops、Dots/Ticks（水滴、圆点或十字叉）：选择粒子在视口中的显示方式。显示设置不影响粒子的渲染方式。水滴是一些类似雨滴的条纹，圆点是一些点，十字叉是一些小的加号。

· Retrahedron（四面体）：粒子渲染为长四面体，长度在“水滴大小”参数中指定。四面体是渲染的默认设置。它提供水滴的基本模拟效果。

· Facing（面）：粒子渲染为正方形面，其宽度和高度等于“水滴大小”。面粒子始终面向摄影机（即用户的视角）。这些粒子专门用于材质贴图。请对气泡或雪花使用相应的不透明贴图。

· Start（开始）：第一个出现粒子的帧的编号。

· Life（寿命）：每个粒子的寿命（以帧数计）。

· Birth Rate（出生速率）：每个帧产生的新粒子数。

· Constant（恒定）：启用该选项后，“出生速率”不可用，所用的出生速率等于最大可持续速率。禁用该选项后，“出生速率”可用。默认设置为启用。

· Width/Length（宽度和长度）：在视口中拖动以创建发射器时，即隐性设置了这两个参数的初始值。可以在面板中调整这些值。

· Hide（隐藏）：启用该选项可以在视口中隐藏发射器。禁用“隐藏”后，在视口中显示发射器。发射器从不会被渲染。默认设置为禁用状态。

14.5 雪粒子系统

雪粒子系统与喷射类似，但是雪粒子系统提供了其他参数来生成翻滚的雪花，渲染选项也有所不同。其使用方法如下：

（1）在标准基本体创建面板中，单击小三角形按钮，从列表中选择粒子系统即可进入到粒子系统的创建面板中。

（2）单击“雪” Snow 按钮，然后在顶视图中单击并拖动即可创建出喷射系统，如图14-40所示。

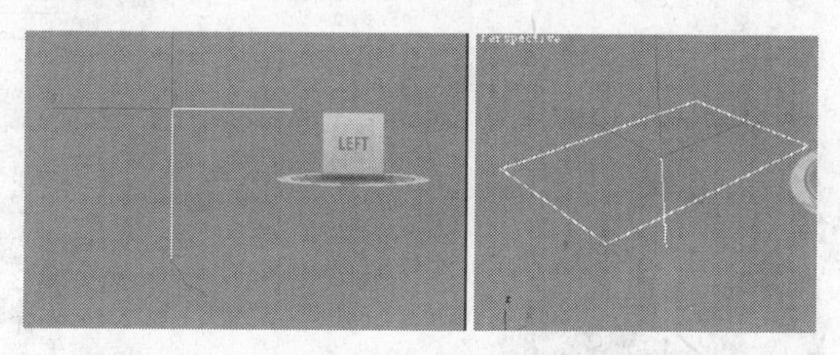

图14-40 雪粒子系统

（3）在3ds Max 2009工作界面的底部把时间滑块拖动到第40帧，就可以看到有粒子发射出来，如图14-41所示。

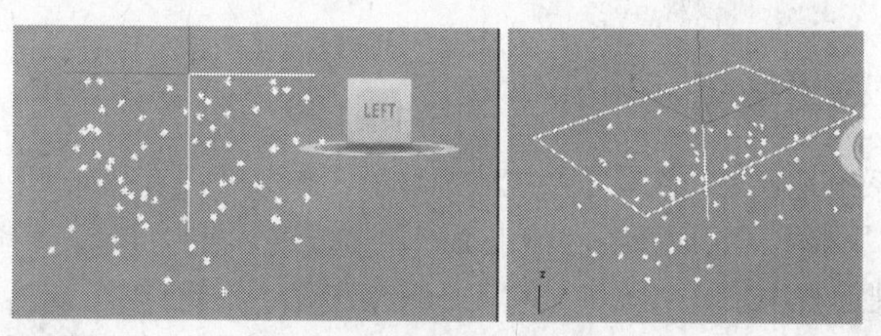

图14-41 雪粒子发射效果

（4）进入到“Modify（修改）”面板中，设置的参数及在视图中的效果如图14-42所示。

（5）为粒子设置材质。按键盘上的M键打开材质编辑器，把“漫反射”的颜色设置为白色，然后在“Map（贴图）”栏中，选中“Opcity（不透明项）”，并单击它右侧的“None”按钮，在打开的对话框中双击“Gradient（渐变贴图）”，然后把“Color#1（颜色）”和“Color#3（颜色）”的颜色设置为白色，设置渐变参数如图14-43所示。设置好材质后，单击按钮将其赋予粒子系统即可。

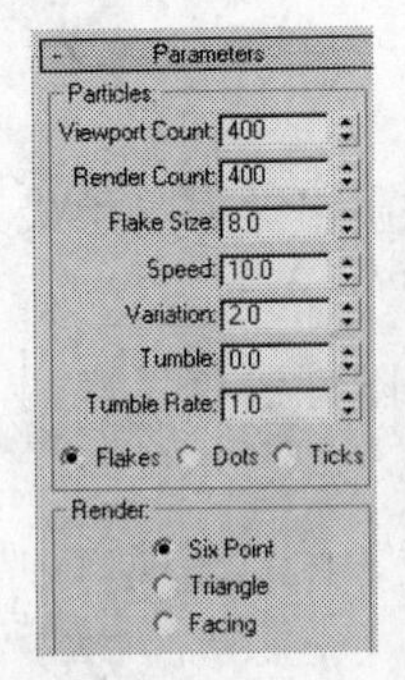

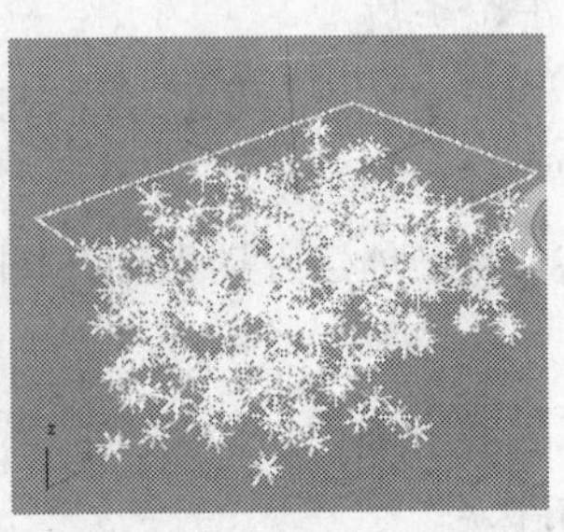

图14-42　设置的参数及效果

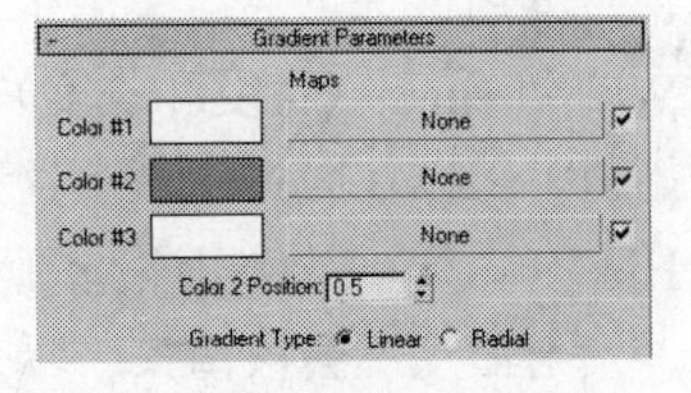

图14-43　参数设置

（6）执行“Rendering（渲染）→Enviroment（环境）”命令，打开“环境/效果”对话框，单击“None”按钮，添加一幅背景图像。如果按F9键渲染透视图，则会看到如图14-44所示的效果。

其“Parameters（参数）”面板如图14-45所示。在该参数面板中的选项与喷射系统参数面板中的选项基本相同，不再一一介绍，读者可以参阅喷射系统参数面板中选项的介绍。

图14-44　雪粒子效果

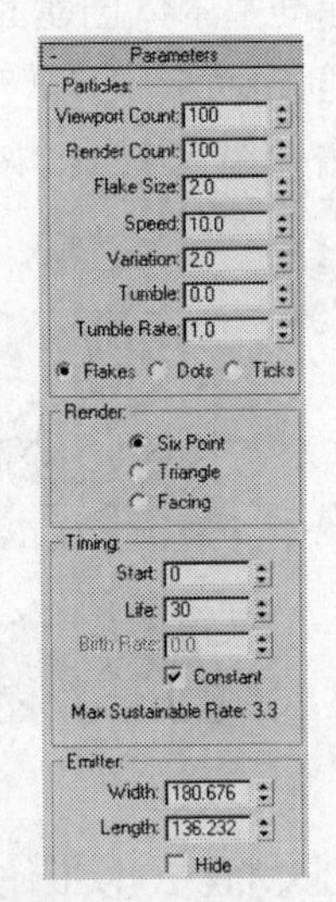

图14-45　“参数”面板

14.6　暴风雪粒子系统

暴风雪粒子系统是原来的雪粒子系统的高级版本。其使用方法如下：

（1）在标准基本体创建面板中，单击小三角形按钮，从列表中选择粒子系统即可进入到粒子系统的创建面板中。

（2）单击“暴风雪” Blizzard 按钮，然后在顶视图中单击并拖动即可创建出暴风雪系统，如图14-46所示。

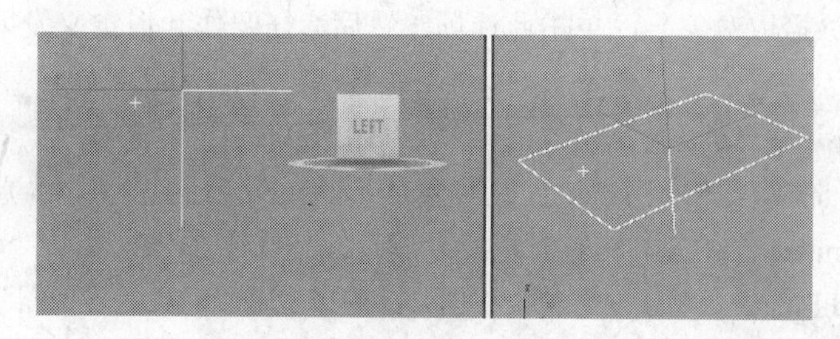

图14-46　暴风雪系统

（3）在3ds Max 2009工作界面的底部把时间滑块拖动到第40帧，就可以看到有粒子发射出来，如图14-47所示。

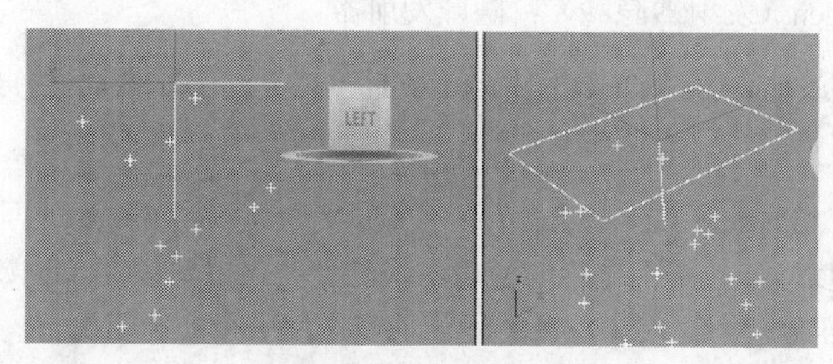

图14-47　暴风雪粒子

它的参数设置选项与喷射系统的参数设置选项基本相同，在此不在赘述。

14.7　粒子云

如果希望使用粒子云填充特定的体积，请使用粒子云粒子系统。粒子云可以创建一群鱼、一群鸟、一个星空或一队在地面行军的士兵，如图14-48所图。可以使用提供的基本体积（长方体、球体或圆柱体）限制粒子，也可以使用场景中任意可渲染对象作为体积，只要该对象具有深度即可。二维对象不能使用粒子云。下面介绍一下它的使用方法：

（1）在标准基本体创建面板中，单击小三角形按钮，从列表中选择粒子系统即可进入到粒子系统的创建面板中。

（2）单击“粒子云” PCloud 按钮，然后在顶视图中单击并拖动，再向下拖动即可创建出粒子云系统，如图14-49所示。

图14-48　粒子云创建的鱼

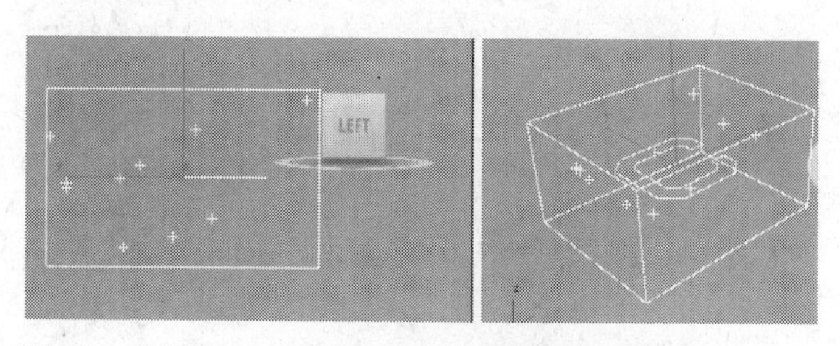

图14-49　粒子云系统

下面介绍一下它的参数设置选项，其“Parameters（参数）”面板如图14-50所示。

基本参数面板：

· Pick Object（拾取对象）：单击此选项，然后选择要作为自定义发射器使用的可渲染网格对象。

· Box Emitter（立方体发射器）：选择立方体形状的发射器。

· Sphere Emitter（球体发射器）：选择球体形状的发射器。

· Cylinder Emitter（圆柱体发射器）：选择圆柱体形状的发射器。

· Object-baised Emitter（基于对象的发射器）：选择“基于对象的发射器”组中所选的对象。

· Rad/Len（半径/长度）：调整球体或圆柱体图标的半径以及立方体图标的长度。

· Width（宽度）：设置立方体发射器的宽度。

· Height（高度）：设置立方体或圆柱体发射器的高度。

· Emitter Hidden（发射器隐藏）：隐藏发射器。

Viewport Display（视口显示）中的选项用于设置粒子在视口中的显示状态，不再一一介绍。

下面介绍一下“Particle Generation（粒子生成）”面板中的部分选项，如图14-51所示。

· Speend（速度）：粒子在出生时沿着法线的速度（以每帧的单位数计）。

· Variation（变化）：对每个粒子的发射速度应用一个变化百分比。

· Random Direction（随机方向）：影响粒子方向的三个选项中的一个。此选项沿着随机方向发射粒子。

· Direction Vector（方向向量）：通过X、Y和Z三个微调器定义的向量指定粒子的方向。

· X/Y/Z：显示粒子的方向向量。

· Reference Object（参考对象）：沿着指定对象的局部Z轴的方向发射粒子。

· Object（对象）：显示所拾取对象的名称。

· Variation（变化）：在选择“方向向量”或“参考对象”选项时，对方向应用一个变化百分比。如果选择“随机方向”，此微调器不可用并且无效。

另外，还有几个面板，如图14-52所示。分别用于设置粒子的类型、旋转和碰撞、对象运动继承、气泡运动、粒子繁殖、加载、保存预设等。其中的选项不再一一介绍。

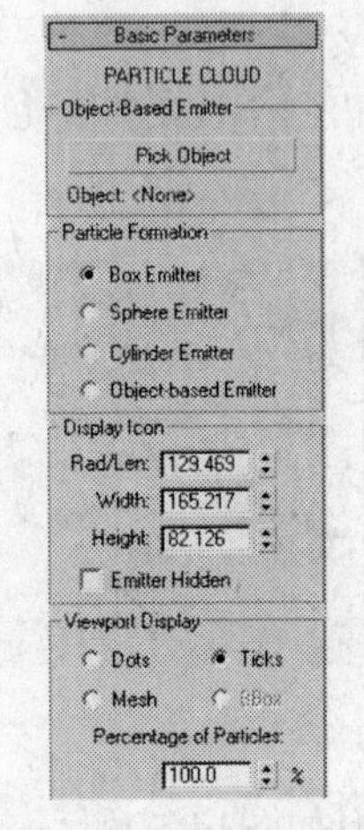

图14-50 “参数”面板

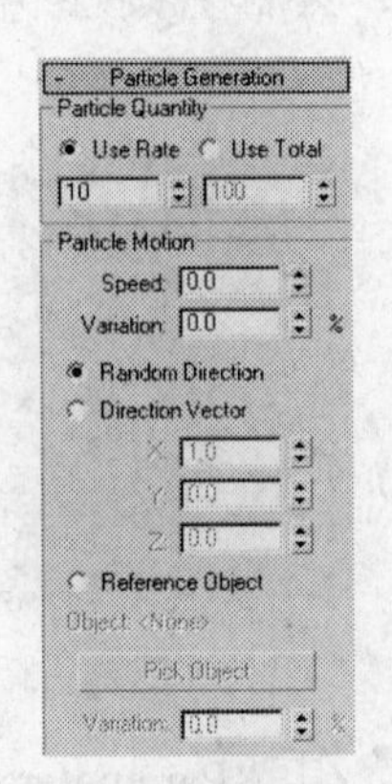

图14-51 “粒子生成”面板

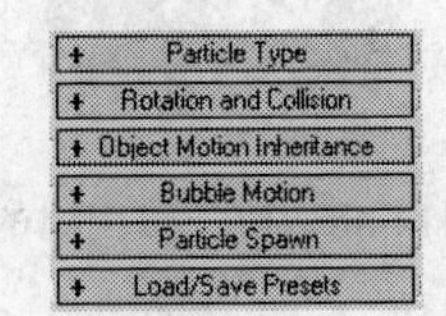

图14-52 其他几个面板

14.8　超级喷射

超级喷射系统是原来的喷射系统的高级版本，它能够发射受控制的粒子喷射，增加了所有新型粒子系统提供的功能。其使用方法如下：

（1）在标准基本体创建面板中，单击小三角形按钮，从列表中选择粒子系统即可进入到粒子系统的创建面板中。

（2）单击“超级喷射” Super Spray 按钮，然后在顶视图中单击并拖动即可创建出超级喷射系统，如图14-53所示。

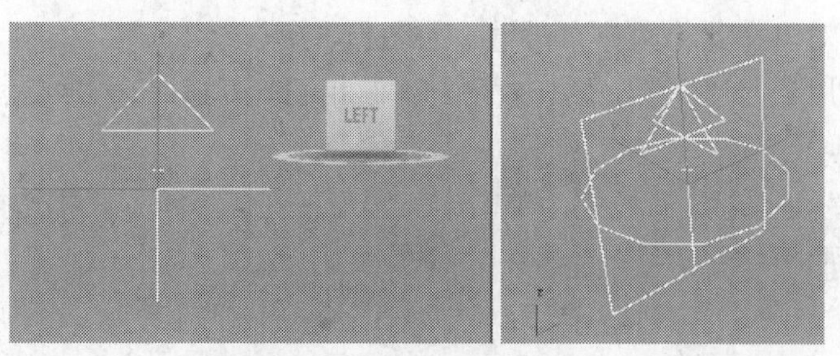

图14-53　超级喷射系统

（3）在3ds Max 2009工作界面的底部把时间滑块拖动到第30帧，就可以看到有粒子发射出来，如图14-54所示。

下面介绍一下它的参数设置选项，有些选项与喷射系统相同，这里只介绍几个不同的选项，其“Basic Parameters（基本参数）”面板如图14-55所示。

图14-54　超级喷射系统粒子

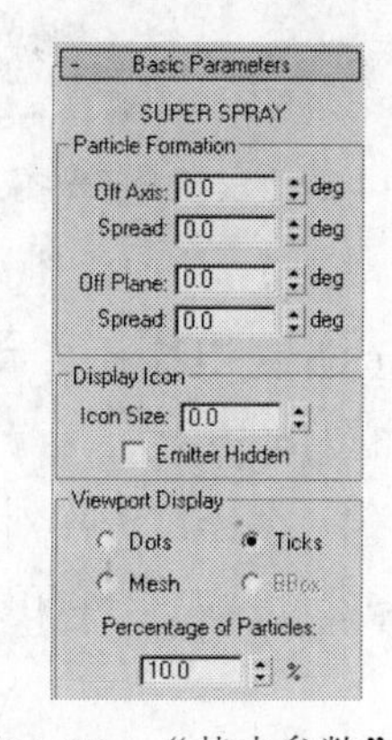

图14-55　“基本参数”面板

· Off Axis（轴偏离）：影响粒子流与Z轴的夹角（沿着X轴的平面）。

· Spread（扩散）：影响粒子远离发射向量的扩散（沿着X轴的平面）。

· Off Plane（平面偏离）：影响围绕Z轴的发射角度。如果将“轴偏离”项设置为0，则此选项无效。

· Spread（扩散）：影响粒子围绕“平面偏离”轴的扩散。如果将“轴偏离”项设置为0，则此选项无效。

另外，还有几个参数面板，如图14-56所示。分别用于设置粒子的类型、旋转和碰撞、对象运动继承、气泡运动、粒子繁殖、加载、保存预设等。其中的选项不再一一介绍。

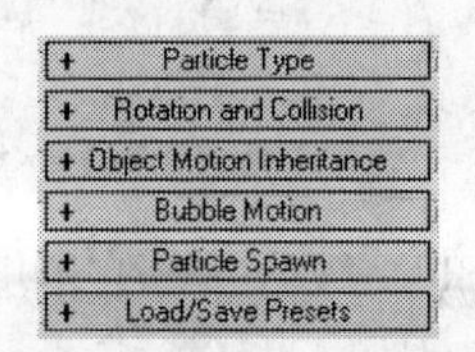

图14-56　其他几个面板

14.9　粒子阵列

粒子阵列系统提供两种类型的粒子效果，一种是将所选几何体对象用做发射器模板（或图案）发射粒子，此对象在此称做分布对象，如图14-57所示。

另外一种就是用于创建复杂的爆炸效果。下面我们就通过一个实例来演示如何创建爆炸效果。操作步骤如下：

（1）在标准基本体创建面板中，单击小三角形按钮，从列表中选择粒子系统即可进入到粒子系统的创建面板中。

（2）单击“粒子阵列” PArray 按钮，然后在顶视图中单击并拖动即可创建出粒子阵列系统，如图14-58所示。

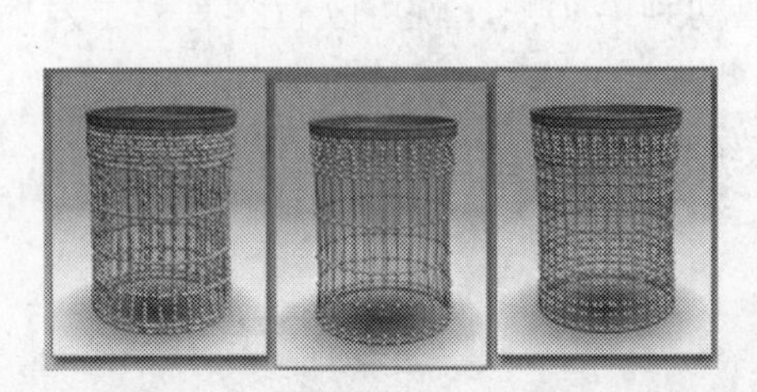

图14-57　用做分布对象的篮筐，粒子在其表面上随机分布

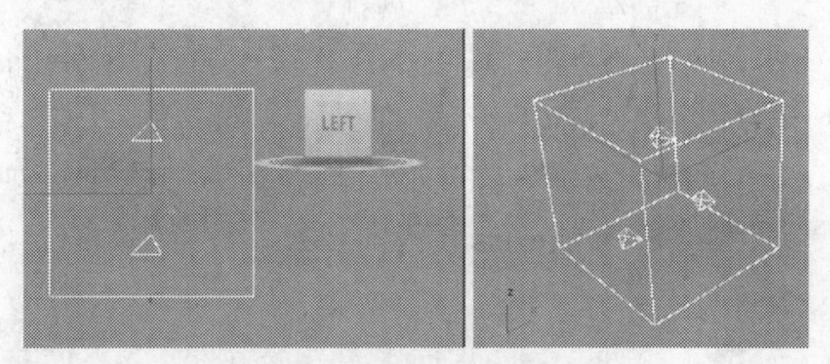

图14-58　粒子阵列系统

（3）使用标准基本体创建面板中的“Sphere（球体）”工具制作一个球体模型当做手榴弹，如图14-59所示。

（4）选择粒子阵列系统。然后进入到其“Modify（修改）”面板中，并单击“拾取对象” Pick Object 按钮，如图14-60所示。在视图中单击选择手榴弹球体。这样是把该系统赋予手榴弹球体。

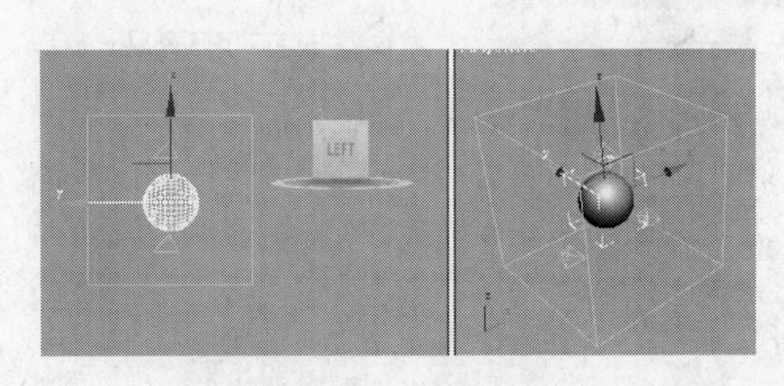

图14-59　粒子阵列系统

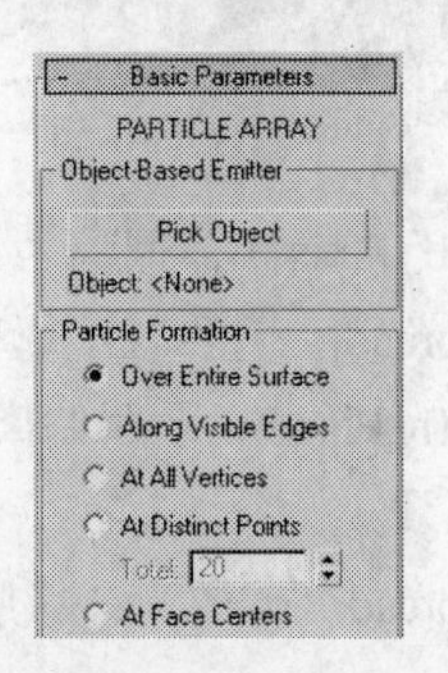

图14-60　“拾取对象”按钮

（5）在“Viewport Display（视口显示）”面板中选中“Dots（圆点）”项，如图14-61所示。

（6）为了便于观看，打开“背景和效果”窗口，在该对话框中单击背景颜色下面的颜色块，把它设置为白色。

（7）在“Modify（修改）”面板中展开“Particle Type（粒子类型）”面板，然后选中“Object Fragments（对象碎片）”项，如图14-62所示。

（8）在界面底部把时间滑块拖动到10上，然后按F9键进行渲染，效果如图14-63所示。

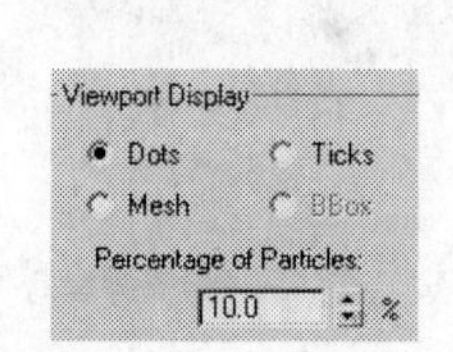

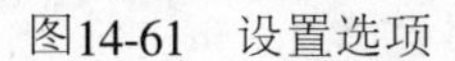

图14-61　设置选项

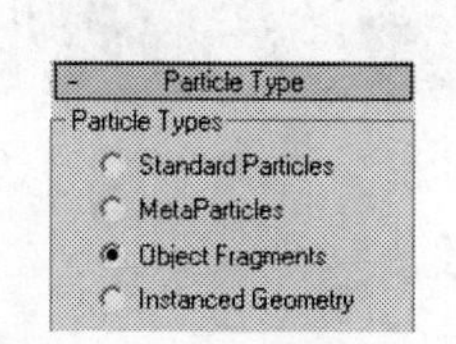

图14-62　“粒子类型”面板

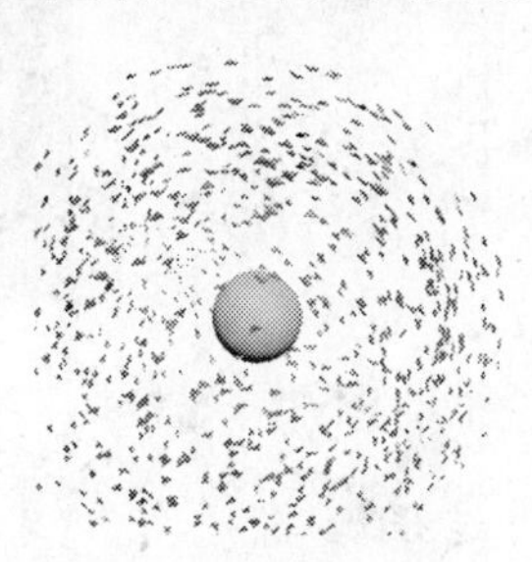

图14-63　碎片效果

（9）在“Object Fragments Controk（对象碎片控制）”栏中把“Thickness（厚度）”的值设置为10，选中“Number of Chunks（碎片数目）”项，并将其设置为300。再次渲染，效果如图14-64所示。

（10）展开“Particle Generation（粒子产生）”面板，把“Speed（速度）”的值设置为10，把“Variation（变化）”的值设置为20，把“Divergence（散度）”的值设置为10，把“Life（寿命）”的值设置为30，把“Variation（变化）”的值设置为10。再次渲染，效果如图14-65所示。

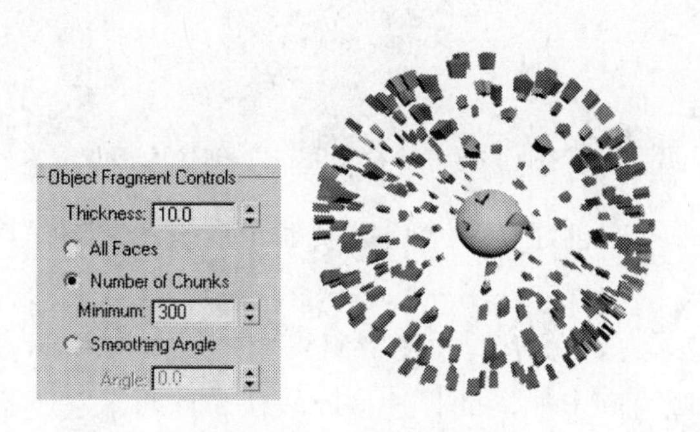

图14-64　渲染效果

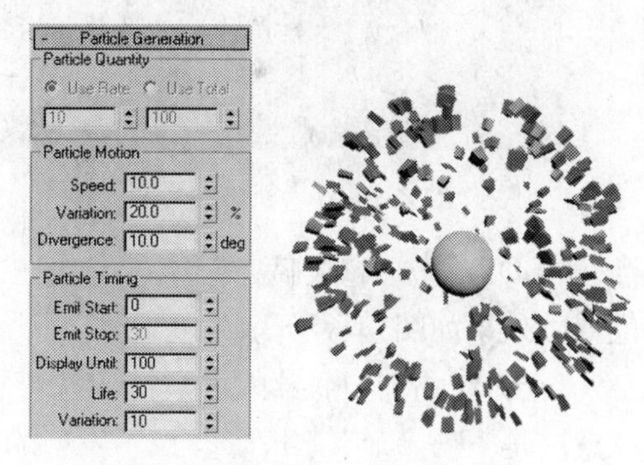

图14-65　参数设置及二次渲染的效果（右）

通过设置这些参数可以获得各种各样的爆炸效果。其参数设置与喷射系统基本相同，在此不再赘述。

14.10　实例：喷泉的制作

在这一实例中，将使用粒子系统创建经常看到的喷泉效果。我们将先设置一个场景，然后创建粒子系统，再为粒子制作材质，最后设置动画。制作的喷泉效果如图14-66所示。在制作喷泉效果的时候，关键是设置喷泉的水材质效果。一般我们可以借助于“自发光”材质来实现喷泉的水效果。另外我们将巧妙地使用背景图片来衬托喷泉的效果。

图14-66　创建出的喷泉效果

制作过程

（1）选择“File（文件）→Reset（重置）”命令，重新设置系统。

（2）创建场景。在前视图中创建一个圆管作为喷泉管，然后为喷泉管赋予一种铁锈材质，使它们看起来真实一些，如图14-67所示。

（3）进入到“粒子系统”创建面板中，并找到Super Spray按钮，如图14-68所示。

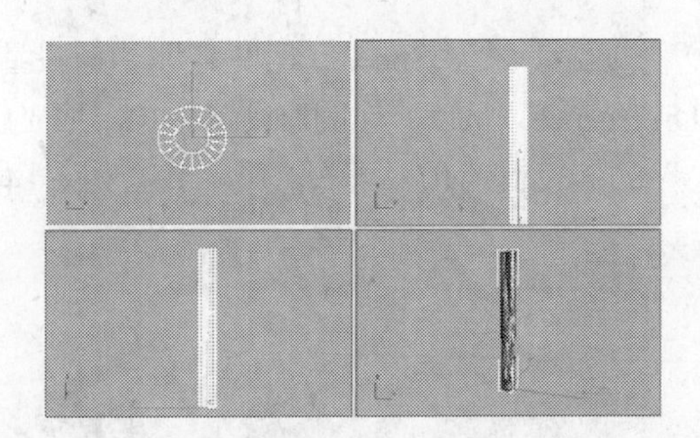

图14-67　创建的场景

图14-68　“粒子系统”创建面板

（4）单击“超级喷射”Super Spray按钮，在顶视图中创建一个“超级喷射”系统，调整好其位置，效果如图14-69所示。

（5）单击窗口底部的▶按钮，就会看到一缕粒子从发射器中发射出来，如图14-70所示。注意，是一些“十”字图形。粒子发射的方向是竖直向上的，而且速度比较快。此时，它还不像喷泉，还需要进一步调节。

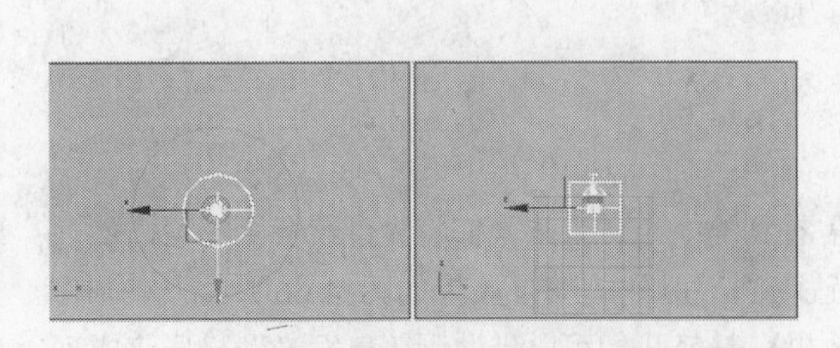

图14-69　创建的超级喷射系统

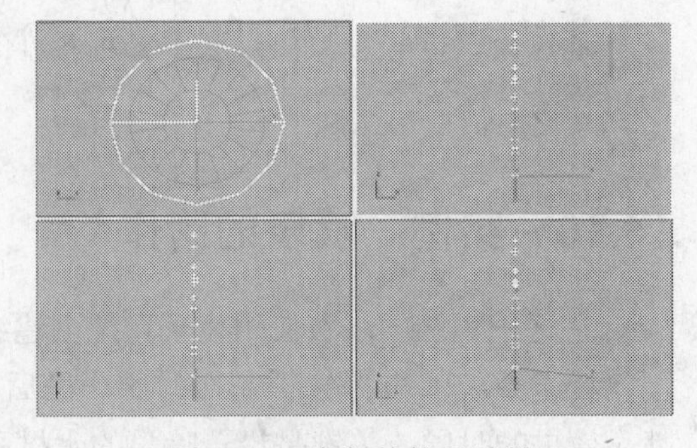

图14-70　发射的粒子效果

（6）确定超级喷射系统处于选取状态，单击按钮，进入其“Modify（修改）”面板，如图14-71所示。

（7）在“Baisic Parameters（基本参数）”面板的“Viewport Display（视口显示）”组中，选中“Ticks（十字叉）”项，因为在这里使用十字叉好一些。

（8）在“Particle Generation（粒子生成）”面板的“Particle Motion（粒子运动）”组中，设置“Speed（速度）”的值为8，其他参数值设置如图14-72所示。

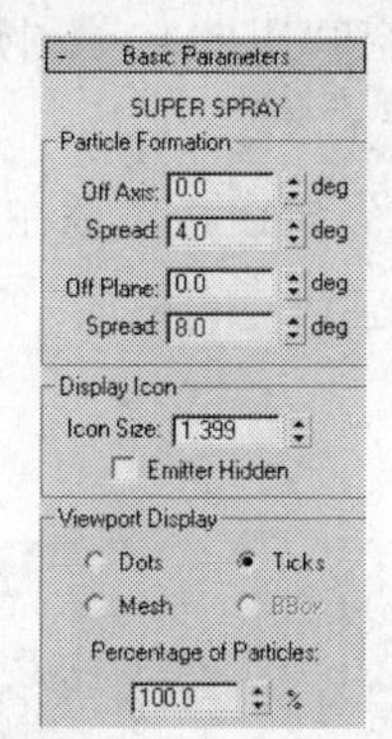

图14-71　“修改”面板

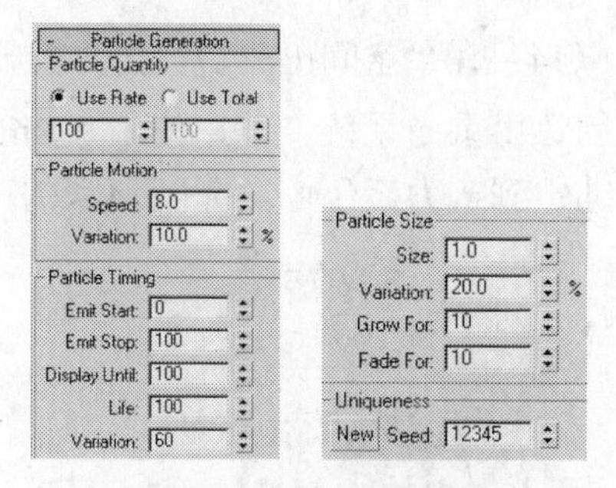

图14-72　设置的参数

粒子的“大小”值不要设置的太大，否则会产生不真实的水效果。

（9）在“Particle Spawn（粒子繁殖）”面板中，选中“Spawn Trails（繁殖拖尾）”项，设置“Affects（影响）”的值为50，其他参数值设置如图14-73所示。

（10）在“Particle Type（粒子类型）”面板中，选中“Standard Particle（标准粒子）”中的“Sphere（球体）”项。然后在“Rotation and Collision（旋转和碰撞）”面板中设置参数，如图14-74所示。

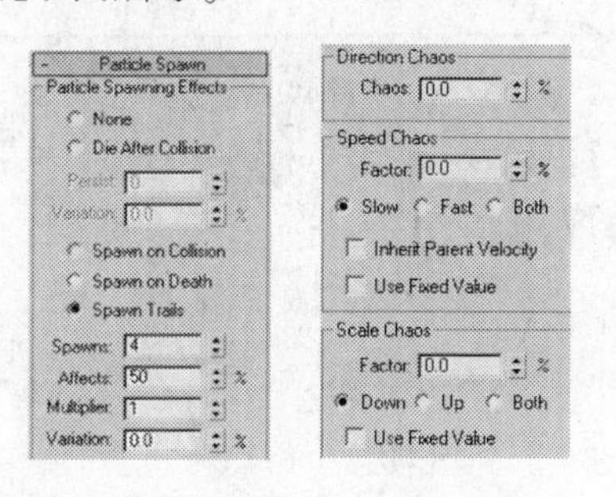

图14-73　“粒子繁殖”面板中设置的参数

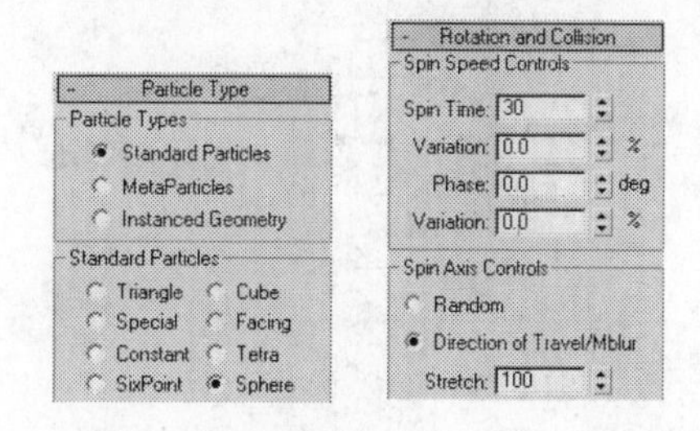

图14-74　“旋转和碰撞”面板中设置的参数

（11）在时间标尺中拖动“时间滑块”，可以看到粒子发射的效果，如图14-75所示。

（12）此时，按F9键观察渲染的效果，如图14-76所示。

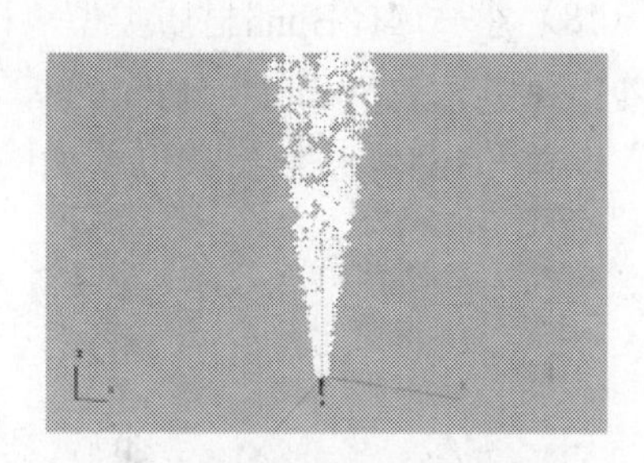

图14-75　粒子发射的效果

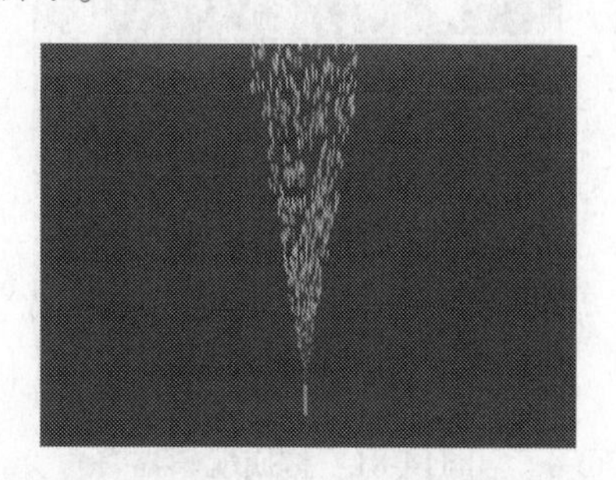

图14-76　渲染效果

各种粒子参数的设置，对于初学者而言，需要进行多次尝试。找出各种参数的应用规律之后就知道如何设置它们了。

（13）因为水柱到达一定的高度之后，会受重力的影响而下落。因此我们需要为喷泉粒子系统添加重力系统。单击按钮，进入到“Space Warps（空间扭曲）”创建面板中，如图14-77所示。

（14）在“空间扭曲”创建面板中单击“Gravity（重力）”按钮。然后在顶视图中单击并拖动创建出重力系统。然后使用“Bind to Space Warps（绑定到空间扭曲）”按钮把粒子系统绑定到重力系统中，如图14-78所示。

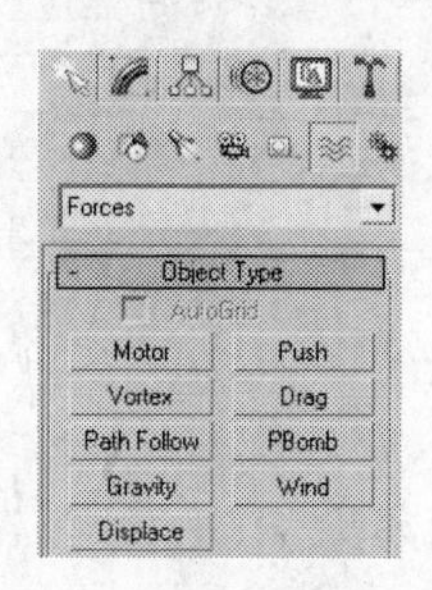

图14-77　空间扭曲创建面板

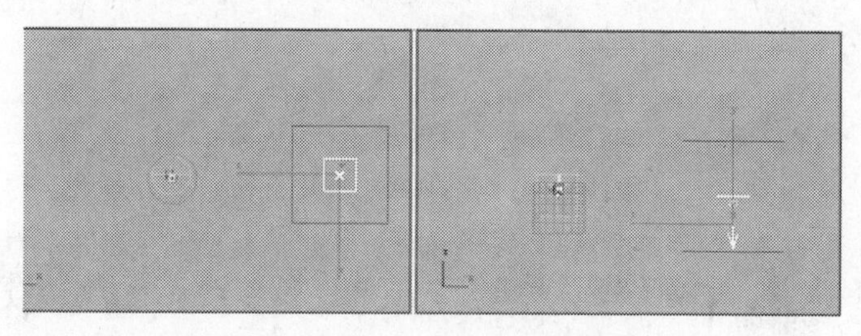

图14-78　创建的重力系统

（15）在视图中，选择重力系统的图标，然后进入到“修改”面板中。然后设置参数，如图　14-79所示。

（16）此时，拖动时间滑块，就可以看到视图中的粒子束改变形状，也就是说会自然下落，如图14-80所示。

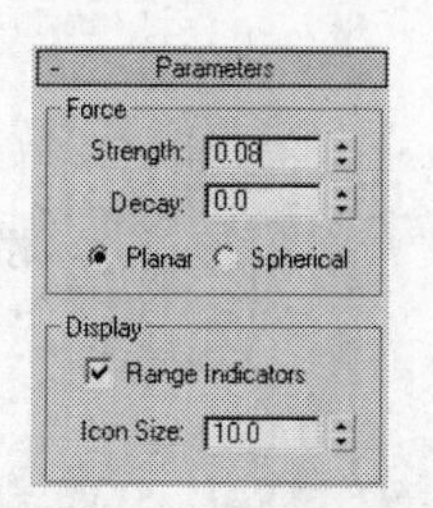

图14-79　参数面板

图14-80　下落效果

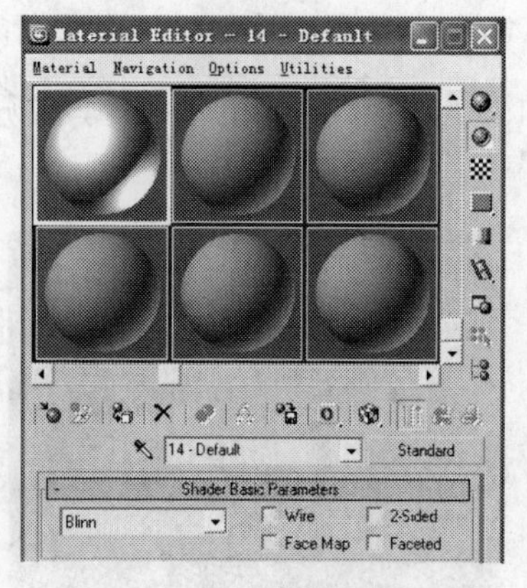

图14-81　材质编辑器

（17）下面开始为喷泉设置材质。按键盘上的M键打开材质编辑器，并选择一个没有使用的样本球，如图14-81所示。

（18）然后选择Blinn材质类型，把环境光设置为白色，把“Specular Highlights（高光级别）”设置为135，其他参数设置如图14-82所示。

（19）勾选“Sell-Lllumination（自发光）”下面的选项框。单击“Color（颜色）”旁边的“颜色样本”按钮，打开“Color Selector（颜色选择器）”对话框，并把颜色设置为需要的颜色，一般设置为白色，如图14-83所示。

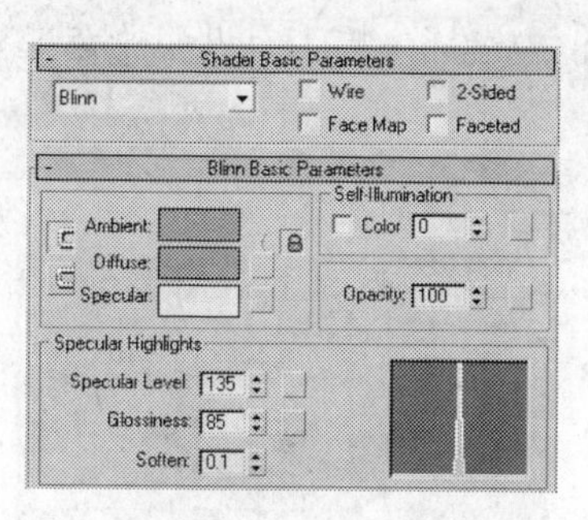

图14-82　参数设置

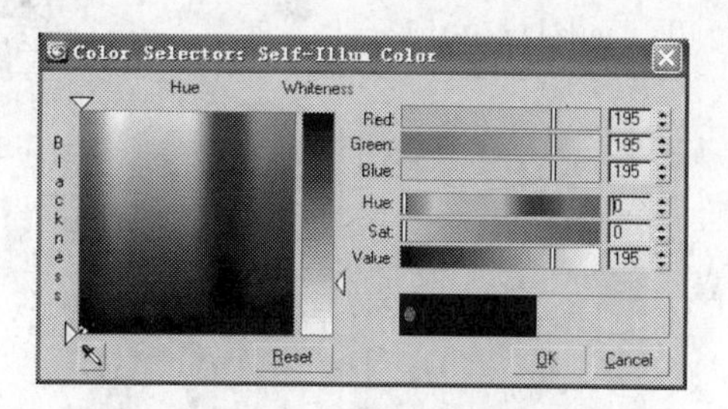

图14-83　颜色选择器

（20）单击“Diffuse（漫反射）”右侧的小方框，打开“Materal/Map Browser（材质/贴图浏览器）”对话框，如图14-84所示。双击“Gradient（渐变）”项。

（21）设置渐变参数，勾选“Radial（径向）”项，使用默认颜色即可，如图14-85所示。

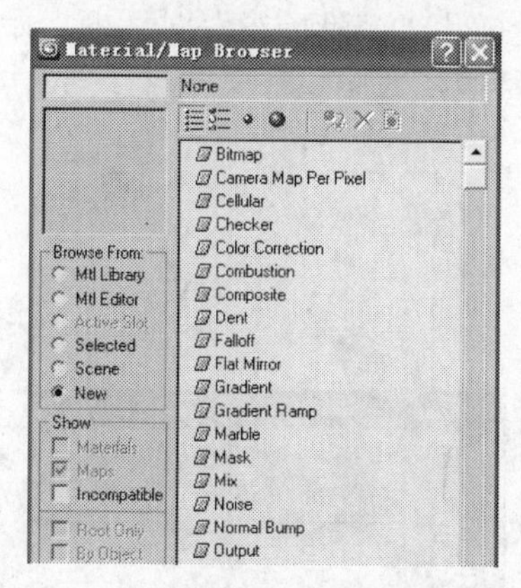

图14-84　“材质/贴图浏览器”对话框

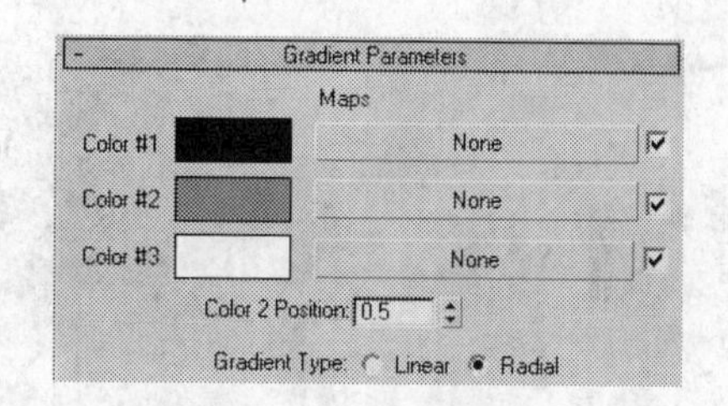

图14-85　渐变参数的设置

（22）在“Map（贴图）”面板中设置参数，为不透明度设置一种渐变贴图，如图14-86所示。

要在“明暗器基本参数”栏中勾选“面贴图”项。

（23）在视图中确定粒子系统处于选择状态。然后在材质编辑器中，单击按钮将材质赋予喷泉。按F9键进行渲染，效果如图14-87所示。

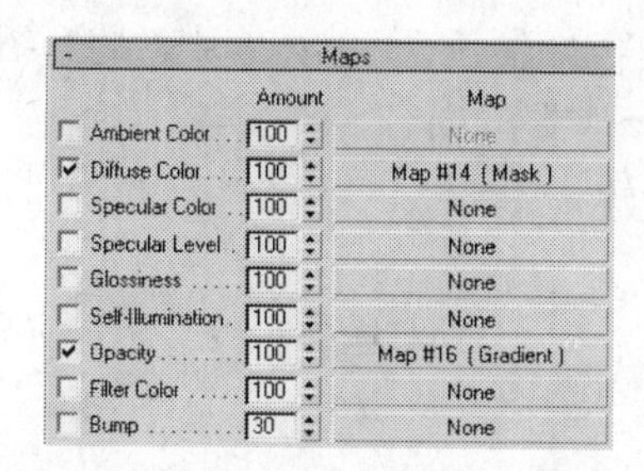

图14-86　“贴图”面板参数设置

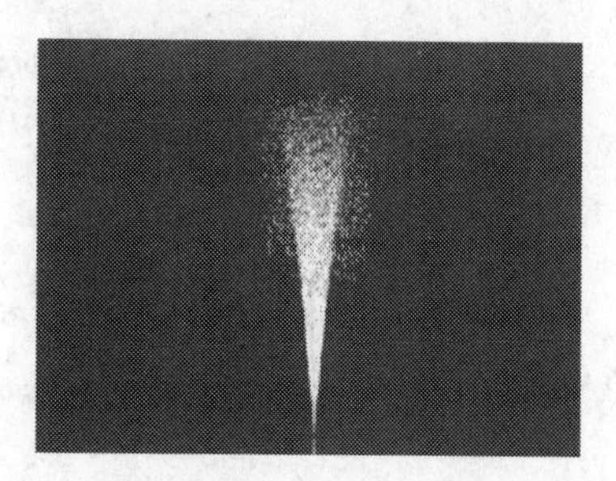

图14-87　渲染效果

（24）复制两组粒子系统，并调整好位置，如图14-88所示。

（25）添加一幅带有湖面的背景来衬托喷泉效果。执行“Rendering（渲染）→Environment（环境）”命令，打开“Environment and Effects（环境和效果）”对话框。勾选“Use Map（使用贴图）”项，单击“None”按钮，从打开的对话框中选择一幅带有湖面的背景来衬托喷泉效果，如图14-89所示。

图14-88　复制粒子系统

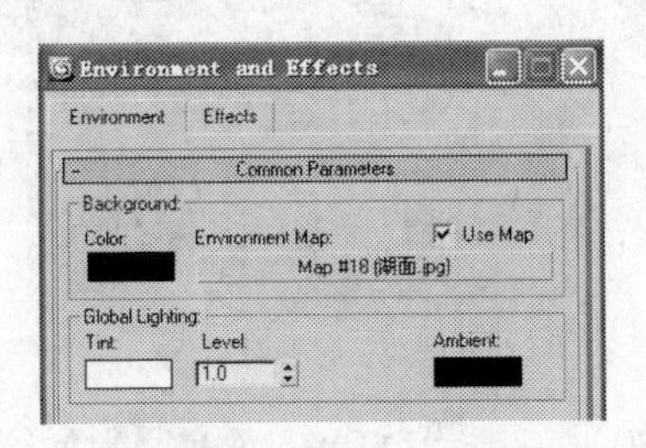

图14-89　选择背景图片

（26）现在按F9键渲染透视图，渲染效果如图14-90所示。

（27）把它制作成一段动画。单击“渲染”按钮，打开“渲染场景”对话框，如图14-91所示。选中“活动时间段”项，再单击下面的“文件”按钮，选择一个保存路径，然后单击最下面的“渲染”按钮，开始进行渲染。

图14-90　渲染效果

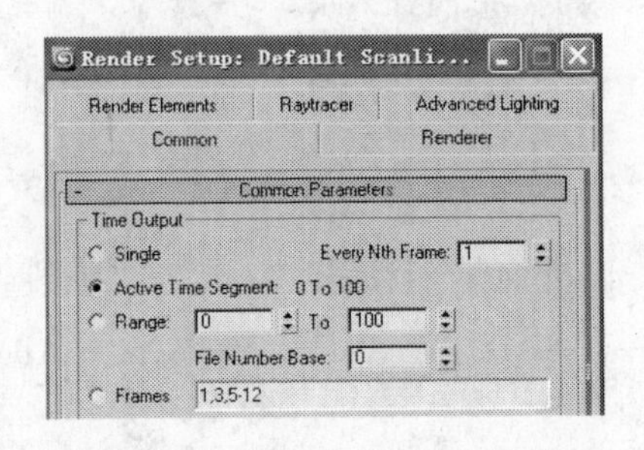

图14-91　“渲染场景”对话框

提示　我们可以使用和本例中同样的方法来制作其他类型的喷泉效果，比如制作带有水流柱的喷泉效果。

在本章中，我们介绍了有关制作粒子动画方面的内容。在下一章的内容中，将介绍有关在3ds Max 2009中制作角色动画方面的内容，这也是应该掌握的内容。

第15章　角 色 动 画

前面的内容介绍了刚体物体动画、液体动画和粒子动画，而对于带有手足的角色动画就不能使用前面的方法来制作了。3ds Max 2009为我们提供了一个非常便利的工具——Character Studio，使用它可以非常方便地制作角色动画。在这一章的内容中，将介绍如何使用Character Studio来制作角色动画。

15.1 Character Studio简介

在3ds Max 2009中，Character Studio是为制作三维角色动画提供的专业工具，可以使动画制作者快速而轻松地建造骨骼然后使之具有动画效果，从而创建运动序列的一种环境。具有动画效果的骨骼可以用来驱动角色模型的运动，以此创建虚拟的角色。使用Character Studio还可以生成角色的群组及群组动画。

Character Studio由三个3ds Max 2009插件组成：Biped、Physique和群组。

· Biped：一般翻译为两足动物，使用它可以构建骨骼框架并使之具有动画效果，为制作角色动画作好准备。可以将不同的动画合并成按序排列或重叠的运动脚本，或将它们分层。也可以使用Biped来编辑运动捕获文件。

· Physique：一般翻译成体形，它使用两足动物框架来制作实际角色的动画，模拟与基础骨架一起运动时，模型如何弯曲和膨胀。

· 群组：通过使用代理系统和行为制作三维对象和角色组的动画。可以使用高度复杂的行为来创建群组。

下面介绍一下使用Character Studio的工作流程：

（1）创建蒙皮几何体（也就是角色模型）。

（2）创建两足动物骨骼。

（3）蒙皮。

（4）调整蒙皮行为。

（5）设置两足动物骨骼的动画。

（6）使用其他技术设置更为复杂的动画。

15.2 使用Biped

它是一个3ds Max系统插件，它的结构和人类及两足动物的骨骼结构相似，对于其他的动物，我们可以通过调整它来获得需要的形式，如图15-1所示。

在3ds Max 2009中，我们可以通过依次单击“→”按钮，打开“系统创建面板”，在该面板中就可以使用Biped。如图15-2所示。

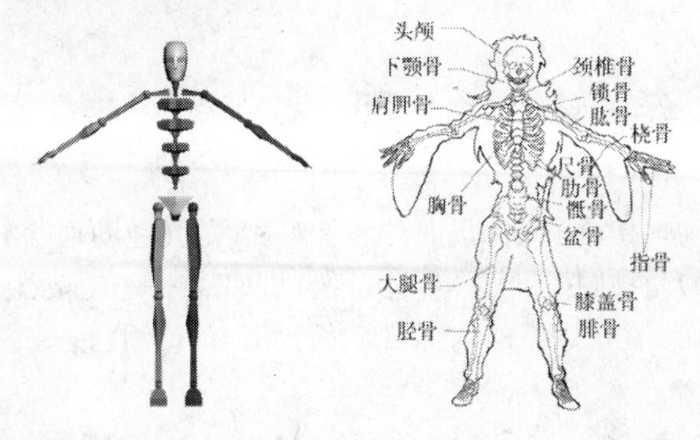

图15-1 对比效果

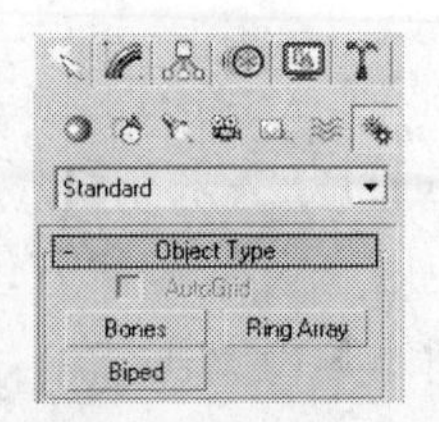

图15-2 创建面板

和以前版本的3ds Max相比，在“系统创建面板”中少了两种日光照明按钮，下面是3ds Max 9中的“系统创建面板”如图15-3所示。

在创建一个两足动物后，可以使用“Motion（运动面板）”中的两足动物控制选项来设置动画。两足动物控制选项提供了设计动画角色体形和运动所需要的工具，我们可以把它们设置成任意的姿势，比如行走，如图15-4所示。

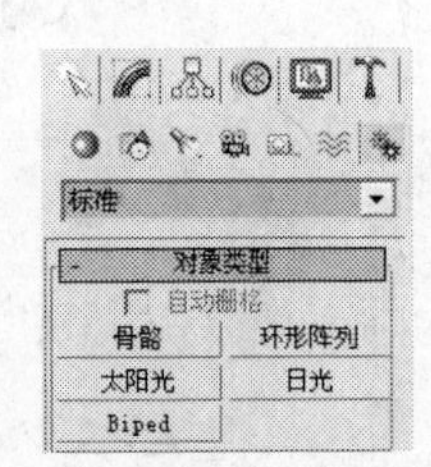

图15-3 3ds Max 9中的“系统创建面板”

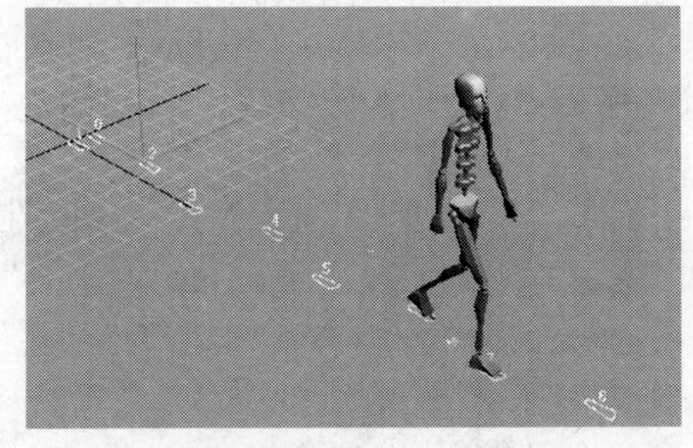

图15-4 创建的行走姿势效果

为了最有效地使用两足动物控制选项，遵循它的一般工作流程是至关重要的。一般先创建蒙皮几何体，然后创建两足动物骨骼，最后调整姿势并进行绑定。下面是创建的几何体角色模型和骨骼效果，如图15-5所示。创建了角色模型和骨骼效果之后就可以通过设置骨骼的动作来驱动几何体角色模型运动了。

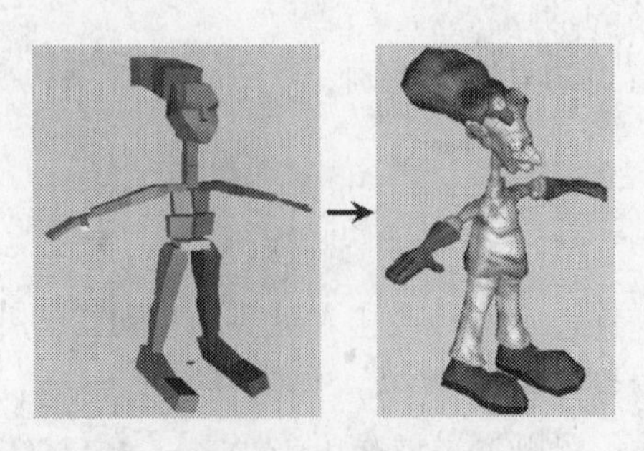

图15-5 创建的角色模型和骨骼效果

15.2.1 Biped（两足动物）的创建与编辑

在3ds Max 2009中，Biped的创建步骤非常简单。我们可以使用下列创建步骤来创建Biped。

（1）启动3ds Max 2009软件。

（2）依次单击 → → Biped 按钮，然后在前视图中单击并向上拖动，即可创建出一个Biped模型，如图15-6所示。

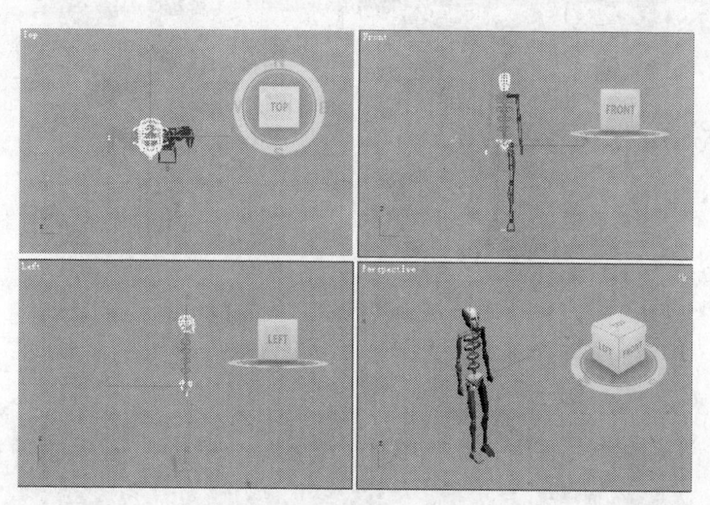

图15-6 创建的Biped模型

（3）使用“移动”或者“选择”工具，选择它的胳膊或者腿就可以调整它的姿势了，可以调整出如图15-7所示的姿势。

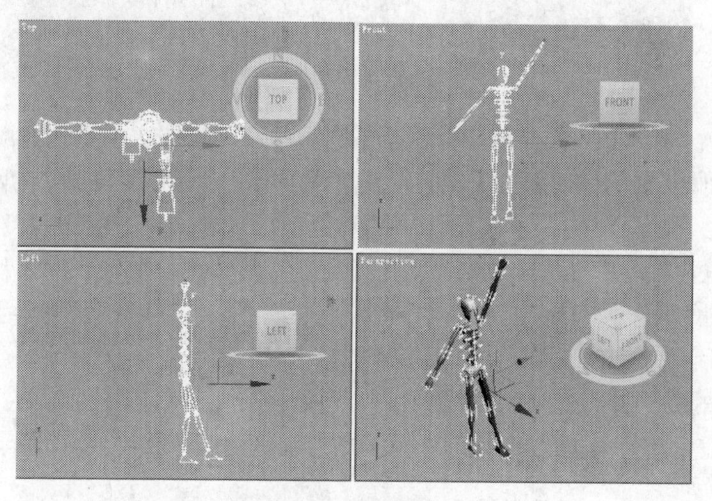

图15-7 调整姿势

（4）和制作的其他模型一样，可以在创建面板的“Name and Color（名称与颜色）”栏中为Biped命名和设置颜色。

（5）也可以像操作基本体模型一样删除、移动、缩放Biped模型的。下面是一种Biped模型的缩放效果，如图15-8所示。

15.2.2 Biped的结构

Biped几何体是一个对象链接层次，这些对象模拟人体的结构或部位。两足动物的父对象或者根对象是其重心COM。该对象在靠近两足动物的骨盆中心处，显示为蓝色的八面体。移动COM就可以移动整个两足动物。其重心如图15-9所示。

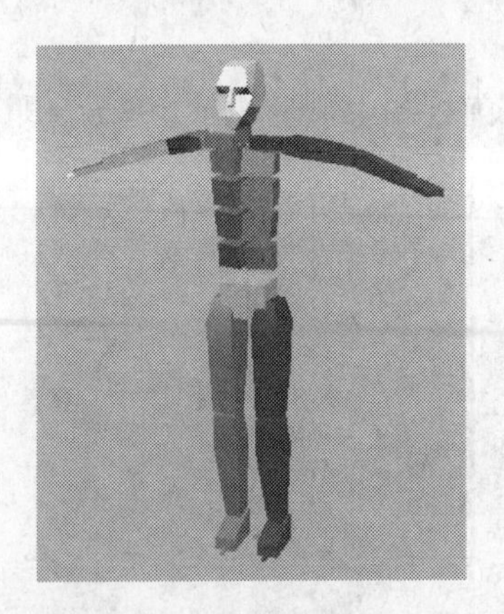

图15-8　缩放效果（右图）

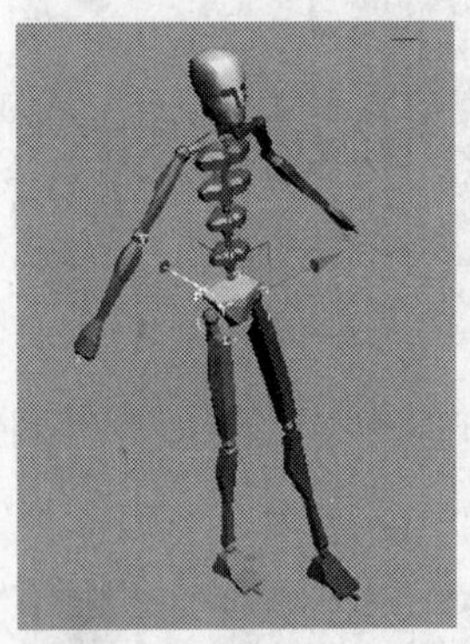
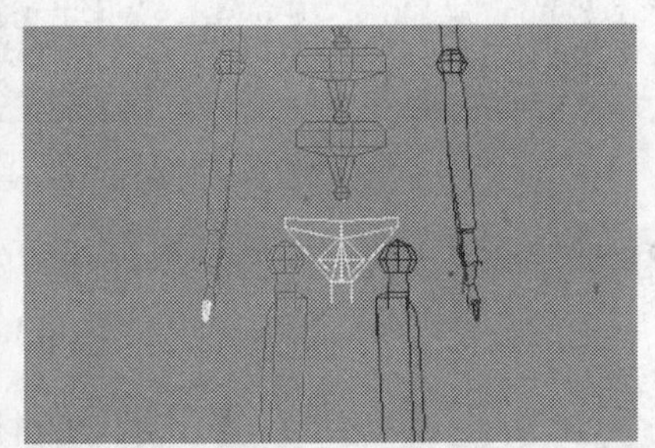

图15-9　重心

两足动物层次与标准的3ds Max层次稍有不同，两足动物层次中不允许删除骨骼的任何组件。要删除两足动物骨骼的任何部分，就必须删除整个层次。若想创建部分的两足动物，例如，缺少头部的两足动物，仅仅隐藏不需要使用的对象就可以了。

可以重新定位两足动物形体部位，特定的两足动物形体部位可以在"体形模式"中重新定位，从而适合不同的角色。可以选择锁骨并将其上移或下移，从而移动整个手臂组合。也可以随意地重新定位手指、尾部等。

另外，Biped的躯干骨骼还分为4种类型，分别是一般性骨骼、男性骨骼、女性骨骼和标准骨骼，我们可以根据角色类型的不同而选择不同的骨骼结构，如图15-10所示。

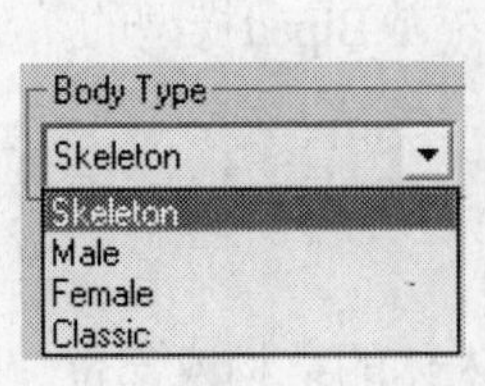

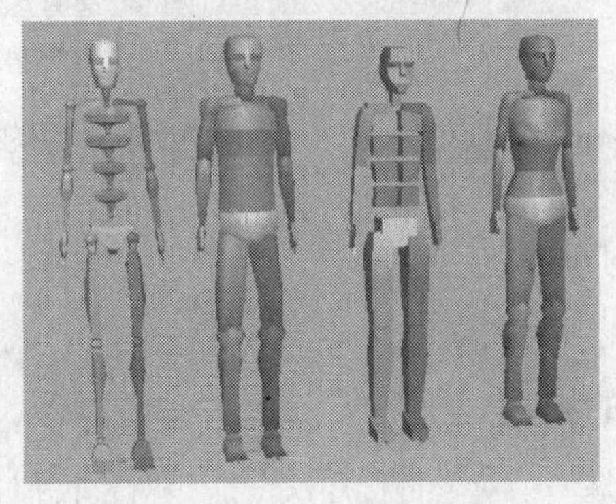

骨骼　男性　标准　女性

图15-10　4种骨骼类型

15.2.3 两足动物的结构面板

我们要更改默认的两足动物基本结构，就需要使用它的结构面板进行设置。单击 Biped 按钮后，在右侧的创建栏中就会显示出它的结构面板，在该面板中设置不同的参数即可改变两足动物的结构，如图15-11所示。

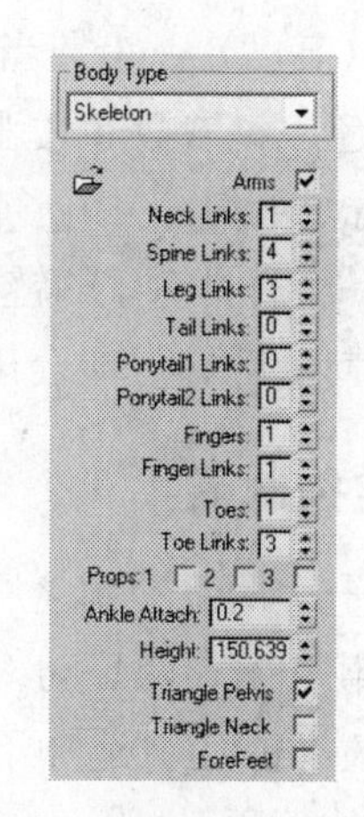

图15-11 Biped的结构面板

· Arms（手臂）：设置是否为当前两足动物生成手臂。

· Neck Links（颈部链接）：设置在两足动物颈部的链接数，范围从1到5。

· Spine Links（脊椎链接）：设置在两足动物脊椎上的链接数，范围从1到5。

· Leg Links（腿部链接）：设置在两足动物腿部的链接数。范围从3到4。

· Tail Links（尾部链接）：设置在两足动物尾部的链接数。值0表明没有尾部。范围从0到5。

· Ponytail 1/2 Links（马尾辫1/2链接）：设置马尾辫链接的数目。范围从0到5。

可以使用马尾辫链接来制作头发动画，或者其他附件动画。在体形模式中重新定位并使用马尾辫来实现角色下颌、耳朵、鼻子或任何其他随着头部一起移动的部位的动画。不像选择两足动物手部并拖动来重新定位整个手臂的过程，马尾辫使用旋转变换来定位。

· Fingers（手指）：设置两足动物手指的数目。范围从0到5。

· Finger Links（手指链接）：设置每个手指链接的数目。范围从1到3。

· Toe（脚趾）：设置两足动物脚趾的数目。范围从1到5。

· Toe Links（脚趾链接）：设置每个脚趾链接的数目。范围从1到3。

如果角色穿鞋的话，那么就只需要含有脚趾链接的一个脚趾即可。

· Props（小道具1/2/3）：可以打开最多三个小道具，这些小道具可以用来表现连接到两足动物的工具或武器。

小道具默认出现在两足动物手部和身体的旁边，但可以像其他任何对象一样贯穿整个场景实现动画。3ds Max控制器能用于制作小道具动画，并且动画可以塌陷到小道具的变换控制器上以在混合器、运动流和编辑层中使用。

· Ankle Attach（踝部附着）：沿着足部块指定踝部的粘贴点。可以沿着足部块的中线在脚后跟到脚趾间的任何位置放置脚踝，使用不同的值，附着的效果也不同，如图15-12所示。值0表示将踝部粘贴点放置在脚后跟上。值1表示将踝部粘贴点放置在脚趾上。单击微调

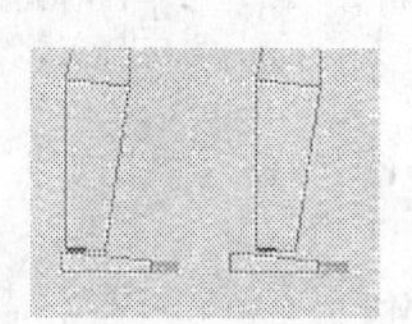

图15-12 踝部附着值为0.25和踝部附着值为0.5的效果

器中的向上箭头来将踝部粘贴点向脚趾方向移动。范围从0到1。

· Height（高度）：设置当前两足动物的高度。用于在附加“体格”前改变两足动物大小以适应网格角色。该参数也用于附加“体格”后缩放角色。

· Triangle Pelvis（三角形骨盆）：当附加“体格”后，可打开该选项来创建从大腿到两足动物最下面一个脊椎对象的链接。通常腿部是链接到两足动物骨盆对象上的。当使用“体格”变形网格时，骨盆区域可能会出现问题。三角形骨盆为网格变形创建更自然的样条线。

15.2.4 指定控制器

在创建了一个两足动物之后，应该使用运动面板上的两足动物控件来设置该两足动物的动画，并可以加载和保存两足动物的文件使两足动物匹配代表角色的网格。首先应该在指定控制器栏中向单个对象指定并追加不同的变换控制器。也可以在轨迹视图中指定控制器。指定控制器的操作步骤如下所示。

（1）选择对象。

（2）在“Motion（运动）”面板上，单击“Parameters（参数）”按钮，然后打开“Assign Controller（指定控制器）”面板，如图15-13所示。

（3）在“指定控制器”列表中选择“BipedRotationList（旋转轨迹）”。

（4）单击“指定控制器”按钮，然后从“Assign Rotation Controller（指定旋转控制器）”对话框中选择“TCB Rotation（TCB旋转）”。

（5）将用TCB旋转控制器替换默认的Euler XYZ旋转控制器。

根据选定的轨迹类型，“选择控制器”对话框将显示控制器不同类型的子级。例如，旋转控制器只能用于旋转轨迹。

如果未选中轨迹，则“指定控制器”面板不可用。

15.2.5 “Biped应用程序”面板

在3ds Max 2009中，“指定控制器”面板的下面就是“Biped Apps（Biped应用程序）”面板，如图15-14所示。

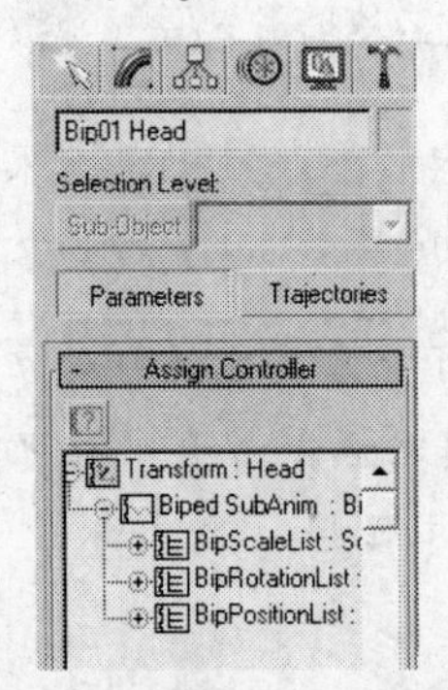

图15-13 “指定控制器”面板

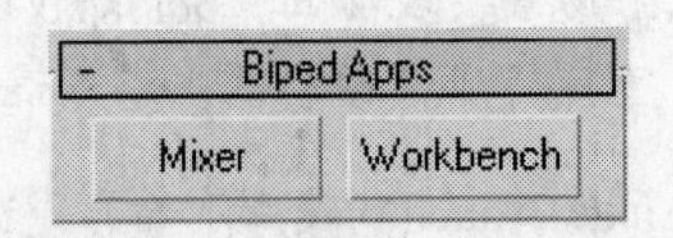

图15-14 “Biped应用程序”面板

· Mixer（混合器）：单击该按钮即可打开“Motion Mixer（运动混合器）”窗口，可以在其中设置动画文件的层，以便定制两足动物运动，如图15-15所示。

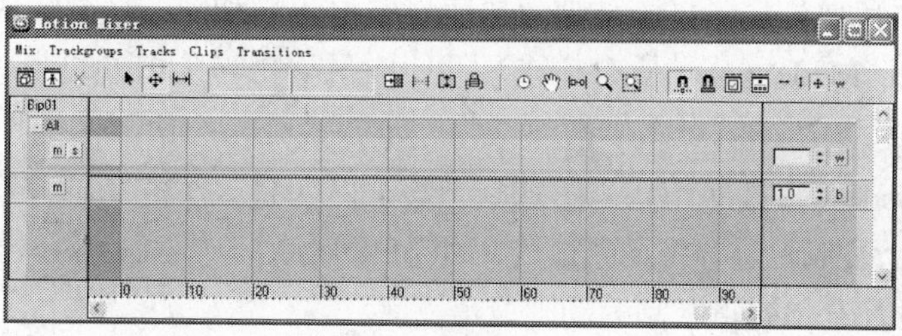

图15-15 “运动混合器”窗口

• Animation Workbench（动画工作台）：打开“动画工作台”窗口，可以在其中分析并调整两足动物的运动曲线，如图15-16所示。

15.2.6 “Biped”面板

在“Biped应用程序”面板的下面是“Biped”面板，如图15-17所示。使用该面板中的控件，可以使两足动物处于“体形”、“足迹”、“运动流”或“混合器”模式，然后加载并保存.bip、stp、mfe和.fig文件。

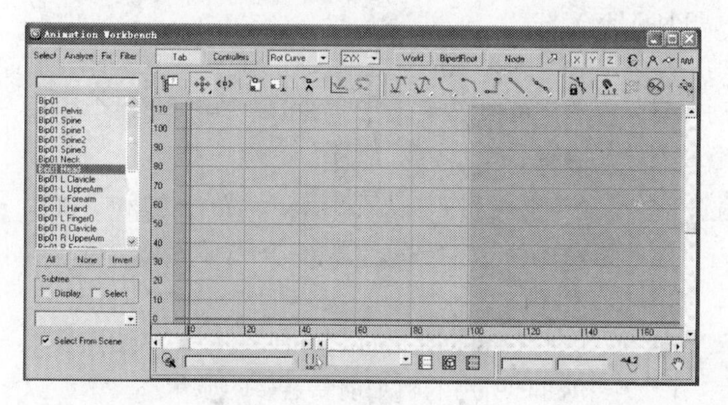

图15-16 “动画工作台”

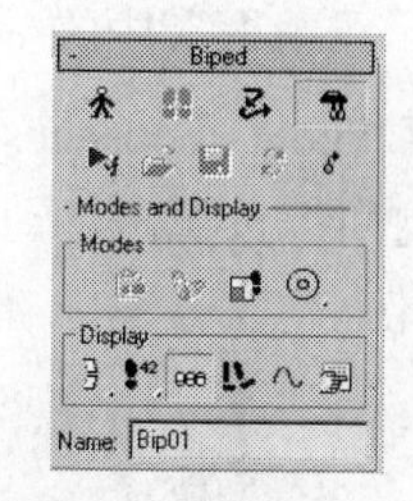

图15-17 “Biped”面板

• Figure Mode（体形模式）：使用体形模式，可以使两足动物适合代表角色的模型或模型对象。如果使用Physique将模型连接到两足动物上，可使“体形”模式处于打开状态。

• Footstep Mode（足迹模式）：用于创建和编辑足迹，生成走动、跑动或跳跃足迹模式，编辑空间内的选定足迹，以及使用“足迹”模式下可用的参数附加足迹。

• Motion Flow Mode（运动流模式）：可创建脚本并使用可编辑的变换，将.bip文件组合起来，以便在运动流模式下创建角色动画。创建脚本并编辑变换之后，要使用“两足动物”面板中的“保存段落”将脚本存储为一个大的.bip文件。

• Mixer Mode（混合器模式）：激活“两足动物”面板中当前的所有混合器动画，并显示混合器面板。

• Biped Playback（两足动物重播）：除非“显示首选项”对话框中不包含所有两足动物，否则会播放其动画。通常，在这种重放模式下，可以实现实时重放。

• Load File（加载文件）：用于打开一个对话框来加载.bip、.fig或.stp文件。

• Save File（保存文件）：可打开“Save as（另存为）”对话框。在该对话框中，可以保存“两足动物”文件（.bip）、体形文件（.fig）和步长文件（.stp）。

• Convert（转换）：将足迹动画转换成自由形式的动画。这种转换是双向的。

• Move All Mode（移动所有模式）：使两足动物与其相关的非活动动画一起移动和旋转。如果此按钮处于活动状态，则两足动物的重心会放大，使其平移时更加容易选择。

• Buffer Mode（缓冲区模式）：编辑“缓冲区”模式下的动画段落。首先，使用“足迹操作”面板中的“复制足迹”将足迹和相关的两足动物关键点复制到缓冲区中，然后打开“缓冲区”模式，以便查看和编辑复制的动画段落。

• Rubber Band Mode（橡皮圈模式）：使用此按钮重新定位两足动物的肘部和膝盖，而无需在“体形”模式下移动两足动物的双手或双脚。如果要启用“橡皮圈模式”，就必须打开“体形”模式。

• Scale Stride Mode（缩放步幅模式）：经缩放后，缩放步幅的长度和宽度可以与两足动物体形的长度和宽度匹配。默认情况下，“缩放步幅”模式处于打开状态。

• In Place Mode（就位模式）：使用“就位”模式可以使两足动物在播放动画时显示在视口中。使用此按钮，可以编辑两足动物的关键点，或使用Physique调整封套。为此，可以防止XY在播放动画时移动两足动物的重心，但是，将保留沿着Z轴的运动。这是一个带三个按钮的菜单。在“就位”模式下，可存储3ds Max文件。

• Objects（对象）：显示两足动物形体对象；如果在渲染之前没有将这些对象关闭，则会对其进行渲染。所以，先隐藏两足动物对象，然后渲染场景。另外，可以使用“显示”面板和“显示浮动框”中的标准3ds Max隐藏控件，隐藏各个形体对象。

• Show Footsteps and Numbers（显示足迹和数量）：显示两足动物的足迹和足迹数量。足迹可以按照两足动物要沿着足迹创建的路径移动的方向指定顺序。足迹显示为白色，未加以渲染，但不会显示在预览渲染中，如图15-18所示。

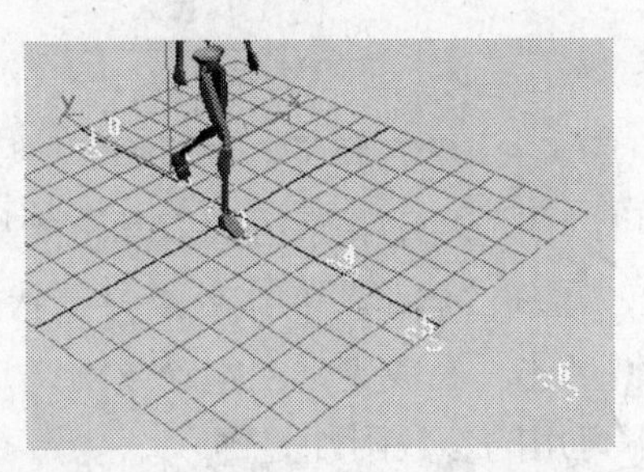

图15-18　足迹

• Twist Links（扭曲链接）：切换设置扭曲时所用的附加前臂链接的显示。

• Leg States（腿部状态）：如果此按钮处于打开状态，则视口会在相应帧中的每个脚部显示“移动”、“滑动”和“踩踏”。

• Trajectories（轨迹）：显示选定两足动物肢体的轨迹。

• Preferences（显示首选项）：显示“显示首选项”对话框。使用该对话框，可以更改足迹颜色和轨迹参数，还可以在“两足动物”面板中设置要重放的两足动物数量。足迹颜色首选项是一种区别某个场景中两个或多个两足动物足迹的理想方法。

15.2.7 “轨迹选择”面板

在制作轨迹动画时，必须能够选择轨迹并进行编辑，这需要使用相应的工具。在“Track Selection（轨迹选择）”面板中就提供了相应的工具，如图15-19所示。注意，需要通过单击按钮，才能打开“轨迹选择”面板。两足动物的重心（COM）对象是两足动物层次的根，使用以下三种动画轨迹可以定位和旋转两足动物：水平轨迹、垂直轨迹和旋转轨迹。水平轨迹和垂直轨迹还包含两足动物动态处理参数。

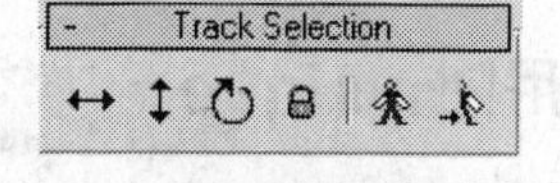

图15-19　“轨迹选择”面板

· ↔Body Horizontal（形体水平）：选择该重心可以编辑两足动物的水平运动。

· ↕Body Vertical（形体垂直）：选择该重心可以编辑两足动物的垂直运动。

· Body Rotation（形体旋转）：选择该重心可以编辑两足动物的旋转运动。

· Lock COM Keying（锁定）：用于锁定COM关键点。

· Symmetriccal（对称轨迹）：选择两足动物另一侧的匹配对象。例如，如果选择右臂，单击“对称轨迹”按钮就会选择左臂。

· Opposite（相反）：选择两足动物另一侧的匹配对象，并取消选择当前对象。例如，如果选择右臂，单击“相反轨迹”会选择左臂。相反轨迹适用于一个或多个两足动物对象。

15.2.8　“复制/粘贴”面板

“Copy/Paste（复制/粘贴）”面板上的控件允许复制两足动物某个部位的姿势、姿态或轨迹信息，然后它们粘贴到两足动物的另一部位，或复制粘贴到另一两足动物上。该面板如图15-20所示。

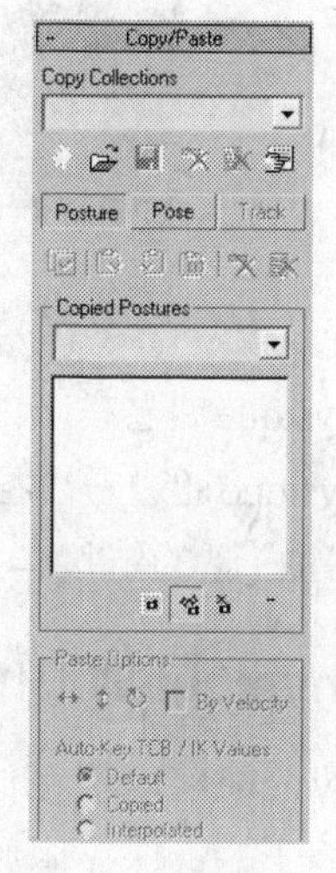

图15-20　“复制/粘贴”面板

下面，简单地介绍一下该面板中的几个选项。

· Posture/Pose/Track（姿势/姿态/轨迹）：选择其中一个按钮来选择要进行复制和粘贴的信息种类。默认值为“姿态”。

· Create Collection（创建集合）：用于清除当前集合名称及与之关联的姿势、姿态和轨迹。

· Load Collection（加载集合）：加载一个.cpy文件。

· Save Collection（保存集合）：将当前会话中所有复制的姿势、姿态和轨迹信息保存为.cpy文件。

后面的几个按钮用于删除集合，不再一一介绍。

· ↔Paste Horizontal（粘贴水平）：打开此选项且选定COM时，在执行下一次复制操作时，便会复制COM的“形体水平”姿势、姿态和轨迹。

· ↕Paste Vertical（粘贴垂直）：打开此选项且选定COM时，在执行下一次复制操作时，便会复制COM的“形体垂直”姿势、姿态和轨迹。

· Paste Rotation（粘贴旋转）：打开此选项且选定COM时，在执行下一次复制操作时，便会复制COM的“形体旋转”姿势、姿态和轨迹。

由于本书篇幅有限，面板中的其他参数在此不再一一进行介绍。

15.3 使用Physique

在3ds Max 2009中，Physique（体型）是用于调整几何体网格的一种修改器，允许基本骨骼的运动无缝地移动网格，就像人类皮肤下的骨骼和肌肉。而且使用Physique修改器可将蒙皮附加到骨骼结构上，比如两足动物，如图15-21所示。Physique在基于点的对象上运行，包括几何图形、可编辑的网格、基于面片的对象、NURBS，以及FFD空间扭曲。对于NURBS与FFD，Physique使控制点变形，控制点反过来又使模型变形。这些变化将附加到任何骨骼结构，包括两足动物、3ds Max骨骼、样条线或者任何3ds Max层次。当把Physique运用到蒙皮对象并且给骨骼添加蒙皮时，Physique决定骨骼的每个部分如何影响根据指定而设置的蒙皮顶点。

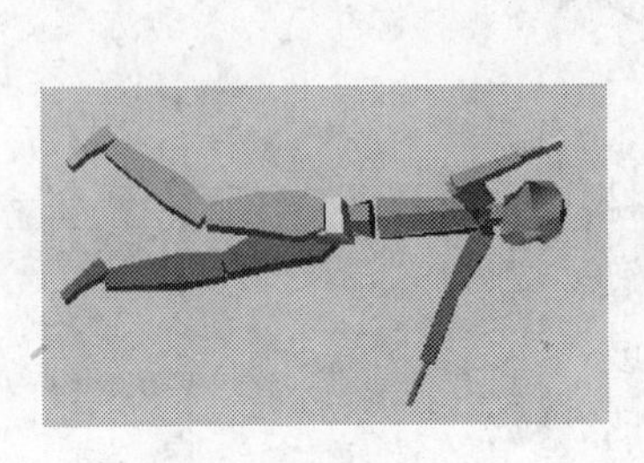

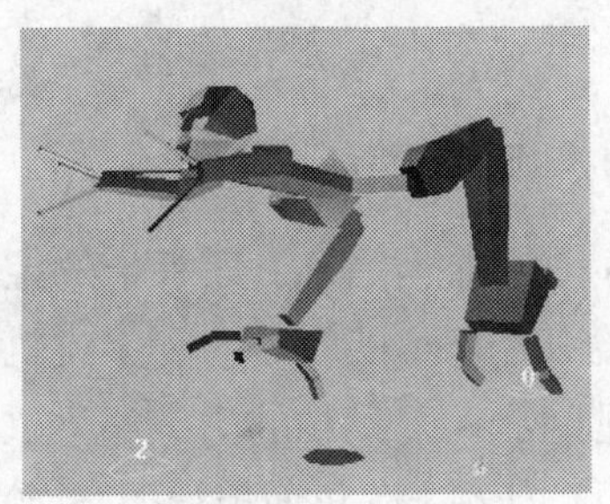

图15-21 应用Physique的效果

单击Physique展卷栏上的“附加到节点”项和选择视窗中的根节点后将影响网格。在附加过程中，Physique通过一个层次中的所有子级从选择的对象开始按自身路径运作，为其发现的每个链接创建自己的链接与关联的封套。

15.3.1 Physique的工作流程

运用Physique前，要在体形模式中将两足动物与网格调整对齐。使用手臂伸开的姿势，因此手是远离躯干的。保存体形文件，以便当需要时很容易返回这种姿态。在“Modify（修改）”面板中选择网格和选定“Physique”。单击“添加到节点”，然后选择层次中的根节点（两足动物的骨盆或者骨头层次中的根节点，而非COM）。在“Physique初始化”对话框中，单击“初始化”按钮，从而在层次中创建基于链接的默认封套。剩余部分的工作是调整封套并且随意地增加凸出角度和腱。

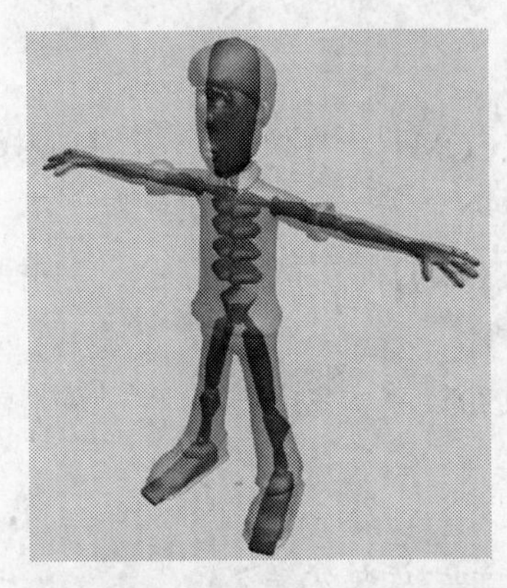

图15-22 Physique使蒙皮变形

对于动画角色，可以调整其封套尺寸、重叠、以及其他参数（体形模式关闭的情况）。通过来回移动时间滑板，可以标识出问题领域，然后调整影响问题领域的封套。在封套调整过程中，就位模式对于保持角色的固定很有用。

使用Physique修改器可将蒙皮附加到骨骼结构上，比如两足动物。蒙皮是一个3ds Max对象，它可以是任何可变形的、基于顶点的对象，如网格、面片或图形（也就是我们创建的模型）。当将蒙皮附加到骨骼动画时，Physique可使蒙皮变形，以与骨骼移动相匹配，如图15-22所示。

15.3.2 创建蒙皮

用骨骼结构变形的网格叫做蒙皮。在Character Studio中，体格是应用到蒙皮上的修改器，以使蒙皮能够由两足动物或其他的骨骼结构变形而来。如图15-23所示，演示了应用不同骨骼的网格。

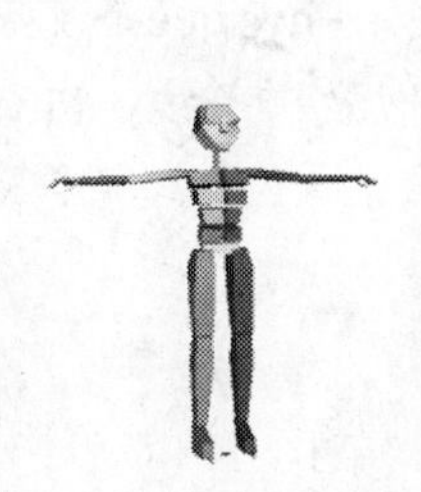

图15-23 应用不同骨骼的网格

与体格一起使用的蒙皮可以是任何有顶点或控制点的3ds Max对象。蒙皮可以是下列物体：

（1）可编辑的网格或可编辑的多边形对象。这是最常用的体格对象类型。通常，它是从带修改器的对象上或是复合对象上塌陷的。

（2）带修改器的未塌陷对象或复合对象。

（3）基本几何体参数，例如圆柱体。基本几何体主要用于体格的简单应用。例如，用两根骨骼链接的圆柱体来描述手臂。

（4）面片对象。

（5）样条线图形或文本图形。

（6）NURBS对象。

（7）自由变形（FFD）修改器。

（8）从其他应用程序中导入的网格对象，诸如AutoCAD模型。

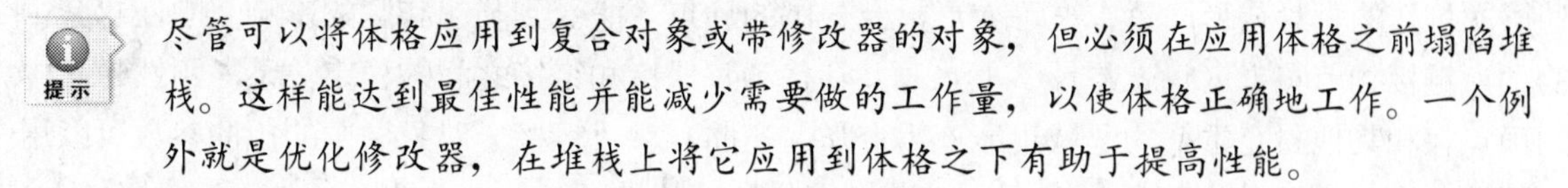

提示 尽管可以将体格应用到复合对象或带修改器的对象，但必须在应用体格之前塌陷堆栈。这样能达到最佳性能并能减少需要做的工作量，以使体格正确地工作。一个例外就是优化修改器，在堆栈上将它应用到体格之下有助于提高性能。

注意 在塌陷了复合对象或已修改对象后，就不可以再对它的参数进行修改。如果广泛地使用这种类型的复杂网格，可以保存两个.Max文件：一个用以包含原始的、可编辑的对象和修改器，另一个只包含塌陷的网格。

可以创建几个对象之外的体形蒙皮。例如，我们可能有躯干、腿部和手臂等分离的对象。在这种情况下，可选择所有的对象并立即将体格应用到所有选中的对象。

15.3.3 Physique与其他对象的结合运用

首先，可以将Physique运用于两足动物。使用Physique添加蒙皮的骨骼可以是3ds Max层次、一个层次中的骨骼、非同一层次中的骨骼，以及样条线。

骨骼层次也可以是一个定义行为和层次的3ds Max系统对象。有三种对象对Physique特别有用：

（1）两足动物。

（2）骨骼。

（3）样条线。

其次，Physique可与3ds Max的骨骼一起使用。它们与Physique一起使用于任何角色以增加额外的链接和封套，或者使机器人或机械组件具有动画合集。下面是为恐龙设置的骨骼，如图15-24所示。

最后Physique可与3ds Max对象一起使用。使用Physique添加蒙皮的骨骼可以是3ds Max层次、一个层次中的骨骼、非同一层次中的骨骼，以及样条线。Physique基于骨骼的相对位置或层次中的链接使蒙皮变形。

15.3.4 Physique的其他应用

在3ds Max中，Physique可用于创建多种特殊效果，例如可用于创建封套、凸出和腱等。封套是“体格”用于控制蒙皮变形的主要工具。封套定义了层次中单个链接的影响区域，并可以在相邻的链接间设置重叠。落在封套重叠区域内的顶点有利于在关节交叉部分产生平滑的弯曲。每个封套由一对内部和外部边界组成，每个边界有四个横截面，如图15-25所示。

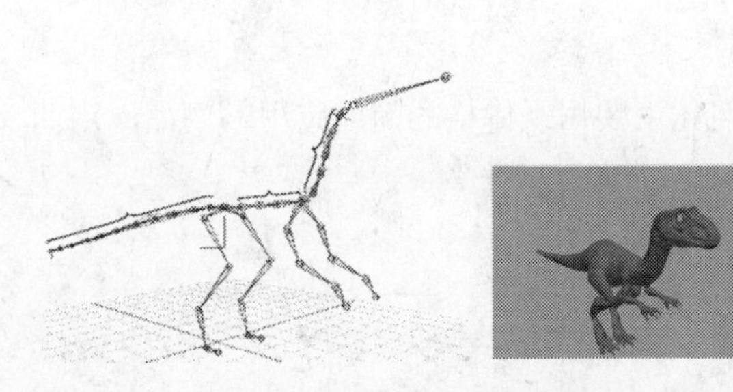

图15-24　为恐龙设置的骨骼

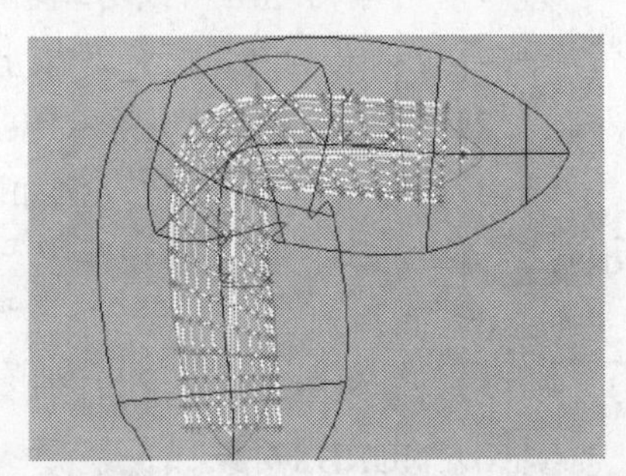

图15-25　封套

有两种类型的封套：可变形封套和刚性封套。可变形封套影响它们包围的顶点，使顶点跟随层次创建的脊骨变形，只有被可变形封套包围的顶点才能受到凸起和腱的影响。刚性封套中的顶点链接到节点上（也就是骨骼上），并且移动时保持和链接之间的稳定关系，刚性封套中的顶点在和其他封套重叠的区域也能产生变形（弯曲）。“链接子对象”中的扭曲参数可以用在刚性封套上。这使得刚性封套可以沿着链接的长度扭曲。

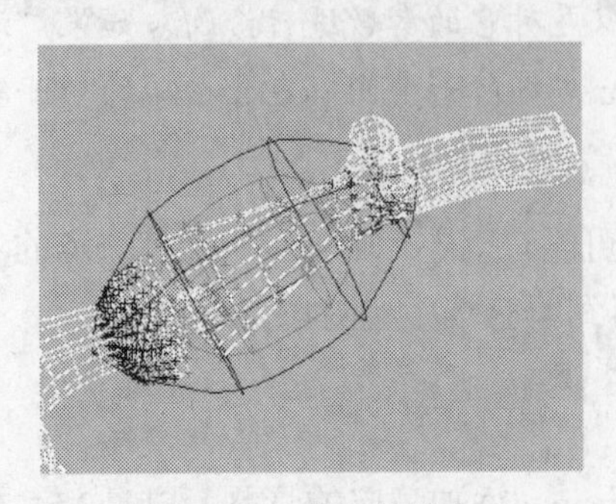

图15-26　凸出的肌肉

对某些动画而言，如果只是连接蒙皮，然后纠正其顶点，则就可产生可以在最终的渲染中使用的动画蒙皮。对其他动画而言，可能需要为蒙皮提供更加现实的运动，如凸出的肌肉，如图15-26所示。

使用凸出功能就能创建出这样的效果，凸出可以更改蒙皮的截面，以模拟凸出的肌肉。通过建立凸出角度和蒙皮的横截面切片与骨骼关节的特定姿态之间的关系，可以创建凸出。将横截面想像成一个切片，它不仅通过蒙皮模型，而且与链接垂直。对横截面进行更改之后，可以依次扭曲模型的形状。通过使某些姿态与横截面的相关更改关联，即定义凸出角度，可以构造角色的凸出。

腱将链接绑定到一起，扩展了腱所在的位置上一个链接移动到另一个链接的效果。其效果与腱在身体中的作用效果相似。例如，抬起手臂通常拉伸身体同侧的皮肤。要使用Physique获得此效果，可以脊骨链接为基础创建腱，然后将腱附加到上臂或锁骨，这样当上臂抬起时，也会拉伸躯干周围的皮肤。

另外，使用Physique还能制作角色的面部动画，可以作为变形的一种可选方案，当用附加链接对角色面部进行设置时，可以使用“体格”来高效细化面部动画。通过在头部网格的适当位置设置3ds Max骨骼或其他对象，可以为面部特征的移动定义骨骼结构。如图15-27所示。

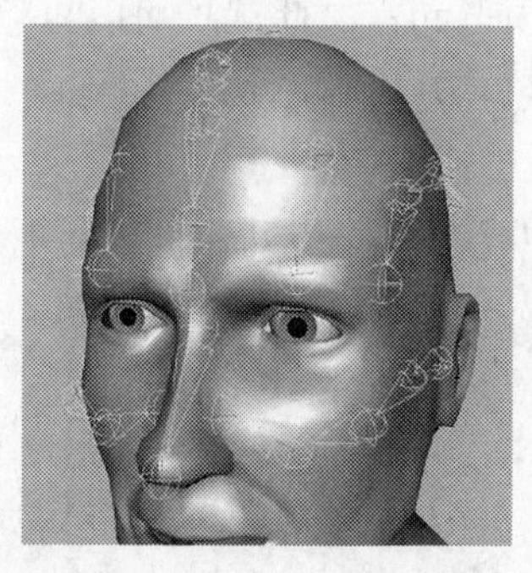
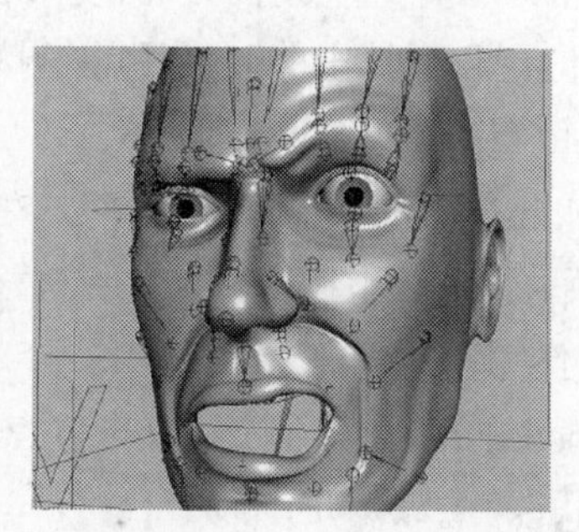

图15-27 制作面部动画

15.3.5 Physique的修改面板

在3ds Max中，Physique是一种修改器。Physique修改器位于其“Modify（修改）”面板中的修改器列表中。“Physique”和“Flouting Bones（浮动骨骼）”面板用于将模型附加到两足动物、样条线或骨骼。“Physique Level of Detail（Physique细节级别）”面板中的控件用于解决封套、凸出和腱部问题，如图15-28所示。子对象控件用于微调封套、创建和调整腱部和凸出，以及编辑顶点。

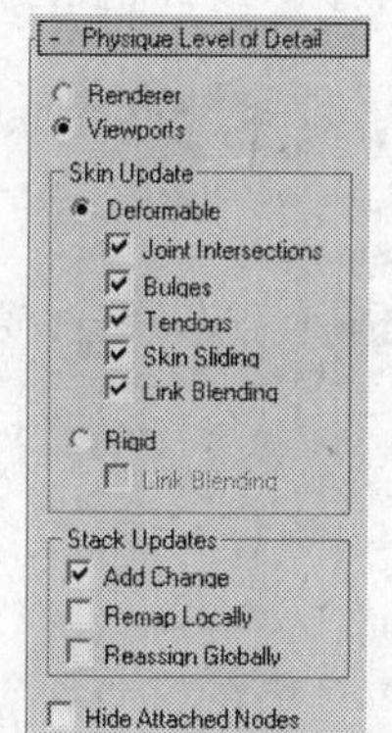

图15-28 “Physique 细节级别面板”

· Renderer（渲染器）：选中该项时，“Skin Update（蒙皮更新）”组中的设置会影响渲染的图像。

· Viewports（视口）：选中该项时，“蒙皮更新”组中的设置会影响视口。

· Deformable（可变形）：选中该项时，Physique 变形处于活动状态。使用“可变形”时，会生成最高质量的渲染效果。如果未选中“可变形”项，则无法切换“可变形”。

· Joint Intersections（关节交点）：关闭该项可消除关节交点产生的影响。使用关节交点的影响，可以使模型自行重叠。例如，在肘部和膝盖关节处。该项默认为选中状态。

· Bulges（凸出）：关闭以消除凸出交点产生的全部影响。该项默认为选中状态。

· Tendons（腱）：关闭以消除腱产生的全部影响。该项默认值选中状态。

· Skin Sliding（蒙皮滑动）：关闭该项可消除蒙皮滑动产生的影响。默认为选中状态。

· Link Blending（链接混合）：关闭该项可消除链接混合产生的影响。默认为选中状态。

· Rigid（刚性）：选中该项时，会强制所有顶点使用“刚性”指定，而不是“可变形”指定。这是一种解决变形问题的简单方法。另外，借助此选项可以最快的速度重画视口。可以在选择此选项的同时，调整骨骼的动画。

· Link Blending（链接混合）：关闭该项可消除刚性链接混合产生的影响。如果未选中“刚性”，则无法切换此选项。默认为选中状态。

· Add Change（添加更改）：添加堆栈中的更改，然后应用Physique变形。不能重新贴图或重新指定顶点。默认为选中状态。

· Remap Locally（局部重映射）：对变形顶点而言，此选项可以重置用于混合的Physique变形样条线的顶点位置和插补扭曲时所用的链接位置。对刚性顶点而言，此选项可以重置插补扭曲时所用的链接位置。默认为非选中状态。

· Resassign Globally（全局重新分配）：在混合全局移动的顶点时所用的样条线中重新设置权重并重置位置。此时，对于每帧中的所有移动点，其顶点链接指定、权重和样条线位置均已重置。此选项的作用和重新初始化每帧一样。默认为非选中状态。

· Hide Attached Nodes（隐藏附加的节点）：切换基本骨骼系统的显示。例如，使用此选项，可以隐藏和取消隐藏两足动物。

15.4 群组动画

在3ds Max 2009中，通过Character Studio中的“Crowd（群组）”系统可以使用角色、任务和其他对象的群组来创建现实的模拟环境，这些群组通过程序来实现运动和彼此交互。可以使用该组件来轻松制作包含数百个人和/或生物的场景动画，他们的行为方式类似或截然不同，这将根据场景中的其他因素动态变化。群组动画可以使用若干种不同类型的对象来模拟人类群组、动物群组、或其他群组，如图15-29所示。

图15-29 群组动画

位于该系统核心位置的是群组和代理辅助对象。一个群组对象可以控制任意数量的代理，代理将作为群组成员的代替品。可以将代理组合成为队伍，并向个体或队伍指定一些行为，如查找、避免和漫步。可以将行为和权重相结合，以便某个群组成员在轻微漫步的时候查找目标。

群组模拟的范围可以从简到繁，并且可以直接沿伸到高度复杂。在范围后端能起到辅助作用的是认知控制器功能，通过该功能，可以使用脚本将条件变换应用于行为序列。例如，可以告诉代理逐渐靠近一个目标，直到其到达某个距离范围内，然后开始移动。或者可以使用认知控制器，以便代理在一系列目标之间移动。创建复杂、动态群组模拟的另一个方法是运动合成，该方法可以与认知控制器结合使用。群组系统可以提供两类运动。

处理两足动物时，可以使用运动流功能，以允许软件为匹配代理行为的两足动物创建脚本。在处理非两足动物角色时（如鱼和鸟），可以使用剪辑控制器，通过该组件可以将不同的动画片段应用于各种类型的动画。例如，鸟可能在上升的时候迅速拍打翅膀，而在飞行的时候缓慢拍打翅膀，在下降的时候不拍打翅膀。

群组模拟最重要的要求之一是回避。如果角色在场景中彼此穿透或穿过其他对象，会影响真实性。群组系统提供了许多行为，有助于实现恰当的回避。该系统还提供了适量场，这是一个特殊的空间扭曲，将其应用于形状不规则的对象时，代理可以围绕对象移动，而不会穿透它。制作群组动画需要使用到群组辅助对象、认知控制器和运动合成等工具，在下面的内容中，将分别予以介绍。

15.4.1 群组辅助对象

在3ds Max 2009中，群组辅助对象在Character Studio中充当了控制群组模拟的命令中心。在大多数情况下，每个场景需要的群组对象不会多于一个。下面介绍一下它的设置面板，如图15-30所示。在“创建”面板中单击“Helper（辅助对象）”按钮，再单击“Crowd（群组）”按钮即可打开“Setup（设置）”面板，

- Scatter（散布）：单击该按钮可打开“散布对象”对话框。“散布对象”对话框包含使用克隆对象（如代理）来创建群组的工具。

- Object/Delegate Associations（对象/代理关联）：单击该按钮可打开“对象/代理关联”对话框。使用此对话框可链接任意数量的代理对象对，还可以使用此对话框将对象与代理对齐，同时可以选择匹配比例因子。

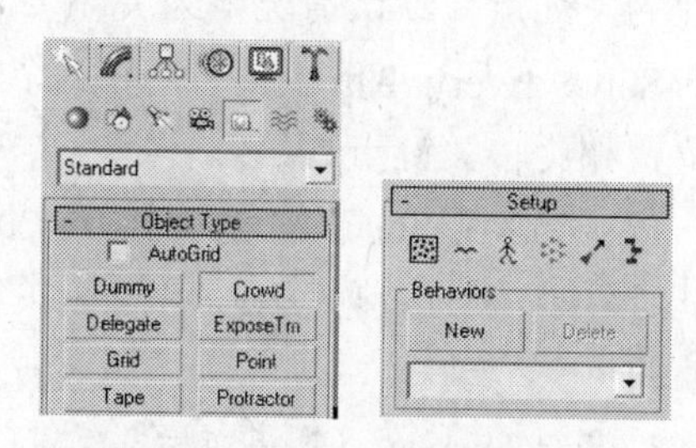

图15-30 打开的“设置”面板

- Biped/Delegate Associations（两足动物/代理关联）：单击该按钮可打开“将两足动物与代理相关联”对话框。使用该对话框可将许多代理与相等数量的两足动物相关联。

- Multiple Delegate Editing（多个代理编辑）：单击该按钮可打开“编辑多个代理”对话框。“编辑多个代理”对话框可以定义代理组并为之设置参数。

- Behavior Assignments（行为指定）：单击该按钮可打开“显示行为指定和组合”对话框。“行为指定和组合”对话框可将代理分组归类到组合，并为单个代理和组合指定行为和认知控制器。

- Cognitive Controllers（认知控制器）：显示“认知控制器”编辑器。使用“认知控制器”编辑器可以将行为合并到状态中。

下面介绍一下“Solve（解算）”面板，如图15-31所示。

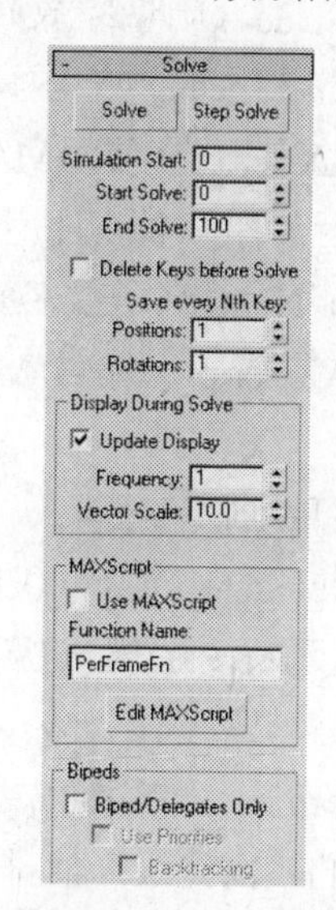

图15-31 “解算”面板

• Solve（解算）：应用所有指定行为到指定的代理中来连续运行群组模拟。解算一个模拟时覆盖以前的任何解算方法。

• Step Sovle（分步解算）：以时间滑块位置指定帧作为开始帧，每次一帧地运行群组模拟。按空格键前进一帧。

• Simulation Start（模拟开始）：模拟的第一帧。默认值=0。为使解算方法是可重复的，设置此选项并保持不变。

• Start Solve（开始解算）：开始进行解算的帧。默认值=0。

如果设置“开始解算”的帧数目小于活动时间段中的第一帧，那么Character Studio将更改活动时间段中的第一帧为“开始时间”值。

• End Solve（结束解算）：指定解算的最后一帧。默认值=100。

如果设置“结束解算”的帧数目大于活动时间段中的最后一帧，那么Character Studio更改活动时间段中的最后一帧为“结束解算”值。

• Delete Keys Before Solve（在解算之前删除关键点）：删除在解算发生范围之内的活动代理的关键点。默认情况下为关闭。

• Solve Every Nth Key（每隔N个关键点进行保存）：在解算之后，使用它来指定要保存的位置和旋转关键点数目。

• Positon/Rotation（位置/旋转）：保存代理位置和旋转关键点的频率。如果为0，则不保存关键点。如果为1，则每帧保存一个关键点。如果为2，每两帧保存一个关键点，依次类推。默认值=1。

• Update Display（更新显示）：打开此选项时，在群组模拟过程中产生的运动显示在视口中。默认情况下为打开。

• Frequency（频率）：表示在解算过程中，多长时间更新一次显示。如果为1，每1帧更新一次。如果为2，每两帧更新一次，依次类推。默认值=1。

• Vector Scale（向量缩放）：在模拟过程中，显示全局缩放的所有力和速度向量。默认值=10.0。当向量较小时，把向量放大可使观察效果更佳。它不影响模拟过程。

• Use MAXScript（使用MAXScript）：打开此选项时，在解决过程中，用户指定的脚本在每一帧上执行。默认情况下为关闭。

• Function Name（函数名）：代表将被执行的函数名。此名称也必须在脚本中指定。

• Edit MAXScript（编辑 MAXScript）：单击此按钮打开“MAXScript”对话框来显示和修改脚本。

Biped（两足动物）组

• Biped/Delegate Only（仅Biped/代理）：打开此选项时，计算中仅包含两足动物/代理。打开此选项将可以使用优先级和回溯。这些选项仅用于两足动物的计算。默认情况下为关闭。

• Use Priorities（使用优先级）：打开此选项时，两足动物/代理以一次一个的方式进行计算，并根据它们“优先级”值排序，从最低值到最高值。此时回溯变为可用，“分步解算”变为不可用。默认情况下为关闭。

· Backtracking（回溯）：当解算使用两足动物群组模拟时，打开回溯功能。默认情况下为关闭。

下面介绍一下“Priority（优先级）”面板，如图15-32所示。

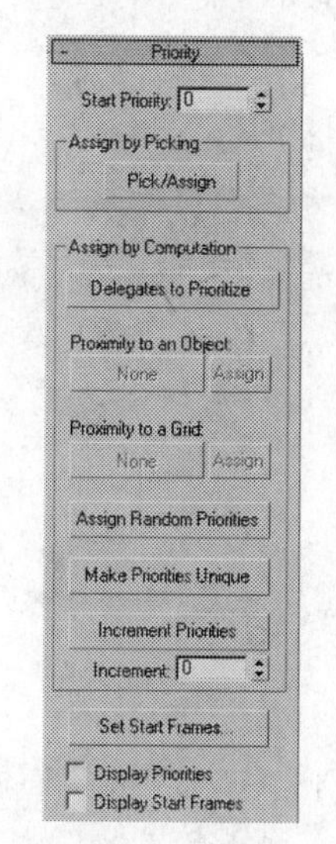

图15-32 “优先级”面板

· Start Priority（起始优先级）：设置初始优先级值。此时，该选项将会应用于设置优先级的前四种方法：“通过拾取指定”、“对象的接近度”、“栅格的接近度”和“指定随机优先级”。默认值为0。

· Pick/Assign（拾取/指定）：允许在视口中依次选择每个代理，然后将连续的较高优先级值指定给任何数目的代理。选定的第一个代理指定的是“起始优先级”值。为选定的每个后续代理指定的优先级值是逐一递增的。

· Delegates to Prioritize（要指定优先级的代理）：允许使用“选择”对话框指定受后续使用该组中的其他控件影响的代理。使用“选择”对话框选择相关的代理，然后单击“选择”项退出该对话框。这种选择只能应用于近程指定（即，“对象的接近度”和“栅格的接近度”）。

· Proximity to an Object（对象的接近度）：允许根据代理与特定对象之间的距离指定优先级。要指定对象，请单击“None（无）”按钮，然后选择优先级要基于的对象。此后，单击“指定”按钮计算和指定优先级。离对象最近的代理指定的是“起始优先级”值，而后续距离较远的每个代理指定的是次最高优先级。

· Proximity to a Grid（栅格的接近度）：允许根据代理与特定栅格对象指定的无限平面之间的距离指定优先级。要指定栅格对象，请单击“None（无）”按钮，然后选择优先级要基于的栅格对象。此后，单击“指定”按钮计算和指定优先级。离栅格对象最近的代理指定的是“起始优先级”值，而后续距离较远的每个代理指定的是次最高优先级。

· Assign Random Priorities（指定随机优先级）：为选定的代理指定随机优先级。指定的优先级值介于“起始优先级”值和该值与选定代理数之和之间。

· Make Priorities Unique（使优先级唯一）：确保所有的代理具有唯一的优先级值。如果两个代理共享相同的优先级，将会为其中一个代理指定一个与另外一个代理不同的新优先级值。

· Increment Priorities（增量优先级）：按照增量值递增所有选定代理的优先级。

· Increment（增量）：按照“增量优先级”按钮调整代理优先级设置值。使用负的增量值，可以递减优先级。默认值为0。

· Set Start Frames（设置开始帧）：可打开“设置开始帧”对话框，以便根据指定的优先级设置开始帧。

· Display Priorities（显示优先级）：启用作为附加到代理的黑色数字的指定优先级值的显示。默认值为off。

· Display Start Frames（显示开始帧）：启用作为附加到代理的黑色数字的指定开始帧值的显示。默认值为off。

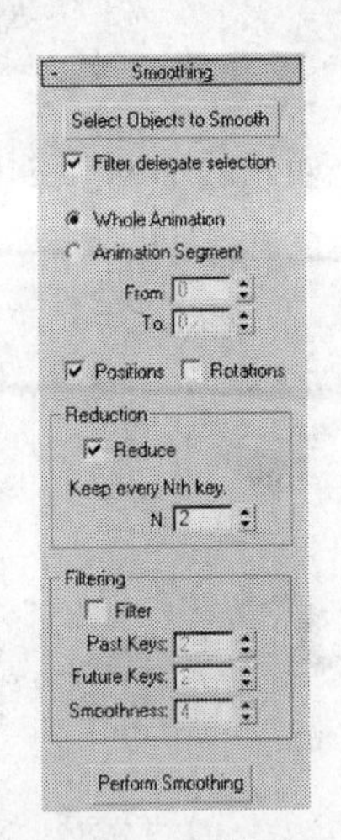

图15-33 “平滑”面板

下面介绍一下“Smoothing（平滑）”面板，如图15-33所示。

· Select Objects to Smooth（选择要平滑的对象）：单击该按钮可打开“选择”对话框，可以指定要平滑的对象位置和/或旋转。

· Filter Delegate selection（过滤器代理选择）：打开此“选项”时，由“选择要平滑的对象”打开的“选择”对话框仅显示代理。关闭此选项时，显示所有场景对象。默认情况下为打开。

· Whole Animation（整个动画）：平滑所有动画帧。这是默认选项。

· Animation Segment（动画分段）：仅平滑“从”和“到”字段中指定范围内的帧。

· From（从）：当选择了“动画分段”时，指定要平滑动画的第一帧。

· To（到）：当选择了“动画分段”时，指定要平滑动画的最后一帧。

· Positions（位置）：打开此选项时，在模拟结束后，通过模拟产生的选定对象的动画路径便已经进行了平滑。默认情况下为打开。

· Rotations（旋转）：打开此选项时，在模拟结束后，通过模拟产生的选定对象的旋转便已经进行了平滑。默认情况下为打开。

· Reduction（减少）：通过在每一帧中每隔N个关键点进行保留来减少关键点数目。

· Keep every Nth key（每隔N个关键点进行保留）：N=2表示通过每隔2个关键点进行保留来限制总量，或每隔3个关键点进行保留，等等。默认值=2。

· Filtering（过滤器）：打开此选项时，使用组中的其他设置来执行平滑操作。

· Past Keys（过去的关键点）：使用当前帧之前的关键点数目来平均位置和/或旋转。默认值=2。

· Future Keys（未来的关键点）：使用当前帧之后的关键点数目来平均位置和/或旋转。默认值=2。

· Smoothness（平滑度）：确定要执行的平滑程度。设置的值越大，计算涉及到的所有关键点便越靠近平均值。默认值=4。

· Perform Smoothing（执行平滑处理）：单击此按钮来执行平滑操作。

下面介绍一下“Collisions（碰撞）”面板，如图15-34所示。

· Hilite Colliding Delegates（高亮显示碰撞代理）：打开此选项时，发生碰撞的代理用碰撞颜色高亮显示。

· only during collisions（仅在碰撞期间）：碰撞代理仅在实际发生碰撞的帧中突出显示。

· always（始终）：碰撞代理在碰撞帧和后续帧中均突出显示。

· Collision Color（碰撞颜色）：此颜色样例表明突出显示碰撞代理所使用的颜色。如果要更改颜色，单击颜色样例并使用“颜色选择器”对话框来设置新颜色。

· Clear Collisions（清除碰撞）：从所有代理中清除碰撞信息。

下面介绍一下“Global Clip Controllers（全局剪辑控制器）”面板，如图15-35所示。

· New（新建）：指定全局对象并添加到列表中，单击此按钮，然后在“选择”对话框中选择对象即可。

· Edit（编辑）：如要修改全局对象属性，在列表中单击其名称，然后单击此按钮即可。

· Load（加载）：从磁盘中加载前面已保存过的全局运动剪辑（.ant）文件。

· Save（保存）：以.ant文件格式将当前全局运动剪辑设置存储到磁盘上。

15.4.2 认知控制器

使用“Cognitive Controller Editor（认知控制器）”编辑器可以将行为合并到状态中。更重要的是，它可以用来排序不同的行为和使用状态图表的行为组合，状态图表中以MAXScript编写的条件更改行为。例如，可以指定一个角色或对象毫无目的地漫步，直到它移动到和另一对象相距一定的距离时开始朝那个对象直行。或者，仅当第二个角色正在躲避第一个角色时，指定一个角色躲避另一角色。

下面就是“认知控制器”编辑器，如图15-36所示。

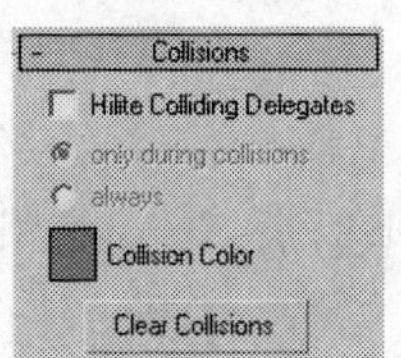

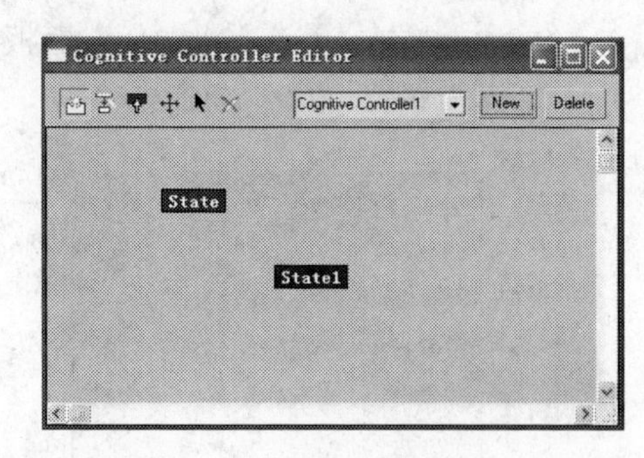

图15-34 “碰撞”面板　图15-35 “全局剪辑控制器”面板　图15-36 “认知控制器”编辑器

在“Setup（设置）”面板中单击按钮即可打开“认知控制器”编辑器，下面简单地介绍一下该编辑器中的几个工具按钮。

· Create State（创建状态）：在图表中创建新状态。单击此按钮，然后单击状态图表区域来添加状态。此状态以包含其名称的矩形框显示。

· Create Transition（创建变换）：将状态和变换链接起来。单击此按钮，然后在两个状态之间拖动来创建变换，变换从较早的状态开始。变换以从第一个状态开始指向第二个状态的黑箭头显示。另外，在“创建变换”工具处于活动状态时，如果单击状态，那么就创建了一个循环回到该状态自身的变换。

· Set Start State（设置开始状态）：常规情况下，在“认知控制器”中首先执行的状态是第一个被添加的状态。使用此工具选择要首先执行的状态。开始状态用红色标出，其他的用蓝色标出。

· Move State（移动状态）：可以通过拖动状态来移动它。

· Select State/Transition（选择状态/变换）：选择后来要删除的状态和变换。选定的状态和变换具有白色轮廓。

· Delete State/Transition（删除状态/变换）：使用它来删除一个或多个状态或变换。首先选中要删除状态或变换的任意联合，然后单击此按钮。

· New（新建）：添加一个新的“认知控制器”。默认情况下，“认知控制器”命名为“Cognitive Controller”加上一个数字，但是可以更改为任何你想使用的名称。

· Delete（删除）：删除当前认知控制器。这是不可恢复的操作。

15.5 运动合成

在Character Studio中的群组系统可以使用两种不同的运动合成，从而使软件可以根据不同的条件动态调整模拟结果。

一般使用3个面板来设置非两足动物的运动合成：“Motion Clips（运动剪辑）”面板、“Synthesis（剪辑状态）”面板和“State（合成状态）”面板。注意，需要在视图中创建对象之后，比如一个长方体，然后在群组动画“修改”面板的“Global Clip Controllers（全局剪辑控制器）”面板中单击“New（新建）”按钮，从打开的窗口中选择群组对象，然后再单击“Edit（编辑）”按钮才能打开这3个面板。下面就介绍一下这3个面板。

“Motion Clips（运动剪辑）”面板如图15-37所示。在该面板中可以指定产生运动剪辑的全局对象，也可以创建运动剪辑。

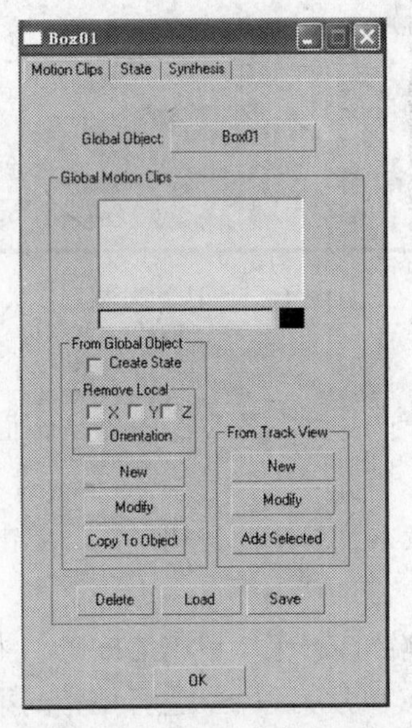

图15-37 “运动剪辑”面板

下面简单地介绍一下该面板中的几个选项和按钮的作用。

FromGlobal Object（来自全局对象）组：

· New（新建）：创建新的运动剪辑。

· Modify（修改）：修改运动剪辑的参数。

· Copy To Object（复制到对象）：高亮显示的运动剪辑中的关键点被复制回全局对象。删除在那部分全局对象运动中的现有运动关键点。

From Track View（来自轨迹视图）组：

· New（新建）：创建运动剪辑，该运动剪辑来自于“轨迹视图”中的运动轨迹。

· Modify（修改）：更改轨迹视图中的轨迹来源以修改列表中的某个运动剪辑，同时还可以修改它的名称及持续时间。

· Add Selected（添加选定项）：创建运动剪辑，该运动剪辑仅来自于“轨迹视图”中的选定轨迹。

· Delete（删除）：删除列表中高亮显示的剪辑。

· Load（加载）：加载运动剪辑文件（.clp）。

· Save（保存）：把运动剪辑存入.clp文件中。显示“保存运动剪辑”对话框。

· OK（确定）：接受更改并关闭对话框。

“State（合成状态）”面板如图15-38所示。该面板上的控件可用来给两足动物运动合成设置状态并把运动剪辑链接到状态。

下面简单地介绍一下该面板中的几个选项和按钮的作用。

· New State（新建状态）：创建一个新状态并添加到列表中。

· Delete State（删除状态）：删除当前状态。此操作无法撤销。

· Edit Properties（编辑属性）：用来修改当前状态。

· Clear Properties（清除属性）：使状态返回到默认设置并从“运动剪辑”窗口中删除剪辑。

· MotionClip窗口：列出当前状态所使用的运动剪辑。

· MotionClip Weight（MotionClip权重）：确定剪辑在合成过程中被选中的机会。

· Add Clip（添加剪辑）：显示“选择运动剪辑”对话框。选择一个剪辑并单击“确定”按钮可把它添加到当前状态中。

· Remove Clip（删除剪辑）：从当前状态中删除突出显示的剪辑。

· Animation State Percent（动画开始百分比）：指定当状态处于活动时在何处播放剪辑动画。

· Animation Start Devation（状态开始偏离）：指定状态需要的时间百分比，在此时间间隔内状态是有效的并可以被选中。横向比范围从0到100；默认为50。

· State Active Percent（剪辑活动百分比）：用于指定状态所需要的百分比。

· Clip Select Seed（剪辑选择种子）：更改随机选择如何发生。

· OK（确定）：接受更改并关闭对话框。

“Synthesis（合成）”面板如图15-39所示。该面板中的控件用于添加合成的对象，选择混合变换点和执行合成。在合成时，运动剪辑的不同序列基于其代理的行为运动应用于每个指定的对象。

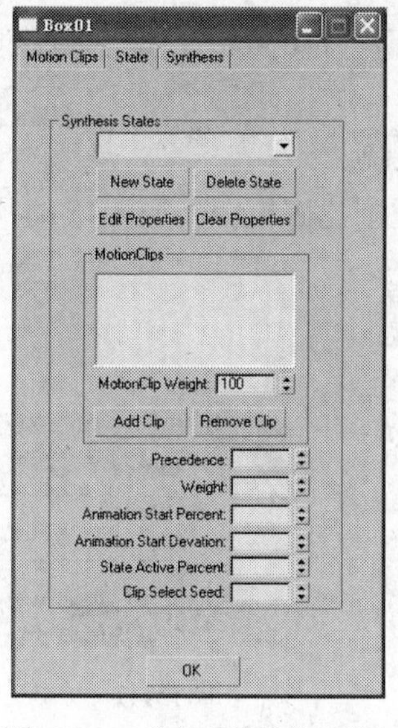

图15-38 “合成状态”面板

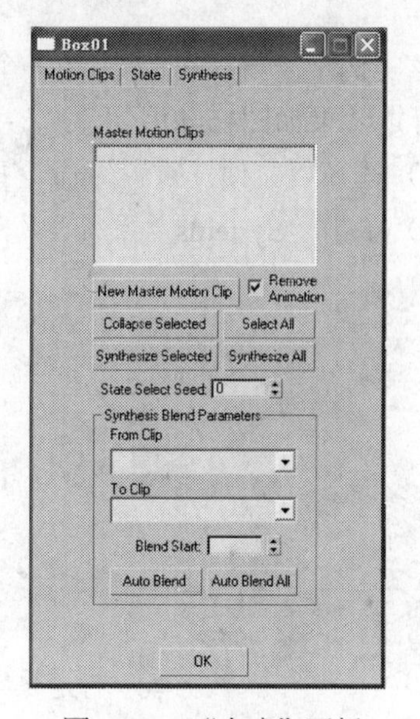

图15-39 “合成”面板

下面简单地介绍一下该面板中的几个选项和按钮的作用。

· Master Motion Clips（主运动剪辑列表）：显示合成的运动所要应用的对象。

· New Master Motion Clip（新建主运动剪辑）：显示 “选择要复制的对象”对话框。

使用该选项来指定合成的运动所要应用的对象。

· Remove Animation（移除动画）：从克隆体中去除动画。

· Collapse Selected（塌陷选定项）：用于塌陷运动剪辑，该操作会删除选定对象的主运动剪辑。接下来可以在场景中手动编辑关键点和更改动画。

· Synthesize Selected（合成选定项）：分析在主运动剪辑列表中链接到高亮显示对象的代理的运动，决定在整个动画中何种状态定义更适合运动并运用相应运动剪辑。

· Select All（全选）：选择在主运动剪辑列表中的所有对象。

· Synthesize All（全部合成）：分析在主运动剪辑列表中链接到所有对象的代理的运动，决定在整个动画中何种状态定义更适合运动并运用相应运动剪辑。

· State Selec Seed（状态选择种子）：为随机状态选择设置种子值。在合成中，可能同时有几个状态具有活动资格，在这种情况下只会随机选择一个状态。在决定选择哪一个状态时，种子用来修改所选择的随机值。

· From Clip（从剪辑）：选择所要混合的开始剪辑，即混合所来自的剪辑。

· To Clip（到剪辑）：选择要混合的终止剪辑，即混合到的剪辑。

· Blend Start（混合开始）：无论是默认的、计算得到的或手动设置的，都显示“来自”剪辑中的帧，变换从该帧上开始，同时也可以在这里更改开始帧。

· Auto Blend（自动混合）：为当前“从”和“到”剪辑自动设置混合开始帧。

· Auto Blend All（自动混合全部）：为所有可能的剪辑对自动设置混合开始帧。

· OK（确定）：接受更改并关闭对话框。

15.6 实例：使用Biped设置行走姿势

在该实例中，将使用Biped为一个两足动物的骨骼设置行走的姿态，使它类似于人的行走姿势。行走效果如图15-40所示。

（1）选择“文件→重置”命令重置3ds Max 2009系统。

（2）单击“Systems（系统）”按钮，进入到系统创建面板中，如图15-41所示。

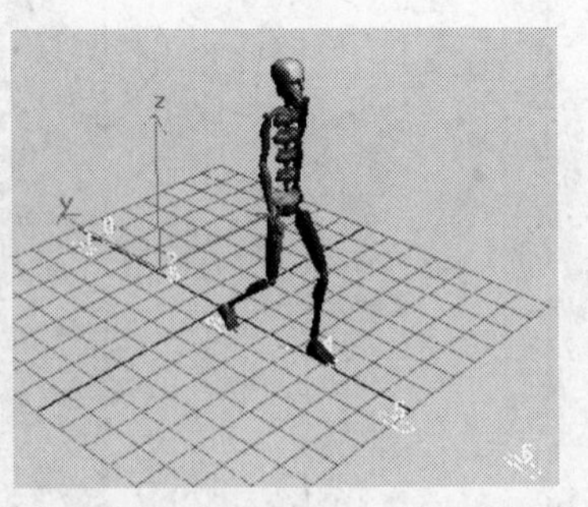

图15-40 行走姿势

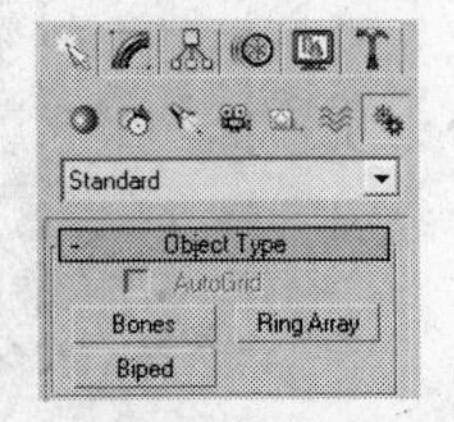

图15-41 系统创建面板

（3）单击按钮，在顶视图中单击并向上拖动，即可创建出一个Biped，并调整其位置，如图15-42所示。

（4）其参数设置，如图15-43所示。一般使用默认设置即可。

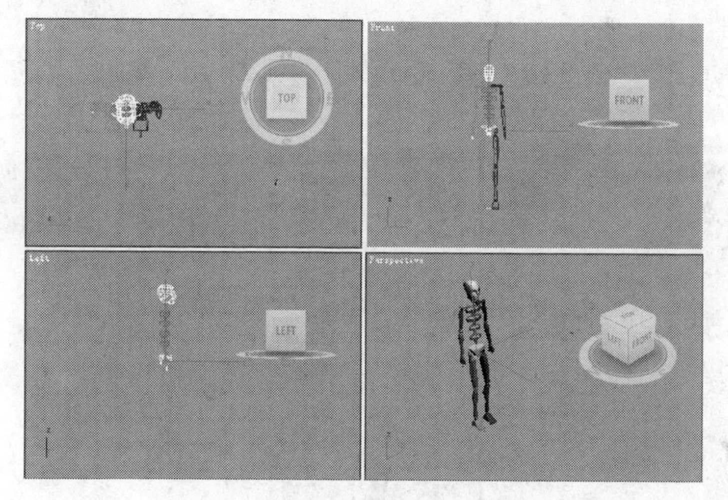

图15-42　创建的Biped

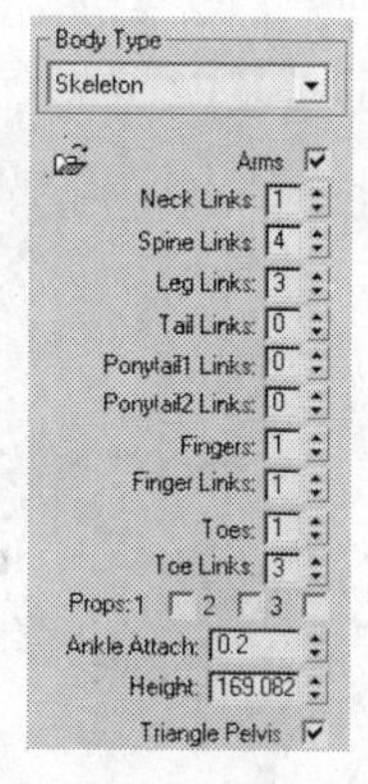

图15-43　Biped的参数设置

（5）按Alt+W组合键使透视图最大化显示，如图15-44所示。

（6）通过在视图中单击选择Biped的任意部位将其选中，如图15-45所示。

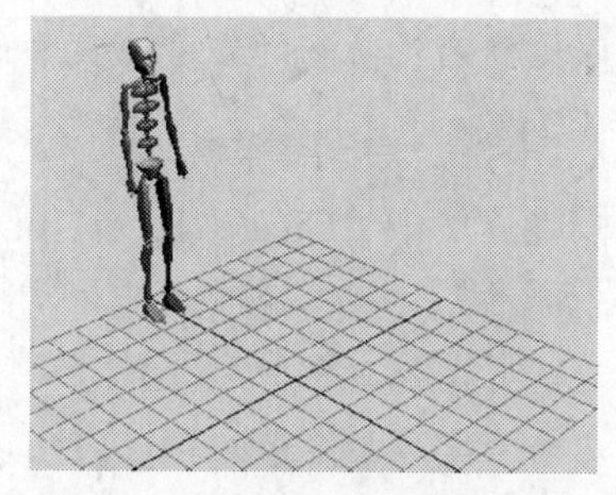

图15-44　透视图中的Biped

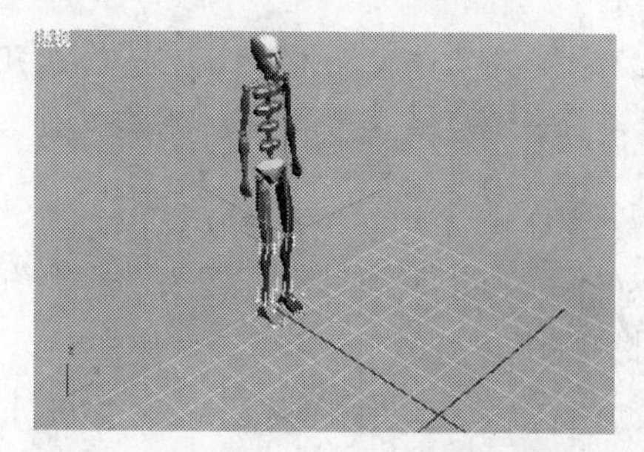

图15-45　在透视图中选择Biped的任意部位

（7）下面开始设置它的姿势。单击按钮，进入到运动面板中。然后单击按钮，启用“体形”模式。然后通过单击按钮，启用“足迹”模式。“足迹”模式的按钮会变成黄色，并显示“Footstep Creation（足迹创建）”面板和“Footstep Operations（足迹操作）”面板，如图15-46所示。

（8）在“足迹创建”面板中，单击“Create Multiple Footsteps（创建多个足迹）”按钮，打开“Create Multiple Footsteps:Walk（创建多个足迹：行走）”对话框，如图15-47所示。

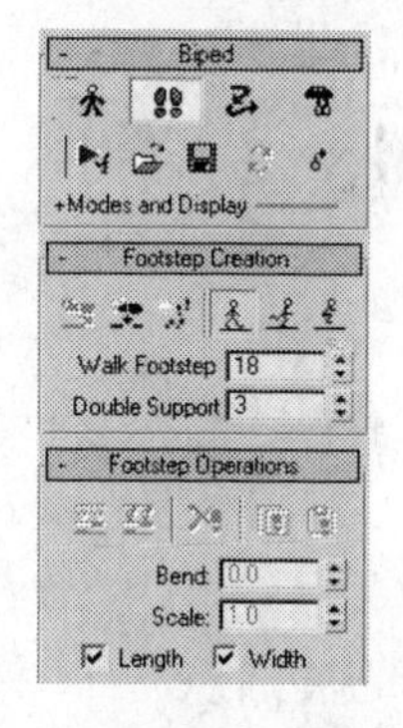

图15-46　显示的面板

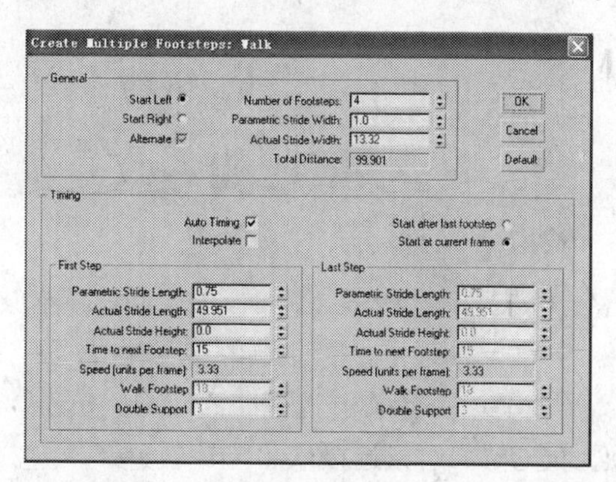

图15-47　“创建多个足迹：行走”对话框

（9）在“创建多个足迹：行走”对话框中，将“Number of Footsteps（足迹数）”的数值设置为10，因为只做一小段简单的动画。然后单击“OK”按钮关闭“创建多个足迹：行走”对话框，同时在视图中现实出白色的足迹效果，如图15-48所示。

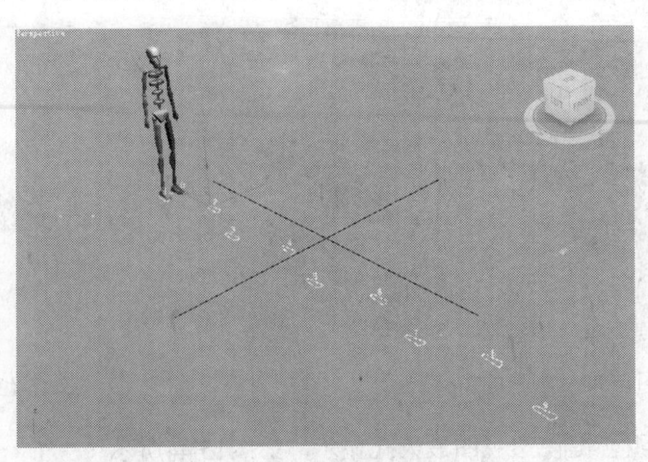

图15-48　显示的足迹效果

提示　这些足迹处于非激活状态。也就是说它们不可以控制两足动物的任何动画。如果按“播放动画”选项，则两足动物不会移动。

（10）在“Footstep Operations（足迹操作）”面板中，单击“Create Keys for Inactive Footsteps（为非活动足迹创建关键点）”按钮。这样就激活了足迹，同时为两足动物创建了动画关键点。

（11）单击动画控制器中的“Playback Animation（播放动画）”按钮，就可以看到两足动物在设置的轨迹上行走了，如图15-49所示。

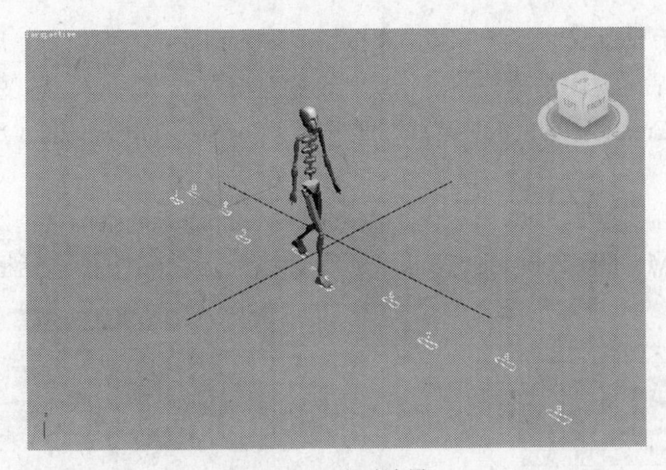

图15-49　动画效果

（12）在“Biped”面板上，通过单击按钮禁用“足迹模式”按钮。注意第一个足迹的编号是0，而最后一个足迹的编号是9。

（13）在“轨迹选择”面板中，单击“Body Horizontal（躯干水平）”按钮。这将为重心（COM）对象选择水平位置轨迹。轨迹栏将显示动画长度的关键点，如图15-50所示。

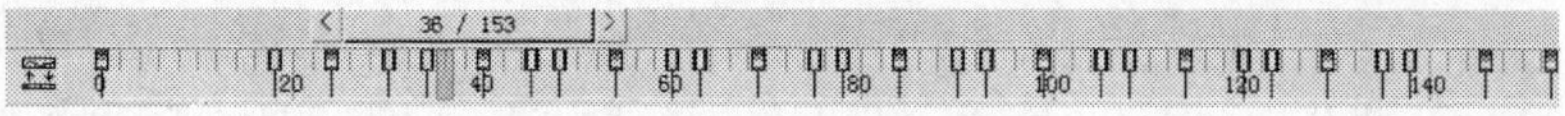

图15-50 显示的关键点

（14）另外，我们还可以编辑两足动物的行走动作，比如可以使它进行扭屁股、跳跃、攀爬等运动。

（15）我们可以把它绑定到我们制作的模型上，这样就可以使角色模型产生动画了，如图15-51所示。

图15-51 将Biped绑定到制作的模型上

（16）最后把制作的动画进行渲染并保存起来就可以了。

在本章中，我们介绍了有关制作角色动画方面的内容。在下一章的内容中，将介绍有关在3ds Max 2009中制作复杂模型的内容。

第6篇 综合应用篇

在这部分内容中，将选择1个有代表性的实例——汽车，通过介绍它的制作过程来使读者能够掌握和拓展3ds Max 2009的实际运用。

本篇包括下列内容：

- 第16章 工业设计——汽车

第16章　工业设计——汽车

汽车为人们的出行提供了交通便利，对于汽车大家也都比较熟悉。下面我们来制作一辆汽车，制作的最终效果如图16-1所示。

图16-1　制作的汽车效果

16.1　设计思路

在制作汽车模型时，首先要分析其外部结构。然后根据其结构来制作模型，在外部结构上它是由车身、后视镜、轮胎组成，车身内部有座椅、方向盘等，在这里车身内部部分不必建模，我们只制作车身的外部结构。

16.2　制作过程

我们将把汽车分为多个部分来进行制作，首先是车身，然后制作汽车玻璃，再制作进气栅格、后视镜，最后制作轮胎等。

1. 制作车身的主体模型

（1）启动3ds Max 2009。

（2）依次单击→→Box（长方体）按钮，在左视图创建长度和宽度适中的一个长方体，如图16-2所示。

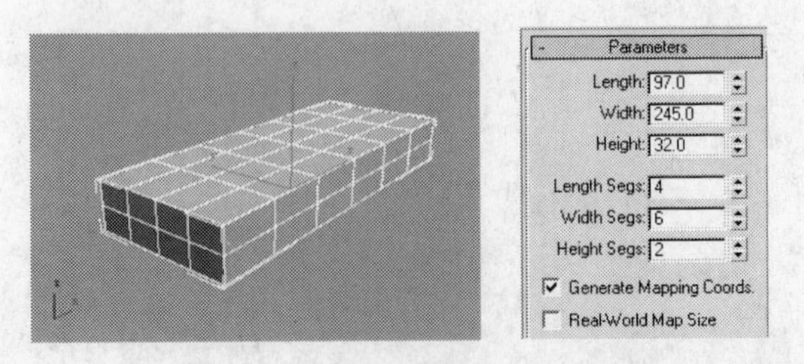

图16-2　创建的长方体和参数面板

（3）选中长方体并单击鼠标右键，在打开的菜单栏里选择“转换为可编辑多边形”命令，将其转换为可编辑多边形。然后选中长方体，在修改器中，进入到“Vertex（顶点）”模式下。

（4）单击“Edit Geometry（编辑几何体）”面板中的“Cut（切割）”按钮，在长方体顶部切割出汽车顶部的形状，如图16-3所示。

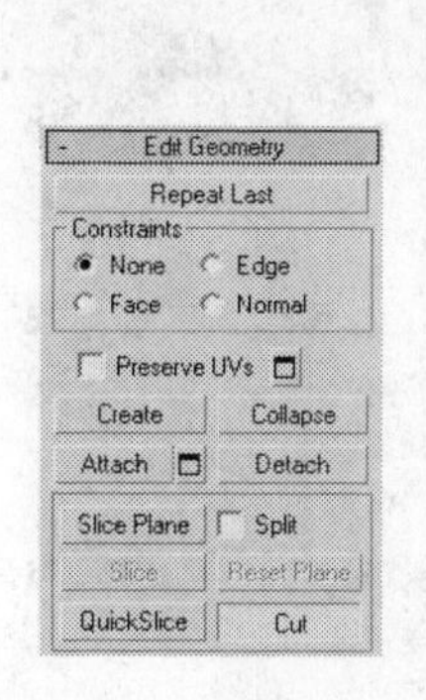

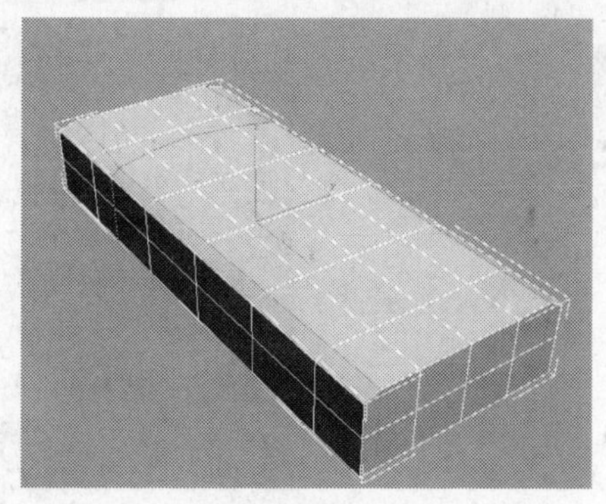

图16-3 编辑几何体面板和切割增加的线

（5）选中切割出的顶部图形，在“修改”面板中进入到可编辑多边形下的“多边形”模式下，选择切割出的面，单击“Edit Polygons（编辑多边形）”面板中的“Extrude（挤出）”按钮，打开“挤出”对话框挤出汽车顶部，如图16-4所示。

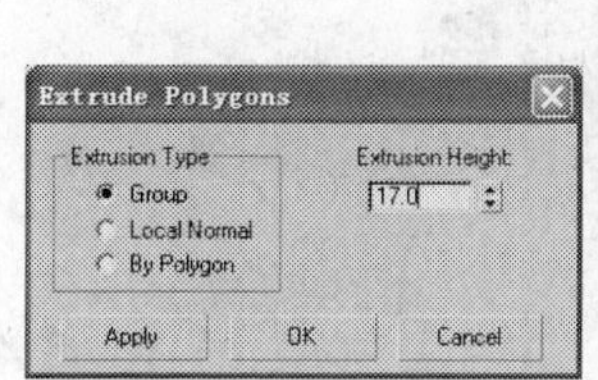

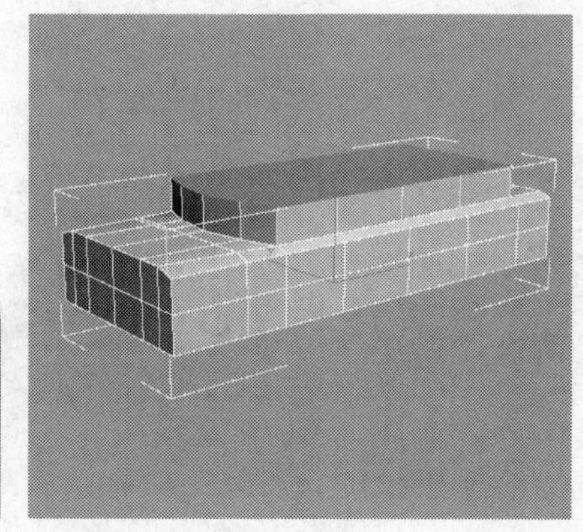

图16-4 “挤出”对话框和挤出的面

（6）使用“选择并均匀缩放”工具 Box 在顶视图中将挤出的面水平缩放，然后再次挤出并缩放，如图16-5所示。

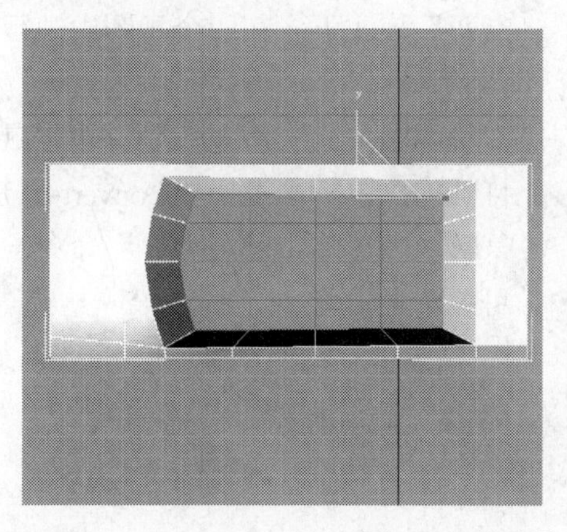

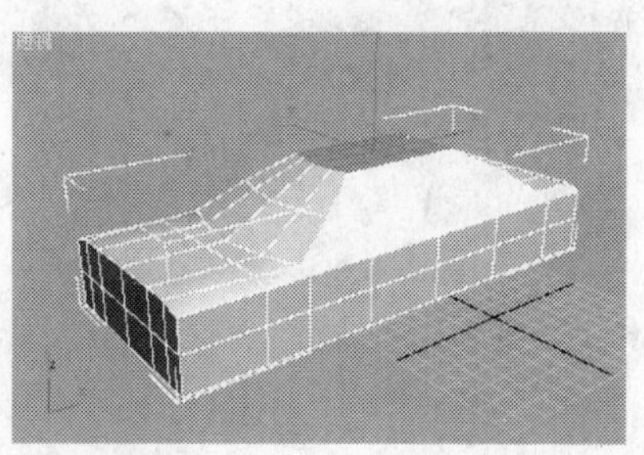

图16-5 挤出的车顶部分

（7）选中车身，单击“Modifier List（修改器列表）”右侧的按钮，在其下拉列表中选择“MeshSmooth（网格平滑）”修改器，在“Parameters（参数）”面板的Subdivision Amount（细分数量）栏中，设置“Iterations（迭代次数）”的值为1，如图16-6所示。

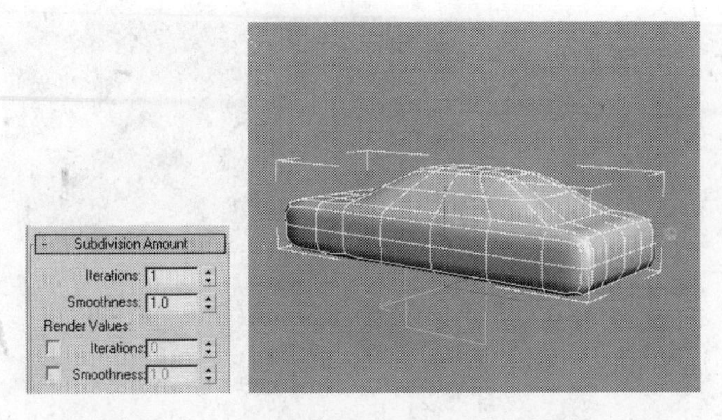

图16-6　细分量参数面板和平滑后的效果

（8）在“MeshSmooth（网格平滑）”修改器Local Control（局部控制）栏中选择“Edge（边）”，进入到“边”模式下，选择汽车底盘的边，设置其“Crease（折缝）”值为1，如图16-7所示。

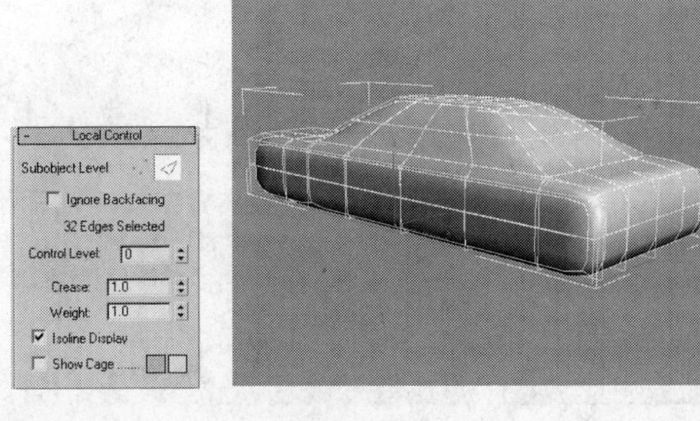

图16-7　选择底部的边

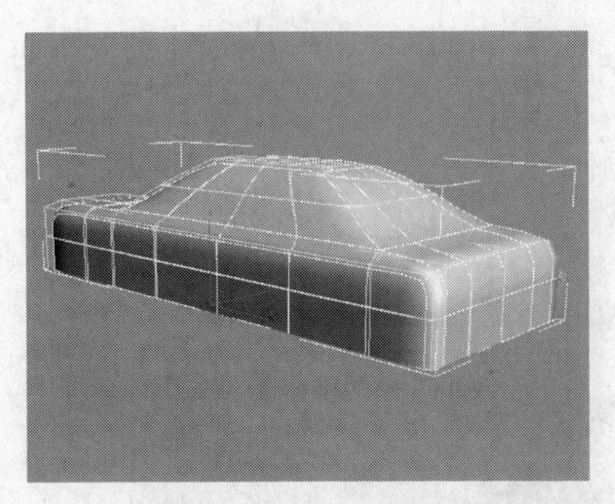

图16-8　调整缝值后的效果

（9）修改折缝值后的效果如图16-8所示。

（10）进入到网格平滑的“Vertex（顶点）”模式下，在四个视图中进行调整，如图16-9所示。

（11）选中汽车模型并单击鼠标右键，在打开的菜单栏里选择“Convert to Editable Poly（转换为可编辑多边形）”命令，将其转换为可编辑多边形。

（12）转换成多边形的效果如图16-10所示。

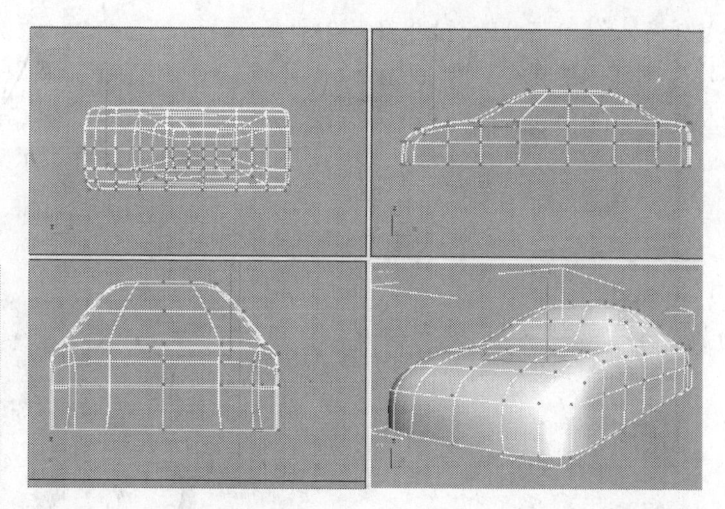

图16-9　调整顶点

（13）下面我们来使用布尔运算在车身上切割出车轮的轮廓，依次单击→→Cylinder（圆柱体）按钮，在前视图创建一个圆柱体，如图16-11所示。

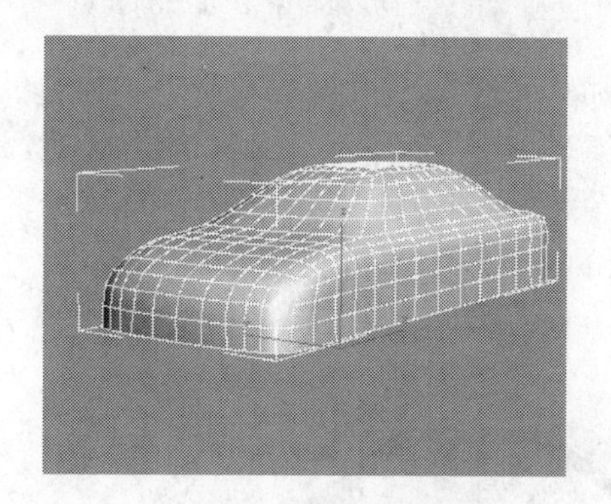

图16-10　转后的效果

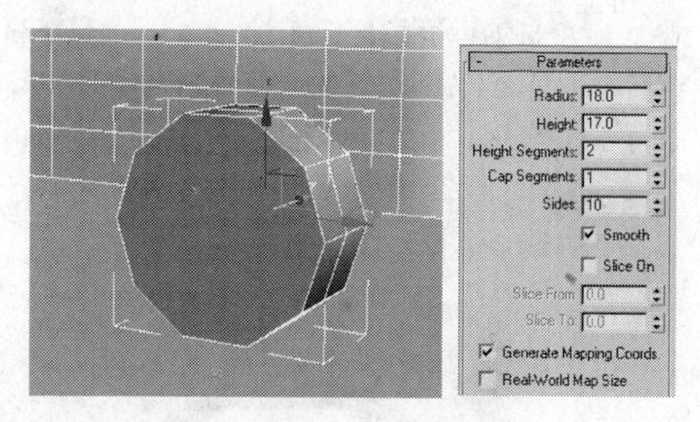

图16-11　创建的圆柱体和参数面板

（14）选中创建的圆柱体，按住键盘上的Shift键，将其以“Copy（复制）”方式沿*X*轴复制1个，并调整其位置如图16-12所示。

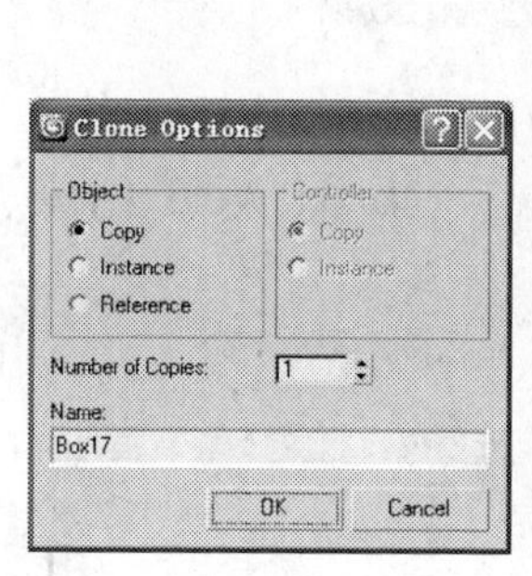

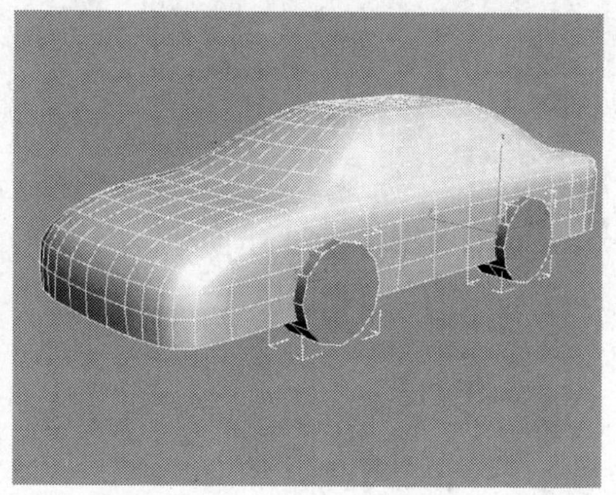

图16-12　复制的圆柱体

（15）选中其中一个圆柱体单击鼠标右键，在打开的菜单栏里选择“Convert to Editable（转换为可编辑多边形）”命令，然后在“编辑几何体”面板中选择“Attach（附加）”按钮，将另外一个圆柱体附加在一起，如图16-13所示。

（16）选中车身并进入到“Geometry（几何体）”面板下，然后单击“Standard Pritimives（标准基本体）”右侧的 → → Cylinder 按钮，在下拉列表中选择“Compound Objects（复合对象）”选项。然后在“复合对象”面板中选择单击“Boolean（布尔运算）”按钮，返回到视图中拾取刚才创建的圆柱体，如图16-14所示。

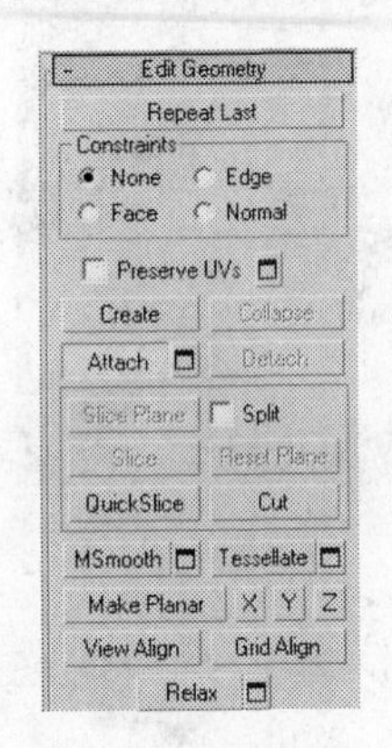

图16-13 “编辑几何体”面板

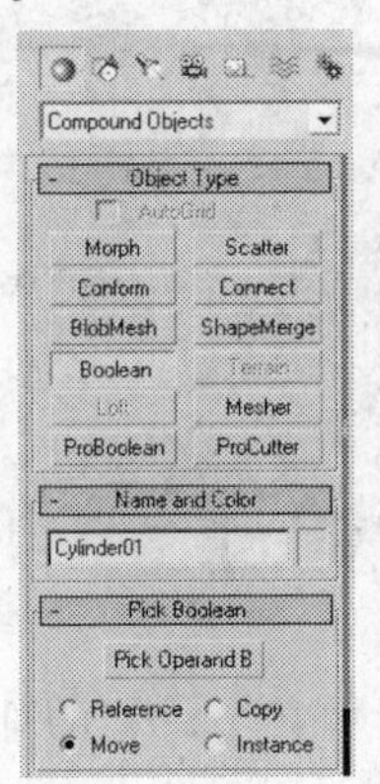

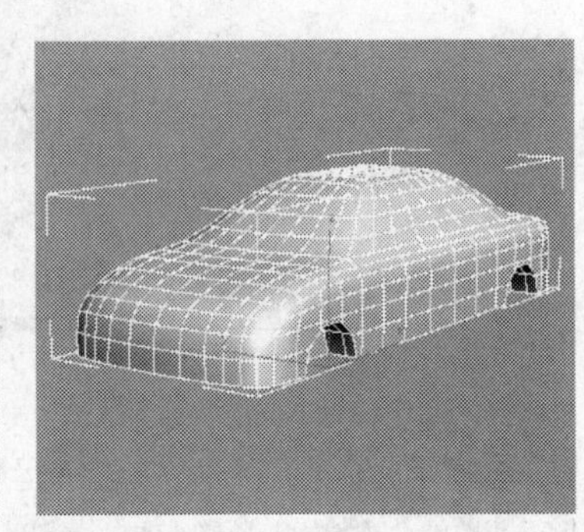

图16-14 “复合对象”面板和布尔运算后的效果

（17）布尔运算后，汽车轮子部分的网格有一点混乱，下面我们进行手工调整，选择布尔运算后的车身部分，将其转换为可编辑的多边形，仔细观察模型，发现轮胎部位网格结构混乱，下面进行手工修正。在“Edit Geometry（编辑几何体）”面板中选择“Cut（切割）”命令，手工增加连线。注意切割的时候要到位，避免产生多余的顶点，如图16-15所示。

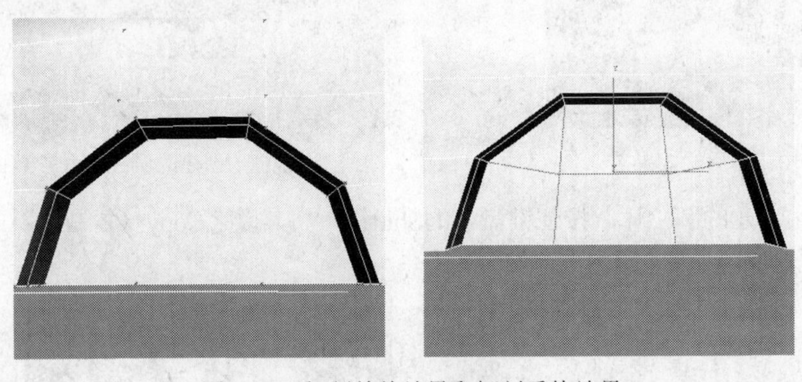

图16-15 切割前的效果和切割后的效果

（18）在顶点模式下仔细观察会发现，布尔运算后出现了一些顶点错位的现象，我们要进行手工调整，单击“Edit Vertices（编辑顶点）”面板中的“Target Weld（目标焊接）”按钮，将错位的顶点焊接在一起，如图16-16所示。

（19）制作车圈效果，进入到“边”模式下，选择如图16-27（左）所示的边，单击“Edit Vertices（编辑顶点）”面板中的“Chamfer（切角）”按钮，对选择的边进行切角。

（20）切角后的效果如图16-18所示。

（21）选择切割后的边继续进行切角，切角后的效果如图16-19所示。

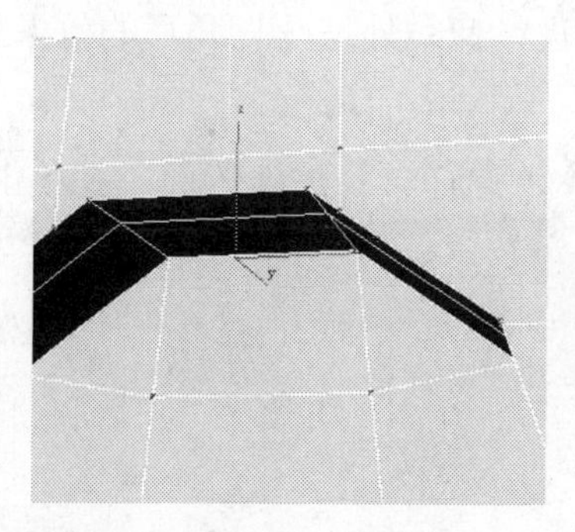

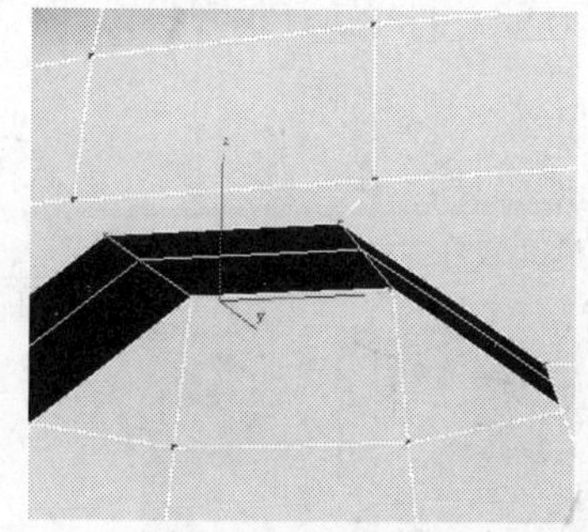

图16-16 焊接前的效果和焊接后的效果

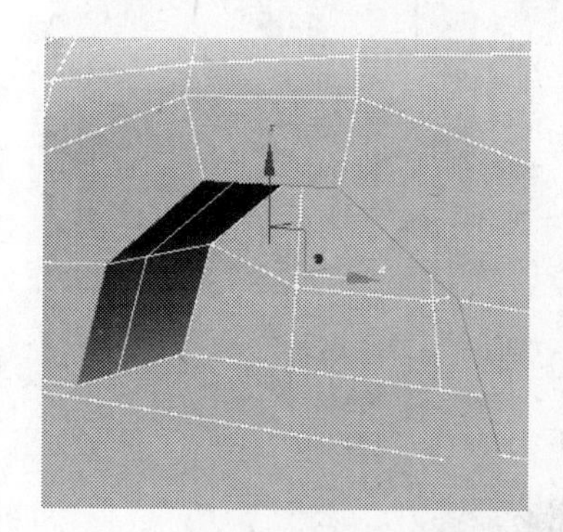

图16-17 选择的边和“切角边”对话框

图16-18 切角后的效果

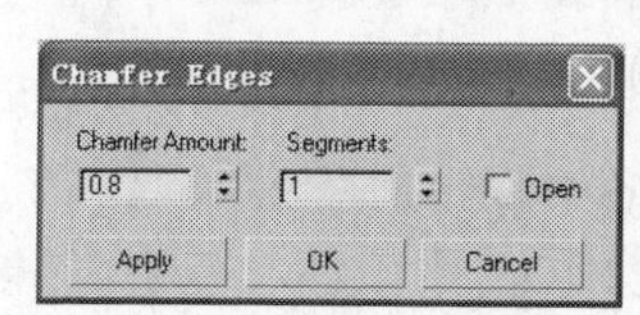

图16-19 “切角边”对话框和再次切角后的效果

（22）选择车轮部分内部的边同样进行切角处理，如图16-20所示。

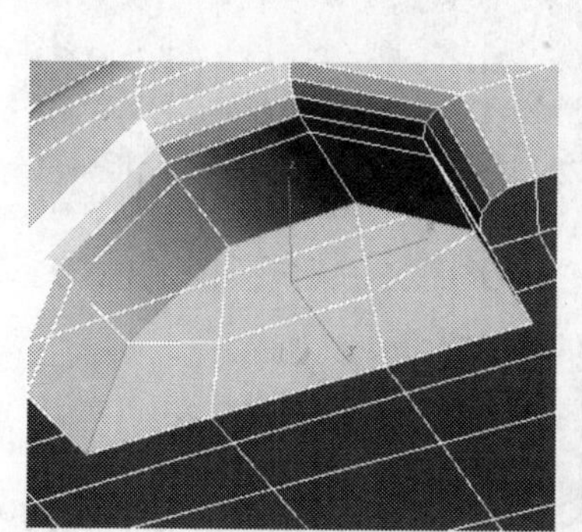

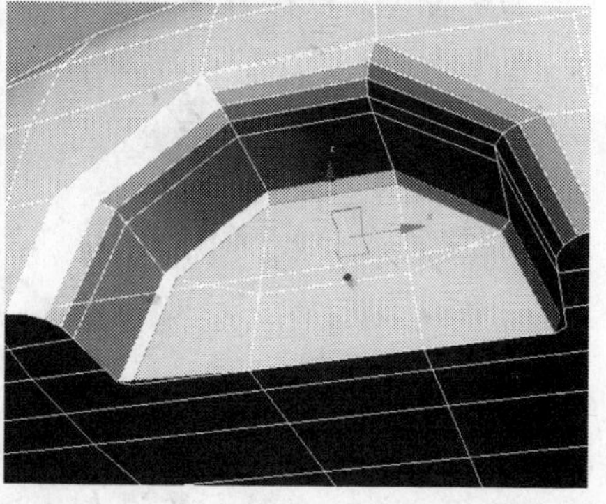

图16-20 选择的边和车轮内部的边切角后的效果

（23）使用同样的方法对后面的轮子部分进行切角处理，切角后的效果如图16-21所示。

2. 细化车身

（1）制作后保险杠。进入到“面”模式下，选择车身后面的面，在单击“Edit Polygons（编辑多边形）”面板中的“Extrude（挤出）”按钮，如图16-22所示。

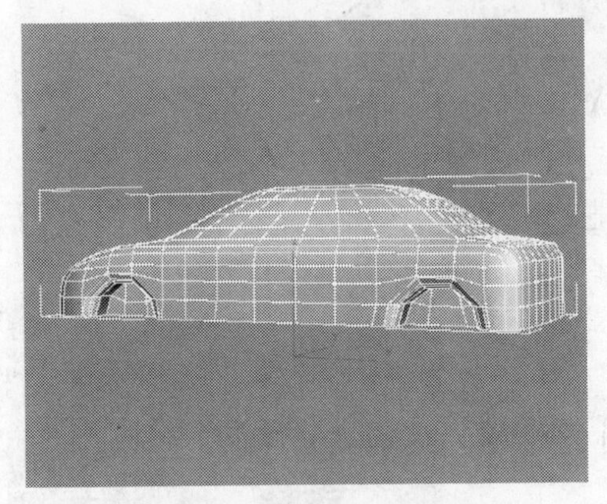

图16-21　后轮切角后的效果

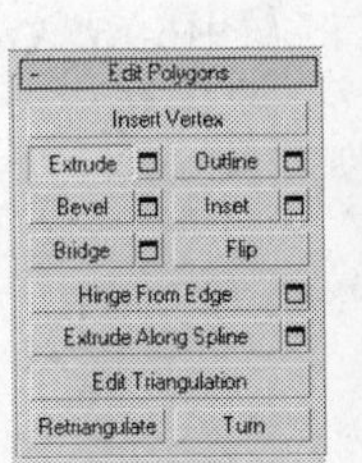

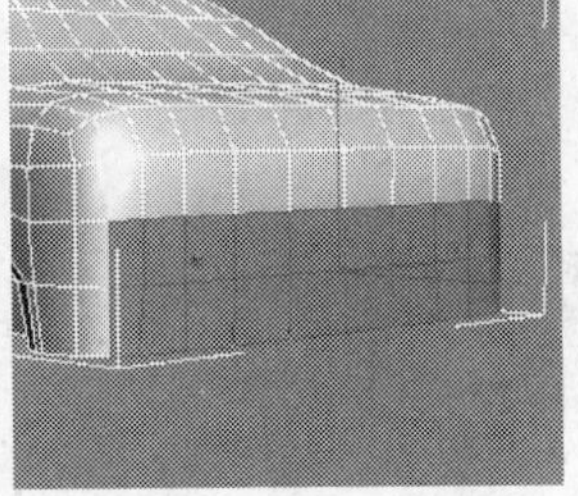

图16-22　“挤出”对话框选择的多边形

（2）将后保险杠部分的面向外挤出2.7高度，如图16-23所示。

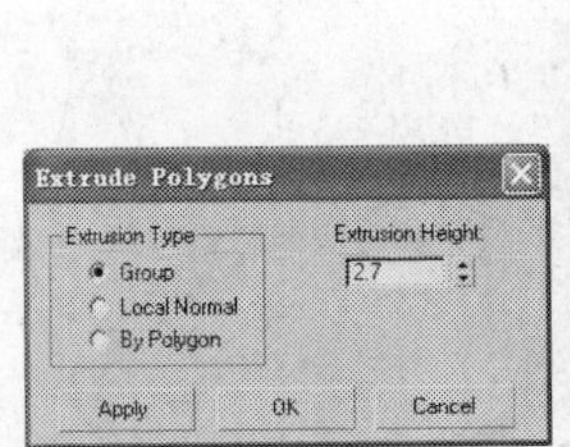

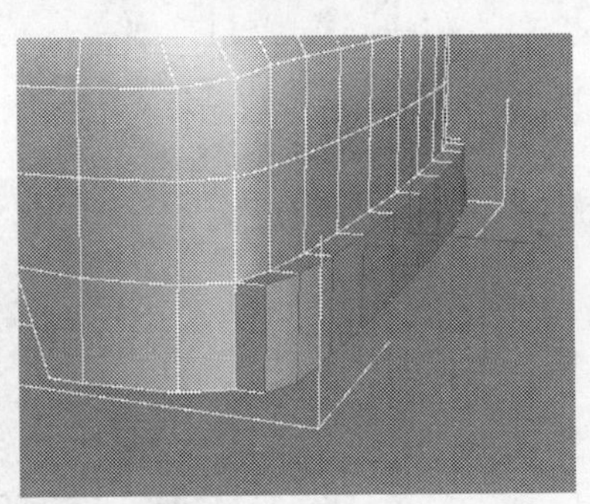

图16-23　挤出后的效果

（3）进入到“顶点”模式下，单击“Edit Vertices（编辑顶点）”面板中的“Target Weld（目标焊接）”按钮，焊接相对应的顶点，如图16-24所示。

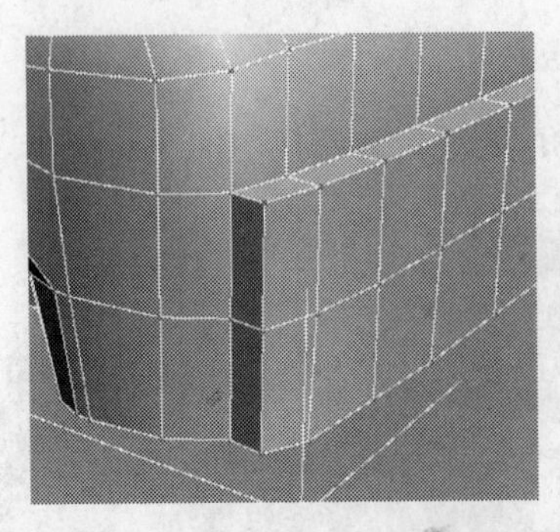

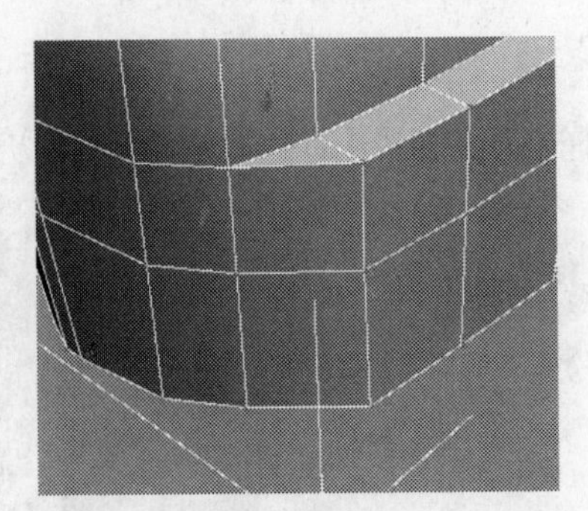

图16-24　焊接前的效果和焊接后的效果

（4）制作车前大灯，进入到“多边形”模式下，选择汽车前面车灯部分的面，单击“Edit Polygons（编辑多边形）”面板中的“Inset（插入）”按钮，打开“Insert Polygons（插入多边形）”对话框，如图16-25所示。

（5）插入多边形后的效果如图16-26所示。

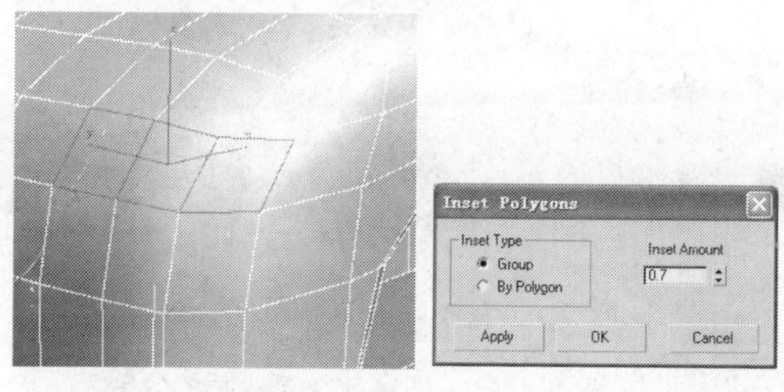

图16-25　选择的多边形和“插入多边形”对话框

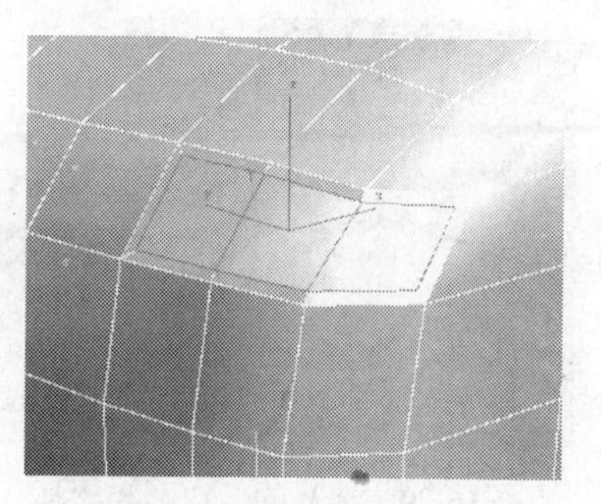

图16-26　插入后的效果

（6）选择插入的多边形，单击“Edit Polygons（编辑多边形）”面板中的“Extrude（挤出）”后面的■按钮。打开“挤出多边形”对话框，向内挤出多边形，如图16-27所示。

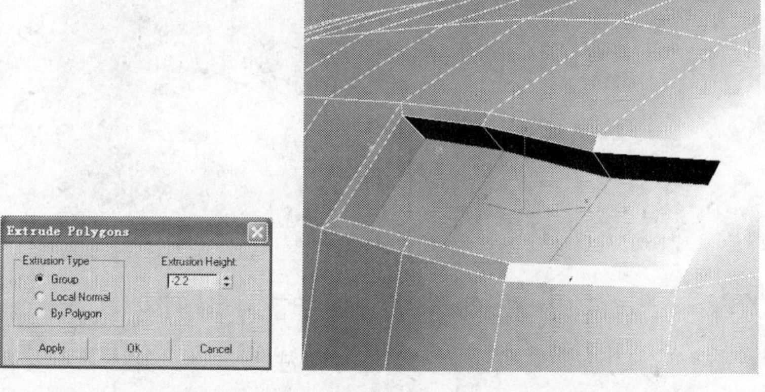

图16-27　“挤出多边形”对话框和挤出后的效果

（7）选择车灯部分的面分离成独立的多边形，注意分离的多边形不要删除掉，以后我们可以以此为基础，来创建车灯，如图16-28所示。

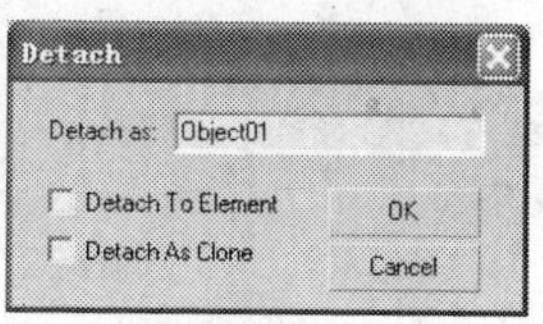

图16-28　选择的多边形和分离对话框

（8）制作车后大灯。进入到“多边形”模式下，选择汽车后面车灯部分的面，单击“Edit Polygons（编辑多边形）”面板中的“Inset（插入）”按钮，如图16-29所示。

（9）插入后的效果如图16-30所示。

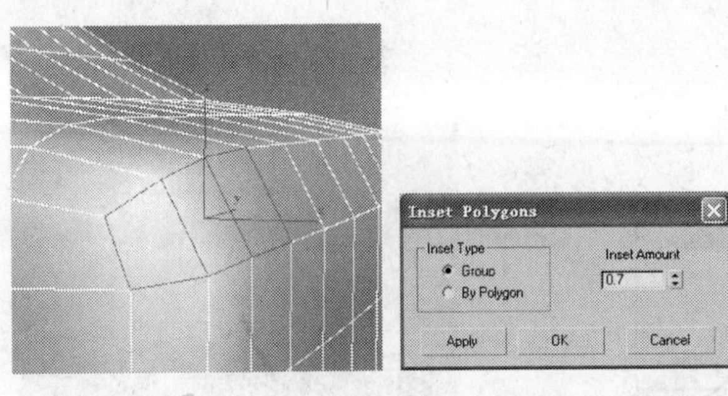

图16-29　选择的多边形和“插入多边形”对话框

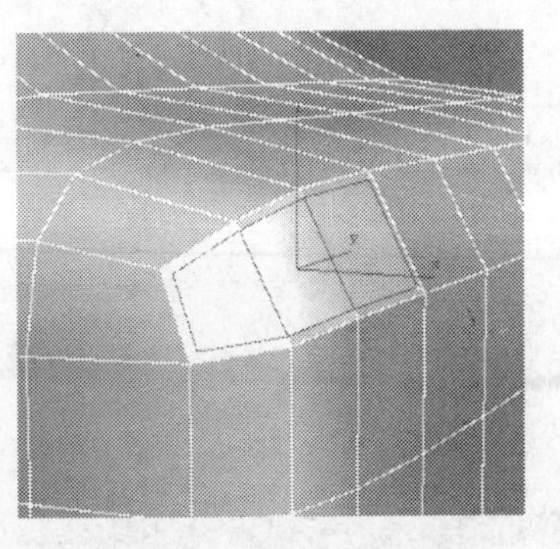

图16-30　插入后的效果

（10）选择插入的多边形，单击“Edit Polygons（编辑多边形）”面板中的“Extrude（挤出）”后的▭按钮。向内挤出多边形，如图16-31所示。

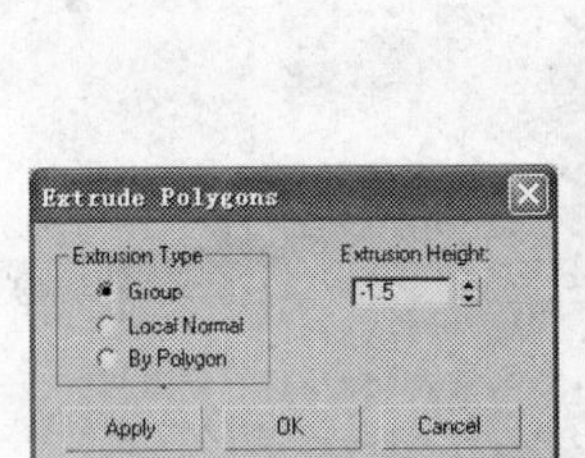

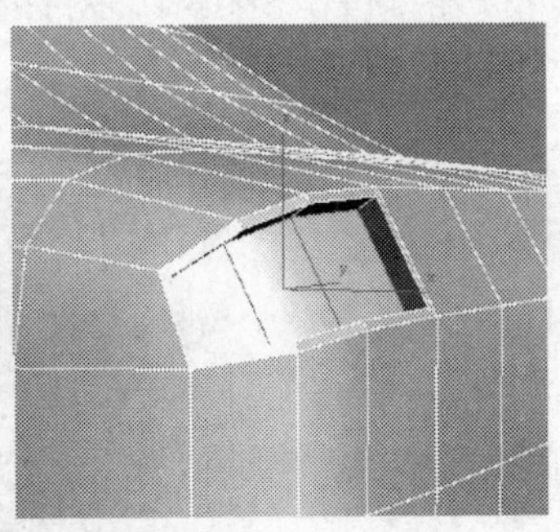

图16-31　“挤出多边形”对话框和挤出后的效果

（11）选择车灯部分的面分离成独立的多边形，注意分离的多边形不要删除掉，以后我们可以以此为基础，来创建车灯，如图16-32所示。

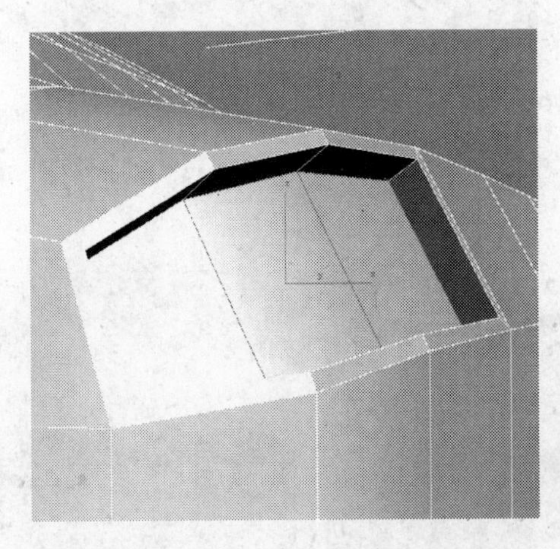

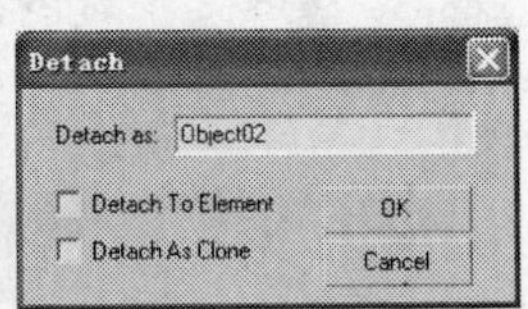

图16-32　选择的多边形和分离对话框

（12）制作汽车的车前窗，选择车前窗部分的面，插入多边形，如图16-33所示。

（13）插入后的效果如图16-34所示。

（14）然后单击“Edit Polygons（编辑多边形）”面板中的“Extrude（挤出）”按钮，将汽车前窗向内挤出－1高度，如图16-35所示。

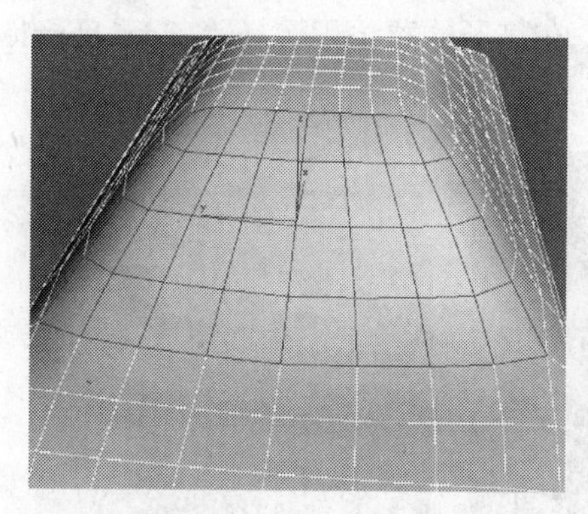

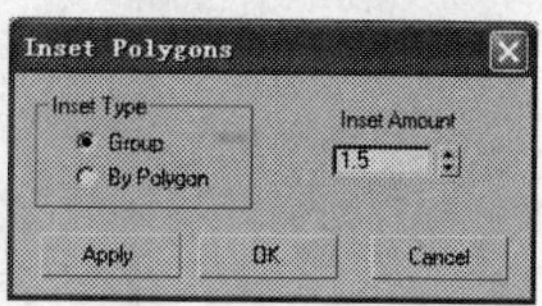

图16-33　选择的多边形和“插入多边形”对话框

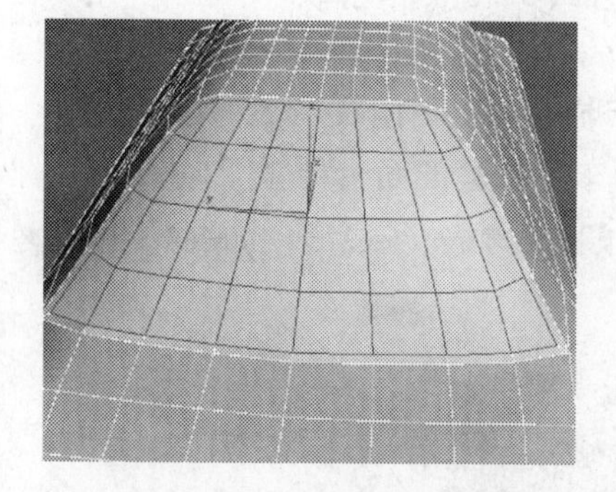

图16-34　插入后的效果

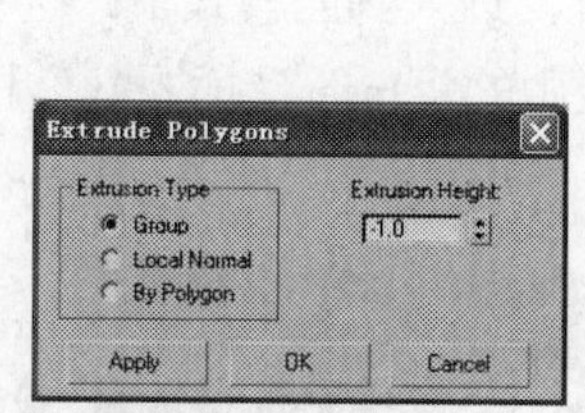

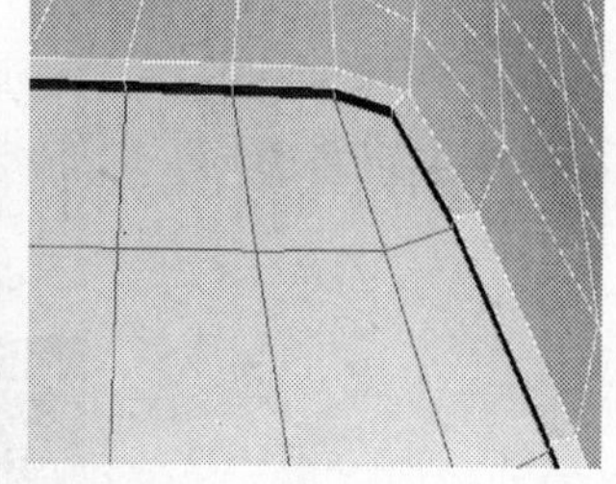

图16-35　“挤出多边形”对话框和挤出后的效果

（15）然后将其分离成独立的多边形，如图16-36所示。

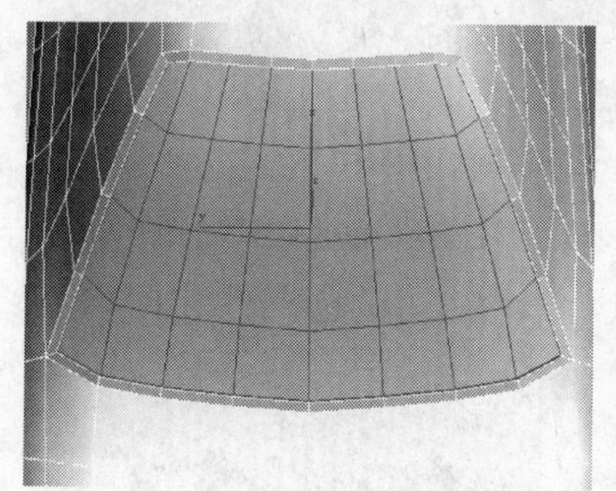

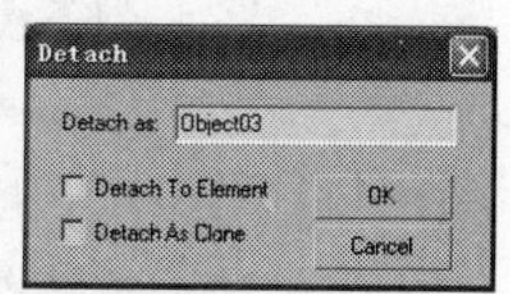

图16-36　选择的面和“分离”对话框

（16）使用同样的方法，制作出汽车后窗部分并将其分离，如图16-37所示。

图16-37　制作的车后窗效果

（17）选中车身然后单击鼠标右键，在打开的菜单里选择“Hide Unselection（隐藏未选定对象）”命令，将未选定的对象隐藏，如图16-38所示。

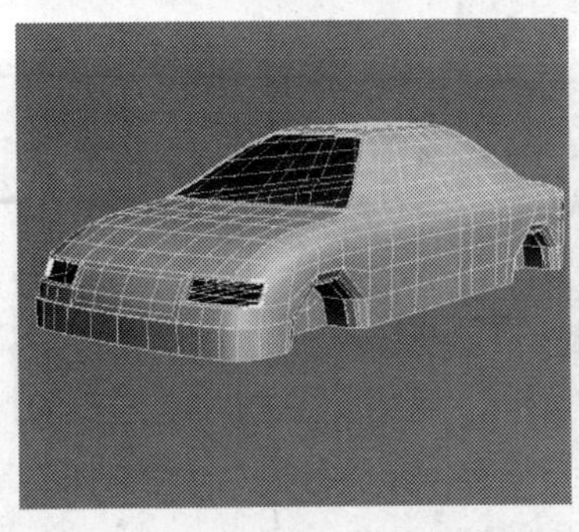
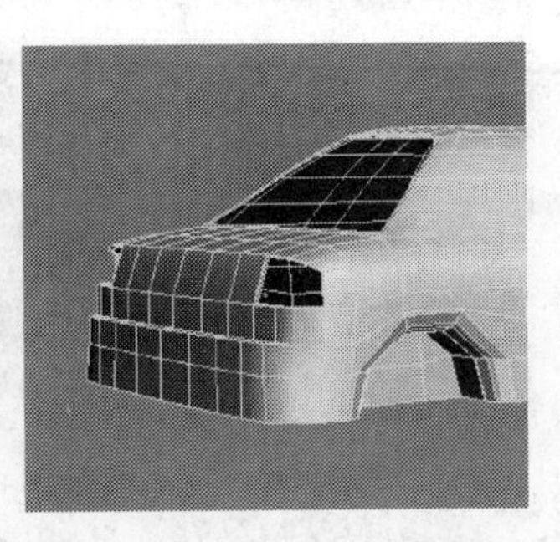

图16-38　隐藏后的效果

（18）下面我们在车身上制作出车门的轮廓，注意，制作时要从整体出发，然后逐步细化调整。制作车门的整体轮廓，进入到面模式下，选择汽车前面车灯部分的面，单击“Edit Polygons（编辑多边形）”面板中的“Inset（插入）”按钮。在车门部分插入多边形，如图16-39所示。

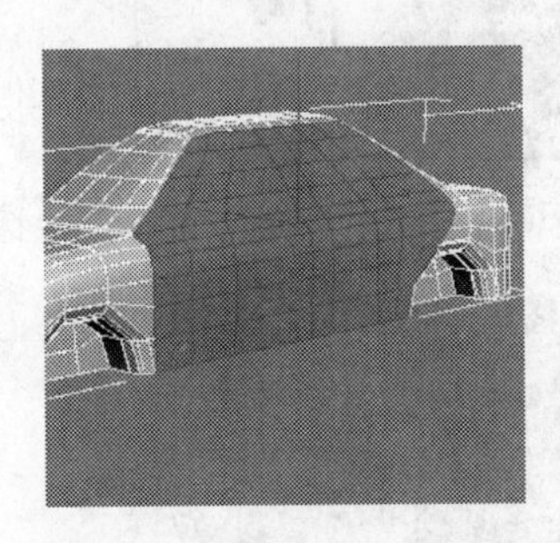
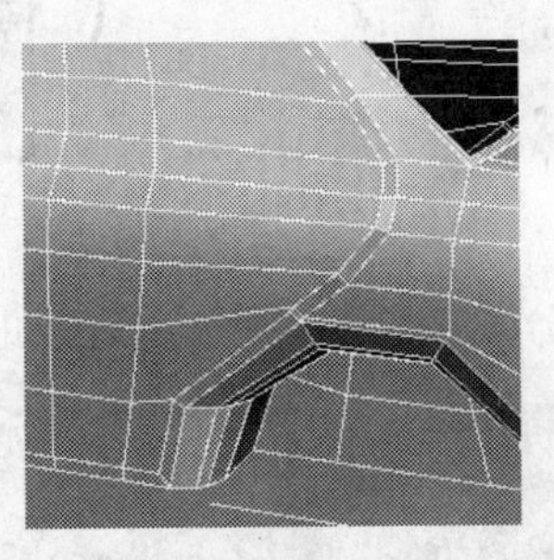

图16-39　选择的面和插入后的效果

（19）制作车门的缝隙。继续插入多边形，插入后的效果如图16-40所示。

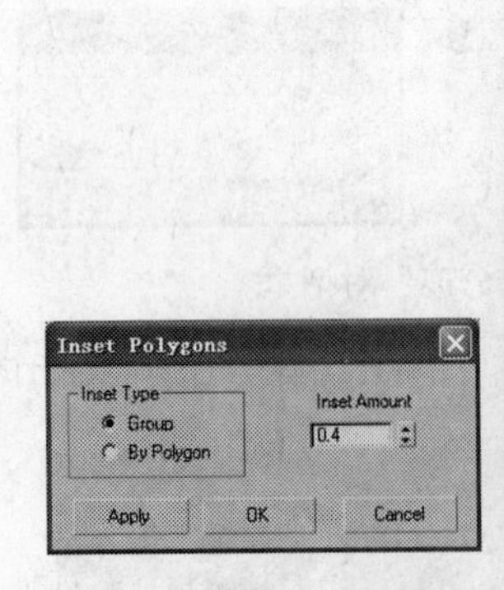

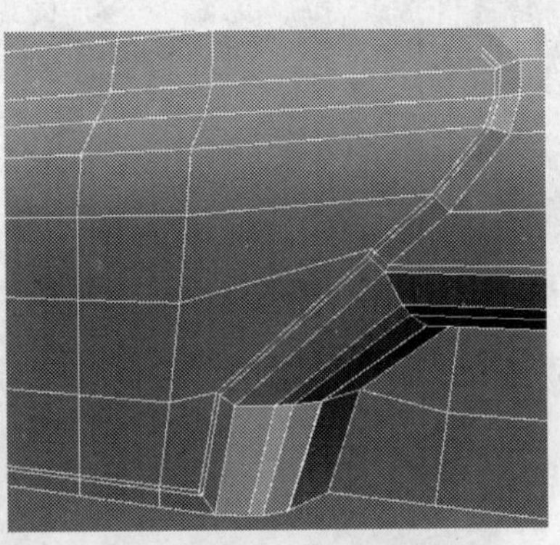

图16-40　“插入”对话框和插入多边形后的效果

（20）制作前后车门之间的缝隙。进入到边模式下，选择汽车车门中间部分的线，单击“Edit Edges（编辑边）”面板中的“Chamfer（切角）”按钮，如图16-41所示。

（21）进入到面模式下，选择制作出的车门缝隙部分的面，向内挤出的高度为－1.5，使车门呈现一定的厚度，如图16-42所示。

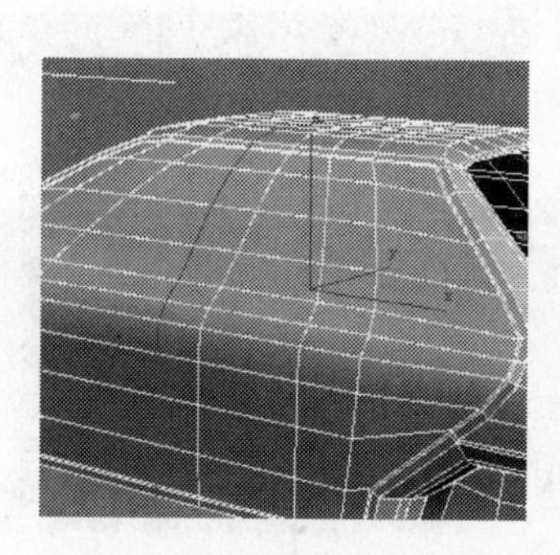
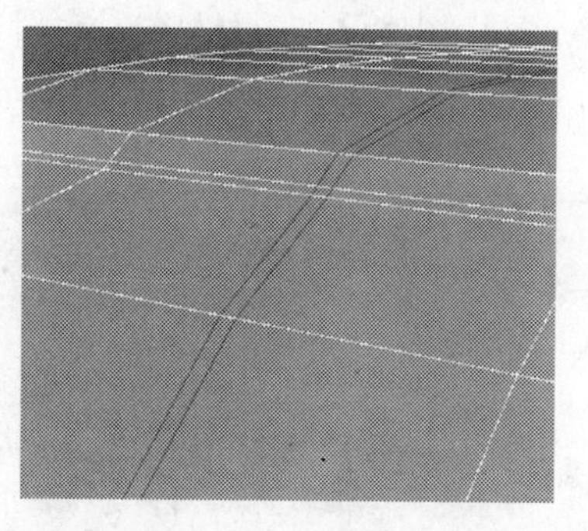

图16-41 选择的边和切角后的效果

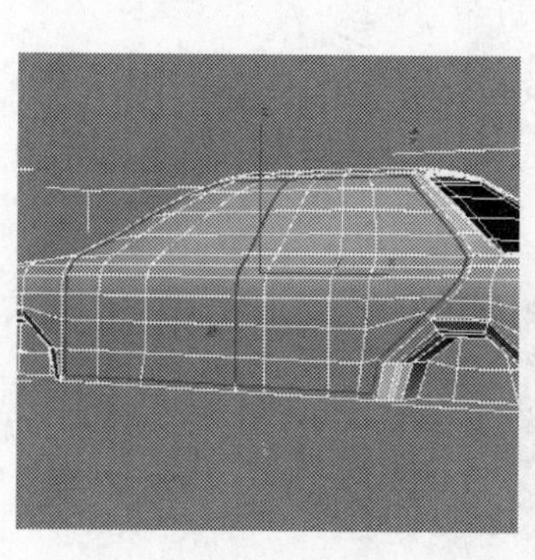

图16-42 选择的面和挤出后的效果

（22）将向内挤出的面删除掉，如图16-43所示。

（23）车门的基本轮廓已经出来了，由于车门的缝隙部分的转折角度比较大，因此对于缝隙周边的边进行切角处理，以防止在后面使用网格平滑的时候发生变形。进入到“边”模式下选择汽车车门周边的边线，如图16-44所示。

图16-43 删除后的效果

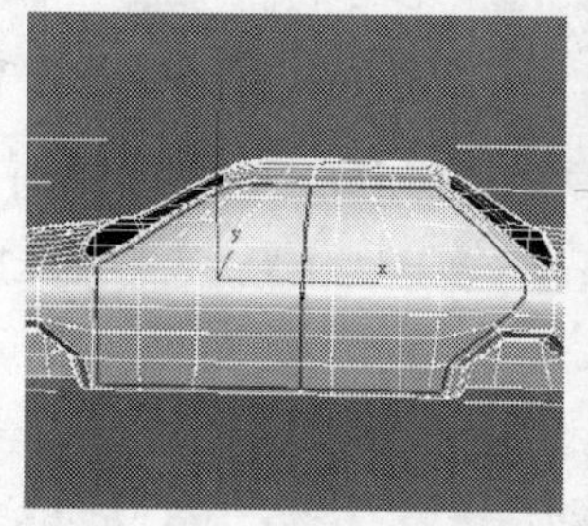
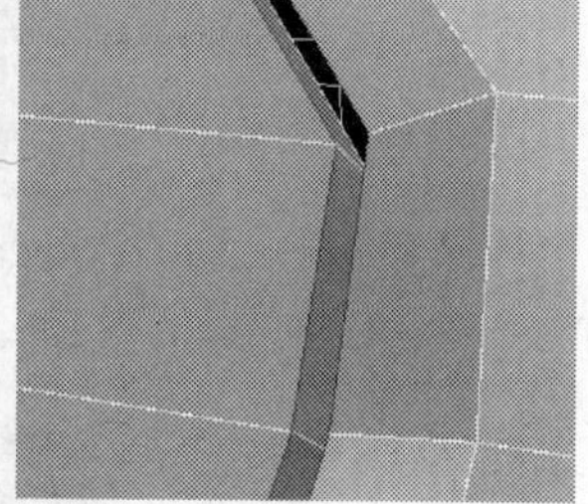

图16-44 选择的边

（24）将切角量设为0.9，切角前的效果和切角后的效果如图16-45所示。

3. 制作汽车前机器盖部分

（1）制作汽车前盖。仔细观察汽车前盖发现网格结构不太理想，下面需要我们进行手工调整，调整后的效果如图16-46所示。

（2）使用与前面制作车门的相同方法制作出汽车前盖接缝的轮廓，制作接缝前，首先选择出边线，如图16-47所示。

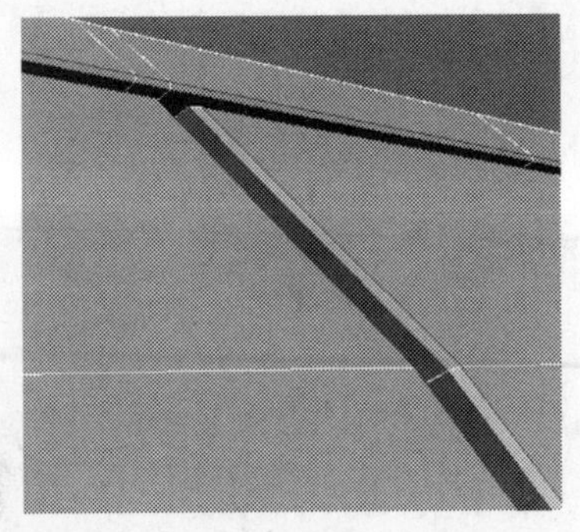

图16-45　切角前的效果和切角后的效果

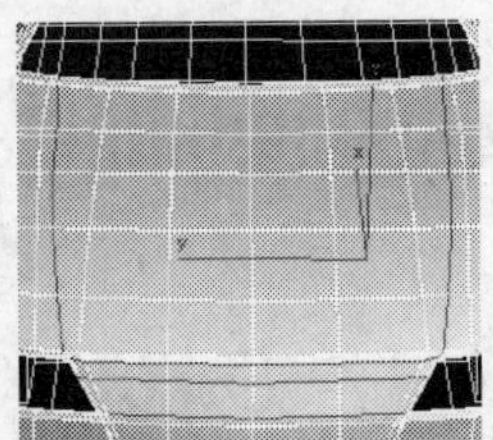

图16-46　添加的线

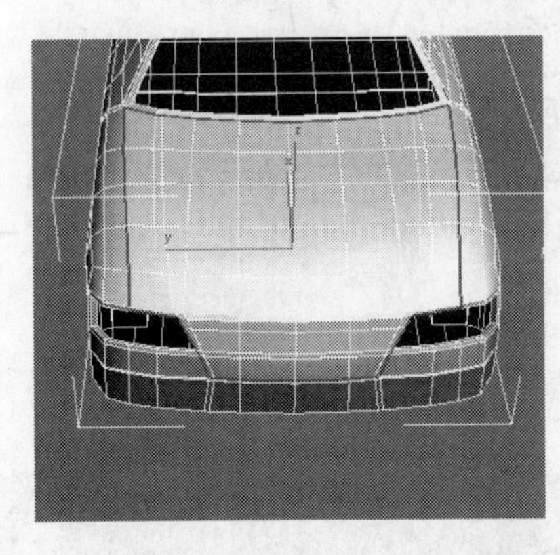

图16-47　选择的边

（3）进入到“Polygon（多边形）”模式下，选择制作出的前盖部分的面，向内挤出的高度为－1.5，使车盖呈现一定的厚度，如图16-48所示。

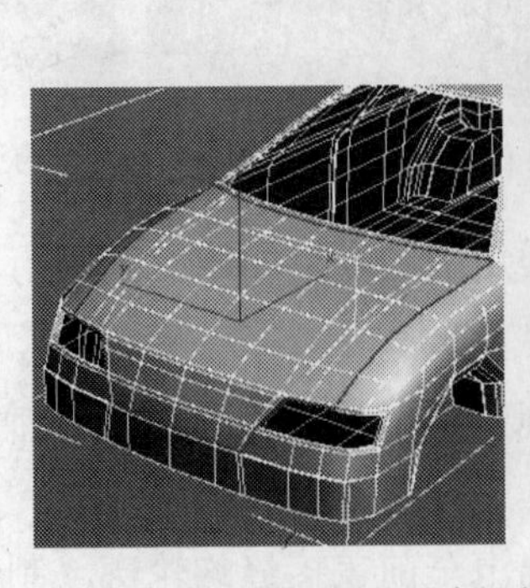

图16-48　选择的面和挤出后的效果

（4）选择缝隙周边的边，如图16-49所示。

图16-49　选择的边

（5）对于缝隙周边的边进行切角处理，以防止后面使用网格平滑的时候发生变形。将切角量设为0.25，切角前的效果和切角后的效果如图16-50所示。

图16-50　切角前和切角后的效果

（6）选择车盖上面将要突起的面，然后单击“Edit Polygons（编辑多边形）”面板中的“Extrude（挤出）”按钮，将挤出高度的值设为0.5。如图16-51所示。

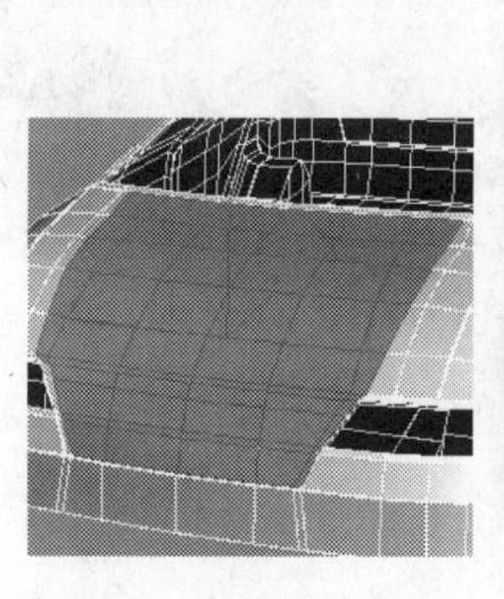

图16-51　选择的面和挤出后的效果

（7）进入到“点”模式下，在“Edit Vertices（编辑顶点）”面板中选择“Target Weld（目标焊接）”命令，焊接相对应的顶点，如图16-52所示。

图16-52　焊接前和焊接后的效果

4. 制作汽车的后备箱

（1）使用前面介绍的切角命令制作出后备箱接缝的轮廓，如图16-53所示。

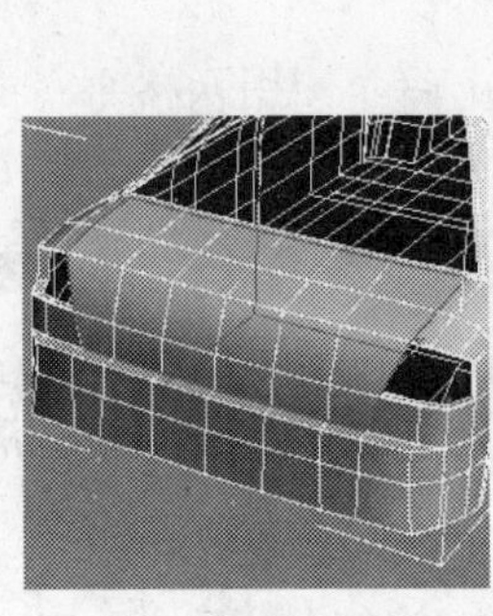

图16-53　制作的后备箱轮廓线

（2）选择后备箱接缝处的面，使用挤出命令向内挤出多边形，挤出后的效果如图16-54所示。

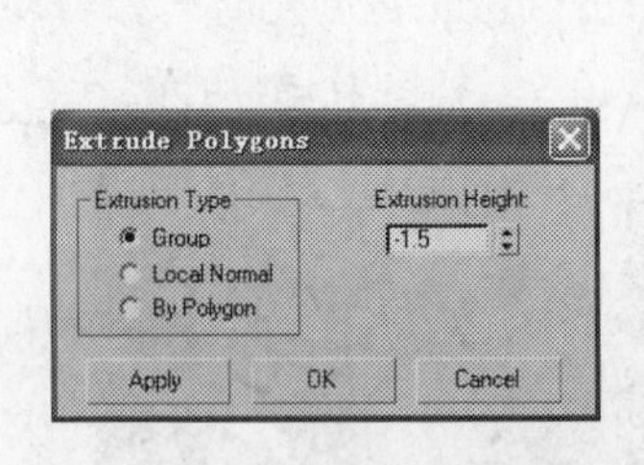

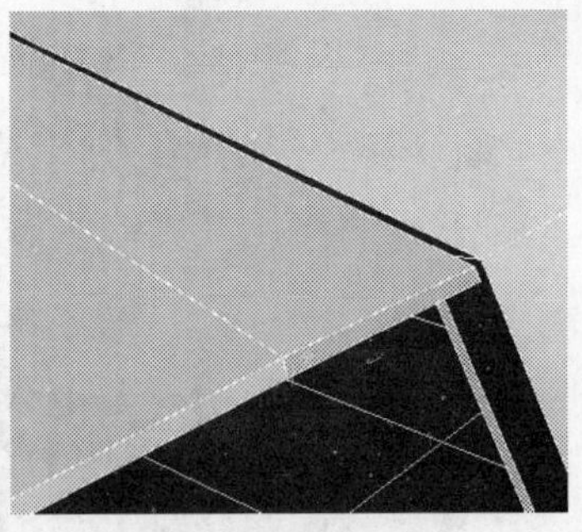

图16-54　挤出的效果

（3）进入到边模式下选择后备箱接缝周边的线条，如图16-55所示。

（4）然后使用切角命令细化接缝处的线条。将切角量设为0.9，切角前的效果和切角后的效果如图16-56所示。

（5）制作汽车的前保险杠。使用前面制作汽车后保险杠的方法制作汽车的前保险杠，效果如图16-57所示。

图16-55　选择的边

图16-56　切角前后的效果

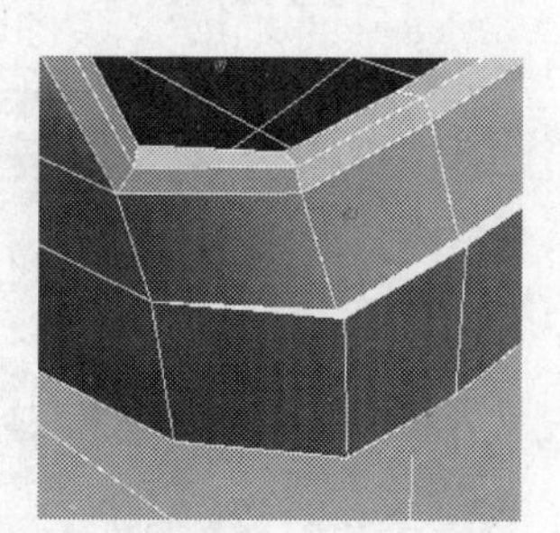

图16-57　制作的汽车前保险杠

5. 进一步细化车身结构

（1）选择汽车前盖，隐藏其余的面，效果如图16-58所示。

（2）下面对细节进行进一步细化，将视图放大，可发现转角处的线密度不够。进入到"边"模式下，选择转角处的线，对于缝隙周边的边进行切角处理，将切角量设为0.1，如图16-59所示。

（3）使用同样的方法对车盖周围的边角线进行切角处理，如图16-60所示。

（4）进入到"面"模式下，在"Edit Geometry（编辑几何体）"面板中，单击"Unhide All（全部取消隐藏）"按钮，将隐藏的面显示出来，然后选择车门部分的面，在面板中选择"Hide Selected（隐藏未选定对象）"，对车门的边角线进行切角处理，如图16-61所示。

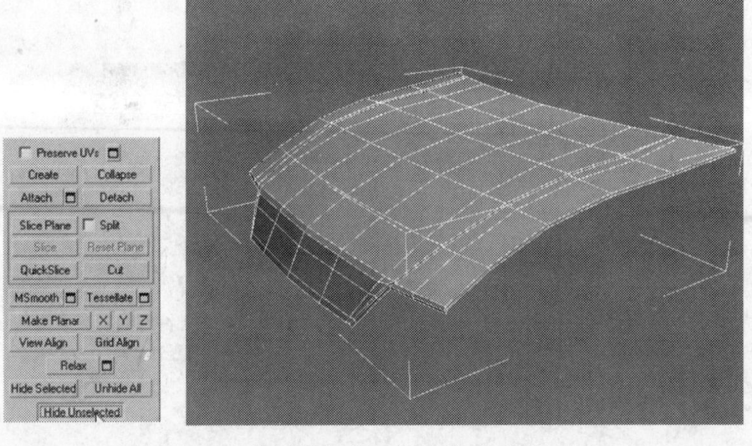

图16-58　编辑几何体面板和隐藏后的效果

图16-59　缝隙周边的边切角前后的效果

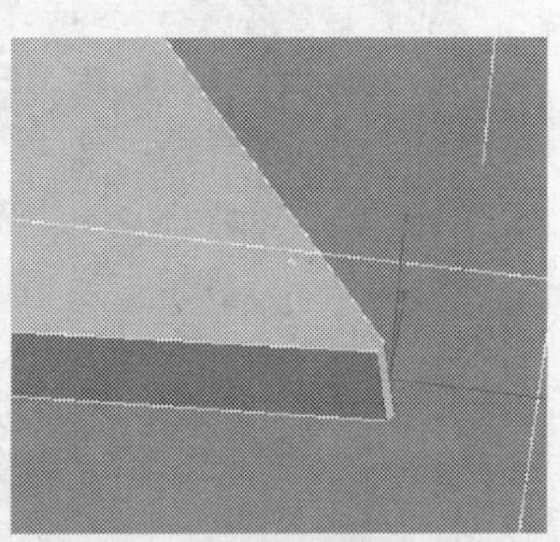

图16-60　车盖的边角线切角前后的效果

（5）使用同样的方法对车的后备箱部分进行单独编辑，并对边角部分进行切角处理，切角量为0.3，如图16-62所示。

（6）进入到“多边形”模式下，在“Edit Geometry（编辑几何体）”面板中单击“Unhide All（全部取消隐藏）”按钮，将隐藏的面显示出来。然后为其应用“MeshSmooth（网格平滑）”修改器，并在“Subdivision Amount”栏中设置其“Interations（迭代次数）”为2，如图16-63所示。

（7）将汽车的局部进行放大，会发现汽车底盘部分有扭曲现象，我们可以更改其折缝值来解决这一问题，进入“MeshSmooth（网格平滑）”下的“Edge（边）”模式中，选择底盘部位扭曲的边，更改其“Crease（折缝）”值为1，如图16-64所示。

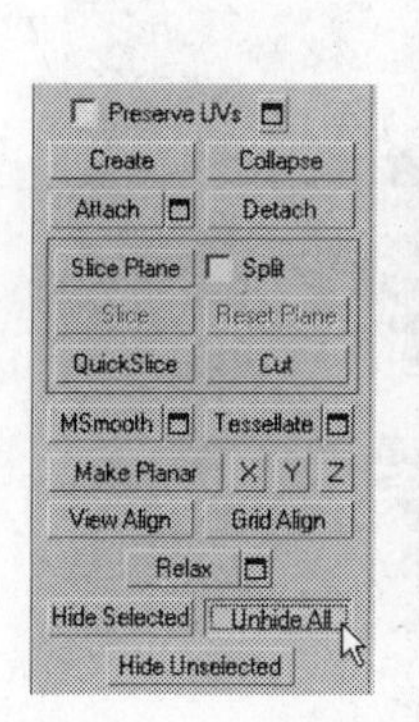

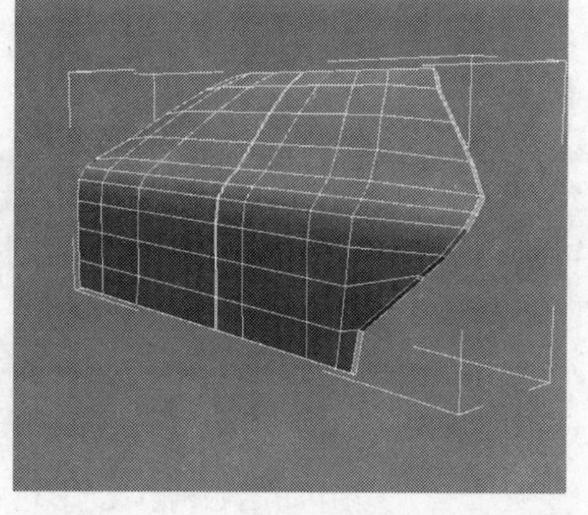

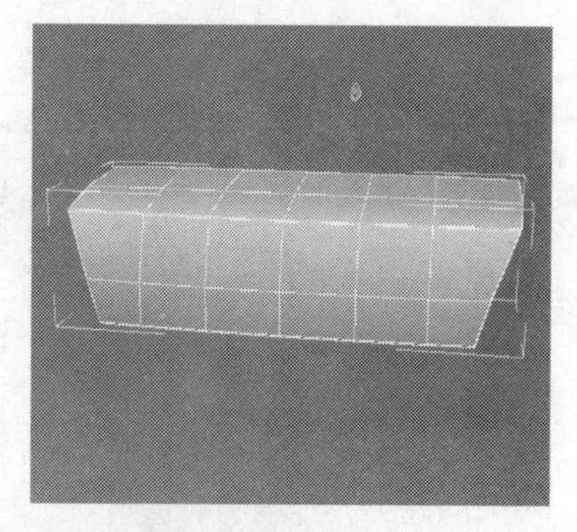

图16-61　编辑几何体面板和车门部分　　图16-62　对后备箱进行单独编辑

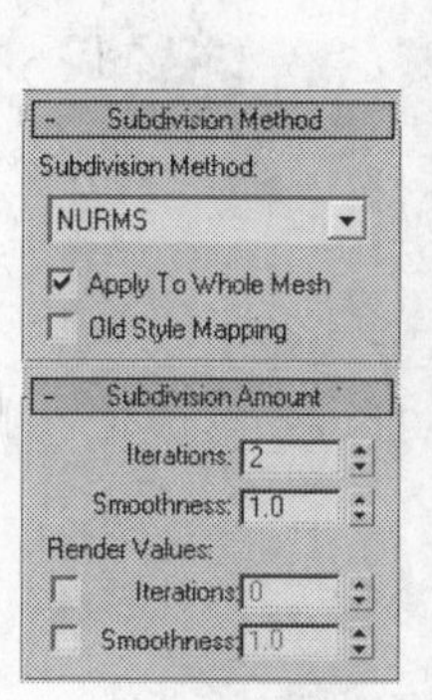

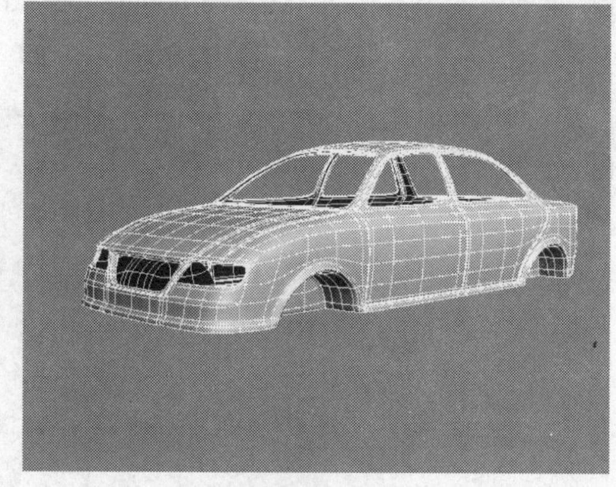

图16-63　“细分量”参数面板和网格平滑后的效果

（8）更改其折缝值后的效果如图16-65所示。注意这里所更该线的折缝值是水平方向线的折缝值。

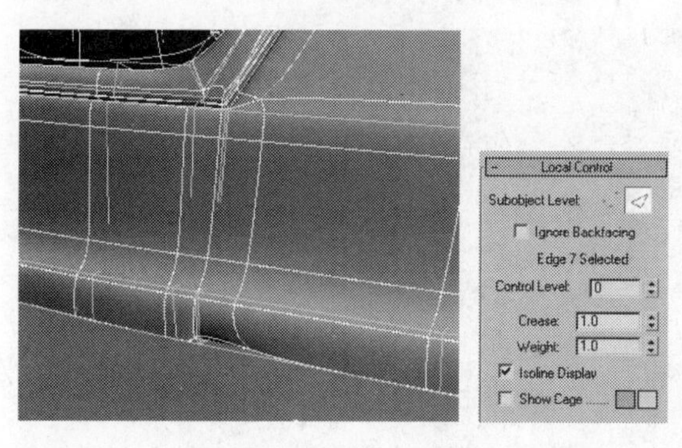

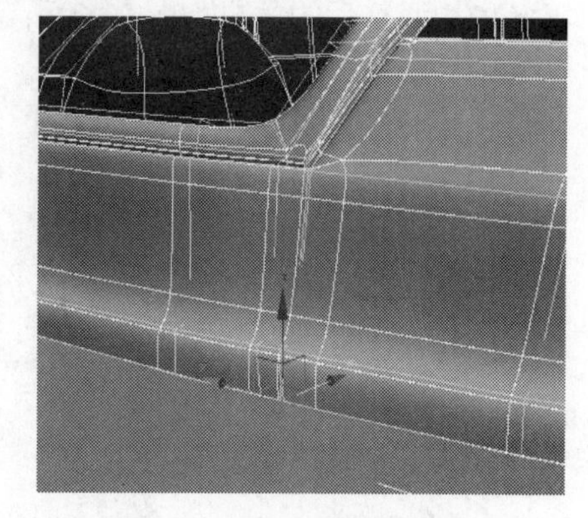

图16-64　部分的扭曲现象和“局部控制”参数面板　　图16-65　更改折缝值后的效果

（9）旋转视图，依次检查汽车底盘附近的边，解决扭曲现象。按F9键进行测试渲染。效果如图16-66所示。

（10）单击鼠标右键，在打开的菜单栏里选择全部取消隐藏命令，将原先分离出去的面取消隐藏，接下来我们将用这些面来制作汽车的车玻璃和车灯，如图16-67所示。

图16-66 对透视图进行渲染

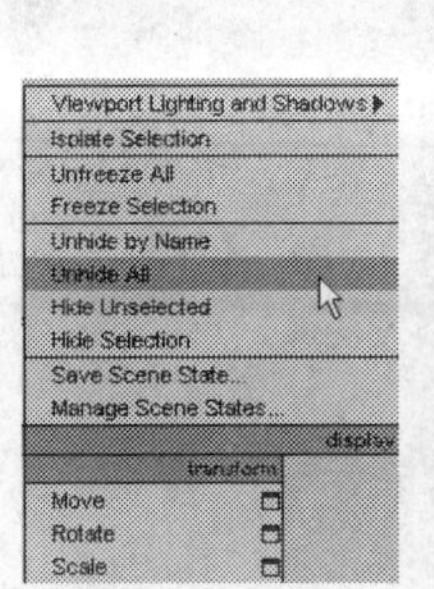

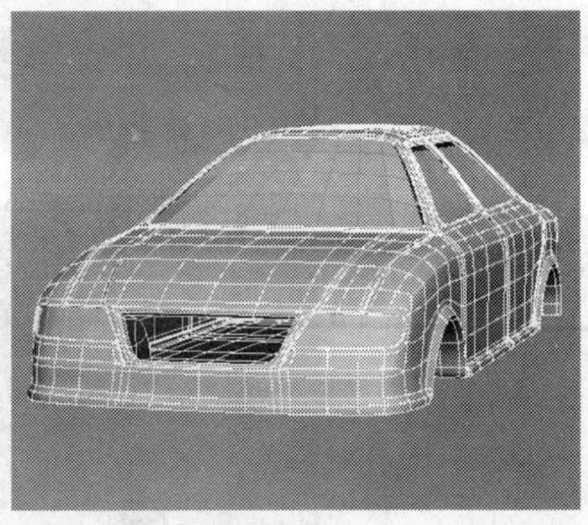

图16-67 取消隐藏的多边形

（11）选择汽车前窗，为其加入“MeshSmooth（网格平滑）”修改器，进入到“顶点”模式下调整车窗外形，如图16-68所示。

图16-68 对车前窗玻璃进行调整

（12）调整后的效果如图16-69所示。

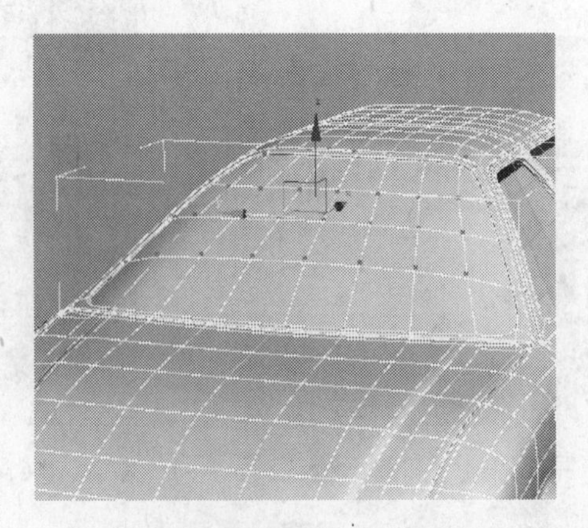

图16-69 调整后的效果

（13）使用同样的方法对汽车的侧面玻璃、后玻璃和车灯进行调整，调整后的效果如图16-70所示。

（14）对透视图进行渲染，效果如图16-71所示。

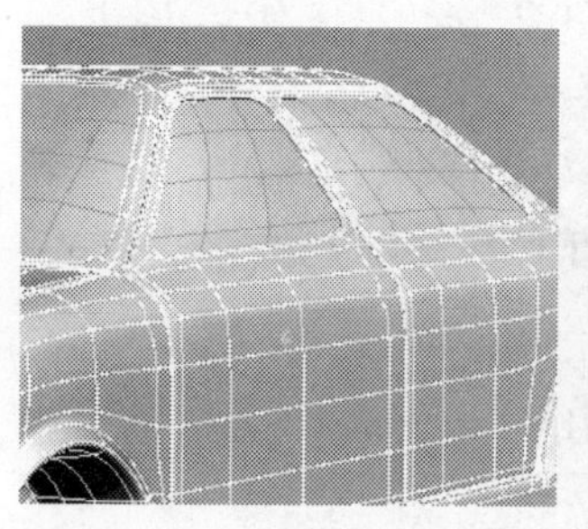

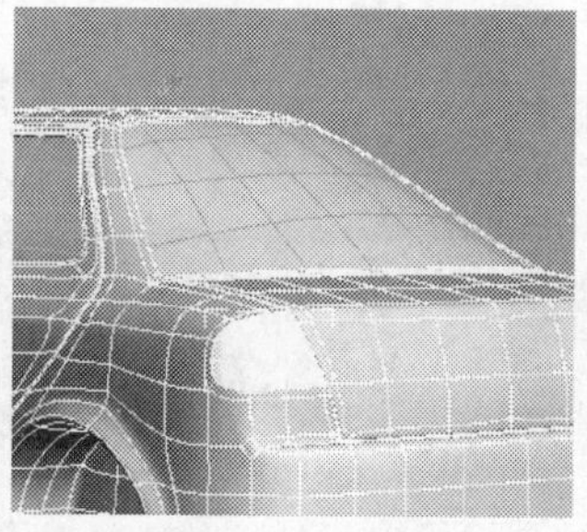

图16-70　调整后的侧面玻璃效果和后面玻璃及车灯效果

图16-71　渲染效果

16.3　制作进气栅格

（1）制作前面的进气栅格，依次单击 → → Box （长方体）按钮，在左视图创建长度和宽度适中的一个长方体，如图16-72所示。

（2）选中创建的长方体，在前视图中沿y轴旋转进行旋转，如图16-73所示。

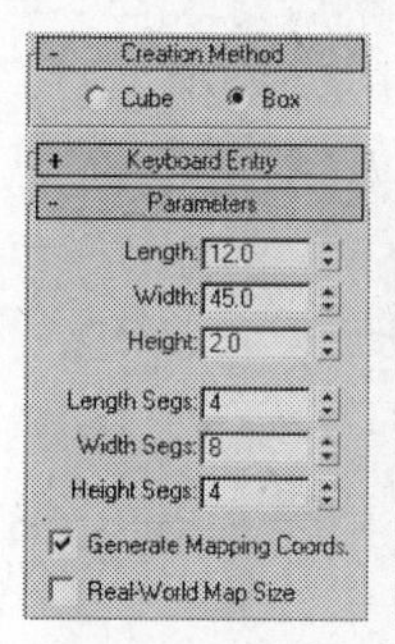

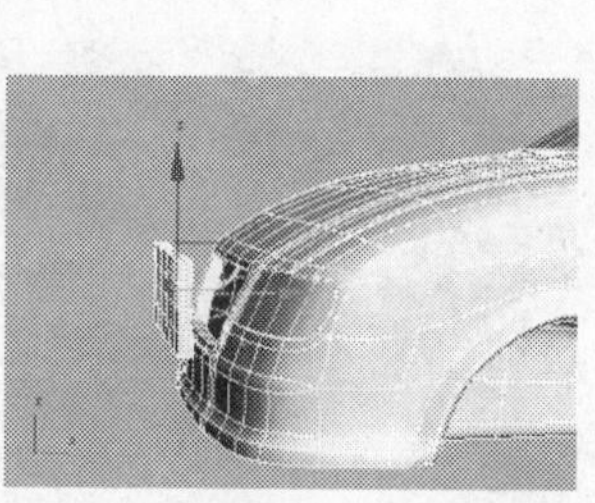

图16-72　创建的长方体

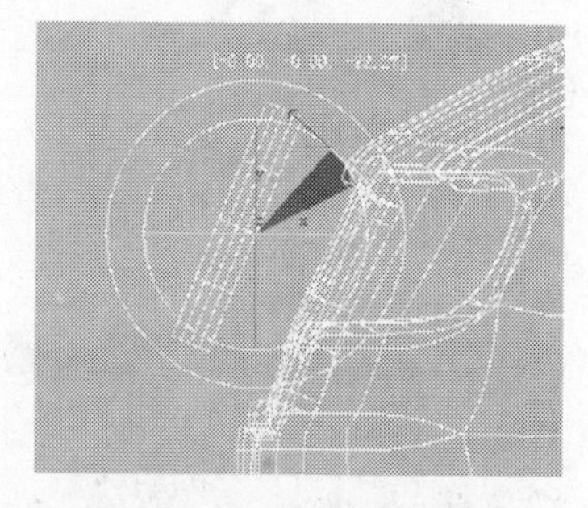

图16-73　对长方体进行旋转

（3）选择创建的长方体，在修改器列表中为其加入“FFD　4×4×4”修改器，进入到“FFD 4×4×4控制点”级别，然后调整矩形的形态，使其镶嵌在汽车里，如图16-74所示。

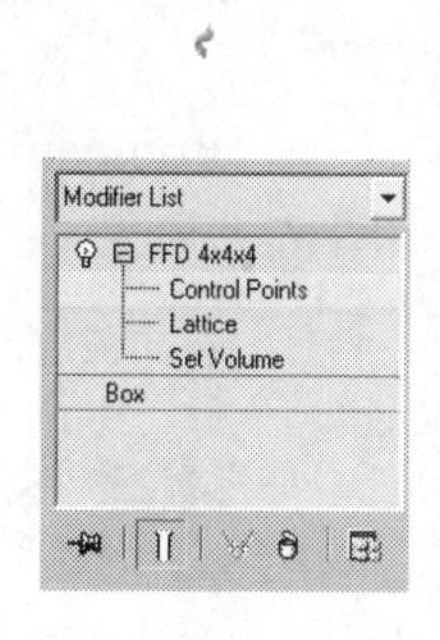

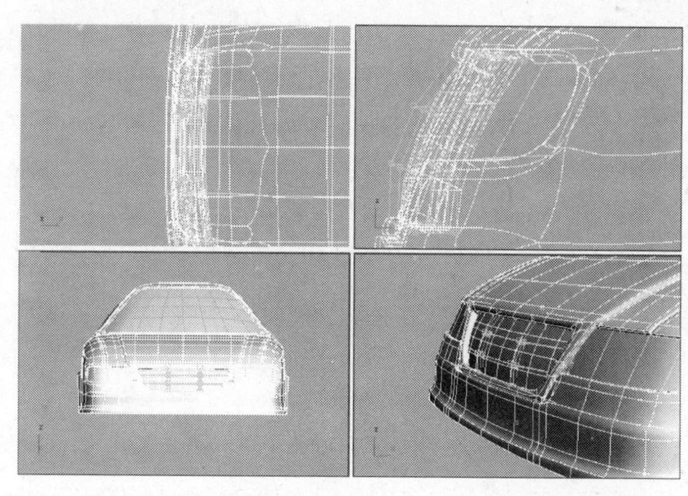

图16-74　调整长方体的形状

（4）依次单击 → → Box （长方体）按钮，在顶视图创建一个长方体。如图16-75所示。

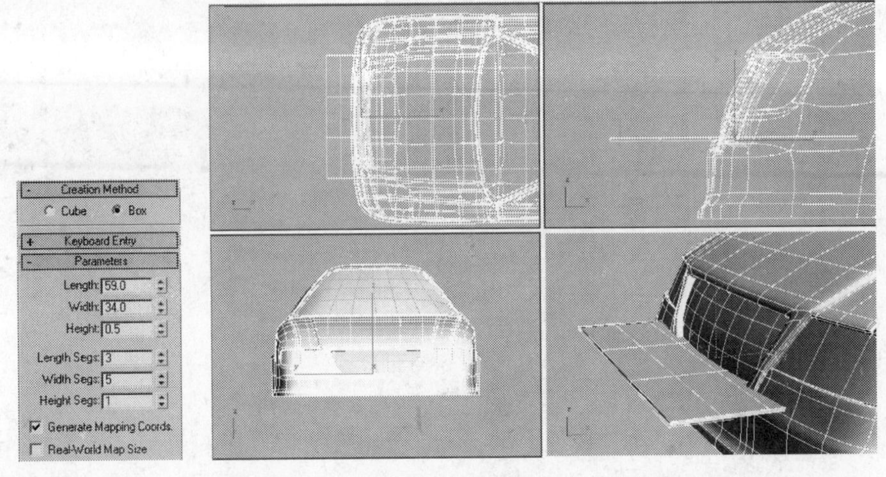

图16-75　长方体的参数面板和创建的长方体

（5）选择创建的长方体，激活工具栏中的“选择并移动” 工具，按住键盘上的Shift键，将其以“Instance（实例）”的方式沿*X*轴复制8个，并调整其位置如图16-76所示。

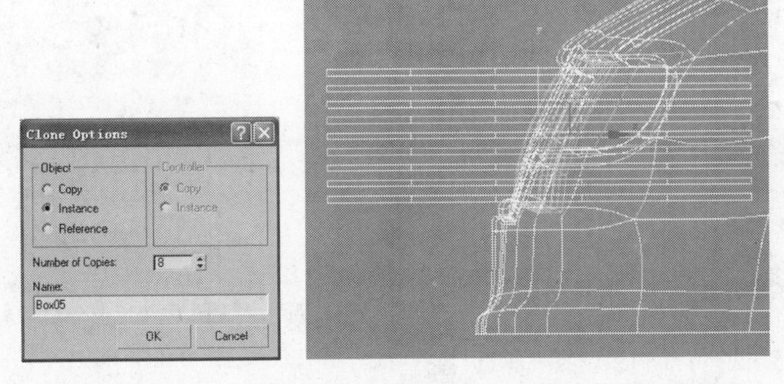

图16-76　复制的长方体

（6）选中其中一个长方体并单击鼠标右键，在打开的菜单栏里选择“转换为可编辑多边形”命令，将其转换为可编辑多边形。然后在“Edit Polygons（编辑几何体）”面板中单击“Attach（附加）”按钮，将另外一个长方体与它附加在一起。

（7）然后运用布尔运算来制作进气栅格的效果。选中添加“FFD 4×4×4”修改器的长方体，然后进入到“复合对象”面板中，在“复合对象”面板中选择“Boolean（布尔运算）”，单击 Pick Operand B 按钮，然后拾取刚才附加在一起的长方体，如图16-77所示。

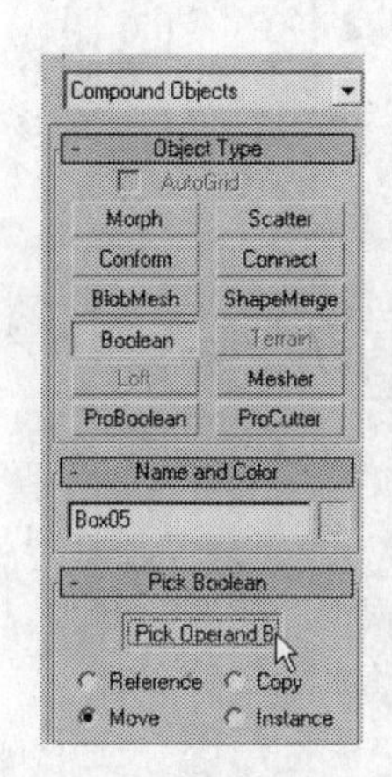

图16-77 “复合对象”面板和布尔运算后的效果

16.4 制作后视镜

（1）依次单击 → → Box （长方体）按钮，在左视图中创建长度和宽度适中的一个长方体，如图16-78所示。

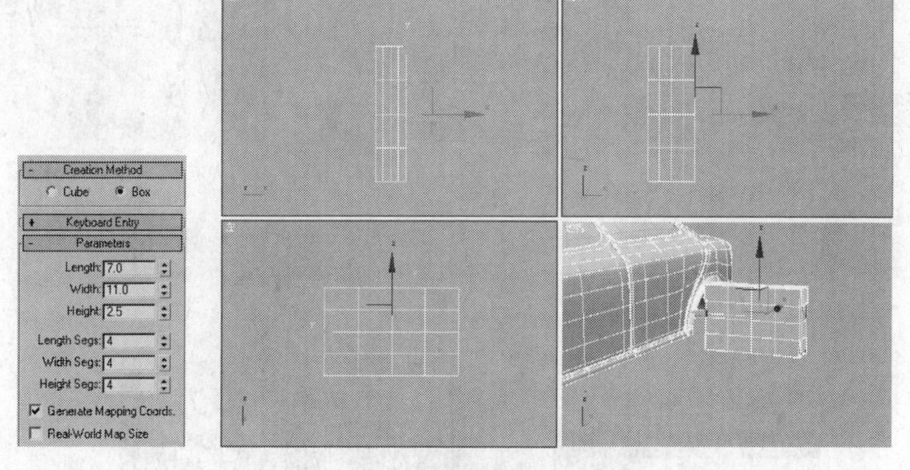

图16-78 创建的长方体

（2）选中创建的长方体，在修改器列表中为其添加“FFD 4×4×4”修改器，进入到“FFD 4×4×4”的“控制点”级别，然后调整矩形的形状，如图16-79所示。

（3）选择长方体并单击鼠标右键，在打开的菜单栏里选择“Convert to Editable Poly（转换为可编辑多边形）”命令，将其转换为可编辑的多边形。然后进入到“Polygon（多边形）”模式下，如图16-80所示。

（4）制作镜面部分。在“面”级别下选择后视镜镜片部分的面，单击“Edit Polygons（编辑多边形）”面板中的“Inset（插入）”按钮。在汽车后视镜镜面部分插入多边形。插入后的效果如图16-81所示。

（5）选择插入后的多边形，向内挤出多边形，如图16-82所示。

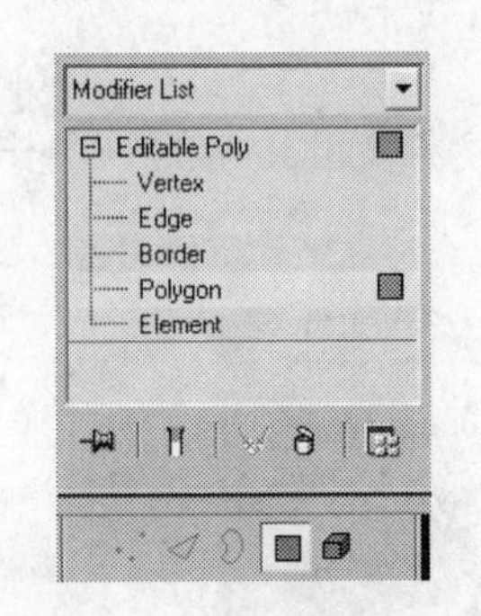

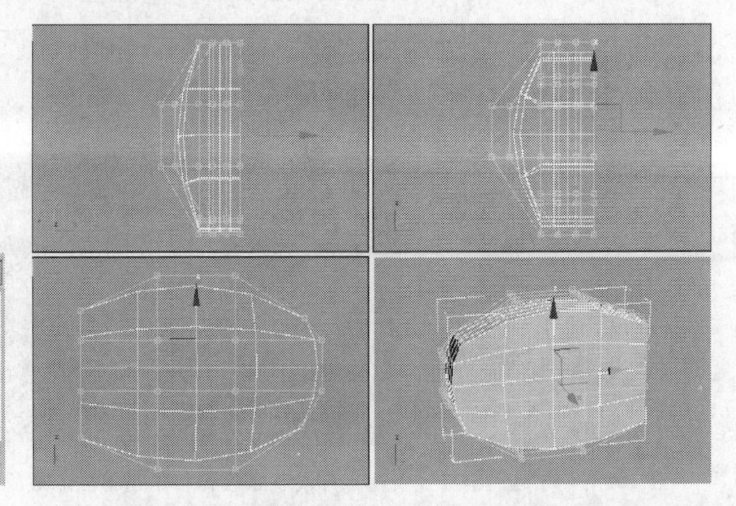

图16-79 调整矩形形状

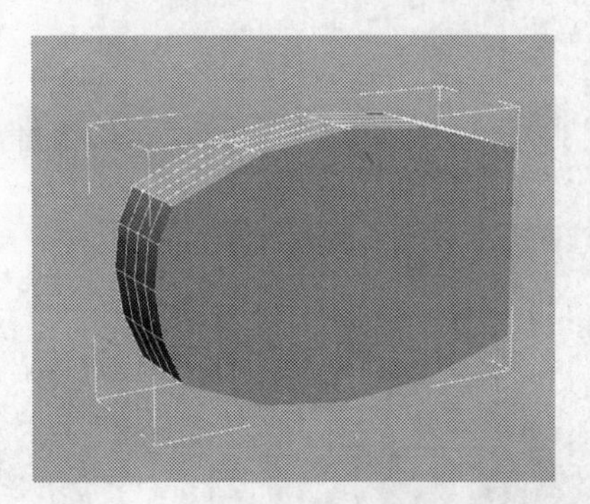

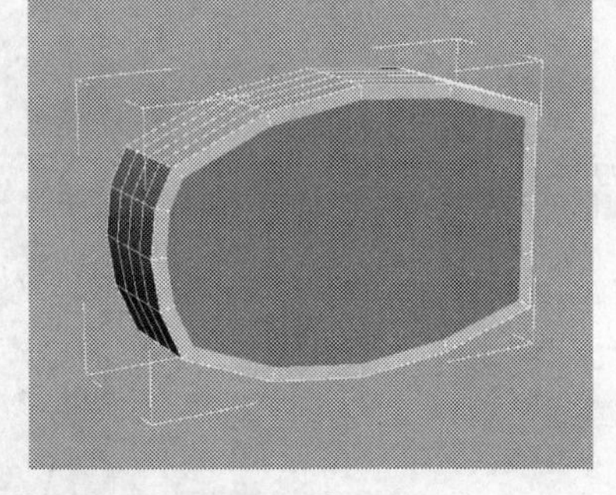

图16-80 进入"级别"多边形

图16-81 选择的面和插入后的效果

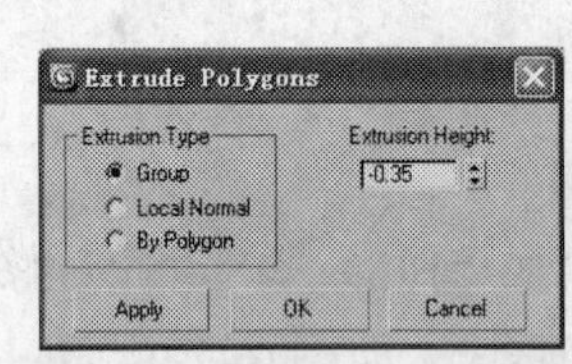

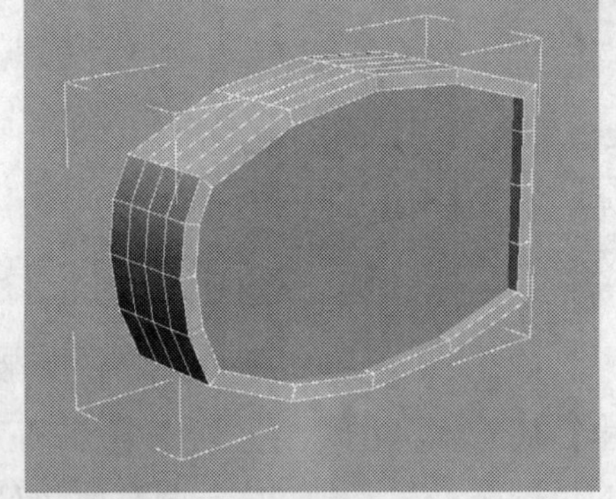

图16-82 "挤出"面板和挤后的效果

（6）选择镜片周围的面，向外挤出多边形，挤出高度为0.2，如图16-83所示。

（7）制作后视镜的支架部分，选择后视镜右侧的面然后挤出多边形，如图16-84所示。

（8）进入到"顶点"模式下对挤出后的顶点进行调整，如图16-85所示。

（9）进入到"边"模式下，选择支架部分的边线，然后单击"Edit Edges（编辑边）"面板中的"Connect（连接）"按钮，如图16-86所示。

（10）设置连接数量为2，连接后的效果如图16-87所示。

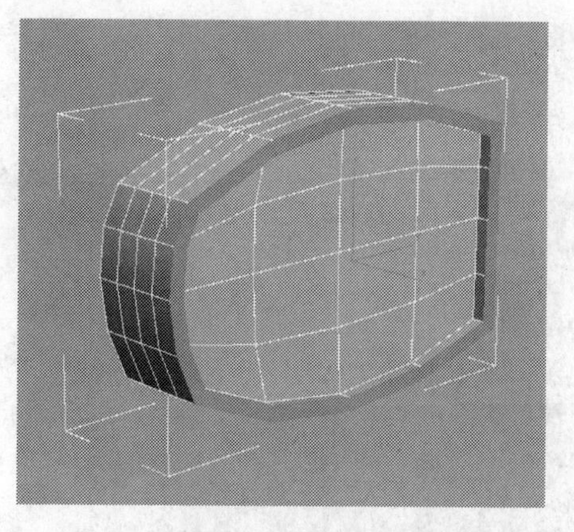

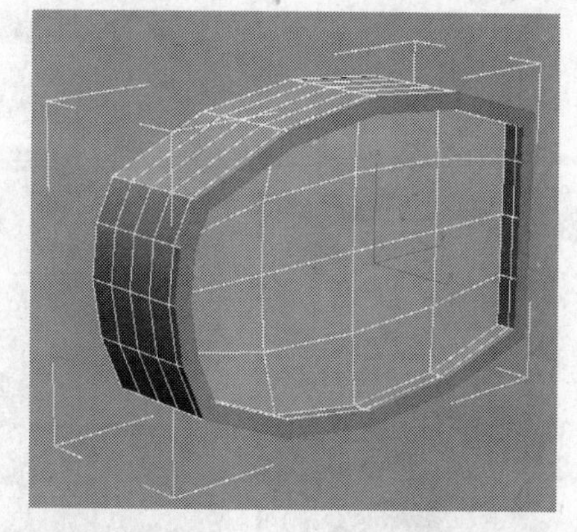

图16-83 选择的面和挤出的多边形

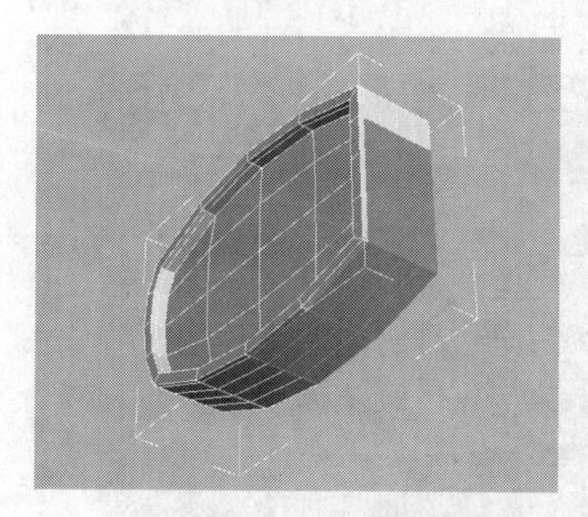

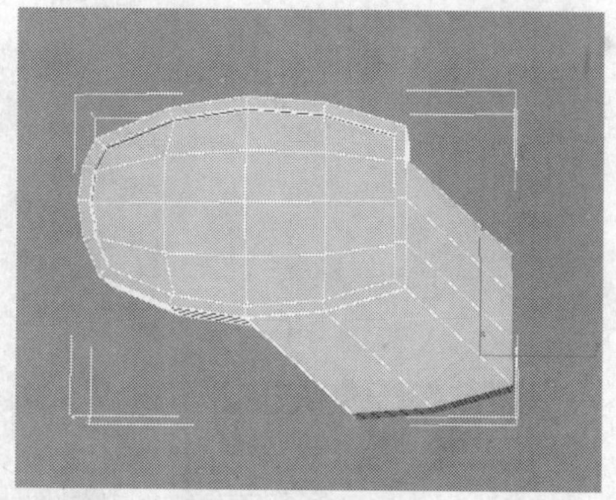

图16-84 选择镜片周围的面和挤出后的效果

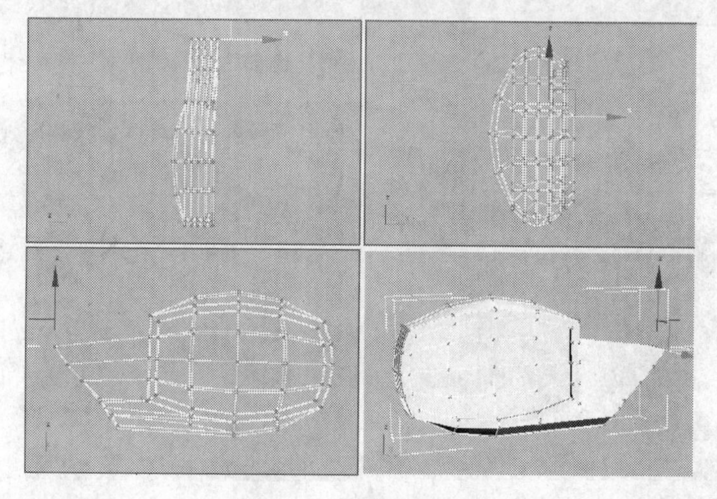

图16-85 调整的顶点

（11）放大视图发现后视镜支架侧边的网格结构密度不够，为了防止在以后的平滑过程中变形，我们为其添加进行切角处理，设置切角的数值为0.5，如图16-88所示。

（12）接下来单击修改器列表右侧的按钮，在其下拉列表中选择“MeshSmooth（网格平滑）”修改器，设置其“Iateration（迭代次数）”为2，如图16-89所示。

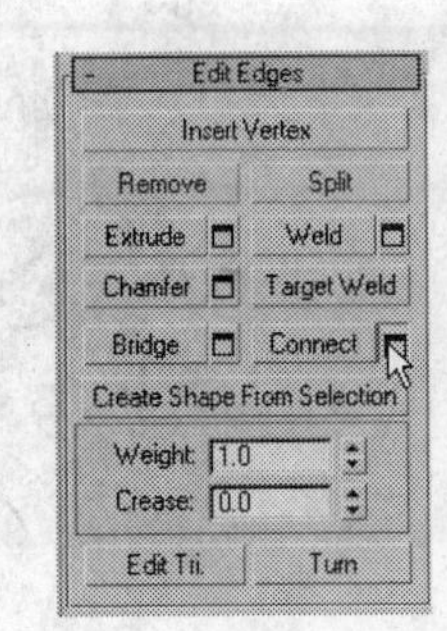

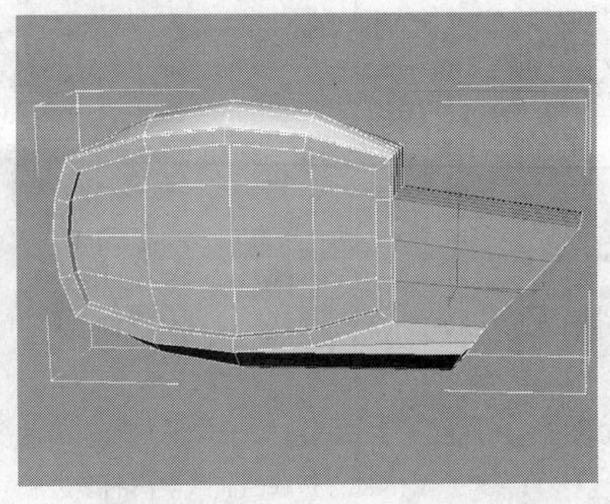

图16-86 选中的边

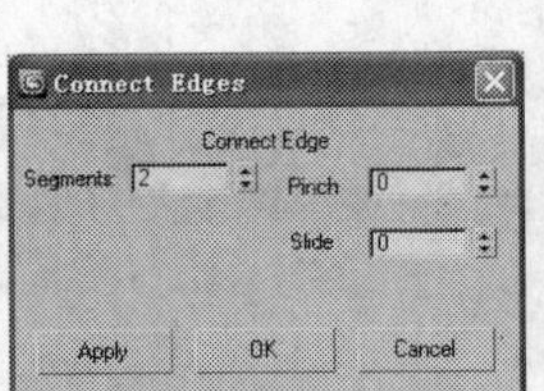

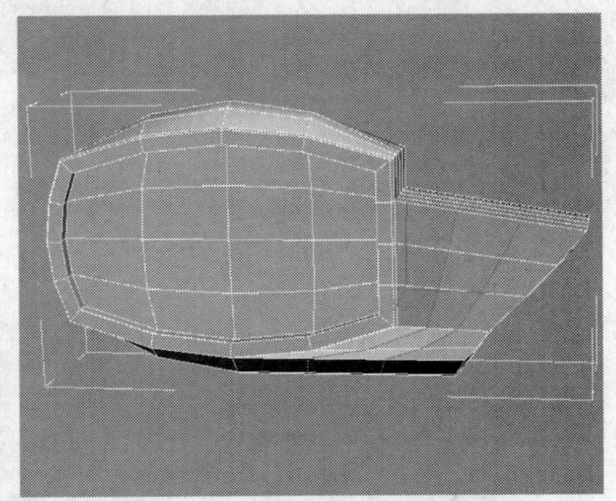

图16-87 连接边对话框和连接后的效果

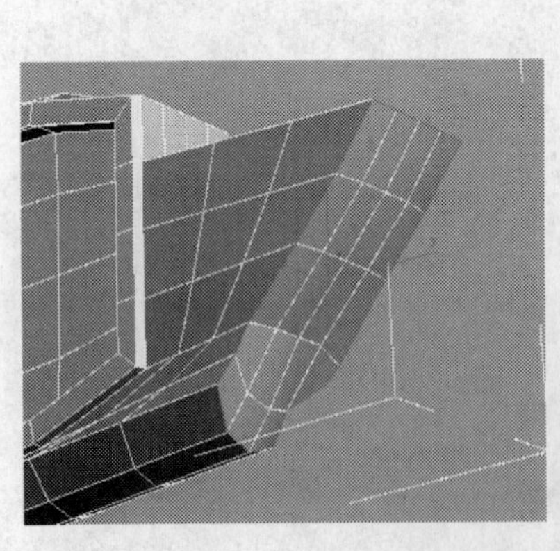

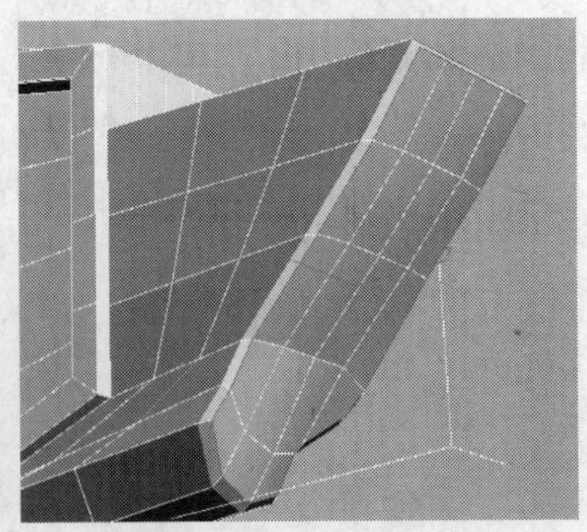

图16-88 选择的边和切角后的效果

（13）选择制作的后视镜然后镜像复制一个并将其移动到如图16-90所示的位置上。

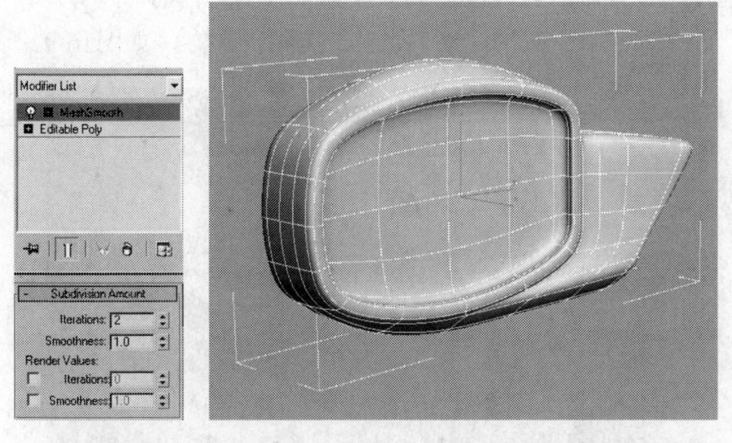

图16-89　加入“网格平滑”修改器和平滑后的效果

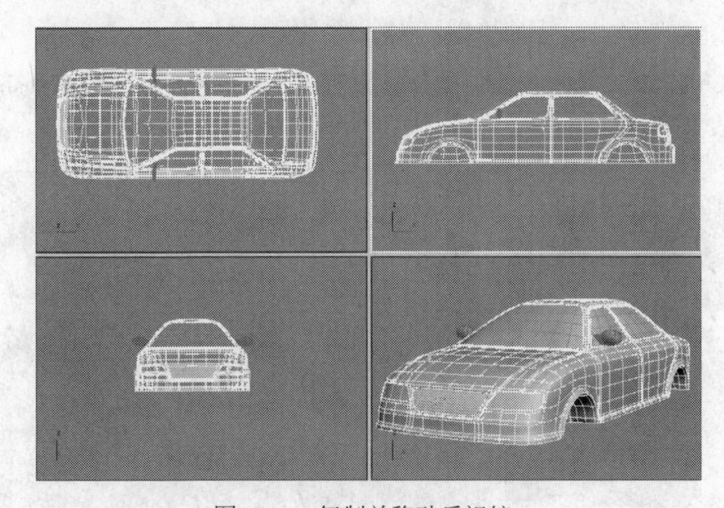

图16-90　复制并移动后视镜

16.5　制作门把手

（1）制作车门把手。依次单击→→Box（长方体），在前视图中创建一个长方体，并设置其参数，如图16-91所示。

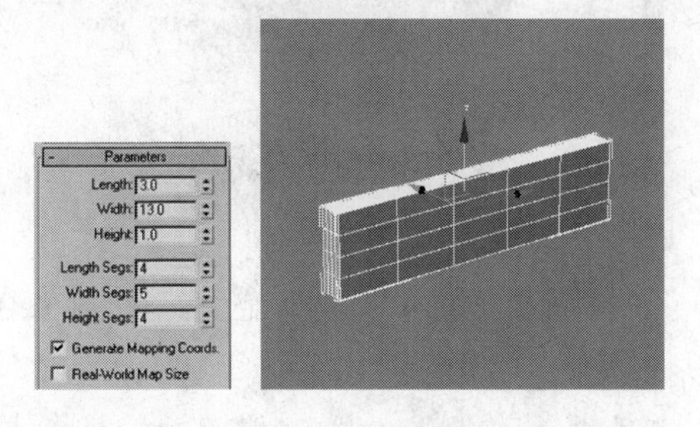

图16-91　参数设置和创建的长方体

（2）选中创建的长方体，在修改器列表中为其加入“FFD 4×4×4”修改器，进入到“FFD 4×4×4”的“控制点”级别，然后调整长方体的形态，如图16-92所示。

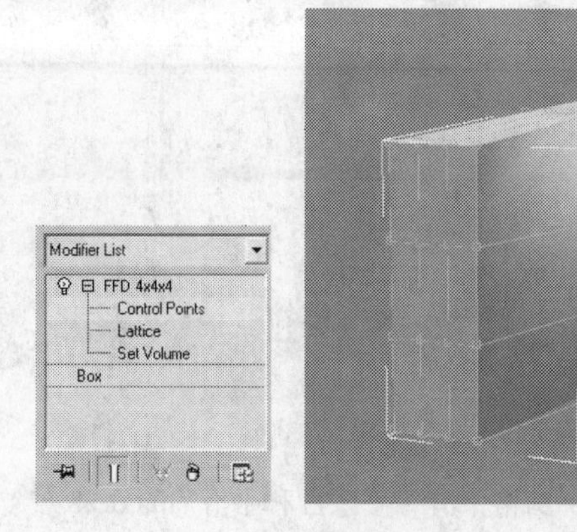

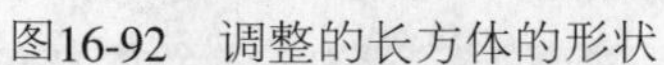
图16-92 调整的长方体的形状

（3）接下来单击修改器列表右侧的按钮，在其下拉列表中选择“MeshSmooth（网格平滑）”修改器，设置其“Iateration（迭代次数）”为2，如图16-93所示。

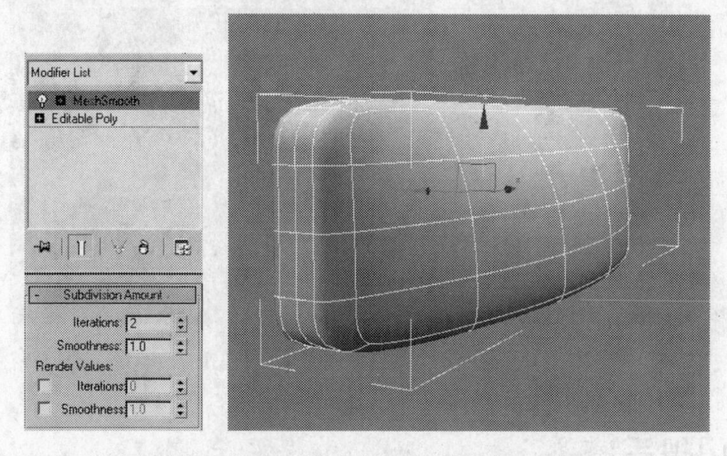

图16-93 细分量参数面板和平滑后的效果

（4）选择制作的门把手，然后复制一个并移动到另外一个门上，如图16-94所示。

图16-94 复制的门把手

16.6 制作汽车轮胎

（1）制作汽车的轮胎。制作汽车轮胎的难点是制作轮胎上的花纹。制作汽车轮胎上的花纹有多种办法，我们可以用多边形建模的方法制作出汽车轮胎上的花纹，但这种方法比较烦琐，一旦成型，后面模型如果需要改动将非常麻烦，对初学者有一定的难度。也可以使用阵列的方法制作出轮胎花纹，这种方法比较简单，但必须经过计算，在制作过程中要注意形体的整体把握，否则将会使制作的轮胎比例失调和错位。另外一种制作轮胎的方法就是使用贴图来实现。这种方法简单，比较容易调整，也可以大大减少模型的面数，提高渲染的速度。下面我们就来制作一个轮胎。

（2）依次单击 → → Torus （圆环）按钮，在左视图中创建长度和宽度适中的一个圆环物体，如图16-95所示。

（3）选中圆环物体并单击鼠标右键，在打开的菜单栏里选择“转换为可编辑多边形”命令，将其转换为可编辑多边形。然后选中长方体，进入到“Vertex（顶点）”模式，如图16-96所示。

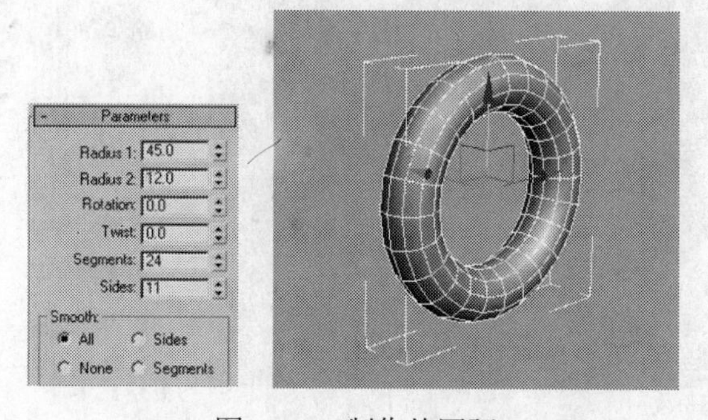

图16-95　制作的圆环

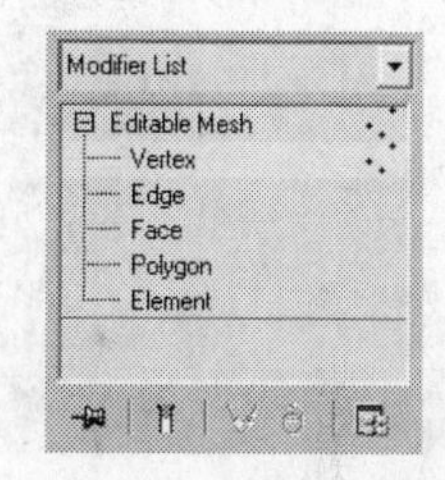

图16-96　选择“顶点”模式

（4）选中中间的顶点，并进行缩放，如图16-97所示。

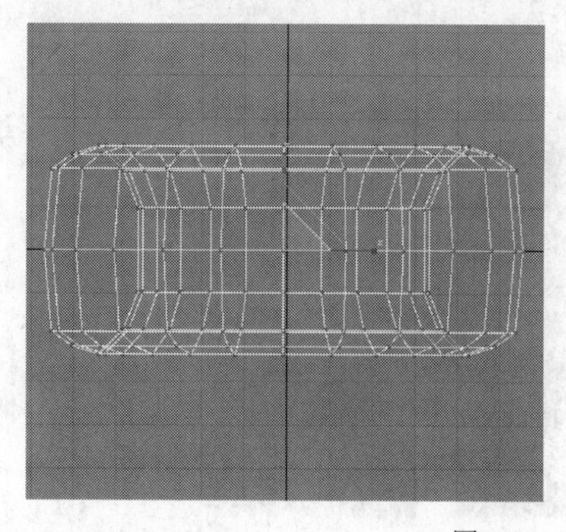

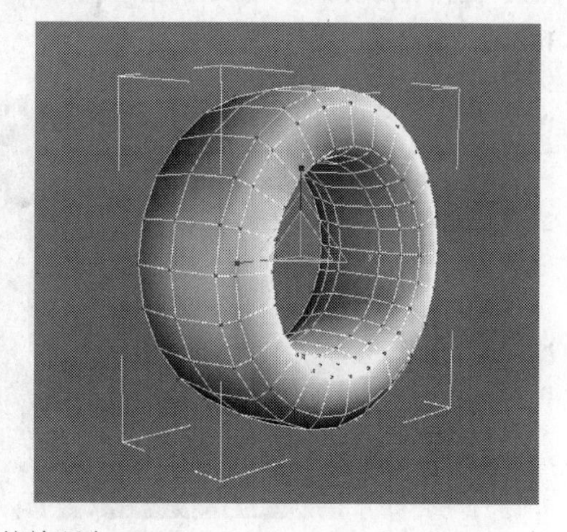

图16-97　缩放顶点

（5）选择制作的轮胎为其加入“Substitute（细化）”修改器，如图16-98所示。

（6）再为轮胎加入一个“MeshSmooth（网格平滑）”修改器，如图16-99所示。

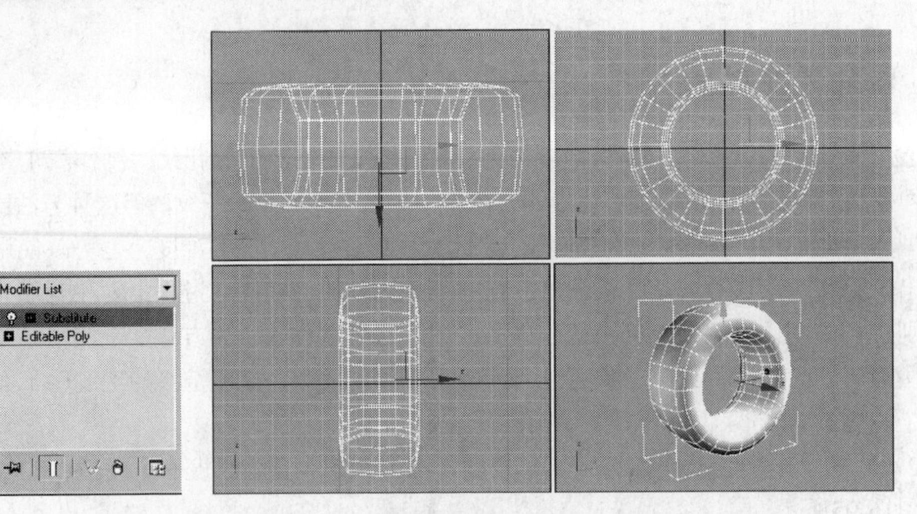

图16-98　加入“细化”修改器

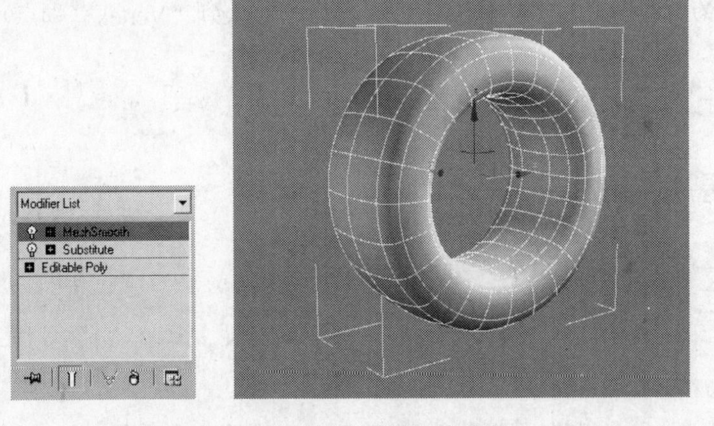

图16-99　加入“网格平滑”修改器

（7）制作轮胎轮毂。依次单击Torus（圆环），在左视图中创建一个圆环物体，如图16-100所示。

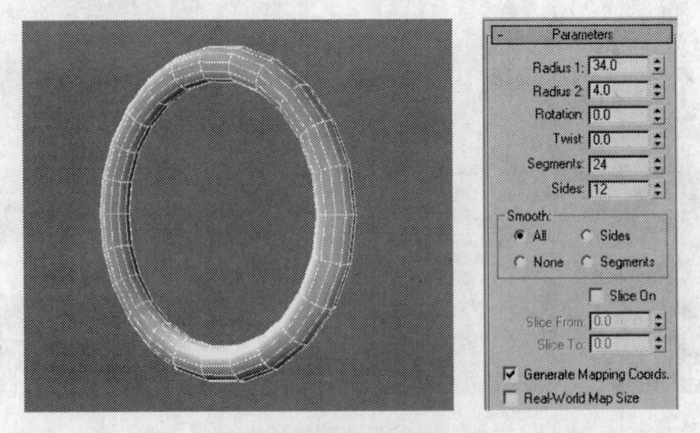

图16-100　制作的圆环

（8）选择制作的圆环，然后依次选择主工具栏里的“选择并均匀缩放”按钮Box，在左视图中对圆环物体进行拉长，如图16-101所示。

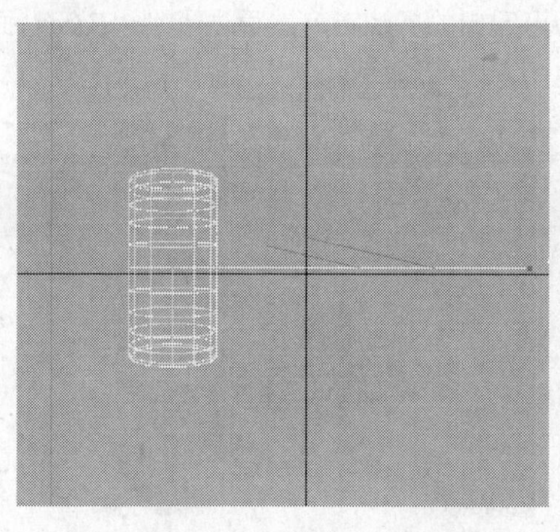
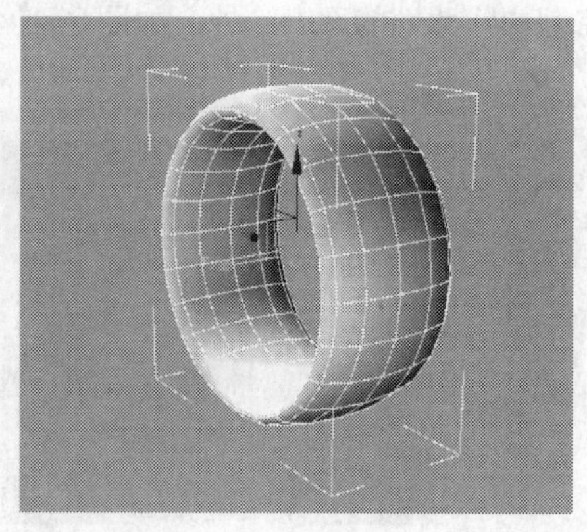

图16-101 拉长后的效果

（9）选中圆环物体，然后将其移动到如图16-102所示的位置上。

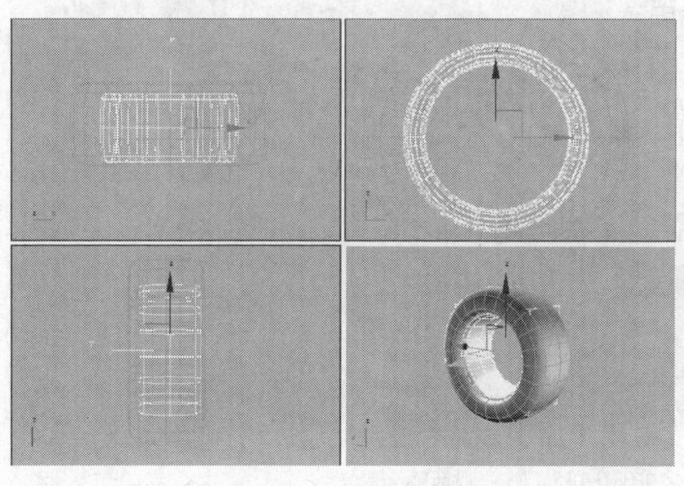
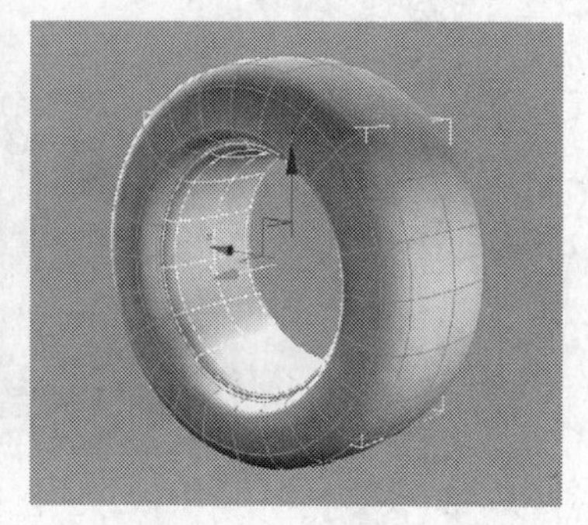

图16-102 移动到轮胎中心

（10）选择轮毂并单击鼠标右键，在打开的菜单栏里选择“Convert to Editable Poly（转换为可编辑多边形）”命令，将其转换为可编辑多边形。

（11）制作轮埚。依次单击→→Cylinder（圆柱体）按钮，在左视图创建一个圆柱体。如图16-103所示。

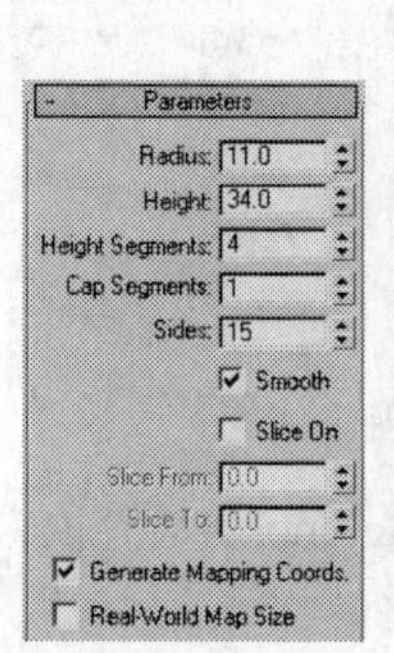

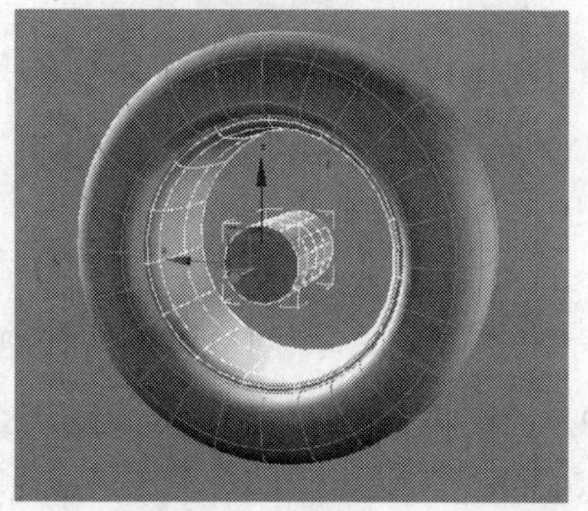

图16-103 制作的圆柱体

（12）选中制作的圆柱体然后将其转换为可编辑的多边形，然后进入到“Face（面）”级别下，将圆柱体两端的面删除掉，如图16-104所示。

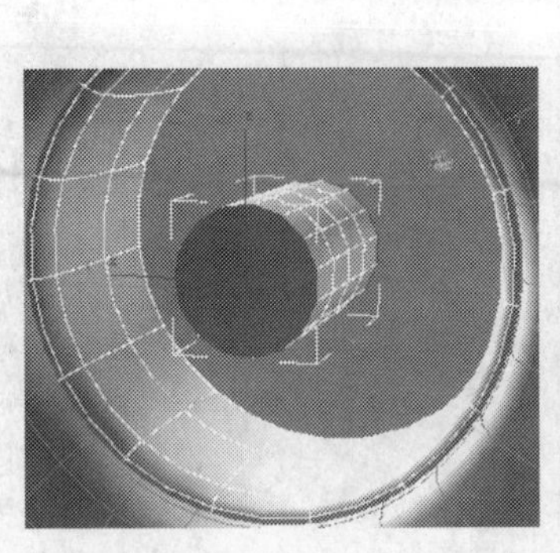

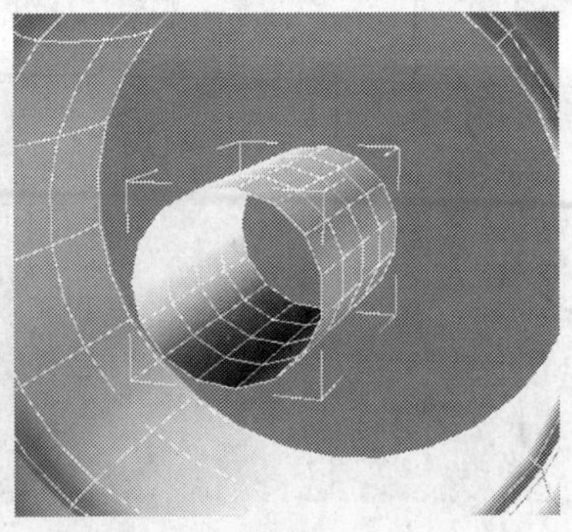

图16-104　选择的面和删除后的效果

（13）选择先前的轮毂物体，然后在“编辑多边形”面板中选择“Attach（附加）”命令，将圆柱体附加在一块，如图16-105所示。

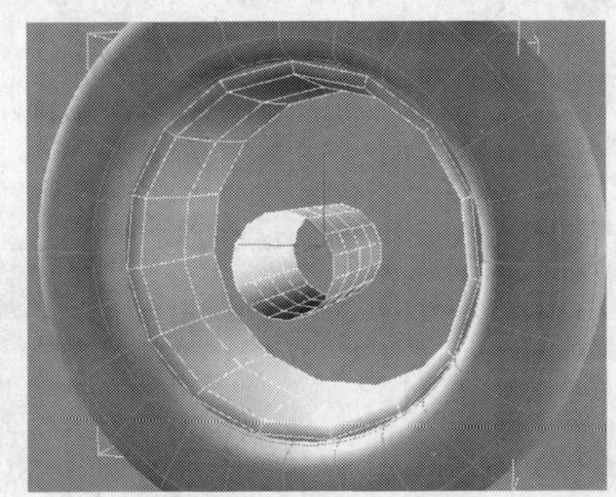

图16-105　附加圆柱体

（14）进入到“Face（面）”级别下，选择如图16-30（左）所示的面，然后在“编辑多边形”面板中选择“Bridge（桥）”工具，进行连接，如图16-106所示。

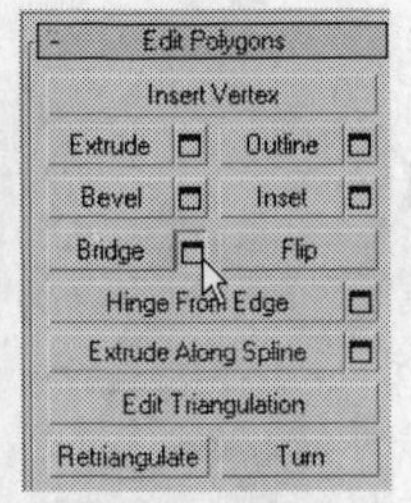

图16-106　选择的多边形和“编辑多边形”面板

（15）在打开的“桥接多边形”对话框中设置“Segments（分段）”数量为2，桥接后的效果如图16-107所示。

（16）使用同样的方法对其他的面进行桥接，桥接后的效果如图16-108所示。

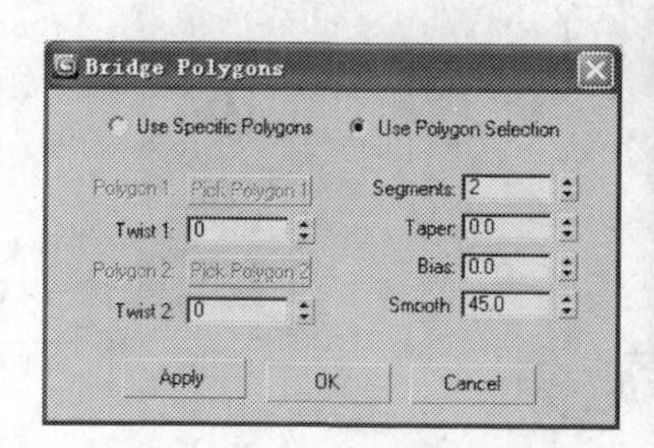

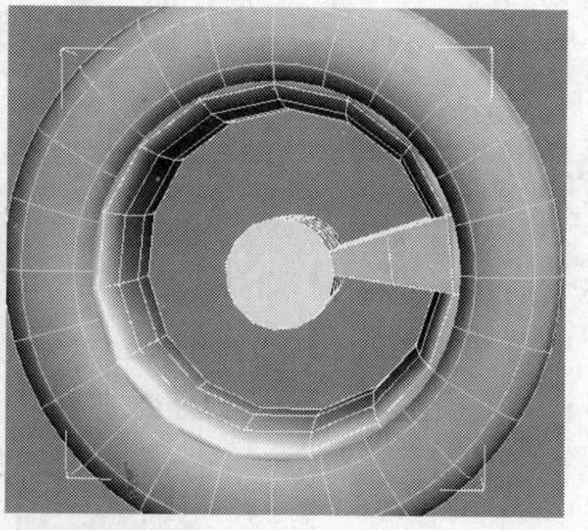

图16-107　桥接后的效果

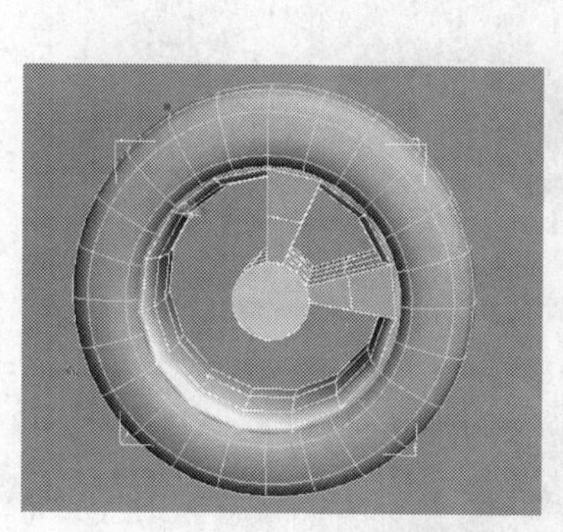
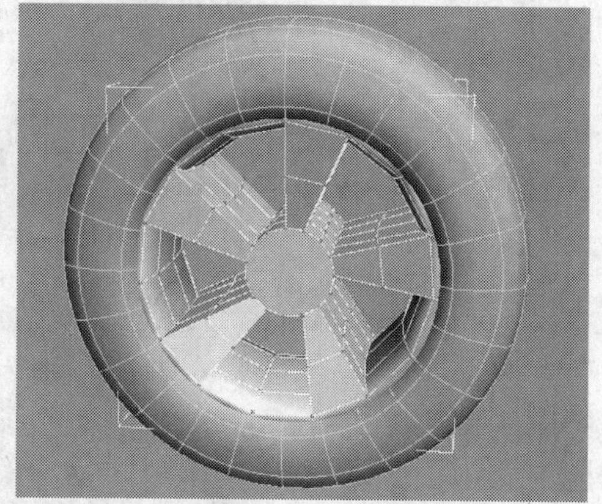

图16-108　对其他面桥接后的效果

（17）进入到“Polygon（多边形）”级别下，选择中心部分的面，单击“Edit Polygons（编辑多边形）”面板中选择“Inset（插入）”按钮制作插入面，如图16-109所示。

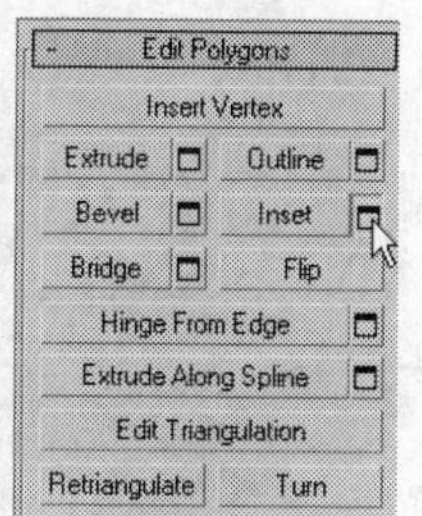

图16-109　选择的面和“编辑多边形”面板

（18）将插入量设为1.5，插入多边形后的效果如图16-110所示。

（19）继续使用“Insert（插入）”命令插入多边形，插入后的效果如图16-111所示。

（20）选择中心和背面看不到的面，然后将其删除。这样就生成了中间的孔，效果如图16-112所示。

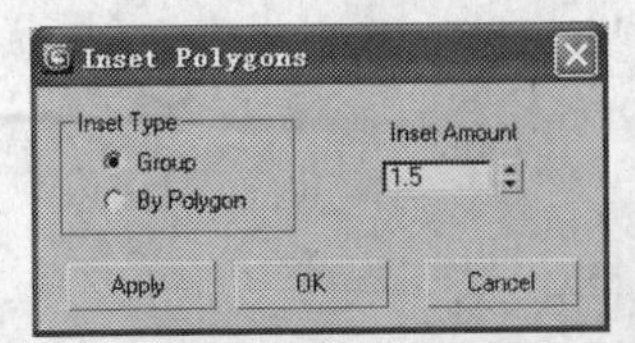

图16-110 插入后的效果

图16-111 继续插入后的效果

图16-112 删除面后的效果

（21）进入到“Vertex（顶点）”模式下，然后移动顶点的位置，效果如图16-113所示。

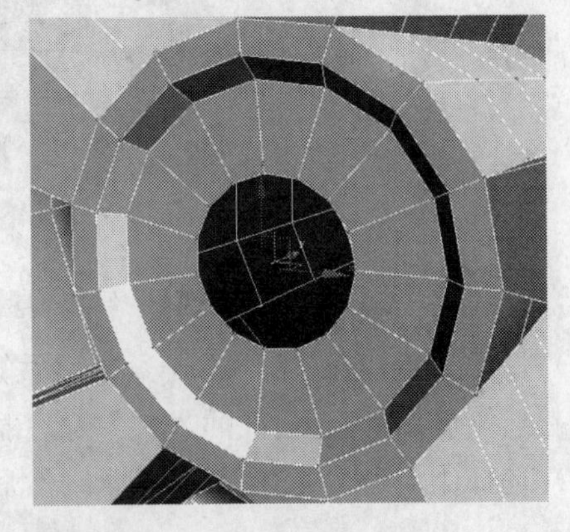

图16-113 移动顶点

（22）继续调整轮毂顶点的位置，效果如图16-114所示。

图16-114 继续调整顶点的位置

（23）选择制作的轮毂，然后为其加入“MeshSmooth（网格平滑）”修改器，平滑后的效果如图16-115所示。

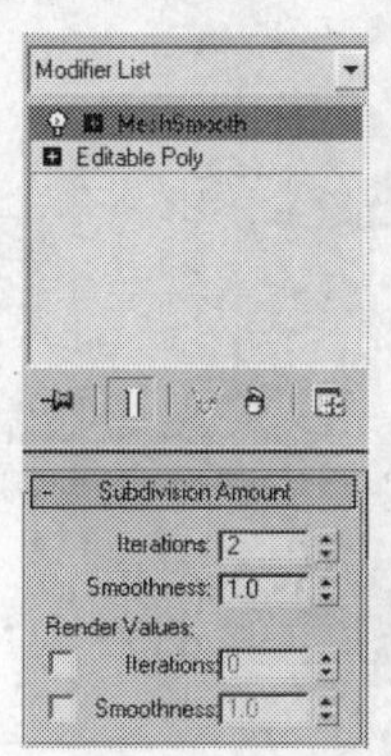

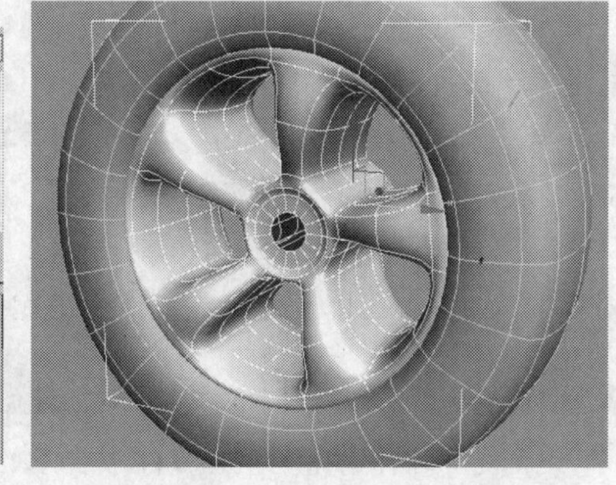

图16-115 添加“网格平滑”修改器和平滑后的效果

（24）依次单击 → → Sphere （球体）按钮，在左视图创建一个球体来制作圆盖，如图16-116所示。

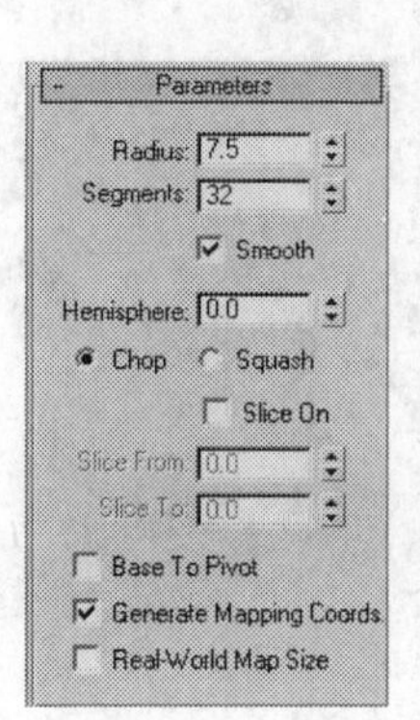

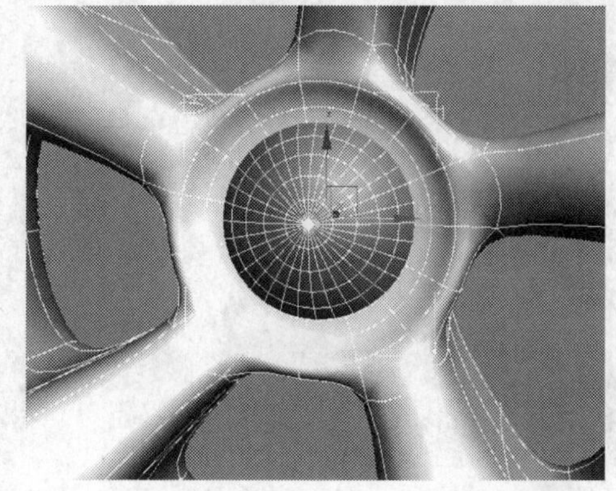

图16-116 制作的球体

（25）将制作的球体转换为可编辑的多边形，然后进入到“Face（面）”级别下，将球体上看不到的面删除掉，如图16-117所示。

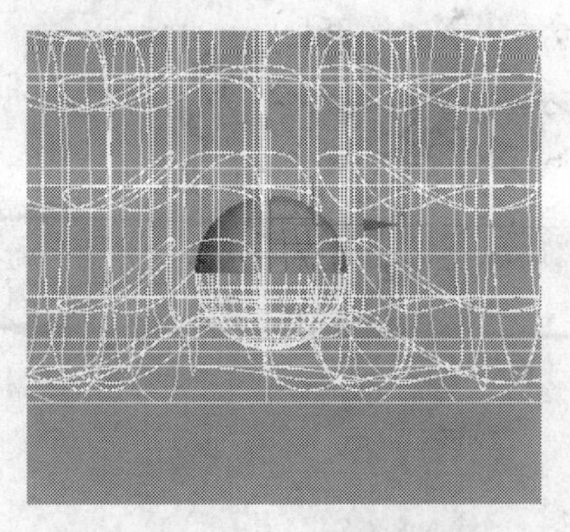

图16-117 选择并删除面

（26）选择半球体，然后在主工具栏里选择“选择并均匀缩放”工具，在左视图中对圆环物体进行缩放，如图16-118所示。

图16-118 缩放前和缩放后的效果

（27）这样轮胎模型部分就制作完成了，轮胎部分的效果如图16-119所示。

（28）为轮胎赋予一幅合适的贴图，对摄影机视图进行渲染，效果如图16-120所示。

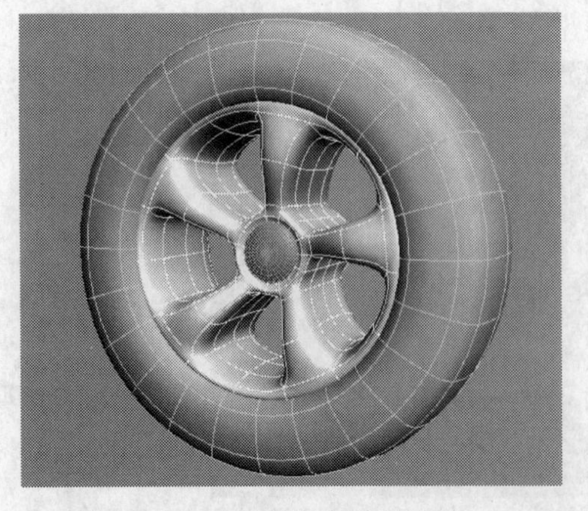

图16-119 轮胎部分的效果

图16-120 为轮胎赋予贴图后的效果

（29）把整个轮胎位置放好，然后制作一个车标，并添加一幅合适的背景图片，对透视图进行渲染，效果如图16-121所示。

图16-121　制作的轮胎效果

（30）这样汽车就制作完成了，分别为它们赋予材质，然后渲染摄影机视图，就“获得了”一辆好看的汽车效果。

当读者在制作这类比较复杂的模型时，需要经过很多的操作步骤才能制作出来，所以一定要非常细心和有耐心，否则可能制作不出最终的效果。

举报电话：（010）88254396；（010）88258888

传　　真：（010）88254397

E-mail:　　dbqq@phei.com.cn

通信地址：北京市万寿路173信箱
电子工业出版社总编办公室

邮　　编：100036

电话号码：（010）68252397。

邮件地址：webmaster@medias.com.cn